신 여 리

물의 자흔을 쫓는다

1

물의 자흔을 쫓는다

Remember the river of the day

신여리 장편소설

가하epic

물의 자흔을 쫓는다 1

지은이 신여리
펴낸이 이형기
펴낸곳 도서출판 가하

초판인쇄 2015년 11월 13일
초판발행 2015년 11월 20일
출판등록 2008년 10월 15일 제 318-2008-00100호

주소 서울 영등포구 양평로 67, 1209 (당산동5가, 한강포스빌)
전화 02-2631-2846 **팩스** 02-2631-1846

www.ixbook.co.kr

ISBN 979-11-295-8738-1   04810
      979-11-295-8737-4   04810(set)

값 12,000원

copyright ⓒ 신여리, 2015

서장

야심한 시각. 왕궁 가장 깊숙한 묘당과 10분 거리밖에 되지 않는 회의장에서 빛이 흘러나왔다. 아침을 여는 엘올라의 백성들 모두가 잠들었을 이 시간의 불빛은 썩 기이했다.

회의장 안에는 직사각형의 거대한 황금 탁자와 열 개의 의자, 그리고 벽의 반 이상을 장식하고 있는 황금 독수리가 수놓인 태피스트리와 액자 몇 개, 화병 몇 개가 전부였다. 시종은 두엇 있었지만 곧 사라졌다.

탁자에 빙 둘러 앉은 이들은 회의장의 내부 장식에는 관심이 없었다. 그들은 의자에 금이 얼마나 들어갔는지, 이 탁자가 얼마나 귀한 것인지, 태피스트리가 어느 유명한 직공에게서 발주된 것인지 따위에 신경 쓰지 않아도 상관없을 만큼 높은 지위의 사람들이었기 때문이다.

급보를 받고 모인 이들은 총 다섯이었다.

부지깽이처럼 말라 깐깐한 인상의 중년을 넘긴 남자도, 턱수염을 덥수룩하게 기른 듬직한 분위기의 남자도, 왜소하지만 자상해 보이는 눈웃음을 달고 있는 이도 있었다.

"무슨 일인지 아는 분이 있소?"

누군가 말했다.

"글쎄올시다. 나도 그게 궁금하군."

"이리 급히 모이라는 급보가 날아온 건 꽤 오랜만이지?"

"웃을 일은 아닌 듯한데."

그들의 관심사는 온통 한 가지였다.

모두가 잠든 새벽, 카르시타에서 가장 높은 귀족들을 모아다 앉혀야 할 급한 일이 무얼까.

얼마 지나지 않아 나이에 비해 비교적 젊어 보이는 왕이 방 안으로 들어왔다.

앉아 있던 다섯 명의 공작들이 즉각 몸을 일으켰다.

카르시타의 국왕, 유스카리는 황금 독수리 지팡이를 대충 탁상에 걸치고 자리에 앉았다.

"가져와라."

시종이 곱게 말린 서신을 왕의 손 위에 얹었다. 유스카리는 서신을 보며 뜻을 알 수 없는 기이한 표정으로 웃었다. 어찌 보면 조금 난처해 보이는 얼굴이기도 했다.

"……오늘 이렇듯 그대들을 부른 것은 데바람에서 밀서 한 통이 도착했기 때문인데."

말을 잇는 왕의 콧잔등에 그늘이 졌다. 주저하듯 입을 벌렸다가 닫았다. 그리고 다시 벌렸다.

"아이가 생겼소."

"예?"

누군가가 반문했다.

"내게, 아이가 생겼단 말이오."

귀족들의 입은 충격만큼이나 느리게 벌어졌다.

[친애하는 카르시타의 전하께 올립니다. 지난 11월 초 당신의 은혜를 입은 데바라네, 조모의 이름 '피르 오를뢰앙 엘 엘카다 카르시탄'을 빌어 '제르 시나와 엘 네들리타 데바라네'의 이름으로 감히 당신의 아이를

가졌음을, 그것을 이유로 망명을 요청하는 바입니다.]

카르시타의 다섯 공작들은 누군지 모를 여자의 이름 끝에 붙은 '데바라네'에 멍하니 입술을 벌렸다가 '당신의 아이를 가졌음을'이라는 대목에서 "억!" 하는 숨넘어가는 소릴 냈다.

그러나 그들은 혼란에 빠지는 대신 제각각 머릿속으로 가진 일련의 정보를 늘어놓느라 정신없었다.

지난 11월 초라면 정확히 유스카리의 데바람행 날짜와 맞물렸다.

유스카리는 데바람과의 지난 1년간 조금 더 지속된 전쟁을 끝내는 것과 동시에 화친을 명목으로 데바람을 방문했다. 말이야 친교지, 데바람에 찾아가 이거 내놔, 저거 내놔, 하고 행패를 부린 것이나 마찬가지였다.

'일단 시기는 일단 둘째치고.'

데바라네? 모두의 머릿속은 '데바라네와 아이' 그 두 가지에 몰입되어 있었다. 뒤에 붙은 데바라네라 함은 분명 데바람 왕가의 여성을 상징하는 왕실의 성일 것이다. 하지만 데바람에는 공주가 없다.

그렇다면 '데바라네'는 무엇을 의미한단 말인가?

그리고 그들을 더욱 긴장하게 하는 것은 왕의 긍정이었다.

"공들이 생각하는 게 맞다."

쥬세 왕의 총비!

참상이라도 겪은 듯 끔찍한 침묵이 회장을 쓸고 지나갔다.

"데바라네를?"

모든 귀족들의 시선이 유스카리에게 꽂혔다. 갑자기 말문이 터지기라도 한 듯 여기저기서 신음 같은 반문이 이어졌다.

"지금 데바라네라고 하신 겁니까? 데바람의 총비를 말씀하시는 겁니까?"

"쥬세가 제 첩을 내주었다는 것입니까. 그것도 스스로의 뿌리가 카르시타 인이라 주장하는!"

"데바람의 첩실에게서 아이라니요."

"거짓일 수도 있습니다!"

"전하, 지금 이건!"

쿵쿵 주먹을 쳐대는 이들의 소란 탓에 탁자 위로 흥분과 고함이 떠돌았다.

"……귀한 물건 상하겠소. 적당히 하시오."

유스카리는 말을 잃은 얼굴로 의뭉 떨었다. 일처일부를 법전에 명시하고 있는 카르시타였다는 것도 이유라면 이유였지만 그보다는 왕비의 친부인 아르노만이 말없이 앉아 있었기 때문이었다.

"그만, 그만!"

사태를 진정시킨 건 쇼하인 공이었다. 그는 소란한 귀족들을 단박에 고함으로 가라앉혔다.

"전하."

쇼하인 공의 노여움 띤 눈동자에 귀족들이 입을 다물고 왕을 쳐다보았다.

"소신이 직접 읽어보아도 좋겠습니까."

쇼하인 공이 무례를 무릅쓴다는 표정으로 그에게 다가갔다. 왕은 대답 대신 서신을 그에게 성의 없이 건넸다.

[갑작스러운 서신에 놀라실 줄 아옵니다. 하지만 컨하의 승은을 입

어……]

"승, 승은을 입어……."
"거 참, 답답하게!"
쇼하인이 입술을 잘근 깨물었다.

[전하께서 취를 취하시기 전, 이제는 붕어한 데바라노 '주세 노늘랑 펜 이시온 데바라노'와는 근 두 달여 가까이 그의 병세로 인해 합실하지 않았음이 첫 번째 증거이며, 그것은 데바람 왕실의 어의와 '주세 노늘 랑 펜 데바라노'의 직속 시종이 증거인이 되어줄 것입니다. 이는 분명한 당신의 핏줄이라는 것을 감히 미천한 명예를 걸고, 맹세합니다. 또한 황망하게도 취는 당신에게 후계로 삼을 만한 적합한 왕자가 없다는 것 을 풍문으로 알고 있습니다.]

거기까지 했을 때 아르노만이 주먹을 쥐고 탁자를 후려쳤다. 넋 놓 고 듣고 있던 몬테인 공이 정신을 차리고 그의 어깨를 붙잡아 진정시 켰다.
"노여워 마시오. 어디서 굴러먹다 온지도 모를 첩실의 패악질이니."
"몬테인 공, 잊으시면 안 되오. 저 서신은 데바라네로부터 온 것이 긴 하지만 스스로를 카르시탄의 피가 섞인 이라 주장하는 분으로부터 온 거요."
"지금 드레크마 공은 저 발칙한 계집을 옹호하는 것이외까? 지금 당 장 그 사실을 확인할 수 있소이까?"
다시 논쟁에 열이 오를 기미를 보이자 쇼하인 공은 일부러 더 큰 소리로 읽었다.

[이제 4월이 되었고, 어느덧 아이를 품은 지 다섯 달여 가까이 되었습니다. 의지할 곳 없는 쩌는 이 아이가 당신의 기쁨이 되리라 확신합니다. 쩌는 비록 출가외인이라 하나 '피르 오들뢰앙 엘 엘카다 카르시탄' 왕녀의 고손이며 스스로 그것임을 한시도 잊은 적이 없으니, 왕가의 핏줄인 아이가 얼마나 큰 축복이 되겠습니까.]

"엘카다라면 이미 수십여 년 전의……."
여기저기서 헛기침이 터져 나왔다.
카르시타와 데바람이 사이가 나쁘기는 하지만, 종종 정략혼의 형태로 왕족과 왕족 간의 혼사가 있었던 것은 사실이었다. 막 운을 떼려던 쇼하인이 입술을 퍽 찡그렸다.
"뭐요? 어서 읽으시오. 뭐라고 쓰여 있기에."
"만일……."
"만일 뭐요!"
"거 참!"
쇼하인 공의 눈동자가 착잡한 눈으로 아르노만을 향해 굴렀다.
'이런 방자한 계집이 있나.'
유스카리가 명했다.
"읽으시게."

[이 아이가 아들이라면 나는 이 아이를 명백한 당신의 아들로서 왕족의 계보에 올리고자 하며……]

점차 작아지는 목소리에 귀족들이 곁눈질로 아르노만 대공의 눈치를 살폈다.

[……이 아이가 아들이 아닌 여아로서 세상에 나왔을 때 당신의 외교적 도구로 이 아이를 키움도 내 반대하지 않습니다. 다만 나는 그것에 대한 작은 보상을 바랄……]

다른 귀족들은 이미 할 말을 잃은 눈치였다.
"쥬세가 죽고 데바람 왕실에 피바람이 불고 있다더니만 가관이로군. 제 살길을 도모하겠다는 건가."

[나는 현존하는 당신의 친척의 성을 받아, 당신의 은혜로운 땅에서 가장 척박한 토지를 봉토로 하사받고자 하는 간절한 소망을 가지고 있으며 또한 그 은혜의 땅에 나 자신이 아닌 어떤 누구의 입김도 닿지 않기를 원합니다.]

"불입권까지 주장하고 있소! 이 건방진 여인이 대체 뉘 안전이라고!"
쇼하인 공은 거의 경기를 일으킬 지경이었다. 유스카리는 아르노만의 굳은 표정을 슬쩍 곁눈질한 후 골치 아프다는 듯 한 손으로 이마를 문질렀다.

[그것에 대한 온당한 조처만 취해주신다면 나는 아이의 죽은 어미가 되

어, 그 아이가 당신과 당신의 정비의 아이로서 온 세상을 누릴 때도 이 한 입 굳게 닫은 채 당신의 은혜의 땅의 거름이 되겠습니다.]

"아이 팔아먹는 어미가 감히! 이이…….."
낭독을 계속하던 쇼하인 공의 목소리가 사그라졌다. 서신을 쥔 채 입술을 꾹 깨물던 그가 착잡한 듯 긴 얕은 한숨을 연거푸 내쉬었다.

[내가 원하는 땅은 요크의 퀸시…….]

"요크의 퀸시…… 퀸시오 반도겠구려, 이것은. 그리고 그 뒤에……
뭐라고 쓴 겐지…….."
"아니, 이건 말도 안 됩니다."
"어찌 이것을 믿을 수가 있단 말입니까?"
"저도 동의하는…….."
"그쯤 하시오."
유스카리는 그들의 소란을 일시에 종식시켰다.
"내 따로 알아보았소. 의심을 거두어도 좋을 만큼 흠잡을 데 없다고 만 답하겠소."
쇼하인 공은 착잡한 얼굴로 자리에 앉았다. 다른 이들은 구겨진 서 신을 한 번씩 살피고 옆 사람에게 넘겼다. 곧 아르노만의 차례가 왔 다.
"대공께서도 살펴보시오."
아르노만은 눈을 감은 채 미동도 하지 않았다. 그의 호랑이 같은 입 가는 축 처져 있었지만 주먹만큼은 잔뜩 힘이 들어가 있었다.

그는 왕을 향해 고함을 지르고 싶은 충동을 참고, 또 참았다.

'외도는 위법이다.'

분명 법전에 명시된 일이었다. 하지만 그는 이 상황이 '법전의 위에 놓임'을 인정했다. '카르시타 밖에서의 일'이라는 명분이 그러한데 어찌 왕을 책할 수 있겠는가. 거기에 더해 자신의 딸인 왕비가 딸만 둘을 낳은 후 석녀가 되었다는 것에 대한 죄책감도 있었다.

원칙과 전례대로라면 애당초 후계를 생산하지 못하는 왕비를 몰아내고 새로운 씨받이를 들여야 하지만, 눈에 넣어도 아프지 않을 자신의 자식인데 아비로서 그것이 쉬울 리가.

카르시타 인들은 그만큼 부부관계와 혈연관계에 폐쇄적인 사람들이라, 차선책으로 양자를 입양한들 결국 나중엔 폐위당하고 그와 더불어 왕비의 문제가 거론될 것이 분명했다. 우여곡절 끝에 그들에게 양자 입적을 이해시킨다 하더라도 계승 후보들이 성장하고 현왕이 물러날 때가 되면 왕권을 둘러싼 이들의 칼부림이 일어날 가능성도 농후했다. 실제로 이 자리에 있는 다섯 명의 공작들은 모두 다른 잇속을 지닌 자들이었다.

지금만 해도 현왕의 형인, 선왕 제누바시스의 아들 알렉시스를 중심으로 한 선왕파와, 현왕의 누이가 낳은 뉘사나를 중심으로 갈라져 때를 노리고 있는 승냥이들이 이를 갈고 있지 않은가.

이 모든 게 자신의 딸아이가 아들을 보지 못해 생긴 일이었다. 하지만 밖에서 들여온 사생아를 왕태자로 앉히라는 말인가? 기실 말도 안 되는 이야기다. ……사생아가 아닌 왕자가 된다면, 또 다를 터다.

아르노만은 천천히 호흡을 고르고 낮게 깐 눈동자를 움직였다. 다 번진 글자, 물기에 젖어 거의 알아볼 수 없을 만큼 얼룩져 있었다.

"어려운 문제입니다만……."

사실 서신의 내용으로 미루어, 귀족들은 유스카리가 무엇을 바라는지 어렴풋이 알 수 있었다.

"다음 대의 왕위는 전하의 아들이 잇는 것이 가장 적법할 것입니다."

"아들이라면……. 뭐 아들이 아닐 수도 있는 것 아니겠습니까."

아르노만은 그녀의 아이가 아들일 것임을 '직감'했다. 적자를 보지 못한 왕비를 딸로 둔 아비의 직감이었다. 제 딸의 가슴이 갈가리 찢어질 것이 눈에 훤해, 그는 통렬한 고통을 삼켰다.

지지부진 이어지는 회의는 몇 시간이고 지속되었다.

그리고 동이 틀 무렵, 결정의 순간이 다가왔다.

"만일 사내아이라면 비와 나 사이의 아이로 입적하는 것에 동의하시오? 쇼하인 공."

"……그게 진정이라면, 지금 시국에 가장 좋은 처방이 될 것임은 자명합니다. 그러니 동의합니다."

"루덴 공."

"……의결에 순응하겠습니다."

"몬테인 공."

"……동의합니다. 전하의 핏줄을 경우 없는 여인의 손에서 막 자라게 둘 수는 없는 노릇이니."

"드레크마 공."

"동의합니다."

"체자스 공."

"진정 전하의 혈육이라면, 왕실의…… 귀한 손님이십니다."

"······좋소."

모두의 시선이 자연스럽게 한 사람에게 몰렸다. 유스카리가 딱딱하게 호명했다.

"피노제의 대공께 묻겠소."

아르노만이 껍껍한 눈꺼풀을 내렸다 들었다.

답은 떨어졌다.

"······의결에 따르겠습니다."

유스카리는 그 자리에서 서신을 태웠다. 15월 5일 새벽, 집회소에 모인 5인의 대귀족의 의결로서 제르 시나와 엘 네들리타 데바라네, 데바람 왕가의 여인의 망명이 비밀리에 승인되었다.

첫 번째 장

흘러간 이야기

까만 머리칼에 까만 눈동자의 여자는 요부라 불렸다. 왕을 홀리고 왕태자를 홀렸다며 많은 이들이 그녀를 질시했다. 그러나 실상 그녀는 몹시 소탈하고 소박한 여자였다. 그녀는 수만 보화를 가진 자도 부러워하지 않았고 황금 동상의 주인 자리도 탐하지 않았다.

셋. 그녀가 바랐던 것은 단 셋이었다.

제르는 차가운 바닥에 주저앉아, 주검이 된 제 어린 동생을 응시했다. 어지럽게 흐트러진 머리칼을 손끝으로 쓸어 모으는 가슴이 쪼개질 듯 얼어붙었다. 엘지는 무고한 아이였다.

체온 없는 아이의 시체는 적대감 가득한 남자들의 손에 붙잡혔다. 제르의 시선이 아이를 질질 끌고 가는 남자들의 뒤꿈치에 매달렸다. 손을 뻗어 멀어지는 엘지를 부여잡아보려는 듯 허우적대지만 그마저 부질없었다.

어느새 아이는 멀어졌다. 베제스의 비열한 웃음소리가 귓전을 맴돌았다.

"영락없이 추한 꼴이군."

제르는 이미 죽어버린 그녀의 남편을 떠올렸다. 쥬세. 베제스의 목소리에 왜 그를 떠올리나? 이상할 것도 없었다. 베제스는 쥬세의 가장 악독한 면을 이어받은 그의 핏줄이 아닌가. 쥬세를 사랑한 적은 없었다. 그는 그녀가 사랑할 수 없는 종류의 사람이었다. 하지만 그녀는 지금 그가 미칠 듯이 그리웠다. 그리 자신의 일생을 좀먹어, 동생들을 미끼로 비열하게 자신을 붙잡아두었던 남자는, 사실 이 지옥 같은 왕궁에서 그녀가 가진 유일한 보호였다.

제르는 유령처럼 일어섰다. 누구도 어린 소녀의 죽음을 슬퍼해주는 이 없었다. 쥐어진 주먹 위로 푸르스름한 핏줄이 섰다. 목과 가슴 사이 언저리가 바윗덩이에 짓뭉개진 듯 꽉 막힌 기분이 들었다.

그녀의 눈은 자신도 모르는 사이 날카로운 것들을 찾아 헤매고 있었다.

베제스의 음성이 아스라이 멀어졌다.

"시신의 배를 갈라서, 확인해라, 하켈."

"예, 전하."

사내가 칼을 쥐고 나갔다. 그녀의 회탁해진 검은 눈동자는 시꺼먼 칼날을 품고 베제스를 노려보았다. 배 속이 튀쳐나오지 못한 울화로, 울분으로, 오열로 죄 헤집어졌다. 유들유들한 웃음을 띠고 팔짱을 낀 채 그녀를 내려다보는 베제스는 언제나와 같았다. 언제나처럼 그녀를 비참하게 만드는 종자.

이제는 이 데바람의 왕이 될 남자.

베제스의 옆에 서 있던 그의 심복인 오스와르가 성큼성큼 걸어와 그녀의 머리채를 휘어잡았다.

"감히 누굴 노려보십니까. 이분께서 누구이신지 잊으신 겁니까? 데바라네."

뚜욱. 또다시 눈물.

강제로 끌어 올려진 제르의 표백된 낯빛 위로 깊이 모를 증오가 어렸다. 그러나 솟구치는 노기에 입술을 뜯어 삼킬 듯 물던 그녀의 힘이 서서히 풀렸다.

아직 지켜야 할 마지막 여동생이 있었다.

"……하나."

"뭐?"

그녀는 텅 빈 눈으로 뇌까렸다.

"아직, 하나."

아직 하나, 남았다.

제르의 기억 속에서, 샤말론의 피잔티아는 피가 흐르는 강이었다. 사실 그보다 더 오랜 기억 속 피잔티아 강은 몹시 아름다운 곳이었으나 기억은 늘 가장 가까운 시절의 것으로 대체되기 마련이다.

20여 년 전, 카르시타의 왕은 카르시타와 데바람을 관통한, 대륙에서 가장 길고 넓은 강의 토목 공사 계획안을 발표했다. 물길을 바꾸어 농수를 더 잘 활용하기 위함이라고 했다. 그러나 대륙 최대의 강물의 줄기를 바꾸기란 쉽지 않은 일이었으므로 많은 인력을 요했다. 가장 처음, 카르시타의 왕 유스카리는 왕령 노예들을 제외한 다른 귀족들의 노예를 1만7,000여 명을 강제 징집했다. 그는 노예들에게 최소한의 대우도 해주지 않는 정책으로 1년여 동안 공사를 지속했다.

토목 공사가 시작된 지 반년도 채 지나지 않아 2,000여 명이 죽어나갔다. 겨울이 다가올 낌새를 보이자 노예들의 불만은 폭발했다. 결과로 노예들 중 일부가 데바람과 국경을 같이한 누스말을 통해 도주를 시도했고, 3,000명이 훌쩍 넘는 탈주 노예 중 2,000여 명이 성공적으로 데바람의 국경을 넘었다.

초기에는 카르시타 역시 노예들을 돌려줄 것을 정중하게 요청했다. 하지만 데바람은 묵묵부답이었고, 카르시타 또한 안팎 사정으로 바빠 별다른 사족을 붙이지 않고 일을 덮었다. 누스말 노예의 탈주 사건은 그렇게 묻히는 듯 보였다.

　그리고 1년 후, 강의 공사가 어느 정도 정리되었을 때 카르시타는 데바람과 소위 노예전쟁이라 불리는 작은 전쟁을 시작했다.

　작은 전쟁이라고는 하지만 전쟁은 전쟁이라. 제르의 고향인 샤말론은 국경 근처에 있다는 죄목으로 삽시간에 초토화되었다. 그 과정에서 제르는 전쟁통에 아비를 잃고, 어미의 장례를 치르고, 많은 영지민들을 잃었다. 그럼에도 그녀는 남동생에게 오롯한 땅을 물려주기 위해 분투할 각오를 놓지 않았다.

　그러던 어느 날, 왕명으로 샤말론 근방을 종종 방문했던 왕태자 지스카르가 그녀의 모든 의지를 꺾고 반강제로 그녀를 산나로 데려갔다. 데바람의 수도, 산나로 끌려오게 된 것은 그녀의 일생에 펼쳐진 두 번째 시련이었다. 그전까지는 천애고아가 된 것만이 지옥인 줄 알았다. 그러나 세상엔 더한 지옥이 있었다.

　갓 10대 초반의 어린 나이였던 시골의 소녀는 나이 마흔이 넘은 늙은 왕의 첩이 되어 데바람 왕실의 여자를 뜻하는 데바라네가 되었다.

　'네 나이가 몇이냐?'

　소름 끼치던 그 목소리 아직도 기억한다.

　꿈엔들 잊힐 리야.

　쥬세는 흰머리가 희끗거리던, 뱀의 눈빛을 하던 남자였다. 듣도 보도 못한 사랑으로 어린아이의 정신과 몸을 범하던 첫날밤을 똑똑히 기억했다.

　꿈엔들 잊힐 리야.

　하지만 그녀는 고작 세 살 어렸던 남동생 체렌시와 그보다 나이 차이가 조금 더 나는 쌍둥이 엘지와 엔사를 위해 모든 것을 참아내었다.

당시 제르는 고작 열네 살이었다.

그녀를 산나까지 끌고 들어온 지스카르는 무정하게 그녀를 방치했다. 그녀는 그의 얼굴 한 번 볼 수 없었다. 믿어 의심치 않았던 그녀의 마지막 희망, 지스카르에게조차 외면당하자 그녀는 차츰 망가지기 시작했다.

데바람의 늙은 왕은 그녀가 혈육을 얼마나 끔찍하게 사랑하는지 아주 잘 알았다. 그녀가 그를 거부하면, 그 화는 오롯이 그녀의 동생들에게로 돌아갔다.

어린것이 불쌍하기도 하지. 야윈 것이 참 마음이 아픕니다. 처음엔 그녀를 동정해 돕던 이들도, 하나둘씩 무뎌져 멀찍이 떨어진 시선으로 그녀를 바라보곤 했다. 시간이 흐르자 제르는 모든 데바라네들을 제친 첩이 되었다. 그녀의 이름을 기억하는 이는 없었다. 그녀는 쥬세의 여자. 데바람의 총비였다. 몇 년간 잔인하게 그녀를 외면했던 지스카르는 쥬세가 그녀를 왕비로 옹립하겠다는 고집을 부리기 시작할 무렵 궁을 떠났다.

쥬세. 데바람의 독존. 너무나도 끔찍한 사랑이고 사람이었다. 지옥이 지속되어 그것이 지옥인지 모르게 되었을 때, 껍데기만 남은 인형이 되어 한때는 자신이 그를 사랑할 수도 있지 않겠느냐 착각마저 한 적이 있었다.

그녀는 포기하는 법을 배웠다. 어차피 자신의 삶은 망가졌으니, 배곯지 않고, 늙은이의 패악을 받아주다가, 왕의 애첩이라는 배경의 덕을 봐 동생들에게 좋은 자리라도 내어줄 수 있으면 그것으로 만족하리라. 다행스럽게도 동생들은 여전히 싱그러웠고 사랑스러웠다.

제르는 늙은 그와의 동침으로 아이가 들어설 수 있다는 것을 몰랐다. 월경이 석 달쯤 멎은 후에야 알게 되었다. 기뻐하는 이는 없었다. 아이를 품은 그녀조차도 믿고 싶지 않은 현실이었다. 하지만 점점 새로이 움튼 생명을 느끼게 되고, 그녀는 순수한 모성으로 받아들였다. 이 힘겨운 삶에, 동생들에 이은 약점이 하나 더 늘어났을 뿐이었지만, 쥬세의 아이라도 상관없었다. 어미는 자신이었다.

그러나 수태의 사실이 알려지고 난 후, 얼마 지나지 않아, 늘 그녀를 못마땅해 하던 베제스가 이를 드러냈다. 잔인한 폭력이었다. 내려오는 발길질. 웅크린 몸을 감싸던 손등이 으스러졌다. 아무도 말리는 이가 없었다.

몇 번이나, 몇 번이나, 피를 토할 만큼 맞은 후에야 그가 멈췄다. 온몸에 감각이 없었다.

아, 죽었구나.

지옥의 시간이 멈췄다. 그래봐야 지옥인 것을.

"아버지한테 미주알고주알 일러바쳐보시지. 그다음은 네 쌍둥이 동생 년들일 테니."

애초에 없는 아이였다. 그녀에겐 충분히 지켜야 할 것이 많았다. 애초에 자신의 것이 아니었다. 그러나 그리움은 더욱 커져갔다.

베제스가 의도한 바와는 다르게 그녀의 유산은 성 안을 한바탕 뒤집었다. 흠씬 얻어맞은 그녀의 몰골에 노한 쥬세의 노호가 하늘을 찔렀던 것이다.

그때, 아주 잠깐 그에게 의지하고 싶다는 생각을 했다. 하지만 그것마저 거짓이었다.

"누굴 닮아서 이렇게 제 성격을 못 이기는지 모르겠군. 적당히 하라고 일렀건만……."

이성이 사라졌다. 세상이 암전되었다.

정신을 차렸을 땐 어째서인지 사랑하는 손아래 동생인 체렌시와가 사형대에 있었다. 그녀가 정신을 놓은 사이, 분을 이기지 못한 체렌시와가 기어코 쥬세에게 대들었던 것이다. 처음엔 헛것을 들었다고 생각했다.

사형. 그것이 무엇인가 한참을 생각해야 했다.

죽음조차 보지 못했다. 사랑하는 동생은 그저 바람처럼 그녀의 곁을 떠나갔다. 지워지지 않을 상처를 남기고서. 왕을 죽이겠다 악을 지르며 달려가려는 제르를 말린 것은 어릴 적부터 그녀를 돌봐주던 시종 르니아였다.

르니아가 울며 제르를 붙잡았다.

"엘지 님과 엔사 님을 생각하세요. 제발. 제발…… 제발요. 시나와 님…… 제발."

죄 없는 르니아가 엎드려 빌었다.

무고한 르니아의 애원에 제르는 주저앉아 오열했다.

태어나 자라길 17년, 그 세월을 함께한 의젓하던 동생을 사지로 내몰고 죽음도, 주검도 찾지 못했다. 쥬세에게 빌었다. 당신이 시키는 대로 다 할 터이니, 내 사랑하는 동생의 시신만이라도 수습하게 해달라. 무엇이든 다 할 테니, 내 동생의 시신을 돌려달라.

그러나 이미 소산된 후였다.

눈물이 심장을 쪼갰다. 그저 기어가듯 남은 동생들의 방으로 가 엘지와 엔사를 끌어안았다. 그것밖에 할 수 있는 일이 없었다.

그렇게 하나 잃었다.

남은 아이들이라도 살려야 한다. 이 아이들이라도 살려야 한다. 어린 쌍둥이 동생들을 바라보는 그녀의 뇌리엔 집착적인 증오와 자기혐오만이 가득했다. 그래서 참았다. 그저, 아픈 것은 아픈 것이구나. 슬픈 것은 슬픈 것이구나. 남은 두 아이의 웃음만 기대하며 버텼다. 술에 취한 채 쥬세에게 안기고 전부 잊어버렸다. 인형만도 못하게 그리 숨만 쉬며 살았다. 그것이 문제였나.

재미없는 여자에게 질려버렸나.

언젠가부터 엔사의 배가 불러오기 시작했다. 올챙이처럼 귀엽게 톡 튀어나온 배를 찌르며 제르는 웃기만 했다. 많이 먹었느냐. 많이 먹거라. 그러나 곧 알게 되었다. 어린아이의 배 속엔 또 다른 아이가 있었다.

"……네가 어찌."

누구의 아이냐. 차마 두려워 묻지도 못했다.

넋을 놓은 그녀의 치맛자락을 붙잡은 어린 막내 동생은 울기만 했다.

쥬세, 기어코 저 어린것을 범한 것이다. 악몽이 되감겼다. 필사적으로 엔사의 회임을 숨기려 했지만 이미 의원으로부터 새어나간 것은 주워 담을 수조차 없는 노릇이었다. 기댈 데라고는 쥬세가 아이를 보호해주길 바라는 것뿐이었다.

어떻게든 또 다른 왕의 씨를 남기고 싶지 않아하는 세력들의 살수는 지독했고 그녀는 벼랑 끝으로 내몰렸다. 그녀는 엔사를 지키기 위해 무엇이든 다 했다. 쥬세의 기분을 맞추기 위해 말에 토 한 번 달지 않았다.

그녀의 바닥이 궁금했던 것일까. 얼마 후 또다시 벌어진 카르시타와의 전쟁에서 패한 쥬세는 그녀를 시험하듯 종전 접대를 명했다.

상대는 카르시타의 왕이었다. 그녀는 그곳에서 유스카리를 만났고, 그의 동정에 기대어 안겼다.

카르시타의 왕이 돌아가고 얼마 지나지 않아, 쥬세는 노환으로 숨을 거두었다. 화병이라 하는 이들도 있었다.

그녀를 증오해 마지않는 베제스는 쥬세의 붕어 직후 득세해 기세가 하늘을 찔렀다. 어떻게든 발버둥치며 버텼지만 쥬세마저 세상을 뜨자 온갖 핑계와 변명으로 엔사를 죽이려 하는 이들의 기세는 노골적이었다.

엔사에게 공식적인 처형 판결이 내려왔다. 아이가 저지를 수 있을 리가 없는, 들어본 적도 없는 죄목들이 적힌 종이가 길게 그녀의 앞에 펼쳐졌다.

그러자 꼭 닮은 쌍둥이 누이인 엘지가······.

"······괜찮아, 언니. 내가 엔사와 똑같이 생겼잖아."

대신 돌아올 수 없는 곳으로 떠났다.

같은 날 태어나 같은 날 죽자 이야기하던 유대감 깊던 쌍둥이였다. 어린 여동생은 감히 죽음조차 두렵지 않다며 말했다.

"언니, 엔사를 부탁해. 언니도 행복해야 해."

목이 턱 막혀 아무 말도 할 수 없었다. 나도 누이인데. 내가 너희의 큰 누이인데. 왜 너마저 나를 비참하게 만드느냐.

그렇게 두 번째 잃었다.

엘지가 떠나고 얼마 지나지 않아 엔사가 자살 기도를 했다. 제르는 창백하게 잠든 아이의 얼굴을 내려다보았다. 엘지 대신 살아남은 것을 들킬까 두려워 의원에게조차 보이지 않았다. 다방면에 재능이 있는 르니아가 적시에 발견해 구하지 않았다면 이미 엔사마저 잃었을 것이다.

가까스로 숨은 붙여두었으나, 그게 전부였다.

엘지를 잃자마자 제 누이가 남기고 간 빈자리의 무게를 이기지 못해 죽길 바라는 제 어린 동생을 감싸 안기엔 제르 또한 이미 망가질 대로 망가져 있었다. 다른 이들이 동생을 해치려 한다면 증오로 온몸 던져 막을 각오가 있다. 아무리 힘들고 아파도 견딜 자신이 있었다.

하지만 엔사, 네가 너를 죽이면 나는 누구에게 책임을 떠넘겨야 하는 것이냐?

그녀는 이 모든 것에 지쳤다.

"베제스……."

어떠한 깨달음이 그녀의 전신을 뒤흔들었다.

문득 이상한 욕망이 치솟아 올라 그녀가 벌떡 몸을 일으켰다.

그래, 베제스를 죽이고.

베제스를 죽여버리자.

그러면 된다.

제르는 미친 듯이 날카로운 것들을 찾아 온 방을 뒤졌다. 그러다 서랍 한구석에 놓인 편지칼을 발견하자마자 허겁지겁 주워들었다. 날붙이에 손가락이 긁히자 금세 발간 피가 떨어졌다. 그 붉은 핏방울을 내려다보고 있으니 어느 순간 해방감이 밀려들었다.

바람은 숙명이 되었다. 베제스를 죽여야 한다. 그를 죽이고, 그동안의 원한을 갚아야 한다.

그것만이 아름다운 마지막이었다.

그때였다.

돌연 헛구역질이 밀려왔다. 제르는 몇 걸음 걷지도 못하고 휘청이며 서랍을 짚고 엎드렸다. 꺽꺽. 밀려드는 구역질에 그녀는 쥐고 있던 편지칼을 떨어뜨렸다.

'…….'

사람에겐 예감이란 것이 있다.

'왜.'

제르의 검은 눈동자가 초점을 잃었다. 말라 찢어진 입술 사이로 신음이 흘러나왔다. 그 신음은 차츰 커져 절규로, 고함으로 바뀌었다.

"리, 리니…… 르니아…… 어딨어? 르으니아아…… 르니아아아아아!"

생의 끝자락에서 또다시, 빛이 찾아왔다.

벌떡 일어난 제르가 숨을 헐떡이며 주위를 둘러보았다. 낡은 창으로 밀려든 새하얀 햇살이 얼굴 위로 부서져 내렸다. 낡고 허름한 흙집의 한가운데에서는 다 꺼져가는 난로불이 타닥타닥 소릴 내며 타고 있었다.

몹시 낡은 집이었다.

'아아…….'

악몽이라는 것을 깨닫자마자 가빴던 제르의 호흡이 순식간에 빠른 속도로 가라앉았다. 괜히 온몸이 얻어맞은 듯 아픈 기분에 그녀가 몸을 웅크렸다.

곧 낡은 경첩 소리와 함께 문이 열렸다.

"일어나셨어요, 시나와 님?"

낭랑한 음성을 들으니 안도가 밀려왔다. 이불에 얼굴을 파묻은 제르는 젖은 뺨을 문질러 닦았다.

"……응."

"언제쯤 일어나실까 했는데 다행이에요. 장작만 좀 더 때고 식사 준비할게요. 그리고 산미랭 쪽엘 좀 다녀와야겠어요. 미친놈이 일을 번거롭게 만드네요. 얘기를 들어보니 여긴 곧 비가 내릴 거라던데, 시간에 맞출 수 있으려나 모르겠어요."

르니아의 씩씩한 음성이 웅얼거리듯 멀어졌다. 제르는 말없이 이불에 얼굴을 묻은 채로 고개를 끄덕였다.

"표정이 안 좋으신데 어디 불편하세요? 오늘은 날이 아주 쾌청해요. 한번 보세요."

빨래를 마구 널던 르니아가 환히 커튼을 열어젖혔다. 옹송그린 자세로 한참을 미동 않고 앉아 있던 제르가 홀린 듯 고개를 돌렸다.

낡은 창문 저편으로 탁 트인 푸른 바다가 눈 시리게 빛났다. 성기게 자란 바닷가의 관목들 사이로 부서진 파도 거품이 희뿌연 안개처럼 날아오르고 있었다. 비로소 그녀의 뒷목을 짓누르던 악몽이 정오의 그림자처럼 움츠러들었다. 그녀는 다시 한 번 깨달았다.

이 햇살의 온기, 이 바람 소리, 이 바다 내음.

데바람의 것이 아니었다.

그 시간은 지났다.

두 번째 장

퀸시오

반달 모양의 반도 퀸시오는 카르시타 왕국의 극북동쪽에 존재하는 척박한 땅이었다.

워낙 외풍이 강해 작물의 재배도 어려울뿐더러 가축을 키우기에도 어려움이 많았다. 지형 자체가 거북이 목 내밀듯 바다를 향해 툭 튀어나온 모양이라 해수는 풍족했지만 농수는 대기 어려운 구조였다. 요즘 같은 우기를 제하고의 강수량은 고작 달 평균 손가락 한 마디 정도.

바다가 트여 있어 상업이야 '그나마' 어느 정도 발달했지만 그마저도 왕국의 지원이 없어 소리 없이 명맥을 이어갈 뿐이라 한다. 여행자도 드물었다. 토박이들이 죽고 태어나는 것 말고는 크게 사람 변하는 일 없는 이 땅에서 제르는 보기 드문 이방인이었다.

쏴아아아.

빗소리마저 얼어붙을 듯한 추위였다.

이 추운 곳에도 눈이 아닌 비가 쏟아지는 날이 있구나.

이 추운 땅에 머물기 시작한 지는 좀 되었지만 오늘처럼 요란한 장대비를 보는 건 처음이었다.

괜한 걱정이 들었다. 끝내 국경을 넘지 못하고 벨소의 한 의원의 손에 맡겨졌던 어린 동생은 잘 지내려는지. 누운 무덤의 흙 이불이 빗물에 쓸려 내려가지는 않았을지. 의원이 아이의 무덤을 잘 봉해주었을지.

하필이면 르니아마저 자리를 비운 시기였다. 가슴 아픈 그리움이 더 깊어지기 전에 이 비라도 그쳐주면 좋으련만. 하늘은 여전히 까맣기만 했다.

평소처럼 해안선을 따라 걷던 제르는 거세지는 빗줄기를 이기지 못하고 마을 시가지에 위치한 술집과 여관을 겸하는 작은 가게로 들어갔다.

한랭의 살기 힘든 시골에 가까워 번화가라고 해도 그리 떠들썩한 건 아니었다. 하지만 그나마 사람 사는 냄새가 나서, 지난 반년간 아주 간혹 찾곤 했다.

안으로 한 발자국 들어서자마자 하얀 입김이 번졌다. 평소보다 소란 한 이들이 많았는데, 왁자한 목소리들 사이로는 낯선 후카 연주음도 있었다. 어설픈 악기 연주 소리가 그녀의 귀를 사로잡았다.

"어서 와요. 아가씨. 오랜만에 왔네?"

야, 인마! 내가 이겼지! 한 수 물러! 벤조, 여기야! 이 인간아! 여기! 술 한 병 더!

온갖 목소리들이 뒤섞인 와중에도 후카 소리만 잘 들렸다. 그것이 유독 귀에 붙은 이유는 모르겠다. 제르의 눈동자는 그녀도 모르는 사 이에 후카 연주자를 찾아 미끄러졌다.

'…….'

여관 주인의 아내인 드루는 후덕하고 자상한 인상이었지만, 그것과 는 다르게 성격이 제법 괄괄했다. 그녀가 이리저리 음식과 술을 나르 다가 버럭 고함을 질렀다.

"아휴, 잠깐만 좀 기다려봐, 이 성마른 인간들아! 나 뛰어다니는 거 안 보여! 주문은 한꺼번에 하라고 했어, 안 했어?"

제르가 드루에게 떠밀리듯 식탁에 앉아 고개를 두리번거리자, 드루 는 따뜻한 물 한 잔을 탁 소리가 나게 식탁 위에 내려놓은 후 크게 호 탕한 웃음소리를 냈다.

"어허허허! 춥지, 아가씨. 뭐 줄까. 응? 매번 마시던 거?"

"예, 파냐로."

제르는 추위에 언 입술을 움직여 짧게 답했다.

그러자 몇몇 사내들이 휘파람을 불었다.

저 아가씨가 그렇게 주당이라며?

서너 차례 방문했을 뿐인데 그들은 제르를 기억하고 있는 모양이었다. 하기야 검은 머리에 검은 눈의 여자를 카르시타에서 보기가 어디 쉽던가.

제르는 드루가 가져다준 높은 도수의 따뜻한 파냐를 물 마시듯 홀짝이다 말고 어느 한구석에서 시선을 멈추었다.

여전히 주위는 소란스러웠고, 활력 넘치는 웃음소리로, 걸걸한 고함 소리로 만석이었다. 그런 소란의 틈새로, 가까스로 살아남은 어린 떡잎 같은 후카의 연주 소리가 끊이지 않고 있었다. 칠현이 매달린 방형 모양의 날렵한 현악기 음이 두툼하고 서글프게 이어졌다.

악기가 밝은 가락에 어울리지 않기 때문인지, 선곡 또한 그다지 신명나지는 않았다. 참 어린 연주가였다. 열 살이나 갓 넘었을까 싶은 갈색 머리의 어린 소년. 연주는 어설프지만 열심히 하는 것이 눈에 쏙 들어와 마음을 울렸다.

그때 소년과 가까운 테이블에 앉아 있던, 망토를 쓴 한 사내의 빈정거림이 불순물처럼 끼어들었다.

"그것밖에 못 하냐? 응? 그것도 연주라고……. 재능이 없는 건지, 노력이 부족한 건지. 악기를 제대로 다루려면 아직 멀었군."

소년의 코앞에 앉은 일행은 둘이었다. 둘 다 두건과 망토를 뒤집어쓰고 있어 얼굴은 보이지 않았다.

신랄하기까지 한 남자의 목소리에 제르는 괜한 불쾌감을 느끼며 독한 술을 입안에 털어 넣었다.

"하여간, 이런 싸구려 공연은 안 된다니까. 해이해져."

그녀가 술잔을 내려놓고 일어섰다. 남자들은 여전히 그녀를 등진 채로 한 명은 식사를, 한 명은 빈정거림을 계속하고 있었다.

소년에게로 다가간 제르가 물었다.

"몇 살이냐?"

드리워진 그림자에 이끌린 듯 고갤 돌린 어린 소년이 큼지막한 눈을 깜빡거렸다.

"아…… 아홉……."

"거리 연주가냐?"

"아, 아, 아뇨. 그, 그건 아니고."

"네 부모는 이곳 사람이냐?"

"……부모님은 도망가서 없고, 곧……."

제르는 잠깐 말을 멈추었다. 가난에 못 이겨 아이를 버렸을 부모를 생각하니 턱 끝까지 노여움이 치밀었다가, 곧 삭아 사라졌다.

"대신 보호자분들이 있는데…… 호, 혹시 제 연주가 마음에 들지 않으셨다면."

소년은 싸늘하기 짝이 없는 여자의 냉한 음성에 놀란 듯 어깨를 움츠렸다. 제르는 가타부타 말없이 주머니에서 금화를 꺼내어 소년의 무릎 위로 툭 떨어뜨렸다.

기가 죽어 있던 소년의 눈이 금세 큼지막해졌다.

"귀한 연주 잘 들었다. 네가인 오렐라를 켤 줄 아느냐?"

"자장가요……? 들어만 봐서……, 제대로 켜지는 못해요. 하, 하지만 바라신다면."

"아무거나 한 곡 더 켜거라. 금화 한 닢에 한 곡이면 충분하겠지."

제르는 내리 소년을 빈정거리는 데에 술기운을 쏟던 남자를 보란 듯이 응시했다. 아주 잠깐 두건 아래의 불그스름한 눈동자와 시선이 맞았다. 남자가 고개를 기울이지 않았다면 더 자세히 볼 수 있었을 터였다.

가려지지 않은 윤곽만으로 보면 상대는 제법 젊은 남자였다. 이윽고 두건 아래로 드러난 유려한 입술이 묘한 호선을 그렸다.

"금화…… 이 시골에서 금화란 말이지."

자리로 되돌아온 제르는 다 비운 술을 한 잔 더 주문한 후 더듬더듬 이어지는 후카 소리를 들었다. 아이의 양 뺨이 발갛게 상기되어 있었다. 제르는 마지막으로 한 잔만 더 한 후 남루한 집으로 돌아갈 생각이었다.

그때였다.

테이블에 앉아 내내 아이에게 핀잔을 먹이던 남자가 두건을 벗어 내린 후, 팔짱을 끼며 거들먹대기 시작했다.

"욜랑, 누가 네게 그렇게 값싸게 네 연주를 팔라고 가르쳤냐?"

"금화인데요?"

"다 됐으니, 머리 다시 뒤집어쓰시죠."

"불편해. 너도 벗어."

반사적으로 고개를 돌리던 제르는 남자의 용모에 깜짝 놀랐다.

붉은 머리가 인상 깊은 젊은 청년이었다. 선명한 붉은 머리칼의 남자가 넉살 좋게 웃으며 건넌 자리에 침묵으로 앉아 있던 남자의 두건마저 훌렁 벗겼다. 건넌 자리에 앉아 침묵하던 남자는 보기 드문 순수한 금발이었다. 순식간에 칙칙하던 술집 안이 유채색으로 차올랐다.

곧 붉은 머리칼의 남자는 제르를 향해 고개를 돌리더니 턱을 괴었다.

"고작 금화 한 닢에 연주라니. 이 스승이 그리 싸구려 연주를 하라 가르치든?"

"스, 스승님."

"내놔. 후카는 압수다."

얼결에 악기를 빼앗긴 소년이 울먹거리는 얼굴로 붉은 머리 남자와 금발 남자를 갈마보았다. 명백히 아이를 골리려는 기색이 엿보이는 얼굴로 입꼬리를 올리던 붉은 머리 남자가 선심 쓰듯 말했다.

"네가 받은 금화 내놓으면 이 후카는 돌려주지. 너한테는 과분하다, 꼬맹아."

"스, 스승님, 하지만……!"

'스승이었나……?'

그들이 일행이었다는 것을 알게 된 제르의 표정이 서서히 후회로 굳어졌다. 답지 않은 짓을 하는 게 아니었다.

그의 건너편에 있던 남자도 썩 곱지 않은 시선으로 냉랭한 일침을 놓았다.

"거지처럼 왜 그러십니까, 테이 님. 아이 버릇보다 댁 버릇이 더 잘못 들어 있습니다."

"누가 들으면 오해할 소릴 그리 하냐? 점점 건방져진다."

"일단은 명목상 제가 판 것은 검이지 제 발언권이 아니니 상관없지 않습니까? 뭐라 하든."

"하여튼 레이스도 못 됐다니까. 성미가 글러먹었어. 기회는 못 놓치지."

"……꼭 그리 부르셔야 성이 차시겠습니까?"

"아, 미안. 네가 그리 싫어하는 계집애 같은 이름이란 건 알겠지만 그래도 부모가 준 이름인데 묵히면 쓰나. 어쨌든. 내놔라, 욜랑."

"부모는 무슨……."

금발의 남자가 툴툴거렸다.

욜랑이라는 꼬마가 억울한 표정으로 양볼을 부풀려보지만 테이라 불린 붉은 머리의 남자는 검지를 세워 까딱까딱거렸다. 결국 소년은 마지못해 금화를 테이블 위에 올려놓았다.

더 볼 것도 없었다.

제르는 그 못마땅한 풍경에 마지막 잔을 대충 비우고 일어섰다. 그러나 붉은 머리의 남자가 더 빨랐다. 간발의 차로 더 빠르게 남자는 성큼성큼 그녀의 테이블로 걸어오더니 의자를 쭈욱 발로 끌어내어 거만하게 마주 앉았다.

"합석할까? 시골 촌구석 아가씨."

"……?"

"내가 이래 봬도 손 꽤나 큰 사람이거든. 특히나 미인한텐 더더욱."

"……."

"계산은 내가 할게. 오, 이 대사 좀 괜찮다."

테이가 손가락 사이로 그녀가 욜랑에게 건넨 금화를 요리조리 끼워 돌리며 중얼거렸다.

'미친 새끼…….'

그녀의 미간이 퍽 좁아졌다.

삽시간에 그들이 마주한 테이블 주위는 이상한 분위기로 뒤덮였다.

떠날 시기를 놓쳐 애매하게 엉덩이를 붙이고 있던 제르의 눈매가 가느다란 짜증으로 접혔다. 남자는 눈까지 불그스름한 색이었는데, 머리칼과 꼭 어울리는 색이었다. 천진하기까지 한 장난기 가득한 눈빛이 마음에 들지 않았다. 제르의 인상이 노골적으로 구겨졌을 때 드루가 술을 다시 한 잔 채워주며 분위기를 누그러뜨렸다.

"어휴, 아가씨, 벌써 다 마셨어? 예 한잔 더 있수. 주당인 건 알겠지만 무리하지 말고."

아지랑이처럼 피어오르는 김에 독특한 특유의 냄새가 배어 있었다.

테이가 입을 크게 벌렸다.

"주당이야? 이거 파냐 아닌가? 그러게, 이 독한 술을? 술 좀 좋아하나 보지?"

"남이사."

"아가씨, 그러다가 인사불성 되면 험한 일 당해. 아무리 잘 마셔도 말이야……."

오지랖 참 넓다.

괜한 앙심에 제르는 되려 보란 듯 턱을 치켜들고 앉은 자리에서 따뜻한 술 한 잔을 모조리 비워버렸다. 입을 쩌억 벌리고 그런 그녀를 바라보던 테이가 기막힌 웃음을 지었다. 저 남자는 쓸데없는 호승심까지 있었다.

"여어, 여기, 나도 이 여자랑 같은 거! 두 잔!"

드루가 소리쳤다.

"총각이 다 마실 수 있어? 샌님 같은데?"

그들을 못 본 체 원래 테이블에 앉아 있던 금발의 남자가 마지못한 얼굴로 말렸다.

"테이 님, 그만 하고 가시죠."

"무슨 소리야? 지금 막 재미있어졌는데. 여어, 두 잔! 달라는 대로 줘. 돈 줄 테니까! 금화도 있어. 아줌마!"

제르가 노골적으로 그를 서늘히 노려보았다.

"너 뭐냐."

"너 말투가 원래 그래? 되게 딱딱하게 구네."

붉은 머리 남자는 그녀의 표정이 어떻든 상관없는 사람처럼 콧노래까지 부르고 있었다.

상종을 말아야지. 제르가 몸을 일으키려는데 그는 기다렸다는 듯 도발했다.

"어이, 대작 한번 하자는데 도망갈 거야?"

"같잖은 게."

제르의 싸늘한 독설에 잠깐 표정을 굳혔던 남자의 얼굴에 금세 미소가 떠올랐다. 이건 배알도 없는 놈인가. 그는 도리어 제 일행에게 자신이 당한 모욕을 알리기까지 했다.

"레이스, 방금 이 아가씨가 나더러 같잖대. 내가 그렇게 같잖아 보여?"

"꼭 그렇게 부르셔야…… 아니, 됐습니다. 됐어요. 제가 포기하겠습니다. 테이 님이 지금 같잖아 보이지 않는다고는 하지 않겠지만, 같잖아 보인다고도 하지 않겠습니다. 괜한 사람한테 시비 걸지 말고 오십시오."

"시비 안 걸었어."

"바닷가 여자들은 성미가 드세서, 그러다 일 납니다."

"그렇지만 퀸시오 사람이 아니잖아, 이 여자. 그렇지?"

남자가 갸우뚱 고개를 기울이며 제르를 향해 물었다.

그녀는 대답하지 않았다. 놀랄 것도 없었다. 그녀의 검은 머리와 검은 눈동자는 이 근방에선 흔하지 않았다. 갈색 계통의 비교적 다양한 색깔이 어우러지는 카르시타에서 전체적으로 얼마 되지 않는 희소 색이었다. 데바람에서 머물 적에는 특이하지 않았지만, 이곳에서 그녀는 누가 보아도 이방인.

지금만 해도 이 여관 안에서 유일하게 튀는 머리색은 단연 저 사내와 제르였다.

"파냐 가져왔수. 총각, 무리하지 마."

따끈따끈한 김이 올라오는 큼직한 술잔을 받아든 테이가 가볍게 미소 지었다. 제르는 술잔을 내려다보며 경고했다.

"후회할 텐데."

"두고 보면 알겠지. 누가 먼저 나가떨어지나 하는 거다."

"……멍청함이 화를 부르지."

"두고 보자고. 욜랑, 스승님의 승리를 기원하는 후카나 좀 퉁겨봐라, 지금."

테이는 주저 없이 큼직한 잔에 든 술을 비웠다. 제르 역시 잔을 들었다.

정확히 한 시간 후, 테이는 후회했다.

애초에 파냐는 독한 술로 유명했다. 대도시에서 양산되는 파냐는 비교적 맛과 도수가 조화를 이루고 있지만, 이런 시골, 특히나 개인이 집에서 직접 담그는 파냐는 숙성 기간과 횟수에 따라 도수가 천정부지로 높아졌다. 노동자들조차 하루 세 잔 이상은 기피하는 독주.

코와 목구멍을 턱턱 틀어막는 화기에 테이는 이 파냐가 이곳 여관에서 직접 주조되고 있을 거라고 확신했다.

'윽.'

속이 메슥거렸다. 그런 독주를 벌써 일곱 잔이나 마셨다. 실은 이미 다섯 잔 하고 반 정도를 마셨을 때, 이미 한계점이었다. 칼을 뽑았으니 무라도 썰어야지. 저 깡말라 신경질적인 여자가 먼저 못 견디고 포기하겠지 하는 생각에 억지로 잔을 기울인 게 실책이었다.

그러나 그녀가 정확히 아홉 잔째 술을 입가에 가져가는 것을 보았을 때. 내색은 않았으나 정말로 기겁했다.

'이 여자 뭐야?'

기절 직전에 이르러 눈앞이 후끈후끈한 그에 반해 건너에 앉은 여자는 쉼 없이 마시고도 표정 하나 변하지 않고 멀쩡히 앉아 후카 연주를 듣고 있었다. 이건 무슨 술고래라고도 할 수 없었다. 그냥 인간 모양의 술동이에 술을 다시 옮겨 붓는 것을 보는 기분이었다.

'고래는 살아라도 있지.'

"괜찮으십니까?"

"괜찮을 거어엇 가아앗냐아?"

"안 그래 보여서 여쭌 겁니다. 그리고 그 정도로 취하지 않은 거 압니다. 적당히 엉겨 붙으십시오."

"쳇."

무거운 머리를 이기지 못한 테이가 식탁 위로 턱 엎드렸다.

"저놈은 그냥 눈감아주는 법이 없어……. 아, 근데 너는 무슨 여자가 술만 먹고 살았나……."

"나를 따라오려면 두 잔 남았다."

"포기, 포기이이! 져었다!"

테이가 양 손바닥을 내보이며 고개를 저었다.

지는 승부는 안 하지만, 이미 진 승부를 이기겠다 용쓰는 짓은 더 안 한다.

그나저나 어찌 저리 독한 걸 물처럼 마신단 말인가. 이곳 출신은 아닌 듯하지만 그것과는 별개로 바닷가 근처의 여인들이 드세다더니, 정말인가 보다.

테이는 새까만 흑발을 늘어뜨리고 청초하게 앉아 술잔을 기울이는 여자를 풀린 눈으로 응시했다.

까만 것이 처음부터 눈에 밟혔다. 목소리에 든 묘한 가시가 처음 욜랑에게 말을 걸었을 때부터 신경을 건드렸다. 그는 금방이라도 고꾸라질 것 같은 목에 뻣뻣하게 힘을 주었다.

'저렇게 안색 하나 안 변하냐, 어떻게.'

그런 테이의 속내를 알아채기라도 한 건지 그녀가 시기적절하게 대꾸했다.

"낙담할 필요 없어. 네가 오늘 상대를 잘못 만난 것뿐이니. 저 아이는 네 제자라고 했던가."

"아아, 뭐어…… 욜랑은."

"데리고 다니며 악기를 가르치나?"

"아니, 곧 이곳에서 부모 될 사람을 찾아 맡기고, 후우, 나는 다시 떠나야지."

"테이 님, 그만하시죠."

"넌 빠져라, 레이스."

"적당히 좀."

금발 남자가 붉은 머리 남자의 등짝을 짝 후려갈겼다.

아야! 아프지만! 봐준다! 오늘만! 금방이라도 팔짝팔짝 뛸 것처럼 소리치던 붉은 머리 남자는 늘어진 눈빛으로 제르를 향해 씨익 웃었다. 그러나 제르의 시선은 악기를 타는 소년에게서 떨어질 줄 몰랐다.

무시당한 걸 깨닫고 뚱한 얼굴을 하던 테이가 물었다.

"음악 좋아하나 봐?"

"……."

"네가인 오렐라? 자장가처럼 심심한 음악을 좋아하는 여자도 있네."

"……."

"술은 어떻게 그리 잘 마셔?"

"……."

"원래 그래?"

"반쯤."

"아니, 술 말고. 너, 그 괴팍한 성격."

"네게 나에 대해 왈가왈부 떠들 생각 없어."

독주를 연거푸 마신 사람답지 않게 또렷한 발음이 신기할 정도였다. 테이는 뒷머리를 벅벅 긁으며 침음했다.

"으…… 그냥 물어보는 건데. 궁금해서."

"쓸데없는 궁금증은 화를 부르지."

그는 반쯤 엎드려 어깨를 들썩이며 작게 웃다가 불쑥 고개를 들었다.

"아가씨이, 내, 혀가 좀 꼬여서 어눌하게 말해도 웃지 마아? 괜한 참견이라 해도 할 말 없겠지만, 이 말은 해야겠어. 뭘 그렇게 경계하는

지를 모르겠네. 사람이 조옴 친해지자고 말을 거는데 말이야, 그렇게 날만 세우면 생기려던 친구도 없어진다고요?"

"훈계하는 건가?"

"뭐, 듣는 사람 마암이지마안…… 아가씨, 솔직히 친구 없지?"

"……."

"내가 그럴 줄 알았지이!"

테이는 진심으로 스스로의 통찰을 칭찬하는 기색이었다.

곧 그의 눈빛에 순간 생기가 도는가 싶더니, 간간이 늘어지던 발음이 놀랍도록 뚜렷해졌다.

"정말이야. 나중에 후회해? 나이 먹고 친구 없이 말년을 보낼 걸 생각해보라고. 날 이렇게 박대하면 네 손해야."

"예를 몇 가지 들어볼까?"

엎드린 채로 고개만 들고 있던 남자는 그 상태로 검지를 들어 보였다. 입가엔 개구쟁이처럼 노골적인 미소를 달고서.

"첫째! 앞으로 나같이 멋진 남자가 몇이나 나타날지 모르니 아가씨 인생이 손해고!"

제르가 제정신이냐는 표정으로 그를 바라보았다. 그의 등 뒤에 서 있던 레이스라는 남자는 한숨을 푹 내쉬며 고갤 돌려버렸다. 그러건 말건, 술 취한 주정뱅이의 두 번째 손가락이 발딱 섰다.

"두울째애! 아가씨, 왠지 제 딴엔 고고하다고 본인 잘난 맛에 사는 부류처럼 보이는데, 맞나? 그래, 뭐 도도 좋다 이거야. 그렇지만 도도한 것도 때와 장소를 가려가며 도도해야지. 가만 보니 배울 만큼 배우고 자란 것 같은데."

묵묵히 듣고 있던 제르가 눈썹을 치켜떴다.

"이름이 뭐야?"

"……."

"또 입 다무는 거 봐라."

테이가 눈을 게슴츠레 떴다.

"내게 관심 꺼."

"너 바보냐."

"네가 지금 무슨……."

"평민들이 이렇게 잔뜩 오는 술집에서 그런 고압적인 말투 좀 버리라고. 다 쳐다보잖아. 관심받고 싶지 않으면 말투나 표정부터 고쳐야지."

제르가 무심코 고개를 돌렸다. 드루가 술잔을 나르다 말고 그녀와 눈이 마주치자 살짝 고개를 숙여 웃었다. 바쁜 와중에도 부자연스럽게 친절했다. 그녀의 표정이 썩 굳어지자 테이는 되려 마음에 든다는 듯 웃었다.

"어차피 그 외모, 왕령 퀸시오 사람이 아닌 거 광고하고 다니는 거고. 말투에 하대와 명령이 섞여 있고, 작은 움직임만 봐도 예절을 허투루 배우지 않았단 건 알겠다. 그리고 손은 물 한 번 안 묻혔을 것처럼 부드럽지. 아, 이상한 눈으로 보지는 마. 아까 금화 던질 때 봤거든. 그래서 좀 궁금해졌는데, 너는 그럼 졸부의 자식쯤 되려나? 아니면 다른 나라에서 왔나? 아니지, 이런 깡촌엘 놀러 오는 놈들이 어디 있겠어. 아니면 혼혈인가? 어쨌든…… 너 스스로도 자각이야 했겠지만, 그 정도 외모에 낮은 지위 귀족의 딸이었다면 애초에 팔려가듯 결혼해서 성에 처박혀 있었을 테고……. 아니면 혹시, 뭐 문제 있어?"

"……."

"그것도 아니면 뻔한 건가? 혼인하지 않아도 먹고살 돈이 충분하다, 혹은 혼사에 관련해 다리를 놓아줄 부모 없이 혼자 지내고 있다…… 는 근데 또 이상하다. 그치? 그 정도로 돈이 많으면 이런 깡촌에서 혼자…… 아니, 아니지, 맞네. 어차피 나도 말이야…… 이거 너한테만 말해주는 건데…… 윽!"

그의 횡설수설은 도저히 못 들어줄 정도였다.

"아, 테이 님. 실수."

때마침 레이스라는 금발의 남자가 남자의 뒷머리를 콱, 테이블 위로 누르지 않았다면 제르가 쥐고 있던 잔을 그의 얼굴에 던질 판이었다.

뭐가 그리 즐거운지. 테이블에 엎어진 채로도 남자는 연신 웃었다. 테이가 레이스의 손을 툭 쳐내며 느릿느릿 고개를 들어 세웠다.

"네가 스스로 신분도, 이름도, 아무것도 알려주지 않았으니 나는 네가 뭐라고 해도 갑자기 공손해지거나 하지는 않을 거야. 대접받고 싶으면 알려줄래?"

제멋대로 잘났다 떠드는 모습을 보니, 그나마 대작하며 생긴 흥미마저도 사그라졌다.

제르가 주저 없이 몸을 일으켰다. 테이는 그러건 말건 그녀의 등을 향해 세 번째 손가락을 세웠다.

"셋째. 아니, 셋째는 아니다. 이건 그냥 묻고 싶은 건데 너 언제까지나 퀸시오 같은 시골구석 나부랭이에 처박혀 있을 셈인지는 모르겠지만 적당히 성격 좀 죽이지 않으면 버티기 힘들거얼? 아직은 아름답고 예뻐도 혼기가 지나면 대접도 못 받는다! 어어어, 사실 나도 그런 여자들 많이 봐왔지. 존경받길 바라면서 존경하지 않는 여자. 빤히 보이거든. 내 숙부가 말이지, 여자 보는 눈에는……!"

"입 좀 다무십시오, 테이 님. 취하셨습니다."

쿵. 다시 한 번 레이스의 손바닥이 테이의 뒷머리를 짓눌렀다. 한마디라도 더 하면 가만 안 두겠다는 투였다. 걸음을 멈춘 제르의 얼굴이 노여움으로 붉어졌다.

"네가……."

"오, 오오! 아가씨 화났구나. 화나면 말이 없는 부류인가. 으음?"

테이가 싱글싱글 웃으며 빈정거렸다.

"내가 누군 줄 알고……."

"누군데?"

"…….."

"들어나 보자."

제르는 돌연 맥이 풀린 사람처럼 눈을 내리깔았다. 입술 사이로 잔신음이 새어나왔다가 멎었다.

아직은 아니다. 아직은 아니었다. 아직 자신은, 아무것도 아니었다.

그녀는 뒤도 돌아보지 않고 술집을 빠져나왔다.

이레 후, 카르시타의 왕실로부터 기다렸던 서신이 도착했다.

[고 제이하이의 왕손 제르 시나와 엘 제이하이 카르시탄에게 요크의 퀸시오 반도 300약을 봉토로 하사한다. 본디 자작은 개인 사유의 독립된 영지를 갖는 것이 허가되지 않았으나 왕의 특명으로 왕령으로 반환되는 순간까지 퀸시오는 독립적인 존재임을 공포하는 바이다. 그에 따라

독립령 퀸시오는 봉토에서 나는 작물 2할을 매해 왕국에 헌납해야 한다. 군사의 소유 또한 제한된다. 귀하는 왕실의 인가가 없을 시엔 퀸시오를 떠날 수 없다.]

제르가 더 볼 것도 없다는 듯 왕의 친서를 덮었다. 한 치의 경애조차 없었다.

"이 짧은 내용을 보내는 데 반년이나 걸렸단 말이지."

"왕자 저하의 탄신으로 근래 왕도는 눈코 뜰 새 없이 바빴으니, 어쩔 수 없었다고 생각합니다."

기사가 답했다. 임시로 머물던 좁은 집 안은 갑옷으로 중무장한 기사 하나가 더 들어섰을 뿐인데도 꽉 찬 것 같았다.

"……퍽이나 바빴겠구나."

제르의 앞에 선 기사는 그녀의 말에 불쾌한 듯 눈을 찡그렸다. 하지만 그는 이제 그의 '임시 주인'이 된 그녀 앞에서 불만을 표할 만큼 혈기가 넘치지도, 어리석지도 않았다.

기사는 말을 계속했다.

"인사 올립니다, 왕하 카르시탄. 저는 에드하인다 가문의 아스난 엘보르트 펜 시온디 에드하인……."

"긴 말은 필요 없네, 에드하인다 경."

"엘보르트라 불러주십시오."

"뭐, 그래. 엘보르트 경."

제르는 부끄러운 기색 없이 정정했다.

"……전하께서 저를 자작의 보좌관으로 임명하셨으며 제겐 자작의 명을 따를 의무와, 또한 자작께 이것들을 상세히 보고할 의무가 있습니다."

아스난이라는 이름의 기사는 전형적인 고관 귀족들이나 쓸 법한 뻣뻣한 말투를 구사했다.

"지금 저 밖에선 자작님을 따르는 왕실로부터 직접 친명을 받은 일곱 명의 기사와 수십여 명의 병사, 노예들이 대기 중입니다. 또한 왕령 퀸시오를 수호하던 600여 명의 병사 중 200여 명은 오늘부로 아라산의 쇼하인령으로 귀속되며 자작께선 퀸시오에 남을 400명의 병사를 친히 선별하실 권리가 있고, 그 밖에도 치안과 규율에 관한 새로운 법령을 공포하실 수 있습니다."

고작 일곱 명의 기사, 그리고 몇백 명의 병사.

참으로 단출한 은혜였다.

그녀는 몸을 일으켜 창가로 다가갔다.

"내가 독립령의 의미가 뭔지 모른다고 생각하나?"

그녀는 창문을 열고 5열 횡대로 선 바깥 무리를 바라보았다. 노예들은 추위에 덜덜 떨며 엎드려 있었고 기사들은 각각 스스로의 말을 세워둔 채 제멋대로 떠들고 있었다.

"자네가 저 기사들의 총 책무자인가?"

"그렇습니다."

"알 만하구나."

"……예?"

"기강이 알 만하다고. 귀가 먹었나?"

그녀와 눈이 마주쳤음에도 별다른 존경의 표시라거나 눈빛 없이 인상만 쓰고 있는 그들의 시선은 반항적이었다.

그녀는 충분히 상황을 이해할 수 있었다. 왕도의 기사가 되기 위해 무던히도 애썼을 그들이다. 기사도를 외우면서 혁혁한 공을 세우는 것만을 노렸을 치들. 하지만 하루아침에 왕실에서 신경조차 쓰지 않는 극북동의 퀸시오로 발령을 받았으니 꼭 내쳐진 듯한 기분이었을 것이다. 게다가 그 땅의 주인은 들어본 적도 없는 왕족. 그리고 자작이라는 이상한 위치.

출셋길이 막혔다고 여기리라. 충분히 이해한다.

그들을 무감각하게 바라보던 그녀가 고개를 돌렸다.

"자네는 왕에게 충성을 맹세했나?"

"기본적으로 전하와 기사들은 계약 관계입니다."

"그렇다면 단순히 왕이 그네들을 이곳으로 보내 저치들이 저리도 불만투성이인 게로군. 누가 보면 충성 맹세를 하고도 버려진 줄 알겠어."

그녀의 배려 없는 신랄한 비판에 아스난은 모욕으로 뻣뻣해졌다. 그가 "잠시만 실례하겠습니다." 하고 나갔다.

그녀는 창문을 닫고 다시 낡은 의자에 앉아 차를 홀짝였다. 얇은 목재로 지은 바닷가의 초라하고 낡은 집은 소리가 새어 들어오기 쉬웠다. 그녀는 밖으로부터 들려오는 돌고 도는 논쟁에 자조 섞인 웃음을 지었다. 그리고 얼마 지나지 않아 텅! 쇠붙이 얻어맞는 소리가 들렸다.

곧 아스난이 아무 일도 없다는 듯한 얼굴로 들어와 그녀를 향해 말했다.

"보십시오."

그녀는 움직이지 않았다. 그대로 눈동자만을 치켜뜨며 아스난을 올려다보았을 따름이었다.

아스난이 잠깐 눈썹을 씰룩였다가 재차 재촉하지 않고 홀로 밖으로 나갔다. 이번엔 얼마 걸리지 않아 돌아왔다. 한 기사가 그의 손에 붙잡혀 질질 끌려와 그녀의 앞에서 내동댕이쳐졌다.

"후안 경, 경의 주군께 예를 갖춰라."

내동댕이쳐진 기사가 이를 가는 소리가 들렸다. 못내 그 상황이 재미있게 돌아간다 생각한 그녀는 아무 말 없이 기사를 내려다보았다. 곧 삐걱거리는 갑옷의 소리와 함께 기사가 천천히 한쪽 무릎을 굽히고 고개를 조아렸다.

"……셀파 후안 펜 이실카 이르베르트, 주군께 예 올립니다."

반항심이 노골적이었다. 종기사와 다른 기사들 앞에서 창피와 수모를 당했으니 그럴 만도 했다. 아스난이 다시 그를 향해 손을 올렸다.

제르가 저지했다.

"됐네, 엘보르트 경. 후안 경? 경은 나가도 좋다."

말이 끝나기 무섭게 몸을 벌떡 일으키고 제르를 한 번 흘긴 기사는 성큼성큼 나가버렸다. 아스난이 말했다.

"원하신다면 매질을 하겠습니다."

"그런 것엔 관심 없어. 아라산으로 차출될 병사를 거르는 것은 경에게 맡기지."

"명을 따르겠습니다."

"그 후 보고하게."

"예. 그리고 이제 명실상부 퀸시오는 자작의 개인 사유가 되었으니 영주의 성으로 거처를 옮기셔야 합니다. 왕명으로 이곳에 머물던 힐레인 수령이 곧 성을 비울 것입니다."

"그럼 경들은 저들을 데리고 그곳에서 준비하게."

"예?"

아스난의 표정이 살짝 굳어졌다.

"나는 후에 들어가지. 그때까지 준비를 다 마무리해두게."

그 통보에 제르만큼이나 무표정하던 아스난의 이마가 아주 살짝 좁아졌다.

그는 누추하기 짝이 없는 좁은 방을 눈으로 훑었다. 바람만 겨우 막을 정도의 얇은 벽은 외풍에 쉽게 흔들렸고, 벽난로의 온기조차 제대로 담지 못해 공기는 서늘하기만 했다.

"이런 곳에서 머무시는 건 체통에 맞지 않습니다."

"너희가 그 몇 줄도 쓰이지 않은 잘난 친서를 가져오기까지 반년, 나는 이곳에 머물렀다. 하루 이틀 더 지낸다고 무엇이 달라지나? 내가 네게 여기 머물라 명한 것도 아닌데, 지나치게 과민하구나."

"……자작께서 이곳에 계시면서 수령의 모든 업무를 승계하실 수는 없습니다."

"급한 건 가져와."

"하지만."

"종알종알……. 나는 네가 생각조차 할 수도 없던 위치에서도, 그런 것에 구애받지 않고 살아왔어. 적당히 물러나라."

그러나 꽤나 고집스러운 구석이 있는 기사는 포기할 생각이 없어 보였다.

"하지만 수령께 직접 인수인계를 받으셔야……."

"내가 성으로 들어가기 전에 떠난다면 그전에 내게 들르라 전해."

"하…… 지만 자작, 그는 왕명으로 이곳을 통치하던 신하였습니다. 그건 그에 대한 예우가……."

그녀가 짜증스럽게 일갈했다.

"나는 카르시탄이다."

아스난이 입술을 다물었다.

왕족은 모든 귀족들의 우위에 서 있다. 사실 이곳의 원 영주인 힐레인과 제르를 두고 비교해보자면 누가 더 높은가는 굳이 꼼꼼히 따지지 않아도 쉬이 알 수 있었다.

그는 왕의 친서에 적혀 있는 수신인의 이름을 기억하고 있다. 제이하이 카르시탄. 왕도에서 편도 보름 넘게 달려오는 동안 줄곧 품어왔던 글귀를 잊을 리가 없었다. 물론 그 스스로도 의문이 전혀 없는 건 아니었다. 낯선 방계의 왕족. 자작이라는 별것 아닌 지위를 받은 여자. 그리고 전례 없는 독립령의 인정.

그의 눈빛에 떠오른 의심을 읽어내기라도 한 것처럼 제르는 한심하단 표정으로 그에게서 시선을 거두었다.

아무래도 하늘이 점점 어두워지는 것이 조만간 눈이 쏟아질 모양이었다.

반쯤 열린 창 밖의 우중충한 하늘을 응시하던 제르가 치맛자락을 주먹 안에 그러쥐었다. 바깥에는 병사들 몇이 서 있는 게 보였다. 퀸시오의 성으로 들어가기 전까지 그녀를 호위하는 이들이었다. 제르는 그들이 가져온 왕의 친서를 떠올렸다. 그 짧은 것을 보내는 데 반년이 걸렸다. 왕자 저하의 탄신으로 인해 그리도 바빴다고 한다. 너희가 한 것이 무엇이관데.

미진하게 떨리던 그녀의 주먹이 이내 탁 풀어졌다. 퀸시오의 성 안으로 한 발 내딛으면, 정말로 무언가가 시작된다.

그것은 홀로 감당하긴 어려운 것이다. 내색하진 않았지만 몹시도 두렵고 막연한 미래로의 걸음이었다. 그렇기에 르니아, 르니아가 필요했다. 새 시작의 첫걸음이라면 르니아와 함께 들어가고 싶었다.

그녀가 떠난 지 벌써 스무 날이 다 되어가는데, 르니아는 오늘도 소식이 없었다. 곧 올 때가 되었는데 왜 소식이 없을까. 퀴네도사이와의 일이 잘 풀리지 않은 걸까. 기우라는 걸 알았지만 심란한 마음은 쉽게 가라앉지 않았다.

생각에 골몰해 있는 바람에 아스난이 찾아온 것도 몰랐다. 그녀는 무심코 고개를 돌리려, 곁눈으로 시꺼먼 제복의 남자 한 명이 방 안에 서 있다는 걸 깨닫고 깜짝 놀랐다.

"엘보르트 경, 언제 왔나?"

"문을 두드렸는데, 대답이 없으셨습니다."

"그렇다고 함부로 들어오나?"

"송구합니다. 들어와도 된다 하신 줄."

아스난은 정말로 재미없는 말투의 사람이었다.

"됐어. 그나저나 왜?"

"뭐가 말입니까?"

"왜 왔냐고."

아무래도 저자와는 의사소통이 어려울 것 같은 예감이 진하게 들었다. 아스난이 가만히 제르를 아닌 체 내려다보다가 고개를 조아리며 말했다.

"인수인계 준비가 마무리되었습니다."

"그래. 가져와."

"뭘 말입니까?"

제르가 결국 참지 못하고 짜증조로 말했다.

"인수인계의 준비가 마무리되었으면 내게 가져왔을 것 아니냐."

"아닙니다. 긴급한 사안을 제외한 모든 공문서는 외부 유출이 불가능하므로 자작께서 직접 가서 날인을."

순간 욱했지만 제르는 노여워할 기운도 없었던지라, 털어내듯 답했다.

"그렇다면 나중에 마무리하지."

"자작께서 일을 미루시게 되면 전 영지의 경제 활동이 멈추게 됩니다."

진짜 답이 없는 놈이었다. '왕에게서 내쳐진 이유가 뭔지 알겠구나.'라는 비아냥이 목구멍까지 차올랐다가 내려갔다.

"전 자작의 보좌를 임무로 이곳에 왔습니다. 귀찮으시더라도 감안해주십시오. 그게 아니라면 성으로 들어가시면 됩니다."

"그럼 보좌를 해야지. 간섭이 아니라."

"자작께서 그리 느끼신다니 유감입니다."

사실 그리 유감인 듯 들리지 않았다는 걸 본인도 알 것이다.

"더 보고할 게 없다면 나가라."

지난 며칠과 별반 다를 바 없이 마무리되는 상황에 아스난은 눈을 내리깔았다. 한숨이 얼핏 섞인 것 같은 표정이었다. 너만 열을 받는 줄 알아? 순간 열이 치밀어 무어라 소리치려던 제르는 그냥 입을 다물어버렸다.

"아라산으로 차출할 병졸들을 모두 선별했습니다. 우선순위로는 지원자를 선발했고 그다음으로 퀸시오에 식솔이 없는 자, 그다음으로 실력이 부족한 자 순으로 선발, 아라산에 연통을 넣었습니다.”

“그래.”

“또한 힐레인 수령이 주로 맡았던 건 도시의 치안과 식량난에 관한 문제, 그리고 식수와 농수, 트란실과의 접경으로 인한 약간의 군사적 사항, 그리고 바다로 수시로 출몰하는 해적과 퀸시오 항만을 이용하는 상단들에 관한 것이었습니다만.”

“형편없지.”

“……어찌 아셨습니까?”

“내가 이곳에서 반년을 지냈다는 걸 그새 잊었나?”

아스난이 대답 없이 고개를 조아렸다.

제르는 이곳에 머물며 단 하루도 문턱 없이 열린 적 없는 퀸시오의 성을 떠올렸다.

이곳의 수령은 구태여 멀리 찾지 않아도 널린 엉망진창 관료였다. 얼마 되지 않는 농지가 마르고, 상선들끼리 싸움이 붙고, 범죄가 일어나도 성과 성주는 스스로만 완벽했다. 아주 가끔 드나드는 값비싼 사치품 상인들만이 그나마 자유롭게 성에 출입하는 이들이었다.

치안뿐만이 아니라 몇 없는 군사들도 전부 오합지졸. 무기며 갑옷 무엇 하나 성한 것을 입고 있는 놈들을 본 적이 없다. 하다못해 말들까지 말라비틀어져서 길을 걷다 픽픽 쓰러지기 일쑤였다. 어떻게 트란실과 근접한 위치임에도 이렇다 할 사건 없이 그냥 지나친 건지 신기할 정도였다. 그녀는 그것을 길목을 막은 아라산령과 추위 때문일 거라 판단했다.

그렇지 않았다면 그는 망해도 애당초 망했을 거다.

"언제쯤 알리실 겁니까?"

"글쎄."

"내키지 않으신다면 당분간은 침묵하셔도 괜찮지만 사람들도 눈이 있고 귀가 있으니 눈치는 차릴 겁니다. 또한 대대로 새로 부임한 영주들은……."

"피곤하군."

또 말허리를 잘린 아스난이 미간을 좁혔다가 곧 평소와 다름없는 얼굴로 돌아왔다.

"호위로는 클로이스 경을 남겨두겠습니다."

"마음대로 해."

고개를 꾸벅 숙인 그가 곧 검은 제복의 망토를 펄럭이며 물러갔다.

아스난은 성으로 돌아가는 내내 자신이 모시게 된 '여자작'을 생각했다.

원치 않았던 새 주인은 상상 이상으로 그를 곤란하게 하고 있었다. 성으로 들어가지 않는 데에는 어떠한 이유가 있을 터이나 당최 짐작 가는 게 없었다. 뿐만 아니라 그녀가 전 퀸시오의 영주 힐레인을 거들떠라도 봤다면 힐레인과 그가 서로 낯을 붉히지 않아도 되었을 것이다. 왕족, 여자작. 어울리지 않는 단어의 조합이었다.

이 추운 날씨에 적응도 채 되지 않은 상황에서 상전이 저 모양이니 피로가 갑절이었다.

그리고 또 문득 든 생각이 있었다.

'제르 시나와……. 제르 시나와……. 분명 어디선가 들어본 듯한데.'

카르시탄이니 귀동냥으로 이름 한 번 들어본 적이 있다 해도 이상할 게 없었지만 왕명보다는 이름이 더 익숙했다. 기억력이 나쁘지 않은 그로서는 영 껄끄러운 느낌이었다.

"경은 정말 아무렇지도 않으신 겁니까?"

기사들의 불평불만도 이젠 지겨웠다. 그는 생각을 멈추고 대꾸했다.

"뭐가 말인가? 세닉 경."

페이랑이 그에게 바짝 다가붙어 목소릴 낮추었다.

"저는 아무래도 이해가 안 갑니다. 저 여자, 하늘에서 솟은 것도 아니고 갑자기 왕족이라고……. 게다가 벵제일로의 제이하이께선 이미 서거하신 지가 벌써……."

"말을 아껴라, 세닉 경."

더 이상의 불만은 용납하지 않겠다는 듯이 그가 단호히 말했다.

"하지만…… 그렇잖습니까."

"전하의 명령을 따르는 데에 우리의 사감은 그다지 중요하지 않다고 다시 한 번 기본적인 것을 일러주어야 하나."

"그 말에는 전적으로 동의합니다. 하지만…… 셀파의 일은 조금 과하셨습니다. 그런 망신을 당해 뿔이 단단히 난 모양이에요."

"후안 경은 그 행실이 불충했다."

"하지만 그때 다른 이들도 다 비슷비슷했습니다. 유독 셀파가 성미가 못되어 그렇게 행동한 것이 아니지 않습니까. 나중에 잘 타이르셨더라도……."

첫날 아스난이 셀파를 제르의 목전까지 끌고 들어갔던 일로 여러모로 충격을 받았는지 페이랑의 표정 또한 좋지 않았다.

아스난이 소리 없는 한숨을 내뱉었다. 그들과는 개인적인 친분도 있었고 천성이 나쁜 이들이 아니라는 걸 잘 알지만 '과했다'는 말에는 동의는 할 수 없었다. 지금도 기사들의 기강은 엉망이었다. 처음에 그렇게 기를 죽여놓아 이 정도로 그쳤지만, 아니었더라면 지금보다 더욱 심했을 것은 두말할 필요도 없었다.

그나마 자신을 따라온 에드하인다의 기사들은 그나마 좀 낫다. 이를테면 페이랑이나 현재 성 안에 남은 렐딘. 그들을 제외한 대부분의 기사들은 매일 밤을 표출하지 못하는 억울함과 분노로 지새웠다.

"타일렀더라면 지금보다 나았을 거라는 말이냐?"

이번엔 페이랑이 입을 다물었다. 아스난은 그에게서 딱히 대답을 바라지 않았기에 그의 침묵을 용인한 채 말을 몰았다.

"……하지만."

"대열을 맞춰라. 더 이상의 사담은 금한다."

페이랑이 아쉬운 듯 입술을 삐죽대다 슬금슬금 제자리로 돌아갔다. 아스난은 페이랑이 멀찍이 뒤로 자리하는 것을 확인한 후에야 푹 한숨을 내쉬었다.

사실 그 또한 기사들과 크게 다른 심정인 것도 아니다. 올해 서른여섯. 그리 많은 나이는 아니었다. 열네 살에 서품을 받아 기사가 되었고, 청년기에 세 번 정도 전쟁에 나가 공을 세워 이름을 날렸다. 출신 또한 전도유망한 에드하인다 백작 가문의 장자인지라, 그의 앞길은 탄탄대로였다. 아니, '였었다'.

처음 이곳으로 발령이 났다는 이야기가 나돌았을 때 주변에선 난리가 났었다. 대체 무슨 짓을 했기에 전하가 그런 명령을 내린 것이냐며 안에서도 한바탕 소란이 일었다.

확실한 이유도 모른 채 그는 이곳에 있었다. '좌천'의 이유가 전혀 짐작이 가지 않는 건 아니었다. 얼마 전 비전하께서 순산한 왕자 저하로 인해 왕실 권력의 판도가 판이하게 기울고 있으니 아마 그 때문일지도 모른다.

'하지만 지금은 그보다…….'

아스난은 쓸데없이 뻗어나가는 생각의 가지를 잘라내었다. 자신의 주군에 대한 반발심으로 똘똘 뭉친 기사들에 대한 문제가 급했다.

성 안이 몹시도 소란스러웠다. 그건 분주함과는 다른 날카로운 소란함이었다. 이상함을 느끼고 말에서 내린 아스난이 내정 앞의 성벽으로 다가갔다. 사람들이 몰려 있었다. 그리고 찬 공기 사이에 피 냄새가 섞여 있다는 걸 깨닫기까지는 오래 걸리지 않았다.

"엘보르트 경! 성 안의 노예와 후안 경의 하수인 사이에 시비가 붙었는데, 후안 경이 이를 아시고 노여워하시면서 노예에게 검을 휘두르셨습니다. 헌데 그 때문에 헥터 경과 다시 마찰이 생기셔서 지금……."

아스난이 잠시 차분한 표정으로 소란한 소리가 나는 방향을 바라보다가 더 생각할 것도 없다는 듯 말했다.

"입회인은 누구냐."

"로렌스 경께서 계십니다."

페이랑이 들으란 듯 한숨을 푹 내쉬었다.

"거 보십시오. 셀파가 지금 속이 말이 아니라 저러는 겁니다. 가뜩이나 부족한 일손 채우느라 렐딘도 말이야 않지만 그 속이 속이겠습니까. 다들 예민해서 숙소에서도 뭐 말도 못 붙이겠고……."

"세닉 경, 가서 결투를 잠시 중단하고 둘 다 응접실로 오라고 전해라."

"어? 하지만 경, 결투를 중단하는 건……."

"끌고 와. 잊었나? 여긴 카르시타의 규율에서 자유로운 독립령이다."

자신이 이런 말을 하게 될 줄 몰랐다. 그리고 말하고 보니 꽤 편한 것 같기도 했다.

멍청하니 아스난을 바라보던 페이랑이 투구를 벗고 머리를 벅벅 긁었다.

"알겠습니다."

가뜩이나 왕도에서 쫓겨나 심란한 기분에 동료들까지 저토록 어수선하니 머릿속이 더욱 복잡해졌다.

아직 마땅한 집무소를 배당받지 못한 아스난은 텅 빈 응접실에 앉았다. 전 영주의 취향 탓에 화려하기가 눈이 아플 정도였다. 미간 사이가 지끈거렸다.

곧 셀파와 렐딘이 씩씩거리며 응접실 문을 열고 들어왔다. 아스난은 가타부타 말을 늘이지 않고 직접적으로 말했다.

"자초지종은 들었다. 그 노예는 어찌했나."

"치료를 위해 의원에게 데려갔습니다."

셀파와 마찰을 빚었던 렐딘은 어느 정도 이성을 찾은 듯 평온한 낯빛이었다. 그에 반해 셀파는 여전히 위태로운 혈기로 가득 차 있었다.

아스난은 한 번 깊게 심호흡한 후 말했다.

"죄는 묻지 않겠다. 그러나 앞으로도 이런 일이 벌어져 일에 차질이 생긴다면 그땐 문제가 되겠지."

"……송구합니다, 엘보르트 경."

렐딘은 용서를 구했다. 그러나 셀파는 한 마디도 않은 채 입을 꾹 다물고 있을 따름이었다.

"왕령 소속의 노예를 처분하는 것은 죄가 아니었으나, 지금 우리는 왕도의 기사가 아니고, 노예는 독립령 퀸시오에 속한 자산이니 자작께 보고가 올라갈 것이다. 후안 경은 할 말이 없나?"

셀파가 노골적으로 고개를 돌려버렸다.

"헥터 경은 물러가라."

"예."

렐딘이 허리를 푹 숙이더니 몸을 돌려 나갔다. 그가 문을 닫고 나가자 아스난이 기다렸다는 듯 말을 꺼냈다.

"후안 경, 아직도 그렇게 불만인가?"

"……불만입니다."

셀파는 아스난을 쏘아보았다. 아스난은 언짢은 기색 없이 그의 눈빛을 받았다. 그날, 여섯이나 되는 다른 기사들 중에서 굳이 셀파를 그녀의 앞에 끌어다 무릎 꿇린 것은 셀파가 개중 가장 호승심 강하고 자존심이 세기 때문이었다.

아스난은 이미 의도적으로 그의 자존심을 무너뜨렸다. 이 정도는 용인할 수 있었다.

"지금 그대가 보여주는 것은 절개가 아닌 아집이다. 이해는 하지만."

"지금 경께서는 아무렇지도 않다 말씀하시는 겁니까?"

똑같은 질문을 하루에 몇 번이나 듣는지.

"내 처분이 불만이었나?"

"……경."

"그날 경의 행동이 옳은 기사의 행동이었다 말할 수 있나? 그런 처우를 결정한 것은 나다. 괜한 화풀이를 약자에게 행하는 건 몹시 불합리한 처사다. 퀸시오 자작령에 귀속된 기사가 된 이상 인정해야 한다. 우리는 한동안 이곳에서 머물게 될 거다."

"……."

"또한 우리가 데려온 노예들은 우리와 길을 같이했던 이들이다. 우리만큼이나 추위에 익숙하지 않다. 기사의 기본 정신을 잊었나."

"용맹함, 동정심, 겸손, 명예, 예절, 헌신, 정의입니다."

"경은 약자를 향한 동정심도 잃었으며, 주군을 향한 겸손과 헌신도 잃었으며, 옳고 그름에 대한 정의가 아닌, 제 분이 풀리지 않는다 하여 행동하였으니 결국은 명예마저 잃었다."

셀파가 눈을 부릅떴다.

"하지만 경께서는 헤아려보지 못하셨습니까? 제 명예는 더 이상 치욕스러울 수가 없을 만큼 그 위신이 땅에 떨어졌습니다."

"어느 누가 그렇게 말하던가?"

"누구에게 물어도 그리 말할 것입니다."

"스스로가 어찌 생각하든 관심 없다. 그러나 확실하게 말해두지. 우리 중 누구도 경의 명예를 비웃지 않는다. 경을 비웃는 건 경 하나뿐이다."

셀파가 한숨을 푹 내쉬며 쓰고 있던 투구를 벗어 머릴 헝클었다.

"제가 지금 무례를 범하고 있다는 것과 건방지다는 것 잘 압니다. 하지만 한번 그냥 허심탄회하게 얘기해보면 안 되겠습니까? 경이 일부러…… 그 본보기로 저에게 모욕을 주신 것은 이미 미루어 짐작하고 있습니다. 저도 바보가 아니니까요. 하지만 말입니다……."

셀파의 말은 잠시 끊겼다. 어떤 단어를 골라야 하는지 고심하는 눈치였다. 아스난은 참을성 있게 뒷말을 인내했다.

"경께서는 그분을 진심으로 따르실 수 있습니까?"

지금 화를 내야 할까. 답지 않게 잠깐 고민하던 아스난이 되물었다.

"왜?"

"아니, 저는……."

"내 의견이 중요한가?"

"예?"

"전하의 명이다. 왜 이렇게 왈가왈부가 많은 건가. 왕명을 수행하는데 내 의견이 무슨 상관이지?"

셀파가 움찔하며 눈을 내리깔았다.

"경은 내가 자작을 따른다 하면 따를 것이고, 그러지 않는다 하면 나를 내세워 하극상이라도 벌이고 싶어 그런 건가?"

"아닙니다. 결코, 결코 그런 건 아닙니다. 다, 다만……."

"왜 경은 자작을 주군으로 모실 수 없다고 말하는 건가?"

"……오해는 마십시오."

셀파가 치욕스러운 기억을 떠올린 듯 숨을 크게 들이마셨다. 비장한 표정이었다.

"이 말씀은 꼭 드리고 싶습니다. 비록 주군으로 모실 분이라고는 하지만 저희를 버러지 보듯 보는 사람입니다. 애초 저희가 속이 좁아 그 불만을 드러내어 그분께서도 마음이 상하셨는지까지는 모르겠으나, 아무래도 느낌이. 표정 하나 없어 마녀 같기도 하고, 아, 설명할 수가 없습니다."

그의 마지막 말.

설명할 수가 없다는 것에는 아스난도 내심 동감했다.

그녀가 어떤 사람인지 아스난은 아직 이해하지 못했다. 아주 기본적인 것들만 알고 있을 뿐이다. 검은 머리와 검은 눈동자의, 카르시타인 같지 않은 용모를 한 카르시타의 왕족. 몹시 몰배려하고, 성미가 사납고, 오만한 여자. 아직은 식견이 부족해 정확한 인간됨을 알 수는 없지만 무척 까다롭다는 것만은 확실했다. 왕실의 허영심 덩어리라 소문난 둘째 왕녀도 이 정도로 어렵지는 않았다.

하지만 그리 공감한다 해도 아스난이 할 수 있는 말은 정해져 있었다.

"그게 무슨 문제인가. 그분은 카르시탄이다."

언젠가 제르가 그에게 오만하게 내뱉었던 말을 자신이 그대로 따라 읊고 있다는 것을 깨닫고 나자, 헛웃음이 날 것 같았다. 허나 이미 자의로 왕실로는 돌아갈 수 없게 된 몸이다.

좋으나 싫으나 이곳에 발붙이고 살아야 하지 않는가. 그 여자가 성으로 들어오게 되면 지금보다 더 자주 부딪칠 터인데 벌써부터 이러면 어쩌나.

목 안쪽이 깔깔한 기분이었다.

새하얀 백사장이 펼쳐진 너른 바닷가가 그림처럼 망막 위로 그려졌다. 가파른 절벽 위에 가만히 앉아 있으면 어디에서도 들리지 않는 고동 소리가 허전한 귓가를 뒤흔들었다. 그녀가 생각하기에 사람의 기억은 혈관과 같았다. 살아 있다면 아무리 추워도 얼지 않는 혈관처럼 늘 머릿속 어딘가에 남아 있으니까. 몸에서 크고 작은 혈관들을 걷어낸다는 것은 곧 죽음을 의미한다.

'왕자 저하의 탄신으로 바쁘다.'

온몸에 저린 힘이 들어갔다. 칼로 아랫배를 후비는 듯한 환감은 익숙했지만 익숙해지지 않는 그런 것이다. 그녀는 살기 위해 손에 힘을 주어 아랫배를 움켜쥐었다. 공허한 감각이 온몸을 사로잡았다.

'하지만 독이 되는 혈관은?'

그건 어떻게 해야 하나. 독이 되는 혈관이 온몸을 지배한다면 그것을 잘라내어 절명해야 하나? 아니면 고통스럽게 썩어 들어가 죽음에 이를 때까지 기다려야 하나? 그녀는 품안에 간직하고 있던 둘둘 말린 능라 조각을 펼쳤다. 피로 얼룩진 능라 속에서 낡은 은빛 핀이 모습을 드러냈다.

잠긴 목소리가 모은 무릎 사이로 삭혀졌다.

"엔사……."

눈물 따윈 말라버린 지 오래였다.

의미 바랜 증오만 젊은 가슴에 품고 있다. 나약해지지 않으리라. 스물여섯 해를 살며 깨달은 것은 그것뿐이었다. 그걸 몰랐던 시절 약점이 되었던 이들은 모조리 죽어 사라졌다. 유일하게 남은 약점. 그것은 스스로 떠나보냈다.

낳지도 못하고 잃어버린 첫 아이의 악몽이 도돌이표처럼 되돌아와 그녀의 손을 잡기 전에 선택해야 했다. 살 찢기고 가슴 찢기는 죄의식조차도 사치. 악독한 계집처럼 아이를 팔아넘기는 서신을 쓰고, 또 쓰고. 그래서 지금 그녀는 이곳에 있었다.

핏덩이를 살리기 위해서였다는 허울마저도 그저 변명이었다. 제 나약함의 변명이었다. 결국 현실은 아이를 대가로 땅까지 얻어낸 극악무도한 여자 한 명만 덩그러니 남았을 뿐. 땅도 그냥 땅인가. 독립령이다.

극악무도하다.

"……극악무도한 어미라."

그녀는 입 밖으로 나오는 말을 그냥 되씹었다.

'기뻐해라, 제르. 기뻐해.'

헛웃음으로 온 속이 헤집어졌다.

두 번이나 수태를 했던 그녀는 제 손으로 아기를 안아본 적이 단 한 번도 없었다. 첫째는 배 속에서 죽어 사라졌고, 둘째는 산통으로 정신을 잃은 사이 그녀의 품을 떠났다. 그래서 가끔 생각한다.

'내가 아이라는 걸 낳긴 했나?'

"……."

그녀는 고갤 돌려, 저 멀리의 남쪽을 응시했다. 잊지 못하리라. 저곳에서 살아 숨쉴 제 아들을 잊지 않으리라. 스스로가 그들에게 '죽은 어미'가 되겠다고 했다. 그것은 그녀의 마지막 굴종이었다. 그마저 잃을 수 없어 필사적으로 발버둥쳤다.

　본디 그녀는 데바람 왕의 첩실이었다. 단순한 첩실을 넘어서 총비라 불리기도 했다. 그것이 얼마나 높은 지위이냐는 상관없다. 그것이 가져다주는 부와 명예도 헛것이었다. 호시탐탐 자신을 위협하고 노리던 개새끼의 앞에서는 모조리 헛것. 전쟁으로 조실부모하고, 운이 나빠 늙은 왕의 눈에 들어 어린 동생 셋의 목숨을 인질로 더 없을 호사를 누렸다. 동생들이 죽어나갈 때도, 그녀만큼은 호사를 누렸다.

　다른 목숨을 양분 삼아 질기게도 살아남았지 하는 생각에 그냥 웃음이 터졌다.

　"여어, 아가씨."

　깜짝 놀란 그녀가 고개를 돌렸다. 면식 있는 이의 얼굴이 지척에 있었다.

　"뭐야. 우냐?"

　레이스라는 우스꽝스러운 이름의 남자가 이가 몇 발자국 뒤에서 그녀를 바라보고 있었다. 그녀는 짐짓 놀라지 않은 체하며 그를 쏘아보았다. 무시할까 했지만 상대가 그녀를 무시하지 않을 듯했다. 손으로 왼 얼굴을 훑어낸 그녀가 냉랭히 말했다.

　"오지랖도 넓군."

　"여기서 뭐해? 너 말 험한 건 천성이냐? 갈 거야. 우리도 가는 길이 바쁘거든. 근데 여기서 왜 질질 짜고 있냐. 투신이라도 하려고?"

　"테이 님, 그냥 지나가시면 될 걸……."

　테이. 아. 그래, 그 이름이었다.

　"나이도 어려 보이는 게, 저렇게 인생 다 산 얼굴을 하고 있으니 내 배알이 꼴려서 그렇지."

"저쪽이 인생 다 산 얼굴인데 왜 댁 배알이 꼴립니까."

"너 남의 속 좀 헤아려봐라."

"댁부터 제 속 좀 헤아려주시죠."

주종관계인 듯 보이는 그들은 처음 보았던 그날처럼 투닥거렸다. 제르는 자리를 피하기 위해 몸을 돌렸다. 한 걸음 내딛는 순간이었다.

"근데."

남자가 손을 뻗어 그녀의 팔목을 움켜쥐었다.

화들짝 놀란 제르가 거칠게 그의 팔목을 쥐어뜯듯 떨쳐냈다. 그로 그치지 않고, 그녀는 놀란 테이가 물러서기도 전에 뺨을 올려붙였다. 테이는 놀라울 정도로 재빠른 반사 신경으로 얼굴을 살짝 뒤로 젖혀 턱을 살짝 긁히는 것으로 갈등을 마무리했다. 그러자 오히려 뒤에 서 있던 금발 남자가 오만상을 찡그리며 소릴 높였다.

"테이 님!"

분이 풀리지 않은 제르가 씩씩거렸다. 온몸에 소름이 끼쳐 어찌할 바를 모르는 사람처럼 그녀는 테이에게 붙잡혔던 팔목을 마구 문질렀다.

"어이…… 아가씨. 내가 뭘 했다고 다짜고짜 그렇게……."

토하고 싶어질 만큼 급하게 심장이 뛰었다. 제르는 치미는 구역질에 그대로 몸을 돌려 벼랑을 내려왔다. 죽음이 뒤쫓아 오는 것 같은 기시감, 온 배 속을 칼로 휘젓는 듯한 통증에 그녀의 잇새로 신음이 흘러나왔다.

제르가 사라졌다는 이야기에 군사들과 함께 일대를 수색하던 아스난이 길가에 주저앉아 구역질을 하고 있는 그녀를 발견한 것은 천행이었다. 그는 거의 곧 숨이 넘어갈 사람처럼 신음하는 그녀를 그대로 들쳐 업고 퀸시오의 성으로 돌아왔다. 그는 정신을 차리자마자 악에 받쳐 비명과 신음을 내지르는 그녀를 어찌할 줄을 몰랐다.

무슨 일이 있었던 걸까. 의문할 새도 없었다.

우선 황망히 방에 강제로 눕혀 가둔 후 급히 의원을 불러 제르를 보였다.

의원의 말에 아스난은 할 말을 잃었다.

"맥도 불규칙하시고, 몸이 정상이 아니십니다. 이리 말씀드리기 면구하지만 곧 큰일이 나도 이상하지 않으실 분입니다."

"정상이 아니라니?"

"식사는 제대로 하시는 겁니까? 온몸에 누적된 좋지 않은 것들 때문에 늘 피로감이 있었을 터인데 어째서 제대로 조치하지 않았는지. 게다가 속 기능이 좋지 않습니다. 손톱 끝이 파랗게 변한 건 추워서가 아니라 혈액 순환이 잘되지 않아서입니다."

전혀 그래 보이지 않았다. 얼굴이 유독 창백하게 느껴지긴 했지만 그저 피부가 지나치게 하얀 것이겠거니 했다.

의원이 돌아간 후, 아스난은 다시 그녀가 있는 방으로 돌아왔다.

"괜찮으십니까."

이 추운 날씨에 온몸이 식은땀으로 흠뻑 젖어 덜덜 떨면서도 그녀의 눈빛만큼은 날카롭기 짝이 없었다. 제르가 이를 악물고 그르렁거리듯 말했다.

"나가겠다."

정말 당장에라도 일어서서 문을 박차고 나갈 기세였다.

"못 나가십니다."

"누가, 멋대로, 나를."

"몸이 안 좋으십니다. 절대 안정이 필요하다 했습니다."

"지겹다."

그녀를 바라보고 있으니 질식할 것 같았다. 그녀가 질식할 것 같은
것인지, 아니면 자신의 숨통이 막히는지 모르겠다. 한참 동안 묵묵히
그녀를 바라보던 아스난이 물었다.

"어디가 안 좋으신 건지 물어도 되겠습니까?"

힘없는 목소리 끝이 흩어졌다. 그녀는 한 손으로 자신의 배를 움켜
쥔 채 턱을 치켜들었다. 서슬 퍼런 칼날 같은 검은 눈동자에 아스난은
지지 않기 위해 눈에 힘을 주었다. 결국 제르가 말을 꺾었다.

"네가, 알 바 아니야. ……안 죽어."

그다지 신뢰가 가지 않는 말이었다. 조금 전, 눈 내리는 길 한복판에
주저앉아 있던 그녀를 구해 온 것이 그였다. 의원의 처방이 약효가 있
었는지 한결 골라진 숨을 쌕쌕 내쉬던 그녀가 쏘아붙였다.

"이제 걱정이 하나 더 늘었나? 여자에 자작에 들어본 적도 없는 왕
족. 이런 변방까지 오는 것도 체면이 구겨진 마당에, 숨이 꼴깍꼴깍
넘어갈 것 같은 고질병까지 가진 듯 보이니."

"……그렇게 말하지 않았습니다."

"말로 뱉어야 진실인가."

그녀는 통증이 계속되는 것을 내색하고 싶어 하지 않는 것인지 눈살
을 찡그렸다가 폈다.

"치료 방도도 없으니 이야기하지 않아도 상관없겠지만, 몰랐다간 내가 이럴 때마다 뒤집어질 듯 난동 부릴 것이 더 번거로워. 고질병이다. 그러니 나가."

아스난은 더 어떻게 말을 해야 할지 몰라 방 밖으로 물러났다.

방문 바로 앞에는 테일런이 있었다.

"주군은 괜찮으십니까?"

갑자기 사라진 제르로 인해 가장 놀란 것이 테일런이었다.

"감시를 소홀히 한 것을 기록해두겠다. 처벌은 추후 결정하지."

"예, 저의 실책입니다."

막 몸을 돌리려던 아스난이 테일런을 바라보았다. 그러다 무의식적으로 툭 뱉어 물었다.

"……경은 큰 불만이 없어 보이는군."

테일런은 담담히 되물었다.

"불만이라니요?"

"……아니."

그는 에드하인다의 소속이 아니면서도 불만하지 않는 유일한 기사였다. 다른 기사들도 모두 이렇게 단순하게 생각했더라면 얼마나 좋았을까. 아스난이 짤막히 말했다. 약간의 간절함을 담아서. 그는 가뜩이나 일이 많아 저 여자까지 돌보는 건 무리였다.

"그럼, 앞으로 자작의 호위는 경이 전담하겠나? 물론 당분간은 다른 일도 함께 해야겠지. 혹 감당키 어려울 것 같다면 지금 말하게."

"괜찮습니다. 기꺼이 따르겠습니다."

결국 제르는 아스난에 의해 그날 꼼짝도 하지 못했다. 이튿날 제르가 어느 정도 기운을 회복한 것을 확인한 의원은 "각설하고 안정을 취하시는 길밖에 없습니다." 따위의 말을 지껄이고 물러갔다. 의원이 떠난 자리를 조롱하며 그녀가 설핏 웃었다.

놀랄 것도 없었다. 제까짓 게 뭐라고 무너진 내장을 다시 만들어낼까. 죽음의 문턱까지 이를 만큼 독한 독도 먹어보았다. 그 모진 폭력을 견뎌냈다. 그에 한 번의 유산, 데바람의 궁내 부인들은 배 속에서 죽은 아이를 알면서도 그녀를 방치해 그녀의 자궁을 상하게 했다. 그리고 두 번째로 우여곡절 끝에 아이를 낳은 직후, 아이를 빼앗긴 채 이렇다 할 몸조리도 하지 못했으니 엉망진창인 게 당연했다.

어지간히 강하다 하는 진통제는 웬만한 건 다 복용해 이제 면역까지 생겨 이제 그냥 그 모든 고통을 참아내는 것밖에는 남은 것이 없었다. 죄 내성이 생겨 씨알도 안 먹히는 몸뚱이에 그나마 효과가 있는 것은 푸링귀라는 이름의 독초였다. 무감초라고도 한다.

얇은 두 개의 잎줄기가 서로를 얽어매며 자라나는 한해살이 식물은 한 뿌리만으로도 마취가 시작되고 두 뿌리 정도면 거동조차 힘들어진다. 세 뿌리 이상이면 가사 상태에 빠질 수도 있는 극약이라 함부로 사용할 수도 없었다. 독을 먹어야 사는 몸뚱이라는 말이다.

그녀의 고질병은 일종의 복합적인 장애였다. 정신이 극도로 내몰려 견딜 수 없어지면 망가진 몸이 아우성친다. 간헐적으로 찾아오는 격통은 짧은 간격으로 사라지지만, 그게 전부가 아니었다. 가장 불행한 것은 월경이었다. 불규칙한 월경이 시작되면 극심한 통증에 그녀는 사흘 밤낮을 살기 위해 침대에 묶여 있어야 했다. 신경이 곤두서 감정 기복이 심해지는 건 물론이거니와 눈앞이 노래지고, 토기가 올라오고, 심할 때는 호흡마저 힘겨웠다.

그때마다 그녀의 뒷바라지는 죄 르니아의 몫이었다.

'……리니…….'

르니아는 언제쯤 돌아올까. 혼자 머물기에 이곳은 숨이 막혔다.

아스난의 방문에 제르는 내키지 않는 표정으로 침대 등받이에 몸을 기대고 앉았다.

"이리 나를 강제로 끌고 들어오니 만족하나."

"불가피했습니다."

불가피했겠지. 그래. 그렇게 말하겠지. 그러나 내키는 대로 비꼬아 말해봐야 소용없을 일이다. 결국 제르는 두 손 들었다.

"……내가 머물던 곳에 사람을 보내라. 나를 도와주는 시종이 돌아올 거다."

"인상착의를 여쭈어도 되겠습니까."

"나보다는 너와 닮았겠군."

무슨 말인지. 되물으려던 아스난의 의중을 알아차린 제르가 무덤덤히 말을 이었다.

"갈색 머리에 키는 나보다 조금 크고, 마른 체구다."

"……예."

"그리고 보름 후, 식을 열겠다. 열흘 밤낮으로 떠들썩하게 잔치를 벌여라. 쓸 만한 장정들을 차출해 내정에 나를 위한 탑을 쌓아. 무거운 돌로 만든 탑. 그 꼭대기에 퀸시오의 법전을 올릴 거야."

"알겠습니다."

물러나려던 아스난이 돌연 걸음을 멈추었다.

"그리고 보고 드립니다. 휘하 기사 하나가 사소한 오해로 자작령의 노예를 못 쓰게 만들었습니다."

"죽었나?"

"아니요. 목숨에는 지장이 없습니다. 다만 한쪽 팔이 완전히 망가져 노역에서 제외시켰습니다. 그리고 그 기사에겐 우선 제 권한으로 근신을……."

"그 기사의 팔을 잘라 와."

"……예?"

아스난이 그답지 않게 멍청한 얼굴로 입술을 벌렸다. 제르는 표정 하나 바뀌지 않은 채로 더 또박또박 쐐기를 박았다.

"제 기분 풀이로 함부로 검을 뽑는 자의 팔은 필요 없다."

아스난은 무례를 무릅쓰고 그녀의 얼굴을 샅샅이 훑었다. 하지만 그 얼굴 어디서도, 장난의 기미는 없었다. 아스난의 얼굴이 사색이 되었다.

"자작, 고작 노예입니다."

"사람을 가르는 것이 일인 치들이 제 손목 하나 못 자르나? 내가 목을 자르라 했나?"

"노예의 게으름을 보다 못한……."

"내가 언제 너희에게 처벌권을 주었지?"

"카르시타의 기사에겐 상황에 따라 즉결 처분을 할 사법권이 있습니다."라고 지적하려던 아스난이 꿀 먹은 벙어리처럼 입을 다물어버렸다. 퀸시오는 독립령이었다. 그녀가 폭군이 되길 원한다면 폭군이 될 수도, 성군이 되길 원한다면 성군이 될 수도 있는 땅. 하지만 그럼에도 그녀가 지나치다는 생각만큼은 거둘 수가 없었다.

물론 제르에게 익숙한 데바람과 카르시타의 노예 문화에 대한 관념이 다르다는 것을 알았더라면 이보다는 덜 놀랐을지도 모른다. 하지만 아스난은 제르의 출신에 대해 한 치의 의심도 품지 않은 상태였다.

아스난은 더는 물러날 수 없는 순간이 찾아왔음을 깨닫고 말했다.

"감히 한 말씀 올립니다. 자작께서 기사들 앞에 나서지 않으시고 은거하시어 이들 사이에서 조금 괴이한 이야기들이 오가고 있습니다. 이들이 속이 좁아 자작의 은혜를 받지 못하는 사실에 감히 불만을 논하는 자도 있습니다. 헌데 거기에다 자작께서 작은 실수를 한 기사의 팔을 자르라 명하셨다는 것이 알려지면 사기가 더욱더 침강할 것입니다. 자비를 보여주십시오."

"그치들의 불만이야 애초부터 알고 있었던 것인데 새삼 돌려 말할 것 없다. 경들은 내가 마음에 안 들어 미칠 지경인 거겠지. 엘보르트 경도 매한가지일거고. 아닌 척할 필요 없어. 뭐 하러 그리 가식에 심력을 낭비하나."

제르의 시선은 마치 죽은 물고기의 눈동자처럼 보였다. 그 끝없는 무정함에 아스난은 진절머리가 나는 것을 느꼈다.

"자작, 저희는 자작을 보필하는 것이 임무입니다."

"내 명이 아니라 왕이 준 임무지."

"이제 저희는 자작의……."

"위선이 하늘을 찌르는구나, 에드하인다."

제르의 얼굴에 덧없는 미소가 떠올랐다. 아스난의 표정에서 서서히 침착함이 사라졌다. 그녀는 전에 없이 신랄하게 그를 비판했다.

"입에 발린 소린 집어치워라. 가장 나를 멸시하고 있는 게 누군데.

내 입으로 그게 누구인지 말해줘야 하겠나? 엘보르트 경, 너잖아."

아스난은 도무지 이해할 수 없다는 얼굴로 그녀를 바라보았다. 자신이 언제 그녀를 멸시했다는 건지 알 수가 없었다. 그는 그녀에게 어떤 무례한 행동도 하지 않았다고 자부했다. 아까부터 계속 허락 없이 그녀의 얼굴을 쳐다본 것을 제한다면 말이다. 그래도 혹시 모를 일이라 그는 계속해서 그녀를 만난 후의 자신의 행동을 되짚어보았다. 하지만 정말 없었다.

"오해하신 것 같습니다."

"네 그 반반한 낯짝 아래도 불만으로 가득 차 있겠지, 듣자하니 백작가라고 하던데 그 자존심이 오죽 드높을까."

지나치게 노골적이었다.

"……어떻게 감히 불만을 품고 자작을 뵙겠습니까."

"신물 나는 기만이다."

"송구하지만 자작의 그 적대적인 태도, 저야말로 납득하기 어렵습니다."

"내 입으로 말하면 되겠나? 아무리 반항적인 놈들도 내 앞에선 나를 주군이라 부르는 예의 정도는 차린다. 그런데 넌?"

"자……."

아스난이 무심코 부정하려다 입을 다물었다.

"다른 치들은 싫은 내색이라도 하지. 뭐 하는 광대놀음인지. 싫으면서 좋은 척은 할 필요 없어. 내가 네 호의 하나에 울고 웃는 녹록한 이도 아니지 않나?"

입술이 굳어버렸다.

"……주군, 제 모자람입니다. 용서하십시오."

그녀는 더 들을 가치도 없다는 듯 힘없이 손을 저었다.

"더 듣고 있기 거북하군. 나가봐. 기사의 처벌까지는 열흘을 주지. 마음의 준비를 할 시간으로 그 정도면 충분하겠지."

대륙엔 커다란 세력으로 서부의 대부분을 차지한 데바람, 대륙의 중앙과 북부를 차지한 카르시타, 그리고 카르시타와 아슬아슬하게 북동쪽으로 접경한 트란실이 있었다. 검을 들고 국가를 수호하기 위해 싸우는 이들을 데바람과 카르시타는 기사, 트란실은 전사라 일컬었는데 의미는 각각 달랐다.

트란실은 모든 이들이 전사였다. 그들이 전부족장인 차르를 옹립하는 데 혈통을 고려하지 않는 것과 같은 이유로, 작위의 세습도 없었다. 데바람과 카르시타처럼 혈족을 중시하는 사회 풍조에선 이해하기 힘든 현상이었다.

그에 반해 카르시타와 데바람의 기사는 비슷하며 달랐다. 데바람은 기사와 귀족을 동일시하지 않는다. 비록 귀족인 자가 기사의 작위를 가졌다 한들 그것은 명확히 분리 취급했다. 또한 기사에겐 체포권이 있지만 처벌권이 없었다. 처벌이란 정해진 장소에서 왕족 혹은 귀족이 집행하는 것만이 유효했다.

반면 카르시타는 귀족이면서 기사인 자가 대부분이었다. 그들은 권세를 빌어 휘하에 다른 하급 기사들을 모을 수 있었고, 뚜렷한 명분이 있다면 체포, 판결, 집행을 모두 다 할 수 있는 즉결 처분권이 있었다.

때문에 제르의 판결은 뼛속까지 카르시타의 기사인 퀸시오 기사들에게는 천인공노할 일이었다.

셀파를 제외한 모든 여섯 명의 기사들이 이른 새벽 해가 뜨기 무섭게 영주의 집무실로 찾아갔다. 제르는 그들보다 빠르게 하루를 시작해 산더미처럼 쌓인 종잇조각들 사이에 앉아 있었다.

"말도 안 되는 일입니다."

그러나 제르는 기사들의 떼 지은 항변에도 꿈쩍도 않았다. 가장 고지식하고 엄격한 계급 의식을 준수하던 로렌이 가장 크게 반발했다.

"노예에게 처벌을 내렸다는 이유만으로 기사에게 같은 처분을 내린다니요. 외람되오나 그렇다면 주군께서는 후안 경이 혹시라도 그 노예의 목숨을 빼앗았다면 경의 목숨으로 되갚으려 하셨습니까."

"그러길 바란다면 기꺼이."

"카르시타의 기사에겐 즉결권이 있습니다. 그것은 지고한 왕국의 법령으로 인해 완전한 우리의 권리입니다. 또한 후안 경은 왕실에서 직접 내린 무공훈장을 물려받은 유공자입니다. 이렇듯 사소한 일로 처벌받는 것은 부당합니다."

"부당?"

제르의 표정이 써늘해졌다.

"부당하다고 말했나? 괜한 화풀이로 일생 불구로 살아야 할 사람의 부당함은 눈에 보이지 않는 모양이군."

"그는 직무를 태만히 했습니다. 몹시도 게을렀으며, 감히 기사의 눈을 똑바로 올려다보았고, 기사의 말에 대꾸를 했으므로."

"지금 내게 말대꾸를 하는 네 팔도 쳐내야 주제를 알겠나. 또한 나는 너희에게 즉결권이라는 권리를 부여한 적이 없는데?"

서슬 퍼런 대꾸에 충격에 빠진 기사들이 몸을 굳혔다.

"저어어…… 주구우운……."

페이랑이 슬그머니 끼어들어 분위기를 반전시켜보려 했지만 허사였다. 제르는 페이랑에게 시선조차 주지 않고 로렌을 노려보고 있었다.

기사들의 눈에 보이는 제르는 사람 같지가 않았다. 바라보고 있으면 정신이 혼미해질 정도로 까맣기만 한 눈동자, 햇살조차 굴러 떨어질 정도로 어두운 머리칼, 하얀 얼굴, 그리고 입술. 아름다움과는 별개로 소름이 돋았다. 가장 인상이 호쾌하고 헌칠한 장신의 기사, 소우로가 헛기침을 몇 번 해 목을 푼 후 말했다.

"에헷, 헛, 에헴. 아니, 아니, 주군. 다시 한 번만 생각해주십시오. 무슨 큰 죄를 지은 것도 아닌데 말입니다. 예? 물론, 후안 경도 잘못이야 했지요. 퀸시오의 사유 자산에 함부로 해를 입혔으니…… 후안 경도 많이 반성을……."

소우로는 눈썹 하나 까딱 않는 제르와 눈이 마주치자 이내 기가 죽은 사람처럼 시무룩한 표정으로 말끝을 흐렸다. 얼마간 손가락을 세워 까딱까딱 팔걸이를 두드리던 제르가 입술을 열었다.

"여기가 어디지?"

"……퀸시오입니다."

"퀸시오는 너희가 찬양해 마지않는 왕의 칙령에 의거하여 독립령으로 인정받았다. 이곳에서 새로이 세워질 규율은 너희가 몸담고 있던 카르시타와는 다를 수도, 같을 수도 있겠지. 그러나 한 가지 확실한 건 내 백성의 치죄에 관한 견해만큼은 너희와 내가 몹시도 다르다 말할 수 있겠군. 번복은 없다."

"허, 허나, 기사에게 팔은……."

"비단 기사가 아니라도 팔은 중하겠지."

저 여자가 카르시탄이 맞나. 어째서 귀족과 평민을 동일시하는 억지스러운 주장에 한 점 부끄러움도 없는 건가.

자리에 모인 기사들은 그저 멍하니 입만 벌렸다. 로렌의 표정이 일그러질수록 제르의 입가엔 냉소가 떠올랐다.

"그리고 정작 당사자는 너희 뒤에 숨어 아무것도 하지 않는 걸 보니 알 만하군."

"모욕적입니다."

"지금 모욕적인 기분을 느끼는 건 나다. 정 그렇다면 선택권을 주겠다 전해라."

아스난이 어두운 얼굴로 기사들을 응시했다. 제르의 음성은 덤덤히 이어졌다.

"제 팔을 건사하고 싶다면 서품을 버리고 사임해라. 이곳에서의 사임은 엘올라로 전해질 것이고 나는 그의 영구 제적을 요청하겠다. 이이상 같은 안건으로 나를 귀찮게 한다면 너희 또한 명령 불복종으로 같은 입장에 처하게 될 거다."

더는 대들 수도, 설득할 수도 없었다. 아스난은 숨 막히게 가라앉은 분위기를 정리했다.

"다들 나오도록."

아스난이 먼저 제르에게 꾸벅 예를 갖춘 후 몸을 돌리자, 기사들도 따를 수밖에 없었다.

그들은 반쯤 정신을 놓은 채로 영주 알현실에서 물러났다.

그들이 물러가고 제르는 치미는 짜증에 머리칼을 쓸어 넘겼다. 이것들이 오리 새끼마냥 졸졸 쫓아와 명령을 번복해주십사 청하는 것이 참 우습기 짝이 없다. 정작 당사자는 머리털 하나 비치지 않는데 말이다.

그녀는 자리에서 일어나 탁자를 짚고 깊이 한숨을 내쉬었다. 신경이 날카로워진 탓에 속이 쓰렸다. 이런 자들은 필요 없다. 믿지 못할 자들 사이에서 십여 년을 지옥 속에서 견뎠다. 기사 따위 하나도 없어도 괜찮다.

그저, 하루하루를 이렇게 살아나가면 된다. 그게 전부였다. 큰 욕심을 부려 이 땅을 얻은 것이 아니었다. 척토가 아닌 옥토를 망명한 데바라네에게 내어줄 리가 없으니 척토를 내어달라 하였고, 왕가의 계보에 올려달라 한 것 또한 마지막 자존심이었다.

제 아이는 왕이 될 것이다.

카르시타의 왕이 되어 누구의 구애도 받지 않고 안전하게 성장할 것이다. 결코 자신은 아이를 만날 수 없겠지만, 누구도 알지 못할 테지만 자신은 왕자의 어미였다. 비천한 여인으로 남아서는 안 된다는 그 자존심이 전부.

입술을 꾹 깨물던 그녀의 눈에 의자 왼편에 서 있는 테일런이 들어왔다.

그는 그녀의 개인 호위를 전담하고 있었기 때문에 아스난을 따라 나가지 않은 모양이었다. 그도 귀찮았다.

근래 지켜본 개인적인 감상으로 테일런은 차분한 남자였다. 아스난은 공사와 상벌 구분이 명확하고 신념이 투철해 그녀와 종종 부딪치는 면이 있어 피곤했지만 테일런은 달랐다. 처음 찾아왔을 때 "테일런 클로이스 펜 세피노제입니다." 하고 인사를 올리지 않았다면 그녀는 그가 벙어리일지도 모른다 생각했을 것이다.

"너는 왜 아무 말도 않느냐?"

"어떤 말을 말씀하시는 겁니까?"

그가 도리어 반문하자 제르가 할 말이 없었다.

"……너는 군인이구나."

위계질서에 잘 길들여진 것인지, 아니면 주위 상황에 무관심한 것인지는 쉬이 판가름하기 어려웠지만 테일런은 명령에 충실한 자였다. 그의 차분함이 그녀에게까지 번지기라도 한 것처럼 제르는 곧 침착을 되찾았다.

"기사란 놈들은 하나같이 제 자긍심밖에 볼 줄 모르지. 그나마도 대단치도 않은 것들."

테일런은 대답 대신 침묵했다.

"이름이 뭐라고 했더라."

"테일런 클로이스 펜 세피노제입니다."

"……세피노제…… 피노제 대공가에 적을 두었던 기사라고 했나. 첫 번째 성은?"

"태어난 곳은 모릅니다. 그리고 지금 제가 모시는 주군은 대공이 아닌 주군이십니다."

사실 그녀는 처음 테일런의 이름을 들었을 때, 그의 임명장부터 살펴보았다. 아르노만은 카르시타의 다섯 공작 가문 중 가장 위명 높은 대공작이었다. 또한 그는 왕비의 아버지이기도 했다. 카르시타 왕실의 외척.

제 아이의…….

그녀가 불쑥 물었다.

"……피노제의 대공은 어떤 사람이냐?"

의아한 빛을 띠던 테일런이 기색을 지우고 답했다.

"……각하께선 몹시 엄격하신 분이십니다."

"엄하다?"

"예. 그리고 누구보다도 공정해지려고 노력하시는 분이십니다."

"공정이라…… 조금 전의 내 횡포를 그리 돌려 질책하다니. 너도 제법 교활한 구석이 있구나."

"그럴 의도는 없었습니다."

제르의 입가에 흐린 미소가 걸렸다. 그녀의 의중 모를 웃음에 테일런이 살짝 눈을 키웠다. 제르는 완전히 그를 마주 보고 섰다.

"몇 년이나 피노제에 몸담고 있었나."

"16년 되었습니다."

"자원해 이곳으로 왔나?"

"……아니요."

테일런의 대답에 제르는 예상했다는 듯 고개를 끄덕였다. 그녀가 길게 숨을 끌다 넌짓한 어조로 물었다.

"……그리 오래 대공가에 의탁하고 있었다면 한두 번쯤은 봤을지도 모르겠군……. 에사렛타 왕비를 본 적이 있나?"

테일런이 남색 눈동자를 무겁게 내려 깔았다. 전혀 예상하지 못한 질문이었다.

"제가 각하께 의탁한 지 얼마 지나지 않아 몇 번 뵌 적은 있지만 자세히는 알지 못합니다. 그저 멀리서 몇 번 그 존안을 뵈었을 뿐입니다."

완전히 테일런에게서 떠나 허공에 걸린 제르의 시선이 본 적 없는 여인을 그렸다.

에사렛타. 내 아이가 어미라 부를 여자였다. 두려움과 질투의 불길이 활활 솟아올랐다. 그러나 그녀는 곧 표정을 갈무리했다.

쓸데없는 악심이었다.

제르에 대한 반감은 극에 달했다. 어느 정도냐 하면, 아스난과 테일런을 제외한 다른 기사들은 모두 제르와 그림자조차 나란히 하고 싶어 하지 않았다. 제르의 호위를 전담하는 테일런을 제외한 다른 기사들은 부족한 일손들을 불철주야 돕고 있어서 사실상 제르와 마주칠 일이 적었음에도 불구하고 우연히 마주치기라도 할라치면 발에 불이 붙은 사람처럼 도망쳤다. 그것으로 그들이 불만을 해소했는가? 그것도 아니었다. 기사들의 불평과 적의를 고스란히 감내해야 하는 건 아스난이었다. 아스난 또한 그들의 마음을 이해하지 못하는 바도 아니라 난처할 뿐이었다.

첫 만남에서부터 오욕과 경시로 가득했던 탓에 그들은 서로를 주시하고 살필 시간도 없었다. 어떤 주군인지 알려 하는 기사도 없었고, 제르 또한 어떤 수하들인지 알고 싶어 하지도 않았다. 사실 어찌 보면 공평한 관계였다. 구태여 서로에게 기대하지 않고 서로를 의지하지 않고, 필연적으로 서로에게 요구하는 것도 없는 건조하고 삭막한 위계.

명령을 내리고, 명령을 받고. 그 속에서 충의 따위는 중요하지 않았다.

제르가 이곳으로 온 지 열흘, 어김없이 아침 점검을 위해 그녀의 방문 앞에 선 아스난의 걸음이 느려지다 멈추었다. 사위를 둘러싼 공기는 인기척 없이 고요했다. 제르가 방 안에 없으리라는 것은 사실 어느 정도 염두에 두고는 있었지만 새삼 생각이 복잡해졌다.

아스난이 고개를 돌려 희뿌연 서리 앉은 창 밖을 응시했다.

'……아직, 해도 뜨지 않았는데.'

제르의 방 주위는 노골적으로 공허했다.

마치 그녀 같았다.

얼마간 지켜본 결과 제르는 늘 그들보다 일찍 일어났다. 아침 해보다 일찍 눈을 뜨고, 저녁의 달보다 늦게 눈을 감는다. 테일런에게 전해 들은 보고와 종합해 짐작할 때, 그녀는 하루 서너 시간의 짧은 숙면만을 유지하고 있었다. 스스로가 게으르다 여긴 적 없던 아스난이 자신의 일과를 돌아보게 될 정도였다.

초반 한 일주일은 그녀의 생활 규칙에 맞춰보려 했지만 허사였다. 그녀의 숙면 시간은 짧을 뿐만 아니라 불규칙하기까지 했다. 아예 일찍 잠들어 한 새벽에 일어나 돌아다니는 경우도 있고, 아예 늦게 잠들어 이른 새벽에 일어나 돌아다니는 경우도 비일비재했던 것이다.

보통 침대에서 몸을 일으킨 그녀는 그대로 집무실로 들어가거나 서재 혹은 내정으로 향하곤 했다. 오늘은 집무실과 서재를 먼저 들렀다가 그녀의 방으로 찾아온 것이니…….

'내정에 계신가.'

하지만 간밤에는 묵직한 폭설이 내렸다. 아마 정원이 온통 눈밭일 터다.

아스난은 주인 없는 침실 앞에 서서 기다리는 대신, 퀸시오 내정의 구석진 양지로 발길을 돌렸다. 제르가 내정에 자주 들른다는 이야기를 들은 건, 내정 한구석에 자그마한 돌무덤이 생겨난 후였다. 그녀가 만들었다고 했다. 무엇을 기리는지, 저것이 무덤인지도 사실 잘 몰랐고 알려 한 적도 없었다.

적적한 복도를 벗어나 얼마간 걸은 아스난은 늘 제르가 오가는 내정의 길목 한 곳에 멈춰 섰다. 저편, 기대했던 제르의 모습을 찾지는 못했다. 그러나 대신 그는 좁은 내정의 길 끝에 이질적인 색을 띤 금색 천 꾸러미가 떨어져 있는 걸 발견했다.

사람의 손을 탄 흔적이 짙은 물건이었다. 그가 다가가 꾸러미를 주워들었다.

'……핀……?'

작고 낡은 여성용 머리핀이었다.

아기자기하고 귀여운 보석 위로 세파의 상처가 곳곳에 남아 고풍스러운.

누구의 것일까. 성 안에 몇 없는 여성의 물건이었다. 하지만 제르가 몸치장을 하고 다니는 것을 본 적이 없던 아스난은 이것이 그녀의 것이라고는 생각하지 않았다. 퀸시오에 있는 다른 여성 일꾼들이 흘리고 간 걸까. 그가 소맷자락 안쪽으로 조심스레 핀을 넣었다.

그때였다. 한 병사가 곧장 그에게 달려와 아뢨다.

"웬 이상한 여자가 나타났습니다. 와보셔야겠습니다, 엘보르트 경."

이상한 여자? 이상한 여자가 나타났다는 말이 더 이상했다.

이상한 여자는 셸파의 손에 붙들려 꼼짝도 못 하고 퀸시오의 내성으로 질질 끌려 들어갔다.

셀파는 반항적으로 제르의 집무실 안에 한 여자를 떠밀어 넣었다.

"아아, 거칠기도 하셔라."

발칙한 말을 입이 뚫린 대로 지껄이는 여자가 성벽을 넘어 오려던 것을 발견한 것은 우연이었다. 그러나 여자를 잡을 수 있었던 것은 운이었다. 그녀의 말도 안 되는 주장에도 불구하고 직접 제르의 면전에 들이민 것은 어쩔 수 없는 선택이었다.

"왜 아무도 안 믿어주는 거예요? 시종이라니까요…… 아야야. 아직도 엉덩이가 아파요."

그녀는 스스로를 제르의 시종이라고 소개했다.

셀파는 놀라울 정도로 가볍게 성의 담장을 뛰어다니는 여자의 정체를 믿지는 않았다. 옷차림도, 행실도, 걸음걸이도, 무엇 하나도 왕족을 보좌하는 시종이라기에는 문제가 많은 남루한 여자였다. 하지만 제르가 기사들에게서 모든 권리를 박탈해 갔으므로 결단은 그녀의 것이고 불가피한 상황이었다.

사실 약간의 반항심을 담아서 제르를 귀찮게 하고 싶은 의도도 있었다.

셀파는 제르의 목전에서 경의 없이 한쪽 무릎을 굽혔다.

"셀파, 후안 펜 디마인 이르베르트 인사드립니다. 동쪽 성벽 근처에서 허가 없이 성벽을 넘어 들어오려는 외부인을 잡았습니다. 성벽을 허가 없이 넘어 다닌다는 것은 분명한 죄목이므로 즉각적인 처분 또한 가능했겠지만."

"……."

"주군께서는 저희에게 그런 것을 원치 않는다 하시니. 이리 직접 끌고 왔습니다."

서가에서 막 책을 몇 권 꺼내어 와, 응접실에 앉아 있던 제르는 난데없이 나타난 두 남녀의 등장에도 놀라는 기색이 없었다. 그녀는 되레 눈썹 한 번 깜빡이지 않고 냉한 시선으로 셀파를 응시했다.

아스난에게 분명 바닷가 집에 사람을 두어 르니아가 돌아오면 데려오라 일렀거늘, 명령이 제대로 이행되지 않은 모양이었다.

생각하기도 피곤했다.

"그래."

심상찮은 분위기에 무릎을 꿇은 채로 눈동자만 댕글댕글 굴리던 갈색 머리칼의 여자가 천천히 망토를 벗었다.

"시나와 님…… 왜 이렇게 분위기가 살벌한 거예요?"

제르는 온통 흙투성이가 되어 돌아온 르니아를 향해 보일 듯 말 듯 미소 지은 후 관자놀이를 문질렀다. 고개를 조아리고 있던 셀파는 묵묵히 보고했다.

"이 여자가 스스로를 주군의 시종이라 주장했습니다."

"내 아이가 맞다. 너희에게 처결권을 주었더라면 큰일 날 뻔했군."

제르가 셀파의 말을 그대로 맞받아쳐냈다.

그녀의 얄미울 정도로 가시 돋친 대답보다도 르니아라는 여자를 긍정하는 제르의 태도에 셀파는 미간을 좁혔다.

'진짜 저 여자가 시종이라고?'

셀파의 시선이 슬그머니 르니아와 제르에게로 번갈아 옮겨졌다. 기묘한 신경전이 흘렀다. 고개를 갸웃거리던 르니아가 셀파의 의심을 깨닫고 눈을 찡긋 접어 웃었다.

"시나와 님 시종이 맞다니까요. 의심 많은 기사님, 이제 표정 좀 푸시죠? 아휴, 시나와 님, 입구에서부터 들어오는 데까지 고생을 좀 했어요. 바닷가 집으로 돌아갔는데 시나와 님이 안 계시잖아요? 새로 영주가 바뀌었다는 이야기에 성으로 오셨구나 하는 건 어찌어찌 알게 되었는데…… 영 이쪽 사람들도 의심이 많아서 안 들여보내주더라고요."

"그래서 어찌했는데?"

"월담하다가 저 기사님한테 사로잡혀서 질질 끌려왔지 뭐예요. 안 걸릴 자신 있었는데 제 실력도 녹슬었나 봐요."

르니아가 깔깔 웃으며 대수롭잖다는 듯 셀파의 어깨를 툭 때렸다. 셀파는 당장이라도 화를 낼 기세로 표정을 구겼다가 제르의 시선을 깨닫고 주먹만 꾹 쥐었다.

르니아를 향해 작게 손짓해 다가오게 한 제르가 무심한 음성으로 읊조렸다.

"함부로 노예를 치죄하여 큰 대가를 치르게 된 것이 그대였던가?"

"예."

"엘보르트 경이 내 의중을 전했나?"

"예."

"알고도 그리 뻔뻔히 돌아다니는군."

노예 치죄? 그게 무슨 말이에요? 상황을 알 리 없는 르니아가 흥미롭다는 듯 셀파를 위아래로 훑었다. 순식간에 구경거리가 된 듯한 기분에 셀파는 낮게 목소릴 내렸다.

"주군의 의중과는 별개로 제게는 해야 할 일들이 아직 많습니다. 저는 늘 제 할 일을 다할 뿐입니다."

"아랫것에게 화풀이하는 것도 그대의 할 일 중 하나겠지."

"하문이 아니라 여겨지니 답하지 않겠습니다."

"아직 배짱을 부리는 것을 보니 배포는 크구나."

발끈한 셀파가 눈을 들어 그녀를 노려보았다가 곧 시선을 돌렸다. 그제야 상황이 생각 이상으로 심각하다는 것을 깨달은 르니아가 입술을 오므렸다. 셀파는 곧 몸을 돌려 나갔고 제르는 그런 그를 노골적으로 비웃으며 곁눈질했다.

끼익. 완전히 문이 닫히자 르니아가 물었다.

"그게 무슨 말씀이에요. 저 없는 동안 벌써 무슨 일이 생겼나요? 시나와 님?"

"그래."

"아이, 이렇게 물어보면 무슨 일인지를 설명해주셔야죠. 무슨 일인데요?"

"저치가 내게 가진 불쾌감을 다른 이에게 대신 화풀이하더구나. 하는 짓이 괘씸하여 똑같이 해주려는 것뿐이다."

"뭐 어떻게 하셨길래요?"

제르의 표정이 다소 어두워졌다.

"……나를 위해 일하는 이곳의 일꾼의 팔을 못 쓰게 했다."

르니아가 놀라 눈을 크게 떴다.

"……아. 하지만, 어…… 똑같이라니. 그래서 기사의 팔을 못 쓰게 만드시겠다고요? 진심은 아니시죠?"

"네가 저들이 얼마나 반항적인지 못 보아 그리 말하는 거야. 그보다 네 이야길 듣고 싶은데. 시기가 잘 맞아떨어져서 왕명이 도착했으니 이제……."

"안 돼요. 안 돼."

96   97

르니아가 딱 잘라 말했다. 제르가 살짝 눈살을 찡그렸다.

"리니."

"일하는 일꾼이라면 카르시타의 노예를 말하는 거죠? 시나와 님, 카르시타에서 노예는 데바람의 하인과 달라요. 가축보다 고작 조금 더 나은 취급을 받을 뿐이에요. 그런데 눈눈이이라고 기사의 팔이라뇨. 가당치도 않아요. 분란이 일어날 거라고요. 저분 오면서 몇 마디 이야기 나눠보니 그리 나쁜 분 같지도 않았고, 오히려 순진하시던데."

오자마자 잔소릴 늘어놓기 시작하는 르니아의 단호한 어조에 제르가 한 손으로 이마를 짚었다.

"리니."

제르의 눈이 가늘어지자 르니아가 재빠르게 눈을 내리깔았다.

"아니, 주제넘으려는 생각은 없었고요……. 단지."

"리니."

"아니, 그냥 제 말은 그런 거죠. 어차피 이제 불입권 인정받으신 독립령이니까. 시나와 님 마음대로 하실 순 있는데, 그래도 이왕이면 사이좋게 지내는 게 좋지 않을까……."

"그게 아니라, 리니, 일은 어찌 되었는지가 먼저 듣고 싶은데."

제르가 고개를 저었다. 르니아는 마지못해 근 한 달 가까이 제르의 곁을 떠나게 한 임무의 결과를 보고했다.

"퀴네도사이와의 이야기는 잘 마무리했어요. 시나와 님께서 말씀하신 보상을 확실하게 보장해준다면 협조하겠다고 하더군요."

"지면으로 남기라는 건가?"

"아, 불쾌히 여기지 않으셨으면 해요. 원래 그런 족속들이 제 잇속밖에 모르잖아요. 그래도 이용해먹을 때 실력은 나쁘지는 않을 거예요."

르니아는 자신의 친오라비를 '그런 족속들' 따위로 표현하면서 아무런 죄책감을 느끼지 못하는 듯 싱글거렸다.

"그럼 치외법권인 퀸시오의 영해에 머무는 것을 허락한다는 증서를 먼저 지면으로 남기지."

"예. 저에게 주시면 됩니다. 시나와 님."

"퀴네도사이의 인장은?"

"오라버니의 인장은 제 지장으로 대체됩니다."

르니아가 그렇게 웃으며 머릴 긁적였다. 제르가 알겠다고 짤막히 답한 후 고갤 돌렸다.

"싸우지는 않았고?"

"평소와 같았다고만 해두죠."

평소와 같았다면 알 만하다. 제르가 짧게 웃었다. 소기의 용건을 다 전했다고 생각한 것인지 르니아가 주위를 두리번거리기 시작했다.

"그런데 시나와 님, 저분들은 언제 온 거예요……? 어느 정도 정리가 다 되어가는 것처럼 보이는데 제가 너무 늦었나요?"

"네가 떠나고 열흘쯤 지난 후에 왕명이 도착했어. 네가 생각보다 오래 걸리긴 했구나."

"오면서 좀 곤란한 상황이 몇 가지 있어서 해결하고 오느라고요. 일은 좀, 어……."

"별로 힘들지 않아. 할 일 없이 지내던 것보단 하루가 짧아 좋더군. 전 수령의 납득되지 않는 일처리가 짜증스러울 때도 있지만."

"도와드릴 건요?"

"쉬어라. 여독이 쌓였을 테니."

"그 기사님에 관한 건……."

"너에게까지 그에 대한 이야기를 듣고 싶지 않아. 오늘 충분히 시달렸으니까."

오랜만에 만난 재회의 기쁨보다, 평소보다 날이 선 게 아닌가 싶은 제르의 반응이 영 걱정스러웠다.

셀파에게 잡혀 질질 끌려오는 동안 르니아는 퀸시오의 내성 곳곳을 살필 수 있었다. 사람은 그다지 많아 보이지 않았다. 하지만 우왕좌왕하는 이들도 없었고, 제각각 맡은 바 임무에 열중인 보기 좋은 풍경들의 연속이었다.

"오랜만에 왔는데……."

르니아가 쭈뼛대며 눈을 깜빡거리자 제르가 눈꼬리를 부드럽게 접었다.

"네가 무사히 돌아와서 기뻐. 수고했다, 리니."

"저도 기뻐요. 그럼 오늘은 가볼게요!"

활짝 웃으며 제르를 한 번 안은 르니아가 종종걸음으로 물러났다. 하지만 단순히 쉬러 가기 위한 걸음은 아니었다.

르니아 반펠트 엘 로만.

그녀를 아는 이는 세상 천지에 무서울 게 없는 여자라는 말에 절로 고개를 주억거리게 될 것이다.

르니아는 한때 데바람과 카르시타의 영해를 아우르는 북서쪽 레마반 해를 장악했던 악명 높은 해적 도켄 펜 로만의 딸이었다. 데바람의 왕실에 묶이기 전까지만 해도 그녀는 해적들과 살아왔고 그 탓에 그녀의 자유분방함은 한계가 없었다.

제르를 따르는 건 제르와 유년기를 함께했기 때문이고 제르를 무척이나 사랑하고 경애하기 때문인데, 여기서 문제는 사랑과 존경, 그리고 복종이 같은 노선을 타는 게 아니란 데에 있었다.

사실 그녀는 굉장히 본능에 쉽게 흔들리는 여자였다. 그리고 이번에 그녀는 셀파 후안이라는 그 기사가 꽤 마음에 들었다. 몹시 단순한 이유였다. 두려움을 모르는 기사라는 것. 정확히는 인상이 깊었다고 하는 것이 옳겠다. 그런 식의 관심이 뻗어가다 보니 자연히 기사들을 만나보고 싶은 생각이 들었다. 활동적인 르니아가 이곳저곳을 드나들며 일대를 살필 거라는 건, 제르도 이미 어느 정도 예상은 하고 있을 터다.

"여기가 기사님들 숙소?"

"……누구요. 여긴 외부인이 함부로 들어올 수 있는 곳이 아니오."

담당 순찰을 마친 뒤 숙소로 돌아와 옷을 갈아입던 소우로는 별안간 들린 음성에 상의를 반쯤 탈의하다 말고 대꾸했다.

휴식을 취하기 위해 돌아온 온 렐딘과 로렌, 그리고 우연찮게 막 나가려던 찰나였던 페이랑도 낯선 여자를 발견하고 움직임을 멈췄다. 가장 먼저 보인 건 르니아의 특이한 옷차림이었다.

망토 안으로 훤히 드러난 맨다리라니!

"……저거, 저거 뭡니까?"

"저거라뇨? 말이 과하시네요. 사람인데."

"아, 아니. 아래. 그거…….."

"여자 다리 처음 봐? 요?"

페이랑의 얼굴이 삽시간에 벌게졌다.

그는 르니아의 늘씬하게 빠진 다리를 아닌 체 힐끔대며 경악했다. 하지만 경악은 뒤이은 여자의 자기소개에 완전히 묻혔다.

"먼저 제 소개부터 하는 게 예의겠죠?"

아니, 예의는 네 다리부터 어떻게 좀.

"제르 시나와 님의 시종 르니아라고 합니다. 잘 부탁드려요."

이어진 그녀의 소개에 설명하기 애매한 침묵이 일대를 점했다.

놀란 페이랑이 입을 쩍 벌리고 있으니 소우로가 우습다는 듯 손사래를 치다가 천천히 표정을 굳혔다.

"……시종?"

렐딘과 로렌 역시 마찬가지였다. 가뜩이나 말도 안 되는 명령 때문에 기사단의 분위기가 엉망진창이다. 그런데 어디서 들도 보도 못 한 계집 하나가 튀어나와 주군의 시종이라며 나타나 친근하게 구니 경계심이 바뜩 일어날 수밖에.

페이랑이 가장 먼저 대꾸했다.

"나는 너 같은 시종 본 기억이 없는데."

"좀 먼 임무를 갔다가 지금 귀환했거든요."

"……임무?"

"여자들끼리의 비밀이랍니다."

싸한 반응에도 아랑곳 않고 르니아는 주위를 두리번대며 기사들의 숙소 안으로 들어왔다. 누가 말릴 새도 없었다. 그녀는 숙소 안 이곳저곳을 제 집처럼 살피기 시작했다.

"건강하고 활력 넘치는 기사분들 숙소일 거라 생각했는데, 의외로 우중충하고 우울하네요. 여긴 휴게실인가요?"

"그쪽이 누구건 간에 다시 말하지만…… 여자가 멋대로 들어올 수 있는 곳이 아니오, 아가씨."

로렌이 무뚝뚝하게 말하며 자신의 검을 손질했다.

"그 이번에 우완? 후완? 이라는 기사분의 일 때문에 왔는데, 그분은 안 계시네요."

"……후안 경을 말하는 겁니까?"

"아아, 민망해라. 후안 경이시구나. 네네, 그분요. 시나와 님이 좀 애처럼 굴었다고 들어서요. 다들 기분 상하셨을까 봐."

기사들의 얼빠진 표정에서 영혼이 사라졌다.

눈만 마주쳐도 죄지은 기분이 들게 하는 그 여자를 '애' 취급하는 시종은 상식 밖이었다.

소우로가 곧 헛바람소릴 내며 웃었다. 어지간히 큰 배포의 여자가 썩 마음에 든 건지 목소리는 한결 누그러져 있었다.

"하지만 지금 그 노예 처벌 건에 대한 얘기라면 시종과 이야기할 문제가 아니라 생각하는데……."

르니아는 털썩 침상 위에 엉덩이를 붙이고 앉았다. 다른 기사들의 말은 귀담아듣지 않는 눈치였다.

"그럼 통성명부터 해주시면 안 될까요? 저는 조금 전에 이름을 말씀드렸으니 기사님들도 제가 어찌 불러야 할지 좀 알려주셨으면 좋겠는데."

기사들은 서로 눈짓했다. 그 나물에 그 밥이라고, 그 주인에 그 시종이었다. 성격은 정반대인 듯 보였지만 남의 말을 안 듣는다는 건 확실했다.

기사들의 눈에 비친 르니아에 대해 설명하자면, 첫인상이 몹시도 말괄량이 같았던 아가씨는 상상 이상으로 박식했고 재치가 넘쳤다. 금세 성격 좋게 눌러앉아 이런저런 이야기를 늘어놓는 그녀는 미워하기가 어려운 여자였다. 로렌은 시종일관 그녀를 못마땅한 듯 흘겼지만 큰 소리를 내고 싶지는 않은 사람처럼 곧 밖으로 나가버렸다.

페이랑과 르니아는 비슷한 연배로 금세 말까지 놓게 되었다. 소우로는 금세 몇 년 지기 친구처럼 그들 사이로 스며들어 조잘대는 여자를 신기한 듯 바라보며 헛웃음만 흘렸다.

살살 이야기를 진행시키며 분위기를 살피던 르니아가 넌짓 물었다.

"그나저나 여기 오기 전에 시나와 님을 뵈었는데 왜 벌써부터 시나와 님이랑 사이가 안 좋은 거예요?"

"우린 아무것도 안 했소?"

"맞아. 우린 아무것도 안 했어. 솔직히, 노예 한두 명 정도 처분하는 거야 드문 일도 아닌데 갑자기 저러시니 우리도 당황스러울 수밖에 없지 않겠어?"

"그거 말고 다른 이유는 없어요? 갑자기 그러실 리가 없는데."

"좀…… 첫 대면부터 낯이 껄끄럽긴 했는데…….'

"개겼어요?"

"……근데 넌 왕족의 시종이라면서 무슨 말버릇이 그래?"

"내가 뭐, 보통 시종인 줄 알아?"

"뭐 대단한 거라도 되는 것처럼 말한다?"

잔 웃음소리가 드문드문 울렸다.

"사실 지금 막 퀸시오로 돌아와서 적응이 하나도 안 되는데."

"적응 안 된 사람이 이래? 기사들 숙소에 막 쳐들어와?"

"기사 숙소가 뭐 대단한 곳이라고? 홀아비 냄새만 나는데요. 뭘."

홀아비 냄새라는 말에 페이랑의 귀가 금세 빨갛게 물들었다. 몸을 움직이는 사내들만 득시글 모여 있는 곳이다 보니 이런저런 땀 내음과 쇳내음이 섞여 있어 어쩔 수 없는 일이었지만 상당히 부끄러운 지적이었다.

르니아는 페이랑의 그런 쑥스러움을 알아채고 유쾌하게 말을 돌렸다.

"아, 근데 빨래는 다들 각자 하세요? 빨래 할 때……."

"이 여자가 왜 여기 있습니까?"

침상 아래로 가부좌를 틀고 앉아 손가락을 흔들던 르니아는 별안간 드리워진 그림자에 고개를 들었다. 어딜 다녀온 건지 찬바람을 두른 셀파가 그녀의 지척에 서 있었다.

"후안 경, 이 여자가 누군지……."

"압니다."

"아, 구면이었소?"

소우로의 대꾸에 셀파의 입매가 못마땅한 듯 내려왔다.

"월담을 하는 걸 내가 잡아 자작께 바쳤습니다."

"아, 맞다. 그랬다고 했……."

그때까지도 정신을 놓고 르니아와 티격태격하던 페이랑이 고개를 들어 물었다.

"……응? 응? 아니, 월담을 하다니?"

"저 여자가 혼자 동쪽의 성벽을 넘어 들어오는 것을 현행범으로 체포했습니다."

'성벽을 넘어?'

한결 누그러졌던 기사들의 표정이 서서히 경계로 반전되었다.

르니아가 어색하게 웃으며 뒷머리를 긁적였다. 동쪽이 비교적 지대가 낮다고는 하지만 어지간한 집 네다섯 채는 쌓아야 눈높이가 맞는다 할 정도의 높이였다.

"그래도 주군의 시종인 건 확인되었으니 그 점은 걱정할 것 없는 문제입니다."

병 주고 약 주세요? 완전히 망쳐버린 분위기에 르니아가 대놓고 중얼거렸다. 그러건 말건 셀파는 두르고 있던 망토를 벗어 침상 턱에 걸친 후 벽난로 근처의 긴 간이의자에 몸을 눕혔다.

르니아가 사교성 좋게 그에게 말을 붙였다.

"후안 님, 이분들에게도 자초지종을 대충 들었어요."

"……."

셀파는 대답 대신 그녀를 힐끗 쏘아보았다. 그녀는 아무렇지도 않게 말을 이었다.

"어쩌겠어요? 기사분들의 입장에선 후안 경이 잘못하신 게 없지만 시나와 님의 입장에선 이 일은 언짢은 일인걸요. 기사분들이 시나와 님을 별로 좋아하지 않는 건 오늘 만난 저한테도 느껴질 만큼 노골적이고."

"아까도 말했지만 아직 자작령 법이 공포되지 않은 상황에서 적용되는 건 왕령법이……."

"그것도 틀린 말은 아닌데. 하지만 역시 법보다는 주먹이잖아요. 왕령법은 잘 모르겠고, 전."

어처구니가 없는 르니아의 말에 기사들이 입을 작게 벌렸다. 페이랑이 "가재는 게 편이라더니." 하고 중얼거리며 한탄조로 르니아를 향해 쏘아붙였다.

"하지만 그래도 너무하잖아."

"나도 시나와 님이 조금 지나친 게 아닌가 싶어 이야기 나눠보고 싶어서 기사님들을 찾아온 거기도 하니까. 응…… 하지만……."

그녀가 고민하는 듯 검지를 세우곤 자신의 이마를 톡톡 주기적으로 건드렸다.

"정말 안 개겼어요?"

한없이 진지한 르니아의 물음에 소우로는 결국 피식 하고 바람 빠지는 웃음소리를 냈다.

셀파의 증언에 의해 르니아가 성벽을 맨몸으로 뛰어넘어 왔다는 것까지 폭로되고 나자 기사들 사이에서는 르니아라는 여자에 대한 이야기가 연일 화제를 이루었다.

르니아는 막말로 못 하는 것이 없었다. 가장 먼저 기사들과 안면을 트고 친분을 쌓은 그녀는 이후로도 줄곧 분주하게 움직였다. 빨래, 청소, 정리, 요리, 그리고 놀랍게도 검술까지.

일찍이 셀파의 증언으로 인해 그녀의 몸놀림이 보통이 아니라는 것을 알고 있던 기사들은 또다시 벌어진 괴이한 풍경에 어쩔 줄 몰라 했다.

"저랑 한판 하실 분!"

그녀는 닥치는 대로 대련 신청을 하며 돌아다녔다. 마치 그들의 실력을 일일이 가늠해보고 싶어 하는 사람처럼 집요하게. 여자가 귀한 연무장에서 그런 풍경은 이질적이었다. 그러나 그녀의 몸놀림을 몇 번 보고 나니 비웃을 수도 없었다.

두 자루의 검을 사용한다는, 교본에도 없는 그녀의 이상한 검술은 현란하면서도 거칠어서 기사들을 적잖이 당황스럽게 했다.

결국 그녀가 검을 떨어뜨리고 항복의 표시를 해 소우로의 승으로 대련은 끝을 맺었지만, 사실 대련의 막바지에 이르러서는 더 이상 승자와 패자가 중요치 않은 훈련이 되어 있었다. 그들은 감탄했다. 두 개의 검을 들고 자유롭게 몸을 움직이는 그녀는 놀라울 정도였다.

아닌 체하려 해도 숨이 차올라 소우로는 과장되게 입꼬릴 내리며 대단한데? 라는 제스처를 취하곤 검을 거두었다. 르니아는 소우로와의 대련이 끝나자마자 페이랑에게 도전장을 내밀었다.

"세닉 경은 창술에 일가견이 있는데, 괜찮으시겠소?"

"창 그까짓 거!"

"야야, 졌다고 울지 마라?"

르니아는 자신이 쥔 두 쌍검의 길이를 대충 가늠하더니 곧 머리칼을 뒤로 쓸어 넘겼다. 그녀의 입가에 시원스러운 미소가 떠올랐다.

"덤벼!"

사정거리가 긴 창과, 짧은 두 자루의 쌍검. 명백하게 르니아에게 불리해 보였지만 그녀는 아랑곳 않았다.

대련이 길어지자 소우로는 다음 일정을 위해 아쉬운 맘을 누르고 나갔고, 렐딘은 약간의 흥미를 담아 관전하다가 멀리서 아스난이 보이자 "조심해서 하십시오." 하고 짤막한 주의를 주고 나갔다. 셸파 역시 그런 그들을 무표정하게 바라보다가 몸을 돌려 어딘가로 사라졌다.

그때, 아스난은 팔짱을 낀 채 그로서는 드물게 눈살을 찡그리며 르니아를 바라보고 있었다.

그는 며칠 전 제르와 했던 대화를 상기했다.

그가 제르를 찾아갔을 때 그녀는 책에 푹 빠져 있었다. 그는 인기척을 내는 대신 그녀의 흥미를 산 책들의 제목을 한 번 훑은 후, 그녀가 자신의 방문에도 관심을 가져주기를 기다렸다. 그러나 제르는 전과 다를 바 없이 한참이나 후에야 귀찮은 표정으로 그를 돌아보았을 뿐이다.

'언제 왔나?'

'좀 됐습니다. 딱히 조용히 들어오거나 하진 않았습니다만, 너무 집중하시는 듯해서.'

'……'

그녀는 곤한 듯 기지개를 켰다.

'시종이라는 여인이 나타났다 들었습니다.'

'아아.'

'그에 관해서.'

'그래. 르니아라면 걱정 없다.'

'저는 주군을 보좌할 의무가 있습니다. 주군의 곁에 있는 자들에 대해서도 각별한 주의를 기울여야 하는 임무입니다.'

제르가 턱을 괴었다.

'그래서 지금 하려는 말의 요점이 뭔데?'

'따로 조사를 할 수 있도록 허락해주시기 바랍니다. 성벽을 올라 월담했다 들었습니다.'

'조사를 한다? 네가? 르니아를? 어떻게?'

제르가 어처구니없다는 듯 웃었다.

'거절한다.'

'주군.'

'마음에도 없는 호칭으로 불려가면서, 극진한 대접 같은 거 바라지도 않아, 엘보르트 경.'

아스난이 덤덤한 얼굴로 그녀를 바라보았다.

'……저희에겐 저희에게 주어진 임무가 있습니다. 의심스러운 구석이 많습니다. 저는 주군께서 그저 저희의 할 일을 인정해주시길 바랄 뿐입…….'

'르니아는 내 사람이야. 내가 그리 정했는데 어찌 경이 그것에 의심을 품는단 말이냐? 월권이라도 행사할 생각인가?'

'왜 저희들을 내치기만 하십니까? 언제까지 그러실 겁니까?'

'그대들의 행동은 떠오르지 않나? 나에게 충성이라도 맹세할 요량이라면 믿어주지.'

아스난은 현실의 풍경으로 눈을 돌렸다. 산토끼처럼 이리 깡총, 저리 깡총 뛰어다니는 여자를 보고 있으니 골치가 슬슬 아파왔다.

제르라는 여자. 카르시탄. 퀸시오의 독립 영주. 까다로운 성격. 이 정도가 그가 그녀에 대해 아는 전부였다. 르니아 반펠트라는 이름의 여자가 나타나면서 더해진 것이라고 해봐야 서너 살쯤 어려 보이는 여인을 시종으로 두고 있으며, 그 시종도 시종답지 않다는 것이 전부.

다람쥐처럼 몸을 뒤로 굴리고, 재빠르게 일어나 쇄도하는 페이랑의 창끝을 밀어내는 민첩성은 대단하다 할 만했다.

'너희보다 그 아이 한 명이 내겐 더 중하다.'

마지막으로 제르가 했던 말에 괜스레 언짢음이 치밀었다. 머리에 피도 안 마른 계집아이만도 못한 취급을 당한 것 같아서.

"재주껏 피해라!"

페이랑의 창이 르니아의 목덜미를 향했다. 르니아는 한 손으로 그 창머리를 쳐냈지만 곧 페이랑의 특기인 창대 누르기로 몸을 제압당했다.

르니아의 미간이 구겨졌다.

"으으으, 또 졌네."

"후으아아, 너 검술 어디서 배운 거냐? 이건 교본과는 전혀 다른 실전형인데."

"내 망나니 가족들한테."

"검 말고 다른 무기 다룰 줄 아는 거 있어?"

"사실 내 전공은 도끼야."

"……이야, 도끼 휘두르는 여자라니 무섭게. 무슨 산도적도…… 아니…… 으악!"

그 순간 르니아가 메롱 하며 혀를 내밀더니 페이랑의 배를 걷어찼다.

불시의 기습에 페이랑이 몸을 웅크리는 것과 동시에 르니아는 오뚝이처럼 몸을 일으켜 세웠다. 곧 자세를 가다듬은 페이랑이 다시 달려들기 위해 창을 반 바퀴 돌려 쥐었다.

하지만 아스난의 개입으로 대련은 끝이 났다.

"세닉 경, 대련은 그쯤 하고 돌아가라."

"아, 아, 엘보르트 경. 언제부터…… 예, 전 물러가겠습니다."

"잘 가, 페이랑."

별 대꾸 없이 물러나는 페이랑의 뒷모습을 눈으로 쫓던 르니아는 미

110   111

련 없이 흙 묻은 옷을 탈탈 털었다. 그녀는 아스난을 마주 보고도 그다지 위축된 기색이 없었다. 아스난은 그녀의 행동을 하나하나 유의 깊게 살폈다. 아무리 봐도 카르시탄의 시종이라기에는 모자라도 한참 모자랐다.

"엘보르트 경이라면, 책임기사님이시죠?"

"그렇습니다."

"한낱 시종인 저에게 공대하실 필요 없습니다. 이야기는 많이 들었어요."

"……그런가."

아스난은 바로 말을 놓았다.

"한바탕 움직였더니 엉망이네요. 페이랑도, 소우로 님도 옷깃 하나 안 흐트러졌는데 민망하네요."

"얼마나 검을 잡았나?"

"태어나서 걷기 시작한 후로 열두 살 때까지요. 그 이후로는 따로 배우거나 하진 못했어요. 그냥 혼자 연습할 때는 있었지만."

"이름은?"

"르니아 반펠트입니다."

르니아가 빙긋 웃으며 답했다. 장난스럽거나 익살스럽지 않은 표정을 하자 그제야 제 나이대의 여인처럼 보였다.

"평민인가? 자작과는 어떻게 알게 된 사이지?"

"이를 어쩌죠. 시나와 님께서 기사님이 추궁을 하기 시작하면 줄행랑을 치라고 엄명을 내리셨는데."

아스난이 눈을 가늘게 떴다. 제르의 말투를 생각하면 '줄행랑을 놓아라.' 따위의 말을 하지는 않았을 테지만 그 비슷하게 이야기를 하긴 했을 것이다. 이상할 것도 없다. 처음 그리 반목했었는데.

"그래도 질문엔 답을 드릴게요. 시나와 님도 그리 신경 쓰지 않으실 거예요. 저는 어느 높으신 분께서 몇 년 전부터 시나와 님의 시종으로 명하셨답니다. 그러니 너무 경계하지 말아주세요. 앞으로 쭉 시나와 님의 곁에 있으면서 한솥밥을 먹을 분들에게 경계의 대상이 되면 슬픈 걸요."

왈가닥처럼 이리저리 들쑤시고 다니는 행동과는 달리 화술에는 여자 특유의 사근사근함이 녹아 있었다. 다른 기사들이 그토록 쉽게 경계를 푸는 것도 이해가 갔다.

"다른 건 또 궁금하신 게 없으신가요? 기사대장님?"

아스난은 묻고 싶은 게 많았다. 하지만 갈피조차 잡히지 않아 어떤 물음을 던져야 할지도 미지수였다. 무엇을 모르는지 모르기 때문에 물을 수 없다는 건 굉장히 답답한 일이었다.

아스난의 입이 열릴 생각을 하지 않자, 르니아가 먼저 선수를 쳤다.

"그럼 제가 무례를 무릅쓰고 두 가지 물어도 괜찮을까요?"

"……."

"긍정으로 알게요. 첫째 질문은, 에드하인다 백작 가문의 아드님이라 들었어요. 그거 꽤 높은 자리죠? 그런데 왜 이런 변방으로 오셨나요?"

꽤나 직설적인 질문이었다.

"전하께서 임무를 내리셨기 때문이다."

그녀가 재미없다는 듯 "그래요?" 하고 답하더니 털썩 자리에 앉았다. 그리고 자신의 두 쌍검으로 흙 위에 낙서하듯 그림을 그렸다.

두 번째 질문은 불쑥 튀어나왔다.

"그럼 기사님은 믿어도 되는 사람일까요?"

자신만 르니아를 경계하는 게 아니었다. 르니아 역시 마찬가지였다. 제르를 사이에 둔 쌍방의 불신. 아스난이 그도 모르게 헛웃음을 지었다.

✾

매일 아침 새로운 동이 틀수록 기사들의 긴장은 고조되었다. 야속하기까지 한 시간은 쉬지도 않고 흘러 어느덧 셀파의 처형일까지 이틀밖에 남지 않았다. 셀파의 고집도, 그 치죄가 불러올 파국을 알면서도 번복하지 않는 제르의 고집도 상당했다. 사이에 낀 이들만 피가 마르는 기분이었다.

참다못한 페이랑은 오전부터 셀파에게 장황하게 설교를 늘어놓았지만 그에게 철저히 무시당해 분통을 터뜨리며 나가버렸고, 소우로는 매우 진지하게 '도망이라도 치는 건 어때?' 하는 물음을 던져 셀파의 분노를 샀다. 주변인들의 관심이 격해지면 격해질수록 당사자인 셀파는 점점 더 무감각해져가는 것처럼 보였다. 오죽하면 남의 일엔 그다지 신경을 쓰지 않는 렐딘이 그에게 "정신 나갔소." 하는 물음을 던졌을까.

"셀파 님."

셀파는 자신의 앞에 주저앉아 옷깃을 당기는 별다른 특이점 없는 발랄한 소녀를 내려다보았다. 오늘도 어김없이 저 여자는 귀찮았다.

"그냥 비세요."

그 안에 있던 다른 기사들의 표정이 당혹스러워졌다.

……비세요.

……세요.

……요.

메아리가 울리는 것 같다. 셀파를 설득하기 위해 별의별 말을 다 했어도, 그의 자존심을 상하게 만들지 않기 위해 직접적인 단어는 피해 왔던 기사들이었다. 그런데 대뜸 밑도 끝도 없이 빌라니.

"비는 것밖엔 없어요. 뭐, 빌어도 해결되지는 않을 테지만."

거기다가 빌라고 해놓고서는 '해결되지는 않을 테지만.'이라는 건 또 뭐란 말인가.

처음엔 장난이나 농담이라고 치부하려 했지만 르니아는 정말 셀파의 뒤를 졸졸졸 쫓아다니면서 그의 피를 말리기 시작했다. 연무장에 쫓아 들어가 셀파의 귀에 "일단 비세요."라고 속삭이기 시작해서 셀파가 자릴 피하자 심지어는 뒷간까지 쫓아가려는 집착을 보였다. 소우로가 그만하라고 말릴 정도였으나 그녀는 끈질겼다.

"셀파 님."

남쪽 성벽의 수리를 감독하기 위해 노역장의 말을 듣던 셀파는 스스로의 인내심이 끊어지는 소릴 들었다.

"아무리 주군이 신임하는 시종이라고 해도 고작 시종이오. 이 이상 귀찮게 하면…….."

그가 당장이라도 언성을 높일 듯 표정을 구긴 것을 발견한 르니아는 되레 능청을 떨었다.

"보잘것없는 시종이긴 하지만 그렇게 말하시니 좀 상처가 되네요? 저는 셀파 님을 생각해서…….."

하루 종일 졸졸 쫓아다니면서 셀파 님, 셀파 님, 하는 통에 귀가 먹어버릴 것만 같았다.

"대체 지금 내가 처한 불합리한 이 상황이 그대와 무슨 상관이지?"

르니아가 머릴 긁적였다.

"제가 시나와 님 일에 관한 문제라면 약간 오지랖이 넓어지는 경우가 있거든요."

셀파가 한숨을 푹 내쉬었다. 오지랖? 오지랖이 문젠가, 지금. 원래부터 보통 여자는 아닐 것이다 하는 생각을 하긴 했지만 이건 좀 심하다.

"말투가……."

"아, 이건 제가 어릴 때 좀 거친 데서 살아서."

"……."

"얘기 좀 들어주실 의향이 있으세요?"

듣지 않겠다 해도 멋대로 귀를 붙잡고 떠들 것 같은 모습에 셀파는 마지못해 고갤 끄덕였다. 르니아는 생글 웃으며 셀파의 건너편에 앉았다.

간밤에 적잖은 눈이 내린 탓에 높은 곳에서 보이는 곳은 온통 설경이었다. 어제의 눈은 그쳤지만 워낙 양이 많았던 탓에 제설 작업을 하는 병사들과 성벽 위에 쌓인 눈들을 쓸어내는 병사들 모두가 분주했다.

"기사님들이 납득할 수 없는 이유로 당신들을 벌하게 되면, 당신들은 시나와 님을 미워하게 될 거예요. 그렇죠?"

셀파는 대답 대신 입술만 씰룩거렸다.

르니아가 그리 짚어 물어주지 않는다고 해도 이미 제르에 대한 악감정은 이루 말할 수 없이 충분하다. 특히 로렌의 경우는 "정말 경우 없는 사람이다." 하며 분통을 터뜨리기까지 했다. 페이랑 역시 썩 좋게만 보지는 않는 눈치였고, 현재 기사단 중 셀파가 당하는 처벌이 부당하지 않다고 느끼는 기사는 아무도 없었다.

"그렇겠지."

"실제로는 이렇게 커질 일이 아닌 것 또한 알고 계세요."

"……."

"물론 셀파 님이 싫은 것은 더더욱 아니시고."

르니아가 어깨를 으쓱했다.

"아직 기사님들은 시나와 님을 잘 몰라요. 시나와 님은 저렇게 차갑게 보여도 차가운 분이 아니세요. 용서를 구하면 아량을 보이실 분이신데, 이건 아집이에요. 페이랑에게 얘길 들어보니 시나와 님께 반감 없는 기사가 없으시다 들었어요. 이해는 가지만 상대가 틀렸어요."

페이랑이 쓸데없는 말까지 떠든 모양이었다. 애초에 주군에게 반감을 가진다는 그런 발언은 발언 자체로 불충에 처벌감이 아닌가.

"세닉 경과 그대가 친해졌다는 것은 알겠소."

"에이, 페이랑한테 화내지 마시고요…… 조금만 열린 마음으로 받아주셨으면 좋겠다는 얘기예요."

"하지만 그대도 주군의 판결이 말이 되지 않는다는 것을 납득하지 않나? 부조리한 것을 부조리하다 말하는데."

"시나와 님이 여자라는 것도 기사님들께는 부조리한 일이 아닌가요?"

악의 없이 담담한 르니아의 대꾸에 셀파는 말문이 막혀 주먹을 쥐었다.

"시나와 님은…… 처벌권을 가진 기사보다 처벌권이 없는 기사에 더

익숙하시고, 가축보다 조금 나은 정도의 대우를 받는 노예보다 돈을
지불하고 마음대로 부리는 하인에 더 익숙하신 분이에요. 물론 저도
기사님들을 잘 몰라요. 처음부터 함께한 게 아니라, 귀동냥으로 이야
기만 주워들은 거라 자세한 속사정까지 알 수는 없어요. 하지만 시나
와 님이 밉다고 그 대신 다른 사람을 괴롭히는 건 정말 비겁한 거라고
생각해요."

"꼭 그랬기 때문만은……."

"자신 때문에 주위 사람이 다치는 걸 보는 건, 정말 힘든 거예요. 시
나와 님은 그걸 용납하지 못하시는 거고……."

그녀의 말에도 일리는 있었다.

셀파의 표정이 묘하게 침울해진 걸 발견한 르니아는 처음 만났을 때
그랬던 것처럼 상냥하고 발랄한 웃음으로 분위기를 반전시켰다.

"기사님, 전 기사님들이 마음에 들어요. 일단 멋지기도 하고, 이런
변방으로 쫓겨 올 만큼 바보같이 착한 분들이라는 것도 알겠어요."

모욕적이기까지 한 말에 셀파가 아무 말도 하지 못한 이유는 그녀의
얼굴이 티 없이 밝았기 때문이다. 그게 모욕인지조차도 순간 헷갈렸
다.

"좋은 분들이라면 시나와 님을 도와주셨으면 좋겠어요. 그래서 사
이가 나빠지는 게 싫어요."

"……."

"그러니까……, 알겠어요? 누구도 나쁘지 않아요. 시나와 님을 미
워하지 말고, 조금만 이해해보려 노력해주세요. 가서 비세요. 그다음
은 제가 시나와 님의 마음을 돌려볼 테니까요. 저도 노력해볼게요. 기
사님도 같이 노력해주세요."

꽤나 고마운 말이었지만 그와는 별개로 셀파는 고개를 갸웃했다. 가만히 듣고 있으니 뭔가 껄끄러운 기분이 든 것이다. 그러나 그로서는 정확히 무엇 때문인지 알 수 없었다. 르니아는 마지막으로 "부탁이에요." 하고 말하더니 가뿐가뿐한 걸음으로 돌아갔다.

홀로 남은 셀파는 묘한 기분으로 르니아의 뒷모습을 쫓다가 생각에 잠겼다.

'처벌권을 가진 기사보다 처벌권이 없는 기사에 더 익숙하시고, 가축보다 조금 나은 정도의 대우를 받는 노예보다 돈을 지불하고 마음대로 부리는 하인에 더 익숙하신 분이에요.'

한참 후에야 셀파는 기묘한 위화감을 설명하는 한 단어를 떠올렸다.

"……데바람?"

가깝지만 먼 이웃국의 이름.

'그럴 리가.'

그는 곧 생각을 지웠다.

약속된 날짜가 목전에 닥치자 결국 소우로는 페이랑과 합심해 셀파를 떠밀었다.

누가 봐도 자존심 싸움이었고, 누가 봐도 어이없는 파국이었다.

"이게 뭔 고집이야. 그냥 고개만 한번 푹 숙이고 봐달라고 빌라니까! 저 여자도 기다리고 있을 거라고!"

"셀파, 자존심을 세울 때가 아니다."

기사들이 합심해 그를 강제로 제르의 방 문 앞까지 데려갔지만 셀파는 더 오기가 생긴 사람처럼 그들을 떨쳐내고 돌아가버렸다.

숙소에서 막 제 임무를 위해 나서던 로렌은 도저히 있을 수 없는 일
이라며 착잡한 듯 화를 낸 후 모습을 감추었다. 기사들의 원망 섞인 미
움까지 사게 된 셀파는 아스난의 방문도 기쁜 기색 없이 맞았다.

셀파는 덤덤해 보였다. 앞으로 스물네 시간 안에 자신의 삶이 완전
히 바뀔 것에 대해서는 전혀 생각지 않는 모양새였다.

"경, 후회하지 않겠나?"

"……."

"회피할 수 없는 문제다. 조금이라도 미련이 있다면."

셀파가 잠시 무거운 얼굴을 했다가 물었다. 약간은 뜬금없는 물음이
었다.

"경, 주군은 카르시타 인이 맞습니까?"

셀파를 만나 그를 설득해보려고 한 노력은 무위로 돌아갔다. 아스난
에게는 그의 자존심도 그의 명예만큼이나 중요했다. 감히 고집을 부
리지 말고 용서를 빌라는 말로 그의 자존심을 강제할 수는 없었다. 셀
파를 만난 짧은 시간 후에 머리만 더 복잡해졌다. 그는 짬을 내어 답지
않은 발걸음을 했다.

퀸시오 성의 동쪽에 마련된 의원의 거처에 이른 아스난이 대뜸 물었
다.

"부상당한 노예는 어떻게 되었나."

막 막사 안에서 나오던 의원이 아스난을 발견하고 깜짝 놀라며 눈을

휘둥그레 떴다. 그는 잠깐 우물쭈물하다가 그를 안내했다.

"오셨습니까? 저 노예 때문에 요즘 성 안이 말이 아니라는 얘기는 들었습니다."

아스난이 미간을 찡그렸다. 이렇게 소문까지 나버렸다면 정말 망신살이다.

"워낙 기사분이 실력이 좋으셔서 과도한 출혈도 없었고, 팔은 다시 쓰기 어려울 테지만 상처는 깨끗하게 아물 것 같습니다. 그런데……."

"그런데?"

"……먼저 오신 분이 계셔서."

머뭇대며 고하는 의사의 말에 아스난이 걸음을 멈췄다.

"누가?"

아니나 다를까, 가려진 문발 너머 두런두런 말소리들이 들렸다.

"나 역시 마음이 편치 않다."

"……저, 저, 저는 한낱 노예입니다. 어, 어째서, 어, 어."

놀란 사내의 목소리가 유독 크게 들렸다. 아스난은 차갑고 날카로운 특유의 말투에 그보다 먼저 의원의 거처에 이른 사람의 정체를 단박에 간파했다.

"……분명 이리 된 데에는 내가 부족했던 탓도 있으니. 곧……제대로 된 보상을 할 수 있도록 힘쓰겠소."

그림자가 몸을 일으켰다. 떠나려는 모양이었다. 아스난은 예상치 못한 광경에 당황하며 가만히 서서 그런 그녀의 그림자가 가까워지는 것을 바라보았다. 이윽고 문발이 걷혔다.

"……주군."

"엘보르트 경?"

제르는 노골적으로 그를 향해 귀찮다는 듯한 표정을 지어 보였다. 아스난이 민망함을 애써 감추었다.

"잠시 그 노예의 상태를 보기 위해 들렀습니다. 주군께서 먼저 와 계시리라고는 상상도 못 했습니다. ……클로이스 경은."

"잠시 심부름을 보냈다."

잠깐 머뭇거리던 제르가 손짓했다. 따라오라는 표시였다.

아스난은 머릿속이 복잡했다.

왕족이 노예의 문병이라니 이 무슨 해괴한 짓거린가 싶어 화가 나기도 했지만 그와 동시에 '카르시타 인입니까?' 하고 묻던 셀파의 말도 떠올랐다. 카르시타의 왕족이라면 이런 사고방식을 가질 수가 없었다. 인간성이 문제가 아니라, 환경과 의식의 문제였다.

"기한에 이르렀다는 생각이 드는데."

그녀의 뒤를 쫓고 있단 것도 잊고 골똘한 생각에 잠겨 있던 아스난은 대뜸 날아온 음성에 모든 생각을 멈추었다.

"그대들이 얼마나 당혹스러워하는지는 이미 알고 있어."

"…….."

"하지만 명령은 명령이니 잊지 마라. 오늘 해 저물 녘, 성 앞마당에서 내 주관 아래 이뤄질 것이다."

"……명심하겠습니다."

오기로 시작되어 오기로 끝나는 파국이었다. 셀파의 일을 생각하니 마음이 또 한없이 무거워졌다. 몇 걸음 앞서 걷던 그녀가 걸음을 멈추며 말했다.

"경도 내가 번복하길 바라겠지?"

"……명을 따를 뿐입니다."

마음에도 없는 회답에 그녀는 자조적인 웃음을 띠었다.

"후안이라는 그 녀석이 나에 대한 불만으로 화풀이를 했다는 것쯤은 이미 알고 있는 바다. 저 일꾼의 죄는 화난 기사 앞에서 아무것도 모른 채로 자신이 할 수 없는 일을 보고한 것뿐이지. 저치의 삶은 이제 늘 반쪽밖에 안 될 터. 두 팔이 필요한 일은 그 어떤 것도 하지 못할 것이다. 자식조차 두 팔로 안아줄 수는 없을 것이다. 비록 저들이 하찮고 그대들은 귀하다 한들, 직위를 등에 업고서 명분 없이 그런 행동을 하는 걸 나는 용서할 수 없다. 엘보르트 경, 그대가 이상하게 여기는 것도 그르지는 않으나, 저들도 생각을 할 줄 안다. 억울해 할 줄 안다. 해하는 자는 금세 잊고 잠들지만, 당하는 자들은 잊지 못하고 평생 안고 살아야 해."

그녀가 희미하게 웃었다. 그가 처음으로 본 비웃음 아닌 웃음이었다.

"그러니 어쩔 수 없겠지."

제르가 중얼거렸다.

"보아 알겠지만. 이곳에 공식적으로 독립령의 공포식이 끝나면 그 순간부터 암묵적으로 내 땅은 노예들을 인정하지 않을 거다."

아스난이 깜짝 놀라며 그녀를 쳐다보았다.

"주군, 그 말은……."

"대대적으로 알릴 수는 없겠지. 하지만 노예들을 전부 풀어준 후, 원하는 자들이 있다면 성 안에서 일정한 보수를 받고 일하도록 할 거야."

아스난이 너무 갑작스러운 그녀의 말에 아무 말도 못 하고 있자 그녀가 다시 평소의 목소리로 돌아와 말했다.

"그러니 나는 너희의 환심을 사기 위해 노력할 여력이 없어."

아스난이 참았던 질문을 내뱉었다. 머릿속으로 그것이 그르다 생각할 정신도 없이 그저 입 밖으로 나왔다.

"……주군은, 카르시타 인이십니까?"

혀가 잘려도 이상하지 않을 무례한 질문이었다. 감히 카르시타의 왕족에게 카르시타 인이냐 묻는 멍청이가 어디 있을까.

하지만 그는 물었고 그녀는 웃음을 지우지 않고 되물었다.

"어떻게 생각하느냐?"

카르시타 왕국에 경사가 일었다.

여러 나라에서 축하의 의미를 빙자한 물건들이 쏟아져 들어오고 쏟아져 나갔다.

"비전하 만세!"

목청을 높이는 합창 소리가 거리를 가득 메웠다.

8개월 전, 왕비가 왕자를 순산했다. 근 17년 만의 왕자 소식에 나라의 경사라며 왕실이 들썩거렸다. 왕도에서는 한 달 내내 축제를 열었다. 왕실의 큰 행사로서 사면받는 범죄자들도 많았다. 하지만 흥에 취한 것은 백성들뿐이었다.

귀족들은 술렁거렸다. 여태까지의 후계 판도와는 판이하게 다른 상황이 펼쳐지기 시작한 것이다. 십수 년간 왕자를 순산하지 못한 왕비 덕에 여태까지의 후계의 구도는, 조금만 일찍 태어났더라면 지금 왕이 되어 있었을 선왕의 아들 '알렉시스 테피온'과 현왕의 조카인 '뉘사나 히리'의 양립 구도였다.

귀족 중 7할은 그 둘 중 지지하는 세력이 있었으며 나머지 3할은 중립에 가깝거나 확실하게 태도를 정하지 않은 이들이었다. 세력이 비슷비슷해 어느 정도의 균형으로 귀족들은 서로를 견제하면서도 확실한 공존의 삶을 보여주었다. 그런데 그 균형이 깨졌다.

위태로운 안정을 뒤엎은 것은 예상치 못한 왕자의 탄생.

그리하여 귀족들은 세 파로 갈렸다.

중립들이 하나 둘씩 왕자파로 돌아서는가 하면, 분명히 알렉시스와 뉘사나의 세력이었던 귀족들도 슬금슬금 정통 왕자에게 의탁하여 배반의 기미를 드러내는 것이다.

제거해야 할 적이 늘어난 본래 후계 후보들의 세력들은 초조해지기 시작했다. 그리고 그들은 자신들의 앞길을 방해할 것 같은 중립파들을 해치워 없애기로 했다. 간사한 뉘사나의 세력이 먼저 수를 내었다.

그리고 이것이 결과였다. 이 변방으로 떨어뜨려진 인원들은 대충 제비뽑기를 하거나 사다리타기를 해서 뽑은 것이 아니었다. 뉘사나의 가장 큰 세력인 소겔가드의 타라히엔은 왕을 꼬드겨 알렉시스 테피온의 세력과, 중립파였으나 새로 태어난 왕자에게로 세가 기울 듯 보이는 영향력 있는 가문들의 기사를 모조리 변방으로 좌천시켜버렸다.

중립이었던 가문은 대표적으론 에드하인다 백작 가문, 자그리나 백작 가문 등이 있었다. 세는 크지 않았으나 구색을 맞추기 위해 희생양이 된 소가문 이르베르트 남작 가문 또한 그들 중 한 가문으로 셀파의 본적이었다.

인정하고 싶지 않지만, 그 역시 내쫓긴 것이다.

밀려난 기사의 최후는 어떻게 될 것인가?

구태의연한 질문이었다.

"아스난 경께서 해 질 녘 성 앞터로 기사분들을 모두 소집하셨소이다. 후안 경의 처벌이 있을 예정이라 하오."

말을 전하는 로렌의 얼굴은 어두웠다.

셀파는 무표정하게 그를 바라보다가 아무런 반응 없이 몸을 돌렸다. 마치 자신의 일이 아닌 것처럼, 지독하게 담담한 반응이었다.

영주가 바뀌었다는 공식적 이야기는 없었다. 그러나 영지민 대부분은 무언가가 바뀌고 있다는 것을 인식하고 있었다. 추운 지방에 사는, 제대로 된 교육을 받지 못한 이들이지만 전 수령 힐레인이 떠나는 것을 보았고, 듣도 보도 못 한 기사들이 들락날락거리는 것을 보고도 아무것도 모를 만큼 무지하지는 않았다. 그에 더해 4년 전에 무너진 성벽을 보수한다는 이야기에 대부분의 사람들이 수령이 바뀌는구나! 하고 확신하기 시작했다.

갑작스러운 변화에 성 안은 번잡했고, 이렇다 할 규율이 제대로 잡히지 못해 퀸시오 안팎의 치안은 빛 좋은 개살구였다. 병사의 부족으로 성곽 순찰은커녕 성 안 순찰도 제대로 이뤄지지 않는 마당.

그 말은 외부인이 쉽사리 드나들 수 있는 구조가 의도와는 상관없이 생겼다는 것과 상통했다. 때문에 렐딘은 조금 전 자신이 발견한 낯선 두 괴인의 존재를 의심했다. 분명 퀸시오의 병사는 아니었다. 그러나 그가 붙잡아 신분을 확인하기도 전에 바람처럼 사라져서 확인할 도리가 없었다.

단시간 모든 병사들의 얼굴을 외울 수는 없으니, 자신이 과민한 반응을 보이는 것인가 싶지만 영 찜찜한 기분이 가시지 않았다.

얼마간 바삐 걷던 그가 한 남자를 발견하고 멈춰 섰다.

"클로이스 경?"

외출을 하고 돌아오는 테일런과 르니아였다. 두 사람이 함께 있다는 데에 놀란 건 아니었다. 렐딘이 눈을 가늘게 뜨며 물었다.

"경, 무슨 일 있으셨소."

검은 더할 나위 없이 깨끗하게 닦여 있는 듯했지만 테일런이 두른 흰 망토 위엔 검붉게 말라붙은 핏자국이 남아 있었다. 이곳은 갑옷을 입고 다니기엔 너무 추워서 동상에 걸릴 위험이 높아 얇은 가죽을 덧댄 갑옷과 그 위에 제복 망토를 두르고 다니는 것으로 복식을 대체했는데, 그가 오늘 오전 입고 나간 것은 새로 하사받은 망토였다.

"오는 길에 웬 괴한의 습격을 받았습니다. 노상강도가 아닐까 하는 생각이 듭니다만 정확한 경위는 조사를 해봐야 할 것 같습니다."

"렐딘 님, 안녕하세요?"

"다친 데는 없으시오."

"테일런 님이 휘리릭 하고 해치우시는 바람에 저는 멀쩡하답니다."

르니아가 발랄하게 답했다. 떨떠름하게 르니아와 테일런을 번갈아 바라보던 렐딘이 말했다.

"해 저물녘, 성 바로 앞 공터로 기사들의 소집령이 내려졌소. 후안 경의 처벌이 있을 예정이라 하오."

"……결국 그리 되는 겁니까."

"오늘 해 저물녘이요? 그럼 얼마 남지도 않았잖아요!"

르니아의 눈이 부릅떠였다.

"셸파 님은 시나와 님께 찾아가보셨나요?"

르니아에게 크게 호의적이지 않은 렐딘조차도 지금만큼은 르니아의 반응이 마음에 들었다.

"아니. 그냥 처벌을 달게 받을 듯 보이더군."

말이 끝나기 무섭게 르니아가 성 안으로 달려가기 시작했다. 테일런이 얕은 한숨을 내쉬며 그런 그녀의 뒷모습을 응시했다. 아무리 보아도, 평범한 여자로는 안 보이는 사랑스러운 활발함이라 믿지는 않았다. 그러나 그것에 대해 깊이 생각할 여력도 없이 해가 저물었다.

기사들의 표정도 어둠 속에 잠겼다.

르니아가 대충 옷매무새만 정리한 후 그녀에게 찾아갔을 때, 제르는 어김없이 책을 읽고 있었다.

"시나와 님, 정말 끝끝내!"

제르는 잠깐 고개를 들었다가 다시 책으로 눈을 돌리며 말했다.

"……오는 길에 습격을 당했다고 들었는데."

"아, 벌써 소식 들으셨어요? 정말 성 안은 말이 빠르다니까요. 이번에 오라비한테 갔다 오면서 따라붙은 녀석들인데 아직까지도 저를 쫓아올 줄은 몰랐어요. 산미랭에서 확실하게 끝을 잘라냈다고 생각은 했는데 질기다니까요. 제가 예정보다 늦게 도착한 이유도 그거 때문이었어요. 다행히 입을 벌리기 전에 도망쳐서 클로이스 경은 그냥 행색만 보고 노상강도 정도로 처리하실 듯 한…… 이 아니라. 시나와 님!"

열심히 설명하던 르니아는 얼굴을 바짝 제르에게 가져다 대었다.

"제가 그리 말씀을 드렸는데 꼭 이렇게 하시려고요? 예?"

"나도 네게 말했다. 번복하지 않을 거라고. 그리고 너를 추적했던 이들은 따로 추적해 잡아들이겠다."

"이미 꽁무니가 빠져라 도망쳐서 어디 숨어 있을…… 이 아니라, 진짜, 제가 왜 이러시는지 모르시겠어요?"

르니아가 답답하다는 듯 제 가슴을 쿵쿵 두드렸다.

제르가 그런 그녀를 무표정하게 바라보다 몸을 일으켜 세웠다.

"자존심 대결이 아니에요, 시나와 님!"

제르는 르니아의 간절한 외침이 들리지 않는 사람처럼 코트를 어깨 위로 덮었다.

"이 사람들에게 지금 이 일은 정말 옳지 않아요! 그들은 억울한 일을 당하고 있다고 생각한다고요."

"억울? 저들이 억울하다고?"

"시나와 님도 기사님들의 잘못을 후안 경에게 책임 지우시는 거잖아요."

르니아는 자신이 해선 안 될 말을 했음을 알았지만 어쩔 수 없었다.

제르가 그를 처형하는 순간, 그것은 돌이킬 수 없는 실수가 되리라. 누군가의 인생을 담보로 수많은 억울한 일들을 참아내야 했던 제르였다. 물론 스스로의 몸뚱이가 하나 건사하기 버거워 다른 이들의 아픔에 무뎌진 제르의 잘못만은 아니었다. 양방의 잘못은 명확했고 양쪽 다 억울한 일이다. 다만 이번엔 칼자루를 제르가 쥐고 있다는 것이 데바람에 있던 시절과는 다를 뿐.

르니아가 거침없이 물었다.

"시나와 님, 데바람에서 우리가 당한 일을 잊으셨어요? 지금 저 사람들이 마주한 문제도 그때의 우리와 마찬가지……."

제르의 표정이 하얀 빛으로 가라앉았다.

"르니아 지금 너는 도를 지나쳤다."

르니아가 침통한 얼굴로 대꾸했다.

"죄송해요. 알아요."

알고 있어? 단정하고 고요하던 제르의 음성이 흐트러졌다.

"알고 있다고."

"예…… 시나와 님."

"네가, 네가."

제르의 언성이 높아졌다.

"지금 네가 감히 나를 쥬세와 똑같은 종자로 만들어!"

노기에 짓눌린 목소리가 갈기갈기 찢겨나갔다. 르니아는 주저 않고 바닥에 엎드렸다.

"저를 벌하셔도 좋습니다, 시나와 님. 하지만 아닌 건 정말 아닌……."

바닥에 왕왕 부딪치는 목소리가 우울하게 울렸다.

"나가."

"……시나와 님."

"당장 나가. 내 앞에서 사라져라."

제르가 씹어뱉듯 소리쳤다. 르니아가 울상을 지으며 물러났다.

르니아가 시무룩한 얼굴로 돌아가자 제르는 코트를 여미며 가빠지는 숨을 가라앉히기 위해 무던히 애를 썼다.

살다 보면 좋은 날도 올 것이라 했다. 그래서 희망이라는 이름에 근 십여 년을 고문당했다. 누군가에게는 당연한 이치가 누군가에게는 당연하지 않다는 것을 알게 되었을 때 그녀는 이미 아집밖에 남지 않은 어른이 되어 있었다.

데바람 왕실에서 원치 않았던 데바라네의 이름을 업고 살아남았던 긴 시간. 그녀의 목숨은 그녀의 것이 아닌 동생들의 것이었다. 사람이 얼마만큼 스스로를 죽이고 살아갈 수 있는지 제르는 잘 알았다.

자신의 잘못이 타인에게 전가되어 타인의 생을 앗아가는 데에 대한 죄의식이 얼마나 지독한지. 무력한 스스로를 얼마나 깊이 혐오할 수 있는지 몹시도 잘 알았다.

쥬세는 그렇게 제르를 길들였다. 너의 잘못은 네가 아끼는 이들에게 대가로 돌아가리라. 쥬세가 죽고 난 후엔 전부 끝났다고 생각했다. 그러나 세상 어디에서나 비슷한 일은 있었다. 이 퀸시오에서조차, 그녀를 잘 알지 못하는 생면부지의 휘하 기사조차 같았다. 그녀에 대한 화풀이로 애먼 이의 삶을 앗아가는 것은 끔찍하게 진절머리 나는 일이었다.

차라리 나를 죽이지. 그건 데바람에 있을 시절 입버릇처럼 되뇌던 말이었다.

안타까움으로 만류하던 르니아의 몇 마디가 귓가에 들러붙어 떨어질 줄을 몰랐다.

'데바람에서 우리가 당한 일을…….'

내가 당한 일을.

'지금 저 사람들이 마주한 문제도 그때의 우리와 마찬가지…….'

그 순간만큼은 르니아에게 화가 나는 것이 아니라, 스스로의 상상에 소름이 끼쳤다. 쥬세와 같은 취급을 당했다. 짚어 말하지 않았더라도 충분히 짐작할 수 있는 문제였다.

순식간에 시간이 과거의 그 시절로 돌아간 것 같았다. 제르는 밀랍

인형처럼 멀겋게 굳은 얼굴로 치맛자락을 움켜쥐었다. 온몸이 떨리기 시작했다. 그녀는 힘없이 늘어진 팔을 끌어올려 품안을 더듬었다. 그녀의 손이 멈추었다. 넋 잃은 사람처럼 초점 없던 그녀의 눈동자가 크게 뜨이는 것은 동시였다.

'없다.'

순간 가까스로 잡고 있던 정신의 뿌리까지 뒤흔들렸다.

없다. 없었다. 엔사의 머리핀. 늘 품에 지니고 다니던 유품이 사라졌다.

'어디 있지? 어디다 뒀지?'

마지막으로 유품을 의식했던 게 며칠 전이었다.

머리핀이 사라졌다는 것을 깨닫기 무섭게 그녀의 편집증적인 증세는 정점을 찍었다. 그녀는 소리를 지르고 방 안을 아수라장으로 만들면서, 바닥을 기어 다니며 자그마한 기억 조각을 쫓았다. 집무실에 들어선 그녀는 온갖 종이 뭉치들을 사방으로 뒤집어엎었다. 하지만 아무리 찾아도 없다. 없었다.

온 세상이 무너지는 기분이었다.

차츰 기억은 스스로를 날조하기 시작했다. 성 안에서 그것을 손에 쥐었던 적이 있었지만 사실은 그런 적 없는 사람처럼. 이 성으로 들어오기 전에 머물던 집에 두고 온 걸지도 모른다거나, 아스난에 의해 성으로 들어오게 되면서 길가에 떨어뜨린 걸지도 모른다.

밖으로 뛰쳐나가려던 제르는 문가에 주저앉았다.

'엔사…….'

잊었던 시간 속으로 침몰한 그녀를 끌어올려줄 바람은 그곳에 있었다.

'데바람에서 우리가 당한 일을……'

자신이 당한 것과 저들이 응당 치러야 할 대가의 무게는 다르다.

'지금 저 사람들이 마주한 문제도 그때의 우리와 마찬가지……'

"주군, 여기서 무얼 하십……"

테일런의 목소리였다. 온몸에 힘이 풀려 무기력한 몸뚱이 위로 그의 그림자가 드리워졌다. 제르는 울 것 같은 얼굴로 고개를 들었다. 테일런은 제르와 눈이 마주치자 그대로 입을 다물었다.

"……없어."

"주군, 또 어디 안 좋으신 거라면."

"없어……"

제르가 몸을 웅크리며 입술을 떨었다. 테일런은 그녀를 일으키기 위해 손을 뻗었다가 흐느낌처럼 가늘게 떨리는 음성에 멈추었다.

"사라졌어…… 사라졌어."

얼마 지나지 않아 아스난이 그녀의 집무실 문 앞에 멈춰 섰다.

"……주군, 뫼시러 왔습니다."

그는 내키지 않은 얼굴로 심호흡을 한 후 똑똑, 두 번 문을 두드렸다. 그러나 돌아오는 대답은 없었다. 인기척도 없었다. 그가 문을 열었을 때 보인 것은 주인 없는 집무실의 여상한 풍경이었다.

셀파가 적을 둔 이르베르트 가문은 고만고만한 규모였다. 그나마도 좁은 땅에서 근근이 명맥을 잇다 이번 대에 이르러서야 살림이 좀 핀

정도. 그런 의미에서 이번에 이런 주인을 만난 것은 그의 인생에서 손에 꼽을 만한 재수 없는 사건이었다.

그의 아버지가 렝게틴 산맥의 도적 떼 토벌을 시행한 것은, 그 일대 도적 떼들로 인해 골머리 썩히던 유단의 드레크마 공을 무척이나 기쁘게 했다. 그리하여 영토 없이 전전하던 준남작의 직위에서 겨우 벗어났다.

태생부터 고귀함과는 거리가 먼 환경이었기에 그는 딱히 귀족의 자세에 대해서 배우며 자라진 않았다. 비록 아버지의 노력으로 준남작을 벗어났다고는 하나 그걸로 생활이 윤택해지거나 풍족해진 것은 아니었기 때문이다.

제피언 란다마이어, 칼시단 백작가의 장남인 그의 종기사가 되고 제피언과 친분이 도타웠던 아스난과 가까워진 것은 더 나은 삶을 위해 목숨을 걸고 검술에 매진할 때였다. 같은 듯 다른 제피언과 아스난은 공통분모가 많은 친우였고, 어린 종기사는 그들을 보며 성장했다.

제피언으로 말할 것 같으면 기꺼이 출신 낮은 소년을 종기사 삼아준 배포답게 검술 역시 왕실의 인정을 받을 만큼 특출했지만, 실력만 믿고 수련을 게을리 하는 자도 아니었다. 오히려 다른 놀고먹는 기사들에 비하면 지나치게 열심히 하는 기사였다.

다만 그를 바라보는 셀파의 시각을 바꾼 것은 사교장에 있는 그를 발견했을 때였다. 그는 다른 귀부인을 비롯한 귀족들에겐 전에 없는 부드러운 얼굴로 사근사근하게 말을 건넸다. 훈련 때는 보이지 않던 사근사근함은 모든 이들을 매료시켰다. 그가 '정치적인 사람'이란 것을 깨닫게 된 것은 얼마 지나지 않아서였다. 그는 종종 이렇게 말하곤 했다.

'가끔은 더 높은 곳을 위해 고개 숙이는 처세도 필요하다.'

하지만 아스난은 달랐다. 아스난은 태어나길 '교본 속 기사'로 태어난 사람 같았다. 절대 부정을 저지르지 못하며 기사도를 어기지 못할 것 같은 사람. 엄청난 세력을 쥐고 태어났음에도 교만하지 않은 사내.

아스난 엘보르트, 그는 이렇게 말했다.

'스스로의 명예를 지키고 옳지 않은 일에 숙이지 마라.'

무거운 한마디였다. '명예'. 그 얼마나 가슴 떨리는 단어인가. 당시의 셀파가 완벽히 그 모든 속뜻을 이해하긴 어려웠지만, 몇 마디의 단어로 이뤄진 문장은 어린아이의 가슴속에 짧고 강렬히 새겨졌다.

고개를 숙일 때도 필요하다. 고개 숙이지 마라. 그른 것은 없었다. 둘 다 옳았다. 얼핏 상반되는 듯 보이는 저 두 지론을 한 번도 의심한 적 없지만 가끔 그런 생각은 했다. 어떤 것이 더 기사에 걸맞은가. 누구를 더 존경해야 하는가.

그런 두 사람의 사이에서 4년이란 세월을 보고, 듣고, 배우고, 익히면서 셀파는 아스난을 닮은 기사가 되고 싶다는 꿈도 함께 키워갔다.

세월이 흘러 종기사의 수련 기간을 끝낸 셀파는 16세에 수습 기사가 되었다. 두 사람이 그에게 했던 말을 하루에도 수십 번씩 되새기면서, 왕실의 기사가 되어 가문을 부흥시키고, 누구보다도 기사다운 기사가 되겠다고 결심했다. 그 목적을 가지고 23세에, 데바람과의 분쟁 교전에 참여해 공을 세워 훈장을 받았다. 진정한 기사로 인정을 받은 것이다.

그리고 2년이 지난 후 자신은 퀸시오에 있었다.

"……."

사아아. 퀸시오의 내정과 외정이 이어지는 길목으로 조용한 바람이 불었다.

일곱 명의 기사가 간격을 두고 둥글게 둘러섰다. 해는 이미 저물어 가기 시작했다. 지는 해를 등진 셀파는 긴장으로 서서히 숨이 차오르는 것을 느꼈다. 그를 마주 보고 선 아스난의 허리춤에 잘 벼려진 검이 있었다. 그는 존경해마지 않는 기사였다. 당연하다는 듯 그에게로 쏟아지는 마지막 태양빛이 아름다웠다.

아스난의 양옆으로 어쩔 줄 몰라 하는 표정의 페이랑과 한숨을 푹 쉬며 눈을 돌려버리는 소우로, 그리고 무표정하게 정면을 응시하며 주먹을 꾹 쥐는 로렌이 보였다.

얼마간 침묵하던 아스난이 고개 돌려 물었다.

"주군이 이곳으로 오지 않으셨나?"

"예."

렐딘이 짧게 답했다.

셀파의 주먹에 잔뜩 들어갔던 힘이 풀렸다. 긴장도 한순간 푹 갈대처럼 꺾였다. 완벽하게 정체된 이 시간, 그 여자만 없었다. 왜 제르가 빨리 오지 않느냐고 투정을 부리는 이는 없었다. 아스난마저도 제르의 부재에 즉각 대처하지 못하고 주춤하는 기색이 역력했다. 곧 르니아가 모습을 드러냈다.

"시나와 님은 어디 계세요?"

아스난이 되물었다.

"주군이 어디 계신지, 르니아 양도 모르나?"

르니아도 모른다면 정말 어딘가로 가버린 걸지도 모른다. 기사들은 오히려 안도한 표정이었다. 제르가 자리를 비웠다면 처형이 미뤄질 가능성이 농후했으므로.

그때 어디선가 휘파람 소리가 울렸다.

"어……?"

파공음이 반주처럼 잇따랐다. 그들의 정수리 위로 짙고 검은 그림자가 드리워졌다. 기사들은 너나 할 것 없이 고개를 돌렸다.

그들의 등 뒤로 버섯구름 같은 연기가 뜨거운 열기로 피어오르고 있었다. 난데없는 폭음에 놀란 고함들이 울렸다. 모든 이들의 시선이 빛의 근원지로 향했다. 방향은 성의 남동쪽.

아스난은 몸을 완전히 돌려 세웠다. 성의 중심엔 자작이 머무는 자작령 저택이 있고, 서쪽으론 비상시에 사용할 수 있는 대피소와 퀸시오령 연구소, 그리고 기사단의 숙소가 있다. 그 북쪽으로는 바닷가와 인접한 자작령 등대 탑이 우뚝이 솟아 있으며 곡식을 저장하는 저장소가 있었다. 그리고 남동쪽 저 방향은…….

"병기 창고 쪽입니다."

렐딘이 아스난을 향해 말했다. 모두들 움직임을 멈추고 불길한 예감과 함께 활활 타오르는 불길을 바라보았다.

셀파는 자신의 운이 좋은 것인지, 나쁜 것인지 알 수 없었다.

그러니까…… 왕실 공무 관리든, 귀족으로 주로 이뤄진 조직이든, 봉사단체든 어딜 가나 덜떨어진 놈들이 있기 마련이다. 속된 말로 모자란 이들의 질량은 보존된다고들 하던가. 이렇게 하라 하면 저렇게 하고, 이때 하라 하면 꼭 반 박자 늦게 한다거나, 꼭 저런 녀석들이 사고를 치는, 그런 답 없는 녀석들. '초록 도끼' 해적단에도 그런 인물은 어김없이 있었다. 아니, 사실 초록 도끼 해적단의 대부분은 그 엉망진 창인 사고뭉치들의 모임에 가까워 정상적인 사고를 하는 이들만 몹시 피곤해진다 하는 게 더 사실에 근접했다.

지금처럼.

"이 멍청한 놈아!"

메르핀은 멍청한 표정으로 불타는 병기고를 바라보는 리투의 뒤통 수를 사정없이 갈긴 후, 목덜미를 바짝 끌어당겨 이 가는 소릴 냈다.

"아직 저쪽에서 신호도 없는데 멋대로 일을 저지르면 어쩌자고. 응? 이 죽일 놈아. 응? 제발 나 좀 살려줘라. 로만의 그 딸내미 하나 족치 려고 몇 날 며칠을 이 얼어 뒈질 것 같은 데서 돌이나 나르면서 몸을 사려왔는데. 어쩜 이러니? 응? 너 한번 뼈와 살이 분리되어봐야 정신 을 차릴래?"

"에, 아, 그러려는 게 아니라. 램프가 떨어졌는데 그게……."

"불 지르는 건 기사 놈들 숙소라고 몇 번이나 얘기했는데, 지금 우리 가 약탈해야 할 무기 창고에 불 지른 거야? 그리고 이건 또 왜 이리 잘 타!"

"아무래도, 춥고 건조해서 그런가본데요. 그래도 따뜻하니 좋네 요……."

"이 멍청아, 그걸 말이라고!"

병기고 뒤쪽 아름드리나무에 뒤에 몸을 숨긴 메르핀은 복창과 함께 터지는 소리 없는 비명을 내질렀다. 그러니까 그들은 르니아가 말했 던 '번거로운 잡일', 혹은 '따라붙던 잔챙이'들이었다.

르니아는 그들을 '산미랭 계곡' 근처에서 완전히 박멸해버렸다고 생 각했지만 초록 도끼 해적단은 기괴한 이름만큼이나 괴이한 이들이 많앉고, 바퀴벌레만큼이나 끈질긴 생명력을 지니고 있었다. 그래서 한때 도켄 해적단으로부터 초록바퀴벌레로 해적단의 명칭을 바꾸는 건 어떠냐는 모욕적인 제의를 받은 적도 있었다.

"선장이 이 꼴을 알면 우릴 죽일 거야."

길길이 날뛰던 그가 지쳐 절망적으로 땅을 긁었다.

"……죄송해요."

"됐다. 너 모지란 거 하루 이틀도 아니고. 너를 데리고 이런 중한 임무를 나온 내가 정신 나간 놈이지."

리투가 멍청한 표정으로 중얼거렸다.

"기사들이 다시 몰려왔어요."

"뭐? 젠장!"

턱수염을 벅벅 긁던 메르핀은 나무기둥 뒤로 얼굴만 빼꼼 내밀어 리투가 말하는 방향을 바라보았다. 아니나 다를까, 보기만 해도 오금이 저리는 얼굴의 기사들이 물동이를 든 병사들을 인솔해 와 있었다. 도적, 산적, 마적, 해적, 기본적으로 직업 뒤에 '적(敵)' 자가 붙는 놈들은 기사라면 학을 떼기 마련이다.

"이제 어떻게 하죠?"

"나도 몰라. 닥치고 엎드리기나 해!"

"그래도 이제 몸이 좀 녹아서 살겠……."

"이 또라이 새끼가! 이 상황만 어찌 해결되면 내 장담하는데 니 주둥아리를 그냥……!"

멀리 두 명의 기사가 바쁘게 움직이는 것이 보였다.

"그래도 에핑 형이랑 푸송이 우리 대신 잘하고 있겠죠."

메르핀은 참다못해 또 한 번 리투의 뒤통수를 빡 소리 나게 후려갈겼다.

　원래 계획은 성이 가장 조용하고 한적할 때를 틈타서, 병기고와 식
량고를 털고 로마탄 그레온의 선장이 땅을 치고 후회하도록 도켄의 딸
을 암살할 계획이었다. 그다음 대기 중인 해적선을 타고 기사 숙소에
불을 지른 후 유유자적 도주하는 것.

　……그러고 보니 참 계획이 뭣 같다. 날짜도 없고, 시간도 없고, 구
체적인 방침도 없고. 메르핀은 진지하게 전직에 대한 고민을 하지 않
을 수 없게 되었다.

　그 시각, 간사하고 약삭빠르다 정평이 난 초록 도끼 해적단의 선원
에핑은 성벽 위에 숨어 엎드린 채로 기사들이 흩어지길 기다리고 있었
다. 그의 얼굴엔 다섯 개의 기이한 줄이 흉터처럼 나 있었는데, 영광
의 상처는 아니었다.

　곧 공터로 나타난 르니아를 발견한 그의 얼굴에 감개무량함이 떠올
랐다. 르니아는 갑옷조차 입지 않고 돌아다니고 있었다. 바람도, 날씨
도, 목표도 완벽했다.

　참 고된 시간이었다.

　'추워 뒈지는 줄 알았네…….'

　이 성 안에서 열 명의 동료들이 제각각의 임무를 다하고 있을 것이
다. 그는 자신의 손가락에 쥐여 있는 암기들을 만족스럽게 바라보았
다.

　악랄하고 인간미 없기로 유명한 르니아 반펠트! 내 얼굴을 이따위로
만든 로민의 딸! 초록 도끼 해적단의 독을 잔뜩 바른 표창과 날카로운
독침은 오늘의 복수를 위해서 갈고닦여왔다! 이번에 저 계집을 죽여

공을 세워, 초록 도끼 해적단의 간부가 될 테다! 따위의 생각에 새어나오는 웃음을 참으며 에핑은 거무죽죽한 이를 드러냈다.

성 어딘가에서 불길이 치솟자 기사들이 흩어지기 시작했다. 에핑의 신경 역시 분산되긴 마찬가지였다.

'어? 왜 불길이 저쪽에서부터 나?'

예정보다 빨랐다.

'아무러면 어때!'

에핑은 팔꿈치를 사용해 가장자리로 그들이 더 잘 보이도록 기어갔다.

'호, 이 정도면 해볼 만하겠는데?'

물론 해볼 만하다는 것은 절대로 맞서 싸우겠다는 것이 아닌 뒤통수를 치겠다는 의미의 자신감이었지만, 에핑은 어떠한 수치심도 느끼지 못했다.

이 일만 잘 끝내면 간부가 되는데, 모로 가도 목적지만 제대로 찾아가면 되는 것 아닌가!

자리에 모여 있던 기사들과 망을 보던 병사들이 대부분 흩어졌다.

"가아아안부우우우!"

순간 기쁨을 이기지 못한 에핑은 성벽 아래로 뛰어내렸다. 뿐만 아니라 기습을 하기 위해 숨어 있었던 것도 잊고 신이 나 소리를 질렀다. 잔뜩 신경이 곤두서 있던 기사들의 매서운 시선이 그에게로 꽂혔다.

아차, 에핑은 당황해 발꿈치를 들고 착지했다. 그러다가 균형을 잃어 데구루루루 두 바퀴 다시 구르고 몸을 발딱 일으켰다.

치가 떨리는 얼굴의 여자가 눈을 휘둥그레 뜨고 그를 바라보고 있었다.

잠깐 놀랐지만, 르니아와 눈을 마주친 에핑은 의기양양하게 소리쳤다.

"내, 내, 내 얼굴을 잊었다곤 않겠지!"

꩜

불길이 치솟는 걸 확인한 즉시 모든 상황은 정지되었다.

아스난은 즉시 페이랑과 소우로를 병기 창고로 보냈다. 렐딘은 서쪽으로 보냈다. 로렌에게는 일대를 둘러보라 명했다. 그 역시도 움직여야 했다. 제르가 자리에 없다고 해서 마음 놓고 기다릴 때가 아니었다.

"나는 주군을 찾아보겠다."

"아, 네. 네……."

르니아가 얼떨떨한 목소리로 연기가 솟구친 저편을 바라보며 답했다.

시커멓게 그을린 냄새가 지독하게 풍겼다.

"아니, 근데 어…… 아니, 지금 이게 무슨 일……."

르니아는 순식간에 반전된 이 분위기와 상황을 이해하지 못한 사람처럼 주위를 두리번거렸다.

기이한 일은 테일런이 막 '일단, 르니아 양도 피하는 게 좋겠습니다.' 하고 말을 꺼내려던 차에 일어났다.

웬 쪼그만 남자 하나가 성벽에서 기이한 함성을 지르며 뛰어내려 데굴데굴 구르더니 "날 잊진 않았겠지!" 따위의 헛소리를 지껄인 것이다. 얼굴엔 오선지 같은 줄 다섯 개가 흉터처럼 가지런히 그어져서 좀 우스꽝스럽게 생긴 남자였다.

"……."

"……."

테일런과 셀파는 난데없이 등장한 괴한에 검을 빼들었다.

나름대로 화려하게 등장했는데, 정작 제 얼굴에 씻을 수 없는 오욕의 상처를 남겼던 르니아가 '저건 뭐야?' 하는 얼굴이라 에핑의 얼굴은 금세 새빨갛게 달아올랐다.

"나, 나, 나를 잊었다고! 이 얼굴을 보고도 기억하지 못한단 말이냐!"

셀파와 테일런이 검을 다잡아 쥐었다. 르니아는 얼굴에 핏대 올려가며 말하는 남루한 차림의 남자를 바라보았다. 얼핏 해적의 느낌이 난다. 그런데 얼굴에 가지런히 그어진 오선이라니. 저거 참 비웃기도 뭐하…… 르니아의 눈이 호두 껍질만 하게 뜨였다.

"어어?"

"으하하하, 기억하고 있구나!"

르니아가 놀란 얼굴을 하자 에핑이 그제야 환하게 웃었다. 그때 테일런의 검이 날아들었다.

"으악!"

에핑은 재빠르게 몸을 굴려 피했다. 바퀴벌레를 연상케 하는 속도로 뒷걸음질하지 않았다면 사지 중 어디 하나는 분리되었을지도 모를 상황이었다.

"기습이라니! 불공평해!"

"……대체 누가 기습을……."

르니아가 손뼉을 짝짝 때렸다.

"피강냉이! 여기서 뭐 하는 거야? 너 얼굴에 그건 뭐니? 요즘 유행하는 분장이냐? 너무 촌스러운데."

"피강냉이라니! 나는 에핑이다! 네, 네, 네가 지금 나를 놀리는!"

뜻밖으로 밝은 르니아의 표정에 에핑은 당황스러운 듯 몸을 뒤틀었다. 분명 죽일 듯 달려들어야 맞는데? 이상하다? 로만의 저 미친 계집애가 저럴 애가 아닌데? 하지만 에핑의 그런 생각과는 관계없이 르니아는 진심으로 기뻤다. 어차피 제르가 참관하지 않더라도 처벌은 명령으로서 이행되었을 것이다. 그런데 저놈들이 깽판을 놓은 덕에 시간을 좀 벌게 되지 않았나.

초록 도끼 해적단의 바퀴벌레 같은 생명력과 집착이 이럴 때 도움이 될 줄이야.

"네가 내 얼굴을 오선지로 만들었으니, 난 네 인생을 오선지로 만들겠다아아!"

대체 쟤 지금 무슨 헛소리야?

르니아는 어깨를 으쓱한 후 슬쩍 몸을 뒤로 뺐다. 그때였다. 무언가 날카로운 암기가 날아들었다. 순간적으로 놀란 르니아가 몸을 옆으로 틀어 피한 후 고함쳤다.

"야! 피강냉이 너 지금!"

테일런은 그가 던진 것이 암기란 것을 깨닫기 무섭게 그에게로 달려갔다.

주제에 생존 본능 강한 에핑이 베이기도 전에 끄악 하는 비명을 질렀다. 테일런은 주저 없이 그의 다리를 베었다. 에핑이 피가 콸콸 쏟아지는 다릴 황급히 감싸더니 눈에 핏대를 올렸다.

"나는 굴하지 않아. 간부가…… 되겠다!"

제 딴에 한평생 소원이었으니 간절할 만도 했겠지만 슬프게도 이곳에서 그의 간절함을 알아주는 이는 아무도 없었다. 에핑이 쥐고 있던 여섯 개의 암기를 한꺼번에 던졌다. 테일런이 하나를 쳐냈지만 나머지 다섯 개의 작은 무기는 빠른 속도로 르니아를 향해 날아갔다. 재빠르게 셀파가 그녀를 끌어당겨주지 않으면 그중 두어 개는 위험할 뻔했다.

아슬아슬하게 피한 르니아가 눈을 부라렸다.

"저 새끼가!"

아무리 기사라도 빠르게 날아오는 화살을 쳐내기 힘들듯, 날아오는 작은 무기를 쳐내는 건 어렵다.

'저 여자는 말버릇이 어째.'

르니아의 귀를 할퀴는 고함을 뒤로한 채로 셀파는 호흡을 가다듬었다. 그리고 언제나 버겁게 느껴지던 자신의 검을 꾹 쥐었다. 르니아에게 달려들던 에핑은 단도의 궤적이 막히자 산다람쥐처럼 뛰어 거리를 벌리더니, 다시 위협스러운 비수를 꺼내어 힘을 실어 던졌다.

"피하시오!"

가까스로 르니아를 비수의 궤적에서 끌어낸 셀파의 낯빛 위로 곤란한 기색이 떠올랐다.

"괜찮소?"

"아, 저는 괜찮⋯⋯."

셀파는 대답을 들은 즉시 에핑을 돌아보았다.

에핑은 빗나간 비수들을 우울한 얼굴로 응시하고 있었다. 회심의 일격이 무너지자 꽤나 낙담한 모습이었다. 곧 에핑에게 한달음에 달려간 테일런이 위협적으로 세운 검날을 들이대며 물었다.

"정체가 뭐냐."

"히끅."

놀란 에핑이 몸을 움츠렸다. 르니아가 뒤에서 고함을 쳤다.

"그렇게 간덩이가 작아서 간부가 되겠다고! 이 잡것아?"

셀파가 그런 르니아의 어깨를 잡았다. 에핑은 혼신의 힘을 다해 마지막 남은 비수를 던졌지만 그것은 화살처럼 빠르지도 않았고, 위협적인 각도도 아니었다.

테일런이 쉽게 그것을 쳐낸 후 그의 어깨를 걷어차 짓밟았다.

"정체가 뭔지 밝혀라. 지금 저 화재와 관련이 있나."

"있다면 어쩌게!"

"실수로 검이 목을 날려버릴 수도 있다. 가려 말해라."

테일런이 힐끔 르니아를 곁눈질했다. 르니아가 방싯 웃으며 "비밀로 해줄게요." 하고 소리쳤다. 그러자 에핑의 얼굴이 차츰 사색이 되었다.

"으하하하하하! 왜, 왜들 이러십니까. 관계 따위 있을 리가 있겠습니까? 예? 아하하하하…… 라고 할 줄 알았지!"

그때였다.

엄청난 뭔가 불길한 느낌에 검을 다시 움켜쥔 셀파가 뒤를 돌아보았다. 무언가가 엄청난 속도로 날아들어 그의 뺨을 아슬아슬하게 스치고 바닥에 꽂혔다. 이번엔 화살이었다.

'젠장, 또 어디서!'

반대편 성벽에도 한 명이 더 숨어 있었는지 계속해서 화살이 날아들기 시작했다. 노골적으로 작정한 연사에 르니아가 옆으로 몸을 굴렸다. 아슬아슬하게 그녀가 있던 자리에 화살이 박혔다. 색이 변한 것을 보니 초록 도끼 해적단이 주로 쓴다 알려진 키자 독이 발려 있는 게 확실했다.

멈추지 않고 쏘아지던 화살 하나가 피하려는 르니아의 외투 끝자락을 꿰어 땅에 박았다.

"아……!"

르니아의 몸이 굳어지는 것과 동시에 사태를 파악한 테일런이 눈을 크게 떴다. 화살은 자비 없이 날아들기 시작했다. 그녀의 지근거리에서 있던 셀파가 아랫입술을 꾹 물었다. 아무리 그라지만 빠르게 연계되는 화살들을 전부 쳐낼 수는 없었다.

"아…… 이런!"

"고소하다! 네년도 이제 끝이야. 끝이라고! 너만 처리하면 나도 간부가……."

화살 하나가 주저앉은 에핑의 다리 사이에 핑그르르 소릴 내며 박혔다.

"흐으악! 푸숑, 나까지 맞아서 골로 갈 뻔했잖아!"

르니아는 어쩔 줄 몰라 하며 몸을 돌렸다. 화살을 몇 개나 준비해 온 건지 끊이지도 않았다. 외투를 벗기 위해 단추와 끈을 재빠르게 풀어내려 했지만 허사였다. 당황해 허둥거리는 르니아를 향해 정확하게 겨냥된 화살을 발견한 셀파가 무작정 몸을 날렸다. 그의 무게에 떠밀린 르니아가 엉덩방아를 찧었다.

하나, 둘, 셋, 넷. 총 다섯. 화살우 스치는 소리에 귀가 마비되는 듯했다. 위협적인 다섯 발의 화살이 연이어 날아온 후에야 이윽고 적의 공격이 멈췄다.

곧 성벽 쪽에서 챙그랑, 돌과 쇠가 부딪치는 소리가 났다. 언제 올라간 건지, 로렌이 성벽 위에서 피 묻은 검을 들고 있었다.

르니아는 멍하니 눈을 깜빡였다. 꽤 많은 화살들이 날아온 것 같은데 아픈 곳은 없었다. 뒤늦게야 정신을 차린 그녀가 주위 상황을 살폈다. 그러나 그녀의 시야는 무언가에 가로막힌 채였다. 그게 셀파의 몸이라는 것을 깨닫기까지는 오래 걸리지 않았다.

귓가로 잔 신음이 짧게 울렸다. 그제야 르니아는 그의 오른쪽 겨드랑이와 가까운 아래 갈비뼈 아래를 뚫고 나온 화살촉을 발견했다.

"어……?"

셀파가 그녀의 위로 고꾸라졌다. 위태로운 침묵이 찾아왔다.

등 뒤로 타오르는 병기 창고의 화마에 그림자가 일렁거렸다.

르니아의 시선이 서서히 아래로 떨어졌다. 셀파의 그림자가 손에 잡힐 듯 가까웠다. 붉은 화마를 머금고 춤춘다.

고슴도치 같은 그림자였다.

그쳤던 눈이 내리기 시작했다.

제르를 찾으려 했지만 그녀는 성 안에 없었다. 결국 수색을 아래 병사들에게 맡긴 후, 아스난은 성 안 정비로 신경을 돌렸다. 습격은 끝이 났지만 안심할 수는 없었다. 눈이 내리기 시작해 불을 끄는 것은 한결 수월해졌지만 건조하기 때문에 화재 진압에는 세심한 주의와 많은 수의 병사들이 필요했다.

그는 어디서 어떻게 어떤 목적으로 나타난 것인지 모를 적들을 경계하기 위해 본성 안의 방들을 모조리 검열했다.

흩날리는 눈발에 둘러싸인 영주성의 실내는 실외만큼이나 싸늘한 공기로 가득했다.

"주군은?"

"아직……."

연이은 보고를 모조리 기억 속에 담아두는 것도 한계였다.

렐딘이 그의 부담을 조금 덜어주어 화재 진압에 관한 모든 보고를 받고 있었지만 인명이 관계된 것들은 최종적으로 전부 아스난의 몫이었다. 제르가 없기 때문에 판단 또한 그의 몫이었다.

"위장했던 이들을 잡아들였습니다. 수상쩍은 움직임을 보이고 있는 것을 현행으로 잡은 여섯 명은 저항을 해서 그중 다섯 명이 죽었고 한 명은 도주했습니다. 북해에서 주로 활동하는 해적들로 추정됩니다. 그리고 병기 창고 뒤에 숨어 있던 두 명은 생포했습니다."

마지막으로 페이랑의 보고를 전해 들은 아스난은 그대로 성 뒤편으로 이동했다. 뒤뜰엔 여러 구의 시체들이 남아 있었다.

시체들 중 한 구의 시체가 유독 참혹했다. 이야기에 따르면 분노한 르니아에 의해 그 자리에서 목이 따인 해적이라고 했다. 셀파에게 활을 쏘았던 자와, 얼굴에 흉한 흉터가 가득 남아 있는 자의 말로라.

아스난이 쪼그리듯 앉아 흉측한 얼굴을 한 시체를 세심히 살폈다. 벌겋게 갈라진 살이 몹시 징그러웠지만 제대로 감상할 만한 정신적 여력이 없었다. 한 번에 목 언저리의 동맥이 끊겨 죽었다. 정확하게 즉사했을 것이다.

'이게…… 시종의 짓이라.'

주저 없는 살인이었다. 검술을 조금 배운 치라고는 생각할 수 없을 만큼 정확하기도 했다. 우연은 아닐 것이다.

멀리서 렐딘이 다가왔다.

"경, 보고 드립니다. 병기 창고가 타버린 것 이외엔 부수적인 피해는 없는 것으로 보입니다. 식량고에서 해적으로 드러난 이를 막던 병사 두 명이 중 한 명이 중태에 빠졌습니다."

"후안 경은?"

"아, 후안 경은 르니아 양의 조치가 훌륭했다며 치명적인 정도는 아니라고 합니다. 관통한 화살 때문에 약간 위험하긴 하지만 지금은 안정을 찾았습니다. ……제 주의력이 부족했던 탓입니다. 이상한 자들을 보았는데 크게 신경 쓰지 못했습니다. 죄송합니다."

"경이 사죄할 일이 아니다."

아스난이 나직이 그를 위로했다.

확실히 이번 일은 누구의 잘못이라 하기도 창피한 일이었다. 퀸시오가 부동항이라고는 하나 약탈할 만한 것이 없다는 것은 알 만한 이들은 다 안다. 게다가 해적이 영주의 성에 직접 불을 지른다는 건 상상도 할 수 없는 일이다. 무엇 하러 소수의 인원으로 잠입까지 해서? 르니아와 관련이 있어 보였는데 르니아는 셀파의 부상에 혼이 빠진 상태였다.

곧 소우로가 특유의 건들거리는 걸음걸이로 빠르게 다가왔다.

"엘보르트 경, 경의 말대로 루네비온 만으로 나가보니, 웬 초록색 돛의 해적선 한 대가 떠나고 있었소이다만. 어찌, 군함을 보내 잡을까요?"

아, 군함. 거기까지 말하던 소우로가 스스로도 우스운 듯 멋쩍은 표정을 지었다.

군함 따위 있을 리가. 경비함선이라면 있지만 어느 정도의 훈련이 되어 있는지도 모르는데 함부로 해적들과 맞부딪치게 할 수는 없었다.

"주군을 찾는 게 더 우선이네. 내 지시는 전부 임시일 뿐이니."

그렇게 말하는 아스난의 얼굴엔 한숨이 서렸다.

"실은 군함이라고 해봐야 조그만 화물선밖에 없더이다."라고 혼잣말처럼 중얼거리는 소우로의 말을 듣고 있으니 어깨가 더 무거워졌다.

"던함 경, 나를 대신해 이 층부터 시작해 어딘가에 숨어 있는 잔챙이가 있지는 않은지 수색해주게."

"주군은 또 어디로 갔답니까? 이 난리통에."

아스난이 소우로를 응시했다. 저들은 대수롭잖게 여기는 모양이었지만 아스난은 걱정을 떨칠 수 없었다.

그녀의 소재를 파악하라 사람을 보낸 지 한참 되었다. 그녀의 이런 긴 부재는 그를 불편하게 했다. 습격이 있기 훨씬 전부터 테일런과 함께 사라졌으니 밖에라도 나갔나 싶지만, 습격까지 생긴 마당이라 걱정이 눈덩이처럼 불어나는 것은 어쩔 수 없었다.

그가 눈두덩을 문지르며 몸을 돌리는 찰나, 복도 끝에서 한 병사가 뛰어왔다.

"영주님이 돌아오셨습니다!"

곳곳에서 마지막 불길을 쏟아내고 소멸하는 연기 줄기들이 비쳤다. 점차 굵어지는 눈송이가 잿더미 위로 내려앉았다.

참담한 마음을 추스르기 위해 남쪽 성곽 밖으로 나갔던 제르가 소란이 일어난 것을 깨닫고 테일런과 함께 돌아왔을 때는 이미 모든 상황이 종료된 후였다.

　몇 없는 병사들이 모든 임무를 내팽개치고 모이기라도 한 듯이 성의 입구는 북적거렸다. 제르는 성의 입구 한구석에 나란히 눕혀진 병사 몇 명의 시체를 발견할 수 있었다. 그들 주위로는 침통한 표정의 병사들과 숨이 턱 끝까지 차올라 뛰어다니는 기사들이 눈에 띄었다. 몇 걸음 안으로 들어간 제르가 걸음을 멈추었다.

　그녀의 뒤에 선 테일런 또한 짐짓 놀란 얼굴이었다. 고작 몇 시간 자리를 비운 것뿐인데, 성 안의 풍경은 전쟁 발령이라도 난 듯이 살풍경했다. 그녀를 발견한 병사들이 어딘가로 달려가기 시작했다. 제르는 긴장과 우울함으로 뒤덮인 사람들 사이를 가로질러 본성 입구에 가만히 멈춰 섰다.

　"이게 무슨 상황인지, 가서 알아보고 오겠습니다."

　테일런의 음성도 귓전 밖의 메아리로 남을 뿐이다. 테일런이 그녀에게 등을 보이며 어딘가로 달려갔다. 그 등을 바라보며 제르는 이상하리만치 침착해졌다.

　완벽한 침착이었다. 까만 눈동자는 그저 남 일 보듯 눈에 닿는 성 안을 훑으며 사람과 사람, 물체와 물체 사이를 오갔다. 테일런이 사라지고 얼마 지나지 않아 제르를 발견한 아스난이 성 안쪽에서부터 달려나왔다.

　"출타하셨던 겁니까?"

　아스난이 모난 음성으로 말했다.

　제르는 드물게 불만 담긴 그의 음성에 말끄러미 그를 올려다보았다.

하지만 아스난으로서는 이게 최대한으로 표할 수 있는 예의였다. 해적들이 난동을 부리는데 그 자리에 그녀가 없었다는 건 몹시 다행이지만, 말도 없이 사라진 건 분명한 그녀의 과실이었으므로.

하지만 제르는 미안한 기색도, 성 안의 이례적인 풍경에 놀란 기색도 없었다. 그 점이 사뭇 아스난을 당황케 했다. 마치 이리 될 걸 미리 알고 있기라도 한 사람처럼 그녀는 담담했다.

"괴한들이 무력 난입해 문제가 생겼습니다."

말라붙은 듯 떨어질 줄 모르던 입술이 열렸다.

"……르니아는?"

"후안 경이 크게 부상을 당해 현재 의원과 함께 있습니다. 후안 경이 르니아 양을 대신해 화살에 맞았습니다."

하늘하늘 떨어지는 눈송이를 올려다보던 제르가 여직 거뭇거뭇한 연기를 눈에 담았다. 아무리 까맣다 한들 하늘을 가릴 수 있을 리야.

누가 어째서 이런 짓을 했는지는 그녀에겐 중요하지 않았다. 놀라 몸을 떤다거나, 충격을 받아 겁에 질린다거나 하는 일도 없었다.

외려 극단적으로 이런 참상을 그리워했던 처절한 시절도 있었다. 그녀는 수만 보화를 주위에 둔, 화려한 비단옷과 혀를 녹이는 다디단 음식들을 앞에 두고도, 전쟁으로 참혹하니 망가졌던 어린 고향을 그렸던 여자였다.

"다른 다친 이들은."

"사상자는 지금까지의 보고로 일곱 명입니다. 경황이 없는 상황이나, 주군께서 어딜 다녀오신 건지 여쭈어도……."

"그렇다면 됐다."

제르는 곳곳이 불타고 무너진 상처투성이 성 안으로 걸음을 내디뎠다.

⁂

집무실은 처음 그녀가 자리를 비웠을 때처럼 단조롭게 정리가 되어 있었다. 그녀가 엉망으로 만든 것을 이렇듯 깨끗하게 원위치시킨 건 테일런이었다.

책상에 앉아 창 밖을 내려다보니, 전경이 한눈에 비쳤다. 어디에서 큰 불이 났고, 어디에 병사들이 모여 있는지, 발을 재게 놀리며 이리 저리 돌아다니는 소우로도 언뜻 비쳤다 사라졌다.

불은 꺼졌지만 탄내는 여전히 코끝을 감돌았다. 잠도 들 수 없었다. 생각을 멈출 수도 없었다. 벽난로의 불씨가 꺼질 듯 위태롭게 타올랐다. 모든 감정적 동요가 가라앉고 남은 것은 고요뿐인 지금은, 아주 깊은 곳에 침전되어 있던 슬픔이 떠오르는 죽은 시간이었다.

대수롭지 않은 체했지만 마음 쓰린 일은 있었다.

후안 경이 르니아를 대신해 화살에 맞았다.

그가 제 목숨을 구해줄 것을 예감해 르니아가 그리도 그를 살리려 했던 걸지도 모른다. 당장이라도 르니아를 찾아가 몸은 괜찮으냐 부둥켜안고 싶었지만 꺾여버린 자존감에 그러지도 못했다.

그래, 오늘 그의 인생을 박살을 내려고 했었다.

르니아와 다투기 전까지는 그게 꽤 중요한 일처럼 느껴졌고 진심으로 그러고 싶었다. 하지만 지금은 무엇이 옳고 무엇이 그른 것인지도 알 수가 없었다. 미아가 되었다. 이정표는 애당초 없었지만 길인지, 가시밭인지조차 구별하지 못하는 장님이 되어버린 게 분명하다.

물의 자흔을 쫓는다 1

세상에는 수많은 억울한 일들이 있었다.

그녀가 그 억울함의 역사의 증인이 아닌가. 제가 당해 울분으로 몇 날 며칠 밤을 지새우던 시절이 여직 선연한데. 절망 속에 수년을 살아 놓고서 똑같은 짓을 하려고 했었나. 무기력해서 아무것도 생각하고 싶지가 않았다.

제르의 시선은 여전히 창 밖에 머물고 있었다.

한때는 이 땅을 얻으면 이 땅의 주인이 되어 저들을 아울러 살 수 있을 거라 생각한 적도 있었다. 춥고 척박해 누구도 돌아보지 않는 땅. 왕의 어지를 받으면 그것으로 끝이 날 줄 알았다. 아무 일 없이 먹고 자고 숨 쉬며 언젠가 제 아들이 왕위에 올라 모든 것으로부터 자유로워지는 날이 올 거라고. 하지만 이곳도 전쟁의 연속이었다.

멍하니 뜬 눈이 시렸다. 하지만 눈물은 나지 않았다.

"쥬세."

그녀는 오랜만에 기억 속의 남편을 읊조렸다. 그 이름은 때때로 증오를 뜻하는 단어처럼 들린다. 쥬세. 쥬세. 쥬세. 가끔 그리 그의 이름을 읊조리다 보면 스스로가 무얼 말하는지조차 잊게 된다. 지금 자신은 어떤 사람인가? 그 작자와 그리 살을 부대끼고 지내서, 그 인간의 아이를 가지고 잃어서 그 악마의 영혼이 제 몸 안에 움트기라도 한 걸까?

불타 망가진 풍경을 보고도 아무것도 느끼지 못하는 자신이 가련했다. 망가진 것을 보고도 망가졌다 느끼지 못하는 건 자신이 이미 돌이킬 수 없을 만큼 비뚤어졌기 때문일지도 모른다.

가만히 창 밖을 응시하던 제르가 느리게 몸을 돌렸다. 그녀는 손을 뻗어 손에 잡히는 잉크병을 무엇인지 보지도 않고 그대로 집어 던졌다. 쨍그랑! 소리가 나며 창문에 부딪친 잉크병이 산산조각 났다. 온 곳에 검고 질척한 잉크가 흩뿌려졌다. 부족했다. 그녀는 사납게 걸어가 책상 위에 놓인 것들을 죄 쓸어다 내던졌다.

"그랬구나. 내 진정 너의 아내였어!"

그녀가 던진 묵직한 서첩이 창문을 깨뜨리고 창 밖으로 떨어졌다. 깨진 창 틈으로 한기가 폭풍처럼 밀려들었다. 책들이 떨어지고, 의자가 넘어졌다.

지금 이게 뭔가. 르니아와 언쟁을 벌이고, 같잖은 권력에 도취된 이처럼 고집을 부려 악행을 저지르려 하고, 엔사의 머리핀마저 잃어버렸다. 답답한 가슴을 두드리던 그녀가 바닥에 주저앉았다.

목덜미를 훑는 차가운 바람에 전신이 덜덜 떨려왔다. 현기증이 일기 시작했다. 싫다. 아픈 건 싫어. 제르는 웅크린 채 눈을 질끈 감았다.

그때 문을 두드리는 소리가 났다.

똑똑똑.

"주군."

그 음성에 정신이 들었다.

"주군?"

아스난은 두 번 더 노크한 후 조심스럽게 문을 열었다.

그는 마지막으로 봤을 때의 단정하던 집무소의 풍경과는 사뭇 다른 아수라장에 한 번 놀랐다가, 유리가 깨진 창문가에 주저앉은 제르를 발견하고 다시 한 번 놀라 다가왔다.

"다시 몸이 안 좋으신 겁니까? 의원을 부르겠……."

"멀쩡해."

"……."

“난 멀쩡하다.”

제르가 느리게 고갤 들었다.

“추태를 보였다.”

아스난은 눈을 깜빡였다.

고개를 든 그녀의 얼굴은 평소와 다를 바 없이 차갑고 창백했다.

정말 그녀는 멀쩡해 보였다. 감정 하나 없이 갈무리된 얼굴은 엉망진창이 된 그녀의 집무소와는 너무나도 달라 이질감을 불러일으켰다. 깨진 창문으론 재 냄새와 함께 한기가 들이닥쳤다. 그녀는 비틀비틀 일어나 의자에 앉았다.

마치 다시 일이라도 시작할 사람처럼.

코트조차 제대로 걸치지 않은 채 허릴 펴고 앉는 그 여인을 바라보고 있노라니. 가슴속 무언가가 일렁거렸다.

“괜찮으십니까.”

“왜 왔나? 이리 한가할 때가 아닌 듯한데.”

그녀의 말꼬리가 힘없이 내려갔다. 무어라 말을 이어야 할지 몰라 머뭇거리던 아스난이 소기의 목적을 상기했다.

“중간 보고를 올리기 위해 찾아왔습니다. 이번에 우리를 기습한 적들은 초록 도끼의 해적기를 달고 북해에서 활동하는 해적들로 밝혀졌습니다. 현재 두 명은 생포했고 나머지는 사살 완료했습니다. 이번 처분은 기사들의 자의적인 처분이 아닌 교전 중 벌어진 처벌로서.”

“됐어.”

제르가 힘없는 음성으로 대꾸했다.

주먹을 꾹 힘주어 쥐던 아스난이 낮은 음성으로 또박또박 말했다.

“이미 아시겠지만 후안 경이 르니아 반펠트 양의 목숨을 구했습니다.”

“……..”

“만일 후안 경이 처벌을 받은 후라면 불가능했을 겁니다.”

제르가 실소했다.

“참 끝까지 나를 구질구질하게 만드는구나.”

“……..”

“너희가 날 이렇게 구질구질하게 만들어.”

“……병기 창고가 많이 탔습니다. 하지만 불이 주변으로 번지지는 않아 쓸 만한 무기들은 일부 남아 있습니다. 긴급 예산안이 필요한 시점으로 여겨집니다. 여력이 되신다면 예산안 인가 서류를 작성해…….”

“네가 알아서 해.”

제르는 그에게 시선조차 주지 않은 채로 어깨를 움츠렸다. 그녀를 본의 아니게 내려다보던 아스난이 책상을 빙 둘러 걸어왔다. 그를 잔뜩 경계하듯 올려다보던 제르는 이윽고 어깨 위로 느껴지는 묵직한 감각에 고개를 돌렸다.

“주군의 새 외투를 가져오라 이르겠습니다. 제 것은 깨끗하지 못해 불쾌하실 줄 압니다만 추위에 떠는 것보다는 이편이 더 좋습니다.”

제르는 제 어깨 위에 걸쳐진 망토를 물끄러미 내려다보았다. 망토를 벗어준 그는 얇은 제복 하나만 입은 채였다. 그녀의 얼굴에 창백한 웃음이 어렸다.

“그대도 추울 텐데.”

“저는 괜찮습니다. 그리고 창이 깨졌으니 방한이 되지 않습니다. 다른 곳으로 자리를 옮겨주셨으면 합니다.”

"내가 다른 방의 창을 깨부수지 않을 거란 보장이 있나?"

"그러면 또 다른 방으로 옮기셔야겠지요."

"온 성의 창이란 창은 다 깨고 다닐지도 모르는데."

"그럼 창이 없는 방으로 안내해드리겠습니다."

그게 나를 가두겠다는 말과 뭐가 달라.

입가를 당긴 제르가 의자에서 느리게 몸을 일으켰다. 그녀의 검은 머리가 어깨 아래로 흘러내렸다. 아스난은 지극히 사무적인 얼굴로 눈동자만 움직여 그녀의 행동을 쫓았다. 제르는 그에게 다가가 자신의 어깨에서 망토를 끌어내렸다. 그리고 망토를 아스난의 어깨에 다시 툭 걸쳤다.

"경의 배려는 고맙다. 하지만 이런 식의 배려를 받을 만큼 약하지 않아."

"약하다는 의미가 아닙니다."

"뭐든지. 그리고 성 안의 일은 네가 알아서 해. 전권을 네게 위임하지. 후안 경의 일도 지금은 잊겠다."

어떤 의미였든 관심 없다는 어투. 아스난의 표정이 언뜻 찡그려졌다.

문득 그녀에 대해 궁금해졌다. 사소한 친절마저도 동정으로 받아들이는 것은 도대체 어째서일까. 그런 그의 생각을 모른 채로 제르는 그대로 뒤돌아섰다. 그녀의 뒷모습에 대고, 아스난이 불쑥 말했다.

"해적단원 중 한 명을 르니아 양이 무참히 살해했습니다. 일단은 처형이라 해야 옳겠습니다만. 또한 해적들과 르니아 양이 구면인 것 같다는 보고가 들어왔습니다. 전권을 위임해주신다면 르니아 양을 조사해보아도 괜찮겠습니까?"

"르니아에 관한 것만 빼고."

"……오늘 어딜 다녀오신 겁니까?"

"나에 관한 것도 제외."

제르가 살짝 눈만 옆으로 떠 그를 바라보았다. 아스난은 굴하지 않았다.

"퀸시오를 책임지시는 데에 관심은 있으십니까?"

제르가 작게 입을 벌렸다.

"왜 그런 걸 묻나? 필요하다 내밀면 모두 꼼꼼히 읽어보고 압인하고, 매일같이 올라오는 서류들도 하루도 미룬 적이 없다. 단지 오늘 몇 시간 자리를 비운 것만으로 그리 말한다면."

"이 성 안에 드신 후로 한 번도 이곳의 돌아가는 정황을 제게 물으신 적이 없습니다. 서류상으로 기록되지 않은 많은 일들이 있습니다."

"네가 시키지 않아도 알아서 하잖나."

"저를 믿지 않으시잖습니까."

말문이 막힌 제르가 아스난과 눈을 마주쳤다.

"내가 없어도 세상이 돌아갈 것을 나는 안다."

"……."

"이곳도 사실은 나를 그다지 필요로 하지 않겠지."

"……어딜 다녀오셨습니까?"

제르의 표정이 한 겹 짜증으로 뒤덮였다. 꿈쩍도 않고 선 아스난의 모습에서 포기하지 않을 의지가 역력했다. 결국 제르가 한 손으로 이마를 덮어 누르며 쓰게 웃었다.

"잃어버린 물건이 있었다."

"찾으셨습니까?"

"아니. 한 번 잃어버린 건 돌아오는 일이 드물지."

잃어버린 것들이 참 많았다. 하지만 그녀는 돌려받은 적이 없었다.

"무슨 물건입니까?"

"네가 알 바 아니다."

"언질 주시면 성 안을 점검하며 수색할 때 함께 찾아보라 이르겠습니다."

그녀가 조금 고심하는 듯 간격을 두고 답했다.

"……내 중히 여기던 것이 있다, 작은…….""

아스난은 물끄러미 그녀의 우울한 옆얼굴을 응시하다가 품 안에서 작은 천 꾸러미를 꺼냈다. 그 안엔 낡은 핀이 있었다.

"혹…… 이것입니까?"

무심히 그를 따라 눈동자를 옮기던 제르의 동공이 크게 열렸다.

"너…….""

"내정 길목에서 며칠 전에 주운 유실물입니다. 퀸시오 성 안의 시녀들의 것인가 싶어 몇몇 아이들에게 물었습니다만 주인을 찾지 못했습니다."

"왜 그걸…… 네가."

"주군의 물건이었다면 이…….""

제르는 그의 말이 끝나기도 전에 그에게 다가와 천 꾸러미를 낚아챘다. 내용물을 확인한 그녀의 입술이 파르르 떨렸다. 금세 눈가가 벌겋게 물드는 것을 발견한 아스난은 못 본 체 눈을 내리깔았다.

제르가 참았던 숨을 길게 쏟았다.

"잃어버린 것은 돌아오지 않는다 하셨지만 가끔은."

아스난은 스스로 말을 멈추었다. 조금 주제넘지 않나 싶은 생각이

든 것이다.

"……그저 다시 한 번 청하겠습니다. 다음부터는 그리 마음대로 사라지지 말아주셨으면 합니다. 이곳의 주인은 당신이십니다. 주군이 그리 예정에 없이 자리를 비우시면 어떤 일이 닥쳤을 때 퀸시오의 업무는 마비됩니다."

제르는 그다지 귀담아 듣는 기색이 아니었다. 그녀의 온 신경은 천꾸러미 안의 자그마한 장신구에 쏠려 있었다.

더는 그녀에게서 답을 들을 수 없으리라 판단한 아스난이 물러가기 위해 몸을 돌리는 찰나, 제르가 그를 멈춰 세웠다.

"엘보르트 경."

무심코 걸음을 멈춘 아스난은 제르의 입술에서 나온 질문에 짐짓 놀라지 않을 수 없었다.

"경의 식솔은 모두 왕도에 있겠지?"

"……그렇습니다."

"결혼은 했나?"

"예."

"아이도 있겠지? ……너희도 가족들이 있는 왕도가 그립겠지?"

그녀가 묻기엔 어색한 감이 있는 질문들이었다.

"아이는 딸 하나입니다. 그립다기보다는 무탈히 지내고 있길 바랄 뿐입니다. 저는 지금 제 할 일을 하는 것에 만족합니다. 안사람도 이해하고 있습니다."

아스난은 그답지 않게 머뭇거리듯 턱을 매만지며 제르의 심중을 살폈다. 하지만 제르의 의중은 지켜본다 해서 드러나는 종류의 것들이 아니었다.

아스난은 더 그녀를 번거롭게 하지 않고 공손히 물러났다.

이 땅에서 가장 피곤한 여자를 상대하고 나온 지금, 그의 피로는 오히려 경감되어 있었다. 어쩐지 처음으로 그녀와 대화를 나눈 기분이었다.

긴급 예산안이 편성되고, 성 안의 노예와 병사들, 그리고 기사 일곱 명이 불철주야로 뛰어다닌 덕에 해적들의 급습으로 입은 피해는 빠른 속도로 복구되어 닷새가 지난 오후엔 거의 다 마무리에 들어가고 있었다.

어느 정도 여유가 생겨 개인 시간을 갖는 기사들은 오늘 우연찮게 세 명이나 셀파의 병실에 모였다. 워낙 바빠 하루 한 번 마주치기도 힘든 최근을 생각하면 굉장한 우연이었다. 하얀 침상에 셀파는 죽은 사람처럼 누워 있었다.

셀파의 발치에 앉아 있던 소우로가 기지개를 쭈욱 켰다.

"주군이 그랬다며? 지금은 미뤄두겠다고. 그건 곧 수틀리면 또 꺼내겠다는 말이겠지?"

"던함 경, 너무 대놓고 불평하면 나중에 뒷수습하기 힘들어질걸요? 다음은 던함 경이 될 수도?"

로렌이 중얼거렸다.

"이곳은 대체 어찌 된 덴지 모르겠소. 독립령에 해적에 여자 영주에. 미쳐 돌아가는군."

"아, 이제 보니 로렌스 경의 막말이 제일 심하네."

"던함 경은 약과였네요. 진짜."

페이랑이 속 편하게 낄낄거렸다.

"아, 근데 클로이스 경은?"

"테일런이야 이제 사고 수습이 끝나가니 주군을 모시러 다시 갔겠지."

"그날 어디 갔었던 거래요?"

"바닷가에 다녀왔다더군."

"왜?"

"낸들 아남."

소우로가 무관심한 투로 대꾸했다. 곧 침상 위에서 말라 갈라진 음성이 흘러나왔다.

"여기 사경을 헤매는 환자가 있는 병실이란 거 잊었소."

페이랑이 반색했다.

"어, 눈 떴어? 셸파."

"사경은 무슨. 사경을 헤매는 환자가 스스로 사경을 헤맨다고 말하는 걸 들어본 적이 없다, 난. 일어났으면 르니아 양이 달여 온 약이나 마셔."

소우로가 툭툭 셸파의 허리를 찔렀다. 셸파는 눈을 부릅떴다가 르니아의 이름이 언급됨과 동시에 힘없이 중얼거렸다. 그녀가 가져오는 약들은 정말이지, 최악이었다.

"전 죽었다고 전해주시오."

"진짜 죽어."

"그걸 또 먹느니 그냥 진짜 죽겠소."

"인생 좀 치기 직전까지 다녀오더니 정말 간이 배 밖으로 나왔소?

경께서 다행히 폐가 관통당하는 건 피했지만 독은 아직 해독 중이오."

로렌이 딱딱하게 거들자 셀파가 마지못해 약사발을 건네받았다. 페이랑이 그의 허리 아래로 베개를 깔아 높여주었다. 셀파는 금방이라도 토할 것 같은 얼굴로 누르스름한 액체를 노려보다 단박에 꿀꺽꿀꺽 삼켜버렸다. 키자 독의 해독약이라나? 그렇단다. 약학에 관해서는 그다지 박식하지 않았지만 의원도 르니아의 해독제 제조에 감탄한 듯하니 몸에 나쁜 건 아니리라.

그가 막 약사발을 비웠을 때 테일런이 문발을 걷고 들어왔다.

"어, 클로이스 경."

페이랑이 반갑게 그를 맞았다. 그러다 뒤따라 들어온 그림자를 발견하고 놀라 의자가 나자빠져라 몸을 일으켰다.

"주, 주, 주군!"

소우로와 로렌도 차례로 몸을 일으켜 예를 갖췄다.

셀파만이 무뚝뚝한 얼굴로 그녀를 올려다보고 있었다.

"일어나지 못함을 용서하십시오. 몸이 말이 아니라."

겸손 따위 눈곱만큼도 찾아볼 수 없는 목소리였지만 제르는 묵인했다. 제르는 셀파의 머리맡에 앉아 있던 페이랑의 옆에 다가가 말했다.

"앉아도 되겠나?"

"물론입니다, 주군."

페이랑이 뒤늦게야 무례를 범한 것을 깨닫고 넘어졌던 의자를 일으켜 세워 그녀에게 자리를 마련해주었다. 불편한 침묵이 맴돌았다.

"아. 저는 그럼 먼저……."

"아. 그럼 나도 같이."

어색한 분위기에 슬쩍 자릴 피하려던 페이랑과 소우로는 그녀에 의해 저지당했다.

"앉아라."

"아, 옙."

"……에, 예에."

제르가 차분한 눈동자로 고갤 돌려 셀파를 바라보았다. 테일런이 바깥을 지키고 있겠습니다, 하자 제르가 그러마 했다. 억지로 안에 앉혀진 이들이 억울함을 느끼기도 전에 테일런은 몸을 돌려 나갔다.

셀파는 누운 채로 그대로 눈만 움직여 제르를 올려다보고 있었다.

"르니아를 구해주다 부상을 당했다 들었다."

"운이 좋아 치명상은 피했다고 하니 괜찮습니다."

"……그대가 나를 살렸다."

셀파가 구한 것은 르니아였다. 소우로도, 페이랑도, 로렌도, 그녀를 마주 보고 있던 셀파도 모두 아는 진실이다.

"르니아는 내 하나뿐인 동생 같은 아이다. 지금 내가 가진 것 중에 가장 값진 아이야. 그러니 내가 네게 목숨을 한 번 빚졌다."

제르의 성격으로 미루어, 몹시도 의외인 상황이 벌어지고 있었다. 그녀의 처연한 음성에 누구 하나 쉽사리 숨소리도 내지 못했다.

셀파가 가까스로 정신을 차리고 먼저 말했다.

"전에도 말씀드렸지만 저는 해야 할 일을 할 뿐입니다."

"하지만 경 또한 팔 하나를 빚진 채 살아가겠지."

"……."

"나는 앞으로도 그런 일을 묵인하지는 않을 생각이다."

설마 이 와중에 처벌의 이야기를 꺼내려는 건가 싶은 이들의 불안이 순식간에 부풀어 올랐다. 제르는 그들을 외면한 채 말을 이었다.

"그대들이 나를 달가워하지 않는다는 것을 알고 있다. 모르는 이가 바보인 거지."

"에에, 그건……."

소우로가 페이랑의 뒤통수를 후려갈긴 후 넉살 좋은 가식을 떨었다.

"아닙니다. 불만이라니요. 있을 리가요."

"그리 속 감출 것 없다."

셀파의 표정이 묘해졌다. 꺾일 줄 모르고 고집을 부려대던 여자가 먼저 저렇듯 저자세로 나오니 그로서도 마음이 흔들리지 않을 수 없었다. 셀파가 곧 진심에서 우러난 음성으로 말을 받았다.

"제대로 예를 갖추지 못해 송구합니다. 저 또한 그날의…… 그동안의 무례는 사과드립니다. 개인적인 사감은…… 조금밖에 없습니다."

페이랑의 얼굴이 하얗게 질리는 걸 발견한 제르가 실소했다.

"그대들은 왕도가 그립겠지?"

침묵이 그들 사이를 메웠다.

"나는 앞으로도 이곳을 떠날 수 없을 거다. 이 척박한 땅, 언제까지고 난 이곳에 남게 될 거다……. 이 길은 그대들의 앞에 놓인 수많은 길들 중 하나일 뿐이겠지. 그래서……."

고요하고 침착한 목소리가 울렸다.

"그대들의 보증을 듣고자 한다."

기사들이 입술을 앙다물었다. 잠시 제르의 말을 이해하기가 힘들었던 탓이다.

"……예?"

"이곳에 남고 싶다면 내가 그대들을 믿을 수 있도록, 그대들의 입으로 맹세하기를 바란다."

"……지금 그 말씀은……."

설마, 설마 하며 다른 기사들이 입을 다문 사이, 본래가 돌려 말하는 취미가 없는 소우로가 당혹을 소리 냈다.

"추, 충성 맹세를 요구하신다는 말이십니까?"

페이랑과 로렌이 서로를 마주 보았다.

충성 맹세. 왕에 대한 쌍무적 계약 관계의 복종보다 우위에 위치하는 신념의 맹세. 그 요구는 과했다.

"그래."

제르는 기사들을 찬찬히 한 명 한 명 훑어보며 말했다.

"알겠지만, 나는 거부를 용납하는 너그러운 성격이 못 된단다."

강압의 선포였다. 만일 끝끝내 충성 맹세를 거부한다면? 그렇다면 어떻게 되는가. 자작령의 법을 내세워, 목이라도 칠 심산인가? 일생을 건 충성 맹세란 마음으로 선택하는 것이다. 이렇듯 조건부를 달아 강제로 충성 맹세를 받아낼 수는 없는 법이다.

정말 이 주군은 도리가 없는 사람인가? 로렌이 결국 발끈해 입을 열었다.

"주군, 그런 말은 적절하지 못합니다. 주군께서는 저희에게 그런 식으로 맹세를 강요하실 수 없습니다. 기사는 본디 왕에게 의무 계약적으로 충성하게 되어 있으나 개개인의 충성 맹세는 왕국에 반하지 않는 한에서 기사는 자유롭게……."

"거부하는 기사는 왕도로 송환 조치를 취하겠다."

"……강제로 왕도로 송환 조치를 하실 수는 없…… 예?"

로렌이 그답지 않게 얼빠진 얼굴로 말을 멈췄다.

"지, 지금 뭐라고 하셨습니까?"

소우로가 다시 되물었다. 제르는 대답 대신 몸을 돌려 멍한 소우로의 어깨를 툭툭 치고 나갔다. 기사들은 모두 허깨비라도 본 사람들처럼 얼떨떨한 얼굴로 제르가 나간 흔적을 쫓았다.

밖으로 나오자 테일런이 그녀를 빤히 바라보고 있었다. 제법 빤한 시선이었다.

문발 안은 아까와는 다르게 몹시도 소란스러웠다. 흘러가는 상황을 전부 경청하고 있었으므로 그 역시 안에서 벌어진 일들이 무언지 잘 알았다. 그녀의 말은 지금 이곳에 와 있는 정식 서임 기사들을 모조리 내치겠다는 것과 진배없었다. 그녀가 이곳의 영주로서 유스카리의 인정을 받긴 했지만 그것은 허울뿐.

사실 지금 그녀는 이곳을 지켜낼 힘도, 수단도 제대로 준비되지 않은 채였다. 모험이라면 실패할 모험이었다.

테일런이 물었다.

"……왜 그러셨습니까?"

본디 먼저 무언가를 묻는 일이 드문 남자였다. 의외란 듯 빤히 그를 바라보던 제르가 퉁명스레 대꾸했다.

"나는 싫다."

"예?"

"나는 반 토막뿐인 너희가 싫어."

"허나 주군께서는 지금."

"나는 온전한 걸 원해. 좋으나 싫으나 네 말대로 이곳은 내가 책임져야 할 내 땅이다. 너희에게 충성 맹세를 받겠다. 그게 싫다면 떠나라. 그건 네게도 해당하는 이야기야. 아마……, 너는 아르노만을 위해 내

곁에 왔겠지."

테일런이 정곡을 찔린 사람처럼 작게 입을 벌렸다. 제르는 책망의 기색 없는 미소로 그를 올려다보았다.

"그가 너를 내게 보낸 건 어찌 보면 당연한 거지만…… 걱정하지 마라. 나는 아무것도 아니니까."

처연히 아름다운 웃음이었다.

제르는 내정 안쪽에 위치한 연못가의 정자에 서 있었다. 난간에 기대어 가만히 밤물결을 따라 눈동자를 움직였다. 밤이 깊어질 때면 그녀의 시간은 되감긴다. 밤은 그렇게 기이한 것이었고, 어둠은 그렇게 요사스러운 것이었다.

오늘 그녀는 잃은 아이들을 떠올렸다. 제 배 속의 풍경만 보다 스러져버린 나약한 희망. 태명은 뤼민느였다. 사내아이인지, 계집아이인지도 모른다. 영원히 모를 것이다. 하지만 그럼에도 아이는 아주 짧은 시간 뤼민느라는 이름으로 그녀의 세상에 존재했다. 두 번째는 이름조차 지어주지 않았다. 수태를 했다는 것을 알게 된 것과 동시에 카르시타 왕실로 보낼 것을 각오했으므로. 하지만 가능했다면 그녀는 뤼민느라 이름 붙였을 것이다. 그것은 의젓하게 자신을 돌보아주던 남동생이 지어준 행복의 기원이었다.

뤼민느.

그녀는 입안으로 곱씹었다. 소리 내기에는 아직 많이 무거운 이름이었기에 그저 입안으로만.

"춥지는 않아요?"

바로 등 뒤에서 르니아의 목소리가 흘러나왔다. 오늘 낮까지 제 눈치를 보며 슬슬 피하더니 이젠 좀 기운을 차린 모양이었다.

"……리니."

"뭐 하고 계셨어요? 혼자."

"여기도 내가 머물 곳이 아닌 건 아닐까 해서."

제르가 중얼거리자 르니아는 팔을 뻗어 그녀의 목을 끌어안았다.

"왜 그렇게 생각하세요?"

"영…… 정이 안 붙는구나. 여기도."

서러운 혼잣말이 귓가로 촉촉하게 스며들었다.

"기사님들 때문에 그래요?"

그들은 싫었다. 그들은 그녀의 비참한 기억을 자꾸만 들쑤시는 존재였다.

"꼭 그런 것만은 아니야."

"……."

"내가 모자라 그런 것을."

"……시나와 님이 싫다면 떠나도 좋아요. 카르시타 왕의 명령 따위 개나 주라지."

제르가 고개를 느리게 가로저었다.

사실 여전히 바라는 건 하나뿐이었다. 그 아이와 함께, 그저 살고 싶었다.

이곳은 싫지만 필요했다. 제 아이의 소문이나마 살포시 주워 안으며 지켜볼 수 있다면 그것으로 족할 것이다. 필요하다면 이 하찮은 땅덩어리 전부 내던져서라도 도울 것이다. 당연히, 아이의 어미는 자신이었다. 하지만 사실 버리지 못하고 들러붙은 미련의 잔재라는 것도 아주 잘 알고 있었다.

그래서 자신을 이 땅에 가둔 유스카리가 현명하다고 생각하기도 한다.

"하지만…… 다들 좋은 사람들이에요."

"……."

"우리는 지금 좋은 사람들과 함께 있어요."

제르에게는 그다지 와 닿지 않는 이야기였다. 비스듬 고개를 돌려 르니아와 눈을 마주친 제르가 그녀의 머리를 쓸어내렸다.

"……체렌시와가 살아 있다면 너는 지금 내가 아니라 그 아이의 곁에 있었겠지?"

"체렌시와 님은 시나와 님의 옆에 있었을 테니까, 전 시나와 님의 옆에 있었을 거예요."

르니아가 서운한 투로 답했다.

"그자가 너를 구해줬다고 하더구나."

"초록 도끼 해적단은 산미랭에서 오면서 전부 떨쳐냈다고 생각했는데, 언제 퀸시오까지 숨어들어온 건지 모르겠어요. 제 잘못이에요."

"퀴네도사이에게 연락을 넣었다. 너희 사이의 일은."

"에엑."

"우리의 소관이 아니라 여겼는데."

"그건 그렇긴 한데…… 지금 그 자식 얘긴 하고 싶지 않아요."

르니아가 제르의 목덜미에 이마를 푹 기댄 채 웅얼거렸다.

찬 바람이 불었다. 마른 나뭇잎이 사각사각 부딪치는 소릴 냈다. 물결이 바스러지는 소리가 화음을 이루며 바람 소리에 뒤섞였다.

음악처럼.

제르는 고개를 들어 높은 나무에 반쯤 가려진 달을 올려다보았다.

문득 낡은 악기를 타고 있던 소년이 떠올랐다. 부모 없는 아이라고 했던가. 그네의 부모는 무슨 사정이 있었던 것일까. 몹쓸 병에 걸렸나. 아이를 잃어버렸나. 타인의 속사정까지는 알 수 없을 테지만 그 아이는 깊은 인상으로 이렇듯 떠올랐다.

"부모 없이 떠돌며 악기를 연주하는 어린 꼬마를 보았다."

"……."

"그네들은 왜 버렸을까?"

제르를 끌어안은 르니아의 팔에 힘이 들어갔다.

"무슨 사정이 있었겠죠. 그리고 시나와 님은 버리지 않았어요."

금세 젖어드는 음성에 제르는 고개를 기울였다. 목숨 줄 연명하자 놔버린 것을 달리 표현할 수 있던가. 하지만 반박은 하지 않았다. 르니아가 아픈 만큼 자신도 아파질 것을 알기에. 제르는 담담히 화제를 돌렸다.

"클로이스 경이 세피노제 출신이더구나."

"피노제 대공이 시켰대요?"

"그렇겠지."

르니아의 대답은 돌아오지 않았지만 제르 역시 답을 요구하지 않았다. 그들은 말하지 않아도 서로 알 수 있는 그런 오랜 관계였다. 제르는 또다시 화두를 돌렸다. 사실, 지금 자신이 무슨 이야기를 하고 싶어 하는 것인지도 알지 못했다.

"……조그마한 손이 잣는 악기 소리가 썩 괜찮았다."

"시나와 님, 다시 악기를 잡아보실 생각이 있으시다면 제가……."

"아니, 그냥. 듣기 좋았던 것뿐이야."

"……제가 그 아이, 한 번 찾아볼까요?"

눈치 빠른 르니아가 물었다.

"그 악기 연주하는 꼬마 아이가 퀸시오에 있다면……."

"글쎄."

"제가 찾아올게요."

"옳은 건지는 모르겠구나."

제르는 담담히 대꾸하며 하늘을 올려다보았다. 구름이 떠난 자리, 별이 총총 떠 있었다. 농익은 추위가 폐부를 에는 그런 밤이었다.

그리고 닷새 후, 공식적으로 퀸시오의 독립 법령이 선포되었다. 높은 돌탑이 오르고, 그 위로 새로운 법령이 적힌 법전이 놓였다. 기존 퀸시오에 머물던 노예들은 암묵적으로 해방되어 사실상 고용인으로 탈바꿈했다. 원하는 자는 남고, 원치 않는 자들은 자유롭게 떠나는 그런 계절이 찾아왔다.

그러나 이유를 아는 이는 없었다.

열린 아치형 문 안으로 반투명한 얇은 휘장으로 가려진 침대가 눈에 띄었다. 침대의 주위로는 붉은 물결무늬가 폭포수처럼 쏟아지는 벽장식들이 즐비해 있었는데, 미약한 바람에 흔들거릴 때마다 몹시 매혹적인 분위기를 풍겼다.

또, 산뜻한 타일 벽 사이사이에는 고풍스러운 액자가 걸려 있었는데 액자 안에는 조금 과장해서, 세상 가장 아름다운 것들을 고스란히 도려내어 옮긴 듯 아름다운 그림들이 늘어져 있었다.

이곳은 카르시타의 수도 엘올라의 왕성 서쪽에 위치한 뉘사나의 거처였다. 어두운 갈색 머리칼을 부드럽게 하나로 묶어 올린 그는 침대에 기대어 누운 채로 잠든 여자의 머리를 쓸어내렸다. 여자는 몸을 뒤척이며 뉘사나의 허리를 감쌌다.

"왜…… 응?"

"리안, 벌써 낮이야."

"벌써?"

"응, 벌써."

리안이 불퉁하게 답했다.

"알았어."

"오늘은 뭐 할 거야?"

"글쎄……. 왕비 전하랑 세드로 저하를 뵈러 갈까 봐."

뉘사나가 눈꼬리를 내려뜨리며 몸을 돌리자 리안이 작게 웃었다. 그는 그녀의 입술에 짧게 키스한 후 리안의 가슴 사이에 얼굴을 파묻었다.

"넌 지금 걱정도 안 돼?"

"무슨 걱정?"

"그놈."

"그놈이 뭐야, 그놈이. 그래, 왕자 저하. 귀엽더라."

뉘사나가 획 고갤 들어 리안을 바라보았다. 귀여운 원망이 그득해서 리안은 마지못해 웃으며 뉘사나의 머리칼을 쓸어 내렸다.

"사실이잖아?"

"귀엽기는 무슨……."

뉘사나는 작은 조카를 떠올렸다.

세드로 마르티사.

그의 백부인 유스카리 통가라 펜 사다하 카르시탄이 뒤늦게 적자를 보는 바람에 모든 일이 엉망이 되기 시작했다. 이제 와서 아들이라니.

그는 몇 달 전 처음 세드로를 안아 들었을 때 저도 모르게 화가 나 목을 부러뜨릴 뻔했다. 하지만 조그만 아이의 목을 꺾어버리기엔 보는 이들이 너무 많았다. 왕궁에 새로운 불씨를 낳고도 뻔뻔하게, 그들을 향해 자애로운 미소를 지어 보이는 왕비 에사렛타의 면전이기도 했다. 그 정도로 이성을 잃은 건 아니었다.

물론 요망한 소피아와 마르윈은 적자가 태어났다는 소식에 한달음에 달려와 깔깔깔 귀 아프게 뉘사나와 알렉시스를 비웃었다. 그녀들은 동생이 생겨 기쁘다기보다도 뉘사나와 알렉시스를 물 먹일 구실이 생긴 것이 더 즐거운 것처럼 보였다.

자다가도 이가 갈린다.

소피아, 마르윈 두 계집을 언제고 한번 혼쭐을 내주리라 다시 한 번 결심하면서 뉘사나는 손에 힘을 풀었다.

얼마 지나지 않아 침대 위를 떠나지 않을 것처럼 누워 있던 리안이 상체를 일으켜 매무새를 단정히 하기 시작했다. 뉘사나가 고개를 비스듬히 기울였다. 과연, 얼마 지나지 않아 걸음 소리가 들리는가 싶더니 문을 두드리는 소리가 났다.

뉘사나가 짧게 웃었다.

"역시 내 아내는 귀신이네."

"우리 아버지 발소린데 내가 모르겠어?"

뉘사나가 리안의 동그란 이마에 가볍게 키스하며 몸을 일으켜 침대를 벗어났다.

문을 열었다.

"……어서 오십시오, 타라히엔."

타라히엔은 근엄한 얼굴로 그의 앞에 섰다. 여우처럼 치켜 올라간 눈꼬리가 그를 사납게 보이게 만들었다. 그를 처음 본 사람이라면 기백에 눌렸을 테지만, 뉘사나는 아니었다. 소겔가드의 타라히엔은 아내 리안의 친부이며, 누구보다도 맹목적으로 뉘사나를 지지해주는 가장 믿음직한 후원자였다.

"오늘은 일찍 발걸음 하셨군요."

"잠시 들렀습니다. 제가 혹 방해를 했다면 사과드립니다. 드릴 말씀이 있어 이렇게 이른 시각부터 찾아뵈었습니다."

"오랜만에 뵈어요."

리안이 잇따라 단정하게 뉘사나의 옆에 섰다.

속옷 차림이 단정하면 얼마나 단정하겠느냐마는, 타라히엔은 그녀에게 반쯤 허릴 숙여 예를 갖추곤 뉘사나를 바라보았다.

"이쪽으로."

리안이 조용히 밖으로 물러나자 뉘사나가 타라히엔에게 턱짓했다.

타라히엔은 언제나처럼 용건부터 꺼냈다.

"다름이 아니라, 세반테 경에게 주의를 좀 주셔야 할 듯 보입니다."

"세반테 경이라면?"

"왕하의."

"엘본을 말하는 겁니까?"

타라히엔이 고개를 끄덕였다. 세반테는 뉘사나의 측근 기사 중 한

명으로 지금 뉘사나의 심부름으로 자릴 비운 상태였다. 뜻밖의 인물에게서 그의 이름이 거론되자, 뉘사나의 얼굴에 의아함이 떠올랐다.

"그 녀석이 무슨 짓이라도 했습니까?"

"소블란 영애와 안 좋은 추문이 오간다고만 말하겠습니다."

"……소블란? 내가 아는 그 소블란과?"

"라니 로웬 엘 마르카 소블란 영애입니다."

뉘사나는 소블란이라는 이름이 가진 수많은 것들을 떠올리다가, 라니라는 이름에 웃기 시작했다.

"아니, 아니, 라니? 라니 소블란? 그러니까, 지금, 엘본이 라니 소블란과 사랑놀음이라도 한다는 말입니까?"

"송구스럽게도 그런 이야기가 떠돌고 있습니다."

"그것 참 재미있군요. 소블란의 라니라면 알렉시스의 정혼자 아닌가? 내가 지금 너무 어처구니없는 얘기를 들어 잘 정리가 안 되는데. 알의 정혼녀와 놀아나는 게 내 수하이다?"

"재미있어하시며 끝내실 문제가 아닙니다. 그런 소문은 좋지 않습니다. 가뜩이나 이번에 세드로 왕자 저하의 탄생으로 다들 촉각을 곤두세우는 마당입니다. 올리비에 왕하의 정혼자에게 멋대로 손댄다는 이야기가 나돌면 쇼하인이나 베이하크가 앞장서서 그것을 빌미 삼아 저하를 깎아내릴 것입니다."

"그건 알지만 엘본과 소블란이라니. 그림이 안 나오잖아. 이거 나를 웃기려고 지어낸 이야기 아닙니까."

"저도 차라리 그런 것이었으면 합니다."

"하, 어디, 제 정혼자의 목을 노리는 적의 친구와 놀아나길 놀아나……? 그리고 사실 나는 그게 진정이라도 그리 나쁜 상황만도 아니라고 생각하는데 말입니다."

라니는 대부호인 소블란 가문의 외동딸로 알렉시스의 큰 세력 중 하나였다. 현재까지 식 없이 정혼자의 상태로만 지내는 예비 왕실의 일원이었는데 알렉시스가 워낙 무책임하게 구니, 나이가 찬 처녀가 몸이 단 모양이었다.

이쯤 되면 배신당한 알렉시스를 동정해야 할지. 돌 같은 남자를 남편으로 맞이할 생각에 돌아버린 여자를 동정해야 하는지 헷갈리기까지 한다.

"가엾기도 하지. 알은 어디 있습니까?"

뉘사나는 진심을 담은 우려의 음성으로 물었다. 비록 언젠가는 서로를 죽음으로 숙청해야 할 관계임을 확실히 알고 있음에도 불구하고 그들은 악감정 이상의 어떤 우정을 쌓아왔다.

"데바람 국경 수비의 일로 떠나신 후, 아직 그곳에 머물고 있다 들었습니다."

"흠, 벌써 넉 달 정도 된 듯싶습니다만?"

"그 정도 되었습니다. 하지만 행방이 묘연하십니다."

"알 그 녀석이 그 추문을 알아야 걸레 같은 라니 소블란과 끝장을 볼 텐데 말이지요. 데바람 국경 쪽이라면 몬테인 쪽의 영지일 텐데……."

"예. 그래서 수상쩍어 사람을 보냈습니다."

카르시타의 지리를 머릿속에 떠올리던 뉘사나가 어깨를 으쓱했다.

"뭐, 그건 알아서 하시리라 믿습니다. 그보다는 알이 돌아온 다음이 재미있겠습니다. 소블란 후의 표정이 어떨지 궁금해지는데. 엘본이 돌아오면 내 따로 불러 얘기해보지요."

고개를 끄덕인 타라히엔은 곧 두 번째 용건을 꺼냈다.

"그리고, 한 가지 더 있습니다. 방계 혈족들의 족보에 대해서 여쭐
게 있어서입니다."

"방계 혈족의?"

"그 여자에 대해 아십니까?"

"어떤 여…… 아아, 방계의 제이하이, 그 여자를 말하는 거라면 이
름자 들은 적은 있지만. 글쎄…… 그다지."

뉘사나도 언뜻 들은 적이 있었다.

서쪽 국경 언저리에 숨어 지내던 벵제일로의 제이하이 혈통 중 한 명
이 유스카리의 도움을 받아 극북동의 땅을 얻었다고 했다. 지나치게 후
한 대접이 아닌가 싶긴 했지만 어차피 퀸시오는 보잘것없는 땅이었다.

"외람되오나 무언가 수상쩍습니다."

"수상쩍다?"

타라히엔은 잠시 주위를 살핀 후 입술을 뗐다.

"예, 그 여자에 대한 기록이 어디에도 없습니다."

"조용히 살았나 보지?"

"허나 기록되기로 마지막 벵제일로의 제이하이는……."

뉘사나의 얼굴에 점차 기묘한 호기심이 떠오르기 시작했다. 두 사람
의 이야기는 늦은 시간까지 이어져갔다.

세 번째 장

겨울의 기사들

엘올라에는 카랄프와 마니랄프, 니세랄프라 불리는 허름한 뒷골목들이 있었다. 그중 가장 빈곤하다 알려진 곳은 마니랄프로 오물과 벌레들과 인간이 뒤섞인 곳이었다.

그곳에는 한 소년이 살고 있었다. 꾀죄죄하게 때 묻은 얼굴은 예사요, 하루 끼니 걱정을 거른 적이 없을 만큼 주머니 사정이 어려웠던지라 깡말라 뼈밖에 남지 않은 초라한 몰골이었다. 소년은 매일매일을 구걸을 하거나 쓰레기장을 뒤져가며 삶을 이었다. 마니랄프에서는 소년의 삶이 특별히 비참하거나 눈에 띄는 건 아니었다. 대부분이 그랬으므로.

"이 거지새끼들이! 썩 꺼지지 못해!"

소년은 머리가 자랄수록 냉랭해지는 어른들의 시선을 깨달았다. 하지만 소년은 그들의 시선에 그다지 의미를 두지 않았다. 누군가의 평가를 신경 쓰기에는 제 목숨 하루 잇는 것이 더 큰 문제처럼 느껴졌기 때문이다.

대신 가끔 속이 할퀴어질 것 같을 때면 소년은 어디선가 배운 의연하다는 말을 떠올렸다.

'의연하다.'

언제부턴가 소년은 제법 오랜 시간 동안 의연함에 대해 생각하게 되었다.

마니랄프의 거지들은 종종 바로 왕성과 이어진 넓은 대로변 가장자리에 앉아 구걸을 했다. 대로는 마차를 타고 다니는 귀족들이 자주 오가서 횡재를 노릴 수 있는 곳이었다. 귀족들은 저들 내킬 때마다 대로변에 옹송그리고 앉은 많은 거지들의 머리 위로 은화나 동화, 빵과 멸시 등을 던지고 갔다.

그날도 어김없었다.

금박 테두리를 한 구릿빛 마차가 지나가며, 은화들이 쏟아져 내렸다. 그건 하늘에서 내리는 반짝이는 눈 같았다. 살면서 두어 번인가 본 적 있는 하얗고 미약한 것.

소년은 눈 아래를 뛰어다니며 환호하는 다른 거지들을 물끄러미 바라보았다.

지나간 마차를 따라 새의 꼬리처럼 늘어진 웃음소리가 멀어진다. 소년은 은화를 주우러 가는 대신 골목 한구석에 웅크리고 앉았다. 엉망진창으로 자란 남빛 머리칼에 파리가 날아들었다. 귀찮게. 소년은 툭 팔을 휘저으며 또 다른 귀족들의 마차를 광대처럼 쫓아다니는 거지들을 응시했다.

한참을 그리 앉아 있는데 무언가가 소년의 무릎 위로 떨어졌다. 노랗고 동그란 물건이었다. 금화였다.

'금화.'

금화라면 은화의 수백 배는 가치 있는 동전이었다. 왜 그게 제게 떨어졌는지는 모를 일이지만 소년은 금화를 꽉 쥐었다. 그를 발견한 다른 소년들의 눈동자가 심상찮게 변했다.

결국 소년은 금화를 뺏기 위해 달려드는 아이들에게 두들겨 맞았다. 뼈대가 왜소한 것은 아니었으나 여러 명이 달려드는 것을 당해낼 재간이 없었다. 당연한 말이지만 금화도 뺏겼다.

소년은 울지 않고 다시 일어섰다. 이미 금화를 가지고 멀어진 다른 무리들을 쫓을 생각은 없었다. 다만 금화를 던지고 갔을 어떤 귀족의 마차를 상상하며 이를 갈았다. 눈가에 피가 철철 흘렀다. 가슴이 쥐어짜인 듯 아팠는데 그때는 그것이 분노라는 것도 알지 못했다.

"쭉 봤는데 말이다."

하늘이 가려진 것처럼 세상이 어두워졌다. 정신을 차리고 다시 보니 그림자였다. 건장하니 크고, 어깨가 떡 벌어진 위풍당당한 그림자에 소년은 삼켜지는 기분을 느꼈다.

소년의 앞에 선 귀족은 사냥꾼의 눈을 가지고 있었다. 흰머리가 듬성듬성 섞인 갈색 머리칼은 뒤로 빳빳하게 넘어가 있었고 주름 하나 없는 옷자락은 땅에 끌릴 듯 늘어졌다. 그는 금화를 줍는 아이들 속에서, 홀로 꼼짝 않고 앉아 있는 어린아이를 깔보는 눈으로 한참을 내려다보았다.

"비렁뱅이 꼬마답지 않군."

소년이 고개를 들어 사내를 노려보았지만 사내는 곧 관심 없다는 듯 몸을 돌렸다.

"……."

소년이 따라 일어섰다. 성인 남자의 한 걸음에 소년도 한 걸음 움직였다. 상대가 멈추면 소년도 멈춰 섰다. 소년 스스로도 이유는 알 수 없었다. 어떠한 이끌림이었다.

재미있다는 듯 비웃던 남자는 "따라와볼 테냐?" 하고 말했고 소년은 홀린 듯 고갤 끄덕였다. 남자는 전에 본 적 없이 화려한 마차를 타고 떠나버렸다. 소년은 넘어지고, 밀쳐지고, 멀어지는 마차를 따라 달리며 그가 자신을 놀렸다는 것을 깨달았다.

열 살배기 어린 소년이 달리는 마차를 쫓아갈 수는 없다.

그 후로 그 남자는 그렇게 몇 번인가를 더 소년을 놀리는 데에 귀한 시간을 허비했다. 마니랄프의 지저분한 뒷골목. 일주일에 한두 번씩 대로변을 지나는 은빛의 화려한 마차는 약속이나 한 듯 소년의 앞에 멈춰 서 물었다.

"따라올 테냐?"

소년은

"따라가겠다."

답했다. 하지만 번번이 길을 잃고, 마차를 놓쳐버릴 뿐이었다.

그렇게 예닐곱 번을 더 한 어느 날, 소년은 왕궁 다음가는 웅장한 집의 앞에 서 있을 수 있었다. 화려한 저택의 고결함에 숨이 멈췄다. 미천한 제 눈으로 보는 것만으로도 저택을 더럽히는 죄의식이 들었다.

얼마 후, 목적지에 다다른 소년은 문득 "거지새끼들." 하고 그들을 멸시했던 어떤 사람들을 떠올렸다.

어떤 사람들, 아니, 모든 사람들.

'돌아가자.'

소년은 죽어버린 시체 같은 남빛 눈동자를 돌렸다. 하지만 엄한 목소리에 발목을 잡히고 말았다.

"기어코 쫓아온 모양이구나."

호랑이 같은 목소리였다. 다시 뒤를 돌아보니 어느새 그 부리부리한 사내가 서 있다.

"여기가 어딘지 알고 쫓아온 거냐?"

알 리가 없다. 소년이 아는 거라곤, 어른들이 자신을 경멸한다는 것뿐이었다.

"각하."

"……."

소년이 초점 없는 눈동자로 고갤 들었다.

"앞으로, 날 부를 땐 그리 불러라."

그것이 테일런과 아르노만의 첫 만남이었다.

잠에서 깬 테일런은 기계적으로 침상에서 일어났다. 머릿속이 영 몽롱했다. 테일런은 단조롭게 눈에 익은 숙소의 허름함에 새삼 긴 한숨을 내쉬었다.

꿈자리가 사나운 밤이었다. 이게 다 제르가 충성 맹세라는 괜한 말로 그를 곤란하게 했기 때문이다.

그게 아니라면 지난 오후 그녀와의 나들이에서 있었던 일 때문인지도.

르니아가 바람을 쐬자며 제르를 밖으로 데리고 나간 게 시작이었다. 호위 임무를 맡은 테일런도 어쩔 수 없이 그녀들과 함께 가게 되었는데, 가는 길에 어린아이 두 명에게 갈취를 당하는 어린아이를 보았다. 때리는 이는 내놓으라 때리고, 맞는 이는 가진 것이 없어 내놓지 못해 계속 맞았다. 그나마 얻어맞던 앙상한 소년이 품에 안고 있던 빵이 으스러져 짓뭉개진 후에야 두 소년은 침을 뱉고 골목 안으로 사라졌다.

테일런에게는 많이 익숙한 풍경이었다. 마니랄프의 뒷골목에서 으레 보이던 풍경. 그의 과거와 닮아 있는 정경이었다. 그래서일까. 얻어맞는 아이를 처음 발견했을 때 바로 구해주고 싶었지만 제르는 허락하지 않았다.

대신 제르는 지저분한 손으로 으스러진 빵 부스러기를 주워 담는 소년에게 다가갔다.

"잔뜩 얻어맞았구나."

그녀의 물음에 숨죽인 흐느낌 소리가 났다. 가까이서 보니 더 작은 소년이었다.

"제가 가서 잡아 오겠……."

잔뜩 화가 난 테일런이 가해자들을 따라가려 하자 제르가 그를 멈춰 세웠다.

"나는 경거망동해도 좋다 하지 않았다."

경거망동이라니! 이건 약자 보호를 무훈 삼는 기사의 의무 중 하나였다. 테일런의 눈에 드러난 반감을 이해하고도 제르는 못 본 체 아이에게로 고갤 돌렸다.

"이름이 뭐냐?"

"……꺼져."

"이름."

"꺼…… 지라…… 고오!"

"이름."

"……이이잇!!"

"이름."

제르는 귀머거리처럼 반복했다. 결국 분을 이기지 못하고 씩씩거리던 소년이 피투성이 눈가를 훔쳐내며 비틀비틀 일어섰다.

"에노디."

"부모님은?"

"……."

"없는 모양이구나. 형제나 자매는?"

"여동생……."

"끼니는 챙겨 먹느냐?"

갈취당할 것도 없어 잔뜩 얻어터진 소년을 앞에 두고 그녀는 대체 무슨 말을 하고 싶은 건가. 주위를 에워싼 세 어른들 사이에서 에노디는 눈물이 뚝뚝 떨어지는 눈을 부라렸다.

제르는 소년의 대답을 기다리지 않고 말했다.

"금편 한 닢이 얼마만큼의 가치가 있는지 아느냐?"

테일런의 고개가 비스듬 기울어져 제르의 옆얼굴을 향했다. 그녀는 농담을 하는 표정도, 조롱하는 얼굴도 아니었다. 하지만 끼니도 거른다는 아이 앞에서 금화의 가치를 논해 뭘 하려는 건가.

"금편 한 닢은, 은편 백 닢이다. 은편 한 닢은 동편 백 닢이고, 동편 한 닢으론 기껏해야 네 목을 축일 물조차 구하기 힘들겠지만, 은편 한 닢으로 너는 네 동생과 닷새는 굶지 않고 지낼 수 있을 것이고, 금편 한 닢으로 너는 그보다 오래 굶지 않고 지낼 수 있을 거다."

아이의 금방이라도 울 것 같은 눈이 일그러졌다. 제르가 한층 낮아진 목소리로 아이의 눈높이에 몸을 맞추어 말했다.

"지금 너를 때린 아이들에게 얼마나 빼앗겼지?"

"……오늘 동생 갖다주려 한 빵을……."

"그럼 되찾아오렴. 되찾아와. 그 아이들을 똑같이 때리고, 되찾아와."

에노디가 그녀를 제정신이냐는 듯 쳐다보았다. 제르는 변함없이 담담했다.

"네가 성공하면 내 너에게 금편 한 닢을 줄 것이고, 실패해도 내 너에게 동편 한 닢씩을 주겠다."

하루에 한 번씩이라도 좋으니 시도만으로도 돈을 주겠다. 그녀는 뿐만 아니라 성으로 와 자작에게 직소하라며 르니아가 가지고 있던 통행

패까지 주었다. 돈으로 아이를 회유하는 모습은 도무지가 납득이 되지 않는 방식이었다. 테일런은 그녀의 방식이 완벽하게 틀렸다는 것을 자신할 수 있었다.

폭력은 폭력으로 해결해선 안 되었다.

그녀는 틀렸다.

문득 소년에 대한 생각을 떠올리자 침울한 단상이 따라붙었다.

마니랄프의 거리를 떠돌던 자신은 운이 좋아 인간답게 살 수 있게 되었지만, 아마 그 소년은, 그 소년과 같은 수많은 소년들은 범죄자가 되거나 굶어 죽거나 병들어 죽게 될 터였다.

테일런은 곧 생각을 털어내며 창 밖을 바라보았다. 어딘지 오늘은 평소보다 일찍 소란스러운 느낌이었다.

최근 기사들은 난리가 났다. 입만 열면 폭탄 발언의 연속인 제르 때문에 차라리 그녀에게 말을 걸지 말자는 의견까지 대두되었을 정도였다. 그러나 그들과 달리 테일런은 그녀에게 아무 불만이 없었다. 제르의 말처럼 아르노만이 그가 이곳으로 가길 원했으므로 자신의 생각은 중요치 않았다. 아르노만이 그에게 구체적인 보고나 염탐질을 명하지는 않았지만 아무 이유가 없지는 않을 거라 생각한다. 그의 목적은 아르노만의 명에 따라 이곳에 머물다, 아르노만이 그를 부르면 돌아간다는 것이 전부였다.

물론 지금은 그녀의 연이은 고집에 그의 상황 또한 곤란해지긴 매한가지지만.

다그닥거리는 말굽 소리가 울렸다. 적요한 성에 이렇게 새벽부터 방문객이 오는 모양이었다. 창가로 다가간 테일런은 발름하게 갈라진 커튼 사이로 손가락을 넣고 벌렸다.

'……?'

그의 눈살이 게슴츠레 가늘어졌다. 활짝 열린 아치형 성문, 그 안을 질러 달려오는 것은 커다란 마차였다. 눈에 익은 깃발이 펄럭펄럭 하늘로 나부끼고 있었다.

퀸시오의 열린 성문으로 위풍당당하게 모습을 드러낸 이들은 에들렌 휘르사 펜 아라이산 쇼하인 일행이었다. 곧 선두에 있던 마차에서 한 청년이 모습을 드러냈다. 조금 진한 갈빛 머리칼에 대조적으로 맑게 반짝이는 눈동자. 낭창한 체형을 한 젊은 귀공자였다.

쇼하인 공작가엔 세 명의 아이가 있었는데 장남인 밀러 헤센과 첫째 딸인 말로리 니오, 그리고 둘째 아들인 에들렌 휘르사가 있었다.

엘올라에서 태어난 말로리를 제외한 밀러와 에들렌은 각각 작지 않은 임무를 맡고 있었는데, 에들렌은 쇼하인 공작을 대신하여 쇼하인 령 아라산을 대리 통치, 밀러는 현재 왕명으로 데바람과 인접한 에르크 지역의 최고 책임자로서 지내고 있었다.

그리고 이번에 그들을 방문한 것은 '그' 에들렌이었다.

"어…… 어…… 어……."

"말더듬이인가?"

"아니, 아니, 어. 어. 아닙니다. 어."

제르가 물었다.

"무슨 일이지?"

"미리 연통을 드렸는데."

"봤으니 내가 지금 그대들의 앞에 있는 거겠지."

응접실에서 그녀를 마주 보고 선 에들렌은 살얼음 뚝뚝 떨어지는 여주인의 냉대에 어찌할 바를 몰라 입술만 벙끗거렸다. 무엇보다도 아라산과 인접한 퀸시오에 새로 부임한 상대가 여자라는 건 상상도 하지 못한 일이었다. 게다가, 왕족인 카르시탄이라 한다. 그런 이야기는 전해 듣지 못했다.

'카르시탄? 저 여자가?'

에들렌은 그녀의 얼굴을 면밀히 살폈다. 그녀가 왕족이라면 분명한 무례를 범하는 것이지만 의심을 지울 수가 없었다. 현존하는 카르시탄에 대해서는 대부분 이름이라도 한 번씩 들어보았다고 자부했는데 저 여자의 이름은 들어본 적이 없었다. 또한 왜 카르시탄이 고작 자작위에 머무는 건지, 어째서 골칫거리인 페긴 지역과 근접한 요크의 퀸시오에 있는 것인지조차 알 수 없었으니 합당한 의문이었다.

제르는 보랏빛 망토를 걸치고 앉아 있었는데, 장신구 하나 하지 않아 몹시도 단출해 보이는 차림새였다. 그러나 차림새와는 다르게 이목구비에서 풍기는 화려함과 퇴폐적인 느낌은 에들렌의 기를 죽였다.

"아라산으로 차출될 병사들을 인솔하기 위해……."

"그렇다고 공작 대리가 직접 오나?"

"겸사겸사, 인사나 나눌 겸……."

"예의를 모르는 녀석이군."

그녀의 대꾸에 에들렌의 뒤에 서 있던 쇼하인가의 집사가 흠칫 몸을 굳혔다. 제르의 편에 서 있던 기사들도 곤란한 표정으로 서로를 눈짓했다. 에들렌이 황급히 웃음으로 무마한 후 분위기를 반전시켰다.

"송구합니다. 이렇게 아름다운 분이 새로이 퀸시오에 부임하셨을 거라고는 생각지 못해서."

"경박한 추파까지."

하아. 아스난은 한숨을 삼키며 눈을 느리게 감았다 떴다.

제르가 호락호락한 여자가 아니라는 것은 알았지만 상대는 다름 아닌 쇼하인 공작 대리였다. 오만과 권력의 정점에 있는 자에게 저런 손속 없는 비난이라니.

하지만 에들렌은 그녀의 비위를 맞춰주기로 한 건지 불쾌한 기색 하나 없이 이야기를 이끌었다.

"다시 소개하겠습니다. ……저는 아라이산 출신으로 현 쇼하인 공작이신 페닌 이르시온, 쇼하인 각하의 둘째 아들로 지금은 그 공작위의 대리직을 맡고 있는 에들렌 휘르사 펜 아라이산 쇼하인입니다. 괜찮으시다면, 왕하께서 어떤 혈통을 지니고 계신 존귀한 분인지 미욱한 제게 다시 한 번 일러주실 수 있으시겠습니까? 적법한 예우를 갖추고 싶어 드리는 요청이니 부디 거절하지 않으셨으면 합니다."

썩 겸손한 말에도 제르는 퍽이나 건방지구나 하는 표정으로 에들렌을 내려다보았다.

"나는 제르 시나와 엘 제이하이 카르시탄. 누이사의 질녀인 벵제일로의 제이하이 카르시탄이다."

에들렌은 그도 모르게 멍청한 표정으로 제르의 말을 곱씹었다. 역시나, 두 번째 듣는 거지만 여전히 납득이 어려웠다. 그러나 확실한 건, 제이하이라면 한때 위명 높던 왕가의 방계 혈족이었다.

"……식견이 짧아 일찍이 알아 뵙지 못해 송구스러울 뿐입니다."

의문이 풀린 것은 아니었다.

'도대체 왕족이 여기서 뭐 해?'

다행스럽게도 에들렌은 의문을 곧이곧대로 입 밖으로 내뱉을 만큼 얼간이는 아니었다.

"다시 한 번, 만나 뵙게 되어 영광입니다, 제이하이 카르시탄."

그의 극진한 태도에 마음이 풀린 건지 제르는 차갑던 표정을 누그러뜨렸다.

"나 또한 쇼하인의 훌륭한 슬하를 만나게 되어 반갑다. 용건이 끝났다면 차출된 군사들을 데리고 돌아가도록. 상황이 여의치 않아 적당한 환대를 하지 못함을 이해하라. 엘보르트 경이 그대의 용무에 차질이 없도록 최선을 다할 것이다."

"바로 말입니까?"

"그래, 바로. 아라산의 수장이 한직은 아닐 테니 바쁘시겠지."

아스난이 한 걸음 앞으로 나와 에들렌을 향해 고개를 조아렸다. 에들렌은 제르의 당당하니 매몰찬 태도에 어찌할 바를 모르고 황급히 말을 이었다.

"송구하지만, 오는 길에 보니 곳곳에서 보수 공사가 한창이던데. 필요하신 게 있다면……."

에들렌의 말에 퀸시오에서 혹사당하던 기사들의 표정이 조금 밝아졌다. 인력 부족으로 앞길이 구만리처럼 아득하던 상황에서 아라산 출신의 잘 훈련받은 병사들이 일손을 돕는다면 그보다 고마운 일은 없었다.

하지만 제르의 대답은 칼 같았다.

"거절한다."

"예?"

"그, 그게 아니라도. 왕하와 조금 더 여유롭게 이야기라도……."

"피곤한 남자군."

에들렌이 신음 같은 소릴 냈다. 더 억지로 말을 붙일 만한 이야깃거리도 생각나지 않았다. 무슨 생각인지 빤히 그를 바라보던 제르가 드물게도 번복했다.

"……아니, 그래. 예까지 방문했으니 며칠 더 머물며 이야기를 나눠보는 것도 좋겠지. 곧 부르지. 쇼하인 공작 대리를 안내해드려라."

저런 대우를 바라긴 했지만 어쩐지 찝찝한 게, 등줄기가 싸한 기분이었다.

충격적이고 불편했던 제르와의 만남을 마친 에들렌은 손님용 방으로 안내받았다. 그는 문이 단단히 닫힌 것을 확인하고 자리에 앉았다. 퀸시오까지 함께 따라온 집사 혼테가 조심스레 물었다.

"짐은 풀까요? 둘까요?"

기실 이곳을 직접 방문한 것은 새로 부임한 이를 만나본다는 것, 차출된 병사들의 친솔이지만 꼭 그것만이 전부는 아니었다. 아니, 사실다른 두 가지보다도 더 중요한 이유가 있었다.

그는 퀸시오에 당분간 눌러앉을 계획이었다. 장기간이 아닌, 말 그대로 당분간 누군가를 찾을 때까지만이다.

똑똑똑.

노크 소리에 혼테와 눈짓을 주고받은 에들렌이 소리쳤다.

"들어와라!"

두꺼운 망토로 무장한 나이 든 기사 하나가 들어왔다. 그가 데려온 쇼하인령의 기사였다.

"찾았어? 어디 계신지 알아보았나?"

"아니요. 하지만 비슷한 인상착의의 사내를 보았다는 제보는 확인했습니다."

에들렌의 얼굴에 눈에 띄게 실망한 기색이 서렸다. 그리고 걱정도.

"그래, 샅샅이 뒤져봐. 몸을 숨기고 계실 테니 우리도 쉽게 찾진 못할 것 같지만 먼저 이쪽에 접선해주시길 기다릴 수도 없으니까."

예. 기사가 꾸벅 고갤 숙인 후 나갔다.

"알렉시스 님은 대체 여기서 뭐 하고 계신 건지."

에들렌이 뒷머리를 벅벅 헝클며 중얼거렸다. 그가 퀸시오까지 와서 찾는 인물은, 다름 아닌 알렉시스 테피온 제2 왕위 후보였다.

알렉시스 테피온은 표면적으로는 데바람 쪽 국경에 가 있는 것으로 되어 있었다. 원래 그래야 하기도 했다. 하지만 보고로 전해 들은 바 그는 현재 퀸시오에 머물고 있었다. 이 사실을 아는 이는 알렉시스 본인과 베이하크 백작, 그리고 에들렌 본인과 쇼하인 일가 기사들 정도였다.

'자규 왕하 쪽 인사들도 알아차린 것 같지만······.'

사실 퀸시오는 좁은 동네였으므로 그를 찾는 데 어려움이 있을 거라고는 생각지 않는다. 하지만 그렇다고 해서 쉽다는 건 아니었다. 안전한 곳도 아니다. 그 예시로 알렉시스는 얼마 전 그가 퀸시오에서 부상을 당했다는 소식을 비상연락망으로 전달해왔다. 그 연락은 에들렌이 직접 퀸시오까지 내려오게 된 이유 중 과반을 차지한다.

기본적으로 쇼하인 공작가는 현왕인 유스카리보다 서거한 선왕과 더 친분이 도타웠다. 그들이 알렉시스를 지지하는 세력으로 기울게 된 것 또한 당연한 일이었다. 알렉시스가 아라산 근처에서 변고를 당하게 된다면 그 화살은 모조리 쇼하인에게 돌아오게 되어 있다.

"하이고, 우리 도련니이임…… 얼굴에 주름……."

집사 혼테가 혀를 끌끌 차며 한숨을 내쉬었다.

에들렌이 어색하게 웃으며 미간을 문질렀다.

최대 사흘이다. 사흘 안에 찾아 돌아가야 한다. 하지만 알렉시스는 과거 나아시온의 암부 훈련까지 받았던 자였다. 은밀하게 인기척을 지우는 덴 도가 텄으니 사흘 안에 찾을 수 있을지는 사실 장담할 수 없었다. 그가 먼저 이쪽에 어떤 신호를 남겨주면 좋으련만.

이곳 영주의 지원을 받으면 좋았겠지만, 들도 보도 못 한 왕족이 무슨 생각을 하는 이인지 모르니 섣불리 도움을 요청할 수도 없었다. 물론 그게 아니더라도 어지간하면 그녀를 피하고 싶기도 했다. 이유는 잘 모르겠지만 대하기 껄끄러운 그런 면이 있다.

처음 보는 카르시탄.

'하기야, 왕족쯤 되니 자작에게 불입권을 인정한 건가.'

에들렌은 금세 다른 데로 새려는 생각을 고쳐 잡았다.

"그나저나 이를 어쩐다."

어쨌든 이곳에 있는 동안 그 여자의 비위를 맞춰야 했다. 책상에 턱을 괴고 앉은 에들렌의 미간에 주름이 팼다.

사실 요 며칠 전까지만 해도 기사들이 둘 이상 모이면 하는 이야기의 화제는 주군이었다. 그녀가 요구한 충성 맹세가 얼마나 얼토당토

없는 것인지, 얼마나 나쁜 횡포인지, 제르의 성격적 결함에 관한 그런 것들. 하지만 어제 쇼하인 공작 대리가 나타난 이후로 그들의 이야깃거리는 쇼하인 공작 대리로 바뀌었다.

"셀파, 쇼하인 공작 대리가 작살나는 꼴을 네가 봤어야 하는데. 난 주군이 우리한테만 못돼 먹은 줄 알았는데…… 뭔가 내가 더 우쭐해지더라니까?"

"쇼하인가의 기사들 표정 봤어요? 기세등등하게 들어왔다가 깨갱깨갱거리면서 나가는 거."

페이랑이 킬킬거리며 맞장구쳤다. 병실에 누워서 소우로의 흥분한 이야길 가만히 듣던 셀파가 떨떠름한 표정을 지었다.

"도대체 그게 왜 기뻐할 일인지 나는……."

기본적으로 공작이면 나라에서 전하 다음으로 높은 대공을 제외하고 손가락 안에 드는 권력자이니, 대리의 위세도 대단할 터. 그렇다면 이렇게 웃으면서 꼴좋다 하고 비난할 수만은 없을 텐데 저들은 그러고 있었다.

셀파가 천천히 상체를 일으켰다. 아직 화살의 상처가 아문 건 아니었지만 이 정도는 움직일 수 있었다.

"으하하, 난 이제 주군이 좀 멋져 보이려고 그러는데? 아쉬워진다, 갑자기?"

소우로가 천진난만하게 농담을 건넸다. 페이랑이 질린다는 얼굴로 소우로를 흘겨보았다.

"충성 맹세를 하고 남는 건 어때요, 던함 경."

소우로가 호탕하게 웃으며 페이랑의 등을 짝 소리가 나게 내리쳤다. 페이랑이 엄살을 부리며 몸을 뒤틀자 소우로가 엄살은? 하며 한 번 더 확인 사살하듯 그의 어깨를 쳤다.

"아야. 근데 공작 대리가 직접 올 줄 몰랐어. 주군이 대단한 분은 맞았던 모양이야?"

"보니까 주군이 누구인지 잘 몰랐던 거 같던데?"

제르와의 첫 대면에 얼빠진 표정을 짓던 귀공자를 떠올린 페이랑이 핀잔을 놓았다. 소우로도 그런가? 하며 머쓱하게 공감했다.

"그럼 왜 직접 왔대?"

"심심했나 보죠. 아니면 감 놔라 배 놔라 간섭하려고 한 걸 수도 있고."

"내가 보기에도 후자 쪽이 더 가능성 있지 싶군. 독립된 자작령은 왕도의 입김이 닿지 않는 매력이 있으니."

"어? 로렌스 경, 언제 오셨수."

로렌스의 목소리가 끼어들었다. 소우로는 고개를 돌려 그를 맞았다.

로렌스가 셀파와 눈이 마주치자 가볍게 목 인사를 한 후 답했다.

"잠시 후안 경을 살피러 왔소. 다시 가봐야 하오. 쇼하인령 기사들이 요구한 것들이 꽤나 많아서."

그는 새로 온 기사들을 맞이하는 일을 맡고 있었다.

"그런데 로렌스 경, 쇼하인가의 기사들을 저희 기사 숙소 옆으로 배정했다고요. 꽤나 북적거리겠는데요?"

"익숙해져야지. 어차피 곧 새로 퀸시오령 수습 기사를 선발하게 되면 더 많아질 텐데."

"뭐, 어차피 던함 경은 간다면서요?"

"그래도."

소우로가 어깨를 으쓱했다. 묵묵히 그들의 이야길 듣던 셀파가 입술만 움직여 말했다.

"병사 인솔을 우선 명분으로 왔다 들었는데 아라산의 기사들은 얼마나 머무는 겁니까?"

"잘 모르겠지만 주군이 별로 달가워하는 것 같지도 않았고, 솔직히 오래 머물기도 좀 그럴 테지."

소우로가 거들었다.

"보는 사람 살 떨리게 매몰차더라니까, 진짜. 아, 그러고 보니 셀파 너도 몸만 나으면 떠날 거지?"

셀파는 대답하지 않았다. 소우로는 사실 대답 따윈 별로 관심 없다는 듯 고개를 돌려 물었다.

"로렌스 경은 어떻게 하실 거요?"

"이번에 쇼하인 가문의 이들이 돌아가고 정리가 되면."

"그럼 로렌스 경이랑 던함 경, 후안 경은 확정이로군요."

로렌이 고갤 끄덕였다. 확실히 로렌은 그들 중 가장 제르를 탐탁찮게 생각하는 기사였다.

셀파가 조용한 목소리로 물었다.

"그나저나 엘보르트 경은 어떻게 하고 계신지?"

"글쎄, 내가 보기에는 평소랑 다름없이 업무에 치중하고 계시는 듯하오. 무슨 생각이신지 당최가."

"조찬을 함께 하시자고 하셨어요."

당돌한 갈색 머리 아가씨가 문을 박차고 들어와, 성 안주인의 말을 전했다. 그녀는 상대가 누구인진 별로 관심도 없어 보이는 태도였는데, 에들렌이 기분 나빠 하기도 전에 쌩하니 사라졌다. 혼테가 곧 씻을 물과 입을 옷을 가지고 돌아왔다.

에들렌은 흐트러진 갈색 머리칼을 능숙하게 정리한 후 깔끔한 모습으로 밖으로 나섰다.

에들렌은 입김이 서리는 것을 감상하듯 느긋한 걸음으로 내정을 가로질러 퀸시오 본성, 대식당으로 향했다.

"쇼하인 공작 대리 드십니다."

에들렌은 옷차림을 다시 한 번 다듬은 후 안으로 들어갔다. 제르는 이미 자리에 앉아 있었고, 그녀의 뒤엔 기사 한 명과 트레이를 들고 있는 시녀 둘이 서 있었다.

검은 긴 머리칼을 차분하게 땋아 넘긴 여자는 어제보다 화려했다. 하얀 피부와 대조적인 붉은 입술, 그리고 검은 털이 목을 가리는 벨벳 드레스의 팔목엔 앤틱풍의 금실 자수가 놓여 있었는데 확실히 일생을 귀하게 자란 여자의 티가 났다.

원래는 주인이 객을 맞아주어야 했지만 그럴 기미가 보이지 않자 에들렌은 먼저 슬쩍 인사를 건넸다.

"좋은 아침입니다! 왕하 카르시탄."

그녀가 먼저 요청한 이른 아침식사의 초대였다. 하지만 그녀는 에들렌의 인사를 민망할 정도의 침묵으로 보답했다. 에들렌은 무표정하게 식전의 찻잔을 입술로 가져다 대는 제르를 멀뚱멀뚱 바라보다가 넉살 좋게 웃으며 앉았다.

"……저도 그럼 앉겠습니다."

"그러시게."

좋은 혈색을 상상하기 어려운 여자였지만, 아는 체를 좀 하자면 제르는 지난번보다 피곤한 얼굴이었다. 에들렌은 시녀들이 내민 물그릇에 손을 씻은 후 다시 제르에게로 시선을 돌렸다.

달그락. 찻잔이 소서에 내려앉았다.

"밀러로부터 그대에 대한 이야기는 사실 익히 들었네. 그와 다르게 성격이 천진하여 많은 이들과 잘 어울리고 위아래 가릴 것 없이 유쾌하다지."

막 식전의 차를 마시기 위해 손을 뻗던 에들렌의 귀가 쫑긋 섰다.

직전까지만 해도 웃는 낯짝 아래로 '저 여자를 어찌 구워삶아야 하나.' 복잡하게 생각이 많았던 게 거짓 같았다. 반가운 이름에 청년의 눈이 진심으로 반짝였다.

"제 형님을 아십니까?"

"밀러라면 제법 알고 있지."

"어, 우와. 제 형님은 국경에 계시느라 사교 활동을 하시기 어려운 분인데 어떻게 알게 되셨는지 여쭈어도 되겠습니까?"

"그가 나를 구하고, 내가 그를 구했다."

"네?"

에들렌은 예상치 못한 그녀의 추상적인 대답에 눈을 깜빡였다. 제르는 그에 관해선 더 덧붙일 말이 없는 사람처럼 담담히 이야기를 지속했다.

"밀러가 그대에 대해 한 얘기 중엔 제법 영악하다는 이야기도 있었지."

"아…… 형님이 밖에서 제 험담을 그리……."

"그 나이에 아라산의 공작 대리를 겸하려면 응당 필요한 처세겠지."

"……그리 여겨주신다니 감사합니다."

그들 사이의 테이블 위로 음식들이 하나 둘씩 날라지기 시작했다. 시녀들의 번잡한 움직임에 에들렌의 눈이 절로 좌우로 움직이는 와중에도 제르는 똑바로 에들렌만 응시하고 있었다. 이쯤 되니 에들렌은 조금 무서워졌다. 밀러는 대체 저 여자를 어떻게 아는 걸까.

'안다는 거 사실 거짓말 아냐?'

"허튼짓을 하지 않는다고 들었다."

제르가 살며시 미소 지었다. 하지만 그에겐 오히려 불편한 웃음이었다.

"멀쩡한 정신머리에 공작 대리가 일을 내팽개치고 이곳까지 친히 찾아와 기를 쓰고 눌러앉으려는 건 정신 나간 짓이지. 그렇다면 뭘 찾아왔나?"

아니, 이 여자는 돌려 말하는 법을 못 배웠나!

내심 크게 당황한 에들렌이 탁자 아래의 손을 천천히 그러쥐었다. 머리가 있다면 충분히 생각할 수 있는 타당한 의심이었다. 하지만 저렇게 험히 말할 수 있는 이는 몇 없을 것이다.

"하…… 하하. 하. 하…… 왕하."

'……이 여자, 진짜 미쳤나 봐…….'

늘 웃는 낯으로 등 뒤에서 칼로 찔러대는 이들에 대한 주의사항만 배우며 자라왔던지라 이렇게 웃는 낯으로 앞에서 일침을 날려대는 여자에 대해서는 면역이 없었다. 노골적이라도 이렇게 노골적일 수가 있나? 아무 이유 없이 눌러앉는다면 정신 나간 놈이 되는 것이고, 아니라면 이유를 늘어놓아야 한다. 그냥 차라리 정신 나간 놈이 되는 게

낮겠다 싶은 생각에 에들렌이 막 목소릴 가다듬으려는데 그녀가 말을 이었다.

"내 땅을 뒤져 무언가를 가져가려거든 내게 먼저 양해를 구해야 한다는 생각은 들지 않던가? 공작 대리가 직접 행차했다면 쇼하인에게 있어 꽤나 귀중한 것이 내 땅에 있는 모양이야."

돌연 등골이 서늘해졌다.

제르는 그녀의 앞에 놓인 접시 위로 시선을 옮기며 아무렇지도 않게 권했다.

"들지."

에들렌은 제 앞에 높인 접시 위의 먹음직스러운 음식들을 돌덩이 보듯 내려다보았다.

혹 알렉시스의 소재에 대해 눈치를 챈 걸까. 아니면 애초에 알렉시스가 이곳에 발이 묶이게 된 게 저 여자의 소행 탓은 아닐까. 별의별 생각이 다 떠돌았다. 알렉시스가 왕명을 어기고 아라산으로 향했다는 이야기가 전해지는 것 또한 문제지만 그건 부차적인 것이다. 현재 알렉시스는 생사조차 소식이 닿지 않았다. 만약 새로 부임한 퀸시오의 저 여자가 제1 왕위 후보 뉘사나의 세력이라면 일은 몹시도 더러워질 것이다.

에들렌이 침을 꼴깍 삼켰다.

"뭐 하나? 입에 맞지 않을 것 같아 그런가?"

진짜 왜 이러는지 몰라 묻는 건가.

"외람되지만…… 조금 전 왕하께서는 제 형님에게 우호적인 것처럼 보였습니다."

"내가?"

제르가 나이프를 내려놓고 등받이에 등을 기대어 앉았다. 마치 지껄여보라는 듯한 거만한 표정에 에들렌은 잠깐 움츠러들었다가 다시 용기를 내었다.

"예. 저는 대충 아시겠지만 이 소리 저 소리 떠들고 다니는 걸 좋아합니다. 하지만 형님은 그렇지 않죠. 형님이 쇼하인의 가족사까지 이야기를 했다면 분명 형님과 친분이 있으신 거라 생각했습니다."

"계속 해보게."

"하여 모르겠습니다. 왜 왕하께서 저를 이리 매몰차게 대하시는지……."

스스로도 지나친 감이 있다는 걸 알아 말꼬릴 흐리는 에들렌에게 제르가 간결히 대꾸했다.

"착각은 자유라지만 난 밀러도 그다지 좋아하지 않는다."

에들렌의 표정이 서서히 굳어졌다.

"밀러도 알 거다. 내가 그에게 호의를 가지게 되는 건 저 바다가 어는 것만큼이나 기적 같은 일일 거라는 걸. 궁금한 건 그게 다냐?"

"이번엔 더 무례한 질문입니다만. 데바람에서 건너오셨습니까?"

제르가 서서히 입술을 닫았다. 그때까지 고요히 제르의 등 뒤를 지키고 있던 아스난이 깜짝 놀라 눈을 크게 떴다. 하지만 에들렌은 아랑곳 않고 제르의 답을 기다렸다.

"……왜 그런 걸 묻지?"

"특별한 이유는 없습니다. 왕하의 공용어 발음에서 국경 인근 지역 특색이 느껴지는 것 같아서요."

"……."

"제가 그런 것에 좀 예민하기도 하고."

그녀가 되물었다.

"쇼하인 공은 공작 대리에게도 아무 말도 않던가?"

"제 아버님과도 면식이 있는 사이십니까?"

"하기야, 그들에게 나는 있지도 않고, 없지도 않은 사람일 터이니. ……그러고 보니 그대는 왕재들을 다들 만나본 적이 있겠지?"

갑작스러운 질문에 에들렌이 고개를 갸웃하며 대꾸했다.

"예."

"어떤 이들인가?"

"……질문의 의도를 모르겠습니다, 왕하."

"뉘사나 히리와 알렉시스 테피온이 어떤 이들인지 묻고 싶어 오늘 자리를 마련했다. 밀러에게 듣기로 그대가 그들과 친분이 있었다고."

에들렌은 도대체가 이 상황을 이해할 수가 없었다.

밀러와 사이가 좋은 것도 아닌 것 같은데, 입 무거운 제 형이 가문의 이야기를 저렇듯 털어놓을 리가 없었다. 하지만 또 어찌 보면 저런 직설적이고 오만한 여자와 제 형님이 사이가 좋을 수 있을 것 같지가 않았다.

어디까지가 진실이고 어디까지가 거짓인지 혼란스러운 가운데 단 하나, 여자의 호기심만큼은 진심이었다.

"대단하신 분들입니다."

제르는 시선을 잔 위로 미끄러뜨렸다.

"……둘째는 제법 귀여운 구석이 있군."

그녀는 더 캐묻지 않고 식사를 중단하고 몸을 일으켰다. 아스난이 복잡한 시선으로 그녀를 쫓았다. 제르는 그와 눈이 마주치고, 작게 입을 벌리더니 힘없이 웃었다.

"너희는 참 똑똑하기도 하지."

에들렌과의 식사 후 제르는 피로감을 감추지 않고 침실로 돌아갔다. 몸상태가 그다지 좋지 않았다. 아니나 다를까 두어 시간 정도 지나자 서서히 미열이 오르기 시작했다. 르니아도 없었고, 테일런도 자리를 비운 상황이었다. 뒤늦게 사실을 안 아스난이 급히 의원을 불렀다.

제르는 처음 그녀가 경고했던 대로 잔병치레가 잦은 몸이었다. 의원이 다녀간 후에 정신을 차린 그녀는 침대 등걸이에 몸을 기댄 채 말했다.

"……쇼하인 공작 대리에게 꿍꿍이가 있다는 건 알겠다. 무얼 하려는 건지 유심히 살피고 보고해."

지금 막 의원이 떠들고 간 말을 다시 외워 읊어줘야 하는 걸까. 아스난이 잠깐 고민했다.

"하지만 지금 일일이 그들을 감시하기엔 인력이 부족합니다."

"네가 내 방에서 망충하니 나만 바라보고 있지 않다면 일손이 하나 늘겠지."

매정히 말을 마친 제르가 뜨뜻미지근한 숨을 길게 내쉬었다. 아스난은 그녀의 힘없는 빈정거림에 불쾌한 기색 없이 곧은 나무처럼 섰다.

"카르시타 기사들의 권리에 무지하셨던 것은 데바람에서 살다 오셨기 때문입니까?"

"무슨 소리냐."

"아라산의 공작 대리의 말을 부정하지 않으셨습니다."

제르는 막 이불을 고쳐 덮으려다 말고 맥없는 움직임을 멈추었다.

아스난은 참을성 있게 기다렸다.

"……너희에겐 이름만으로는 안 되는 건가."

"출신은 상관없습니다. 다만, 그렇다면 저도 주군의 지난 판단을 이해할 수 있을 거라 생각합니다. 앞으로도 마찬가지로."

"어차피 곧 떠날 녀석이 잘도 나불거리는구나."

제르가 사납게 눈꼬리를 치켜떴다. 미열로 달뜬 뺨이 불그스름했다. 초점이 흔들리는 그녀의 눈동자를 공손한 눈으로 내려다보던 아스난이 말했다.

"왜 제가 떠날 거라 확신하십니까?"

"왜 내가 네가 떠나지 않을 경우를 가정해야 하지? 나는 그것을 바라지 않는데."

아스난은 답답했다. 퀸시오는 지금 온갖 인력을 다 끌어와 안정시켜도 모자란 지역이었다. 하지만 제르는 부차적인 모든 요소는 배제하고 주위 사람들을 내치는 데에 혈안이 된 것 같았다. 그녀가 믿는 건 출신조차 의심스러운 르니아라는 여자 한 명뿐. 이제는 제르에게 화가 나는 걸 넘어서서 안쓰러웠다.

왕명으로 이 좁은 땅에 갇혀서 나가지도 못하는 병약한 여자는 카르시탄이라는 이름 하나밖에 가진 것이 없었다. 그녀를 따르는 사람도 없었고, 그녀를 칭송하는 백성들도 없다. 저 여자의 역사는 어떤 커다란 불신으로 이루어졌기에, 저리도 사람을 싫어할까.

"영지 통치에 대해 무얼 아십니까?"

"세상이 어찌 돌아가는지 정도는 알아."

"제가 보기에 주군은 우물 안 개구리이십니다."

제르의 표정이 묘하게 일그러졌다.

"그렇지 않고서야 쇼하인 공작 대리를 그리 무시하실 수가 없었을 겁니다. 퀸시오는 지금 열악합니다. 왕명으로 그나마 운용 가능하던 병사들까지 아라산에 빼앗겼습니다. 금전을 지불하여 사람들을 모으는 것은 멀리 보아 좋은 계획이라 동의했습니다만, 퀸시오의 재정 상태 또한 무시할 수 없습니다. 그리 오만하게 구실 여유, 없습니다."

마치 혼내는 듯한 투였다.

늘 이건 안 된다, 저건 안 된다 타박을 하긴 했지만 이토록 엄하게 구는 건 처음이라 제르는 눈만 깜빡였다. 열이 올라 몸이 으슬으슬 떨리는 것도 잊었다.

얼마 후, 그녀가 외면하듯 고개를 돌렸다.

"그건 걱정 마라. 창고는 차고 넘칠 정도의 보화로 가득 찰 테니."

"예?"

"유스카리는 내게 이 땅과 저 바다도 주었다."

제르의 시선은 창 밖에 머물러 있었다. 아스난은 무엇부터 지적해야 할지 몰라 침묵하다가 정리했다.

"부동항이긴 하지만 퀸시오가 트란실과 근접해 있는 관계로 쓸모없는 항구입니다. 그리고 현왕 전하의 존함을 그리 함부로 부르시는 건."

"내가 내 땅에서, 유스카리의 이름을 부르든 에사렛타의 이름을 부르든 그게 무슨 상관이지?"

"여전히 주군은 카르시타의 백성이십니다."

"너희는 왕족을 백성이라 칭하나?"

그녀의 이해할 수 없는 대꾸에 이야기는 또다시 꼬리를 물고 원점으로 돌아간다. 아스난도 슬슬 침착을 유지하는 데 한계였다.

"왜 자꾸 그리 말하십니까."

"내가 뭘?"

"존귀하신 분이란 건 알지만, 배척하지 마십시오."

"내가 너희한테 뭘 어쨌기에?"

아스난은 목구멍 안쪽에서 꿈틀거리는 어떤 욱하는 기분을 참아 삼
켰다.

"통치자의 목적이 무엇인지는 잘 알고 계시는 겁니까. 카르시탄의
의무가 무엇인지. 이 땅을 사랑하기는 하시는 겁니까?"

제르는 멍하니 아스난을 올려다보았다. 초점 없이 아스난을 향해 있
던 까만 눈동자 위로 부옇게 걸렸던 물기가 건조하게 말라붙었다.

"내가 사랑하는 건 하나밖에 없어."

"……."

"내게 다른 걸 사랑하라 강요하지 마."

한처럼 날 선 음성에 아스난이 입술을 차분히 다물었다. 말을 마친
그녀는 금방이라도 말라 죽을 나무처럼 오그라들었다. 되묻는 것이
어리석은 짓일 정도로 확연한 절망이었다. 내막은 알 수 없었다. 하지
만 여자의 표정을 보는 순간 몹시도 가슴이 아렸다.

얕보이지 않기 위해 당당한 척 다리를 펴지만 사실은 앉은뱅이인 사
람. 그녀가 그랬다.

아스난은 약간의 절박함을 담아 청했다.

"주군을 돕게 해주십시오. 우리에게도 기회를 주십시오."

"그만해. 나가라."

"주군."

"그만."

"세상 모든 사람에게 믿음을 위해 맹세를 강요하실 수는 없습니다. 또한 현왕 전하께서 독립령을 허락하신 데엔 주군께서 이 땅을 방치하게 하는 데에 의의가 있지 않으리라 여깁니다. 그분의 뜻을 헤아리십시오. 저는 주군을 도와 이곳을 안정시키기를 바……."

제르가 헛웃음으로 어깨를 들썩이기 시작했다.

"넌 네가 무척이나 대단한 이라고 생각하는구나. 교만함이 하늘을 찔러. 대들지 마라. 내게 잘난 척 말하지 마. 난 여자가 오를 수 있는 가장 높은 지위마저 마다하고 이곳에 와 있다."

순간 정말 이상한 일이 벌어졌다. 전혀 상관없을 과거의 어떤 기억 조각이 번개처럼 그의 뒷머릴 후려치고 지나간 것이다.

'제르 시나와.'

처음 그녀의 곁에 부임했을 때 아주 잠깐, 그녀의 이름이 익숙하다 생각한 적이 있었다. 그때는 왜 익숙한지 몰라 생각을 접었지만.

십여 년 전쯤, 쥬세 왕이 어린 여자아이를 감춰두고 누구에게도 보이지 않는다는 이야기를 들은 적이 있었다. 한때 데바람의 왕비가 될 뻔했지만 내부 사건으로 인해 미수에 그쳤다는 여자.

어느 순간 잊히고 만 여자.

"……데바라네?"

아스난은 스스로가 말하고도 당혹스러운 사람처럼 입을 가렸다.

제르가 느리게 고개를 들어 그를 응시했다. 까맣고 까맣게, 다 타버린 마음이 그녀의 눈동자 안에서 초라하게 빛났다.

아스난은 황망함에 도망치듯 그대로 방을 벗어났다. 스스로가 내린 결론이 논리를 따른 비논리였다. 데바라네는 카르시탄이 될 수 없다. 언뜻 기억에 스친 이름의 주인은 데바람의 공주가 아니라, 데바람 왕의 첩이었다.

상식적으로 불가능했다. 하지만 그와 동시에 아주 오래전 들었던 여자에 대한 정보가 떠올라 기분이 바닥으로 마구 곤두박질쳤다. 별것 아닌 이야기였다. 대부분이 어린 계집이 한 나라의 왕을 홀린 데에 대한 조롱이었지만, 간간이 그 소녀를 동정하는 이들의 이야기도 있었다.

그때 아스난을 발견한 페이랑이 가벼운 걸음으로 다가왔다.

"엘보르트 경, 마침 찾고 있었습니다. 이제 곧 해가 저물 테니 오늘 자 노역은 이쯤 해서……, 경? 얼굴이 왜 그러십니까?"

"재량으로 판단하도록."

"어디 아프십니까? 안색이……."

"괜찮다."

아스난은 그에게 손을 뻗는 페이랑의 팔을 신경질적으로 쳐냈다. 그답지 않은 태도였지만 사과할 새도 없었다.

데바람은 현재 베제스가 권력을 잡은 이후로 멈추지 않는 피바람 속에 있다고 했다. 만일 자신의 추측이 맞다면, 제르의 뼛속 깊은 불신이 어디서 난 건지 알 수 있을 것 같았다. 데바람의 사람이 카르시타의 기사를 믿지 않는 건 어찌 보면 당연했다.

없는 정신으로 페이랑을 돌려보낸 후 아스난은 제르의 집무실로 향했다. 인가가 끝난 서류를 회수해 오기 위함이었다.

얼마간 집무실에 널브러진 서류 묶음을 분류하던 아스난이 손을 멈추었다.

'하지만 그녀는 대답하지 않았다.'

제르가 타인의 말을 무시하는 건 일상이었다. 사실이건 아니건 그녀에겐 중요하지 않은 문제였을지 모른다. 그녀가 긍정하지 않았으니, 아닐 수도 있는 일이다. 자신이 너무 생각을 비약시킨 것일지도 모른다. 아스난은 어느새 합리화하기 시작하는 자신의 모습을 깨닫고 자기경멸에 빠져들었다.

벌컥 문이 열렸다. 감히 영주의 집무실 문을 말도 없이 박차고 들어온 이에 대해 꾸짖으려 고개를 드는 순간 아스난은 온몸의 맥이 풀리는 것을 느꼈다. 루네비온 만으로 제르의 개인 임무를 나갔던 르니아였다.

제법 길게 바닷가에 있었는지 그녀에게서 바닷바람의 내음이 났다.

"어, 집무실에 아스난 님밖에 안 계시네요?"

르니아의 쾌활한 목소리에 관자놀이가 지끈거리기 시작했다. 물 먹은 듯 무거워지는 몸을 바로하기 위해 아스난이 허리를 곧추세웠다.

르니아는 평소보다 어두운 그의 표정을 알아차렸다.

"무슨 일 있으세요?"

"르니아 양은 오래전부터 주군을 모셨다고 했지."

그의 목소리가 심상치 않았다.

"주군은, 데바라네요?"

별안간의 물음에 르니아의 입술이 서서히 다물렸다. 그녀의 낯빛에 배어 있던 평소와 같은 유쾌함 또한 사라졌다.

"무슨 말씀이신지."

"……."

"왜 그런 걸 물으세요?"

"……."

아스난의 침묵이 길어지자 르니아가 서서히 불안의 빛을 띠기 시작했다.

"혹시 아스난 님, 시나와 님한테 무슨 이상한 소리를 하신 건……."

그녀는 아스난의 흔들리는 눈빛에서 어떤 대답을 읽어내곤 집무실 안으로 완전히 들어와 문을 닫았다.

그녀가 긴 한숨을 내쉬었다.

"……건방지게 들릴 수도 있겠지만."

르니아가 어찌할 바를 모르겠다는 듯 입술을 잘근거리며 띄엄띄엄 말했다.

"그냥 내버려두세요."

"역시, 주군께서 전 데바람 왕의 총비였던."

"귀, 안 들리세요?"

무례는 문제가 아니었다. 아스난은 늘 르니아의 가식 같은 쾌활함이 의심스러웠다. 시종답지 않은 몸놀림도 의심에 불을 붙이는 데 한몫했다.

분명 르니아가 보이는 저 단호한 방벽은 긍정이었다.

"더 이상 그런 거 생각하고 싶지 않아요."

'……너희에겐 이름만으로는 안 되는 건가.'

그리 중얼거리던 여자의 목소리가 문득 떠올랐다. 어째서일까. 엘올라 인근 귀족에게 시집을 보낸 제 여동생도 떠올랐다. 제르와 그 철부지는 비교할 만한 구석이 전혀 없는데도 불구하고.

"저는 당신들이 나쁜 사람들이 아니라는 걸 알아요. 그러니 아스난 님……."

단호한 체하지만 르니아의 절박함은 감춰지지 않았다. 과거 데바라 네였다는 것은 제르에겐 치명적인 치부였다. 가뜩이나 입지가 좋지 않은 제르가 머물 곳이 지금보다 더 작아진다면 정말 버틸 수 없을 것이다.

르니아의 금방이라도 울 것 같은 얼굴을 마주한 아스난이 고개를 저었다.

"말하지 않을 거다."

그리고 침묵 끝에 뱉었다.

진심이었다. 저 사실을 다른 기사들에게 폭로해봐야 좋을 일은 없었다. 또한 말한다고 달라질 일도 아니었다. 유스카리가 제르에게 왕명을 내린 데엔 이유가 있을 것이다. 그 이유까지 관심을 가지기에는 그는 그다지 호기심 넘치고 진취적인 성격이 아니었다.

다만 억지를 써서라도 그녀로부터의 추방을 무시하려고 했던 결의는 이미 바닥부터 허물어지고 있었다.

"……진짜요?"

"그러니 답해보시오. 데바라네였소?"

"……진짜요?"

"그렇다고 했소. 진심으로."

아스난이 맥없이 고개를 끄덕이자 르니아가 슬슬 그의 눈치를 살폈다. 슬그머니 굴러다니는 눈동자는 충분한 답이었다.

삽시간에 귀를 붉힌 르니아가 몸을 돌리다가 돌연 아스난에게 달려들어 와락 그의 목을 끌어안았다.

"고마워요. 진짜. 고마워요. 진짜로. 진짜. 진짜. 믿을게요."

르니아가 발갛게 상기된 얼굴로 계속해서 말했다. 놀란 아스난은 침착하게 그녀의 작은 머리통을 잡고 밀어냈다.

'이 경망스러운 여자가.'

겪으면 겪을수록 제르와 르니아는 반대의 사람이었다.

노크 소리가 들렸다.

"주군, 계십니까?"

테일런이 돌아온 모양이었다. 르니아는 황급히 아스난에게서 떨어져 책상 옆에 자리를 잡고 섰다. 아스난이 마른세수를 하듯 얼굴을 비비며 나른히 대꾸했다.

"주군께서는 방에서 쉬고 계신다."

문을 열고 들어온 테일런이 심각한 표정으로 집무실 안을 훑더니, 아스난을 향해 말했다.

"주군이 방에 안 계셔서 이곳으로 온 겁니다만."

이윽고 르니아가 짧은 한숨을 내쉬었다.

파도가 하얀 거품을 일으키며 부서지는 소리에 마음이 한 줌 한 줌 쓸려 내려갔다. 다독이는 듯, 정신을 차리라며 고함을 치는 듯 느껴지는 파도 소리에 그녀의 곤두섰던 심경은 점차 가라앉았다. 짧은 해가 저물자 온 세상이 암암해졌다.

파도 소리는 밤바람에 뒤엉켜 어린 나뭇가지 부대끼는 소리처럼 사각사각 모래사장을 뒤덮었다.

데바라네. 한때 그녀를 둘러쌌던 지옥의 이름이었다.

아스난의 입에서 나온 이름은 그만큼이나 끔찍한 것이었다. 데바라네. 귀에 담는 것만으로도 스스로를 죽이고 싶을 만큼 미운 이름. 쥬세의 총비로서 얻은 데바람 왕실의 증명은 일생을 좀먹힌 무력함의 증거였다.

쥬세의 총비였으면서도 아무것도 하질 못했던 자신. 데바라네란 지고한 이름 아래서 세상 더할 나위 없는 비참한 삶을 살아야 했던 자신. 하나 잃고, 둘 잃고, 셋을 잃고.제르는 해변가에 옹송그리고 앉았다. 컴컴한 바다가 시야 한가득 들었다. 저 바다는 얼마나 깊은 이야기를 숨기고 있을까. 무엇을 감추고 있을까. 무엇을 속삭이고 싶어 이리도 뭍을 기어오르려 안간힘을 쓰나.

가만히 귀 기울이고 있으면 웃음소리처럼 들리기도 했다. 한참이나 먹색으로 물드는 파도를 응시하던 제르가 일어섰다. 미쳤다고 해도 좋다. 조금이라도 더 가까이서 듣고 싶었다. 엘지와 엔사가 까르르 웃을 때면 저리 웃었던 것 같다. 체렌시와가 근엄한 체 소리 죽여 키득거릴 때의 소리 같기도 했다. 들어본 적 없는 아기의 웃음소리가 그럴까도 싶었다.

잡고 싶었다. 저 파도를.

포근하게 밀려와 잔인하게 손가락 사이를 빠져나가는 파도를 떠나보내고 싶지 않았다.

테이는 금세 해가 저물어버린 바닷가에 엉덩이를 붙이고 앉아 있었다. 모래의 찬기가 올라와 엉덩이가 축축해지는 기분이 영 좋지 않았다. 적주홍빛의 눈동자를 살짝 가리는 적발이 바닷바람의 짠 기를 먹고 이미 뻣뻣했다.

바다는 이런 게 참 나쁘다.

'가서 좀 씻어야겠네…….'

몸을 일으키던 그가 엉거주춤 한쪽 다리를 움켜쥐었다.

"아야아."

듣는 이는 없었지만 자연스럽게 과장된 엄살이 샜다. 테이는 가느다란 눈으로 엉성하게 묶인 허벅지의 상처를 노려보았다. 레피스를 너무 일찍 돌려보낸 것이 잘못이었다.

'아파 죽겠네.'

하지만 멍청하게 강도를 당한 부상을 가지고 우는소리 하는 건 오히려 이쪽이 민망한 일이었다.

얼마간 저릿한 다리를 주물러 통증을 떨쳐낸 그는 몸을 곧게 세웠다. 그의 눈동자가 해변 길을 따라가면 나오는 기괴한 절벽 위의 숲으로 미끄러졌다. 시커먼 작대기들이 촘촘히 선 밤풍경이 썩 으스스했다. 바르티카의 숲이라고 했던가. 퀸시오의 도회지 내부에서는 요즘 일이 많은 듯한데, 이런저런 이유로 바닷가에 처박혀 있는 그에게는 그저 남 일이었다.

작게 귀퉁이가 드러난 퀸시오의 성은 불야성마냥 환했다. 테이는 기지개를 켰다.

"아, 여긴 진짜 추워서 안 되겠다."

그가 절뚝거리며 거처로 걸음을 옮겼다. 여행자의 신분이지만 퀸시오에서 장기 투숙할 작은 집을 하나 빌려둔 상태였다.

퀸시오는 어떤 의미로는 요양하기 좋고 한적한 동네였다. 추위가 좀 심하긴 하지만 바다가 얼 정도는 아니니까, 따뜻한 모닥불을 켜두면 그럭저럭 감내할 만한 곳.

아, 후카. 얼마간 걷던 그는 문득 어깨가 비었다는 것을 깨닫고 눈을 찡그렸다. 해변가에 후카를 두고 와버린 것이다. 입 안쪽을 잘근 씹으며 고개를 돌리던 그의 시선이 어느 한 곳에 멈추었다. 그의 눈매가 가늘어졌다.

"……어?"

신음은 아니었다.

'저게 뭐야.'

조금 전까진 분명 그 혼자였다. 아무도 없었다. 그런데 지금은 해변의 저 끄트머리에서 다른 사람의 그림자가 움직이고 있었다. 가느다란 인영이 모래사장으로 밀려드는 파도와 가까워진다. 그림자는 느릿느릿 걸었다. 어째서인지 멈추지 않았다. 팔짱을 낀 테이가 고개를 갸우뚱하며 그 상황을 희한타 지켜보았다. 어쩐지 예감이 좋지 않았다. 그러다 그림자의 무릎까지 바닷물에 잠겼을 때 그는 결국 젠장! 하는 짧은 욕지거리를 내뱉으며 절뚝절뚝 달려가기 시작했다.

"이 여자, 정신 나간 여자 맞네!"

누군가가 억세게 그녀의 팔을 붙잡아 당기자 제르가 발작하듯 몸을 뒤로 뺐다. 아무도 없던 바닷가에서 느닷없이 나타난 남자는 충분히 그녀를 놀라게 했다. 하지만 테이는 그녀가 놀라건 말건 알 바 아니라는 듯 고함도 아끼지 않았다.

"진짜 이 한겨울에 무슨 짓이야? 죽고 싶어도 사람 안 보이는 데서 죽어!"

테이가 쩌렁쩌렁 고함을 지르며 그녀의 손목을 비틀어 쥐었다.

"놓, 놓……!"

제르는 너무 놀라 비명조차 지를 수 없었다.

귀가 떨어질 듯 크게 지르는 고함, 손속을 두지 않은 악력. 그것은 사고의 정지로 이어졌다. 제르는 엄습하는 두려움에 뻣뻣하게 굳어 그에게 질질 끌려 나갔다.

그는 강제로 모래사장 위로 끌어다 내동댕이쳤다.

얼결에 끌려 나온 제르는 추위에 얼어붙은 다리를 끌어당기며 첨벙첨벙 물 밖으로 걸어 나오는 테이를 응시했다. 테이와 눈이 마주친 제르의 몸이 노골적으로 움츠러들었다.

아직도 테이에게 쥐였던 손목이 저리듯 아팠다.

"너, 진짜, 가지가지 하는구나."

테이가 옷자락의 물기를 짜내며 신경질적으로 쏘아붙였다. 제르는 퍼렇게 질린 입술을 꽉 끌어당겨 물었다.

그는 더는 제르에게 손대거나 난폭하게 굴지 않았다. 대신 젖지 않은 상의 외투를 벗어 던져 그녀의 젖은 다리를 덮어주었다. 제르는 거절하려다 그의 매섭기까지 한 눈빛에 말을 삼켰다.

"자살하려 했냐?"

"……아니."

"아니긴 무슨. 이 날씨에 물장구라도 치려고? 이 시간에? 자살이지 뭐야, 그게. 미친 여자면 미친 여자답게 머리에 꽃이나 달고 뛰어다닐 것이지."

정신을 놓았다는 것은 그녀도 부정할 수 없는 일이었다.

하지만 결코 죽으려고 들어간 건 아니었다.

그건 스스로에게 채찍질을 하는 한 가지 방편 중 하나였다. 그녀는 후회하지 않았다. 오히려 정신이 바짝 들어 만족스러웠다. 이 정도 추위, 통증, 못 이길 자신이 아니었다.

그녀는 서서히 정신을 차리고 눈에 힘을 주었다.

"너, 내가 누군지 알고……."

"아, 추워 미치겠네. 너 집 어디야?"

여지없이 그녀의 말허리를 자른 테이가 절뚝절뚝거리며 그녀에게 다가와 손을 내밀었다. 제르는 그제야 그의 다리가 성치 않다는 것을 깨달았다. 예전엔 멀쩡했던 다리가, 지금은 어째서 제대로 걷지도 못할 만큼 다쳤는지 모를 일이다.

"뭘 봐, 아가씨. 따라와. 데려다줄 테니까."

"……어딜?"

"너네 집이지 어디야? 너 지금 다 젖었는데 거기 계속 있다간 진짜 온몸이 동상 걸려서 황천 간다."

제르가 무심코 저 멀리 손톱만큼 작게 보이는 퀸시오의 성을 응시했다. 그녀의 시선을 어찌 해석한 것인지, 테이가 아연한 표정으로 중얼거렸다.

"너희 집 시가지에 있는 거야?"

"……."

"아, 너무 먼데. 그럼 그냥 따라와. 일단 우리 집으로 가."

제르는 절뚝거리며 뒤돌아서는 남자를 응시했다. 테이는 그녀에게 외투까지 던져준 탓에 거의 헐벗은 차림이었다.

그는 그녀를 제치고 얼마간 떨어진 해변에 이르러 바닥에 덩그러니

놓여 있던 후카를 들쳐 멨다.

"들어와."

그의 집은 자그마했다. 바닷가 근처의 자그마한 집. 남자 혼자 생활한다 믿을 수 없을 만큼 단출한 분위기였다. 침대 하나에 탁상 하나. 옷걸이엔 옷가지도 별로 없었다. 사람 사는 냄새는커녕 인기척도 없었고, 신발도 한 켤레뿐이었다. 그가 신은 신 하나.

"닦아, 아가씨."

그가 던지듯 건네는 수건에 제르의 미간이 좁아졌다.

"이 손, 왜 이래?"

수건을 받아드는 제르의 손을 가만히 내려다보던 테이가 그녀의 손을 낚아챘다. 제르가 소스라치게 놀라자 그가 노골적으로 인상 쓰며 손을 뗐다. 손바닥 곳곳에 작은 초승달 모양의 상흔이 가득했다. 손톱 자국이었다.

테이는 질린다는 듯 그녀를 바라보다가 "갈아입을 옷 줄 테니까. 갈아입어." 하며 어디서 가져온 건지 모를 헐렁한 셔츠와 품이 넓은 바지를 그녀에게 던졌다.

"내 것밖에 없어. 여자는 들이지 않았으니까. 여행 중이기도 하고. 뒤돌아 있을 테니 갈아입어. 치마는 저기 벽난로 앞에다 좀 말리고."

부엌 쪽으로 향하는 사내의 뒤통수를 노려보던 제르가 작게 입술을 일그러뜨렸다.

선택의 여지가 없었다. 해가 완전히 저물어 바깥은 더 추워졌을 테고, 그녀는 이 꼴로 성으로 돌아갈 수가 없었다. 옷을 갈아입지 않고 그대로 간다면 가는 동안 다리가 얼어붙어 동상에 걸리게 될 터였다.

르니아나 다른 시녀들의 도움 없이 드레스의 끈을 끌러내는 것은 오랜만이라, 시간이 조금 오래 걸렸다.

"됐어."

헐렁이는 긴 옷자락을 허리 아래 두른 제르가 젖은 옷을 벽난로 앞 의자에 걸었다.

테이는 양철로 된 주전자를 가져왔다. 주전자 안엔 우유가 담겨 있었다.

그는 벽난로 위 꼬챙이에 주전자를 걸어 덥혔다. 그 또한 이미 옷을 갈아입은 후였다. 테이가 노골적으로 신음 소릴 내며 의자에 풀썩 엉덩이를 붙이고 앉아 부상당한 다리를 길게 폈다.

"아아. 짠물에 닿아서 아파 죽겠네."

"그럼 죽든가."

얄미운 속내가 훤히 보여 제르는 도리어 청개구리처럼 중얼대며 고갤 돌렸다.

테이의 눈살이 찡그려지는 게 보였지만 상관없었다. 연신 투덜대며 뱁새눈을 하던 테이가 몸을 뒤로 돌려 모래가 낀 후카의 줄을 퉁퉁 퉁겨 털어내기 시작했다. 몸에 배어 있던 바다 내음이 테이라는 남자 특유의 분위기 속에서 희석되어 사라지는 것 같았다. 물끄러미 그를 바라보던 제르가 무심코 중얼거렸다.

"……넌."

그녀는 시선을 옮겨 좁고 허름하지만 따뜻한 방 안을 살폈다. 참 사람 사는 분위기 나지 않는 허전한 집이었다. 금발의 사나운 남자와 자그마한 악공 꼬마 아이가 저 남자의 일행이었다는 것을 떠올린 제르가 무심한 어조로 물었다.

"네 일행들은?"

"아아, 레피…… 으으엣취! 아니, 레이스는 해고. 고향으로 돌려보냈어. 너무 건방져서 영 옆에 둘 맛이 안 나더라고. 이 시골 촌구석에서 위험한 일이 있을 것 같지도 않고."

"……."

그녀가 그의 부상당한 다리를 응시하자 그가 재빠르게 반복했다.

"이건 내가 실수해서. 어쨌든. 내 애제자는 대신 맡아 길러줄 사람을 찾아 보냈어. 저 시내 광장 노부부 댁이야. 이게 궁금한 거라면……."

"너는 떠돌이 악공인가?"

"……뭐, 그렇다고 하자. 딱히 직업이라 할 만한 건 없으니. 그나저나 이 아가씨가 드디어 생명의 은인한테 관심을 보이시네. 안 그랬으면 서운할 뻔했어."

곧 우유가 보글보글 끓었다.

테이는 멀찍이 부엌에 컵을 두고 왔다는 걸 깨닫고 야속한 듯 제 다리를 응시했다. 제르가 먼저 반응을 보여주길 바라는 눈치였지만 제르는 딱딱한 침상의 끄트머리에 기대어 앉아 꿈쩍도 않았다.

결국 테이가 신경질을 부리며 일어서서 컵을 두 개 들고 돌아와 자리에 앉았다. 그가 곧 따뜻한 우유가 담긴 컵을 내밀었다. 제르는 우유를 몇 모금 들이켰다. 몸이 녹는 기분이었다.

테이가 유도하듯 물었다.

"이름이 뭐랬지?"

"네게 알려준 기억 없는데."

제르의 반응에 테이는 눈을 조프렸다.

"안 속네. 말해줄 생각은 있어, 아가씨?"

"전혀."

"나 참……. 뭐 이렇게 성격 이상한 여자가 다 있는지. 이거 하나는 더 물어보자. 너 세상 살기 싫냐?"

그가 빈정거리며 우유를 두 잔째 따랐다. 그러곤 제르에게 턱짓했다. '너도 한 잔 더?' 제르가 고개를 저어 거절했다.

"죽을 생각 없었대도."

"이 날씨에 바닷물에 들어가면 죽어. 정말 한 잔 더 안 할래?"

"죽을 생각 없었어. 안 마셔."

"생각이 없었어도 죽는다니까. 우유보다는 술이 더 좋은가 보지?"

"신경 꺼."

제르가 그를 노려보며 일갈했다.

서슬 퍼런 눈빛에 테이 또한 기분이 적잖이 상한 모양이었다. 하지만 그러건 말건, 제르는 테이의 손에 들린 후카만 응시하고 있었다. 가만히 그녀의 시선을 따라 고갤 돌리던 테이의 입가에 장난스러운 웃음이 번졌다.

"음악 좋아해?"

"썩."

썩 좋다는 건지, 썩 좋아하는 편은 아니란 건지.

테이가 혀를 쯧 찬 후 후카를 고쳐 쥐었다.

"노래 한 곡 들려줄 테니 이름 알려줄래? 내 실력 꽤 좋거든."

제르가 우유 컵을 내려놓은 후 팔짱을 끼더니 고개를 삐딱하게 기울이며 웃었다.

"내 귀는 네 생각보다 수준이 높다."

테이는 제르의 얼굴 위로 번진 가벼운 미소에 저도 모르게 따라 웃었다. 초라하고 우울하기만 한 얼굴의 여자라고 생각했는데.

"역시, 비웃어도 웃는 게 예쁘네. 아가씨는."

"……."

그가 덧붙였다.

"반응이 왜 이래? 칭찬을 하면 칭찬으로도 못 듣는 이상한 애구나, 너? 뭐, 어쨌든. 괜찮다면 연주해줄게. 어차피 네 옷도 말려야 할 테니까 그동안…… 뭐가 좋을까. 아, 그래. 네가인 오렐라를 듣고 싶어 했던 것 같던데."

그가 줄 위에 손끝을 얹었다.

곧 낡은 악기 위로 한 서린 소리가 피어났다.

제르는 노곤한 시선으로 그의 손끝을 응시했다.

줄 위를 노니는 남자의 굳센 손가락이 생각보다 유연했다. 문득 저 자의 손이 자신을 움켜잡았던 순간의 악력이 떠올라 온몸에 소름이 돋아 올라왔지만, 곧 자장가 소리에 함께 잠들었다. 어느새 침묵은 오그라들고, 음악 소리는 부풀어 올랐다.

네가인 오렐라.

자장가.

어린 동생들에게 줄곧 불러줬던 별것 아닌 음악이었다. 사금을 탈적에 줄곧 연주했던 귀에 익은 음악이었다. 두껍고 낮은 후카의 음색이 자장자장 아버지의 품처럼 그녀를 감싸 안았다. 온 신경의 긴장이 풀리는 기분이었다. 썩 나쁘지 않은 연주구나. 그리 중얼거리려던 그녀가 눈을 감았다.

몸이 녹고, 따뜻한 우유에 기분이 풀렸다. 그에 음악 소리까지 더해지니 그야말로 신경이 녹아내려 그대로 잠이 들 것 같았다.

연주를 끝낸 테이는 아주 조심스럽게 후카를 바닥에 내려놓고 슬그머니 그녀의 얼굴 앞에서 손바닥을 흔들어보았다. 반응이 없는 걸 보니 확실히 자는 모양이었다.

경계란 경계는 저 혼자 다 하더니, 이게 뭐란 말인가. 깨워야 하나. 하지만 깨운다 해도 그녀의 옷이 다 마를 때까지 그녀는 이곳에 있어야 했다. 가만히 여자의 얼굴을 들여다보던 테이는 여자의 가는 목이 꺾일 듯 기울어 있는 것을 발견하고 조심스레 그녀의 옆으로 자리를 옮겼다. 그러고는 아주 세심한 손길로 그녀의 머리를 들어 제 어깨 위로 기대었다.

"……잘도 자네."

그는 눈동자만 내려 쌔근쌔근 잠든 여자의 곧 부러질 듯한 팔을 응시했다. 여자의 손목, 손바닥은 온통 손톱자국투성이였다. 물론 그녀에겐 그녀 나름의 사정이 있을 터다. 테이 자신에게도 커다란 사정이 있는 것처럼. 그럼에도 불구하고, 곱게 자란 듯 보이는 여자가 왜 저렇게 해묵은 흉터들을 달고 사는 건지, 왜 이곳에서 홀로 길을 잃고 헤매는지 궁금한 건 어쩔 수 없었다.

괜히 기분이 이상해졌다.

테이가 슬그머니 제르의 손끝을 건드려보았다. 여자의 손가락은 미모사처럼 즉시 움츠러들었다. 깨어 있을 때나 잠들어 있을 때나 한결 같은 여자였다.

이대로 여자가 깨어나면 어떻게 될까. 다른 여자들처럼 놀라 얼굴을 붉히거나, 고맙다거나, 미안하다거나 인사를 건넬 것 같지는 않았다. 테이는 반대편 팔을 살살 뻗어 제르의 드러난 발목을 조심스레 감쌌다. 몹시 차가웠다. 그는 곧 바닥에 떨어진 담요를 조용히 끌어다 그녀의 발을 덮었다.

살짝 몸을 기울인 그의 귓가로, 여자의 자그마한 중얼거림이 들렸다.

"……뤼민…… 느."

무슨 꿈을 꾸고 있는 걸까. 장난기가 솟아났다.

"뤼민느가 뭐야?"

하지만 여자는 대답 대신 잠결에 미소 지었다. 귀한 웃음이었다. 쌔액쌔액 흐르는 여자의 숨소리에 맞추어, 테이의 심장이 뛰었다.

제르가 공식적으로 성 안에 없다는 것이 확인된 지 한 시간째였다. 혹시나 하여 찾아본 데를 또 찾아보고, 또 보고, 또 보고. 벌써 수 시간째였다. 그 와중에 정신없는 틈을 타서 쇼하인의 기사들이 수작질을 벌이고 있다 한다. 도대체 다들 왜 이러는 건가. 아스난이 아득한 기분으로 머리를 감쌌다.

누굴 탓할 계제도 아니다. 애초에 자신이 자리를 비우는 게 아니었다. 정신이 없었다곤 하지만 제르의 옆자리를 떠나 있는 게 아니었다. 하지만 자책감이 굳어지고 커질수록 노여움도 함께 치밀었다. 벌써 몇 시간째. 도무지가 생각이라는 걸 하고 사는 건지. 분명 사람이 부족하고 재원이 넉넉하지 않다고 말을 했는데도, 이런 헛짓거리 수색에 시간과 돈을 쏟아붓게 하는 여자를 대체 어찌하면 좋은가.

속에서 열이 끓었다.

그리고 그건 테일런도 마찬가지였다.

"제가 급히 수색대를 편성해 성 밖을 수색하겠습니다."

"더 이상 수색대를 편성할 여력이 없다."

"어떻게든."

"알아서 해."

한참이나 아스난을 노려보듯 흘긴 테일런이 몸을 돌렸다. 힐난의 눈빛이 확실했다.

테일런이 사라진 지 얼마 지나지 않아, 외부 순찰 임무를 나갔던 페이랑이 소식을 들은 건지 아연한 표정으로 달려왔다.

"무슨 일이 있었습니까?"

페이랑은 아스난과 눈이 마주치곤 깜짝 놀랐다.

"……에, 엘보르트 경?"

평소의 그가 아니었다. 늘 감정을 추스르던 한 남자의 얼굴에 뒤덮인 만면한 노기.

"내가 자릴 비웠다. 혹 그런 일이 있어선 안 되겠지만, 주군이 자의로 사라지신 것이 아니라 납치를 당하셨을 가능성도 배제할 수 없으니 수상한 자들을 모조리 잡아들여 조사해라."

지금은 쇼하인 기사들까지 들이닥쳐 평소보다 배는 어수선한 분위기였다. 페이랑이 질린 얼굴로 심심찮게 눈에 띄는 쇼하인령의 기사들을 돌아보았다. 아스난의 눈도 사납게 쇼하인령의 기사들에게 향했다.

테일런은 그대로 마구간으로 달려갔다. 손이 남은 몇 병사들이 허둥지둥 말을 몰고 쫓아 나왔다.

'왜?'

막 말을 내달리려던 그가 넋을 놓고 섰다.

"클로이스 경?"

뒤따르던 기사의 음성이 조심스레 그의 뒷목을 두드렸다. 그러나 테일런은 미동도 보이지 않았다. 성 문 저편의 정경. 언제나와 꼭 같은 풍경인데, 저 밖 어딘가에 제르가 있을 터인데, 어디인지 모른다는 생각에 마치 미로처럼 아득해 보였다.

'왜?'

한참을 멈춰 서 있던 그가 곧 자답했다. 아르노만이 그녀를 잘 보필하라 했기 때문이다.

그는 아르노만을 위해 한평생을 바치기로 마음먹은 몸이다. 그의 명을 위해서라면 무엇이든 할 수 있었다.

그는 엄청난 속도로 말을 몰아가 성문을 빠져나갔다.

르니아는 제르가 성 밖에 있음을 알고 미련 없이 성 밖으로 나섰다. 검술, 독극물학, 약제학, 검술, 가사 등의 시종으로서 어느 것 하나 못하는 것 없는 그녀가 할 줄 아는 또 하나가 있었다. 수색이었다. 그녀는 대강 짐작으로도 제르의 행방을 가늠할 수 있었다. 사실 이번 일은 수색 능력을 필요로 할 일도 아니었다.

제르가 자주 홀로 나와 있던 바닷가에 이른 르니아가 사위를 면밀히 훑었다. 어둠 속이라 제대로 보이지 않았다. 아마 제르가 나왔다면 이 근방일 것이다. 혹시나 그녀를 놓칠까 눈에 힘을 주었다. 인적은 없었다.

르니아는 천천히 걸음을 옮겼다. 그녀의 허리에 동여맨 두 자루의 검이 걸음을 따라 덩달아 흔들렸다.

테이는 제르를 침대 위로 옮겨둔 후에야 제 상처를 돌볼 수 있었다. 내색은 않았지만 흉기에 깊이 파인 상처에 바닷물이 들어가는 바람에 아주 죽을 맛이었다. 붕대를 다시 한 번 감기 위해 막 천을 꺼내던 그는 생각을 바꾸었다. 작은 세면실에 들어가 미리 받아둔 물로 등목하듯 몸을 씻어낸 그는 젖은 몸을 꼼꼼히 닦은 후 깨끗해진 상처 부위를 만족스레 바라보았다. 대충 걸친 가운 아래로 드러난 다리에 둘둘 붕대를 감고 나니 제법 그럴듯했다.

이 상처는 또 얼마나 가려나. 그가 혼잣말로 중얼거렸다.

'아, 추워.'

툭툭 머리를 털며 방으로 돌아온 테이는 침대 위에서 죽은 듯 잠든 여자를 응시했다. 잘 곳을 빼앗긴 셈이 되었지만 불쾌하지는 않았다. 저 여자에겐 양보해도 괜찮을 것 같다.

그가 협탁 위 등불을 꺼주었다. 방 안은 삽시간에 어두워졌다. 그는 두어 번 눈을 깜빡인 후 현관으로 다가가 작은 초를 두어 개 켰다.

바스락. 현관 앞에서 어떤 인기척이 느껴졌다. 테이가 고개를 들었다. 유심히 보니 두껍게 난 창 너머로 어떤 자그마한 그림자가 바짝 드리워진 것이 보였다.

'이 시간에 누구지?'

밖엔 설상가상 눈까지 내리고 있었다. 제법 거세다.

'……'

언뜻 비치는 실루엣이 여자였다. 테이가 문을 열기도 전에 현관문이 끼이익 소릴 내며 열렸다. 분명 잠갔는데? 위기감을 느낀 테이가 즉시 팔을 뻗어 현관 옆에 세워두었던 긴 막대기를 움켜쥐었다. 그러나 찬 바람과 함께 밀려든 칼이 먼저였다.

"누구……."

머리 두 개만큼은 작은 여자였다.

코끝이 발갛게 물든 갈색 머리의 살쾡이 같은 여자가 잘 벼린 칼날을 들이밀었다. 여자는 흥분한 것처럼 보였다.

"어디에 있어?"

바로 목울대를 짓누르는 칼날에 테이가 숨을 들이켜며 상대를 진정시켰다.

"뭘 말하는 건지 모르겠는데. 강도질을 하려 했다면 집을 잘못 택했다. 값나갈 만한 게 아무것도 없거든. 나도 여행객이야. 임대한 집이라 기물도 변변한 게 하나 없다."

"누굴 속이려 들어?"

르니아는 확신에 찬 어조로 쏘아붙였다.

해안가를 따라 걸어 다니며 제르가 혼자 갈 만한 곳을 찾아다니던 르니아는 인근 주민의 도움으로 제르의 행적에 대한 실마리를 얻을 수 있었다. 검은 머리는 이곳에선 아주 눈에 띄는 특징이었기에 꼬리를 잡는 건 어렵지 않았다. 그리고 운 좋게 한 남자가 바닷가에서 제르로 보이는 여자와 논쟁을 벌이고, 끝내는 끌고 갔다는 이야길 들었다.

사실 이유 따윈 상관없었다.

논쟁 후 끌고 갔다는 말 한 마디로 르니아는 이미 꼭지가 돌아 있는 상태였다.

붉은 머리칼의 남자.

넉살 좋게 상황을 넘기려는 기색이 역력해 더욱 위장이 뒤틀렸다. 르니아가 그를 향해 검을 겨눈 채로 한 걸음씩 걸어갔다. 몰아치는 바람에 현관에 켜둔 촛불이 꺼졌다. 테이가 뒤로 밀려났다. 끼이이익. 문이 닫히는 것을 곁눈질로 보던 테이가 말했다.

"뭘 노린 건진 모르겠지만 소란을 피할 수 있다면 좋겠는데."

"불 켜."

"베지 않겠다고 약속하면."

"네 입에 이 칼을 쑤셔 박아주기 전에 움직여."

뒷걸음질한 테이는 곧 제르가 있는 침상 근처까지 다가가 협탁에 놓아두었던 등을 집어 드는 체하며 의식적으로 제르가 있는 침상을 가렸다. 르니아는 테이의 부자연스러운 행동에 눈을 가늘게 뜨다 침상 위에 누워 있는 한 그림자를 발견하고 눈빛을 바꾸었다.

"시……."

르니아가 제르를 확인하고 달려가려는 찰나였다.

르니아의 신경이 분산된 것을 기회 삼아 테이는 불을 켜는 척하다가 그대로 촛대를 크게 휘둘렀다.

'……!'

캉 거리는 소리가 났다. 세 가지로 갈라진 낡은 쇠촛대가 순식간에 르니아의 검을 고정시켰다. 테이의 손에 쥐인 촛대가 몸신을 빙글 돌리는 순간 검 자루는 르니아의 손아귀를 벗어났다. 검이 바닥으로 떨어지려는데 테이가 팔을 뻗어 아슬아슬하게 그것을 잡아냈다.

"이게……!"

르니아가 팔을 휘둘렀지만 그 또한 아주 쉽게 막혔다. 놀란 르니아와 눈이 마주친 테이가 씽긋 웃으며 그녀의 다리 사이에 발을 걸었다. 르니아가 중심을 잃고 기우뚱 기울어졌다.

'이놈 뭐야?'

예상치 못한 반격에 놀라 휘청한 사이 르니아는 이미 그의 손아귀 안이었다.

"쉬잇. 조용히."

테이가 절묘하게 그녀가 완전히 바닥으로 넘어지기 전 그녀의 양팔을 잡아당겼다. 르니아는 얼결에 바닥에 다소곳이 누운 채로 눈만 끔뻑였다. 예비로 가지고 있던 다른 검 한 자루도 어느새 그의 손아귀에 있었다.

붉은 머리칼의 사내가 마치 품평이라도 하듯 쥔 제 다른 검을 발견한 르니아가 무어라 소리치려는 순간.

그가 중얼거리듯 말했다.

"이 직인이 위조가 아니라면 데바람에서 가져온 건가?"

"뭐?"

"이거 데바람 대장장이의 직인 아니냐고."

르니아가 깜짝 놀라 눈을 휘둥그레 떴다. 노엘 존의 직인에 대해 아는 사람이라니. 데바람에서 보낸 자객일 수도 있겠다 싶은 생각에 그녀의 주먹에 힘이 들어갔다. 아는지 모르는지, 테이는 아무래도 좋단 듯 검을 살피는 데 열심이었다.

"……사람한테는 다리가 있단 말이야?"

"응?"

르니아가 있는 힘껏 그를 걷어찼다. 윽! 르니아의 발길질을 얻어맞은 테이가 그대로 앞으로 고꾸라졌다.

4층 높이의 성벽도 뛰어다니는 튼튼한 다리가 걷어찬 부분이 하필이면 장골의 바로 아랫부분이었다. 저릿한 통증을 이기지 못한 테이가 옆으로 엎드려 몸을 움찔거렸다.

"이 미친 바닷가 여자들이…… 진짜…….."

어느새 르니아의 검이 그의 뒷목을 짓누르고 있었다.

"이 미친 새끼야. 너야말로, 뒈져볼래?"

선득한 살기에 테이의 등에 오싹한 소름이 돋아났다. 테이는 결국 반항을 포기한다는 표시로 천천히 양손을 들어 보였다.

침대로 다가간 르니아는 제르가 단순히 잠든 것이란 걸 확인하고 그에게로 되돌아왔다. 테이는 묶인 손목으로 쑤시는 허벅지를 두드리고 있었다. 평생 겪어도 겪을까 말까 한 수모를 이번 퀸시오에서만 두 여자들에게 사이좋게 당하고 있었다.

수모란 수모를 다 겪은 것은 물론이거니와 오늘 밤 잠은 다 잔 셈이다.

곧 르니아가 봉박했던 끈을 끊어냈다. 테이는 저린 손목을 툭툭 털었다.

"항복한 투항자를 이렇게 막 대하는 건 대체 무슨 예의냐?"

"투항자한테 잘 대해주란 법은 어딨는데?"

"데바람도 우리랑 비슷하다고 생각했는데, 아니었어?"

르니아가 모르쇠로 일관하며 팔짱을 꼈다.

"이건 또 무슨 소리야?"

테이가 어깨를 으쓱하며 능청스레 말을 이었다.

"저 여자도 데바람 사람인가? 저 여자를 찾으러 온 거야?"

푹 잠든 제르를 턱으로 가리키며 물었다.

"그만 나불거리는 게 좋을걸? 근데 너야말로 어떻게 데바람의 직인을 알아?"

"견식이 넓으니까 알지. 사실 긴가 민가 했는데."

"……넘겨짚는 게 취미냐?"

르니아가 이를 드러내자 테이가 넉살 좋게 웃으며 손을 저었다.

"아, 됐다, 됐어. 말을 말지. 하나는 바다에 뛰어든 걸 건져줬더니 고마운 줄도 모르고, 하나는 난데없이 나타나 공격하질 않나, 괴롭게 하네."

"……바다로 뛰어들어?"

"바로 조금 전에. 내가 내버려뒀으면 얼어 죽었을걸. 둘이 아는 사이인 거 같은데 이제 나한테 감사하지?"

르니아의 얼굴에 떠오르는 당황을 읽어낸 테이는 괜스레 뻐근한 턱을 어루만지며 남 일이란 듯 심드렁히 경고했다.

"조심해. 저 여자 수틀리면 죽을걸."

"웃기지 마. 못 죽어. 그리고 우리가 죽든 살든 네 알 바 아니잖아."

테이는 지나치게 당돌한 르니아의 대꾸에 눈을 조프렸다. 그러나 그가 무어라 덧붙이기도 전 르니아가 경고했다.

"2세가 보기 싫다면 계속 지껄여, 평민. 잘라버릴 테니까."

"……뭐?"

테이는 큰 웃음을 터뜨리다가 제르가 뒤척이자 황급히 입을 막았다. 그러나 그는 웃음을 그치지 못하고 바닥을 데굴데굴 구르며 어깨를 들썩였다. 르니아가 노골적으로 미간을 찡그렸다.

"웃어? 웃겨?"

테이의 눈꼬리가 부드럽게 휘었다. 한참 후에야 웃음기를 삭인 그의 음성이 여유롭게 소곤거렸다.

"어어. 내가 살면서 들어온 말 중 최고로 웃긴 말이었어."

이튿날 제르는 낯선 방에서 정신을 차렸다. 자그마한 창 밖은 온통 설경이었다. 간밤에 또다시 폭설이 내린 모양이었다. 쨍쨍한 햇빛이 하얗게 부서져 눈이 부셨다.

사실 카르시타의 땅에 든 이후, 특히나 퀸시오의 성으로 들어간 이후로 제대로 잠을 잔 적이 거의 없었는데, 오늘은 잠에서 깬 기분이 몹시 상쾌하고 개운했다.

'여기가…….'

꾸밈없이 허름한 풍경에 한때 머물렀던 낡은 바닷가의 집으로 되돌아온 기분이었다. 그녀는 곧 지난밤의 기억을 상기해냈다.

'아, 그자의…….'

고개를 두리번거려보지만 어찌 된 일인지 붉은 머리의 남자는 보이지 않았다. 그 남자와 함께 있을 때는 그리 좁게 느껴졌던 집이, 썩 휑했다.

"르니아."

주위를 훑어 살피던 제르는 곧 낡은 탁자에 기대어 꾸벅꾸벅 졸고 있는 르니아를 발견했다. 조금 놀랐지만 제르는 우선 침대를 벗어나 드레스부터 확인했다. 다행히 잘 말라 있었다.

"옷부터."

잠에서 깬 르니아가 잠결의 정신으로 일어나 그녀를 돕기 시작했다. 르니아의 도움 덕에 수월하게 옷을 입을 수 있었다.

"그 남자는?"

"하암, 새벽에 어딘가로 가던데요."

상황이 어찌 된 건지, 르니아가 왜 여기 있는 건지는 몰랐다. 하지만 지금 당장 중한 건 사정이 아니었다. 아무 말도 없이 성 밖으로 나온 것이 마음에 걸렸던 탓이다.

낯선 자의 집에서 이리 편안한 밤을 보냈다는 것이 스스로가 놀라웠다. 제르는 경솔했던 지난밤의 자신을 내심 책망하며 입술을 매만졌다. 흘러내리는 머릴 쓸어 올린 그녀는 마지막으로 주변을 둘러보았다.

지난밤 남자가 켜던 악기는 벽난로 옆 바닥에 놓인 채였다.

제법, 썩, 그래, 사실 많이 괜찮은 자장가였다.

"아, 맞아…… 시나와 님, 어서 가보는 게 좋을 거 같아요. 지금쯤 성 안이 한바탕 뒤집어졌을걸요. 어젯밤에 제가 나왔을 때만 해도 난리도 아니었거든요."

그럴 것이다. 하지만 그들이 화를 내건, 걱정하건, 찾아 헤매건, 사실 그녀가 알 바 아니었다. 미안함도 없었다.

"가자."

문밖으로 나서며 그녀는 붉은 머리 남자를 기억 속에서 지워내기로 결심했다.

테이는 지붕의 굴뚝 옆에 앉아 그녀들이 소리 없이 떠나는 모습을 지켜보고 있었다. 눈 쌓인 지붕의 한기보다 저 여자들이 더 무서웠다. 그녀들이 조금만 몸을 돌려 위를 바라보았다면 필경 눈이 마주쳤을 터다. 하지만 여자들은 뒤돌아보지 않았다. 미련도 없이.

테이의 턱이 비스듬 기울었다.

"……흐음……."

끝까지 뒤도 돌아보지 않는 검은 머리의 여자에게 약간의 서운한 감정도 들었다. 이름을 듣지 못한 것이 아쉬움이라면 진한 아쉬움이었다. 하지만 여행지에서의 추억이라면 이 정도가 적절할까.

문득 미모사처럼 오그라들던 여자의 가느다란 손가락이 떠올라 테이는 무의식적으로 깍지를 꼈다.

인정해야 했다. 저 두 여자는 여러 가지 의미로 인상 깊었다.

'아…… 또 생각났잖아.'

테이가 입가를 떨며 웃었다. 앞으로 깍지를 낀 채 팔을 쭈욱 폈다.

평민이라니. 여태까지 들었던 말 중 최고로 웃긴 말이었다. 뒷말은 좀 무서웠지만.

'재미있는 밤이었어.'

에들렌이 곧 퀸시오에 당도할 것이다. 아니, 이미 와 있을지도 모른다. 더 오래 뭉그적거리다간 자신이 이곳에 와 있다는 것이 유스카리의 귀에 들어갈 테고, 곤란해질 것이다. 게다가 소블란, 이 미친 계집이 친 사고의 수습을 위해서라도 어쩔 수 없이 본분으로 돌아가야 했다. 상황은 이제 에들렌이 얼마나 재빠르냐에 달렸다.

'굼벵이 같은 녀석.'

어느새 여자들은 시야 밖으로 사라졌다.

어쩐지 아쉬워서, 그는 한참을 그녀들이 사라진 방향을 바라보았다.

❦

자신을 찾아다니느라 바빠야 할 기사들이 성 안쪽 입구 쪽에 옹기종기 모여 있었다.

제르는 멀건 대낮부터 검을 빼들고 선 이들을 눈으로 헤아렸다. 좌변은 퀸시오의 기사, 우변은 쇼하인 공작령의 기사였다. 성 안에서 전투라도 벌일 요량이었던지, 서로를 노려보는 눈빛이 범상하지 않았다.

"주군!"

테일런이 달려왔다. 그의 얼굴에 안도가 스치는 걸 발견한 제르는 기이한 기분에 사로잡혔다.

"주, 주군? 어디 계셨던 겁니까!"

"오셨습니까아아아! 주군!"

파리한 안색으로 안절부절못하고 있던 페이랑과 소우로 또한 뒤늦게 그녀를 발견했다. 퀭한 얼굴, 추운 날씨에 땀에 흠뻑 젖어 모두 꾀죄죄한 모습이었다. 아스난 또한 상황은 크게 다르지 않았다. 간밤에 얼마나 고생을 한 건지 항상 단정하고 깨끗하던 검은 제복마저 온통 구김으로 가득했다.

제르는 그들을 모두 백안시하고 아스난과 에들렌에게로 시선을 고정했다. 열 걸음 남짓 떨어진 곳에 마주본 채 서서 대치 중이던 그들은 그녀와 눈이 마주치자 자세를 바로 했다.

잠시 후, 아스난이 다가왔다. 그가 제르의 세 걸음 앞에 섰다. 제르가 냉정한 목소리로 물었다.

"설명해라. 지금 쇼하인가의 기사들과 무얼 하고 있었나?"

아스난은 한숨을 삼키듯 입술을 그러모았다가 반걸음 비켜섰다. 에들렌이 말을 받았다.

"간밤 부재하셨다 들었습니다."

"지금 내 성에서 검을 꺼내어든 게 아라산의 기사들인가?"

에들렌이 기사들을 향해 손을 휘저어 내리자 기사들이 천천히 검 끝을 내렸다. 퀸시오의 기사들 또한 저들끼리 눈짓을 주고받으며 기세를 죽였다. 제르가 쏘아붙였다.

"내 잠시 출타한 사이 제멋대로 휘저어놨나?"

"출타이셨습니까?"

아스난이 끼어들었다. 제르의 표정이 사나워진 것을 발견한 에들렌이 어설프게 그를 변호했다.

"왕하, 그런 것이 아니라, 약간의 오해가 있는 듯합니다. 왕하께서 갑자기 사라지셨다는 말에 저는 그저 도우려고 했을 뿐입니다."

"사실인가?"

아스난이 보고했다.

"렐딘으로부터 보고를 받았습니다. 주군이 말도 없이 사라지셨기 때문에."

그가 잠깐 말을 끌었다.

"절차대로 성 안을 봉쇄하고 수색을 시작했으며, 주군의 수색을 위한 병사와 기사를 제외한 다른 모든 이의 출입을 통제했습니다. 그런데 쇼하인 공작 대리께서 군사를 물리십사 하는 제 당부를 무시한 채 군사를 움직였습니다."

"그래서?"

"공작 대리께서는 자작령이 독립령인 것을 간과하신 채로, 공작령의 위세를 빌어 저희 기사들에게 무력을 행사하겠다 하셨습니다. 저는 자작령의 법규를 말씀드렸습니다. 그리고 공작 대리께서는 저의 그런 조처를 무례라고 규정하셨고 주군이 오셔서 시비를 가리기 전까지 공작의 권한을 발휘하시겠다 하셨습니다."

에들렌의 얼굴에 난처함이 떠올랐다.

"사실과 같나? 공작 대리."

"저는 왕하의 실종 소식에 놀란 마음뿐이었습니다. 부족한 군사들로 막무가내의 수색을 하는 것보다 철저히 훈련받은 아라산의 기사들을 수색 작업에 포함시키는 것이 좋다 판단했을 뿐입니다. 부디, 왕하의 기분이 상하지 않으셨길 바랍니다."

제르의 미간이 좁아졌다. 성으로 돌아오자마자 이런 피곤한 상황이라니. 아스난과 눈이 마주친 르니아 역시 머쓱하게 듯 뒤통수만 긁적이고 있었다.

에들렌은 그것으로 그치지 않았다.

"저는 공작 대리로서의 권위를 무너뜨리려 한 에드하인다 경의 처우엔 상당한 불만을 가지고 있습니다."

"그래서?"

"손님으로 자작령의 성에 머무는 공작 대리를 멋대로 가둘 수 있는 권리는 일개 기사에겐 없습니다."

"그래서."

제르가 짜증 서린 목소리로 되물었다.

"그래서."

에들렌이 말을 하다 말고 제르를 응시했다. 그녀의 표정은 무표정했다. 지금 무슨 생각을 하고 있는지 당최 감도 잡히지 않았다. 제대로 듣기는 하는 건지도. 곧 제르가 손을 들어 에들렌의 입을 막았다.

"내 기사의 흠을 이야기하려는 거라면 그만두지. 더 할 말이 있나?"

"……아니…… 없습니다."

"심려를 끼친 데에 대한 사과는 따로 하지."

제르는 더 이상의 꾸지람 없이 묘한 눈빛으로 르니아와 자신을 살피는 에들렌을 스쳐 지나갔다.

"그래서 이 바쁜 와중에 예까지 따라 왔다는 건 내게 할 말이 있다는 거겠지?"

제르는 처음으로 그녀의 방까지 따라온 아스난을 돌아보며 말했다. 그녀는 시중을 들기 위해 따라 들어오려는 시녀들을 물린 후 그대로 탁자에 앉았다.

오는 내내 한 마디도 않으며 벙어리처럼 입을 다물고 있던 아스난을 훑던 제르가 말했다.

"용건이 없나? 경도 피곤해 보이는데, 그럼 가서 쉬는 건 어떤가."

곧 뒤따라왔던 르니아가 그들의 눈치를 보다 밖으로 나갔다. 아스난은 제르만 바라보고 있었다. 가만히 그의 시선을 받아치던 제르의 입가에 웃음 같은 호선이 그려졌다.

"의외로군. 하지만 화를 내는 방법이 잘못됐어."

"화를 내다니. 감히 제가 주군께 화를 낼 수 있겠습니까."

"비꼬는 거냐?"

"사실을 말씀드리는 겁니다."

"그럼 여기서 이렇게 입 다물고 서 있는 건, 또 내가 사라지기라도 할까 봐 서서 지킬 심산인 거고?"

아스난이 평소보다 힘겨운 목소리로 물었다.

"어디 다녀오신 겁니까?"

"알 것 없다."

"제 의무입니다."

"무게 없는 의무지."

제르는 그렇게 말한 후 외투를 벗었다.

그녀는 문득 자신이 테이의 겉옷을 가져왔다는 것을 깨달았다. 아스난은 남성의 것으로 보이는 것이 명백한 그녀의 외투로 잠깐 시선을 주었다. 곧 아스난의 입꼬리가 눈에 띄게 일그러졌다.

아스난은 처음 그녀를 만났던 때를 떠올렸다. 그때도 그녀는 의자에 앉아 오만하게 그를 올려다보고 있었다. 깊디깊은, 하지만 무감정한 시선. 사람을 사람으로 보지 않는 눈동자. 꼭 오늘과도 같았다. 시선을 내리던 그는 곧 제르의 발목이 약한 동상으로 붉게 변한 것을 발견하고 말했다.

"몸이 좋지 않으실 때 밖으로 나가셨습니다. 혹시 모르니 의원을 부르겠습니다.”

“환자 취급하지 마. 의원도 필요 없어. 호들갑 떠는 건 질색이야.”

“주군.”

“엘보르트 경, 성인군자인 척 굴지 마라. 경도 사람이다. 화가 난 것은 눈길만 줘도 알겠으니까 오늘은 그만 나가봐.”

꾹 주먹을 쥐고 있던 아스난이 참았던 말을 꺼냈다.

“어디에서 오셨든 주군도 사람입니다.”

막 머리칼을 쓸어 넘기며 그를 외면하던 제르의 고개가 서서히 돌았다.

아스난은 스스로도 어찌할 바 모르는 사람처럼 구겨진 얼굴을 하고 있었다. 그는 겉과 속이 꼭 같은 사람이었다. 너무나도 많은 일이 있었다. 제르가 사라지고 에들렌과 충돌하고 그녀가 돌아오고……

그녀를 홀로 두고 떠나 임무를 방기한 것은 자신이므로 사실 그녀에게 화를 내선 안 되었다. 하지만 그는 지금 넘쳐흐르는 감정을 주체할 수가 없었다.

잠을 자지 못해서도, 에들렌과의 마찰이 피곤해서도 아니었다. 그저 아주 기본. 그녀에겐 아주 기본만 바랐다. 주군으로서 보일 수 있는 최소한의 도의. 그러나 그녀는 미안한 기색 하나 없이 돌아와, 평소의 그녀처럼 굴었다.

그녀와 비슷한 나이인 출가외인 여동생도 저러지 않는다. 왕가에서 가장 말썽꾸러기라는 소문이 난 마르윈 왕녀도 저 정도는 아니었다.

“너희 같은 살인자들과.”

너희는. 너희가. 너희들이. 그녀의 말버릇이다.

하대는 당연한 것이었기에 그것을 이상하다 여기지 않았다. 하지만 그건 처음부터 그녀가 그들에게 주었던 거리감이었다. 그녀의 출신과 상황과 자신을 비교하면 이상할 일도 아니었다. 데바라네. 아직까지도 스스로가 했던 말이 실감이 나지 않는다.

소문만 무성했던 그 여자가 이 여자. 지금도 스물 중반 정도밖에 되지 않은 듯한 그녀의 일생이 돌연 눈에 그려졌다. 제 동생이 열댓 살 시절에 얼마나 철이 없었나. 제 동생이 땡깡을 놓으며 부모의 속을 썩일 시절에 그녀는 데바람의 총비였다. 또한 날 때부터 카르시타 인인 자신과 데바람의 총비였던 그녀 사이의 거리는 좁히려야 좁힐 수 없는 근간의 문제였다.

"날 같은 사람으로 여기지 마."

부러 매섭게 대꾸한 제르는 창백한 시선으로 아스난의 반응을 기다렸다.

순간 그녀의 저런 방어적이고 제멋대로인 태도가 안쓰러워 가슴이 쓰라렸다. 연고 없는 나라로 도망까지 쳐야 했을 여자의 심정을 감히 멋대로 짚어보았다.

아스난은 알았다. 퀸시오에서 이 기사들이 떠나고 나면 그녀는 진정으로 고립될 것이다. 그녀 스스로가 바라는 것이 그것일지도 모른다. 주제넘는 일일지도 모른다.

"당신을 돕고 싶습니다."

제르가 휘둥그레진 눈으로 그를 올려다보고 있었다. 아스난은 오늘을 그냥 보내지 않으리라 결심했다.

한참 후에야 그녀가 간신히 입술을 뗐다.

"……차라리, 내게 고함을 지르는 게 더 낫겠군."

"저는 주군께 화를 낼 수 있는 위치가 아닙니다."

“그것도 허락이 필요하다 말할 텐가?”

“그것과는 관계없는 일입니다.”

“명령이라도 해야 하나?”

“주군.”

아스난이 처음으로 노기를 드러냈다. 제르는 내심 놀랐지만 내색하지 않고 그를 직시했다.

“내 답은 한 가지다.”

아스난이 잠시 숨을 참았다.

“……진실로, 바라시는 것이 그것뿐이십니까.”

그의 낯빛에 떠오른 어떤 낌새를 알아차린 제르가 벌떡 일어났다.

“아니, 하지 마.”

“그럼 르니아 양 이상으로 제게 믿음을 두시겠습니까?”

“그만. 나중에 이야기하지. 난 우선 쉬…….”

제르가 막 자리를 피하려는 순간 귀청을 찢는 쇳소리가 방 안을 갈랐다. 검이 검집 밖으로 강제로 끌려 올라오는 소리였다. 제르의 움직임이 멎었다.

성큼성큼 그녀에게 다가온 아스난은 지극히 무덤덤한 얼굴로 천천히 한쪽 무릎을 꿇었다.

제르는 눈 시리게 고결한 검날 위로 비친 제 얼굴을 홀린 듯 응시했다.

의미는 명확했다.

사람을 죽이기 위해 날카롭게 겨눠진 것이 아닌 곧게 누워 있는 의미는. 제르의 표정이 서서히 허물어졌다. 그녀가 입술을 꽉 깨물었다.

“거둘 기회를 주겠다. 후회할 거야.”

"제 몫입니다."

"오기다."

"압니다."

그는 형형히 살아 있는 눈동자로 그녀에게 검을 받을 것을 강요했다.

"당신의 앞길 그 어떤 적이라도 저 당신의 무기가 되어 맞서며, 당신을 향한 믿음의 맹세로 저의 가장 소중한 검을 증표로 걸겠습니다. 부디 받아주십시오."

낡았지만 깨끗이 손질된 검 자루 위로 그녀의 손이 뻗다 멈추었다. 울컥하는 기분이 들어 한참 동안이나 숨만 쌕쌕거리던 제르가 다시 반복했다.

"후회할 거야."

아스난의 음성 또한 반복되었다.

"제 몫입니다."

르니아는 제르의 시중을 들기 위해, 페이랑은 아라산의 기사들에 관련한 소식을 전하기 위해 제르의 방문 앞에 있었다. 그들은 문에 찰싹 붙어 귀를 기울이고 있었다. 르니아의 정수리 위에 턱을 얹고 있던 페이랑이 딱딱 이를 떨었다.

"……어……."

"……에……."

짧은 신음 후 적막이 그들의 입술을 꿰었다. 르니아와 페이랑은 약속이나 한 듯 서로의 얼굴을 마주 보았다.

반쯤 넋을 놓은 듯 소처럼 큼직한 눈을 깜빡이던 페이랑의 얼굴이 서서히 경악으로 물들었다.

페이랑은 금세 한참이나 멍청하니 이만 딱딱 부딪치다가 아스난에게 용무가 있었단 것도 잊은 채 기사 숙소로 달려가기 시작했다.

페이랑이 고래고래 소리쳤다.

"했어! 했어! 했다고!"

렐딘은 막 고된 일과를 정리하고 샤워장에서 나오던 중이었다. 물기가 뚝뚝 떨어지는 머리칼을 수건으로 대충 말리던 그는 난데없이 고함을 질러대기 시작한 페이랑을 못마땅한 듯 흘겼다.

"무슨 일이오?"

"아스난 형, 아스난 형이!"

"엘보르트 경이 뭐 주군에게 하극상이라도 벌였나?"

렐딘의 뒤에서 나타난 소우로가 농담처럼 끼어들었다. 렐딘이 그에 "던함 경, 언행에 주의 하시는 게 좋겠소." 하고 짤막히 핀잔을 놓았다. 페이랑은 갑자기 얼어붙은 입술을 뻐끔거리며 침음했다.

"추…… 응."

"추?"

"추…… 으응, 추…… ."

충성 맹세, 그 네 글자가 입안에 걸린 듯 맴돌다 삼켜졌다. 페이랑이 곧 결연한 표정으로 심호흡한 후 빽 소리쳤다.

"충성 맹세를 하셨다고요!"

뚝. 뚝. 뚝. 물 떨어지는 소리만 울려 퍼졌다.

에들렌은 혼테와 논쟁을 벌이고 있었다.

정확히는 논쟁은 아니고, 혼테가 조금 전 있었던 에드하인다 가문의 기사와, 이곳의 여주군인 제르에게 화가 나 분노를 토해내는 것을 귀따갑게 듣고 있는 것이었지만.

"도련님, 이 일은 그냥 넘길 일이 아닙니다. 각하께 보고 드려야 합니다! 아무리 왕족인들 자작입니다! 자작이 공작 대리께 그런 식의 무례를 보인다는 건 소오시이인! 피눈물을 삼키고, 누우우운에! 흙이 들어갈지언정 용서할 수 없습니다!"

"자작이지만 왕족이야."

"하, 하, 하지마아안!"

"……혈통이 작위보다 더 위라고. 혼테, 모르지 않잖아. 그러니 진정 좀 해줄……."

"지난 반백 년간 소신의 미욱한 가문이 공작가를 섬기면서 겪어온 모든 수모를 기록한 비사가 있습니다! 그렇지만 그 어디에도 자작령에 발들인 각하께서 이런 수모를 당한 기록은 없습니다! 거기다가 그 기사는 고자아아악! 백작가입니다!"

"에드하인다 대백작이지. 베이하크 대백작가 다음으로 세력이 강한."

"그렇지만 도련님께서 이걸 그냥 넘기시면 그건 쇼하인 고오오옹작가의 위신에 흠집이이이!"

"워워, 잠깐만, 잠깐만."

에들렌은 머리가 아파오는 것을 느꼈다. 지금 알렉시스 찾기도 바쁜 마당에 속내가 뭔지도 모를 왕족이자 자작인, 특이 상황에 있는 여자와 다투고 싶지도 않았다.

그리고 실제로 혼테가 화내는 이유가 아스난이 에들렌에게 했던 "쇼하인 공작 대리께선 총명하시며 현안을 가지셨다 들었는데 실제로 보니 이렇듯 멋대로 구시니 쇼하인 공작 가문에 실망스러울 따름입니다."라는 그 한마디 때문인데, 그것 또한 혼테가 에들렌을 어릴 때부터 그를 돌봐온 이였기 때문이다.

표면적으로는 공작가의 위신이 어쩌고저쩌고 핏대를 세우지만 결국 자신이 안 좋은 말을 들었기 때문에 화를 내는 것임을 알기 때문에 역성을 들어줄 수는 없었다.

실제로 에들렌은 할 말이 없었다. 잘한 것도 없다. 이곳은 공작령이 아니고, 독립권을 인정받은 왕족의 자작령. 간밤에 제르가 없으니 대충 이들을 구워삶아 목적을 이루겠다는 반 억지 명분을 위해서 자신은 충분히 얼간이처럼 굴었고, 아스난은 그런 그의 모습에 실망했을 뿐이다.

어찌 되었건 지금 에들렌에게 중요한 건 가문의 위신 나부랭이 따위가 아니었다. 밀러가 들으면 버럭 고함을 칠 말이지만. 일단 자작이지만 왕족인, 도대체 어떻게 대해야 할지 알 수 없는 그 여인이 알렉시스의 소재를 알고 있는가였다. 만약 그렇다면, 왜 그녀가 입을 다물고 있는가? 알렉시스에 관한 정보를 흘린 것은 누구인가? 그녀가 알렉시스에게 누를 끼칠 인물인가? 모든 것을 다 고려해야 했다. 솔직히 골치 아픈 일이었다.

"혼테, 그 모욕에 관한 일은 일단 덮는 게 좋겠다. 쇼하인 공작가의 위신에 흠집이 나는 건……."

'뭐, 어쩔 수 없고. 어차피 작위를 승계하는 건 내 형님이니.' 뒷말을 삼킨 에들렌이 머릴 긁적였다. 생각 없이 뱉었다간 혼테가 목에 핏대 올려가며 "헤센 님으으은! 어쩌고저쩌고…….". 눈알이 튀어나올 만큼 꾸역꾸역 설교를 토해낼 것이 뻔했기 때문이다.

"왜 이렇게 무르십니까, 예? 도련님은 지금 각하으으의! 대리로 와 계신 겁니다! 도련님의 모욕은 공작님의 모욕과도 같습니드아아 아!"

"혼테, 네 충정은 잘 안다. 내가 어찌 모르나? 그렇지만 생각을 해봐라. 공작가와 왕족이 싸운다고 퀸시오에 이목을 집중시켜서, 지금 퀸시오 어딘가에 있을 알렉시스 님을 노출시키는 위험을 부담하라는 거냐? 제1 왕위 후보께서 호시탐탐 알렉시스 님을 해할 궁리만을 하고 계시는데."

혼테가 참기 어렵다는 듯 끄응 하는 소릴 내다가 휙 고갤 돌렸다.

"……그럼 꼭 언젠간 갚으셔야 합니드아아! 당하고만 살 수는 없습 니드아아!"

"그래, 알았어. 그러니까, 일단 급한 불부터 끄자."

에들렌이 더 이상 논하기 귀찮다는 듯 휘휘 손을 저었다. 그때 기사 하나가 다소 급하게 들어왔다. 기사의 얼굴에 활짝 꽃이 핀 웃음이 달려 있었다. 낭보가 온 것이다.

에드하인다 대백작가의 후계자인 아스난이 충성 맹세를 했다는 소문은 기사단 내에 일파만파 퍼졌다. 얼마나 빨랐느냐 하면 한 시간쯤 지나자 지나가는 병사들까지 그 이야기를 떠들 정도였다. 기가 막힐 지경이지만, 그만큼 충격적일 수밖에 없었다.

지난밤 제르가 사라지고 아스난은 누가 봐도 화가 난 상태였다. 제르가 돌아온 후에도 그 기세는 거둬지지 않아 내심 불안해하던 기사도 있었다. 그런데 난데없는 충성 맹세라니. 명예를 건 맹세라는 게 그리 쉽게…….

"오늘 저녁에, 식사 모임이 있을 테니 다들 참석하시라는 시나와 님의 명령이십니다."

유난히 기분이 좋아 보이는 르니아가 팔짝팔짝 뛰어다니며 기사단 숙소를 들쑤시고 다녔다. 소우로는 더 이상의 생각을 거부하겠다며 누워 때 아닌 낮잠을 자고 있었고, 테일런은 평소보다 심각한 얼굴이었다. 로렌은 좀 전까지 자릴 지키다가 잔뜩 구겨진 얼굴로 르니아가 오기 직전에 나갔다.

"아, 그렇지만 기사님들은 간단한 복장으로 오시라는 명령입니다. 지금 안 계신 기사분들께도 전해주시고요."

렐딘은 알겠소, 하고 대꾸했다. 그는 기사들 중 유일하게 충격받지 않은, 혹은 지금 회복 수준을 평균치까지 끌어올린 기사였다. 테일런은 평소보다 심각한 얼굴로 무언가 곰곰이 생각에 빠져 있었다.

"실례."

렐딘이 자리를 떠났다.

페이랑은 셸파에게 소식을 전하러 갔다. 하지만 셸파는 이야기를 듣고도 놀란 기색이 아니었다. 그의 미적지근한 반응은 페이랑에겐 실망스러웠다.

"엘보르트 경이 원하신 거라면."

"그게 다야?"

셀파가 고개를 끄덕였다. 확실히 아스난의 충성 맹세라는 건 중앙 귀족들이 알게 되면 필경 엉덩이를 들썩거릴 만큼 대단한 일이다. 지금 이리 변경에 좌천되어 왔다곤 하지만 그는 차기 에드하인다의 주인이었다. 아마 조금 과장해서 왕도의 귀족들은 '변방의 왕족이자 자작인 여자에게 에드하인다가 충성 맹세를 했을 때 얻을 수 있는 이득 100가지' 따위의 목록을 완성하려 들지도 모른다.

"네가 애매해지겠군."

"렐딘…… 헥터 경은 뭐 어쩌려는지 모르겠네. 문제가 좀 그렇잖아."

충성 맹세.

기사 서약은 왕과 맺는 쌍방의 계약이지만, 충성 맹세는 말 그대로 맹약이었다.

명예를 건 약속의 무게를 아스난이 모를 리가 없었다. 페이랑은 아스난의 행동에서 이번만큼은 납득할 만한 논리를 찾지 못했다. 기사들 중 가장 어리고, 그만큼 활기 넘치며 웃고 떠들기 좋아하는 그이지만, 그는 그 나름대로 제 잇속에 밝은 이였다. 차라리 소우로나 테일런이라면 이런 위화감 따위 없었을 것이다. 소우로야 워낙 자유분방한 사고방식의 소유자이고, 테일런은 애초부터 제르에 대한 반발심이 없던 유일한 기사였다.

'그녀를 보필하라는 것이 국왕 전하의 명령이라서?'

그런 이유로 움직인 건 아닐 것이다.

차라리 이참에 왕도로 돌아가면 그는 다시금 보장된 출셋길과 안락함과 백작으로서의 명성을 되찾을 수 있을 것이다. 어느 누구라도 왕도로 가는 것이 더 현명하다 이르리라.

하지만 아스난은 그런 것들을 저버렸다. 거기에 도대체 논리가 어디 있다는 거지? 제르가 그렇게 대단한 여자일까?

"말도 안 되는 일이야, 진짜."

"……그런가."

셀파는 낮은 음성으로 중얼거렸다.

의가 상한 쇼하인과의 관계를 회복하기 위한 조촐한 만찬이 열렸다.

하늘이 청명한 보랏빛으로 물들어갈 무렵이었다. 간밤에 눈구름이 모조리 땅으로 떨어져 시야를 가릴 것도 없이 맑았다. 아스난이 만찬장으로 향하던 소우로와 마주친 것은 우연이었다. 소우로는 길고 품이 넓은 바지에 부츠를 신고, 헐렁한 셔츠를 걸친 채였다. 아무리 간편한 복장을 하고 오라 했다지만 저건 좀 아니지 싶어 눈살을 찌푸리는데, 소우로가 먼저 그의 신경을 돌렸다.

"충성 맹세를 하셨다 들었습니다."

잠깐 멈춰 섰던 아스난은 다시 아무렇지도 않은 체 걸음을 옮겼다.

"그랬지."

"적선이라도 하려는 생각인 건 아닐 테고, 무슨 생각인 건지 다들 궁금해 하고 있어서 말입니다."

'적선'이라니. 무례가 지나쳐도 너무 지나친 이야기였다. 소우로는 그의 뒤를 느긋한 걸음걸이로 따라붙었다.

"이 추운 도시에 정이라도 붙이신 겁니까? 아니면 충성 맹세 하는 척하고 머물다가 때 되면 떠나시려는 생각이십니까?"

"던함 경."

반쯤 농담조의 그 말에 아스난의 표정이 굳어졌다. 소우로가 혀를 내밀며 산도적처럼 껄껄 웃었다.

"농입니다. 그리 무서운 얼굴 하시면 민망하잖습니까? 그저 궁금해서 그렇습니다. 살다 보면 이런 사람, 저런 사람, 이리저리 부딪치면서 부대끼는 경우가 많지요, 많아. 그게 사람 사는 섭리고 인연이고요. 하지만 경, 알다시피 죽어도 맞지 않는 상극인 사람이 있지 않습니까. 생각과 삶 자체가 다른 사람 말입니다. 그리고 제가 보기엔 경과 주군이 그러합니다."

"지금 무슨 말을 하고 싶은 건가?"

"경은, 경의 행동이 사감 때문이 아님을 확신하느냐는 말입니다."

페이랑이 그것을 유추하기 위해 노력한 것처럼, 소우로도 제 나름의 생각을 해보았다. 그리고 그 결론은 '사적인 감정'이 아닌가 하는 것이었다. 지극히 인간적인 감정. 만일 아스난이 한순간의 충동으로 충성을 맹세했다면, 분명 그는 후회할 것이다.

"못 들은 걸로 하지."

"주제넘은 말이지만 경은 주군에 대해서 얼마나 알고 계십니까? 무슨 생각을 하는지, 그분이 무얼 획책하고 계신지, 우릴 어떻게 생각하는지. 아, 이건 묻지 않아도 알 만한 질문이군요."

"던함 경."

아스난이 경고하는 듯한 어조로 말했다.

"지나친 호기심은 독이다."

"그냥, 신기해서 그랬습니다. 사실 처음이라면 클로이스 경이 될지도 모른다고 생각했거든요."

그들은 어느새 향긋한 음식 냄새가 풍기기 시작하는 연회장 안으로 들어섰다.

넓은 홀 양쪽으로 쭉 뻗은 고풍스러운 계단이 연결되어 있었다. 먼지 하나 없는 붉은 융단을 밟고 지나가며 아스난은 괜스레 무거워지는 걸음을 재촉했다. 소우로가 그의 표정이 점점 굳어지는 것을 알아차리곤 머쓱하게 한 마디를 더했다.

"페이랑 녀석, 지금 미치려고 할걸요?"

"……."

"안 그래 보여도, 그 머리에 생각 많은 녀석이 수지타산도 맞지 않고, 어떻게 보아도 이해하기 어려운 경의 행동을 쉽게 이해하리라 여겨지진 않습니다."

"던함 경."

아스난이 걷다 말고 몸을 돌리더니 얕게 한숨을 내쉬었다.

"기사는 눈을 사용해 검을 파악하고, 손을 이용해 검을 쥐고, 팔을 움직여 검을 휘두르고, 발을 이용해 검을 피하며 몸에 밴 습관이란 것을 이용해 상대를 대적하지. 머리가 아니라 몸이 이끄는 대로. 나 또한 마찬가지로 내 직감대로 행동해왔고 앞으로도 그럴 거다. 단 한 번 내가 이성적이지 못한 생각으로 '선택'을 했다고 가정하지. 내 선택이 경들의 눈엔 어떻게 비칠지 충분히 알고 있다. 하지만 책임도, 의무도, 후회도, 명예도 모두 내 몫이다."

소우로는 내심 감탄했다. 제르는 자신이 무엇을 얻은 건지나 알까. 에드하인다라는 이름보다 더 대단한 남자를 얻었다는 걸 그녀가 모른다면 몹시 불공평할 것이다.

탄복한 얼굴을 하는 소우로에게 아스난이 한마디 덧붙였다.

"그리고 페이랑은 그리 크게 문제가 되지는 않을 거다. 경의 생각만큼이나 복잡한 아이만은 아니니까."

아스난의 마지막 말마디가 의아했지만 소우로는 말을 더하는 대신 침묵했다. 페이랑이 부러워졌다. 에드하인다 가문을 존경해 따르는 다른 기사들의 마음이 조금은 이해가 되는 것도 같았다.

～✿～

"늦어서 송구합니다."

마지막으로 입장한 아스난과 소우로가 제각각 제르의 왼편, 테이블의 끝으로 자리 잡았다. 페이랑, 렐딘, 로렌, 그리고 셀파도 앉아 있었다. 테이블의 건너편에는 아라산의 기사 두 명이 에들렌과 함께 대표로 착석한 상태였다.

"그럼, 다들 마음껏 들게."

그녀답게 짧은 인사치레였다.

곧 식당 한편에서 음악이 흐르기 시작했다. 그러나 제르의 오른편에 앉은 에들렌도 기꺼운 표정으로 식기를 잡았다. 하지만 내심은 진수성찬도 눈에 들지 않았다.

[내일 동이 틀 무렵 성의 동문으로.]

알렉시스로부터의 전언이었다. 기쁜 건 잠시였다. 내일 바로 떠난다고 말하면 이것도 이상할 텐데. 어쩌지? 게다가 이렇게 쉽게 저쪽에서 접촉할 줄 알았다면 오늘 낮에 에드하인다와 얼굴을 붉히는 일은

물의 자흔을 쫓는다 1

삼갔을 것이다.

아스난과 얼굴을 마주하는 게 아직 껄끄러웠지만 바로 마주 보고 있어 피할 수도 없었다. 에들렌은 혼테의 시중을 받으며 애써 표정을 가다듬었다.

음식이 코로 들어가는지, 입으로 들어가는지도 모르겠지만 할 말은 해야 했다.

"이리 넉넉한 자리 마련해주신 데에 진심으로 감사의 말씀을 드리고 싶습니다."

제르는 대답 대신 턱을 까딱하는 것에 그쳤다. 재치 있는 언변으로 사람들의 사랑을 받아왔던 에들렌에게 있어 제르는 정말로 상대하기 어려운 여자였다.

예정에 없던 만찬은 풍족했고 겉보기엔 순조로웠다. 아라산의 기사들과 퀸시오의 기사들도 서로 건배를 하며 주거니 받거니 안 좋은 감정을 풀어갔고, 분위기는 점차 무르익었다. 몇 번 더 제르에게 의례적인 말을 붙이던 에들렌도 술이 한 잔, 한 잔 들어가며 슬슬 오기가 생기기 시작했다. 술기운에 용기가 솟아났다 해도 옳았다. 같이 마시는 술, 왜 제르는 안 취하는지 모르겠지만.

"그래서 왕하, 실례지만, 올해 나이가 어떻게 되십니까?"

에들렌이 갈색 눈동자를 빛냈다.

상당히 무례한 질문이었지만 그녀는 에들렌이 내미는 잔을 사양 않고 받으며 건조하게 답했다.

"스물여섯…… 쯤 되었던가. 아니, 일곱이던가. 잘 모르겠군."

"카르시탄 중에 미남미녀가 많다는 이야긴 들었지만, 정말 왕하께서도 아름다우십니다. 평소에도 그리 생각했지만 오늘은 특별히 더 그러네요. 웃으시면 더 아름다우실 것 같아요.”

“그대에게 그런 이야기 들어봐야 그다지 기쁘지 않소.”

그리 말하는 제르의 입가에 가소롭다는 듯한 미소가 어렸다. 에들렌은 술기운에 발갛게 오른 양 볼을 긁적이더니 다시 그녀에게 잔을 권했다.

“저희는 내일 아침 떠나겠습니다. 그동안의 무례를 너그러이 용서해주십시오.”

제르가 그 술잔이 차기 무섭게 입술 끝에 가져다대며 담백하게 말했다.

“목적한 이는 찾았나 보군.”

에들렌이 검지와 엄지로 자신의 잔을 잡아 빙글빙글 돌렸다.

“……자세한 건 안 물어보십니까?”

“물으면 대답할 텐가?”

“어렵지만…….”

“됐어.”

완곡한 거부에 제르는 불쾌한 기색 없이 코웃음 치며 말했다.

“아마 공작 대리가 직접 움직여야 할 정도로 대단한 사람이거나, 쇼하인 공작가의 치부쯤 되는 이겠지. 어느 쪽이든 지금의 나로서는 관심 둘 여력이 없으니 안심하시게. 바보 같은 짓을 하고 싶은 게 아니라면 다음부터는 직접 요청하도록.”

에들렌이 입을 다물었다. 저렇게까지 말하니 더 이상 할 말이 없다.

“유념하겠습니다, 하하. 왕하, 그런데 한 가지 더 물어도 되겠습니까?”

“……들어는 보지.”

질문에 따라 대답 여하를 결정하겠다는 투다.

"형님과는 정말 어떻게 아는 사이십니까?"

묵묵히 자리만 차지하고 있던 아스난의 고개가 돌았다. 제르는 아스난과 눈을 마주치고 입꼬리를 올렸다.

"서로에게 빚이 있다고만 일러두지. 쇼하인의 아들들은 참 재미있네."

"칭찬이시지요?"

"더 하겠나?"

제르가 에들렌의 빈 잔을 눈짓했다. 에들렌은 기꺼이 잔을 받았다.

자정에 이르러 거나하게 취한 이들이 속속 눈에 띄었다. 지난밤의 긴장이 눈 녹듯 사라지니 고삐 풀린 망아지가 따로 없었다. 하지만 속내는 다들 달랐다. 아닌 체해도 아스난의 충성 맹세로 인해 기사단 내의 분위기가 반전되었다는 것을 체감한 탓이다. 제르가 아무렇지도 않게 아스난과 대화를 나누는 장면에서도 체감할 수 있었다.

"한 잔 더 하지."

제르가 아스난에게 권했다. 하지만 아스난은 정중하게 잔을 받은 후 그대로 테이블 위로 내려놓았다.

"공작 대리는?"

"아, 저도 취기가아…… 올라…… 와서."

에들렌은 반쯤 뻗어 있었다. 제르와 나란히 앉아 계속 연거푸 마시더니만 결국 날을 못 넘기는 모양이었다. 하지만 기사들의 관심을 끈 것은 인사불성이 된 공작 대리가 아닌 제르였다. 술이 제법 들어간 것 같은데도 그녀는 혈색 하나 변하지 않은 채였다.

'대체 왜?'

기사들의 눈이 대놓고 가늘어졌다.

그러니까 대놓고 말하자면 지금 상황은 거의 아스난과 테일런을 제외한 모든 기사들이, 심지어 로렌까지도 제르의 흐트러진 모습을 보고 싶어 하는 상황이었다.

"……아닙니다아아, 그만합니이이…… 이…… 이…… 다."

그들은 에들렌이 테이블 위에 고꾸라졌을 때. 그리고 그런 그를 향해 한심하다는 눈빛을 보낸 제르가 몇 번째인지 모를 잔을 비웠을 때 이건 뭔가 잘못되었다고 생각했다. 사내 하나가 저리 골로 갔으니 제르도 저렇게 멀쩡하면 안 되는 거였다.

술에 제법 조예가 있다 스스로 자부하는 소우로가 내심 재어보기로 제르는 꽤 많이 마셨다. 소우로가 신기한 듯 물었다.

"주군, 괜찮…… 으십니까?"

"뭐가?"

"취기가."

"멀쩡해."

기사들은 '역시나, 사람이 아니었군.' 하는 불충한 생각으로 입술을 삐죽였다. 소우로가 돌연 눈에 힘을 주더니 주먹을 꽉 쥐어 보였다.

"대작합시다, 주군."

"더, 던함 경?"

다른 기사들이 '너 미쳤냐?' 혹은 '미치셨소?' 하는 얼굴로 동시에 소우로를 쏘아보았다.

"나도, 끼워주십시오!"

거기에 약간 취기가 오른 페이랑이 가세하자 분위기는 순식간에 소란스러워졌다. 아스난이 그들을 꾸짖으려는 찰나 제르가 손을 들어 제지했다.

"두게. 나와 대작을?"

"예, 주군!"

소우로는 술에 자신 있었다. 여태까지 어느 잘 마신다는 술꾼들과 대작해도 단 한 번도 먼저 취한 적 없는 말술 중 말술이 아닌가.

아스난이 걱정스러운 기색을 내비쳤다. 그녀가 술에 약하지 않더라도 술이란 건 몸에 무리가 가는 음료였다. 게다가 그녀는 고질을 앓고 있었다.

"주군, 그만하시는 게 좋을 듯합니다."

"네가 그만두라니 더 하련다."

아스난의 표정이 일그러지는 것과 소우로의 호탕한 웃음소리가 울려 퍼진 건 거의 동시였다.

"뭘 걱정하는 건가? 내 걱정이 아니라 던함 경의 걱정을 하는 게 더 나을 텐데."

소우로가 발끈했다.

"주군, 길고 짧은 건 대봐야 아는 겁니다!"

보다 못한 셀파가 자리에서 일어났다.

이쯤 하면 충분히 자리를 지켰다고 생각했다. 페이랑과 소우로는 대책 없이 음주가무에 빠져 있었지만 그는 환자였고, 술을 잘 마시지도 못했다. 그는 인상을 쓴 채 대작하는 이들을 외면하고 있던 아스난과 눈이 마주쳤다. 아스난이 표정을 누그러뜨리고 담담한 표정으로 그에게 눈인사했다. 셀파는 목례를 하고 조용히 걸음을 옮겼다.

로렌이 그의 뒷덜미에 대고 물었다.

"어디 가시오?"

"잠시 바람을 쐬려고."

로렌이 중얼거렸다.

"그렇군. 저런 바보 같은 짓을 보는 것보다야 그편이 훨씬 낫겠소."

로렌이 묵묵히 제 술잔을 기울이며 말했다. 실상 그리 틀린 말은 아니라 셸파도 할 말은 없었다. 다만 제르가 화내지 않고 그들의 무례를 받아주었다는 게 다소 인상 깊었다고나 할까.

대작을 시작한 지 얼마 지나지도 않아 페이랑은 이미 술에 떡이 되어 있었다. 소우로의 볼도 금세 불그스름하게 열이 오르는 게 보였다.

그에 반해, 제르는 거침이 없었다.

"한 잔 더."

소우로 또한 슬슬 위기감을 느끼고 있었다.

하지만 남자의 자존심이 있지 이것만큼은 저 여자를 이기고 싶었다. 내심 그를 응원하던 셸파가 다시 몸을 돌려 걸음을 내딛는 순간이었다. 맨질맨질한 돌바닥이 의자 다리에 긁히는 비명 소리가 났다.

페이랑은 휘청휘청하며 탁자를 짚고 일어서 있었다. 반쯤 정신을 놓은 듯 해괴한 표정이었다.

제르가 살며시 눈살을 찡그리며 물었다.

"……무얼 하나?"

페이랑의 얼굴이 치명적인 고뇌로 일그러졌다.

"에라, 모르겠다, 제 충성 맹세를 받아주십시오오!"

잠들었던 에들렌이 천둥처럼 울리는 고함에 게슴츠레 눈을 떴다. '무슨 일이 일어난 거지?' 하는 표정으로.

에라, 모르겠다! 충성 맹세를 받아주십시오오오!

……모르겠다! 충성……

……충성……

도대체 어떤 정신 나간 기사가 술에 취한 채 충성 맹세를 하며, 거기다가 '에라, 모르겠다!' 하고 지껄인단 말인가.

로렌마저 들고 있던 잔을 떨어뜨린 채 경악스럽게 페이랑을 올려다보았고, 아스난은 의외로 웃음을 참는 듯 미묘한 눈빛으로 제르의 안색을 살피고 있었다. 소우로가 가장 먼저 사태 파악을 마쳤다.

'그렇게 복잡한 아이도 아니라는 게 이런 뜻이었나!'

"레, 렐딘! 테일런! 페이랑 잡아! 페이랑 녀석 취했어!"

소우로는 제르가 먼저 반응하기 전에 소리쳤다. 테일런과 렐딘도 페이랑의 조금 전 발언의 심각성을 인지한 탓인지 두말없이 페이랑의 어깨를 꽉 잡아맸다.

"어, 어? 저 안 취했습니다! 경들! 저 안 취했어요!"

페이랑이 바동거리며 몸부림쳤다.

기사들은 서로 제르의 눈치를 살피기에 급급했다. 하지만 그녀는 도대체가 무슨 생각인지 알 수 없는 얼굴로 곧게 앉아 있었다. 제르가 아스난을 응시했다. 아스난은 제르와 눈이 마주치자 가볍게 고개를 조아렸다.

"저…… 어어어, 주군…….."

소우로는 필경 제르의 기분이 상했으리라 생각하며 최대한 가련한 표정을 지어 보였다. 그러나 제르는 그에게 눈길도 주지 않고 술 한 잔을 채우더니 웃기 시작했다. 처음엔 작은 웃음소리였지만 이내 커졌다. 처음으로 듣는 웃음소리였다.

그녀의 돌발적 웃음에 도리어 기사들의 넋이 나갔다. 아름답고, 매력적인 웃음이었다. 그리 그녀의 웃음소리에 취해 있는데, 돌연 소성이 멈추었다.

"……주군?"

그녀의 얼굴에서 표정이라 할 만한 것이 순식간에 갈무리되자 기사들은 저도 모르게 숨을 죽였다. 차라리 처음부터 저 얼굴이었다면 모를까, 신나게 웃다가 저런 표정이라니 더 무섭다.

제르가 페이랑을 똑바로 올려다보며 물었다.

"취했나."

기사들의 귀엔 그녀의 "취했나." 하는 질문이 "미쳤냐."로 치환되는 기현상이 벌어졌다. 그러나 페이랑은 물러설 생각이 없는 듯 입술에 힘을 주며 말했다.

"아니, 사실, 살짝 어지럽긴 합니다만, 정신은 있습니다. 술에 취해 이런 말 할 만큼 정신머리 없는 놈은 아닙니다."

'……그러길 바란다.'

소우로가 뒤통수를 긁적였다.

페이랑이 힘없이 잡고 있는 렐딘과 테일런의 팔을 털어내고 천천히 무릎을 꿇었다.

"다소 무례하고 격식을 차리지 못한 맹세이나, 부디 받아주셨으면 합니다. 제게 기회를 주십시오."

"네가 왜 내게?"

"……에? 예?"

본인이 충성 맹세를 하라고, 하지 않으면 왕도로 돌려보내겠다고 선언했으면서 왜 하느냐니. 페이랑은 간신히 더듬더듬 말을 이었다.

"왜냐 물으신 겁니까?"

"그래. 왜?"

"어…… 일단 엘보르트 경의 신뢰를 받으셨으니, 그만큼 믿을 수 있는 분이실 거라 판단했습니다. 옳은 방식이 아니란 건 압니다. 전까진 반신반의했고 고민도 많이 했습니다. 이런 식의 맹세를 바라지 않으실 것도 짐작합니다. 제가 주군에 대해 아는 것은 몇 없으나…… 왕족의 기사라면 나쁠 것도 없죠? 제 맹세를 받아주신다면……."

격의 없는 솔직함은 듣는 이들의 심경만 심란하게 했다. 정작 제르의 표정에는 사소한 감정의 찌꺼기조차 드러나지 않았다. 그 탓에 긴장이 더욱 고조되었다. 고개를 숙인 페이랑의 정수리를 내려다보던 제르가 잔을 비웠다. 은으로 만든 섬세한 세공의 조그만 술잔이 순식간에 비워졌다.

그녀가 페이랑에게 그녀의 술잔을 내밀었다.

"헥터 경보다는 낫구나."

응? 페이랑이 의아한 표정을 짓다가 얼결에 그녀가 내미는 잔을 받아들었다.

"경의 맹세, 받아주겠다."

기사들 사이에서 신음이 터졌다. 페이랑은 아스난을 한 번 돌아보았다. 그는 한숨 섞인 얼굴로, 그렇지만 꾸짖는 기색 없이 페이랑을 응시했다.

페이랑은 제르가 하사한 술을 한입에 털어 넣었다. 셀파는 한참 동안 페이랑을 응시했다. 술이란 게 뭔지. 그러다 제르와 눈이 마주치자 그는 미련 없이 돌아서서 밖으로 나섰다.

"어, 잠깐만요! 헥터 경이요?"

페이랑이 뒤늦게 제르의 말을 곱씹다 묻자 제르가 대수롭잖게 답했다.

"오늘 만찬이 시작되기 직전, 찾아오더군."

모두의 시선이 렐딘에게로 향했다. 렐딘은 말없이 잔을 홀짝일 뿐이었다.

과연 얌전한 고양이 부뚜막에 먼저 올라간다더니. 하기야 이상할 것도 없다. 렐딘은 에드하인다에 속해 있으니 아스난이 충성 맹세를 했단 얘길 듣자마자 제르에게 달려가기로 결심했을 것이다 그렇지 않았다면 아스난의 곁에서 떠나야 했을 테니까.

"어쩐지…… 속 편해 보이더라니."

제르가 렐딘에게 눈길을 주며 말했다.

"재미있는 친구더군."

"헤, 헥터 경은 뭐라고 하면서 맹세를…….."

"그건 저치와 나만의 비밀에 부치지."

제르가 놀리듯 웃었다. 렐딘 또한 말해줄 것 같지 않아 기사들은 궁금증을 앓으며 신음했다. 페이랑이 갑자기 몸을 일으켰다.

"……또 뭐지? 세닉 경."

"시, 실례하겠습니다! 욱……!"

페이랑은 입을 틀어막더니 허옇게 질린 얼굴로 뛰쳐나갔다.

아스난이 혀를 쯧 차는 소리가 들렸다. 제르는 한 명 한 명 자리를 떠나는 만찬장을 눈으로 스윽 훑더니 소우로에게로 시선을 돌렸다.

"마저 끝내야겠지? 던함 경."

결국 몇 차례의 오기 섞인 잔을 비운 후, 소우로가 참지 못하고 투덜거렸다.

"주군, 술만 드시고 살았습니까? 아무리 그래도 어떻게 이렇게 멀쩡할 수가 있습니까!"

이젠 제르가 취한다고 해도 자신이 버틸 수나 있을지 모를 일이다. 소우로는 억울한 얼굴로 메슥거리기 시작하는 배를 꾹꾹 눌렀다. 별로 진지한 대답을 바라고 한 말은 아니었으나 제르는 뜻밖에도 진지하게 답했다.

"……독주도 마시다 보니 늘더군."

토기를 참아 누르고 앉아 있던 소우로가 말을 멈추고 제르를 응시했다.

그러고 보니, 이렇게 가까이서 그녀를 쳐다보기는 처음이었다. 아니, 사실 오늘이 오기 전엔 그녀와 제대로 말조차 나눠본 적 없었다. 그녀는 그렇게나 먼 사람이었다.

"……대체 얼마나 마셔야 취기가 도시는 건데요?"

"모른다."

"취해본 적은 있으십니까?"

"……스물하나 이후로는. 뭐 그전에는 늘 취해 있었으니, 취하지 않는 건 아니야."

제르는 열없는 시선으로 차가운 술잔을 기울였다.

그런 기억이 있다. 그녀는 늘 취해 있었다. 징그러운 부군을 피하기 위해 마시고, 마시고, 정신을 잃을 때까지 마시고 나면 쥬세와의 하룻밤이 어땠는지 기억도 나지 않아서 행복했다. 거기서 행복을 찾았다.

늙은 남편은 처음엔 괘씸히 그녀를 여기다가, 어느 순간 술이 취한 제르가 훨씬 더 순종적이란 것을 깨달은 순간부터 방관했다. 되레 맨 정신일 때는 술을 권하기까지 했다. 그녀는 마시고 토하고, 마시고 토하고, 내장을 토해내는 기분으로 아, 이리 죽는구나 싶을 만큼 위험한 순간도 겪어보았다. 기억조차 없는 자신의 횡포에 아수라장이 된 방 안에서 정신을 차리길 수십 번이었다.

술 마시길 멈춘 것은, 술 취한 자신이 성벽에 서 있는 것을 발견했을 때였다. 위태로운 난간에 걸터앉아 있다 깨어난 제르는 모든 것을 멈추었다. 덜컥 겁이 난 것이다.

아직 보호해야 할 두 동생이 살아 있을 적엔, 그녀는 제 목숨도 제 것이 아니었다. 또 언제 죽어버리겠다며 이 성곽 위로 올라설지 누가 알겠는가? 혹은 죽어버리겠다 검을 들고 제 가슴을 찌를지 누가 알겠는가?

그리 낭비한 시간이 5년이었다. 처음엔 힘들었다. 참지 못하고 바닥을 뒹굴며 몇 번이나 술을 찾아 헤맸는지 모른다. 그러나 그럴 때마다 엘지와 엔사를 떠올리며 스스로를 죽였다.

"……주군?"

소우로의 음성에 제르는 정신을 차렸다. 갑자기 가슴이 울렁거렸다. 취기라도 돌았는지. 머릿속이 정리되지 않은 서재를 보는 것처럼 어지러웠다.

문득 제르는 왼쪽 뺨으로 느껴지는 시선에 고갤 돌렸다. 아스난이 그녀를 물끄러미 바라보고 있었다.

제르는 무심코 주머니에 넣어두었던 엔사의 머리핀을 쥐었다.

아스난이 눈치 빠르게 말하며 일어섰다.

"……주군, 이제 그만하시고 쉬시지요. 모시겠습니다."

제르는 순순히 따랐다.

"……내 취한 모양이다."

이렇게 마음을 내보이다니.

깊이 있게 고즈넉한 밤이었다. 여전히 도처는 치우지 못한 눈으로 덮여 있었다. 일부는 꽝꽝 얼어 의자 삼아도 될 만큼 단단했다. 셀파는 채 다 낫지 않은 환자였기에 느릿느릿 주위를 주회했다. 페이랑의 충성 맹세를 듣고 난 탓일까. 기분이 이상했다. 그는 정처 없이 걷다가 남쪽 성벽에 이르렀다. 부상당하지 않았다면 그가 직접 관리 감독을 했어야 할 낡은 성벽이었다.

이곳은 지금 렐딘이 대신 맡았다 들었다. 그가 정말 바빴을 것이다.

성곽 아래에 선 셀파가 무심코 위를 올려다보았다. 큰 달이 보이기를 내심 기대하며.

그러나 그의 눈에 뜨인 것은 흔들거리는 사람의 다리였다. 그것도 여자의. 놀란 셀파가 황급히 고개를 돌렸다.

"셀파 님?"

르니아였다. 성곽에 걸터앉아 있던 여자 특유의 발랄한 목소리가 담담히 성벽 아래까지 이르렀다. 셀파는 다시 한 번 용기를 내어, 다리를 피해 그녀의 얼굴을 보기 위해 고개를 들었다. 달빛의 요정들에게 둘러싸인 듯 찬란히 빛나는 모습이었다. 왠지 모르게 가슴이 설렜다. 몸을 돌려 왔던 길을 되돌아갈까 짧게 고민했던 그는 생각을 바꾸었다.

"뭘 하시오, 르니아 양."

"셀파 님은요? 만찬은 끝났나요?"

"아니요. 잠깐 바람 쐬러 나왔소."

"올라오실래요? 저 옆에 쌓아둔 돌들을 딛고 올라오세요. 풍경이 예뻐요."

과연 그녀의 말대로, 탁 트인 정경은 아름답다는 말 한 마디로 표현할 수 있을 만한 것이 아니었다. 성벽 위로 오른 셀파는 상처에 무리가 가지 않도록 조심스럽게 움직여 그녀의 옆에 자리 잡고 앉았다.

"달이 썩 볼 만하죠?"

커다란 달이었다. 셀파는 살짝 상기된 르니아의 뺨 위로 시선을 주었다가 거두었다.

달빛에 눈이 부셨다.

"르니아 양은 여기서 뭘 하시오?"

"저도 바람 쐬고 있었어요."

"날이 추운데."

"이 정도는 괜찮아요. 퀸시오 출신은 아니지만 여기보다 더 거친 환경에서도 잘 살아남았는걸요."

"거친 환경?"

"좀 뻔뻔하고 일자무식인 사람들이 저를 길러줬어요. 능구렁이 같은 괴물 하나랑."

"형제?"

해적들 사이에서 자랐다는 것을 좋게 설명할 방도는 없었기에 르니아는 빙그레 웃음으로 대신 답했다.

"아, 그리고 셀파 님, 저를 구해주셔서 감사해요. 정신이 없어서 많이 인사가 늦었어요."

"대신 르니아 양이 해독제를 가져다주지 않았소. 감사받고 싶어 한 일이 아니니 그만두시오. 그러고 보니 해독제는 어떻게 가지고 있던 거요?"

"저 유능한 거 아직도 모르세요?"

웃음으로 무마하려는 듯한 태도에 셀파는 눈을 가느스름하게 떴다. 완전히 다르다고 생각했지만 가만 보면 르니아는 제르와 비슷한 구석이 있었다. 스스로를 드러내지 않는다는 것. 어찌 보면 제르처럼 철벽을 세워둔 이보다 르니아처럼 사근사근한 사람이 더 위험하지 싶었다.

셀파는 묘하게 흔들리는 감정을 정리했다.

"고향이 어디요?"

"레마반 해 근처에서 태어났어요."

"카르시타와 데바람의 경계에 걸친 바다로군. 꽤 먼데."

"셀파 님은요?"

"이실카. 들어본 적 없을 거요."

"그러게요."

"산간 지방 근처에 붙어 있는 작고 조용한 마을이니까. 들어봤다고 했다면 오히려 의심했을 거요."

"그런가요? 어떤 곳인지 궁금하네요. 재미있어요?"

"재미있는 건 없지만, 굳이 지금 재미있는 얘길 하나 하자면…… 페이랑이 충성 맹세를 했소."

짧은 침묵이 부풀어 올랐다가 꺼졌다. 르니아가 웃기 시작했다.

"예? 뭐라고요. 걔가? 어떻게요?"

웃음소리가 듣기 좋았던지라 셀파 또한 저도 모르게 너털웃음을 지었다. 페이랑이 술에 취해 휘청거리며 주정 맹세를 했다고 말해줄까 잠깐 고민했던 그는 괜히 환상을 깨는 듯해 그만두었다. 지금 생각해도 어이가 없는 일이었다.

'어차피 나중엔 알게 될 테니, 뭐.'

환한 달빛 아래를 유영하는 밤바람, 겨울바람들의 품속에 안겨 서로를 마주 보며 웃던 셀파와 르니아가 약속이나 한 듯이 고개를 돌렸다.

"셀파 님은 가실 거예요?"

"……아마."

"돌아가면 무얼 하실 건가요? 다시 전쟁이나 분쟁이 일어나는 지역으로 파견을 가시게 될까요, 아니면 고향에서 머물며 지내실까요."

"……모르겠군."

"기사님도 가문의 명예를 위해 목숨도 불사하는 그런 분이신가요?"

어조는 덤덤했다. 문득 셀파는 이 자리를 피하고 싶다는 생각을 했다.

"맞소. 내 가문의 부흥을 위해서 나는 공을 세우고 싶소. 그래야 하겠지."

"……아직도 시나와 님이 싫어요?"

셀파는 입을 다물었다.

그녀가 싫냐, 좋으냐. 질문은 지나치게 원색적이었다. 그리고 스스로도 이젠 확신할 수 없었다. 제르는 참 이상한 여자였다. 카르시탄이라는 이름과 이 아무도 돌아보지 않는 땅 말고는 아무것도 가진 게 없는 왕족. 오만하지만 마음이 여리고 금세 잘못을 시인할 줄도 안다.

어떤 면에선 한없이 관대하기도 하다. 사실, 왕족 같지가 않다 말하는
게 더 정확했다. 그래서 아스난이 그녀의 곁에 남기로 한 걸까.

셀파가 언젠가 생각했던 질문을 툭 내뱉었다.

"카르시타 사람이 맞으시오?"

"에?"

그의 돌발 질문에 휘청하며 팔을 삐끗한 르니아를 붙잡아 바로 앉힌
셀파가 짧게 중얼거렸다.

"조심하시오."

아스난 역시 알아차렸으니 셀파라고 전혀 알아차리지 못하리라는
법은 없었다. 하지만 저렇게 물어볼 거라곤 생각지 못했다.

르니아가 자세를 바로잡으며 천천히 성곽 위로 일어섰다. 그녀는 남
서쪽의 어딘가를 하염없이 바라보며 입술을 꾹 닫았다 열었다.

"시나와 님은."

음성이 고요히 울려 퍼졌다.

"카르시타에서 누구보다도 높은 여인이세요."

아무렴. 왕자(王子)의 친모(親母)이다.

누구도 알아주지 않지만, 자신은 알고 있다. 일생 누구에게도 말하
지 못할 테지만 자신은 알고 있었다. 저 남서쪽의 엘올라에 살아 있는
왕자는 제르의 아들이었다.

그것으로 끝이었다.

셀파는 더 캐묻지 않고 입을 다물었다. 르니아가 빙글 몸을 돌려 웃
었다.

"시나와 님과 저는 주위에 좋은 사람들이 많았으면 좋겠어요. 셀파
님처럼."

혹 발을 헛디뎌 그녀가 떨어지지는 않을까 걱정스러운 시선을 보내는 셀파의 우려가 무색하게도, 르니아는 더 대범해졌다. 그녀의 양손이 날개처럼 벌어졌다. 그녀는 가볍게 성곽 위 좁은 난간을 걸어 다니기 시작했다.

"르니아 양…… 위험……."

그의 만류에도 웃기만 하던 르니아는 열 걸음쯤 멀어지다가 다시 여덟 걸음쯤 다가와 물었다.

"페이랑이 남겠다고 했을 때, 시나와 님은 기뻐하셨나요?"

그랬던가.

"그랬던 것도 같소."

셀파의 대답에 르니아의 얼굴에 미소가 번졌다. 그녀가 기뻐했는지는 모르겠지만 웃음이 기쁨과 같은 거라면 그녀는 기뻐했던 것일 터다. 사실 제르의 웃는 얼굴은 아쉬울 정도로 아름다웠다고 생각한다.

르니아처럼.

거기까지 생각하던 셀파가 몸서리 쳤다.

'내가 미쳤나.'

이튿날 오전, 차게 언 새벽이슬이 녹아 사라지기도 전에 퀸시오의 성 안은 인적으로 가득 찼다. 기사들 또한 성문 앞으로 소집당했다. 숙소 앞에서 기절 상태로 발견된 페이랑, 술에 취해 고성방가를 했던 뜻밖의 인물인 렐딘, 제르가 자릴 떠난 후 마신 마지막 한 잔에 기억이 끊긴 소우로도 불려나와 퀭한 눈으로 눈만 끔뻑였다.

멀쩡한 건 주량을 조절했던 아스난과 테일런과 로렌, 그리고 중간에 만찬장을 빠져나온 셀파뿐이었다.

"죽겠다."

소우로가 중얼거렸다.

조그만 난쟁이가 머릿속에 들어가 골 안쪽을 두드리는 것처럼 관자놀이가 지끈거렸다. 할 수만 있었다면 쇼하인 공작 대리의 배웅이고 뭐고 집어치우고 들어가서 자고 싶었다. 도망칠까. 진지하게 고민하는 가운데 쇼하인 공작 가문의 가문기로 감싸인 화려한 마차가 모습을 드러냈다.

"이렇게 배웅까지 나와주시니, 몸 둘 바를 모르겠습니다, 왕하."

간소한 행장을 한 에들렌이 한 팔로 가슴을 가리며 허리를 숙였다.

에들렌도 꼴이 말이 아니라, 하룻밤 사이에 양 볼이 푹 꺼지고 눈 밑이 시꺼메진 채였는데 당장이라도 고꾸라질 것처럼 보였다. 하지만 제르는 예의상의 인사치레로라도 며칠 더 머물란 말 없이 간단히 마무리했다.

"평안한 귀성 되시오."

몇 마디 인사치레를 더 거든 에들렌은 창백해진 얼굴로 마차에 올랐다. 끔찍한 숙취를 동반할 마차 여행이 될 것이 뻔해 기사들은 혀를 찼다.

그들을 태운 마차는 멀어졌다.

퀸시오의 외성문을 개문하는 나팔 소리가 울렸다. 나팔은 그들의 안녕을 빌듯 꽤 오랫동안 울려 퍼졌다. 물론 그것과는 상관없이 에들렌은 지옥을 체험해야 했지만 말이다.

에들렌이 돌아간 후, 제르는 기사들의 상태를 쭉 보더니 코웃음을 침으로써 그들의 자존심을 최후까지 작살내는 데 성공했다. 숙취에 시달리던 기사들은 기어가듯 숙소로 돌아갔고, 남은 이들은 쉬엄쉬엄 본업으로 돌아갔다.

집무실로 돌아와 창 밖을 응시하던 제르는 에들렌을 떠올리며 쓴 미소를 지었다.

'밀러, 네 생각보다 더 깜찍하던데.'

그녀는 잇따라 렐딘과 페이랑을 떠올렸다.

렐딘은 그렇다 치고, 페이랑까지 아스난을 따라 제게 의탁한다는 졸렬한 맹세를 했다. 하지만 괘씸하지는 않았다. 선택은 그들의 몫이었으므로. 사실 귀엽기도 했다. 그 작달막한 머리로 얼마나 고민을 거듭했으면 술에 만취해 그리 소리쳤겠나. 갸륵하여 받아주었다. 조금 즐겁기도 했던 것 같다. 카르시타의 기사들은 이런 자들이구나.

기대하지 않았다. 차라리 다 떠나버리는 것이 나았으리라 생각했다.

헌데 하나, 둘, 셋, 이렇게 이곳에 남겠단다.

제르는 곧 탁자 위의 종이 뭉치로 관심을 돌렸다. 인수인계가 된 지 얼마 되지 않았기 때문에 일은 여전히 많았다.

그녀가 펜을 쥔 지 얼마 지나지 않아 아스난이 찾아왔다.

"명하신 대로 공작 대리를 추적해보았습니다."

그녀가 기다렸다는 듯 미소 지었다.

에들렌에겐 미안하지만 그녀는 그리 여유로운 사람이 아니었다. 그녀의 정치적 입지는 모래 위에 쌓인 성과 같았으며 쇼하인은 제2 왕위 후보인 알렉시스의 세력이었다. 자신이 아이를 팔아넘겨 망명한 것을 쇼하인 공도 알고 있을 테니 공작 대리인 그를 의심하는 건 당연했다. 그리고 만일 자신을 염탐하기 위해 온 게 아니라도, 쇼하인 공작 대리가 직접 찾으러 나선 사람이라면 적어도 범인은 아닐 것이고…… 그 인물이 나중에 퀸시오에 어떤 식으로 예상치 못한 영향력을 행사할지 모르니 조사는 당연했다.

"그래서?"

"동문 입구에서 한 남자를 은밀히 태우고 사라졌습니다. 인상착의는 제대로 확인할 수 없었습니다. 남루한 차림이었으며, 여행자처럼 보였습니다. 더 알아보려 했지만 그들이 눈치를 채고 평야 쪽으로 마차를 틀어서 결국 추적이 불가능해졌다 판단, 돌아왔습니다."

"나이는 어찌 되어 보이던가?"

"건장한 사내였습니다."

"젊은 남자 하나를 찾으러 쇼하인 공작 대리가 직접 행차를 했다."

제르가 고개를 비스듬히 기울이며 중얼거렸다. 영 짚이는 것이 없었다.

"인력이 조금 여유가 생기면 기사들을 선발해 계속 그자에 대해 조사해 보고하겠습니다."

"그래."

똑똑.

문을 두드리는 소리에 제르는 말을 멈추고 즉각 대꾸했다.

"들어와라."

두 번째 방문자는 셀파였다. 예상치 못한 인물의 등장에 제르는 몸을 바로 앉혔다. 셀파는 다소 비장한 얼굴로 아스난과 제르를 번갈아 응시했다.

"긴밀한 이야기를 나누고 계셨다면."

"됐어. 무슨 일이지?"

"저는 나가 있겠습니다."

아스난이 물러나려 했지만 제르는 막았다.

"아니, 경은 있어라."

아스난이 곤란한 표정으로 셀파를 응시하자 셀파가 이내 엷은 미소를 돌려보냈다.

"괜찮습니다, 엘보르트 경."

셀파는 목청을 가다듬고 시선을 바로 했다. 제르는 심상찮은 분위기에 흥미롭다는 듯 눈을 나른히 치켜떴다.

"저는 욕심이 많습니다."

"내 눈에도 야망 있는 사내로 보인다."

"명예도 권력만큼이나 소중하고, 제 이득에 눈이 멀어 가끔은 이성을 잃기도 합니다. 그래서 주군께 처음부터 많은 무례를 범했습니다."

제르는 말없이 입술을 다물었다. 셀파는 끝내 논지를 꺼냈다.

"남고 싶습니다."

"너는 방금 네 스스로 욕심이 많다고 했다. 그런데 남고 싶다는 건 내 옆에서 출세를 하고 싶다 하는 말인가?"

"가능하다면 그리 하고 싶습니다."

"나는 내 주제를 잘 안다."

제3자가 되어 그들의 대화를 흘리던 아스난의 주먹에 힘이 들어갔다. 제르는 냉담할 정도로 차갑게 스스로를 평가했다.

"난 유스카리의 명 없이는 이곳을 벗어날 수도 없어. 나 같은 여자보단 왕도로 돌아가 권세 있는 귀족에게 빌붙는 것이 더 희망적일 텐데."

"이미 왕도에서 한 번 버려진 몸입니다. 하지만 막다른 길이라는 심정으로 이런 말을 하는 건 아닙니다."

제르는 아무 말도 않았다. 셀파는 아스난보다 더 의외의 인물이었다.

침묵이 길어지자 셀파는 견디기 어렵다는 듯 말을 더했다. 그 말은 결정적이었다.

"전 카르시탄의 기사가 되고 싶습니다."

제르의 입가에 웃음이 어렸다.

'왕족의 기사라.'

카르시타의 이들은 다 얼치기인가, 바보들인가.

"……약조하진 않겠지만 하나 묻지. 네 욕심은 어디까지 닿아 있나?"

"후일 금군이 되고 싶습니다. 나아가 제 능력이 닿는다면 대장의 자릴 원합니다."

아스난은 놀랐다. 금군 대장이라면 제피언이 맡은 지위였다. 제르는 아스난을 돌아보았다. 제르가 몸을 일으켜 책상을 벗어나 무릎 꿇은 셀파의 앞에 섰다. 오만한 명령이 떨어졌다.

"맹세해라."

셀파가 검은 제복의 뒷단을 뒤로 쳐내듯 밀어내며 한쪽 무릎을 꿇었다. 길게 늘어진 제복이 언 땅 위로 약한 바람을 일으키며 내려앉았다. 물 흐르듯 자연스럽게 그의 검은 그녀의 앞에 바쳐졌다. 제르의 손이 뻗어졌다. 아스난은 그 모든 광경을 조용히 지켜보았다.

나른한 목소리가 넓은 마차 안을 울렸다. 반쯤 놀리는 듯한 어조였다.

"일처리가 언제부터 이렇게 엉성했나?"

"자, 잠깐, 지금 말고 이따 얘기합시다, 알렉시스 님."

욱. 에들렌은 지지대를 움켜쥐고 창 밖으로 얼굴을 반쯤 내민 채였다. 금방이라도 게워낼 듯 퍼렇게 구겨진 얼굴은 퍼질 줄을 몰랐다. 마차가 흔들릴 때마다 에들렌의 잇새로 위태로운 신음이 흘러나왔다. 그는 이 사달의 원흉이 된 제르를 떠올리며 안색을 굳혔다.

여자는 오늘도 변함없이 아름다웠다. 흐트러짐 하나 없이 평온한 얼굴이었더라. 간밤에 술 마신 이는 자신뿐인가 싶었다.

그리고.

'아마 공작 대리가 직접 움직여야 할 정도로 대단한 사람이거나, 쇼하인 공작가의 치부쯤 되는 이겠지. 어느 쪽이든 지금의 나로서는 관심 둘 여력이 없으니 안심해라. 바보 같은 짓을 하고 싶었다면 다음부터는 직접 요청하도록.'이라더니……, 거짓말쟁이!

"꼬리는 떨어져 나갔나?"

놀리듯 창을 열어젖히는 알렉시스를 향해 손을 휘휘 저으며 에들렌이 깊이 숨을 들이켰다. 그러니까, 처음엔 이렇게까지 멀미가 심하지 않았다. 이렇게 된 것은 언제부터인가 그들의 꼬리를 쫓던 미행을 발견한 이후부터였다.

죄 지은 것도 아니건만 그를 따돌리기 위해 속도를 올리다 보니 이런 결과만 낳았다.

지금은 속도를 좀 낮추었지만, 이미 에들렌은 이 상태.

알렉시스는 아무도 따라오지 않는다는 것을 다시 확인한 후, 느긋하게 다리를 좌석 위에 올리고 반쯤 눕듯 등을 기대었다.

"그러게, 뭐 하러 직접 와가지고는."

"알렉시스 님이야말로 누가 여기까지 오시랍니까. 지금 왕도는 난리라던데 어찌 된 겁니까?"

"소블란은 가서 처리해야겠지. 생각하는 것만으로도 피곤하군. 지금 얘기하지 말자."

알렉시스는 붉은 머리칼을 쓸어 넘기며 멀어지는 퀸시오의 성곽을 응시했다. 하얀 성곽을 보며 아주 까맣고 까맣던 야윈 여자를 떠올리는 건 이상한 일이었다.

'정신 차려야지.'

그가 절레절레 고개를 흔들었다.

"그나저나……, 왕족이었다고? 여자?"

"예, 그렇다고."

"노망이 들기엔 이른 우리 숙부님이 왜 자작령에 독립권을 인정했나 했는데……, 왕족이었군. 왕명(王名)이 뭐래?"

"그, 예전에 벵제일로 기억하십니까? 벵제일로의 혈통 중 남아 있던 방계 제이하이 카르시탄이라 하셨습니다. 으…….."

"……제이하이. 벵제일로의 제이하이라……. 아직 남아 있었어?"

"그런가 봅니다."

"신기하네. 한번 보고 싶은데."

속 편한 소릴 하는 알렉시스를 향해 몇 마디 혼잣말처럼 투덜거린 에들렌이 설명을 더했다.

"아, 그리고…… 에드하인다 백작의 장자가 그분의 기사로 퀸시오에 있더군요."

"에드하인다? 퀸시오에 내쳐졌다면 형님이 수를 썼나 보군. 여전히 여유를 몰라. 아니, 급해지실 만도 한 건가."

에사렛타 왕비가 아들을 낳았으니 상황이 귀찮아진 건 이쪽도 마찬가지였다.

"뭐 어쨌든 그러니까, 결론은 알렉시스 님이 멋대로 베이하크 대백과 사라진 후에 일이 이렇게 엉망진창이 되었단 겁니다. 반성 좀 해주세요. 저도 요즘 바쁘단 말입니다. 트란실 녀석들이 슬슬 움직이는 모양이라."

"세대교체?"

"다들 쉬쉬하지만 이미 몇 놈은 대륙으로 빠져나왔다 합니다. 그러니 알렉시스 님께서도 좀 더 경각심을 가지셔야 합니다. 우웩."

"아. 더러워."

알렉시스가 헛구역질을 하는 에들렌을 피해 몸을 돌리며 중얼거렸다.

"말을 그렇게밖에 못 하십니까요. 예? 으으, 그나저나 부상은 어찌된 겁니까? 자규 왕하께서 알렉시스 님이 여기 있는 걸 아신답니까?"

"그럴지도 모르지. 아닐지도 모르고. 아닌 것 같지만."

알렉시스는 대수롭잖다는 듯 기지개를 켰다. 에들렌이 재빠르게 머리를 굴렸다. 타라히엔? 피노제? 어느 누가 쇼하인령 아라산으로 향하는 알렉시스를 공격하는 대범한 짓을 벌인단 말인가.

에들렌이 머리를 굴리는 것을 지켜보던 알렉시스가 곧 화두를 돌렸다.

"그보다 제이하이라는 카르시탄에 대해 말해봐. 예쁘냐?"

"와나, 지금 진심이에요? 이 상황에서 그 여자에 대해 제일 먼저 물어보는 게 예쁘냐는 겁니까, 지금?"

"새삼스럽게 뭘. 진짜 궁금해서 물어보는 건데. 왜?"

알렉시스가 낮은 웃음기를 머금고 능청을 떨자 에들렌도 곧 낄낄거리기 시작했다.

"솔직히요? ……개인적으로 호감이 가는 편은 아니지만 예쁘긴 엄청 예쁜 분이신데. 여우 같은 구석도 있으신 것 같고…….."

"여우 같다라…… 여우랑은 거리가 먼데, 그 여자는."

알렉시스가 혼잣말처럼 중얼거렸다. 놓치지 않고 그것을 주워들은 에들렌이 한쪽 눈을 찡그렸다.

"뭐라 했어요, 지금?"

알렉시스는 대답하지 않고 창 밖으로 시선을 고정했다.

같은 여자는 아닐까 하는 생각이 들었지만 그 가능성은 접었다.

데바람의 사람이 카르시타의 왕족일 수는 없다. 그리고 카르시타의 왕족이라면 한밤중에 바다 속으로 투신하게 둘 리가 없었다. 물론 자신처럼 별의별 꼴을 다 보며 돌아다니는 이도 있지만 그는 몹시 특수한 경우이므로 제외하고.

'그렇다면 몰락 귀족쯤 되는 건가. 데바람의 상단 관련 일을 하는 부유한 자의 딸?'

그 정도는 되어야 갈색 머리 여자가 가진 검이 설명이 된다. 알렉시스는 무심코 텅 빈 자신의 허리를 매만졌다.

여자의 얼굴이 눈앞을 아른거렸다.

단 한 번도 뒤돌아보지 않던 미련 없는 뒷모습에 제 미련만 남은 모양이었다. 어차피 다시 만날 일도 없는 하룻밤의 꿈같은 인연. 알렉시스는 빠르게 스치는 풍경들을 흘려보냈다.

'잊자.'

얼마 지나지 않아 하늘하늘 눈이 내리기 시작했다.

새하얀 눈송이 사이를 헤치며, 마차는 닷새를 더 달려 아라산에 이르렀다.

알렉시스가 엘올라로 되돌아간 것은 그로부터 열흘 후였다.

아라산의 기사들이 차출 병사들과 함께 돌아가고 나자 퀸시오는 비교적 한산해졌다. 하나 둘씩 이곳에 남기로 마음을 돌렸다는 소문도 돌기 시작했다.

시간이 흐르고 흘러 그들은 슬슬 인수인계와 더불어 한파를 맞을 준비를 했다. 그것은 충성 맹세를 하지 않은 기사들에겐 더더욱 의미가 컸다.

"로렌스 경, 던함 경, 그럼 정말 내일 가시는 거죠?"

소파에 길게 누워 있던 페이랑이 아쉬움 가득한 목소리로 물었다. 소우로가 짐을 챙기다 말고 고개를 들었다.

"그래. 나름 여기서도 즐겁긴 했지만, 나의 집은 왕도요! 왕도로 돌아가련다."

로렌은 대답도 없이 갑옷을 챙겨 나갔다. 페이랑은 불쾌한 기색 없이 제 머릴 까치집처럼 헝클었다. 셋이나 가버리면 남는 것은 넷뿐이었다. 지금도 일손이 부족한데 거의 반수가 돌아가고 난 후엔 얼마나 더 바쁠지 상상하는 것만으로도 숨이 막힌다.

"클로이스 경도 정말 돌아간대요?"

"테일런이야 이미 피노제의 대공 각하께서 뒷배가 되어주고 계시니 그 편이 낫겠지. 미래도 보장되어 있고."

테일런이 그들과 함께 왕도로 돌아가게 된 건 셀파가 남게 된 것과 거의 비슷하게 의외였다.

"에…… 정말 사람 일은 모르는 거네요."

"누가 알겠냐."

"던함 경도 의원데."

"난 추운 건 질색이야."

페이랑이 키득거리며 아쉬운 심상을 갈무리했다.

"넌 술김에 저지르고 괜찮겠냐?"

소우로가 개구지게 웃으며 놀리자 페이랑이 얼굴을 붉혔다.

"술김 아니라니까요. 자꾸 그런 식으로 말하시면 결투 신청할 겁니다!"

"나랑? 후회할 텐데?"

"주군보다 술도 못 마시면서 뭐가 잘났다고 큰소리는."

페이랑이 눈을 굴리며 투덜거리자 이번엔 소우로가 발끈했다.

"어허어어? 이것 봐라? 주군이 먼저 일어나셨으니 내가 이긴 거지!"

"그다음 잔 마시고 인사불성 된 던함 경이 주군을 이겼다고 생각하는 사람 아무도 없을걸."

소우로가 아래턱을 불만스럽게 내밀며 입술을 삐죽이더니 다시 짐 챙기기에 몰두하기 시작했다. 이러니저러니 해도 묘한 기분이다. 이 추운 땅을 떠나 다시 돌아간다. 고작 한 달 조금 넘게 머물렀을 뿐인데 아쉬운 마음도 드는 것이 그새 정이라도 들었나 싶었다.

왕도에 가면, 하늘나메레에서 술이나 한잔해야지. 소우로가 중얼거
렸다.

"여어, 던함 경. 저기."

그때 불쑥 페이랑이 손을 내밀었다. 소우로는 곱게 접힌 서찰을 발
견하고 페이랑과 눈을 마주쳤다.

"도착하면 펜시한테 이 편지 좀 전해주실래요?"

"얼씨구, 사랑의 파발꾼 노릇을 하란 말이냐?"

"가는 김에 좀. 예? 응?"

쑥스러운지 귓가가 불그스름했다. 수신인은 펜시 네사 엘 시에이어
아보인. 빤히 서신을 내려다보던 소우로가 한숨처럼 중얼거렸다.

"이 아가씨는 내가 전해주기보다 네가 오길 기다리고 있을 텐데."

"어쩔 수 없잖습니까. 뭐, 이렇게라도 잘 있다고 연락해야죠."

"……너 괜찮겠냐? 정말 남아도?"

페이랑은 그의 짐 꾸러미 속에 서찰을 슬그머니 욱여넣은 후 다시
소파 위로 돌아가 벌렁 드러누웠다.

"사실 잘 모르겠습니다. 근데 더 생각 안 하려고요. 생각할수록 헷
갈리기만 하니까. 다 잘될 거라고 믿으렵니다. 그리고 셀파까지 남기
로 한 걸 보면 뭔가 있는 걸지도 몰라요. 아스난 형이랑 셀파한테 인정
받을 만한, 뭔가가."

소우로가 까슬까슬하게 난 제 턱수염을 문지르며 감회에 찬 얼굴을
했다.

그러고 보면 그들과 적잖은 일이 있었다. 하나하나 떠올리기도 벅찰
만큼 많은 일이. 대부분은 고되고 힘든 것들뿐이었지만 지금 생각하

니 나쁘진 않았던 것 같다.

"왕도에서 높으신 분들한테 치여 살다 보면 기사들끼리 똘똘 뭉쳐 반항하던 여기가 그리울지도 모르겠다."

"주군도 만만찮게 까탈스러운걸."

"그래도 우리 주군은, 미녀잖아."

"그건 그래요."

소우로와 페이랑은 거의 동시에 키득거리며 웃음을 터뜨렸다. 한참 후 그들은 웃음을 멈추고 서로 손을 맞잡았다. 기이한 동지애였다. 마지막 밤이 되리라는 것을 알고 있는 탓인지 애잔한 기분도 들었다.

소우로의 거친 손을 꽉 움켜잡은 페이랑이 당부했다.

"편지, 꼭이요."

"나중에 왕도에 오게 되면, 그때 확인해라."

우회적인 약조에 페이랑이 개구지게 하얀 미소를 지었다.

테일런은 아르노만이 어떤 사람인지 몰랐다.

그에게 있어 피노제의 대공작은 마니랄프의 지저분한 거렁뱅이인 자신에게 술래잡기를 권유할 만큼 여유가 있는 사람이었다. 또 사실, 처음엔 대공작이라는 칭호가 얼마나 대단한 것인지 이해할 만한 기본적인 상식도 없었다. 그저 '대'자가 붙었으니 꽤 대단한 사람이겠거니 여겼을 뿐이다.

그러나 피노제의 대저택에 발들인 그날 후로, 테일런은 그를 만날 수 없었다. 그가 사실 굉장히 바쁜 사람이었다는 걸 알게 되었다. 그러나 아무래도 좋았다. 먹여주고 옷을 주고 잘 곳을 주니 그것만으로도 충분했다. 그로부터 얼마 지나지 않아 테일런은 피노제의 위성도시인 세피노제로 옮겨졌다. 그의 의지는 아니었다.

테일런은 세피노제의 상냥한 여주인과 그녀의 딸의 환영을 받았다. 기사 요제이도 만났다.

루이니앙 백작 부인은 몹시 상냥한 사람이었다. 그녀는 후덕한 인상으로 눈웃음이 따뜻했다. 윤기가 흐르는 갈색 머리칼은 산만하지 않게 단정히 틀어 올렸던 것이 아직도 기억에 남았다. 그들의 슬하에서 돌보아지며 테일런은 요제이의 종기사가 되었다. 그의 의지는 아니었다.

일신 평안한 나날만 이어지는 건 아니었다. 생계에 대한 고민은 덜었지만 고충은 있었다.

에드난. 그는 아르노만의 첫째 아들이었다. 아르노만 대공에겐 세명의 자식이 있었는데 장남 에드난과, 테일런이 아르노만의 눈에 띄기 전 아예 절연했다는 시오렌과 둘째 딸 에사렛타였다.

에사렛타는 피노제의 대저택에서 한두 번 얼굴을 마주한 게 끝이었지만 에드난은 아니었다. 에드난은 세피노제의 저택에 종종 찾아왔는데 그때마다 루이니앙 백작 부인과 그 딸 엘리앙은 온갖 화색을 띠고 그를 맞이했다.

하지만 테일런은 그럴 수가 없었다.

"피노제의 공자는 성정이 좀 못났지."

에드난에게 이유 없이 얻어맞고 앓아누운 테일런을 딱한 듯 바라보던 요제이의 평가였다. 하기야, 코흘리개 소년을 이유 없이 못 괴롭혀 안달하는 열여덟의 청년을 좋게 볼 수는 없었을 터였다. 에드난의 횡포는 왕궁에 들어가 카르시탄들을, 정확히는 왕위 후보들을 만나고 오는 날이면 극에 달했다.

이유에 대해서 요제이는 한 마디로 일축했다.

"자규 왕하와 올리비에 왕하가 좀 만만찮은 분이시거든. 특히나 자규 왕하는…… 아, 저 못난 공자가 성격 못 이길 만도 해."

그리고 어느 날, 에드난은 급기야 테일런을 계단으로 질질 끌고 가 밀어버렸다. 엘리앙이 때마침 복도를 지나다 기절한 테일런을 발견하지 못했다면 그대로 죽었을지도 모를 일이었다.

그 일이 있은 지 얼마 지나지 않아, 피노제 가문의 은빛 마차가 세피노제의 저택에 이르렀다. 아르노만이 온 것이다. 루이니앙 백작 부인은 지나칠 정도로 온 정성을 다해 아르노만을 맞이했다. 오랜만에 보는 아르노만은 여전히 올려다보기도 어려운 사람이었다. 그녀는 세피노제의 주인이었지만, 실제로 여자인 그녀가 이곳의 주인 노릇을 할 수 있었던 건 아르노만 덕분이었다는 걸 테일런은 그제야 알았다.

그리고 다음 날 밤, 아르노만이 테일런을 불렀다.

테일런은 그가 자신을 잊지 않았다는 데에 놀랐다.

아르노만이 물었다.

"기사가 되고 싶어 훈련을 받는다고?"

아니요. 대답이 목구멍까지 차올랐지만 테일런은 그의 심기를 거스르지 않는 쪽을 택했다. 아르노만은 그의 침묵에 불쾌한 기색을 보이지 않았다. 부담스러울 정도로 형형한 눈으로 그의 얼굴을 응시하다 말했을 뿐이다.

"처음엔 제법 쓸 만하다 싶어 데려왔더니만."

"죄송합니다."

"나가봐."

테일런은 절뚝절뚝 물러났다. 아르노만은 절뚝대는 테일런을 멈춰 세운 후 물었다.

"다리는?"

테일런은 임기응변이 뛰어난 편이 아니었다. 그는 한참을 버벅거리다가 답했다.

"……넘어졌습니다."

형편없는 대답이었다.

아르노만은 호랑이 같은 눈을 빛내며 테일런을 쏘아보았다.

지금 당장이라도 '감히 네가 내게 거짓을 놀려!' 하며 버럭 화를 낼 것 같아 테일런은 도망치듯 벗어났다. 이튿날 아르노만은 다시 떠났다. 테일런은 그를 배웅하지도 못했다. 아르노만은 그 후로도 종종 테일런을 찾았다. 에드난 역시 마찬가지였다.

그렇게 몇 년을 참고 참아 14세가 되었을 때, 그는 수습 기사의 이름을 받았다. 백작 부인의 은혜로 '세피노제'라는 이름도 받았다.

"축하해, 테일런. 이제 '경'이라고 붙여야겠네?"

"아가씨."

엘리앙은 반짝거리는 소녀였다. 테일런은 여전히 기사가 되고 싶지 않았지만 엘리앙과 루이니앙 백작 부인을 위해서라면 기사가 되는 것도 썩 나쁘지 않겠다 생각하기 시작했다. 그녀들이 불쾌해 할까 입 밖으로 내진 않았으나, 루이니앙 백작 부인은 어머니 같은 존재였고 엘리앙은 여동생처럼 가깝게 느껴졌다.

이렇듯 거렁뱅이 소년의 삶은 눈 깜짝할 새에 바뀌어 있었다.

"여기, 이거. 너 주려고 어머니 몰래 가져왔어."

"귀한 꽃이래." 하며 엘리앙이 그의 가슴에 꽃 한 송이를 꽂아주었다. 꽃의 이름은 기억하지 못하지만, 꽃향기와 풀 냄새는 가슴 깊은 얼룩을 남겼다. 꽃말은 믿음이래. 그녀가 덧붙였던 말도.

그녀들의 이야기를 빌자면 아르노만은 테일런이 이곳에 온 후로 세 피노제를 유심히 살피고 있다고 했다.

1년에 서너 번 얼굴 보는 것도 어려운 사람이라 이해는 잘 가지 않았지만 그렇다고 하니 그런가 할 밖에. 아르노만은 테일런이 수습 기사가 된 지 정확히 석 달 후 찾아왔다.

"넌 왜 볼 때마다 상처투성이인 게냐?"

그는 에드난에게 얻어 터져 퍼런 멍이 든 테일런을 갑갑하단 얼굴로 바라보았다. 검상과 주먹질로 난 상처가 다르니 훈련이라고 눙치기도 어려웠다. 테일런은 에드난을 떠올렸다. 그는 곧 평소와 같은 변명을 했다.

"넘어졌습니다."

아르노만은 더 말을 잇지 않았다. 그의 침묵이 두려웠지만 어쩔 수 없었다.

에드난의 횡포는 나이가 들수록 심해져 테일런이 남자의 골격을 갖추기 시작하자 정도가 극에 달했다. 처음에는 화풀이로 테일런을 괴롭히던 에드난은, 나중엔 테일런을 괴롭히기 위해 화풀이를 하는 수준에 이르렀다.

테일런은 이유를 알 수가 없어 답답했지만 감히 묻지는 않았다. 카르시타가 기사와 귀족을 동일시하는 풍토가 있다고는 하지만 자신은 다른 경우였다. 기사가 되었다고 해서 귀족이 된 것은 아니다.

어느 날 그를 찾아온 아르노만이 새 검을 내려주며 말했다.

"알아둬라. 귀족은 아랫것들을 보살펴야 할 의무가 있지만, 그와 함께 잘못을 벌할 의무도 있다. 하지만 사람인 이상 한계는 늘 존재하는 법이지. 내가 아무리 권력을 쥐고 있고 많은 이들을 부릴 수 있다고 해도 전부 꿰고 있을 수는 없다. 그럴 생각도 없고. 약자들이 도태되는 것은 당연해. 난 그중에 싹이 보이는 이들만 돕는다."

그에게 거둬진 지 수년, 처음으로 들은 아르노만의 본심이었다.

"난 네게서 그걸 보아 거두었다. 그러나 난 너 말고도 돌봐야 할 수많은 자식이 있다. 앞가림은 알아서 해야 하는 법이지."

그러니까 앞으로는 그의 상처에 신경 써주지 않겠다는 일종의 선언이었다.

"이제부터는 내게 도움 구할 생각은 마라. 스스로 둥지를 찾을 때도 되었어."

아르노만은 다시 왕도로 떠났다.

테일런은 잠에서 깨어났다.

퀸시오 특유의 찬 새벽 햇살이 쏟아졌다. 정신을 차린 그는 마른세수를 하며 상체를 일으켜 세웠다.

또다시 달갑지 않은 먼 옛날의 꿈을 꾸었다. 창 위로 얼어붙은 성에가 끼어 있었다.

그는 문득 퀸시오의 거렁뱅이 소년을 떠올렸다. 아마 죽었을지도 모른다.

그가 무거운 몸을 일으켰다. 그랬다. 오늘은 아르노만에게로 돌아가는 날이었다.

유독 차가운 바람이 불어 퀸시오의 내성은 한기로 뒤덮여 있었다.

벽난로의 온기조차도 얼마 가지 못하고 금세 식어버려 땔감을 계속해서 던져주는 손들이 바빴다. 제르의 목소리가 응접실을 울렸다. 언제나처럼 정 없이 간결한 말이었다. 그녀다웠다.

"그동안의 노고에 감사를 표한다."

두툼한 외투를 걸치고 의자에 앉은 제르는 자신의 앞에 횡대로 선세 명의 기사들을 바라보았다. 소우로, 로렌, 그리고 테일런은 두꺼운 망토를 두른 여행자의 차림이었다. 소우로의 발치에는 아랫사람에게 미처 맡기지 못한 작은 봇짐도 있었다.

결국 그날이 온 것이다. 세 기사들과 지근거리에 서 있던 페이랑의 얼굴에 진한 아쉬움이 떠올랐다. 렐딘과 셀파, 아스난도 마찬가지였다.

눈동자를 굴리던 페이랑은 아무 말 없이 선 셀파의 옆모습을 응시했다. 그는 정말 후회하지 않을까.

소우로가 가장 먼저 그녀의 치하에 답했다.

"아량에 감사드립니다. 그동안 모실 수 있어 영광이었습니다."

로렌은 고개를 꾸벅 숙인 후 "감사드립니다." 하고 인사했으며 테일런 역시 그렇게 고갤 숙였다.

"별다른 말은 필요 없겠지."

그녀가 아스난에게 서신 세 장을 건넸다. 왕도에 도착해 국왕에게 전할 그녀의 친서였다. 아스난은 그들 한 명 한 명과 짤막한 인사를 나누며 서신을 배분했다. 세 기사들은 제각각의 얼굴로 서신을 받아들곤 마지막으로 깊이 고갤 조아렸다.

소우로와 로렌은 가벼운 마음으로 몸을 돌렸다. 제르의 매정한 태도는 서운한 한편, 덕분에 무겁지 않은 기분으로 물러갈 수 있었다. 테일런만 그 자리에 서 있었다.

"……할 말이 더 있나?"

제르의 물음에 테일런이 고개를 저었다. 그냥 발이 무거웠다. 끝끝내 남으라 말하지 않는 여자는 제게 미련조차 없는데. 문득 아르노만의 명이 떠올랐다.

'너에게 임무를 주겠다.'

아르노만은 자신이 그녀의 곁에 있길 바랐다. 제르 또한 그 사실을 잘 알고 있었다. 충성 맹세. 돌연 묵직한 네 음절의 단어가 숨이 막혔다.

테일런은 먼저 나간 소우로의 부름에 뒤늦게야 걸음을 돌렸다.

아르노만은 언젠가부터 그를 방치하기 시작했지만, 열 살배기 유년기부터 지금까지 단 한 번도 그의 곁을 떠나겠단 생각을 한 적 없었다. 테일런은 이번에 퀸시오의 땅을 벗어나면, 영원히 피노제의 기사로 남게 될 스스로의 미래를 확신할 수 있었다.

자신은 지금 아르노만의 명을 이행하지 못하고 돌아가게 되지만, 그건 충성 때문이므로 용서를 구할 수 있으리라.

불쑥 차갑게 묻던 음성이 귓가에 재생되었다.

'경의 이름이 뭔가?'

'마음에 드는구나.'

지극히 무뚝뚝한 그녀와의 시간은 순탄하지만은 않았다.

멋대로 사라지고, 멋대로 돌아오고, 멋대로 충성 맹세를 요구하고. 그럼에도 제르를 주군으로 모신 지난 몇 달은 솔직히 싫지 않았다. 다만 제르가 제 일생을 바칠 만큼 아름다운 사람인지 확신하지 못했을 뿐이다. 그는 몇 번이고 멈추려는 걸음에 힘을 더했다.

그때였다.

"어? 뭐야. 저기 실랑이하는데. 무슨 일이지?"

성문 언저리에 다다랐을 무렵, 몇 걸음 앞서 걷던 소우로가 중얼거렸다. 그들을 배웅하기 위해 따라 나온 다른 기사들도 의아한 표정을 지었다. 테일런의 눈이 서서히 커졌다.

"어린앤데?"

성문 앞엔 몹시도 초췌한 몰골의 비렁뱅이 소년이 서 있었다.

가슴이 두근거리기 시작했다.

그 일은, 16세의 5월에 벌어졌다.

에드난이 23세가 되었을 때였다. 리안 류룬, 소겔가드 가문의 딸에게 장가를 가겠다 고집을 부려대던 에드난이 공식적으로 여덟 번째 거절당한 날이었다. 소겔가드의 딸은 제1왕위 후보였던 뉘사나와 정식 약혼을 발표했다. 에드난의 입장에선 원수에게 사랑하는 여자를 빼앗긴 셈이었다.

분노에 찬 그는 여느 때와 같이 세피노제를 찾았고, 테일런을 찾아 헤맸다. 엘리앙이 그의 눈에 든 것은 정말로 불운이었다. 에드난은 엘리앙을 두들겨 팼다. 뒤늦게 소식을 들은 테일런이 쫓아갔을 땐 이미 엘리앙은 죽은 건지, 정신을 잃은 건지 구별도 가지 않을 정도로 엉망이 되어 있었다. 어린 아가씨를 그리도 짐승처럼 때리고도, 에드난은 멈출 기미가 없어 보였다.

처음이었다.

테일런은 처음으로 그에게 검을 뽑았다. 그리고 베었다.

"너어어어!"

등을 베인 에드난이 고함을 지르며 눈에 핏대를 세웠다. 테일런은 검을 떨어뜨렸다. 에드난이 두려워서가 아니라 '아르노만의 아들'을 베었기 때문이었다. 에드난은 노호했고, 루이니앙 백작 부인은 졸도했으며, 엘리앙은 눈을 뜨지 않았고, 테일런은 감옥에 갇혔다.

세피노제의 감옥은 끈적이고 더러웠다. 아르노만은 데바람에 가 있기 때문에 권한은 자연스럽게 에드난에게 위임된 상태였다. 모든 것이 최악이었다.

"지금 모든 권한은 내게 있으니 내 재량에 따라 너를 죽이겠다. 죄목은 알겠지."

에드난은 끝까지 그를 조롱하기 위해 친히 더러운 감옥을 찾아왔다. 테일런은 당최 그가 자신을 미워하는 이유를 알 수가 없었다. 그가 직접 늘어놓기 전까진.

"네가 내 아버지를 어떻게 구워삶았는지는 모르겠지만, 이제 그것도 끝이다."

그러니까, 아르노만의 관심을 빼앗긴 데에 대한 보복이었다.

그의 고충도 어느 정도 이해는 갔다. 왕궁에선 왕위 후보들에게 온

갓 괴롭힘을 당하고, 가장 인정받고 싶은 아버지는 무관심한데, 어느 날인가부터 세피노제에 눌어붙은 한 남색 머리 꼬마. 아르노만이 직접 데려와 친히 신경 쓰라고 말한 남루한 아이였다. 아이가 자랄수록 아르노만의 관심도 커졌다. 에드난의 질투도 커졌다.

테일런은 문득 에드난과 아르노만이 함께 있는 것을 본 적이 없다는 걸 깨달았다. 그리고 에드난이 단단히 착각을 하고 있다는 것도.

아르노만은 자신을 아끼지 않는다.

"살아날 구멍 따위 없을 줄 알아라. 재판 같은 것도 없어, 넌 루이니앙 백작 부인의 증언대로 갑자기 미쳐서 내게 칼을 휘두른 놈으로 기록될 테니까."

놀랍지도 않았다. 세피노제는 피노제가의 도움이 없으면 일구어져 나갈 수 없는 체계의 도시다. 그리고 에드난은 미래 피노제의 주인이 될 사람.

"아가씨는……."

"뒈졌다."

끔찍한 목소리였다.

"남 걱정할 때가 아니잖나? 거지새끼."

잠시 꿈에 젖어 잊고 살았다.

자신은 결코 그들이 될 수 없었다.

하지만 테일런은 죽지 않았다.

처형이 있기 사흘 전, 아르노만 공작이 갑작스럽게 돌아온 것이다.

예상치 못한 그의 귀환에 피노제와 세피노제는 비상경계령이 걸렸다. 제멋대로 권력을 휘두르던 에드난도 금세 꼬릴 내렸다. 하지만 테일런만큼은 그냥 풀어주지 않겠다며 고집을 부려 일이 커지기 시작했다.

아르노만이 감옥으로 찾아왔다.

"네가 에드난을 죽이려 했다고?"

창살에 갇힌 테일런은 고개 숙여 그에게 예의를 표한 후 침묵했다. 온갖 기분이 뒤섞여 말문이 막혔다. 그의 은혜를 저버렸다는 죄책감과, 그들에 대한 실망감 등이 뒤엉켜서.

"말해봐라. 내 너를 거둬 이리 키워주었건만, 은혜를 원수로 갚는 꼴 아니냐?"

노기가 스며 있었다.

"누가 사주했나?"

"아닙니다."

"그렇다면 정말 히오엔의 말대로 네가 갑자기 미쳐 날뛰었단 이야길 믿어야 한다는 거냐?"

루이니앙 백작 부인은 결국 에드난의 각본대로 이야기한 모양이었다. 그녀를 원망하지는 않았다. 약한 것이 죄이다. 그렇다면 자신 역시 죄인이다.

"네가 이리 대범하게 나를 배신할 줄은 꿈에도 상상 못 했는데. 아예 바보는 아닌 모양이군."

테일런은 지친 시선을 내렸다. 아르노만은 떠났다.

그는 언제나 이상한 말을 던지고 간다.

그리고 다음 날, 사형당할 거라 생각했던 테일런은 방면되었다. 그는 피노제의 저택으로 끌려가는 동안 기이한 이야기를 들었다. 아르노만의 독남이 노호한 대공작에게 비 오는 날 먼지 나도록 개 맞듯 맞아 정신을 차리지 못하고 있다는 이야기였다. 그건 사실이었다.

테일런을 불러들인 아르노만의 첫 마디는 탄식과도 비슷했다.

"아들놈이라고 하나 있는 게 저 모양 저 꼴이니."

테일런은 갑작스러운 이 상황에 적응이 되지 않았다.

"네 녀석은 얼마나 더 얼간이 천치같이 굴어야 성이 차겠느냐? 왜 입 다물고 있었지? 바보가 아닌가 싶으면 또 상상 이상으로 멍청한 짓을 해서 속을 썩이는군."

테일런의 침묵엔 늘 어떤 뒷이야기가 있다는 것을 알고 있던 아르노만은 아랫것들을 다그쳤다. 그리고 엘리앙이 죽은 것을 알게 되고, 루이니앙 백작 부인이 왜 엘리앙의 죽음을 쉬쉬했는지를 조사했다. 꼬리에 꼬리를 물고 나오는 이야기들. 전부 다 에드난에 의해 차단되어 있던 진실이었다. 테일런에 대한 이야기 또한.

그는 결론적으로 제 아들을 결국 개 패듯이 두들기게 되었다. 그의 마음이라고 편할 리가 없었다.

"이 일에 대해선 일단 함구하게 할 것이다."

테일런이 주먹을 꾹 그러쥐었다. 잠시나마 품었던 기대가 사라졌다.

"그리 보아도 어쩔 수 없다. 이곳 섭리가 그런 거니까. 내게 아들이라곤 저놈 하나뿐이니, 정신 개조를 시키든가 해야지, 원. 이번 일을 잊지는 않을 거다. 에드난의 저 멍청한 소갈머리에 눌려 내게 거짓을 고한 히오엔 역시 용서할 수 없다. 물론, 너에게도 적절한 처벌을 할 것이다.”

아르노만은 착잡한 얼굴로 표정 없이 서 있는 테일런을 응시했다. 그가 짧은 한숨을 쉬었다.

“테일런. ……내가, 부귀와 영화 모든 것을 누리면서도 막막해 힘든 것이 무엇인지 아느냐?”

“모릅니다.”

“사람을 바꾸는 일이다. 이 나이 먹도록, 그것만큼은 제대로 하지 못했다.”

아르노만은 자신의 인생을 바꾼 남자였다. 테일런은 최대한의 진심을 담아 답했다.

“대공 각하께서는 충분히 그런 힘이 있으십니다.”

“내가.”

아르노만의 얼굴이 어두워졌다. 테일런은 그가 에드난을 생각하고 있는 걸지도 모른다고 생각했다.

그런데,

“내가 널 거둔 지도 이제 거의 7년째다. 그런데 네가 변한 게 뭐냐?”

아르노만은 그리 물었다.

칼바람이 테일런의 정신을 일깨웠다.

“무슨 일이냐?”

성문 앞에서 병사와 승강이를 벌이는 소년에게 제일 먼저 다가간 건 로렌이었다. 소년의 뒷덜미를 움켜쥐고 있던 병사는 기사들이 다가오자 몸을 꼿꼿이 세웠다.

"이 소년이 자작님을 뵙겠다며 떼를 쓰는데, 위조패를 가지고 있는 것이 수상쩍어……."

온 얼굴이 상처투성이인 소년은 병사의 손아귀에 붙들린 채로 팔을 휘젓다가 어깨를 바르르 떨었다. 테일런이 급한 걸음으로 다가갔다.

"로렌스 경, 그 아이는 주군이 직접 부른 아이입니다. 그 패는 진짜입니다."

병사가 테일런의 증언에 깜짝 놀라며 소년을 내려다보았다. 다른 기사들도 하나 둘씩 몰려들었다.

테일런이 아이의 행색을 살폈다. 아이는 여전히 가난했고, 여전히 불쌍했다. 지난번과 크게 다르지 않은 얇은 옷가지 안으론 동상에 걸린 벌건 살이 보였다. 퉁퉁 부은 눈, 피딱지가 앉은 입술, 절뚝거리는 다리.

"어, 어, 어, 어제 처음으로 그 녀석들을 때, 때렸습니다. 어제는 너무너무 많이 아파서 차마 이곳까지 오지도 못했지만. 어제…… 그, 그, 그 녀석들을…… 내가, 때, 때렸다고요……."

가슴을 울리는 음성이었다.

그러니까, 그 녀석들을 찾아가기까지 이만큼 오랜 시간이 걸렸다는 말이다. 그리고 저 꼴이 되었다. 테일런은 병사에게 모포를 가져오라 일렀다.

"내가…… 그 녀석들을, 때리고……."

"너는 동편 한 닢짜리 몸이냐."

눈물 멈추지 않는 소년의 눈빛에 서서히 살기가 떠오르기 시작했다. 무시당했다 생각한 모양이었다. 이 별난 광경을 몇 걸음 떨어지지 않은 곳에서 바라보고 있던 페이랑이 끼어들어 물었다.

"동편 한 닢이라니요?"

"요전, 주군께서 산책을 나가셨다가 나이 든 아이들에게 괴롭힘당하는 이 아이를 발견했습니다. 주군은 아이를 도와주는 대신 아이에게 내기를 걸었습니다. 별것 아닙니다만."

말을 잇는 내내 테일런은 기이한 탈력감을 떨칠 수가 없었다.

고작 동편 한 닢을 갖기 위해 아이가 찾아왔다. 고작 그 동편 한 닢을 얻자고 소년은 흠씬 얻어맞았을 것이다. 이미 되찾을 수 없는 빵 한 조각 때문에. 그리고 그렇게나 두들겨 맞은 대가로 얻는 것은 고작 끼니 한 끼도 해결할 수 없는 동편 한 닢.

가슴이 저려 목소리가 갈라졌다.

"고작 동편 한 닢을 받으러 온 거냐."

이런 아이들을 전부 도와줄 수는 없었다.

"약속했잖습니까."

기사들은 건방진 소년이 이제 신기하단 눈빛이었다.

"전 자작님을 만날 거, 겁니다."

테일런은 주머니에서 금화 한 닢을 꺼냈다.

"내가 대신 금화를 한 닢 줄 테니 앞으론 무리하지 말고 그 금화를 가지고 동생이랑 꼭꼭 숨어 살아라. 더 이상 네 몸을 망치지 마라. 헛수고다."

금편은 거지에게 덥석 적선하기엔 꽤 큰 돈이었다. 하지만 테일런은 하나도 아깝지 않았다. 부자이기 때문이 아니라 저 소년의 비참함을 이해하기 때문이었다. 그러나 소년은 한참 금화를 노려보더니 그대로 내동댕이치며 악쓰듯 소리쳤다.

"헛수고가 아니야! 나는 그 여자한테 직접 받을 거야! 그러려고 찾아온 겁니다! 동정받으러 온 게 아니야! 그 여자한테 받고 말 거야! 놀리지 마!"

별안간의 고함에 깜짝 놀란 병사들이 주춤거리며 물러날 정도였다. 소우로가 페이랑의 옆구릴 찌르며 중얼거렸다.

"야, 설마, 그 여자가…… 우리 주군이냐?"

"……그런가 본데요. 저 꼬마 돌았네요."

그때였다.

"그래서, 내게서 동편을 받아갈 생각이냐? 그 금편을 버리고?"

제르의 음성에 깜짝 놀란 기사들이 자리를 떴다.

"주군?"

그녀의 뒤를 좇아오던 르니아가 기사들과 눈이 마주치자 장난스럽게 한쪽 눈을 찡긋했다. 제르는 곧 소년의 앞에 멈춰 섰다.

"멍청하구나. 나라면 저 떠나는 치에게서 그 금편을 받고, 또 내게와 금편을 받을 텐데 말이다. 하기야 내게 왔더라도 동편 한 닢밖에 안되겠지. 또 흠씬 얻어맞고 온 걸 보니."

"……이…… 잇!"

에노디가 금방이라도 달려들 것 같은 얼굴을 했다. 제르는 단단히 동여맨 자신의 코트를 풀어 소년의 어깨에 덮었다.

"그래도 썩 배짱은 있구나."

그리 중얼거리며.

갑작스레 느껴지는 따뜻한 온기에 소년은 몸을 굳혔다. 그녀의 손이 아이의 눈물을 훔쳐냈다.

"맞아 죽을 수도 있었을 텐데 살아남은 기분이 어떠하냐."

아이가 훌쩍이기 시작했다.

"아파도 몸이 아픈 것이 낫지. 안 그러냐. 수고했다. 잊지 마라. 당하기만 하다 보면, 그것에 익숙해져 바보천치가 되어버린다. 너는 내 충고를 들었으니, 내 오늘 약조대로 동편 한 닢을 주마."

제르가 덧붙였다.

"하지만 또한 잊지 마. 네가 이번엔 운이 좋아 상처만 입고 목숨을 건졌지만, 언젠가는 그것이 네 목숨을 걸어야 하는 일이 될지도 모른다. 그냥 저치에게 금편 한 닢을 받고 떠나는 편이 네겐 더 좋은 일일지도 몰라. 내가 한 제안은 명령이 아니다. 내가 네게 준 목적을 너는 버려도 좋을 일이야. 그래도 오늘 동편 한 닢에 만족해 돌아가겠나? 내일도 그 아이들을 때려눕히러 갈 테냐?"

제르가 조용한 목소리로 말을 맺었다.

그녀답지 않은 다정한 음성에 기사들도 괜스레 이상해지는 기분이었다. 에노디는 큰 소리로 울기 시작했다.

서러움에 이 추위 다 떠나가라는 듯이.

달갑지 않은 기시감이었다. 테일런은 시선을 강탈당한 사람처럼 멍하니 제르를 바라보았다. 과거의 파편들이 연쇄적으로 떠올라 바로 어제 일처럼 생생했다.

'저도 변했습니다. 아르노만 대공 각하께서 저를 이만큼이나 인간답게 만들어주셨습니다.'

'나이가 먹더니 우스운 소리만 늘었구나. 네가 변했다고? 웃기지 마라.

너는 아직 내가 처음 주워 왔을 때와 똑같다. 넌 여전히 그때의 더러운 꼬맹이 그대로다.'

테일런은 그의 말을 이해하지 못했다. 온전한 사람이 된 자신에게 그 거렁뱅이 적 시절과 같다 말하는 남자를. 화려한 은색의 마차에 앉아 '오늘도 따라올 테냐?' 하고 회유하던 남자를 아직도 이해하지 못하고 있었다.

"내일도 때려눕히러 갈 테냐?"

'오늘도 따라올 테냐?'

겹쳐졌다.

가슴에 돌덩이가 육중하게 내려앉아 미련과 후회들을 흐트러뜨렸다. 그의 말처럼 자신은 아직도 제 자리걸음을 하고 있었다. 자신은 오늘도 십여 년 전의 그날처럼 아무것도 모른 채로 아르노만의 마차를 쫓는 소년이었다. 마지막 생명줄을 움켜쥐듯 절박하게 마차를 쫓아 달린다. 몇 번이고 달리고 달리다가 이윽고 그가 속도를 줄여 도착할 수 있게 해준 저택.

그는 그 집에 타의로 끌려 들어갔다. 그는 억지로 기사가 되었고, 시키는 일만 하고 살았다. 인생에서 자신의 의지로 행동했던 것은 오직 마차를 쫓던 발걸음과 에드난의 등을 베어버린 것뿐이었다.

'아예 바보는 아닌 모양이군.'

그런 의미였던 건가. 전율 같은 떨림이 전신을 관통했다. 테일런은 홀린 듯이 손바닥을 내려다보았다. 검을 오래 잡은 탓에 굳은살이 박였다. 검을 쥐는 것조차 제 의지가 아니었다. 퀸시오에 있는 것조차도 제 의지가 아니었다. 떠나는 것조차도.

"르니아."

제르가 르니아를 통해 소년에게 동편을 건넸다.

에노디는 비장한 얼굴로 그것을 거머쥐었다. 테일런은 말없이 모든 장면을 똑똑히 눈에 담았다.

'나는 애초부터.'

그녀는 아르노만도 외면한 일을 그녀의 방식으로 풀어나가고 있었다.

'죽어가는 사람을 살리는 데엔 관심이 없다. 살아 있는 이를 살리는 것도 벅차다. 죽어가는 이를 건져낸 건 너로 족하다.'

누구도 돌아보지 않는 낮은 이들을, 그녀 역시 벅차할까? 아르노만조차도 돌아보지 않을 그들을 그녀 역시 돌아보지 않을까?

아이는 동편을 손에 쥔 채, 절뚝거리며 멀어져갔다. 한바탕 난리를 겪은 기분에 기사들은 어정쩡하게 서로를 돌아보았다.

르니아가 분위기를 반전시켰다.

"맞아, 맞아! 작별 인사하러 왔어요. 여기 새참도 챙겨 왔고요."

로렌은 르니아가 건네는 바구니를 얼결에 받아 들고 "고, 고맙소." 하며 짧게 대꾸했다.

테일런은 여전히 과거에서 숨 쉬고 있었다.

한 아이의 인생을 말 몇 마디로 바꾸어버린 여자가 저기 서 있다. 아르노만이 포기한 것을 포기하지 않은 여자가 지척에 서 있었다. 누군가에게 가슴 저린 의지를 불어 넣어준 사람이.

한 번도 어느 누구에게도 희망을 건 적이 없다. 한결같은 귀족에, 다를 것 없는 기사에, 특별하지 않은 삶이었다. 이 나라에서 왕 다음으로 높은 대공이 포기한 일이었다. 당연히 테일런 역시 포기해야 한다고 생각했다.

'약자는 당연히 죄인이다.'

그는 아르노만의 가르침에 단 한 번도 의문을 제기한 적이 없었다.

그가 불쑥 물었다.

"부당하게 고통받는 사람들이 퀸시오에 있다면, 어찌하실 겁니까."

"……뭐?"

제르가 고개를 돌렸다.

"힘이 없단 이유만으로 괴롭힘당하는 자가 있다면 어떻게 하실 겁니까."

그의 음성은 얼핏 화난 듯도 들렸다.

"나쁜 짓을 하고도 지위가 높아 그것이 유야무야 넘어가는 상황이 발생하신다면 어떻게 하실 겁니까. 이 땅의 낮은 자들이 고통받는다면 주군은 어찌하실 겁니까."

한참이나 영문을 모르겠다는 듯 그를 바라보던 제르가 단조롭게 답했다.

"그럴 일은 없다."

태양이 하늘의 중앙을 향해 떠올랐다. 그녀의 음성이 바람과 함께 그의 귓가로 밀려들었다. 그것은 해일과도 같았다.

"난 내 땅의 모든 이에게."

적어도 테일런에게만큼은 커다란 해일이었다.

"부당함에 대한 복수의 원칙을 인정한다."

찬 북국의 칼바람이 멎었다.

제르는 대수롭잖은 얼굴로 테일런을 곁눈질하더니 몸을 돌렸다. 테일런은 가만히 그녀의 옆얼굴을, 그리고 이제는 사라져버린 소년의 뒷모습을 번갈아 쫓았다. 그리고 엘올라가 있을 남서를 가늠했다. 아르노만이 있을 왕도를. 자신의 고향을.

자신은 아직까지도 그의 마차를 쫓는 소년이었다. 혹시 모를 가느다란 희망을 쫓아서 길고 고통스럽게 달리는 소년. 그리고 여전히 아르노만은 그의 은인이었다. 테일런은 결코 아르노만을 배반할 수 없었다.

하지만 그의 마차는 멈추었고 자신의 달리기도 끝이 났다.

그럼 이제 어떻게 해야 하나?

여기 무언가 사연을 가득 담은, 검은 여인의 마차가 있다.

분명 그녀는 자신에게 약속한 것이 아무것도 없었다. 그런데도 그것을 쫓고자 하는 욕망은 스스로도 납득이 가지 않는 미련이었다. 아르노만을 배반할 수는 없었다. 하지만 여인에게서 희망을 보았다.

여인의 마차가 향하는 종착역은, 아르노만의 저택보다 아름다울지도 모른다.

테일런의 무릎이 힘없이 꺾였다.

"한 가지만 대답해주십시오."

그녀는 대답하지 않았지만 테일런은 물었다.

"자작은 대공의 적입니까, 벗입니까?"

상황을 지켜보던 르니아와 기사들이 더듬더듬 그의 이름을 불렀다.

"어…… 기사님?"

"크, 클로이스 경?"

테일런은 말없이 검을 뽑아 들었다. 잘 닦인 묵직한 검신이 수직으로 떨어지는 햇살을 받고 서슬 퍼런 빛을 번뜩였다.

"만일 자작이 대공의 적이라면 제 목을 치시고, 벗이라면 제 맹세를 받아주십시오."

그의 음성엔 한 치의 주저도 없었다.

하늘의 정중앙을 밝게 태우는 태양의 열기가 퀸시오의 추위를 몰아냈다.

그들은 내리쬐는 한겨울의 햇살 아래 서 있었다. 검을 건네받은 제르가 말없이 검신을 세우는 모습에 기사들은 숨을 죽였다. 여인이 한 손으로 들기에는 다소 무거운 검이었다. 그녀는 양손으로 검을 쥐고 고운 미간을 찌푸렸다.

피노제 가문의 인장이 그려진, 아르노만의 검.

"나는."

그녀의 입술이 느리게 떨어졌다.

"아르노만의 벗이다."

거짓 없는 진실.

아르노만이 비록 그녀를 죽이고 싶어 할지 모르나, 자신은 그를 살려야 한다. 에사렛타 왕비가 자신을 죽이고 싶어 할지 모르나, 자신은 그녀 역시 살려야 했다. 참 불공평한 일이었다.

'그러니 아르노만, 내 너의 것 하나쯤 가져도 괜찮지 않겠느냐. 너희는 내 목숨을 가졌으니.'

그녀는 더 묻지 않았다.

"경의 몸과 마음, 내가 갖겠다."

그렇게 다섯 번째 기사 테일런의 맹세가 끝났다.

네 번째 장

북서해의 제왕

대륙의 소국들은 일제 방어 체제에 들어갔다.

카르시타 역시 촉각을 곤두세우기는 마찬가지였다. 트란실에서는 차르 쟁탈전이 시작되었고, 막 베제스가 재위를 시작한 데바람에서는 수년 전 자리를 버리고 도망친 폐태자 지스카르 헨솔이 귀환했다.

폐태자의 귀환 이후 데바람의 왕위 내전을 예상했던 학자들의 우려와는 달리, 지스카르는 베제스에게 고개를 숙여 그의 휘하로 자진 복속되었다. 많은 이들이 안도하며 그를 비난했다. 얼마 지나지 않아 지스카르는 손아래 동생이자 그의 군주를 자처한 베제스의 명을 받아 왕도 산나가 아닌 국경을 수비하는 총장군으로 좌천당했다.

트란실에 대하여 간략히 하자면, 그들은 데바람이나 카르시타와는 몹시도 다른 부락 체제의 민족이었다. 폐쇄적으로 자급자족 생활을 하는 전사들의 민족. 귀한 드레스보다는 갑옷을 선호하는 강인한 사막의 아이들이다. 그들은 왕이라는 개념보다는 지도자라는 개념으로 차르를 추대했다. 열 개가 넘는 중소 규모의 부락들은 매 시기마다 한 명의 선출자를 내놓는데 그렇게 선발된 각 부락의 대표들은 저들끼리 결투를 벌이거나, 죽이거나 하는 방식으로 스스로의 강함을 증명했다.

그들의 전통이 규정한 규칙은 단 세 개였다. 첫째, 현 차르를 죽이고 차르의 부족을 흡수 쟁탈한다. 둘째, 다른 후보자들을 굴복시킨다. 그리고 마지막 세 번째, 인정될 만한 타국 군주의 목을 가져온다. 소위 머리 사냥이라 불리는 트란실 역사상 단 한 번 실행되었던 잔악무도한 행위는 명백한 전례로서 인정받았다고 한다.

카르시타 북부 해협의 카자 만은 상선과 상인들, 그리고 항구 수비

대원들로 인산인해를 이루고 있었다. 얇은 망토에 가려진 건장한 구릿빛 팔뚝이 항만의 난간을 짚고 섰다. 여행자가 흔하기 때문에 머리까지 후드를 눌러쓴 건장한 남성의 존재를 의식하는 사람은 없었다. 락혼 로도. 그는 로도 부족에서 선출한 이번 세대교체의 말 중 하나였다.

여기저기서 고함을 질러대는 거친 대륙 남자들의 목소리에 락혼은 귀를 닫았다. 짠 바다의 냄새에 속이 메슥거렸다.

'곤란하다.'

그는 일대의 소문들을 수집하기 위해 떠난 일행들을 기다리는 동안 자신이 길을 잃었다는 것을 인정하고 싶지 않았다.

가장 정면에 보이는 것은 거대한 상선이었다. 사람들이 쉴 새 없이 상자를 내리고 올리는 작업을 반복하고 있었다. 일대에 정박한 배들 중 가장 화려한 배의 옆면엔 아르사라 호라는 이름이 쓰여 있었다.

락혼은 마음을 바꾸었다. 그는 느릿느릿 걸어 바쁘게 발판 위를 뛰어다니며 짐들을 실어 나르는 선원들에게로 다가갔다.

"하나, 묻겠다."

막 커다란 봇짐을 들쳐 메고 발판을 오르던 선원이 인상을 쓰며 그를 돌아보았다. 얼굴에 커다란 상처가 있어 위협적인 인상의 사내가 묘한 표정을 지었다.

"이곳에서 사라진 사람을 찾는데, 배를 타고 갔다면 보통 어디로 가게 되나?"

"사람을 찾고 있소?"

"그렇다."

"……생긴 게 특이하네. 혹시 트란실 사람이오?"

락혼은 별다른 경계심을 보이지 않고 고개를 끄덕였다. 선원은 곧 봇짐을 반대편 어깨로 들쳐 메더니 고개를 삐딱하게 기울였다.

"목적지가 어디기에?"

"사람을 찾고 있다. 이곳에서 흔적이 끊겨 수색에 난항을 빚고 있다. 보통 이곳에서 배를 타고 떠나면 어디로 향하나?"

"정해진 곳이 몇 군데 있긴 하지만……."

선원은 뜻밖에도 친절한 목소리로 답했다. 락혼이 진한 쌍꺼풀이 그려진 소처럼 말간 눈을 깜빡이자 선원이 턱짓했다.

"선장에게 말하면 지도와 더 자세한 것들을 설명해줄 거요. 따라오시오."

이 배에? 락혼은 배라는 물체에 친숙하지 않았기에 잠깐 주저했다. 하지만 바닷길에 대해서는 바다 놈들이 더 잘 아는 법이다. 그는 마지못해 배에 올랐다. 이대로 납치당할지도 모른다는 생각은 전혀 하지 못한 채로.

혹한이 다 지난 늦겨울이라지만 추위는 여전히 매서웠다. 수염이 얼고, 입김이 부옇게 흩어지는 늦은 겨울. 아스난은 습관처럼 제르의 집무실로 발길을 정했다.

그가 퀸시오에 정착한 지도 어느새 석 달이 넘었다. 그동안 그는 정말 하루도 편히 쉰 적이 없었다. 성벽 수리, 지지대 보수 공사, 무너진 병기 창고 재건, 퀸시오 정찰, 노동자 관리, 군수물자 확인, 기사들의 훈련지도, 예산 재책정 등 열거하자면 끝이 없다.

지휘 체계도 그리 견고하지 않았다. 그나마 있던 병사들도 아라산으로 차출당했기 때문에 새로 뽑은 이들을 훈련시키는 데에 노력이 배가들었다. 그들 중 일부는 용병처럼 봉급을 받기 위해 모인 이들도 있었다. 제르가 노예들을 암묵적으로 인정하지 않고 고용 급여를 주겠다 선언한 데서 시작된 결과였다.

애당초 퀸시오는 작은 도시이고, 아라산이라는 큰 영토가 방패처럼 그 길목을 막기 때문에 외세의 침략을 당할 가능성도 지극히 낮았지만 그렇다고 군사가 필요하지 않은 것은 아니다.

직면한 상황 중 가장 큰 문제는 단연, 오합지졸인 병사들을 훈련시킬 기사들의 수가 터무니없이 적다는 것이다.

소우로와 로렌이 가기 전에도 고작 일곱이었는데 이젠 겨우 다섯이 남아버렸다. 아스난, 렐딘, 페이랑, 셸파, 그리고 테일런. 하지만 테일런은 업무의 절반 이상을 제르의 호위에 치중하고 있으니 실제적으로는 넷뿐이었다. 셸파가 운신할 수 있게 되어 그나마 다행이었다.

다시 망토를 여미며 보속을 빨리하는데, 돌연 경계 태세를 알리는 뿔 나팔 소리가 울리기 시작했다. 아스난이 걸음을 멈추고 주위를 둘러보았다.

봉화는 오르지 않았다.

곧 그에게 보고가 닿았다.

"세닉 경이 탈출한 해적들을 추격하고 계십니다."

미간이 당기는 기분에 아스난이 고개를 돌렸다.

또, 그 해적들 때문이었다. 이달 들어 두 번째였다. 퀸시오를 습격했던 두 명의 해적은 연이은 탈출 시도로 자신들의 존재를 각인시켰다.

오늘까지 벌써 세 번째의 도망이었다. 그럴 때마다 군사를 풀어 잡아야 하니, 또 인력 낭비에 시간 낭비. 제르에게 몇 번이나 간언을 올렸지만 그녀는 들은 체도 않았다. 홀리듯이 한 맹세. 후회는 않지만 가끔 의문이 들었다.

충성의 맹세가 과연 그녀에게 의미가 있었나.

"그 해적들을 더 이상 살려둘 수 없습니다, 주군."

각오를 하고 온 듯이 그의 목소리에 힘이 들어가 있었다.

때마침 성을 방문했던, 인근에서 가장 훌륭하단 정평을 받는 노학자가 대신 말을 받았다.

"해적이라면 얼마 전에 겁도 없이 예 쳐들어왔던 놈들 아닙니까? 아직도 그놈들이 호사하고 있소이까?"

"그렇습니다."

"아니, 주군, 그 무도한 것들은 법도 예의도 몰라 영주의 성에 무단으로 침입하여 영주님의 심기를 어지르고, 영지의 보물과도 같은 병기고에 불을 지르고, 곡간을 털어 가려 했던 녀석들이라 들었는데요? 자작의 권위와 위엄을 세우기 위해서 그들의 목을 쳐서 성벽 앞에 걸어둬야 하지만, 퀸시오는 아직 단두대와 교수대조차도 마련되어 있지 않으니 일단 그것을 먼저 제작하고, 자작의 위엄을 위해서는…… 아, 그래, 자작, 어떻습니까? 자작의 조각상을 세우는 겁니다! 제가 아는 좀 잘나가는 조각가가 하나 있는데 어떠십니까?"

제르는 다시는 저 학자를 부르지 않기로 마음먹었다.

해적들의 무도함에서 어떻게 이야기가 뻗어나가야 조각상을 세우자는 주장까지 펼칠 수 있다는 말인가? 어떤 의미에서 저 학자는 대단한 사람이 맞긴 맞았다. 노인이 어찌나 정력이 좋은지 입이 한시도 가만있질 못했다.

"그건 엘보르트 경과 마무리 지어야 할 얘기 같군. 학자는 나가보게."

"예. 그리고 생각해보니 조각상은 지금 당장은 어려울 것 같고, 이번 봄에 땅이 녹으면 근처 녹지를 개간해보는 것이 어떻겠습니까? 전대 영주님께 몇 차례나 제가 간언을 올렸습니다만…… 아, 그리고 눈이 내릴 때 말입니다?"

"나중에."

"예, 알겠습니다. 그리고 말씀하신 아카데미 건 말입니다? 아무래도 위치가…… 예 땅이 좁아서……."

학자는 그러고도 한참을 나가지 않고 떠들다가, 결국 아스난의 눈총에 반강제로 물러나게 되었다. 아스난은 비로소 다시 침착하게 논지를 펼 수 있었다.

"매번 내버려두라 하시어 내버려뒀지만 이미 그들이 사로잡힌 지 두 달이 지났습니다. 그들의 동료가 다시 찾아오길 바라시는 거라면 가능성이 무에 수렴한다고 여겨집니다. 재정적으로 넉넉하지 않은 상황입니다. 저런 중죄인들에게 먹을 것과 입을 것을 내어주느니, 빈곤한 퀸시오의 다른 백성들에게 자선하는 것이 낫습니다. 그들을 감시하는 인력까지 고려하면 어리석은 일입니다."

제르도 딱히 부정하지는 않았다. 하지만 르니아를 죽이려고 이곳까지 숨어든 두 명의 해적들을 아직 살려둔 데에는 그럴 만한 이유가 있었다. 지금까지는 아스난에게 말해봐야 긁어 부스럼일 거라 판단해 침묵했지만, 이제 슬슬 말할 때가 되었나 싶다.

그때였다.

"잠시 괜찮겠습니까."

렐딘의 음성이었다. 며칠 전 아라산에 경계 봉화가 올랐기에 진상을 알아보라 보냈다. 제르가 들어오라 짤막히 명하자 렐딘은 외출 차림 그대로 제르의 앞에 한쪽 무릎을 꿇었다. 아스난은 대화를 방해받았다는 생각에 못마땅한 표정이었다.

"보고 드립니다."

"그래, 아라산에 무슨 일이 있었다던가?"

렐딘이 짧게 간격을 두고 말을 골랐다.

"차르 쟁탈전이 시작된 것 같다 합니다."

차르 쟁탈전. 뚱하던 아스난의 얼굴에서 서서히 표정이 걷혔다.

트란실은 아라산과 바로 접경한 척박한 땅이었다.

찬 바람이 살갗을 찢는 한랭의 메마른 땅. 그리고 거친 전사들의 영토. 들리기로는 열 개가 넘는 부락들이 모인 씨족 중심의 체제 속에서 자급자족한다고 했다. 12개의 섬으로 이루어진 소해상국 이한 연합과는 또 다른 방식이었다. 그들은 차르라는 지도자를 선출해 세대를 영위한다. 트란실 인에 대한 정보는 드물었지만 명백히 알려진 것은 있다.

그들은 대륙에서 왕좌의 찬탈로 보는 차르 시해를 공식적으로 인정한다. 그들은 카르시타 기준의 내란에 호의적이었다. 또한 그들은 다른 인접 국가의 왕의 머리를 훔쳐 가는 것을 대단한 영광이라고 여겼다. 머리 사냥이라 부른다던가. 드물지만 과거 어느 작은 나라의 왕이 트란실 인에 의해 산 채로 머리가 뜯겨나갔던 사건이 역사 속에 남아 있기에 차르 쟁탈전이 시작되었다는 소문이 들리면 인근 국가들은 모두 촉각을 곤두세우고 경계했다.

아라산이 올린 봉화 또한 그런 의미에서였던 것이다.

"그렇군."

벌써 그럴 때가 된 모양이었다.

"만에 하나 사태를 대비해 퀸시오 무역항도 보안을 강화해야 할 것 같습니다. 차르 쟁탈전이 시작되면 주변 국가들까지 영향을 끼치게 되니. 트란실과 근접한 이곳은 더욱."

"그들은 바다로 드나들지 않아."

"혹시 모를 일입니다."

"우선 헥터 경은 나가봐라."

렐딘을 내보낸 제르는 데바람 왕궁 서고에 빽빽이 꽂혀 있던 트란실에 대한 민담 설화와 전설, 그리고 그들의 생태에 관한 서책들을 떠올렸다. 그리 멀게만 느껴지던 트란실 부족이 인근 땅에서 혈투를 벌이고 있을 거라 생각하니 기분이 묘했다.

"주군, 그러면 우선 논지로 돌아가 해적들에 대한 처우를……."

그때, 한 병사가 다시 한 번 아스난의 말을 잘랐다.

"동편 한 닢을 달라는 그 꼬마가 또 왔습니다."

에노디는 예상외로 끈기가 있었다.

첫 한 달은 두어 번쯤 찾아와 동편을 받아 가곤 했는데, 이달 들어 맷집이라도 생긴 건지 일주일에 한두 번 찾아오기 시작했다. 그리고 이번 주에는 급기야 출석하듯 얼굴 도장을 찍기 시작한 것이다.

"동편을 주어 돌려보내라. 앞으로 금편을 달라 할 때까지 내게 보고할 필요 없다."

"예."

아스난의 얼굴에 불만이 덕지덕지 붙어 있었다. 제르는 슬슬 그를 달랠 필요성을 느꼈다. 어디부터 이야기를 해야 할까. 르니아에 대해 먼저 이야기를 해줘야 할 터였다. 하지만 저 남자가 곧이곧대로 받아들일지는 미지수였다.

그녀가 막 입술을 떼려는 찰나, 다시 갑작스레 문이 열렸다. 아스난은 눈을 부릅뜨고 확 고개를 돌려 쏘아붙이려다 상대가 누구인지 깨닫고 깊은 한숨을 내켰다.

"르니아 양, 분명 방문 예절을 지키라 말을 했소."

"아, 죄송해요. 죄송, 죄송, 시나와 님!"

르니아는 건성건성 사과를 하는 둥 마는 둥 제르에게로 폴짝폴짝 달려갔다. 르니아가 저러는 게 하루 이틀도 아니라 아스난은 끓는 속을 가다듬었다. 그런 그의 눈에 문득 르니아의 옷차림이 들었다.

'세상에.'

또, 또, 또! 드레스를 입지 않았다! 도대체 어디서 저런 옷을 주워 입은 건지! 다리가 훤히 드러난 차림이었다. 종아리가 다 보이는 짧은 치마. 누더기처럼 대충 걸친 상의. 카르시탄의 시종이 저런 몰골이라는 건 또 다른 의미로 용납할 수가 없는 문제였다.

아스난이 지적하기 위해 입을 열려던 찰나, 르니아가 기쁜 듯 말했다.

"그 아이가 맡겨졌다는 집, 찾았어요."

아스난은 제르의 낯빛으로 스치는 어둔 그림자가 눈에 박혀 입을 다물고 말았다.

르니아 또한 곧 물러갔다. 세르의 긴 침묵에 기다리다 못한 아스난이 운을 뗐다.

"누굴 찾고 계셨습니까?"

"응."

"어떤 연유인지."

"……경에게 따님이 하나 있다고 했지. 몇 살쯤 되나?"

물음을 묵살당한 아스난이 눈을 깜빡거렸다. 그는 떨떠름한 내색을 감추고 답했다.

"올해 일곱입니다."

"이름이 뭐요?"

"테르테오 아네라 합니다. 왜 물으시는지 여쭈어도 되겠습니까?"

그녀는 느리게 고개를 저었다. 의도 모를 질문에 아스난은 심기가 불편해지는 기분이었다. 그녀를 보고 있으면 깊은 우물을 들여다보고 있는 것 같다. 속이 보이지 않는 우물. 일련의 찌꺼기들이 가라앉아 맑은 바닥을 볼 수 있길 목을 빼고 기다리지만 영영 보이지 않을지 모르는 그런 우물이다.

제르가 낮게 침전한 음성으로 물었다.

"경은 올해 나이가 몇이지?"

"서른일곱쯤 되었습니다."

"그 정도 나이면 이미 백작위를 승계해도 이상할 것 없지 않나? 아직 후계자라고?"

"부친께서 아직 정정하시고, 전 아직 미욱해 백작위를 물려받기엔 부족합니다."

"언제 작위를 물려받게 될지는 아직 모르나?"

"……그리 오래지 않을 것 같습니다."

아스난의 솔직한 대답에 제르가 그런가, 하고 중얼거리며 고개를 돌렸다.

"외람되오나 르니아 양을 시켜 누굴 찾으시는 겁니까? 왜 제게는 이르지 않으시고."

"별일 아니다. 그냥 악기를 좀 다루는 고아 소년이야."

제르는 멋쩍은 듯 그녀답지 않은 변명을 덧붙였다.

"후카를 꽤 잘 켜거든, 나는 음악을 좋아하고."

스스로가 생각해도 비루한 변명이었다. 하지만 그녀는 자신의 바람, 미련, 이런 감정들을 설명할 수 없었다. 어리석은 여자라 비웃음당하고 싶지는 않았다.

그것으로 끝이었다.

그녀와 이렇게 말없이 앉아 있을 만한 관계도 아닌지라, 아스난은 다시 해적들에 대한 이야기를 마무리하기로 마음먹었다. 그리고 르니아의 풍기 문란한 복장과 태도에 대해서도.

"주군, 잠시 제가 말을 먼저 해도 괜찮으시다면, 르니아 양에 대해서 몇 마디……."

"아, 그래. 그렇잖아도 경에게 미리 일러줄 말이 있었지."

제르가 한결 풀린 음성으로 말을 이었다.

해는 어느새 반쯤 기울어 있었다.

그림자로 얼추 시간을 가늠해보니 곧 서너 시쯤 되었을 것 같다. 페이랑은 강한 추위에도 불구하고 땀투성이였다. 벌써 반나절 넘게 해적 두 놈과 쫓고 쫓기는 추격전을 벌이고 있었다.

그 망할 것들!

마음 같아선 다 꿰어 죽여도 성치 않을 녀석들이었다. 어찌나 약삭빠르고 교활한지, 이리저리 미꾸라지처럼 잘도 빠져나간다. 놓쳤나 싶으면 어디선가 튀어나와 도망치고 있고, 잡았다 싶으면 놓치니 속이 뒤집어진다.

그렇게 쫓고 쫓다 루네비온 만에 이른 페이랑이 회심의 미소를 지었다. 이젠 못 빠져나간다. 루네비온은 바다와 바로 연결된 좁다란 만이었다. 몸을 엄폐할 만한 것도 많지 않았다. 이번에 잡으면 다리를 부러뜨려서라도 다시는 도망치지 못하게 하겠다고 결심하면서 그는 등대에 올랐다. 하지만 해적 놈들은 어디 숨었는지 보이지 않았다.

"어이, 지금 죄수 둘이 도망쳤으니 혹시라도 수상한 녀석들이 보이거든 종을 울려!"

결국 페이랑은 등대지기에게 명령한 후 등대를 내려왔다.

등대지기는 페이랑의 명에 따라 쌍망원경으로 일대를 유심히 살폈다. 그러나 한참을 둘러봐도 평소와 같은 풍경뿐이었다. 바다, 파도, 해안 절벽 따위의 풍경. 끝없이 지루한 풍경이 진력이 난다.

술래잡기에 진력이 나는 건 해적들도 마찬가지였다.

딸꾹.

리투가 또다시 딸꾹질을 시작하자 메르핀은 진심으로 저놈을 죽일까 고민하기 시작했다.

"잡히면, 후회하게 해주마!"

납작 엎드린 수풀 사이로 손톱만 하게 보이는 젊은 기사가 악에 차 외치는 소리에 등골이 오싹했다. 반나절을 넘게 쌓은 원한이니 보통이 아니리라.

딸꾹, 딸꾹.

메르핀은 분명히 도망치다 지쳐 죽거나, 모자란 리투 놈 탓에 들켜 맞아 죽겠다고 생각했다. 다행스럽게도 기사는 그들을 보지 못하고 지나쳤다. "제기랄, 다리를 분질러버릴 테다!" 하는 고함이 멀지 않은 곳에서부터 쩌렁쩌렁 울렸다.

'무서워.'

"이번에 잡히면 진짜 죽겠다."

메르핀이 입술을 질겅질겅 씹었다. 이쯤 되면 자수하고 다시 잡혀가는 게 낫지 않나 싶지만, 오늘만큼은 달랐다. 오늘은 도망칠 수 있는 유일한 날이었다.

메르핀은 품속에서 낡은 종이에 대충 휘갈겨진 편지를 한 통 꺼내었다.

온통 구겨져 있긴 했지만, 분명 초록 도끼 해적단에서 온 편지였다.

[돌아오는 아흐레. 초록 도끼. 루네비온 만. 6시.]

구깃구깃 접혀 나동그라져 있던 저 밀서를 손에 넣은 건 지난번 도주를 시도했을 때였다. 의리라는 게 없는 놈일 줄 알았는데, 바다 사내들의 정이 살아 있긴 한 모양이었다. 아마도 간자가 전하고 갔으리라. 편지의 내용이 시사한 것은 분명 자신들을 구하러 온다는 이야기. 메르핀은 감격에 겨워 잠시나마 해적단을 뜨는 게 좋지 않을까 하고 생각했던 자신을 질책했다.

"아무래도, 딸꾹. 오후, 딸꾹, 였나 봐요."

리투가 딸꾹거렸다. 메르핀도 내심 공감했다. 해적이란 보통 음침하고 은밀하여 야행성 동물을 떠올리게 하지만, 초록 도끼 해적단이 보통인가. 온갖 잡놈들을 모아둔 곳이다. 쉽게 단정 지을 수는 없었다. 그래서 새벽 5시부터 세 번째 목숨을 건 탈출을 감행. 지금까지도 술래잡기 중.

술래는 기사. 범인은 해적.

잡히면 죽음, 혹은 반죽음.

⁂

그녀가 처음 입을 열 때까지만 해도 아스난은 별다른 기대를 하지 않았다. 어차피 자신이 무슨 말을 해도 그녀는 귀담아듣지 않으리라. 하지만 제르는 그의 예상을 깼다.

"먼저 사과하지. 일부러 비밀로 하려던 것은 아니었다. 그리고 해적들에 관해서는 우리보단 저쪽 사람들의 규율에 따르는 게 더 나으리라 여겨 묵과한 것이다."

"저쪽 사람이라는 게 무슨 말이십니까?"

아스난이 되물었다. 제르는 어깨를 으쓱했다.

"해적들의 규율 말이야."

"왜 우리가 해적들의 규율을 존중해줘야 하는 겁니까?"

아스난은 모욕이라도 당한 사람처럼 노골적으로 반응했다. 그답지 않은 흥분이 눈에 보여 제르가 비웃듯 피식 웃었다.

"르니아가 해적이니까."

아스난이 노골적으로 당황한 표정을 지었다.

"뭐라 하셨습니까?"

"이해한 것 안다."

아스난은 반쯤 정신을 잃을 것 같은 표정을 하고 있었다.

"그러니 슬슬 준비해라. 곧 르니아의 가족들을 만나게 될 테니까."

등대지기는 집으로 돌아가고 싶었다. 하지만 아직 잡히지 않았다는 죄수들을 추격하기 위해 기사들이 등대 아래를 뛰어다니는 판국이라 그의 업무 시간은 자동 연장되었다. 얼결에 '망루'의 역할까지 하게 된 등대지기는 지푸라기라도 잡는 심정으로 쌍안경을 집어 들었다. 빨리 그놈들이 잡혀야 자신이 마음 편히 돌아갈 터인데.

등대지기는 쌍망원경으로 해안선을 따라 시선을 움직였다. 혹시나 숨어 있지는 않을까, 꼼꼼하게 그림자 하나까지도 살펴보았다. 하지만 죄수는커녕 짐승 새끼 한 마리도 없었다.

무심코 망원경을 내리려던 등대지기가 다시 눈을 부릅떴다.

'응?'

예리한 눈동자가 조금 전의 잔상을 쫓았다.

"……뭐지, 저건?"

아주 먼 바다, 새파란 해면 위로 검은 점이 둥둥 떠 있었다.

오늘 입항하기로 기록된 상선은 없다고 했는데? 다시 한 번 입항 허가서를 뒤적거리던 등대지기는 자신이 틀리지 않았음을 확신했다. 그러는 사이 손톱만큼 작던 검은 그림자가 점점 커졌다.

등대지기는 그림자가 중대형 범선이라는 것을 깨달았다. 세 개의 마스트를 가진 쌍돛선이었다. 선미와 선수엔 크기가 제각각인 삼각돛이 하나씩 달려 있고, 메인마스트와 미즌 마스트에 설치된 활대 아래엔 돛대줄에 매인 사각 돛대가 각각 두 개씩 달려 있었다. 높게 휘날리는 이물 깃대엔 너덜거리는 초록 깃발이 달려 있었다.

가까스로 깃발의 무늬를 살피던 등대지기의 입술이 점점 크게 벌어졌다.

교차하는 도끼 사이로 그려진 해골 무늬. 해적이었다. 해적이라니! 그는 더 생각할 것도 없이 허둥지둥 등대의 꼭대기로 달려 올라갔다. 그리고 종을 울렸다.

등대의 종소리가 온 루네비온 만에 울리기 시작했다.

"기사님! 해적입니다!"

때마침 등대 아래를 지나던 페이랑이 고개를 젖히고 소리쳤다.

"그 두 놈을 찾았어? 어디 있나!"

등대지기가 목청이 터져라 소릴 질렀다.

"해적입니다아!"

"그러니까 그 두 놈 어딨냐니까! 방향을 가리켜!"

페이랑이 소리쳤다. 등대지기는 달달 떨리는 손으로 바다 한가운데를 가리켰다. 페이랑이 황당하단 표정을 지었다. 데엥 데엥 울리는 종소리를 뒤로한 채 고갤 돌린 페이랑의 얼굴에서 표정이 사라졌다. 데에에엥. 등대지기가 마지막 종을 울렸다.

"해적입니다!"

오래 생각할 것도 없었다.

부동항의 루네비온 만으로 미끄러져 들어오는 것은 해적선이었다.

종소리는 널리널리 퍼졌다. 메르핀과 리투는 좁은 만을 울리는 등대지기의 종소리에 쾌재를 부르며 달려가기 시작했다. 게슴츠레 눈을 감고 보니 루네비온 만의 끝자락에 벌써 배가 다가와 있었다. 그들은 초록 깃발을 단 범선을 발견하고 감격에 겨워 서로를 얼싸안았다.

"드디어 살았다!"

오늘의 '모험'이 주마등이 되어 스쳐 지나갔다. 죽일 놈의 기사들에게서 도망치는 것도 넌덜머리가 난다. 이제 저 배에 타 떠나기만 하면 만사형통이었다. 그들은 배가 정박하길 기다렸다.

그들을 발견한 병사들이 뒤늦게 해안선을 따라 달려오기 시작했다. 하지만 물살을 타고 들어오는 배가 더 빨랐다. 여차 하면 물속으로 뛰어들어 헤엄쳐 갈 각오도 되어 있었던 메르핀은 감격에 겨워 양손을 모아 쥐었다.

"근데요, 우리 배, 원래 저 꼴이었어요?"

배가 일부 난파된 모습에 리투가 갸우뚱 중얼거렸다.

오다가 암초에라도 걸렸나 보지. 메르핀이 능쳐 넘겼다. 아슬아슬하게 기사들이 지척에 이르렀을 때, 거대한 닻이 내려오기 시작했다. 끼기기긱. 요란한 소리를 내는 범선의 위엄에 기사들의 걸음도 점점 느려졌다. 리투와 메르핀이 범선의 입구에 서자 기사들은 섣불리 접근하지 못하고 그들을 둥글게 에워쌌다.

배가 완전히 멈추어 섰을 때 메르핀은 진심 어린 감동을 느꼈다.

배의 상태가 멀리서 보았을 때보다 심각하다는 것을 깨달았지만 그래도 지금 그에게 이 배는 세계 최고로 멋있는 배였다. 등대지기의 종소리를 듣고 마을 인근을 순찰하던 셀파 또한 페이랑과 합류해 겹겹이 포위했다. 선체 아래에 선 메르핀과 리투는 발을 동동 굴렀다. 아직 문이 열리지 않았다.

"퀸시오령에 무단으로 정박하려 한 해적단에 대한 체포 권한을 발휘하겠다. 그리고 너희 둘, 오늘 일은 잊지 않으마."

하루 종일 뛰어다니느라 꾀죄죄한 몰골이 된 페이랑이 이를 부득부득 갈았다. 초록 도끼의 선수기를 달고 나타난 해적선 한 대로 이미 모든 상황 파악은 끝났다.

'저 교활한 놈들.'

한 척이라고는 하지만 해적선의 규모가 제법 컸다. 저 안에서 몇 명이나 되는 해적들이 뛰쳐나올지 모르니 페이랑 또한 내심 걱정이 이만저만이 아니었다.

셀파가 페이랑의 옆에서 조용히 속삭였다.

"저 둘이 배에 타기 전에 잡아야 할 것 같은데. 우린 아직 저 해적선과 대적할 만한 해군이 없으니."

해군이 뭔가, 제대로 된 배도 한 척 없는데. 페이랑이 동의한다는 듯 고갤 끄덕였다. 점점 고조되는 분위기 속에서 메르핀과 리투는 긴장감에 오줌을 지릴 지경이었다.

언제 기사들이 달려들지 모르는 상황에, 배는 미적거리면서 빨리 발판을 내리지 않는다.

설상가상 해적선 위에 사람 그림자 하나 안 비친다. 유령선이라도 된 것처럼.

"선자아아앙! 빨리! 빨리이이 조오오옴!"

메르핀이 쉰 목소리로 고래고래 소리를 질렀다.

하지만 배는 이상하리만치 고요했다. 리투 또한 무언가 불길한 예감을 느낀 사람처럼 "어어…… 뭔가 이상한데요, 이거." 하고 중얼거려 메르핀의 불안을 배가시켰다.

눈치를 살피던 페이랑과 셀파가 고개를 끄덕이자 병사들이 움직이기 시작했다. 흥분한 메르핀이 발발거리며 깡충대기 시작했다.

"이것들아 내가 여기서 잡히게 되면 늬들도 험한 꼴 볼 줄 알……!"

그 순간 끼긱대는 소리와 함께 함선의 옆면이 열리더니, 단단한 발판이 내려왔다. 선체와 이어진 동굴처럼 깊숙한 입구가 모습을 드러냈다.

육중한 무게로 루네비온 만에 맞닿은 발판은 제법 가팔랐다. 하지만 메르핀은 당장이라도 승천할 것 같은 광대를 움켜쥐고 달리기 시작했다. 리투 또한 함께였다. 페이랑과 셀파의 표정은 꼭 그만큼 일그러졌다.

"잡아라!"

등 뒤로 울리는 무시무시한 고함에 메르핀은 리투의 뒷목을 붙잡고 함선의 발판을 향해 젖 먹던 힘까지 다해 달렸다. 페이랑과 셀파는 의지를 불태우며 말을 몰았지만 간발의 차로 놓쳐버렸다.

'이대로 해적선에 쳐들어가야 하나?'

곤혹스러운 시선을 주고받던 페이랑과 셀파는 이상한 비명에 고개를 돌렸다. 으아아아!

메르핀과 리투가 발판으로 달려 들어간 지 10초도 지나지 않아 데굴데굴 굴러 떨어지고 있었다.

괴상한 비명은 메르핀의 것이었다.

"으, 으아아아! 으아! 으아!"

바닥에 곤두박질친 메르핀은 양팔을 휘저으며 엉덩이를 질질 끌어 뒤로 도망쳤다. 리투 역시 굴러 떨어져 대자로 누워 굳어 있었다.

"으, 으아, 아! 거짓말! 거짓말!"

그들을 에워싸고 있던 기사와 병사들이 눈을 가늘게 떴다.

함선은 여전히 고요했다. 그런데 기껏 도망가더니 귀신이라도 본 것처럼 악다구니를 치며 뒷걸음하는 해적 두 명.

셀파가 생각을 바꾸어 페이랑에게 손짓했다. 안으로 들어가 확인할 생각이었다.

끼기긱. 끼기긱.

그때였다. 셀파가 막 안으로 진입하기 위한 신호를 보내려는데, 음침하게 끼긱거리는 나무 소리가 났다. 걸음 소리 같기도 했다. 셀파가 병사들을 한 발자국씩 뒤로 물리고 경계 태세를 강화했다.

"으아아, 오, 오, 오지 마아앗, 거짓말! 왜! 왜 저놈이이이! 악마 새끼! 악마 새끼이!"

순간 동굴처럼 어둡던 선체 입구에서 한 발이 쑥 빠져나왔다.

고급 양가죽으로 덧댄 가볍고 질긴 남자의 뱃놀이용 신이었다. 곧 단화의 주인이 한 걸음 한 걸음 발판을 딛고 모습을 드러냈다. 남자가 완전히 발판 위로 나왔을 때, 메르핀은 셀파를 붙잡고 자지러질 듯 소리를 질러댔다.

"나, 나, 나를 잡아가! 잡아가! 저 악마 새끼, 저 악마 새끼한테 잡히느니……!"

대체 저 남자가 누구길래? 남자는 은색 지팡이를 짚고 서 있었는데,

생긴 것만큼은 멀쩡했다. 오히려 품위가 넘쳐흘렀다. 걸음걸이 또한 허투루 배운 자가 아니었다.

그가 한 걸음 내디딜 때마다 끼익 끼익, 낡은 발판이 울렸다. 문득 낯선 남자와 눈을 마주친 페이랑은 묘한 기시감을 느꼈다. 어깨에 조금 못 미치는 반곱슬 갈색 머리칼, 상냥한 고양이처럼 웃고 있는 눈매. 어디서 본 것 같은데…….

'……어디서 봤지?'

그는 입가에 미소를 단 채로 페이랑과 셀파를 번갈아 바라보았다. 그는 검을 쥔 병사와 기사들에게 둘러싸인 채로 여유롭게 주위를 둘러보는 만용도 있었다.

페이랑이 참지 못하고 물었다.

"퀸시오령 루네비온 만에 무단으로 정박한 해적선의 선장인가? 정체를 밝혀라."

무언가를 찾듯 고개를 이리저리 돌려 보던 남자가 긴 한숨을 내쉬었다.

"없군요."

미성에 가까운 목소리였다.

"없다니?"

"그 녀석이 마중 나올 줄 알았는데……."

"그 녀석이라니? 대체 정체가 뭐야?"

페이랑이 당최 알아듣기 어려운 말만 해대는 남자를 향해 윽박질렀다. 남자는 아쉬운 얼굴로 주위를 둘러보다가 어쩔 수 없다는 듯 웃었다.

셀파도 리투와 메이핀을 단단히 포박한 후, 검을 뽑아들고 남자에게로 다가갔다. 남자는 그제야 그들의 위협을 깨달은 사람처럼 한 걸음 뒤로 물러서며 눈꼬리를 접었다. 좋지 않은 느낌의 상대였다. 차가운 외풍에 남자의 머리칼이 휘날렸다.

그는 눈을 감더니 중얼거렸다.

"퀸시오의 땅에서는 이런 냄새가 나는군요."

미친놈인가.

페이랑은 왠지 모르게 손에서 땀이 나는 것을 느끼고 검 자루를 고쳐 쥐었다. 하지만 그들이 미친놈을 체포하기 위해 달려들기 전에, 남자가 따각 따각 따각 소릴 내며 지팡이를 짚고 발판에서 내려왔다.

그는 지극히 신사적으로 팔을 벌리며 인사했다.

"처음 뵙겠습니다. 르니아 반펠트의 오라비인 퀴네도사이 에스펠라 펜 로만이라고 합니다. 제 부족한 동생이 폐를 끼치고 있다 들었습니다만."

'……뭐?'

셸파와 페이랑이 서로를 돌아보았다. 그의 말이 순간 이해가 가지 않은 탓이었다. 외국어도 아니었는데 의미가 납득이 되지 않았다.

리투가 가까스로 멈췄던 딸꾹질을 다시 시작했다.

데바람의 서해와 카르시타의 북해를 아우르는 레마단 해엔 제 명에 죽고 싶다면 절대로 건드려선 안 된다고 전해지는 세 가지가 있다.

첫째는 아주 드물게 출몰하는 성 한 채만 한 거대 고래로, 평소에는 순하지만 잘못 건드렸다간 어마무지한 참사를 불러일으킬 수도 있는 괴물이었다. 둘째는 이한 연합에서 운용하는 최정예 해군들로 이루어진 '스게이로' 무적 연합 해군이었다. 그리고 셋째는 대규모 해적단인 로마탄 그레온이었다.

속칭 '도켄 해적단'이라 불리는 로마탄 그레온은 데바람의 서해와 카르시타의 북해를 오가며 약탈을 일삼았다. 초대 선장 도켄의 무자비함에 힘입어 어마어마한 속도로 규모를 키워 이제 해적들의 세계에는 그에 필적하는 세력이 몇 남지 않았을 정도였다.

현재는 어떠한 이유로 그의 아들 퀴네도사이가 지난 3년간 해적단을 이끌어오고 있었다.

바다 위의 무법자로 악명을 떨치는 그들을 모르는 이는 드물었다.

"르니아의 오라비라면 당신이 우리를 습격한 해적의 배에서 내리는 건 모순이오."

"아, 이 배는 젠에게 주는 선물입니다."

셀파에게 억류되어 있던 메르핀은 그 얘길 듣는 즉시 졸도했다.

저 함선이 보통 함선이냐는 말이다. 종횡 범선 중 최고라고 선장 그린치가 자부하던 배였다. 카르시타 출신의 해적들로 모인 초록 도끼 해적단 역시 그리 작은 규모는 아니라 약 백여 명의 선원들과 함께 나름의 위명을 떨치며 성장하고 있었다. 그들은 다 어디 가고? 저 배가 선물이 되나?

"아니, 어떻게 해적선을……."

퀴네도사이가 여우처럼 눈꼬리를 길게 접어 웃었다. 그의 잘생긴 웃음은 천진함에 가까워 보였다.

"아무리 이 종횡 범선이 쓸 만하다고는 해도 우리의 스페뉴다 호는 최고의 속력을 낼 수 있고, 우리 항해사는 명백히 저쪽 인사들보다 뛰어나지요. 작은 탈출선까지 쫓지는 못해 저쪽의 부선장은 놓쳤지만 이 정도 선물로 만족해주길 바랍니다."

사실 오는 길에 그냥 갖다 붙인 말이지만, 퀴네도사이는 속마음까지 말하지는 않았다.

페이랑이 입을 딱 벌렸다. 배에 대해서는 잘 모르지만 저렇게 큰 범선이라면 보통 배는 아닐 것이다. 기가 질려 이러지도, 저러지도 못하고 있으니 남자가 입안으로 웃는 소릴 냈다. 은색 지팡이를 습관인 듯 똑똑 부딪치며.

"그러고 보니, 기사님들의 성함을 못 들었군요."

"정체가 뭐요?"

"로만의 아들, 펜 로만. 제 이름을 듣고도 모르시겠습니까?"

셀파와 페이랑은 애초에 르니아에게 오빠라는 사람이 있는지도 몰랐다.

물론, 그건 모를 수 있다고 치고 넘어갈 수 있다. 하지만 그 오빠라는 작자가 왜 도주 중인 해적이 속한 해적선에 탑승해 있었으며, 저기 반쯤 졸도한 해적은 왜 저렇게 경기를 일으키며…….

"퀴네도사이!"

그 순간 르니아가 잔뜩 뿔이 난 얼굴로 나타났다. 퀴네도사이는 그녀를 발견하곤 환대하듯 양팔을 벌렸다. 그러나 그의 친밀한 태도와 달리 르니아는 다짜고짜 윽박질렀다.

"당장 배로 돌아가! 이 새끼야!"

르니아가 화내는 모습을 본 적이 없던 페이랑과 셀파가 얼결에 물러섰다. 퀴네도사이는 놀랍지도 않다는 듯 어깨를 으쓱하며 멋쩍어진 팔을 내릴 뿐이었다.

"오랜만에 보는 오라비한테 이런 대접이라니."

"이 고철덩어리 배는 뭐 하러 끌고 들어왔어!"

그때 배 안에서 불쑥 머리 두 개가 튀어나왔다. 삐죽삐죽한 머리 스타일에 얼굴에 문신을 한 남자 둘은 퀴네도사이와는 다르게 전형적인 해적의 모양새였다.

"바아안페에엘트으으니이임!"

"반펠트 니이임! 저예요! 저!"

그들을 발견한 르니아가 기막힌 얼굴로 고함쳤다.

"렌자르! 케퍼! 너흰 지금 이 미친 짓을 안 말리고 뭐 하고 있다가 좋다고 인사질이야! 아게곤은 어디 있어?"

까마득히 높은 배의 선수 옆에서 웬 우락부락한 남자의 팔뚝이 튀어나와 흔들렸다.

"여어, 반펠트. 여기다."

"키를 부숴서라도 이 짓거리는 못 하게 했어야지! 네가 따라오면 그레스완 호는 어떻게 하고!"

"……말린다고 듣나, 저놈이."

르니아가 그들과 고래고래 이야기를 나누는 사이 퀴네도사이가 르니아의 뒤로 다가가 와락 끌어당겨 안았다. 키가 머리 하나 반은 더 큰 퀴네도사이의 품으로 끌려 들어간 르니아는 놀라지 않고 그대로 퀴네도사이를 밀쳤다.

"떨어져! 징그럽게!"

"오라비한테 내외하는 거냐? 이런, 그럼 못쓰지. 어릴 적 홀딱 벗고 백상아리한테 쫓기던 추억을 잊은 거냐? 우리가 언제부터 내외를 했다고."

이 미친 새끼……. 페이랑은 검을 내려뜨리고 헛웃음을 삼켰다. 르니아가 형제가 있다는 말을 않은 이유를 알 것 같았다.

"내가 미리 편지를 보내 알렸는데 아무도 방문을 모르더군. 못 받았나?"

"……그딴 것도 편지라고. 내가 오지 말라고 했잖아!"

"한 번 뱉은 말을 번복할 수는 없지."

"미친놈!"

르니아가 볼멘 얼굴로 투덜거렸다.

반쯤 정신을 놓고 널브러져 있던 메르핀이 중얼거렸다.

"그러니까…… 그 편지…… 내달 아흐레. 초록 도끼. 루네비온 만. 6시…….”

"네가 그걸 어떻게 알아?"

낡였다.

메르핀은 죽고만 싶었다. 오늘 하루간 졸여가며 천당과 지옥을 오가던 그 모든 게 허사였다니. 자신은 결국 악마의 아가리로 들어가는 길을 뚫기 위해 새벽 5시부터 해가 저문 지금까지 온갖 고생을 했던 것이다. 잠깐이나마 초록 도끼에게 의리가 있을 거라 생각한 자신이 얼간이였다.

하지만 편지를 그따위로 쓰면 당연히 오해할 수도 있잖아!

"젠은?"

르니아가 못마땅한 얼굴로 팔짱을 꼈다.

곧 언 땅을 때리는 말굽 소리가 들리는가 싶더니, 아스난이 말을 타고 달려왔다. 말에서 내린 아스난은 루네비온 만에 서 있는 커다란 함선을 한 번 올려다본 후, 이질적으로 안 어울리는 고풍스러운 코트를 걸친 신사에게로 시선을 돌렸다.

아스난은 입술을 꾹 짓씹듯 깨물었다가 인내하듯 긴 숨과 함께 말했다.

"주군께서 로마탄 그레온의 정박을 승낙하셨습니다. 따라오십시오. 기다리고 계십니다."

로마탄 그레온. 페이랑과 셀파의 얼굴이 경악으로 굳어졌다. 르니아만이 순전히 귀찮다는 듯이 짜증 섞인 얼굴이었다.

"젠."

퀴네도사이는 문지방에 비스듬히 기대어 섰다.

창 밖을 응시하던 제르가 고개를 돌렸다.

"르니아는?"

"밖에 있겠다는군."

제르는 뒤따라 들어오려는 아스난에게 턱짓해 물린 후 퀴네도사이를 훑었다.

"고상한 취미는 여전한가 보군."

반듯하게 다린 외투엔 귀족들이나 입을 만한 화려한 은자수가 놓여 있었다. 목깃을 따라 흘러내리는 반곱슬의 머리칼은 비단처럼 부드러워 보였다. 귀족의 표본처럼 반듯한 아스난의 옆에 세워둬도 손색이 없었다. 하지만 제르는 퀴네도사이의 생김에 혹하지 않을 만큼 그를 잘 알고 있었다.

퀴네도사이가 천진하게 이를 드러내며 웃었다.

"루세에서 직접 장인에게 의뢰한 수제지. 이건 알버탄의 구두야. 어때?"

"……."

"습관이란 게 하루아침에 없어지는 게 아니니까. 너야말로 여전한 걸. 여전히 깡마르고 여전히 창백하고 여전히."

"나쁘지 않다."

그녀의 집무실 안을 주회하듯 느리게 어슬렁거렸다. 그는 의미 없이 걸린 그림을 들춰보고, 먼지 쌓인 책장을 손끝으로 훑었다. 그의 지팡이가 따각 소리를 내며 부딪치는 소리는 규칙적이었다.

"살 만한가? 여긴? 너무 춥지 않나? 하긴 어디에서 살더라도 산나의 지옥보다는 행복하겠지. 안 그래? 제법 괜찮은 놈들이 네 꽁무니를 따라다니며 주인 모시듯 하는 것 같던데……."

제르의 눈초리가 사나워진 것을 깨달은 그가 걸음을 멈췄다.

"피차 좋지 않은 기억이니 접어두지. 초록 도끼 해적단 녀석들에 대해서는 고맙군. 로만의 딸에게 위해를 가한 그들의 처벌은 로만의 아들인 내가 한다. 인내심에 경의를 표하지. 하긴, 넌 예전부터 인내심 빼면 시체였지."

퀴네도사이가 제르의 등 뒤로 걸어갔다. 제르는 돌아보지 않은 채로 침묵했다. 그의 팔이 그녀의 몸을 감싸 안는 순간 제르가 사납게 소리치며 물러섰다.

"에스펠라!"

"워워, 장난이었다고, 장난."

책상 위의 펜대를 움켜쥔 제르의 손을 피해 두 걸음 뒷걸음질한 퀴네도사이가 입꼬리를 올렸다. 제르의 고함을 들은 아스난의 음성이

문 너머에서부터 흘러들었다.

제르는 평정을 가장한 음성으로 그를 물렸다.

"여기까지 온 이유가 단순히 해적 두 녀석 때문만은 아니겠지. 이곳은 너희의 영역이 아니니까."

"저 배를 선물해주고. 너희가 우리에게 에오판 섬을 제공해주는 데에 대한 계약 권리금을 지불할 겸."

제르는 눈썹 하나 까딱하지 않고 그의 말을 들었다. 놀라는 기색은 커녕 믿는 기색도 아니었다. 퀴네도사이는 곧 입안으로 웃음을 삼키는 소릴 내며 어깨를 들썩였다.

"사실 지금 우리 상선이 쫓기고 있는 상황이라 말이지."

"바다에서 로마탄 그레온을 쫓는 간 큰 이가 있나?"

"육지 놈들이야. 또 겸사겸사 몸값 교환도 해야 하고."

"몸값?"

책장에 기대어 팔짱을 낀 퀴네도사이는 지팡이를 손가락 사이로 장난감 다루듯 돌리며 성의 없이 답했다.

"이 시기에 트란실 인이 아르사라 호에 승선하더군. 어찌나 순진한지 조금만 친절하게 대해주니 본인이 누구인지도 술술 불던데. 로도 부족의 선출자라더라."

"뭐?"

"그런 사정이 생겼다, 이 말이지."

"선출자라면 차르 후보자?"

제르가 작게 입을 벌렸다. 차르 후보자를 납치했다는 이야기를 아무렇지도 않게 하는 여유작작한 태도에 질릴 지경이었다.

"에오판 섬에 정박 중인 시모레 호에 고이 모셔져 있지. 일행이 있는 것 같더군. 제법 수완이 좋아. 바다까지 따라 나오는 걸 보면 저들에게 내가 데리고 있는 트란실 인이 중요한 모양이야. 오, 그래도 걱정은 마. 오래 머물지 않고 떠날 생각이니까."

"제정신이냐?"

차르 후보는 그 부족에서 절대적으로 지지받는 이라고 알려져 있었다. 제르는 그들이 차르 후보를 위해 어디까지 스스로를 희생하는지 오래전 책에서 보아 알았다.

"말은 바로 하자. 그놈이 먼저 내 배에 오른 거야."

"그렇다면 머리 사냥꾼인가?"

"아니, 그건 아닌 것 같아."

누군가를 찾는다며 사람을 잡아 물은 게 하필이면 아르사라 호의 선원이었다는 건, 트란실 남자의 불운이었다. 배에 오르라는 회유에 덥석 오른 것은 어리석은 짓이었고, 하필이면 퀴네도사이가 그 배에서 상품 관련 감독을 하고 있었다는 건 재앙이었고. 뭐, 그도 몰랐을 것이다. 실제로 로마탄 그레온의 여덟 척의 대형 범선 중 두 척인 아르사라 호, 홀 호는 위장 상선으로 겉보기엔 보통 배와 같으니 의심하는 게 오히려 이상한 일은 맞았다.

트란실. 선출자. 일족의 지지를 받는 자.

한참을 침묵하던 제르가 운을 뗐다.

"……그를 만나보고 싶은데."

"……왜?"

"트란실 인이라 하니 관심이 가는군. 자리를 마련해라."

뜻하지 않은 제르의 강경한 요청에 퀴네도사이의 입가가 살며시 찡그려졌다.

"네가?"

"왜, 안 되나?"

뻔뻔하게 물으니 도리어 할 말이 없었다.

시모레 호가 정박한 후 퀴네도사이와 르니아의 관계에 대한 이야기가 불거지면서 병사와 기사들은 또다시 혼란에 빠졌다. 르니아가 로마탄 그레온의 두 후계자 중 한 명인 엘 로만이라니. 일부 기사들은 그제야 르니아의 자유분방함을 이해했다.

"하지만 해적이라니……."

페이랑이 중얼거렸다. 제르의 여시종이 악명 높은 로마탄 그레온의 딸이라는 것은 둘째치고, 그 해적이 보통 해적이냐 말이다. 한때는 데바람의 해군마저 작살을 내었다던 그 로마탄 그레온이었다. 가끔 철없는 이들은 장난처럼 이한의 연합 해군 스게이로와 로마탄 그레온의 한판 승부를 기대하기도 했다. 거의 불가능한 이야기였지만.

"……그러니까 그때 그 해적들의 목표는 르니아였고. 지금 해적들의 관례대로 그 두 명을."

"그렇다면 주군이 그 포로들을 살려두신 이유도 대충 짐작이 되는군요. 조금 전 그 포로들이 해적선으로 이양되었다고 합니다."

"로마탄 그레온? 맙소사."

테일런의 말에 페이랑이 이마를 짚었다. 해적과 왕족? 엮일 수가 있는 조합인가?

"아스난 형은, 엘보르트 경은 알고 계셨던 건가?"

페이랑이 서운한 듯 투덜거렸다.

그러는 동안 아스난은 제르의 집무실 문 앞에 서서 골 아픈 기억을 반추하고 있었다.

'르니아는 로마탄 그레온의 딸이다.'

로마탄 그레온. 주로 데바람과 카르시타를 오가며 온갖 악행을 저지른 다고 전해지는 해적은 카르시타에서도 유명했다. 그는 제르가 대수롭지 않게 한 말의 의미를 한참이나 곱씹어봐야 했다.

'……로마탄 그레온 해적선의 단원이란 말씀이십니까?'

르니아에 대한 모든 것에 함구하던 제르였다. 갑자기 이런 말을 하는 이유도, 저의도 알 수가 없었다.

'아니.'

'그렇다면 도켄 루 펜 로만의 딸이라는 말씀이십니까?'

'그래. 그리고 지금 선장은 도켄의 아들이 대신 맡고 있지. 르니아의 친 오라비.'

'해적 출신이란 말입니까?'

'그래. 나는 로마탄 그레온 해적단과 거래를 했다. 그들이 퀸시오에서 머물 수 있도록 체류 허가증을 발급하고, 퀸시오의 서쪽 영해에 있는 무인 에오판 섬을 그들에게 임대하기로 했으며, 그 대가로는 그들이 가져오는 보화 2할과 무기를 얻는다. 그러니 재정이 곤란하다거나 하는 건 신경 쓰 지 않아도 좋아. 곧 해결될 거니까.'

언젠가 제르가 그리 말한 적이 있었다. 지금의 재정난은 그다지 중요한 게 아니라고. 청천벽력 같은 이야길 들은 후에야 모든 게 명확해졌다. 차 라리 장난이길 바랐다. 하지만 그녀의 성격에 쓸데없이 일을 만들어가면서 이런 장난을 칠 리가 없다. '장난'은 그녀와 가장 어울리지 않는 단어다. 그는 한마디로 일축했다.

'말도 안 됩니다.'

'경의 의견은 그다지 중요하지 않아. 중요한 건, 곧 그들이 우릴 방문할 거란 거지.'

이렇게 중차대한 사안을 제멋대로 처리할 수는 없었다. 하다못해 그에게 낌새라도 비쳤어야 했다.

'언제 그런 결단을 내리신 건지 여쭤도 되겠습니까.'

그녀는 그런 아스난의 속을 꿰뚫기라도 한 듯 정곡을 찔렀다.

'서운해 마라. 경을 속이기 위해 수작을 부린 것은 아니야. 이미 오래전 내렸던 결단이며, 약속이니.'

'……오래전이라는 말씀은.'

그녀가 퀸시오령의 영주가 된 지 고작 석 달 남짓이다.

'경, 나는.'

경의 생각보다 오래전부터 이 땅의 주인이었다. 제르가 알 수 없는 말을 중얼거렸다.

회상은 거기서 끝났다. 곧 집무실의 문이 열리고 퀴네도사이가 걸어 나왔다. 아스난은 무의식적으로 검을 움켜쥐었다. 절대 해적으로는 보이지 않는 남자. 저 남자가 북서해의 제왕이라 일컬어지는 로마탄 그레온의 선장이었다.

질 나쁜 조롱을 당하는 기분이었다.

퀴네도사이가 그의 앞에 멈춰 서서 악수를 청했다.

"이야기는 끝났으니, 들어가도 좋습니다. 만나서 반가웠습니다."

아스난은 응하지 않고 짧게 경고했다.

"르니아 양의 혈육이란 건 이 땅에선 그다지 중요하지 않을 거요."

"딱딱한 분이시군요. 자, 그럼 이제 이 계약서를 가지고 가봐야 하니 실례하겠습니다."

퀴네도사이가 손에 든 종이를 작위적으로 팔랑거리며 눈꼬릴 휘었다. 놀림당하는 기분에 아스난이 노골적으로 미간을 찡그리자 퀴네도사이가 제 지팡이를 고쳐 쥐었다. 별것 아닌 동작에서 묻어나는 위험천만한 느낌은 지울 수 없었다. 아스난이 조건반사로 제 검의 손잡이를 움켜쥐자 퀴네도사이가 낮게 웃음을 터뜨렸다.

"감도 좋으시고. 그럼 또 보지요."

퀴네도사이는 느긋한 걸음으로 등을 돌려 걸어갔다.

한 세 걸음쯤 걸었을까, 그가 돌연 몸을 비껴 돌렸다. 아스난과 눈을 마주친 그가 살인자의 눈빛을 번뜩이며 말했다. 살인자의 눈빛. 아무리 귀한 것으로 온몸을 두르고 있더라도 감출 수 없는 광증이었다.

"르니아도 잘 지켜봐주시면 좋겠습니다. 젠의 옆에 두면 무슨 짓을 벌여도 이상하지 않을 녀석이니까요. 그나저나 젠 같은 피곤한 여자 옆에서 그쪽도 고생이 많으시겠습니다."

웃음은 가짜였다. 아스난은 부풀어 오르는 불쾌감을 참아 누르느라 무던한 애를 써야 했다.

로마탄 그레온의 자랑인 초대형 범선은 그레스완, 시모레, 스페뉴다, 블레이퀸 호가 있다고 했다. 그리고 퀴네도사이는 그중 두 번째로 큰 규모를 자랑하는 시모레를 직접 지휘하고 있었다.

해가 저물기 직전 항만으로 미끄러져 들어온 두 번째 해적선, 시모레 호는 거대했다. 진짜로 입이 떡 벌어질 정도로. 초록 도끼 해적단의 종횡 범선의 세 배는 되는 크기였다. 일곱 개의 마스트에 걸린 여덟 개의 활대, 선미와 선수엔 삼각돛이 바람에 부풀어 있었다. 포어마스트와 메인마스트에 걸린 돛대 줄을 따라 선원들이 원숭이처럼 매달리며 재주를 부리는 모습이 보였다. 그리고 선수로 튀어나온 제1사장의 충각은 가시들이 박힌 장미를 연상시키는 석상이 보인다. 아래에서 보아 작아 보이지 가까이서 보면 어마어마한 크기일 게 뻔했다.

이물에 매달린 로마탄 그레온의 뱀이 그려진 해적기를 올려다보는 기사들은 그저 넋을 놓았다.

거대한 배 위에서 천둥 같은 환호 소리가 울렸다. 수백 명의 해적이 탄 배가 당당히 입항하다니 전대미문이었다.

"……야호오오!"

"육지다아아!"

여기저기서 휘파람 소리가 울렸다. 귀가 멀 것 같았다.

퀴네도사이는 루네비온 만으로 향했다. 근방의 낯선 풍경들을 스쳐 지나는 내내 그의 눈은 쉴 새 없이 사위를 훑었다. 차가운 겨울의 땅. 부동항을 가졌다는 이점 말고는 아무것도 없는 황폐한 극북의 도시. 제르에게 잘 어울리는 곳이었다.

그는 좁은 루네비온 만의 입구를 지나치며 등대지기에게 여유롭게 손 인사를 해주는 것도 잊지 않았다. 만 안쪽으로는 허술해 보이는 병사와 기사들이 자리를 지키며 해적들의 하선을 경계하고 있었다. 그

는 엉망진창인 꼴로 카르시타의 기사들에게 에워싸인 초록 도끼 해적
단의 종횡 범선을 지나쳐 조금 전에 정박한 시모레 호로 다가갔다. 선
체 직하에 이르자 째지는 고함과 물건 깨지는 소리가 연이었다.

르니아가 먼저 돌아와 있던 모양이었다. 시모레 호의 갑판 위는 아
수라장이었다.

"지금 너희가 제정신이야! 그걸 지금 자랑이라고 나한테 떠든 거야?
차르 후보자를 납치해서 몸값을 요구할 거라고? 그걸 또 여기까지 데
리고 왔어?"

"으, 으아니, 납치, 납치인 거처럼 보이지만 납치는 아니고요오오!
지가 멋대로 저희 아르사라 호에 타서……."

"이 정신 나간 것들이 여기가 어디라고 트란실의 선출자를 끌고 들
어와! 저기 저 쓰레기 같은 함선 하나 던져놓고서 칭찬이라도 받고 싶
었어!"

가만히 상황을 지켜보던 퀴네도사이가 끼어들었다.

"린, 애들 너무 험하게 다루진 마. 뭍 놈들이 도처에 깔렸는데 초장
부터 내부 분열이라니, 창피하잖아."

"선장!"

르니아가 험상궂은 얼굴로 퀴네도사이를 노려보았다. 하지만 그는
아무래도 좋은 사람처럼 애정 가득한 눈빛으로 한쪽 눈을 찡긋 감았다
떴다. 그가 곧 지나가던 선원을 향해 명령했다.

"리스, 그 야만족을 준비시켜라."

"에? 예?"

"뭐? 이 미친 새끼가. 너희 꼼짝 마!"

선원들로서는 웃지도 울지도 못할 상황이 벌어졌다. 선장인 퀴네도

사이와 거역하기 어려운 르니아가 반목하니 누구의 편도 들 수 없었다.

"버르장머리 없이 굴지 마라, 린. 젠의 부탁이야."

퀴네도사이가 제르의 이름을 거론하자 르니아의 얼굴이 붉으락푸르락해졌다. 그녀는 답답한 듯 발을 쿵쿵 구른 후 애먼 선원들을 노려보기 시작했다. 선원들은 쭈뼛대며 뿔뿔이 흩어졌다.

르니아가 퀴네도사이를 향해 위협적으로 성큼성큼 걸어가 그의 멱을 움켜 당겼다.

"너 도대체 무슨 수작이야?"

"내가 먼저 만남을 주선한 게 아니야. 이 아가씨들은 내가 무슨 행동만 하면 수작을 부린다 생각하는 건지."

"아버지가 자리를 비우셨다고 해서 네가 진짜 주인이라도 된 줄로 착각하는 거야?"

퀴네도사이의 눈빛이 일순간 차분히 가라앉았다. 하지만 그것도 잠시였다. 그가 가볍게 르니아의 왼 뺨에 짧게 입 맞춘 후 속삭였다.

"그럼 이건 어때. 이 오라버니한테 한 번 사랑한다고 애교라도 부려봐."

"이 미친 자식!"

르니아가 황급히 그와 거리를 벌리고 뺨을 벅벅 문질렀다.

"아게곤은 작살을 냈어?"

"내가 너야? 아무한테나 화풀이하게."

"다 컸네, 린."

르니아는 소름이라도 올라온 사람처럼 몸을 경직시키더니 차마 듣기도 힘든 욕지거리를 쏟아내기 시작했다. 하지만 퀴네도사이는 들은 체도 않았다.

"아버지가 그걸 알면 너 가만 둘 것 같아? 차르의 후보자를 납치, 감금, 몸값까지 요구하겠다고? 아무리 뭍 놈들이라지만 그 야만족들은 무시할 바가 못 돼. 착각하지 마! 퀴네도사이. 로마탄 그레온은 네 장난감이 아니야."

"우리를 버리고 젠에게 빌붙어 사는 네게 듣고 싶은 말은 아닌걸."

퀴네도사이의 가시 돋친 대꾸에 르니아가 순간 말문이 막힌 사람처럼 입술을 벌렸다.

"그리고 누가 로마탄 그레온이 내 게 아니라고 말할 수가 있어? 그래서 도켄은 지금 어디에 있는데."

퀴네도사이가 지팡이의 손잡이를 습관처럼 좌우로 돌리더니 곧 상냥하게 입꼬리를 끌어올렸다. 신사적이고 우아한 미소 뒤에 숨어 있는 송곳 같은 칼날을 잘 알았던 터라, 르니아는 더욱 긴장했다. 그는 곧 느긋하게 고갤 돌려 주위에 아무도 없는 걸 확인하더니 르니아를 향해 허리 숙여 속삭였다.

"잊어, 그 새끼는."

르니아가 어깨를 바르르 떨었다.

"너 지금…… 뭐라고 하는 거야?"

"그런 새끼, 잊어버리라고. 사랑하는 내 동생아."

그의 음성엔 간과할 수 없는 힘이 있었다.

"나는 로만의 딸이야."

"나는 로만의 아들이지. 네 오라비이기도 하고."

"……너!"

"더 이상 기어오르지 마라. 난 지금 당장이라도 네가 그리 애지중지

하는 제르의 땅을 뭉개버릴 수 있어. 보아하니 훈련조차 제대로 되지 않은 놈들투성이더군. 기가 막히네. 데바람에서 그리 호사를 누릴 수 있었던 걸 다 포기하고 정착한 데가 고작 이런 보잘것없는 땅이야? 사실 겨우 섬 하나를 얻는 것보다 여길 한 번 약탈하는 게 우리에겐 더 득이겠지. 하지만 내가 그러지 않는 건 젠이 불쌍해서야. 너 때문이기도 하고."

이 미치광이가 기필코 그녀의 복장을 뒤집어놓으려는 것이 분명했다. 그녀가 살심을 누르며 경고했다.

"……죽고 싶으면 그렇게 계속 지껄여. 손가락 하나 까딱하지 못하게 만들어줄 테니."

퀴네도사이가 르니아의 달달 떨리는 턱을 쥐었다. 그의 엄지손가락이 그녀의 뺨을 두어 번 애정 어린 손길로 문질렀다. 그가 달콤하게 속삭였다.

"그래. 용서해줘, 린."

"그 미치광이 자식 보내버려요. 내쫓아버려요. 죽여버려요! 시나와 님!"

"리니."

"미친놈! 정신 나간 자식! 꼴도 보기 싫은데 진짜 어떡하죠? 어떻게 저런 새끼가 내 오빠지? 죽여버리면 안 돼요? 정말 어떻게 해야 하죠!"

르니아가 씩씩거리며 찾아온 것은 얼마 지나지 않아서였다. 막 퀸시오의 작은 장서관에서 트란실 어로 된 책을 찾아 읽던 제르는 책을 덮고 침착히 그녀를 다독였다.

"너무 그러지 마."

"시나와 님! 그 자식이 글쎄, 진짜, 못 본 사이에 더 미쳤어요!"

제르 또한 퀴네도사이의 미미한 변화를 느낄 수 있었다. 그는 확실히 예전과는 달라졌다. 세월이 흘러 나이를 먹었기 때문일 수도 있지만, 꼭 그렇다고 단정할 수만은 없었다. 차르 후보자를 납치한 것도 굉장히 대담한 행동이었다.

"취미는 뭐? 원예? 끔찍해! 생각만 해도 소름이 끼친단 말예요!"

데바람 왕실과 로마탄 그레온은 물밑에서 가까웠던 이들이었다.

쥬세는 데바람의 바다를 지키는 데 해군을 양성하기보다 그들을 안전장치로 이용하려 했고, 도켄은 데바람의 사업 묵인을 원했다. 그렇게 해서 체결된 거래에 퀴네도사이와 르니아는 볼모였다.

제르의 기억 속 아주 어릴 때는 르니아가 퀴네도사이를 지금처럼 싫어하진 않았던 것 같다.

퀴네도사이 역시 르니아를 향한 애정을 거침없이 표현했다. 그로서는 이례적인 표현이었는데도 불구하고 르니아는 오히려 그를 납득하지 못했다. 그러나 어느 순간 그들의 골은 깊어졌다. 깨어진 틈은 제 앞가림에 급급한 제르에게까지 느껴질 정도가 되었다. 직설적이고 화통한 르니아와 속내를 감추고 행동하는 그가 어울리지 못하는 건 어찌 보면 당연한 일이었다.

그것은 그들의 성장 배경에서 기인한 것이지만 어찌 보면 비극이었다.

"능구렁이 같은 놈."

제르와 퀴네도사이의 관계는 사실 르니아와 퀴네도사이의 관계보다는 나은 편이었다. 서로에게 아무런 기대도 없다는 것이 그랬다. 하지만 그녀는 퀴네도사이를, 퀴네도사이는 그녀를 어느 정도 이해한다는 의미에서 나쁘지 않았다.

제르는 느릿느릿 몸을 일으켰다. 이제 해가 저물고 있었다.

"이제 가자."

"꼭 그 망할 놈의 배에 오르셔야겠어요?"

"리니."

"······죄송해요. 제가 주제넘었어요."

르니아가 시무룩한 얼굴을 하며 어깨를 늘어뜨렸다. 제르는 그녀의 머리 위로 손을 올리며 씁쓸하게 속삭였다.

"그를 너무 미워하지는 마. 내 마음이 불편해지니까."

선체에서 사람이 하나 데굴데굴 굴러 떨어지는 걸 발견한 셀파가 놀라 부랴부랴 달려갔다. 다행히 시체를 볼 정도는 아니었다. 해적은 익숙한 듯 데굴데굴 굴러 부상을 면하자마자 발딱 일어나 고래고래 소리를 쳐대기 시작했다.

"선장은 괜히 나한테 성질입니까!"

으아아아, 짜증 나! 얼굴에 큰 상처가 남은 케퍼는 몇 번 투덜거리다 바닥에 벌렁 드러누웠다. 병사들이 잔뜩 경계하고 있다는 것도 그다지 개의하는 기색이 아니었다. 르니아가 돌아간 후 잔뜩 신경질을 부리기 시작하는 퀴네도사이를 상대하느니 기사들을 상대하는 게 더 낫다고 판단한 걸지도 모른다.

"허가 없이 하선하지 마라."

"잠시만 여기서 쉬었다 가면 안 될깝쇼? 지금 저기 우리 선장이 잔뜩 열을 받아가지고 말입죠. 사람 하나 살린다고 생각하고."

셀파가 그를 어이없다는 듯 내려다보았다. 하지만 케퍼의 표정이 너무나도 진지해서 셀파는 곧 병사들을 일부 물렸다. 케퍼는 옷을 탈탈 털며 악수를 청했다. 셀파는 못 본 체했다.

"……르니아 양이 해적의 딸이라고?"

"반펠트 님? 몰랐소?"

"……너희 선장과 사이가 그다지 좋아 보이지 않던데."

"반펠트 님과 친하슈?"

셀파는 왠지 모르게 껄끄러운 기분으로 대답을 보류했다.

친하냐 하면 친한 건 아니다. 그러나 그에게 있어서 르니아는 좀 이상한 의미로 눈에 띄는 여자였다. 아름답지만 사실 여성적인 사람은 아니다.

하지만 그래도 그녀는 좋은 사람이었다. 누구에게도 말하지 않았지만 저절로 그녀를 쫓는 자신의 시선을 깨달을 때면 셀파는 깜짝깜짝 놀라곤 했다.

"아, 먼저 소개합죠. 나는 케퍼요. 오늘 그 난리가 있었으니 궁금할 수도 있겠고. 반펠트 님과 선장은 앙숙이야, 앙숙."

"남매라 들었는데?"

"두 분 다 한 성깔 하는 분들이라. 게다가 도켄 대선장님이 반펠트 님을 데바람에 보내면서, 에스펠라 님 성격도 더 많이 거칠어지셨고."

"데바람?"

예상지 못한 단어에 셀파가 되물었다.

"어. 몰랐나? 우리 반펠트 님, 열두 살쯤인가 데바람에 보내졌었지. 그 이후론 쭉 해적들과 따로 생활하셨는데 가끔 오실 때마다 지금 저 위에서 횡포 부리시는 우리 선장님이랑 칼부림을 하며 싸우셔서 사이에 낀 우리만 죽을 맛입죠. 아. 이해 못 하겠구만. 얼핏 보면 반펠트 님만 선장을 싫어하는 것처럼 보이는데, 실제론 선장도 만만찮게 반펠트 님을 괴롭히거든."

적나라하게 드러나는 그들의 이야기가 당혹스러웠다.

"……뭐, 그러고 보니 나는 그럼 약과인가."

케퍼는 그나마 땅바닥으로 내동댕이쳐진 자신의 처지는 나은가 하며 중얼거렸다. 셀파는 무의식적으로 마른 입술을 핥았다.

"……데바람엔 얼마나 머물렀지?"

"지금 우리 반펠트 님이 몇 살이시더라?"

셀파가 생각에 잠겼다. 페이랑과 동갑이라 했으니…….

"스물서넛쯤 되는 것 같던데."

"아, 그럼 7, 8년 정도? 그래서 여기 카르시타에 있다고 했을 때 뭐 그리 멀리까지 나가셨나 싶었지."

"……한 번도 데바람을 떠나지 않았나?"

"아마? 근데 기사나리는 뭘 그리 꼬치꼬치 캐물으쇼? 그냥 직접 반펠트 님께 물어보면 될 일을."

르니아는 제르를 몇 년 전부터 모셨다고 말했다. 하지만 그녀가 줄곧 데바람에 있었다면, 제르는? 의문의 톱니바퀴가 하나하나 맞물리기 시작했다. 제르가 오래도록 데바람으로 이주해 있었다면…….

"아, 그러고 보니 우리 반펠트 님이 데바람에서 쥬세의 총비 뭐 비슷한 사람이랑 함께 지낸다고 했었는데."

추측은 다시 어긋나기 시작했다.

민심이 흉흉해진 건 어쩔 수가 없었다.

해적들이 대놓고 만에 정박했다는 사실만으로도 퀸시오의 주민들은 모두 창문의 빗장을 걸어 잠갔다. 그 편이 기사들에게는 편했는데 사실 그들도 이 상황을 설명할 도리가 없었기 때문이다. 약탈자들로 유명한 로마탄 그레온은 퀸시오를 약탈하는 대신 어마어마한 양의 금은보화를 뱉어내겠다고 했다. 어려운 재정에 단비였지만 그래도 좋아할 수만은 없다며 여기저기서 한숨을 내쉬었다.

'로마탄 그레온이라⋯⋯.'

해적선의 감시 역을 맡게 된 페이랑은 거대한 선체를 올려다보며 퀴네도사이와 르니아를 차례차례 생각했다. 르니아는 해적이라 하는 게 납득이 가지만, 그 오라비는 전혀 아니었다. 갑판 위를 훔쳐보고 온 몇몇 병사들이 물고 온 소식 중엔 갑판 위가 온통 화분으로 가득 차 있다는 말도 안 되는 얘기도 있었다. 해적이라고 원예를 하지 말란 법은 없지만⋯⋯.

'안 어울리잖아. 안 어울려.'

얼마 지나지 않아 제르가 테일런과 르니아를 이끌고 나타났다.

두꺼운 회색 코트로 발끝까지 덮은 차림이었다. 그녀는 언제나처럼 담담한 얼굴로 시모레 호를 올려다보았다. 곧 발판이 내려왔다. 기사들은 그녀를 만류하고 싶어 하는 기색이 역력했지만 제르는 개의치 않고 안으로 들어갔다. 그녀와 눈이 마주치지 페이랑은 야무지게 웃으며 경례를 붙였다.

시모레 호의 선장실에 앉은 제르는 주위를 둘러보았다. 선장실 곳곳에 퀴네도사이가 키우는 화분들이 줄지어 늘어서 있어서 얼핏 작은 실내 화원 같았다.

종이 냄새와 바다 냄새와 풀 내음이 묘하게 뒤섞인 공기. 광이 나는 탁자와 대조적인 낡은 의자. 잘 정돈된 책상, 흐트러짐 없는 방 안의 풍경은 아닌 듯 엉망인 퀴네도사이와 잘 어울렸다.

의자에 앉은 르니아는 막 싹이 트는 화분들을 한심하다는 듯 바라보며 삐딱하게 턱을 괴었다.

"……얼간이."

"말버릇 하고는."

호랑이도 제 말 하면 온다더니 퀴네도사이가 선장실로 들어왔다. 모포로 온몸을 꽁꽁 감싼 데다 밧줄에 꽉 묶인 남자도 함께였다. 제르는 앉은 자세 그대로 고개만 돌려 그들을 바라보았다.

"너흰 나가 있어."

퀴네도사이는 그 뒤를 따르던 해적들을 다 물린 후 선장실의 문을 걸어 잠갔다.

남자는 키가 8척 장신은 되어 보였다. 로브 아래로 가려진 몸이 상상이 될 정도로 남자는 건장했다. 투사의 냄새가 났다. 치열하게 살아온 자에게서 묻어나는 초연한 아우라. 제르는 덥수룩하게 난 수염과 꼬질꼬질한 모습에서 그가 썩 고생을 했다는 걸 짐작했다. 하지만 눈빛만큼은 지친 기색 없이 강렬했다.

퀴네도사이가 소개했다.

"이분이 로도의 선출자라 하십니다."

남자는 목각 인형 같은 얼굴로 표정 하나 바뀌지 않고 그녀와 눈을 맞추더니 대뜸 물었다.

"데바람 사람이냐?"

제르의 입가에 간격을 둔 미소가 어렸다. 첫마디로 데바람 사람이냐는 질문을 받을 거라곤 예상치 못했다. 하기야 트란실 인은 허례허식을 따지는 데바람과 카르시타 인들과는 다르다 했으니 놀랄 것도 아니었다.

그녀는 사실을 말하는 대신 호의를 담은 눈빛으로 왕명을 읊었다.

"제르 시나와 엘 제이하이 카르시탄이다."

로도의 선출자라는 남자는 신경질적으로 퀴네도사이를 노려보았다.

"나를 카르시타 왕족에게 팔아넘길 심산이냐?"

"말씀드렸잖습니까, 그냥 잠깐 만나게 해달라고 해서 만나게 해주는 거라고. 무슨 대단한 착각을 하시는 건진 모르겠지만 그쪽, 대륙 놈들에게 팔아봐야 팔리지도 않아요."

당연한 말이었지만 대놓고 저런 말을 하는 퀴네도사이도 범인은 아니었다.

제르가 물었다.

"이름이 뭔지 물어도 되겠나?"

"로도."

"……네가 지금 그 자체로 너희 씨족의 화신이 되었다는 건 알지만 그보다는 씨족을 대표하기 전에 네가 가졌던 이름이 듣고 싶다."

남자는 그녀의 정중한 물음에 잠깐 고민하는 듯하다가 툭 뱉었다.

"락혼."

"락혼. 전사의 이름이군."

"그 의미를 아나?"

그의 표정에서 경계심이 한 꺼풀 벗겨진 것을 알아차린 제르가 편안히 건넌 자리를 손짓했다. 락혼은 퀴네도사이의 팔을 쳐낸 후 그녀의 건너편에 앉았다.

"트란실 어를 할 줄 아나? 대륙인들 중 우리말을 할 줄 아는 이는 거의 없던데."

"글로만 배웠지. 그리 대단한 정도는 아니다."

락혼이 재미있다는 듯한 표정을 지었다.

『내 말을 알아들을 수 있나?』

공용어가 아닌 트란실 어였다. 그들의 말에 밴 음조는 얼핏 딱딱한 음악 소리처럼 들리기도 했다. 제르는 묵묵히 그의 얼굴을, 표정을, 심중을 헤아리듯 침묵하다가 답했다.

『……어느 정도.』

『이거 정말 놀랍군. 왕족이라니. 오랜만에 모국어를 쓰니 기분이 좋은데.』

『나 역시 로도를 만나 기쁘게 생각한다.』

퀴네도사이가 들으란 듯 지팡이로 바닥을 툭툭 때렸다. 제르는 아랑곳 않았지만 락혼은 이 와중에도 예의 바른 태도로 퀴네도사이를 향해 물었다.

"그런데 로만의 아들, 팔아넘기려는 게 아니라면 이 왕족을 내게 소개해줘서 뭘 어쩌려는 거지? 카르시타의 여자는 왜 날 만나고 싶어 했나?"

그는 지금 자신이 포로로 사로잡혀 있다는 사실에 대해서는 그다지 걱정하는 기색이 없었다. 퀴네도사이와 락혼은 한참 동안 서로의 얼굴을 응시하더니 동시에 고개를 돌렸다. 제르는 자신을 향해 집중된 시선에 마른 입술을 살짝 오므렸다가 답했다.

"차르 쟁탈전이 시작되었다고 들었다."

"우리의 지도자 교체를 너희는 쟁탈전이라 부르더군."

"네가 씨족 로도의 선출자인데 이곳으로 나온 이유가 알고 싶었다. 괜찮다면 네 사연을 청해도 괜찮겠나?"

"미안하지만 우리의 일이다."

락혼은 단호하게 대꾸한 후 팔짱을 꼈다.

제르가 퀴네도사이에게 눈길을 한 번 준 후 짤막이 말했다.

『나는 너를 돕고 싶다.』

퀴네도사이의 눈썹이 슬그머니 치켜 올라갔다.

무관심하니 고개를 돌렸던 락혼이 다시금 제르에게로 관심을 옮겼다.

"……이름이 뭐라고?"

"제르 시나와 엘 제이하이 카르시탄."

"……거 참, 카르시타의 이름은 길단 말이지. 다시 정식으로 소개하지. 난 락혼 로도. 로도의 대전사다."

"너희의 지도자가 되기 위해 카르시타를 찾았나?"

"왜?"

"너희의 세대교체 방식에 대해서는 우리도 알음알음 들어 안다."

락혼이 곧 큰 소릴 내며 웃었다.

과거 트란실을 핍박하던 어떤 타국 왕의 머리를 잘라 돌아가 차르로 추대된 자가 있긴 했지만 그건 트란실 인들 사이에서도 몹시 회의적인 방법이었다. 한참을 웃던 그가 고개를 절레절레 저었다.

"그런 번거로운 일을 하느니 선출자들을 죽이는 게 낫지. 오해 마라. 나는 지금 사호를 찾으러 나왔다."

"사호?"

"그래. 씨족 사호의 이번 대 선출자를 찾으러 나왔다. 사호는 꽤 오래전부터 부족을 떠나 있었지만 이번에 공동체 내부에서 일어난 분란으로 인해 필요하게 됐지. 그 이상은 내부 사정이니 여기까지만 말 하지."

제르는 생각에 잠긴 표정을 짓다가 곧 고개를 비스듬 기울였다. 그리고 한층 낮아진 목소리로 말했다.

"그 사호라는 자는 왜 트란실을 떠나 있나? 너희가 트란실을 떠나는 일은 몹시 드물다고 들었다."

"사호의 속은 그다지 궁금하지 않아. 하지만 머리 사냥이겠지, 아마."

"예민한 것을 물었군. 실례했다."

"용서하지."

이야기는 논지 없이 이어지고 있었다. 퀴네도사이의 눈이 가늘어졌다. 저런 쓸데없는 얘기나 하자고 그리 강경하게 자리를 마련하라 한건 아닐 터였다. 제르는 이내 완전히 경계를 푼 락혼을 향해 물었다.

"하지만 차르 후보가 해적에게 붙잡혀 있다니 안쓰러운 일이라 유감을 표한다."

"동정이라니 조금은 모욕적이군. 비록 내가 이리 붙잡혀 있긴 하지만 난 누구의 동정도 바라지 않는다. 내겐 동료들이 있다. 육지에선 어느 누구보다도 강한 전사들이지. 이미 저 녀석에게도 경고했다."

락혼이 퀴네도사이를 턱짓하며 "저 녀석 말이야." 하고 다시 한 번 강조했다.

"좋은 소식이군. 에스펠라에게 낭보는 아닐 테지만."

퀴네도사이가 "나, 원……." 하고 한숨을 내뱉었다.

"에스펠라, 한 가지 부탁이 있다."

퀴네도사이가 지루한 얼굴로 제르를 바라보았다. 그녀는 용건이 끝난 사람처럼 느리게 몸을 세웠다. 락혼이 눈동자만 움직여 그녀의 동선을 쫓았다.

"이자에게 식사 한 끼 대접할 수 있게 해주겠나?"

"왜?"

퀴네도사이가 아닌 락혼의 물음이었다.

제르가 선선한 미소로 그를 돌아보며 답했다.

"카르시탄으로서 귀한 손님에게 응당 대접을 해야 옳겠지. 물론 원치 않는다면 거절해도 좋다. 하지만 부디 거절하지 않았으면 좋겠군. 에스펠라 너도 르니아와 함께 시간을 보내는 게 나쁘지는 않겠지."

제르와 눈을 마주친 퀴네도사이의 표정이 묘하게 찡그려졌다.

'이게 무슨 꿍꿍이야?'

두툼한 모자를 푹 눌러쓴 남자가 턱을 들고 손차양을 만들었다. 미처 눈이 녹지 않은 맨 땅을 털 부츠로 굳게 디딘 남자의 손은 거친 상처투성이었다. 가장 선두에서 길을 살피는 덩치 큰 사내의 뒤로 예닐곱 명쯤 되는 이들이 따랐다.

『새다함.』

그것은 공용어가 아닌, 트란실 어였다.

『저쪽이다.』

방향을 잡은 그들은 거침없이 퀸시오로 향했다.

얼마 지나지 않아 까만 눈에 짙은 머리칼을 한 덩치 좋은 남자가 가부좌를 틀고 앉았다. 남자의 주위로 그보다 조금 덩치가 작은 남자가 다가가 말했다.

『경계는 그리 강하지 않다.』

『이곳 위치는?』

『본토와 가깝다.』

『잘됐군. 사호는 포기하는 것으로 한다. 락혼을 구출하는 즉시 아라산 일대로 동진해 본토로 돌아간다.』

전사들 중 몇몇은 울적한 표정이었다. 최근 트란실 내부에서 잇단 문제를 일으키는 적륜을 제어할 수 있는 단 한 사람으로 그녀가 필요했다. 그러나 사호의 론희는 카르시타 어디에 있는 건지, 데바람으로 간 건지 알 길이 없었다. 그 과정에서 락혼이 상선으로 위장한 해적선에 승선한 건 정말 운이 없었다.

그들이 꽤나 유명한 해적이라는 것을 알게 되어 죽기 살기로 추적해 왔는데 뜻밖에도 본토 근처이니 계획을 수정하는 것도 어쩔 수 없는 일이었다.

두렵지는 않았다. 해적들이 수십 명이 넘는다고 해도 상관없었다. 그들은 전사였으므로.

그때 어디선가 여자의 목소리가 들렸다.

『새다함, 확실한 거겠지?』

여자는 얼굴을 칭칭 감고 있었는데, 눈빛만큼은 매처럼 날카로웠다.

『확실해. 그 배가 이곳으로 갔을 거라고 했다.』

『아니면?』

『아란, 신뢰를 가져라. 우린 벌써 석 달이나 인내해왔다. 신은 우리를 저버리지 않을 것이다. 락혼 또한.』

『……처음부터 그 빌어먹을 년을 찾아 나오는 게 아니었어.』

여자의 다소 신경질적인 대답에 새다함은 그녀를 빤히 바라보았다.

『락혼에게 네가 많이 걱정했다 잘 전해주지.』

『닥쳐.』

일대 지리를 둘러보고 오는 데만 해도 반나절이 걸렸다.

그들은 침착하게 계획을 정리했다.

그리고 이튿날 동이 트기 전, 그들은 최종적으로 마무리했다.

제르는 성으로 돌아간 뒤 이상하리만치 조용하게 제 방으로 사라졌다. 아스난은 갑작스레 들린 트란실 인에 대한 소식에 기함하며 그녀를 찾아왔다.

"무슨 생각을 하고 계신 겁니까?"

"차기 트란실의 수장이 될지도 모를 이가 방문했기에 초대한 것뿐인데 왜 그리 사색이 되었나?"

"그가 얼마나 위험한 인물인지 모르시는 겁니까? 그들에겐 외교 문제라는 것도 없습니다. 트란실의 선출자와 잘못 엮여 나중에 국가적인 문제가 발생할 수도 있습니다. 해적들이 감금하고 있는 상태라 들었습니다. 주군께서는 분명 이곳의 수장이십니다. 그건 카르시타의 국왕 전하의 인정 아래 누구도 부정할 수 없는 불변입니다. 그러나 모든 권리는 규범을 무너뜨리지 않는 선까지만 허용되는 겁니다."

"종달새가 따로 없어, 엘보르트 경은."

"주군."

"종알종알, 종알종알거리면서 어찌 그리 말이 많은지."

아스난의 얼굴이 붉으락푸르락해졌다. 그가 급기야 노골적으로 그녀를 노려보며 표정을 구겼다. 제르는 무례함을 따지지 않았다.

"내가 하는 행동이 경의 우려를 불러일으켰다는 건 알겠다. 하지만 경의 말처럼 나는 이곳의 인정받은 주인으로서 내 의무를 다하려는 것뿐이니 그쯤 해라."

"주군께서 아무 생각이 없으신 분이 아닌 건 잘 압니다. 무언가 획책하고 계신 것이 있다는 것 또한 감히 짐작으로 헤아려 알겠습니다. 하지만 저는 주군에게 충성을 맹세하고 남았고 주군은 제게 신뢰를 보여주겠다 하셨습니다."

아스난은 조금만 더 건드리면 폭발할 것처럼 보였다. 그의 전에 없이 격렬한 반응에 제르가 한숨 내쉬듯 웃음소릴 내며 고개를 저었다.

"……경이 나를 이해할 거라고 생각하지 않아."

"이해의 가불가는 제 스스로 결정하게 해주십시오."

"그렇다면 도리어 묻겠다. 경의 맹세엔 나에 대한 신뢰가 털끝만큼이라도 포함되어 있나?"

아스난이 허를 찔린 사람처럼 입을 작게 벌렸다 다물었다.

'복수의 원칙을 인정한다.'

그녀의 목소리는 아직도 머릿속에 생생하다.

꿈결처럼 바람 속을 떠돌던 음성. 보복이 꼭 나쁜 것이라고는 생각하지 않는다. 특히나 퀸시오처럼 국가적 치안이 취약한 곳에서는 더더욱. 서로의 복수를 두려워한 이들은 그 무작위적이던 행위의 명분을 찾게 될 것이고, 억울하게 권력에 짓눌린 평민들은 제 권리를 찾을 수 있을 것이다.

하지만 그게 옳은가?

'복수'라는 것 자체가 끊을 수 없는 인과의 고리였다. 그러나 아스난이 그녀의 말을 속 깊이 새길 수밖에 없었던 건 그녀의 말에서 핍박당해 본 자만이 공감할 수 있는 당위를 찾았기 때문이다.

제르가 탁자 위에 놓인 펜을 만지작거리며 말을 이었다.

"엘보르트 경……, 전에도 말했지만 나는 아무것도 아니다. 내게 남은 거라곤 르니아와 이 땅과 그대들밖에 없겠지. 경은 내 출신을 신경 쓰지 않는다고 했지만 경의 의견이 카르시타와 같은 것은 아닐 거야. 나는 이곳을 지키고, 나를 지켜야 해."

차분한 그녀의 음성에 아스난은 목구멍까지 역류한 무수한 말들을 안으로 삼켰다.

"하면."

"……경은 아마 모를 거다."

"주군."

"전부 다 빼앗기고 더 이상 잃을 것 없는 여인이 유일하게 남은 한 가지에 얼마나 집착할 수 있는지 알게 된다면, 그대도 아마 놀랄 테지."

처음에는 그녀가 철모르는 이상을 품고 있다 생각한 적도 있었다.

하지만 오늘날 의문이 생겼다. 그녀에게도 복수의 원칙이 적용되는가? 그렇다면 무엇을 향한 원칙인가? 만일 그녀가 전부 다 빼앗기고 잃을 것이 없다면, 그것은 누구에게 빼앗겼다는 말인가? 지금 생각해보면 그녀는 지나칠 정도로 믿음을 강요했다.

정작 제 스스로는 어떤 믿음도 보이지 않으면서도, 배신당할까 두려워하는 것처럼 강요했다. 그건 결국 그녀가 아무도 믿지 못한다는 말과 같다.

여전히 그녀는.

"경이 있어 다행이구나."

그녀가 아무렇지도 않게 내뱉은 음성은 할퀴듯 아스난의 귓가를 파고들었다.

"나는 경이 이곳에서 나를 힘들게 하는 사람이 되지 않았으면 한다."

그녀는 몹시 잔인한 사람이었다.

시모레 호의 갑판에서 술판을 벌이다 잠들었던 이들은 별안간의 소동에 잠에서 깼다. 선장실에서부터 울리는 고성과 파공음은 그들의 잠을 모조리 날려버렸다. 귀에 익은 앙칼진 고함 소리는 르니아의 것이었다. 그 비난이 누구에게 향해 있는지는 묻지 않아도 알 수 있었다.

퀴네도사이는 느닷없이 들이닥친 르니아에게 걷어차인 탁자 다리가 두 동강 난 것을 발견하고 헛웃음 지었다. 그러고도 모자랐던지 르니아는 퀴네도사이의 멱살을 잡고 고래고래 소리를 질렀다.

"애들 입단속을 어떻게 한 거야! 이 미친 자식아!"

"애들이 왜."

"그걸 몰라서 물어!"

"알면 묻겠어?"

퀴네도사이의 초연한 대꾸에 르니아가 이를 갈았다.

이놈들을 찾아오게 두는 게 아니었다. 제르가 괜찮다고 했지만 괜찮지 않았다.

데바람과 카르시타의 사이가 좋지 않다는 것은 르니아도 아주 잘 아는 사실이다. 가뜩이나 제르의 입지가 좋지 않아 걱정을 하고 있는데, 조금 전 별안간 셀파가 그녀에게 물은 것이다. 주군이 데바람의 왕비였소? 그 탐탁찮은 물음을 듣는 순간 전신의 피가 거꾸로 솟구치는 기분이었다. 극구 부인했지만 그는 그녀의 말을 믿는 기색이 아니었다.

"분명히 경고했어. 네가 무슨 짓을 하든 내 알 바 아니지만 남 인생에 끼어들어 재 뿌리는 짓은 그만하라고. 네 미친 짓은 네 배에서 끝내. 아니, 애당초 왜 여기까지 찾아와서 문제를 일으켜!"

르니아의 분노는 명백했다. 퀴네도사이는 자신의 옷깃을 끌어 쥔 르니아의 손을 강제로 떼어내며 목을 좌우로 풀었다.

"대체 무슨 말을 하는 건지 모르겠으니 설명부터 듣자."

"너냐? 셀파 님에게 내가 데바람에서 굴러먹다 왔다고 떠들어댄 게 너야? 죽고 싶어 환장했어?"

퀴네도사이는 미간을 찡그렸다. 그는 셀파가 누군지 알지도 못했다. 물론 눈치가 전혀 없는 건 아니라 어찌 흘러간 상황인지는 짐작했다. 카르시타의 왕족이라 믿어지는 제르가 사실은 데바람의 사람이라는 것이 들통 날까 저리 전전긍긍 하는 것일 터다.

"무슨 말인지 모르겠군. 그리고 다른 녀석들의 입단속이라니. 린, 다른 녀석들은 우리 부하가 아니라 동료다. 잊었어? 그 녀석들이 입 놀리는 것까지 우리가 참견할 수는 없어."

"이 상황에서도 그딴 말이 나와?"

"내 알 바 아니지. 없는 말을 지어내어 분란을 조장하는 것도 아니고, 사실을 그대로 말했다면 그게 뭐가 문제냐. 젠과 함께 있더니 버르장머리만 없어져서는."

"퀴네도사이이이이!"

"언성을 낮춰라. 귀 아파."

르니아의 얼굴이 벌게졌다. 이래서 퀴네도사이의 방문을 반기지 않은 것이다. 저치는 언제나 뻔뻔하고 이기적이며 다른 사람을 망치지 못하면 엉덩이에 가시가 돋치는 인물이었다.

가뜩이나 이곳 사람들은 제르를 경계했다. 충성 맹세라는 명목으로 곁에 남아 돕길 바라는 좋은 사람들이지만 카르시타의 왕족이란 입지마저 흔들린다면 정말 제르에게는 남는 것이 없다.

르니아의 곤두박질친 기분을 헤아리기라도 한 사람처럼 안쓰러운 표정을 짓던 퀴네도사이가 이죽거렸다.

"젠은 정말 대단해. 너를 손에 쥐고 이다지도 흔들 수 있다니. 무슨 수를 쓴 건지 모르겠지만 카르시타의 왕족인 척 위장까지 해가며 이곳 사내들을 홀리고, 데바람에서는 왕을 홀리고, 너를 홀리고."

"그 입 못 닥쳐!"

그는 선을 넘었다. 르니아가 주먹을 움켜쥐고 달려들자 퀴네도사이도 재빠르게 벽에 기대어 세워두었던 은빛 지팡이를 집어 들었다. 르니아의 허리에 매달려 있던 금색 손잡이의 검날이 순식간에 뽑혀 나와 퀴네도사이를 향해 날아들었다.

콰지직. 검의 충격을 이기지 못한 탁자가 쪼개졌다. 그러나 퀴네도사이는 언짢은 기색도 없이 고개를 갸웃하며 눈웃음을 지어 보였다.

"오랜만에 한 번 해보자고?"

퀴네도사이의 지팡이가 순식간에 르니아의 팔꿈치와 손목을 후려쳤다. 르니아는 황급히 물러나 그의 의자를 그에게로 내동댕이치듯 걷어찼다. 퀴네도사이는 지팡이로 의자를 막아 치운 후 그녀에게 다가갔다.

그의 얼굴에서 서서히 미소가 걷혔다.

"여전히 한심할 정도군."

퀴네도사이가 순식간에 르니아의 검을 쳐 올렸다. 여파로 뒤로 나동그라졌던 르니아가 재빠르게 한 바퀴 굴러 몸을 일으켰다.

"작정을 했다면 도끼를 들어. 체렌시와, 그 계집애 같던 기사의 검을 가지고 덤벼드는 건 너무 심심해서 재미없으니까."

"퀴네도사이……!"

표정을 일그러뜨린 르니아가 다시 한 번 달려들었다. 그녀는 반쯤 부서진 책상을 밟고 뛰어 올라가 그의 목을 노렸다. 퀴네도사이가 물러나며 화분이 넘어져 깨지는 소리가 났다. 와장창. 그녀의 검과 맞부딪친 선장실의 창문이 깨졌다.

잉크가 엎어졌다. 순식간에 아수라장이 되었다. 그러나 퀴네도사이는 전혀 신경 쓰는 기색이 아니었다. 그는 도리어 여유로운 표정으로 르니아의 왼 얼굴을 지팡이로 후려쳤다.

"몸이 굳었구나."

"계속 지껄여봐. 그래, 오늘 밤에 너와 나 둘 중 하나가 죽는 것도 괜찮겠지. 아버지께서도 이해하실 거야. 너 같은 정신병자를 태운 게 아버지의 잘못이라는 걸 본인도 알 테니까."

퀴네도사이가 짧은 침묵 끝에 말했다.

"아무것도 모르면서 잘도 그 늙은이에 대해서 떠드는구나."

"너야말로 버르장머리가 없는 거 아냐? 아버지한테?"

"도켄은 죽었다."

막 빈정거리던 르니아가 뚝 움직임을 멈추었다. 깨진 창문 사이로 차가운 겨울 도시의 북풍이 몰아쳤다. 르니아는 시야를 가리는 머리칼을 쓸어 넘기고 눈을 느리게 깜빡이며 되물었다.

"뭐……?"

"농담이야. 여전히 순진해. 이렇게 쉽게 놀라 틈을 보이다니."

밀랍처럼 굳어졌던 퀴네도사이의 얼굴에 삽시간에 미소가 어렸다. 그는 틈을 재지 않고 그대로 지팡이를 횡으로 휘둘러 그녀의 정강이를 후려쳤다. 휘청한 르니아가 신음하며 그를 노려보았다.

"도끼를 들어라."

"죽여버릴 거야."

"해봐."

르니아가 달려가 시모레 호의 선장실에 전시된 도끼를 움켜쥐었다.

문짝이 우지끈 떨어져 나가는 소리와 함께 르니아가 갑판 위로 튕겨

나왔다. 데굴데굴 몸을 굴린 그녀는 잠시도 쉬지 않고 벌떡 일어났다. 퀴네도사이가 어슬렁거리는 걸음으로 그녀를 따라 나왔다. 르니아의 얼굴에 모멸감이 어렸다. 구르는 동안 꺾인 건지, 손목이 시큰거렸다.

그녀가 쥐고 있던 도끼를 휘둘러 퀴네도사이를 내리찍었다. 그러나 그는 눈 하나 깜짝 않고 피했다. 목재 갑판 바닥만 아작이 나 그대로 시커먼 구멍을 드러냈다.

"너 때문에 조선공을 배에 태워야 한다니까."

"입 닥쳐. 오늘 이후로 그런 걱정도 못 하게 해줄 테니."

하지만 기세와는 다르게 르니아의 몰골은 성치 않았다. 퀴네도사이는 옷깃 하나 흐트러지지 않은 채였다.

"동생아, 이 오라비의 마음을 좀 알아주면 안 될까?"

"네놈이 얼마나 속이 시커먼 놈인지 이미 충분히 알고 있으니 가식 좀 치워."

"네가 그리 말하면 속상하다."

"너 나 싫어하잖아!"

"말도 안 되는 오해군. 내가 너를 얼마나 아끼는데."

"대체 너는 나한테 뭐가 불만이야! 시나와 님한테는 뭐가 불만이야! 왜 끼어들어서 우릴 망치려 들어!"

르니아는 단 한 번도, 퀴네도사이가 자신을 아낀다고 생각한 적이 없었다. 오히려 그는 그녀와 제르를 미워했다. 겉으로 웃어주고 말로만 좋다 하면 그게 진심인가? 아니었다.

"오해야, 오해."

퀴네도사이가 조용히 웃으며 지팡이를 겨누었다. 그러나 그 또한 슬슬 눈빛에서 이채가 돌고 있었다. 그가 지팡이 손잡이를 시계 방향으로 돌려 비틀자 그 안에서 가느다란 쇠붙이가 천천히 검신을 드러냈다.

'어, 어, 어, 말려야 되는 거 아냐?'

달빛조차 없는 암암한 새벽에 벌어진 사태에 횃불을 든 시모레 호의 해적들은 긴장해서 서로를 흘끔거렸다. 르니아와 퀴네도사이가 만나면 적어도 한 번씩은 사건 사고가 터졌기에 놀라운 일은 아니지만 퀴네도사이가 지팡이 속의 검을 꺼내들었다는 건 심각했다.

"저, 저거 말려야 되는 거 아니냐?"

렌자르가 같이 구경 나온 아게곤에게 속닥거리며 물었다. 아게곤은 난감한 얼굴로 짧은 뒷머리를 벅벅 긁었다.

"말릴 수 있는 놈은 말려. 난 모르겠다."

"이게 지금 뭔 일이여."

본의 아니게 이 모든 싸움의 원흉이 된 케퍼는 자다 나온 티를 내며 눈을 비빈 채 그들을 바라보았다.

도끼와 얇은 검이 부딪칠 때마다 불꽃이 튀었다. 귀청을 찢는 소음에 전신에 소름이 오소소 돋아났다. 퀴네도사이는 크게 움직이지 않고도 르니아의 두껍고 날카로운 도끼날을 모조리 흘려보내며 건들건들 웃고 있었다. 르니아 또한 제 팔뚝보다 긴 도끼를 휘두르면서도 퀴네도사이가 간간이 흘리는 기민한 공격을 쳐냈다. 해적들은 어느 누구에게 감탄을 해야 할지 모를 만큼 호각으로 싸우는 두 남매의 모습에 긴 한숨을 내쉬었다.

쉴 새 없이 맞부딪치는 검과 도끼에 갑판 여기저기가 뜯겨 나가고, 부서져 나갔다. 부선장인 호엘은 엉망진창으로 부서지는 배의 모습에 통탄을 금치 못했다.

한참이나 이어진 싸움의 승자는 언제나와 같았다. 퀴네도사이의 얇은 검신에 삐었던 손등을 베인 르니아가 먼저 도끼를 떨어뜨렸다. 철철 흘러나오기 시작하는 피가 도끼 위로 주르륵 흘러내렸다. 그와 동시에 퀴네도사이의 검이 그대로 르니아의 목줄기를 향해 쇄도했다. 그리고 아슬아슬하게 멈췄다.

퀴네도사이가 짧은 한숨을 내쉰 후 말했다.

"린, 다시 말하지만 나는 젠의 일을 망칠 생각이 없다. 그리고 저번에도 말했지만 왜 너나 젠 같은 나랑 가까운 아가씨들은 나를 의심하는 건지 모르겠어. 내가 너희를 아끼지 않는다면 여기서 뭘 하겠어? 그리고 넌 내 하나뿐인 동생이잖아."

"웃기는 소리 하지 마."

"……오늘은 이쯤 하지. 피곤한걸."

퀴네도사이가 얇은 검을 다시 지팡이의 중심에 맞추어 끼워 넣자, 그의 검은 언제 그랬냐는 듯 신사적인 지팡이로 변모했다.

르니아가 숨을 헐떡이며 피가 콸콸 쏟아지는 손등을 움켜쥐었다. 멀지 않은 곳에서 대기 중이던 선의가 놀라 허둥지둥 달려왔다.

"퀴네도사이, 너는 가족의 소중함 따위 몰라, 너는 너밖에 모른다고. 그렇지 않고서야 시나와 님을 그렇게 말할 수 있을 리가 없어. 체렌시와 님을 계집애 같다고 조롱할 수 있을 리가 없지! 이 정신병자야!"

탁. 탁. 탁.

"네가 아버지에게 그 따위로 대하는 것도, 다 네가 배은망덕한 개자식이기 때문이라고! 내 말 들어? 듣고 있어?"

"……."

"듣고 있냐고!"

조용히 고개를 돌린 퀴네도사이가 심상찮게 굳은 얼굴로 그녀를 노려보았다. 르니아의 독설은 끊이지 않았다.

"화난 얼굴이네? 어, 화났어? 네가 얼마나 겁쟁이인지 깨닫기라도 한 거야? 내가 모를 줄 알았어?"

퀴네도사이가 지팡이로 갑판을 후려쳤다. 얼마나 힘이 셌던지 가뜩이나 도끼에 작살이 나 약해져 있던 갑판 일부가 내려앉았다. 퀴네도사이는 크게 부서지기 시작한 바닥에서 벗어나 르니아의 코앞까지 다가왔다.

르니아가 이를 악물고 그를 노려보았다.

"린."

"……."

"너야말로 아무것도 모르고 있어. 주위를 좀 둘러봐."

"……."

"제대로, 똑바로 봐. 그리고 잊지 마라. 네가 우리를 선택하지 않은 이래로 쭉."

"……."

"저놈들을 책임져온 건 나야."

구름 사이로 달이 얼굴을 내밀었다.

한바탕 벌어진 새벽녘의 싸움에 퀴네도사이는 짧은 한숨을 내쉰 후 몸을 돌렸다.

"아게곤, 구경 다 했으면 따라와."

왜 퀴네도사이는 이리도 사람을 못살게 구는지 모르겠다. 왜 제르와 자신이 그 모든 것을 감당해야 하는지도, 감당하기 위해 애쓰는데 주위에선 그들을 곤란하게만 만드는지도 모르겠다. 버티는 것도 때로는 힘들었다.

데바람에서 살 적, 그녀는 제르의 남동생이었던 체렌시와를 좋아했다. 체렌시와는 자신보다 두 살 정도 위였지만 적어도 그녀에게만은 개구진 친구였다. 사실, 그래, 제르가 불쌍했던 것도 이유겠지만 체렌시와를 좋아했기에 그녀의 곁에 남은 이유도 있었을 것이다.

'내 누이를 지켜줘.'

르니아는 바들바들 떨리는 손으로 노엘의 직인이 새겨진 낡은 은빛 검을 내려다보았다. 체렌시와가 그녀에게 남기고 간 유품이었다. 그다지 절절하지는 않았는지, 아니면 사랑이란 게 다 그런 건지, 검은 이제는 다시는 그를 볼 수 없다는 상실감보다는 의무감의 무게로 무거웠다.

제르가 첫 아이를 잃고 체렌시와를 잃었을 때 르니아는 마음껏 슬퍼할 수도 없었다. 세상과 함께 부서져가는 제르를 잡아 앉히는 것만이 그녀가 할 수 있는 전부였다. 무력감. 혈육이라는 그릇에 쏟아부었던 애정이 갈 곳을 잃고 온 방 안을 유령처럼 떠돌던 숨 막힘. 아직도 기억한다.

그녀는 처음 제르 남매를 보았을 때 아닌 체해도 큰 충격을 받았다. 르니아는 어릴 적부터 배 위에서 자라 선원들과 친밀하긴 했지만 그들 대부분 이기적이고 거친 데다, 생업이 해적질이다 보니 죽음에 초연했다. 죽고 싶어 하지는 않았지만 죽어나가는 이들을 슬퍼하지도 않았다. 한 명 한 명 죽을 때마다 그리 슬퍼하면 정신이 남아나지 않을 거라며 뱃노래와 함께 술 한 잔을 기울이는 것이 전부. 그녀는 죽음을 슬퍼하는 이가 없는 그런 무서운 바다에서 살았다. 모든 죽음 후엔 그렇듯 홀가분하고 무관심한 조의가 뒤따르는 거라고 생각했던 어린 시절이었다.

그러던 중 제르를 보고 알았다.

세상에 이렇게 사랑할 수도 있구나.

목숨 걸고 사랑하고, 목숨을 버려가며 지키는 그런 가족이 있구나. 처음에는 그들 남매의 가족 일원으로 들어가고 싶어 했던 것도 같다. 제르의 동생이라는 이유만으로 체렌시와와 엘지와 엔사가 얼마나 눈총을 받고, 눈칫밥을 얻어먹는지 알면서도 그들의 가족이 되고 싶었던 것 같다. 그러다 체렌시와를 사랑하게 되고, 잃고, 제르를 떠날 수 없게 되고, 제르가 행복하길 바라게 되고, 화가 나고, 데바람이 싫어지고…….

제르는 그런 대우를 받고 살아도 되는 사람이 아니었다.

제르는 행복할 자격이 있는 사람이었다. 해서 데바람에서 벗어나기만 하면 마음 놓고 행복할 수 있을 줄 알았다. 아무도 그들을 모르는 카르시타에서 배곯지 않고, 서로의 등을 도닥여주면서 그거면 된다고.

제르는 언젠가 세드로를 만날 수 있을지 모른다는 희망만으로도 행복할 테니까.

배에서 내린 르니아는 결국 참지 못한 눈물을 터뜨렸다. 억울해. 아무리 해도 퀴네도사이를 이길 수 없는 것처럼, 아무리 해도 제르와 자신은 타인들이 누리는 그런 평온을 누릴 수가 없었다. 자신은 괜찮다. 하지만 제르는 행복해져야 했다. 못내 억울하고 가슴이 미어져 르니아는 땅만 보며 걸어갔다.

체렌시와가 그리워지는 밤이었다. 그러나 소리 내어 불러도 대답해줄 이가 없다는 건 정말 슬픈 일이다.

"……르니아 양?"

발끝을 내려다보던 그녀는 걸음을 멈추고 주르륵 떨어지는 눈물을 내려다보았다. 체렌시와가 남겨준 이제는 낡아버린 검 자루에 눈물이 떨어져 물기로 반짝였다. 르니아의 손이 그 검 자루를 어루만졌다.

"르니아 양, 소란이 있다는 얘기를 들었는데."

르니아는 고개를 저었다. 그러곤 그녀의 앞을 가로막은 사내를 밀치고 그대로 걸어가려 했다.

"손은 왜 이렇소?"

돌연 거센 악력이 그녀의 팔뚝을 움켜쥐었다. 르니아는 주르륵 떨어지는 눈물의 무게를 이기지 못한 사람처럼 그 자리에 주저앉았다.

조그맣게 웅크린 르니아의 입술 사이로 흐느낌 같은 목소리가 흘러나왔다.

"왜 그래요."

"뭐가 말이오?"

"대체 왜, 대체 왜 다들 가만히 두질 못하는 거야."

셸파가 비틀거리며 맨바닥에 주저앉은 르니아를 끌어당겨 일으켰다.

"크게 다친 거요?"

"대체 당신들은 왜 그러냐고요."

르니아의 일그러진 얼굴 위로 달빛 울음이 쏟아져 내렸다.

"그냥 두세요. 그냥 내버려두면 되잖아. 열심히 살고 있는데, 왜 아무도 그걸 몰라줘. 왜, 대체 왜. 시나와 님은, 시나와 님은, 지금보다 더 좋은 대우를 받아야 하는 분이라고요!"

으허허헝. 르니아가 결국 큰 울음을 터뜨리며 셀파의 어깨를 주먹으로 때리기 시작했다. 부상당한 팔은 여전히 셀파의 손에 잡힌 채였다.

"무슨…… 왜 그러는지……."

"셀파 님도 미워요……! 다 미워, 다 밉단 말이야!"

셀파가 계속해서 그의 어깨를 때리는 르니아의 반대쪽 손도 붙잡았다.

"난 하나도 안 아프니, 때리는 건 그만두시오. 르니아 양의 손만 다치니."

그 말대로였다. 안에 입고 있는 갑옷 탓에 르니아의 주먹만 멍이 들게 생겼다. 그는 숨을 헐떡이며 우는 르니아의 작은 어깨를 천천히 다독였다. 르니아의 몸이 그의 품 안으로 기울었다. 셀파가 당황했다.

어, 어어, 르니아 양?

"시끄러워어헝요……! 다 밉단 말이야아. 흐어엉."

멀지 않은 배 위에서 횃불들이 일렁거렸다.

얼결에 그녀를 안아주게 된 셀파가 어정쩡하게 들고 있던 손을 놓고 그녀의 등을 다독였다. 르니아는 더 크게 통곡을 하며 심지어 그의 망토 위로 코까지 풀었다. 그러더니 한참 후에야 울음을 그쳤다.

"……됐소?"

르니아가 그의 등을 툭툭 치며 코맹맹이 소리로 말했다.

"……됐어요. 다 울었어."

셀파가 그녀를 놓아주자 르니아는 머쓱한 듯 고개를 숙인 채로 기대고 있던 몸을 세웠다.

함선 위를 노려보고 있던 셀파가 그녀의 부상을 물었다.

"무슨 일이오? 공격을 당했소?"

"아니에요, 생각하시는 그런 거 아니에요. 그냥 좀 다퉈서 그래요."

"다투다니?"

"아. 저 배 위에 있는 미친놈이랑요. 자주 이래요. 맨날 져요. 화나게."

르니아는 대수롭잖다는 투로 중얼거렸다. 셀파는 대답 대신 그녀의 떨리는 어깨를 응시했다. 아까 출신을 의심해 그녀를 추궁했던 게 못내 마음에 걸렸던 그였다. 그러나 이렇게 우는 걸 보니 괜스레 미안해졌다.

어차피 방계 왕족들 중에는 타국 귀족과 피가 섞인 이들도 많고, 타국에 거주 중인 이들도 많았다. 르니아를 만나면 다소 무섭게 추궁한 부분에 대해 사과를 할 생각이었다. 하지만 지금 이야기를 꺼내기엔 시기가 좋지 않은 듯했다.

"날이 추우니 일단 들어가는 게 좋겠소. 상처도 다시 의원에게 보이고."

"선의가 치료해준 거라, 처치는 확실히 했어요."

"그래도."

셀파는 그녀의 딱 부러진 표정에 더 말을 붙이지 못하고 망토를 벗어 그녀의 어깨에 걸쳤다. 르니아는 부끄러운지 뺨을 붉히며 제 위로 둘러진 망토를 둘러보았다. 그에겐 허벅지 조금 아래까지 오는 망토가 르니아가 두르니 종아리까지 내려왔다. 분위기가 묘한 탓인지 셀파도 왠지 모르게 속 어딘가가 뜨끈거리는 기분이었다.

그가 르니아의 등을 떠밀었다.

"성까지 데려다주겠소. 말을 세워둔 곳까지는 좀 걸어야 할 거요."

"괜찮아요. 혼자서 갈 수 있어요."

"여인 혼자 가기엔 위험하니, 데려다주겠소."

말을 뱉고도 조금은 위화감이 든다. 악명 높은 대해적의 딸이자, 여태까지의 르니아를 봐온 결과 그녀는 웬만한 기사 못지않았다. 르니아도 비슷한 생각을 했는지 작게 키득거렸다. 잔뜩 울어 빨간 눈으로 웃으니 토끼 같았다.

"진심은 아니죠?"

"……일단, 부상을 당했으니로 정정하지."

"이 정도 상처쯤이야."

"르니아 양은 매사를 너무 사소하게 넘기는 경향이 있소."

"그게 나빠요?"

그녀의 노골적으로 뾰루퉁한 반문에 셀파는 살짝 당황의 기색을 비쳤다.

"……아니, 그건 아니지만 어쨌든 르니아 양이 아무리 날래도 여자가 아닌 건 아니오. 기사의 의무를 저버리게 하지 마시오."

어째서 한낱 시종인 그녀에게, 심지어 해적의 딸에게 애걸하듯 에스코트를 하게 해달라 부탁해야 하는지는 모르겠다.

셀파가 견고하게 고집을 부리자 르니아는 어쩔 줄 몰라 하다 조그만 보폭의 걸음으로 그를 뒤따랐다.

"기사님은 안 추워요? 돌려줄까요?"

"됐소."

르니아는 물끄러미 셀파의 뒤통수를 응시했다.

한 걸음 앞서 걷는 남자의 뒷모습에 다시 눈물이 났다. 그녀는 발자
국처럼 눈물을 흘렸다. 셀파는 뒤돌아보지 않았다. 간혹 르니아의 걸
음이 느려지면, 천천히 그녀의 속도에 맞춰 걸음을 늦추었을 뿐이다.

성에 도착할 때까지 그들은 한 마디도 하지 않았다. 위로도 괜찮다
는 말도 없었다. 그들은 성문 앞에 이르러 조용히 각자의 길로 되돌아
갔다.

이른 아침부터 성 안의 고용인들은 바쁘게 손님맞이를 준비했다. 트
란실 인, 그중에서도 중요한 인사가 방문할 거란 얘기에 모두가 긴장
의 끈을 놓지 않았다. 제르의 친명이 있었던 터라 시녀들은 몹시도 분
주했다.

준비는 해가 저물 무렵에야 끝이 났다. 그들은 한결 더 엄격해진 성
안의 치안과 압박감 속에서 맡은 바 소임을 다하기 위해 애썼다. 그 즈
음은 제르 또한 준비를 마치고 퀴네도사이와 락혼을 맞을 준비를 했
다. 얇은 여러 겹의 천을 엮어 허리끈으로 고정한 긴 주홍빛 드레스를
입고 어깨 끈을 올린 제르는 그 위에 시녀들의 도움을 받아 무겁고 복
잡한 양식의 망토 코트를 걸쳤다. 과하다 싶지 않은 붉은 톤의 화장을
마치고 늘 대충 묶어 올리던 검은 머리칼을 땋아 올리는 것으로 준비
가 마무리되었다.

르니아는 그녀의 단장을 도우며 아무 말도 하지 않았다. 제르가 그

녀의 상처를 발견하고 물었을 때 "미치광이랑 한판 했어요."라고 회피하듯 답한 게 전부였다.

"어때요? 테일런 님?"

싱글벙글한 르니아가 거울 앞에 선 제르를 가리키며 물었다. 묵묵히 제르의 준비가 마무리되길 기다리고 서 있던 테일런은 예상치 못한 질문에 살짝 미소 지었다. 대답은 하지 않았다. 그의 미미한 홍조를 띤 귓가가 답을 대신했다.

"이렇게 예쁘게 하고 계셔도 되나 몰라! 그 야만인이 반하는 거 아니에요? 어휴."

그러나 약속된 시간이 되자 예상치 못한 소식이 날아들었다.

"주군께서 기다리고 계신다."

"생각이 바뀌었다 하지 않았습니까. 미안하지만 초대에 응하지 못하겠다고 하십시오."

선체 아래 발판을 딛고 난간에 몸을 기댄 퀴네도사이가 시큰둥한 표정을 지었다. 아스난은 성 안의 모든 준비가 끝이 나자 변심했다 말하는 퀴네도사이를 향해 성난 눈빛을 쏘아 보냈다. 락혼 또한 갑판 한쪽에 기대어 아래를 내려다보고 있었는데, 그로서도 퀴네도사이의 변심이 마음에 들지 않는 표정이었다.

"이미 준비가 다 마무리되었으니."

"생각해보니 젠이 아무 생각 없이 저자를 초대했을 리는 없고, 무슨 꿍꿍이인지 모르겠으니 하선시키지 않겠습니다. 만일 정 식사 초대를 하고 싶다면 나뿐만 아니라 내 동료들도 함께 즐길 수 있도록 이곳으로 만찬장을 옮겨 오는 건 어떨지?"

"느닷없이."

"어차피 그쪽은 내가 성에 들어가는 것도 못마땅하지 않습니까?"

아스난의 낯빛 위로 서서히 떠오르는 노여움을 알아차린 페이랑은 안절부절못하며 멀지 않은 곳에서 초록 도끼 해적단의 함선 근처를 순찰하는 셀파를 곁눈질했다. 갑판 위에 서 있는 락혼과 눈이 마주친 아스난은 깊이 숨을 내킨 후 말했다.

"지난밤 선내에서 소란한 일이 있었다 들었다."

"해적들 사이의 일까지 신경 쓰기에는 바쁘신 몸이실 텐데 배려심 깊기도 해라."

"이봐."

아스난의 목소리가 노기로 끓었다. 페이랑이 나섰다.

"그쪽은 르니아의 오라버니라 했잖습니까? 지금 르니아도 같이 기다리고 있을 텐데 왜 갑자기 마음이 바뀌었는지는 모르겠지만 약속은 약속이니까."

"소란이 있었다는 이야기만 듣고, 어제 와서 내 배를 난장판으로 만든 게 누군지는 못 들었나 봅니다?"

퀴네도사이는 잔뜩 골이 난 얼굴로 지팡이의 손잡이를 비틀었다 되돌리길 반복했다. 퀴네도사이의 눈동자가 미처 녹지 않은 눈이 쌓인 퀸시오의 성으로 향하고 있다는 걸 깨달은 아스난이 주먹을 꾹 쥐었다.

소득 없이 무의미한 신경전이 이어지는 동안, 이야기를 전해 들은 제르가 만으로 발을 옮겼다. 그녀는 퀴네도사이와 아스난을 번갈아 바라보더니 화난 기색 없이 물었다.

"왜 또 그런 변덕을 부리나, 에스펠라."

퀴네도사이는 아스난의 어깨 너머로 기사들과 르니아를 대동하고 나타난 제르를 응시했다. 그녀는 아스난의 어깨를 툭툭 도닥여 진정시킨 후 퀴네도사이와 눈을 맞추었다.

"새삼스러운 질문이네. 우리가 서로 신뢰도가 높은 사이는 아니잖아."

"그건 그렇지."

제르는 깔끔하게 인정했다. 그녀의 시선이 갑판 위에 기대어 아래를 내려다보고 있는 락혼에게 향했다. 제르가 살짝 고개 숙여 그에게 인사를 건네자 락혼이 손바닥을 들어 보였다.

"어쨌든 미안하게 됐네, 젠."

르니아는 퀴네도사이와 눈도 마주치지 않고 발치만 내려다보고 있었다.

"하루 종일 바삐 접대 준비를 한 이들은 아쉬울 일이겠군."

"네가 왜 로도를 따로 만나 대접까지 하고 싶어 하는지 일러준다면 내 마음이 바뀔지도 모르지."

아스난이 노골적으로 표정을 일그러뜨렸다.

제르가 가만히 고개를 젖혀 락혼을 응시했다. 선체의 높이가 높아 육안으로 확실히 볼 수는 없었지만 제르는 락혼이 자신을 보고 있다는 것을 확신했다.

『로도, 너를 돕고 싶다.』

트란실 어를 아는 이가 전무했기에 그녀가 유창하게 말하는지, 더듬대는지조차 구분하지 못하는 이가 태반이었다. 그저 일대에 모여 있던 기사들과 해적들은 그녀가 트란실 어를 한다는 것 자체에 놀라 시선을 집중했다.

『카르시탄이라면 이 나라에서 제법 높은 이라 들었다. 왜?』

『이유 없는 호의는 아니라고 말해두지.』

『그 이유를 먼저 들어보고 싶은데. 무엇을 위해 저놈에게서 나를 빼내겠다는 건가?』

락혼이 턱으로 퀴네도사이의 정수리를 가리켰다. 그들의 대화 속에서 모종의 무언가를 감지한 퀴네도사이의 목소리가 싸늘해졌다.

"렌자르, 로도를 데리고 들어가라."

렌자르는 우락부락한 팔을 뻗어 락혼의 몸을 갑판에서 밀어내려 했지만, 락혼은 꿈쩍도 않고 제르를 응시하고 있었다.

제르의 목소리가 선체를 타고 올라가 그에게 닿았다.

『트란실은 외부인에게 엄격하지만, 한 번 외지인을 씨족으로 받아들이면 단단한 울타리를 내어준다고 들었소.』

『외지인이 씨족으로 받아들여지는 경우는 전무하지.』

『당신의 목숨 값, 내 대신 치러줘도 그것이 어려울까?』

락혼의 눈이 찡그려졌다. 카르시탄이라는 위치가 이곳에서 낮지 않다는 것은 체감으로 알고 있었다. 락혼의 눈에 제르는 그를 돕기 위해 부담을 무릅쓸 필요가 없는 사람이었다.

『왜?』

『만에 하나 그대가 지도자가 된다면 이야기는 더 쉽겠지.』

『나를 이해시켜봐라.』

『선출자가 해적에 붙잡혀 몸값을 요구당한다면 로도의 씨족도 몹시 불편한 상황에 직면할 거라 생각되는데, 내 생각이 틀렸나?』

『그럴 일은 없을 거다.』

『모를 일이지.』

"렌자르……!"

퀴네도사이가 눈을 부라리며 선체 위를 올려다보았다. 퀴네도사이의 노성에 해적 두 명이 들러붙기 시작했다. 그러나 락혼은 잠깐 휘청했지만 갑판의 핸드레일을 쥐고 버티고 있었다. 르니아가 돌연 앙칼진 음성으로 명령했다.

"렌자르, 키벤. 트란실 인에게서 떨어져!"

"명령은 내가 해."

"소유권은 내게도 있어."

선체 위에서 얼굴만 쏙 내밀고 있던 두 해적은 울상을 지었다. 르니아와 퀴네도사이가 서로를 노려보는 동안 이러지도 저러지도 못하는데 당최 알아들을 수 없는 대화는 계속되었다.

『트란실로 오고 싶다는 말처럼 들리는데.』

『만에 하나의 상황에 믿을 만한 자에게 빚을 지우고 싶은 계략이라 해두지.』

『내가 차르가 되지 못할 수도 있지 않나?』

『너는 네 실패를 미래로 삼고 있나? 나는 지도자가 되기 위해 움직이는 자들이 선출자들이라 들었다. 그리고 물론, 네가 실패하더라도 내가 손해 볼 것은 없을 거야. 사실 이리 채신머리없이 소리 지르는 식으로 이야기를 나누고 싶지는 않았는데.』

제르의 눈동자가 퀴네도사이에게 짧게 머물렀다.

"젠, 뭘 하려는 거야?"

"그냥 이야기를 나누고 있을 뿐이다, 에스펠라."

제르가 눈꼬리를 접어 웃으며 능치자 락혼이 큰 소리로 웃음을 터뜨렸다. 퀴네도사이의 경계심은 극에 달했다.

"당장 로도를 선실로 처넣지 않으면, 너희를 상어 밥으로 만들어줄 테니 그리 알아라……!"

퀴네도사이가 막 소리쳤으나 그의 목소리는 별안간 들려오기 시작한 종소리에 묻혔다. 뎅, 데엥, 데에엥, 뎅, 뎅. 종소리가 다급했다. 등대지기의 종이었다.

"어어어? 선자아앙!"

아래쪽이 소란스러워지기 시작했다. 선수에서 망원경을 들고 있던 해적들 또한 만 끝자락에서부터 달려오기 시작하는 낯선 그림자에 소리쳤다.

"야만인들, 그놈들이 여기까지 쫓아왔습니다!"

갑판에 버티고 서 있던 락혼의 눈에도 뚜렷이 보였다.

함께 사호의 론희를 찾으러 대륙으로 나왔던 전우들이었다. 감동적이기도 하면서, 새삼 득시글 몰려 있는 기사들과 해적들의 풍경을 보니 마음이 불편해졌다. 적이 너무 많았다. 하필이면 이 자리에는 해적뿐만이 아니라 기사들도 있었다.

락혼은 곤혹스러운 얼굴로 빠르게 달려오는 동료들을 응시했다. 그는 한 치의 흔들림도 없이 자신을 올려다보고 있는 검은 머리칼의 여자를 향해 고개를 돌렸다. 해적 둘이 달라붙어 그를 갑판에서 떼어내려 했지만 그는 선체가 부서져라 움킨 채 눈을 부릅떴다.

까만 눈동자가 초연히 그에게 머물렀다.

믿어도 되나.

사실 아무리 독불장군의 트란실 인이라 해도 수 계산은 할 수 있었다. 아예 해적과 기사들을 전부 적으로 돌리는 것보다는 어느 한쪽의 호의라도 입는 것이 나을 것이다.

『믿어도 되나?』

조금 전 제르의 명에 병사들을 끌고 나타난 아스난은 별안간 들이닥치기 시작했다는 트란실 인의 소식에 눈을 휘둥그레 떴다.

마지막으로 퀴네도사이와 눈을 마주친 제르가 더할 나위 없이 아름답게 웃었다.

『너희에겐 육지가 더 어울리지 않나.』

더 볼 것도 없었다.

아래에선 전우들이 그의 이름을 부르며 달려오고 있었고, 그들이 기사들마저 적으로 돌려 더 수세에 몰리기 전에 막을 수 있었다. 락혼은 그대로 난간을 짚고 뛰어내렸다. 그는 마치 해적들처럼 날렵한 몸놀림으로 선체에 중간중간 늘어진 밧줄들을 옮겨 다녔다. 쿠웅. 곧 육중한 소리와 함께 락혼이 땅을 디뎠다.

멀리서 익숙한 고함 소리가 들렸다.

『우리가아 왔다아아!』

놀란 해적들과 트란실 인들이 맞부딪쳤다. 수는 해적들이 훨씬 많았지만 급히 배 밖으로 나오는 것만으로도 그들은 어수선했다. 락혼은 텅 빈 손을 쥐락펴락 하더니 씨익 웃었다.

"저놈을 잡아!"

퀴네도사이가 명령하자 일대에 자잘하게 포진하고 있던 해적들이 일시에 몰려들었다.

"아스난, 저자를 보호해. 트란실 인들에게는 손대지 마라."

"젠……!"

"그리 노려보지 않아도 내가 무슨 짓을 하는 건진 잘 안다."

갑작스레 급박해진 상황에 테일런이 검을 꺼내어 들었다. 르니아 또한 말없이 쌍검을 쥐어 들었다. 그녀의 검은 곧장 퀴네도사이에게로 향했다.

퀴네도사이의 눈동자 위로 광기가 번득였다.

"넌 못 이긴다고. 이미 알잖아, 린."

"상관없어."

테일런은 제르의 옆에, 아스난은 락혼의 옆에 서서 달려드는 해적들을 밀쳐냈다. 제르는 순식간에 난장판이 된 풍경 속에서도 홀로 초연하게 서 있었다. 맨주먹으로 달려드는 해적들을 때려눕힌 락혼이 고함을 질렀다.

『죽지 마라!』

여기저기서 귀 아픈 트란실 인들의 고함이 오갔다. 기사들과 해적들을 모두 제압해야 한다 생각했던 그들은, 기사들이 그들의 길을 트는데 도움을 준다는 것을 깨닫고 영문도 모른 채로 만 깊숙한 곳까지 파고들어왔다.

트란실 인들의 기세가 드높아질수록, 해적들의 고함이 커질수록 퀴네도사이의 얼굴에서 표정이라 할 것이 사라졌다. 그를 똑바로 노려보고 있던 르니아는 마른침을 삼켰다.

해적들은 기사들의 방해로 속수무책으로 길을 뚫렸다. 트란실의 전사들은 육안으로 그들의 생김새를 확인할 수 있을 만큼 가까이 다가왔다.

『락혼!』

놀랍게도 선두에 있던 왜소한 체구의 전사는 여인이었다.

제르는 피가 흥건히 묻은 휘어진 칼을 들고 선 여자의 기백에 내심 놀랐다.

『……아란.』

아란은 락혼의 바로 앞에서 선체의 발판을 밟고 선 창백한 귀족 신사, 퀴네도사이를 발견하곤 튕겨나가듯 그에게로 달려들었다.

『이 빌어먹을 해적!』

불시의 공격에도 퀴네도사이는 놀란 기색 없이 그녀의 거대한 칼을 지팡이로 막았다. 그의 미간이 찡그려졌다.

"넌 뭐야?"

순식간에 르니아의 검이 궤도를 틀어 아란의 검을 걷어냈다.

『이 계집애는 뭐야?』

『아란, 대륙인의 도움을 받았다. 그녀는 건드리지 마라.』

등 뒤에서 울리는 락혼의 목소리에 아란이 멈칫하더니 미간을 찡그렸다.

'대륙의 칼잡이들이 우리를 도와?'

그때였다. 엄지손가락 굵기만 한 은빛 지팡이가 날아들어 그녀의 왼 어깨를 후려쳤다.

"나는 트란실 어는 모른다고."

테일런은 제르를 자신의 뒤로 가둔 채로 방어 태세를 유지하고 있었다.

여기저기서 불꽃이 튀는 전투가 벌어졌다. 그 짧은 순간 부상당한 이들도 부지기수였다.

"그만."

노여움을 억누르듯 느리게 눈을 감았다 뜬 퀴네도사이의 음성이 울렸다.

탁, 탁, 탁. 그가 지팡이로 발판을 두드렸다. 탁, 탁, 탁. 세 번씩 규칙적으로 지팡이 소리가 쟁하니 울려 퍼졌다. 곧 해적들이 주춤하기 시작했다. 퀴네도사이의 노여움에 찬 고함이 전투를 중지시켰다.

"그으마안!"

그의 음성이 선체를 때리며 메아리처럼 만에 퍼져나갔다. 해적들이 일제히 멈춰 선 것과 동시에 적을 잃은 기사들도, 트란실의 전사들도 주춤했다. 하지만 아란은 오히려 기회라 여기고 달려들었다. 그녀는 퀴네도사이의 은지팡이를 피해 그의 왼쪽 겨드랑이 쪽으로 검을 올려 베었다. 퀴네도사이는 그대로 발을 들어 그녀의 검신째로 밟아 내리찍었다. 콰드득 소리와 함께 발판이 갈라졌다.

그는 그녀의 검 등을 발끝으로 걷어찬 후 다시 지팡이로 균형을 잡고 섰다.

"트란실 야만인들은, 예의를 모르는군."

아란은 옆으로 휘어져버린 자신의 검을 믿을 수 없다는 듯 바라보다가 재빠르게 검을 버리고 물러섰다. 그녀가 물러선 자리로 퀴네도사이의 지팡이가 쾅 소릴 내며 다시 한 번 떨어졌다.

르니아는 해적들이 다치고 기사들이 다치는 모습에 착잡한 표정으로 검 자루만 쥐락펴락했다.

"이럴 거냐, 젠?"

"해적선 안에서 무슨 짓을 벌이든 나는 개의치 않는다. 내가 너와 했던 약속에 분명 해적선은 해적령으로 인정한다는 조항이 있다는 것을 똑똑히 기억하기 때문이다. 그러나 해적선에서 나와 한 발자국이라도 퀸시오의 땅에 발을 디딘다면 그곳은 나의 땅이다. 설사 너라고 해도 예외는 없다. 난 카르시타 왕으로부터 이 땅의 오롯한 주인이라는 독립령의 영주임을 공인받았다. 이 땅에 발 디딘 로도는 내 땅을 방문한 방문객으로 간주, 그의 보호는 내 관할로 넘겨받겠다."

퀴네도사이가 큭큭 웃기 시작했다. 그의 싸늘하게 굳은 눈매가 제르를 노려보았다.

"여전히 재수 없긴 변함없구나."

결국 퀴네도사이는 피 묻은 세검을 지팡이 속에 밀어 넣었다.

락혼과 아란의 지근에 이른 새다함이 큰 목소리로 소리쳤다.

『다우람! 소모전은 그만하고 내가 락혼을 데리고 나갈 테니 엄호해라!』

연거푸 울리는 사나운 트란실 인들의 고함에 퀴네도사이는 귀를 막아버리고 싶다는 표정이었다.

"아스난, 저들에게 길을 열어줘."

"저놈은 내 거야."

"내 땅에 발 디딘 이상 내 관할이다. 네가 그 발판 아래에서 한 발자국이라도 내려와 이 땅을 디딘다면 너 또한 마찬가지야."

"계산이 안 되나? 너희, 이 오합지졸을 모아둔 병사들로, 지금 우릴 막을 수 있을 거라고 생각하나."

르니아, 그리고 테일런과 검을 마주하던 해적들이 주춤주춤 뒤로 물러섰다. 아스난은 제르의 명령대로 길을 터 전사들이 지나갈 수 있도록 비켜섰다. 가장 덩치가 우락부락한 전사, 새다함이 코앞까지 다가와 기괴하다는 표정을 지었다.

『도움을 받았다.』

『그렇군. 하지만 우린 바로 떠나야 한다. 우선 사호는 포기하고 본토로 가자.』

『……일단.』

새다함이 락혼의 어깨를 잡고 이동하기 시작했다.

『이번 일은…….』

제르는 멀어지는 그의 뒷모습을 향해 조용히 배웅했다.

『……로도의 락혼. 잊지 않길 바란다.』

『잊지 않는다.』

새다함이 소리쳤다.

『전사들아아! 가자!』

얼결에 난동을 부리기 시작한 해적들을 막기 위해 나섰던 페이랑과, 셀파, 그리고 렐딘 역시 피를 흠뻑 뒤집어쓴 채로 귀청 떨어지는 고함에 몸을 움츠렸다.

화통이라도 삶아 먹은 듯했다.

락혼을 선두로 한 전사들이 자리를 이탈하기 시작했다. 아란이 아랫입술을 꾹 깨물며 마지막까지 퀴네도사이를 노려보았다.

『너, 다음엔 반드시 죽인다.』

르니아는 손등의 상처가 덧난 듯 피가 뚝뚝 흐르는 손으로 퀴네도사이와 제르의 사이를 막아섰다.

"뭐 어쩔 건데?"

"내가 분명히 말했을 텐데. 이 한심한 보안으로는 우리를 막을 수 없을 거라고."

"손 하나 까딱 못 할 거라고 내가 말했던 건 기억 안 나?"

달칵. 그가 지팡이를 비틀어 돌렸다. 르니아는 깜짝 놀라 그녀도 모르게 반걸음 물러났다. 노여움과 뒤섞인 광기가 퀴네도사이의 살의를 부추기고 있었다. 주욱 뽑혀 나오는 얇은 날의 검이 그의 노여움을 삼킨 듯 떨었다.

그를 막은 건 제르였다.

"퀴네도사이 에스펠라."

퀴네도사이가 고개를 돌려 죽일 듯이 제르를 노려보았다.

제르는 트란실 인들이 충분히 멀어졌다는 것을 확인이라도 하듯 고개를 돌렸다가, 말을 이었다.

"뭐가 득이고 뭐가 실인지는 알 만큼 영악하지 않나, 너는?"

퀴네도사이의 입가에 서서히 냉소가 어렸다. 제르는 멈추지 않고 말했다.

"트란실 인의 혈족 중심 풍토는 잘 알겠지. 그들을 적으로 돌리고, 카르시타 왕의 공인을 받은 나를 적으로 돌려 카르시타를 공격하면 아무리 너라고 해도 곤란한 일이 생길 테지. 이곳엔 르니아도 있어."

침묵으로 제르를 응시하던 퀴네도사이가 미친 듯이 웃기 시작했다. 배 속부터 간지러운 이야길 들은 사람처럼 긴 웃음이었다. 곧 그의 차가운 웃음소리가 멎었다.

"그래, 그래, 그렇지."

이미 트란실의 전사들은 만의 저편에 있었다. 곧 시야에서 사라지면 추적도 어려울 것이다.

"……무기를 내려놓고 승선해라."

만찬장에 쩌렁쩌렁 울려 퍼지는 그 노호하는 목소리에 해적들은 멈칫했다. 몇몇 해적은 몇 발자국 떼었다가 다시 돌아와 서며 퀴네도사이와 르니아를 번갈아 바라보았다. 그의 검 끝이 떨어지자 르니아 또한 남몰래 한숨을 내쉬었다.

제르가 은근한 미소를 띠며 천천히 르니아의 어깨에 손을 얹었다. 퀴네도사이의 살벌한 비난이 쏟아져 나왔다.

"못 본 사이에, 아주 비열해졌구나, 젠. ……뭐, 그래. 너도 그 정도로 당하고 살았으면 학습이라는 걸 할 때도 되긴 했지. 그런데 이 정신 못 차리는 내 동생의 훈육은 해야겠는데. 그건 이해하겠지?"

"리니는 아무것도 잘못하지 않았어."

"가족 간의 일이라고 치자. 네가 그리 읊어대는."

서늘히 눈을 번뜩인 퀴네도사이가 르니아에게로 걸음을 옮겼다. 그가 막 발판에서 한 걸음 뭍으로 내디디려는 순간, 셀파가 상처가 터져 피가 나는 손으로도 절박하게 쥔 르니아의 검을 강제로 내리고, 자신의 검을 퀴네도사이에게로 대신 겨누었다.

퀴네도사이가 의외라는 듯 눈을 살짝 치켜뜨더니 이내 조소했다.

"재밌군. 기사가 해적의 딸을 지켜주겠다는 겁니까? 하지만 다른 이의 가족사에는 끼어드는 게 아니지요."

"오라비라고 하기엔, 지나친 훈육이 아니오?"

"……지금…… 어디서…….”

퀴네도사이가 이를 드러내며 셀파를 노려보았다. 사나운 눈빛에도 셀파는 꿋꿋하게 르니아를 가로막았다. 르니아는 놀란 얼굴로 셀파를 올려다보았다. 그녀의 양 뺨이 붉게 달아오르는 것을 발견한 퀴네도사이가 기막히다는 얼굴로 침묵했다. 그는 곧 신경질적으로 그의 얇은 세검을 지팡이 속에 밀어 넣었다. 제기랄.

"됐습니다. 그만두죠. 어쨌든 시도는 좋았습니다."

르니아가 멍한 얼굴로 셀파와 퀴네도사이를 번갈아 바라보았다.

"에스펠라, 사과의 의미로 식사에 초대하고 싶은데?"

제르가 뻔뻔하게 묻자 퀴네도사이는 노골적으로 얼굴을 일그러뜨리며 외면했다.

"사양하지."

퀴네도사이의 기분을 상하게 하면서까지 트란실 인들을 감싸주고 남은 것은 텅 빈 만찬장의 식은 음식들뿐이었다. 돌아올 때까지 모든 것을 그 자리에 두라 명한 탓인지, 넓은 식탁 위는 색색의 음식들로 가득했다. 제르는 말없이 만찬장의 상석에 앉았다. 그녀는 뒤따라온 테일런에게 대각선의 자리에 앉길 권했지만 테일런은 언제나처럼 거절했다. 그녀 또한 재차 권하지는 않았다.

식탁 위로 팔꿈치를 올린 제르가 손을 들어 얼굴을 덮었다. 무엇을 바라 이 자리에 있나. 심심찮게 찾아오는 번뇌였다. 뱃가죽을 칼로 긁어내는 것처럼 속이 뒤틀려 몸을 앞으로 기울인 그녀가 길게 숨을 내쉬었다. 피로가 밀려들었다.

그녀는 일생을 모든 것으로부터 도망쳐왔다. 단 한순간도 맞서 싸운 적이 없었다. 그녀가 싸울 수 있었던 건 무너지려는 자신뿐이었다. 스스로를 이겨내는 것만이 그녀가 할 수 있는 투쟁의 전부라.

그녀에게는 꿈이 있었다. 얼굴조차 모르는 제 아이가 살아남는 것이 그녀의 삶이고 염원이었다. 누구에게도 위협받지 않고 매일 밤 단꿈을 꿀 수 있다면 그것만으로도 족했다. 그래서 선택한 것이 카르시타였다. 쥬세에게 단 한 가지 감사한 것이 있다면, 카르시타의 왕의 면전에 자신을 들이밀어 넣었던 것뿐이다. 그래서 찢긴 가슴 부여잡고 살덩이를 떼어 보냈다. 그러나 마음 한구석엔 늘 그런 생각이 있었다.

왕자는 이제 겨우 한 살이다. 아이의 일생에 가장 큰 걸림돌이 될 알렉시스 테피온과 뉘사나 히리는 이미 나이가 찰 만큼 찬 성인이었다. 그들은 충분히 젊고 영민하며 충분히 교활하다. 그리고 이미 오랜 시간 알력다툼을 하며 서로의 입지를 다졌을 것이다. 에사렛타가 석녀라는 것을 핑계 삼아 그들은 자신들이 왕이 되어 옥좌에 앉는 미래를 그리곤 했을 것이다. 아직까지는 왕자가 어려 방기하고 있는 듯하지만, 그들은 반생 가까이를 왕위 다툼에 바친 이들이다.

쉽사리 포기할 리가 없으니 당연한 불안이었다.

아이란 몹시도 약한 존재였다. 어린아이였던 자신이 약했고, 그녀의 동생들이 약했다. 발길질 몇 번에 그녀의 일생에서 사라져버린 뤼민느도 약했다. 어느 날 눈을 떴을 때 카르시타의 왕자가 죽었다는 소식이 들릴지도 모른다는 의심마저 그녀에겐 가능성 있는 현실이었다.

만일, 또 잃는다면.

유스카리가 그 아이를 지켜내지 못한다면. 에사렛타가 그녀의 아이를 음해한다면. 삭막한 왕궁에서 아이가 버티지 못한다면. 누군가가 그 아이를 끌어내린다면. 무수한 것들이 그녀의 목덜미를 쥐어 비틀고 있었다.

그녀는 일찍이 동정이라는 것의 조악함을 알았다. 멀찍이 떨어진 동정은 경멸과 진배없었다. 때문에 그녀는 스스로 살아날 길을 찾아야 했고, 누구의 도움도 없이 버텨야 했다. 그리 도망치고 도망쳐 데바람의 왕궁을 떠나 카르시타로 왔지만, 카르시타가 그녀의 아이를 지키지 못한다면 그녀는 이곳이 아닌 다른 보금자리로 떠나게 되리라. 모든 것은 그 아이를 위해서였다.

"주군, 식사 준비를 다시 하라 이르겠습니다."

제르가 식기를 들자 테일런이 그녀를 만류했다. 제르는 그를 무시하고 다 식어버린 고기 조각을 쿡 찔러 입에 넣었다. 달그락, 달그락. 식기가 그릇 위를 노니는 소리만이 무성했다.

"클로이스 경, 잠시 나가 있게."

아스난이 들어와 말했다. 제르는 그에게 시선을 잠깐 준 후 다시 텅 빈 배 속을 채웠다. 토할 것 같은 기분이 들고, 눈앞이 흔들거리고 식은땀이 났지만 먹지 않고서는 살 수가 없다. 그녀는 살아야 했다.

테일런이 나가고 아스난이 지척에 섰다. 너무나도 노골적으로 그녀를 바라보고 있어 그녀는 포크를 내려놓고 손수건으로 입가를 닦아냈다.

"왜?"

"무슨 이야기를 하신 겁니까?"

"앉겠나?"

그녀의 담담한 제안에 고집을 부릴 듯 서 있던 아스난이 의자에 앉았다. 제르는 향이 많이 날아간 포도주 잔을 그에게 건넸다. 아스난은 거절했다.

"로도의 일족은?"

"아라산의 국경으로 향했다 합니다."

"그래."

"트란실 어를 하십니까."

"난 데바람의 고문도 읽을 줄 아는걸. 그리 놀랄 것까지야."

"무슨 얘길 나누셨습니까?"

불편한 얼굴로 그녀를 노려보던 아스난이 천천히 입술을 뗐다. 그건 꽤 비장하게 들렸다.

"왜 주군이."

"말하게."

"……트란실의 씨족들이 외지인을 받는 문화에 관심을 두십니까?"

제르가 고개를 들어 그를 응시했다. 그녀의 얼굴에 뒤늦게 설익은 웃음이 어렸다.

"……트란실 어를 알아들어?"

아스난은 에드하인다 가문의 장자로서 굉장히 상식적인 사람이었다. 그는 충실히 종기사가 되었고 충실히 수습 기사의 기간을 거쳐 지금의 입지를 다졌다. 공교롭게도 기사 수행을 하기 위해 왕도를 떠났던 시절의 반절 이상을 국경에서 보냈다. 트란실 인은 아니지만 그들과 밀접한 관계를 둔 이들을 통해 트란실 어를 배우기도 했다.

이미 오래전의 일이라 유창하지는 못한 탓에 완벽하게 그들의 대화를 이해한 건 아니었다. 사실 락혼의 말이나, 소란한 사이에 고함을 질러대던 트란실 본토인들의 말은 거의 이해하지 못했다. 그러나 제르가 한 말만큼은 알아들었다.

그녀는 카르시타의 왕족이었다. 그녀가 죽을 땅은 이곳이었다.

"이곳을 버리실 생각이십니까."

"비약이야."

제르는 다시 한 번 그에게 잔을 권했다. 이번에는 아스난도 사양하지 않고 그대로 잔을 들이켰다.

"저희는 주군을 따르겠다고 했습니다. 아무 의미가 없는 거였습니까?"

"고마워하고 있다."

"무엇이 문제입니까, 당신은."

아스난의 음성에 노기가 배어 있었다. 그럴 만도 하다.

"내게 문제가 많은 건 애초부터 잘 알았잖나."

"그리 에둘러 스스로를 깎아내리는 것으로 제 입을 막으실 생각은 그만두십시오."

아스난은 단단히 마음먹은 듯 보였다. 그와 눈을 마주친 제르는 그의 투명하리만치 맑은 갈색 눈동자에 잠깐 넋을 빼앗겼다. 참 곧은 눈이었다. 기사란 본디 살인자일진대 이 살인자의 눈빛은, 어째서 이리도 맑은 것인가.

"주군은……."

제르는 문득 피가 강을 이룬 어릴 적의 고향을 떠올렸다. 고요히 붉은 피잔티아. 별빛처럼 반짝이던 물결. 찢겨나간 생살처럼 늘어진 버드나무와 새빨간 석양보다 붉었던 물고기의 눈알과 떠내려가던 시체들. 바람은 피 냄새를 삼킨 채 허공을 날아다녔고, 피 안개는 어우러져 아름다웠다. 그리고…… 갈대 숲 사이를 누비던 카르시타의 기사들.

아스난이 어떤 각오로 지금 제게 찾아온 건지 충분히 짐작할 수 있었다. 저리 자신을 마주 보고 화를 내는 데엔 그만큼 복잡한 심경이 기저에 깔렸을 터다. 문득 그런 생각이 들었다. 저이는 한평생 사람을 죽였지만 그럼에도 저토록 청렴한데, 한평생 주위 사람의 시체를 딛고 살아온 자신은 이토록 못난 사람이었다.

아스난의 마음을 헤아리려 하니 이상했다. 쓸쓸함, 불신감, 공허함, 그 모든 감정이 물 끼얹은 불씨처럼 사그라졌다. 다 똑같은 기사라고 다 똑같은 살인자인가. 그의 진심 어린 맹세보다도, 지금 저 상처받은 얼굴이 더 닿아오는 것은 제가 악독해서이리라.

제르가 눈을 내리깔았다.

"그대는 내가 어디에서 왔든 상관치 않겠다 했지."

"예."

이건 한 걸음의 용기였다.

"……어린 시절 나는 데바람의 왕성으로 들어갔다. 그곳에서 쥬세의 눈에 들었지. 아주 쉬웠어. 눈 한 번 마주친 것으로 나는 내 인생을 벼랑 아래로 떠밀어버린 셈이었다. 네가 알고 있으니 편히 말하게 되는구나. 너는 나를 어떻게 알고 있나? 정신 나간 여자? 왕을 홀린 어린 계집?"

"……잘 모릅니다."

아스난이 주먹을 쥐는 게 보였다.

"곤란하게 하려는 물음은 아니다. 누구나 그랬으니까. 내가 어떻게 살았는지, 내가 어떤 여자인지는 몰라도 좋다. 알 필요도 없겠지. 하지만…… 엘보르트 경."

제르의 낯빛 위로 쓸쓸한 웃음이 번졌다.

"포악한 남자의 총비로 산다는 건 그다지 행복한 일이 아니야."

처음으로 그녀 스스로 옛이야기를 꺼내었다. 왠지 그럴 마음이 들었기 때문이다. 변덕이라 해도 좋다.

"쥬세는 쥐고 있는 것을 아껴주는 이가 아니지. 그의 총비라는 이름으로 살아가며, 한때 왕비로 거론되기도 했었지만 삶이 순탄하지는 않았다."

"……."

"어린아이들은 필연적으로 약하다. 때문에 목숨의 위협으로부터 그다지 안전하지도 않았어. 누군가의 눈에는 아닐지 모르겠지만 내게는 얻은 것보다 잃은 게 더 많은 삶이었다. 사실 지금도 크게 다르다고 생각하지는 않아. 누군가의 명령으로 데바람의 좁은 왕성에 갇혀 살았던 삶을 벗어나자마자 나는 또다시 퀸시오에 발이 묶여 이곳을 떠나지 못하잖나.”

스스로 선택했지만, 오히려 스스로의 선택이기에 더 괴로운 것이 있는 법이다.

“가끔은 전부 다 잊고 떠나고 싶을 때도 있을 터다. 아니 그렇겠나?”

“……주군.”

“그러니 그대도 너무 의미 두지 마라. 어차피 로도가 마지막까지 살아남아 트란실을 이끌게 될지도 미지수이니까.”

아스난은 조용히 고개를 숙였다. 내리깔린 그의 말간 눈을 마주하면서, 그녀는 마지막으로 남은 속마음을 가두었다. 곧게 뻗어 흐르는 강물 같은 그를 보고 있노라면…….

그날의 강은 참 아름다웠지 하는 생각이 든다.

락혼과 그들 무리는 숨 돌릴 틈도 없이 퀸시오를 빠져나왔다. 해적들이 생각보다 쉽게 그들을 포기했기에 망정이지, 아니었다면 이쪽도 만만찮은 피해를 입었을 것이다.

『이쯤 왔으니 잠깐 쉬었다 가자.』

이미 충분히 어두워져 적들의 추격이 따를 수 없다 판단한 그들은 해안선을 끼고 빽빽이 난 숲 근처로 자리를 잡았다. 트란실이라는 척박한 땅에서 자란 그들이니 길가에 누워 자는 것쯤은 우습지도 않다.

락혼은 새다함의 부축을 받던 다우람의 상처를 턱짓했다.

『괜찮나?』

『괜찮아.』

후방을 지키던 작지 않은 체구의 여자, 아란이 그들에게 다가와 물었다.

『락혼, 험한 일을 당하진 않았겠지?』

『전혀. 나쁜 대우를 받지는 않았다.』

『그랬다면 사생결단을 냈을 거야. 그런데 거기서 뭘 하고 있던 거야? 왜 카르시타 인들이 우리를 도와주지?』

그 말에 다른 전사들도 락혼을 바라보았다.

『카르시타 혈통의 수령들 중 하나라더군.』

『그 여자가?』

아란이 눈을 크게 떴다. 새다함과 다우람 역시 다른 전사들과 함께 야영을 준비하며 그들의 대화를 귀담았다.

『그래. 빚을 지우겠다 하던데. 어쨌건…… 무기를 잃었으니 큰일이군.』

『마을로 돌아가 다시 네 무기를 부탁하면 돼.』

새다함이 문득 끼어들었다.

『내가 듣기로 그 여자, 우리의 모국어를 하던데. 맞나?』

『제법. 카르시타 인이란 게 믿어지지 않을 정도야.』

『데바람 인이 아니었나 했다.』

『나도 그렇게 생각했었다.』

『데바람 사람이면 어떻고 카르시타 사람이면 어때. 우리 알 바 아니지.』

아란이 신경질적으로 말을 잘랐다.

락혼은 빙그레 웃으며 고개를 돌려 그들이 도망쳐 온 길을 되돌아보았다. 확실히, 퀸시오의 카르시탄은 그에게 빚을 지웠다. 덕분에 그녀의 기사들은 그들을 쫓아오지 않았고 해적들도 그들을 쫓아오지 못했다.

그는 곧 생각을 떨쳐냈다.

애초에 그는 사호의 대전사를 찾으러 나온 상황이었다. 트란실의 세대교체가 이루어지고 각 부족에서 선출자들이 선발된 작금, 전 부족들을 휘저어 얼토당토않은 방식으로 전통을 파괴하고 학살과 탄압을 일삼는 리이사의 선출자 때문에 그를 막을 수 있는 거의 유일한 선출자 사호를 데려오려 한 것이다.

그러나 당장 사호 찾기를 실패했으니, 이대로 마을로 돌아가 리이사를 어찌해야 할지 생각하는 게 우선이었다.

『일단, 모두에게 고맙다.』

락혼이 뒤를 따르던 트란실 전사들에게로 시선을 돌렸다. 그들은 자잘한 제 상처를 돌보다 말고 차례차례 허공으로 주먹을 들어 보였다.

『다들 정말, 수고를 끼쳐 미안하게 생각한다.』

해적선에 자진 탑승한 건 본인이고, 그 바람에 사호를 찾으러 가야 하는 사명 또한 그르치게 되었으니 백번 그의 잘못이었다.

『됐어. 사과는 그만해.』

아란이 퉁명스레 고갤 돌렸다. 습관인 듯 다부진 턱을 긁으며 웃던 다우람이 락혼의 옆구리를 찔렀다.

『네가 납치되었다는 이야기에 쟤가 제일 발광했다.』

『아란, 네가?』

『미래에 제게 씨를 줄 남자가 험한 일이라도 당할까 걱정했겠지.』

『다우람! 너 그 입 안 다물어?』

삽시간에 벌게진 얼굴로 벌떡 일어난 아란이 고래고래 소리를 지르기 시작했다. 다우람은 귀를 막으며 멀찌감치 도망쳤다. 락혼은 사람좋은 미소로 그런 그들을 돌아보았다. 아란이 조금 잠잠해지자 멀리 도망간 다우람이 소리쳤다.

『락혼! 아란이 해적한테 달려드는 거 봤지? 무슨 우리 족장의 원수보듯이!』

아란이 주먹만 한 돌멩이를 집어 던졌다. 그러나 다우람은 허무할 정도로 쉽게 돌을 받아 채더니 킬킬 웃었다. 그들을 지켜보던 다른 전사들이 고개를 절레절레 저으며 움직이기 시작했다.

『먹을 식량을 찾아 오겠다.』

『그래. 나도 같이 가지.』

『나는 망을 보지.』

소류한과 새다함, 라한이 차례로 자리를 떠났다.

『아, 저 자식 죽일 거야.』

다우람을 쫓기를 포기한 아란이 락혼의 건넌 자리에 가부좌를 틀고 앉아 턱을 괴었다. 여전히 귀가 벌건 채였다. 그녀는 락혼의 시선에 슬그머니 눈동자를 굴리다가, 퉁명스럽게 뱉었다.

『이제 로도로 돌아가면 어떻게 할 거야?』

『일단······ 부족으로 돌아간 후의 일은 둘째치고, 이곳 아라산과 그에 접경한 라자 부족의 영토를 어떻게 무사히 지날 수 있을지를 먼저 생각해야겠지.』

『라자는 괜찮을 거다. 아직까지는.』

어느새 다가온 다우람도 털썩 자리에 앉았다.

락혼은 느리게 고개를 끄덕이며 하늘을 올려다보았다. 깊은 밤, 새까만 어둠이었다. 구름에 가려 별 하나 뜨지 않은 시간. 그리고 그녀는 꼭 저만큼이나 어둡던 여자였다.

악몽에서 깬 퀴네도사이가 숨을 헐떡이며 몸을 일으켰다. 제르와 르니아와 관계가 껄끄러워진 탓인지, 아니면 답지 않게 흥분을 한 여파인지 꿈자리가 사나웠다.

퀴네도사이는 선장실 의자에 앉은 낯설지 않은 뒷모습을 발견했다. 그는 누군지 쉽게 알아챘다. 르니아였다. 그녀는 퀴네도사이가 선장실 안에서 기르는 화분을 내려다보고 있었다.

"차르 후보를 놓쳐 우리가 입은 피해는 이만저만이 아니다. 아직 나는 화난 상태니까 돌아가. 지금 네 얼굴 보고 싶지 않으니까."

"얘기 좀 해."

"지금은 좋지 않아."

퀴네도사이는 식은땀을 대충 닦아내며 옷을 걸쳤다. 눈을 지그시 눌렀다.

"이번 일로 시나와 님에게 수작 부릴 생각 하지 말라는 이야길 하러 왔어."

퀴네도사이의 입가에 반 박자 늦은 광소가 걸렸다.

"그런 헛소리…… 들어줄 정신 없으니…… 나가."

"대답해."

"……대답? 우린 내일 다시 출항할 테니 안심해. 보채지 않아도 알아서 빠질 거다."

르니아의 얼굴에 안도가 어렸다. 그걸 본 퀴네도사이는 비장이 뒤틀리는 기분으로 애써 입술을 당겨 웃었다.

"정말, 너는 변하는 게 없군."

"너는 점점 더 미친놈이 되어가는 것 같아. 아버지는 언제쯤 돌아오셔?"

"……몰라."

"이번에 떠나면 이쪽에서 먼저 연락할 때까지는 퀸시오 내륙에 발디디지 않아줬으면 좋겠어. 에오판은…… 사실은 거기도 난 내키지 않아."

아직도 악몽의 여파가 가시지 않은 상태였다.

퀴네도사이는 뒷골이 지끈거리는 걸 느끼며 고개를 뒤로 젖혔다.

"린, 세상 모든 일이 네 마음대로 될 거라 생각하는 우를 범하진 마라."

"안 그래."

"도켄도 찾지 마."

"왜?"

"……넌 우리를 왕실에 팔아넘겼던 그 녀석이 다시 돌아오길 바라나?"

르니아가 아주 잠깐 입을 다물었다 말했다.

"난 이제 아버지한테 아무 감정 없어."

"웃기지 마. 너도 나 못지않게 도켄을 증오한단 걸 알아."

"그건 옛날이야."

"증오란 게 그렇게 손바닥 뒤집듯 쉬이 변하나? 린. 하기야 젠도 그렇지. 베제스가 눈 시퍼렇게 뜨고 살아 있는데 여기까지 도망쳐서 아무 일도 없었던 것처럼 그리 살면, 무언가 변할 줄 알고."

르니아의 눈매가 일그러졌다.

"……시나와 님을 거론하지 마. 이건 너와 내 아버지에 관한 얘기야."

"넌 그가 우리의 아버지라고 생각할지 모르겠지만 적어도 그놈은 아냐. 철없는 소리 따위 듣자고 지금 이 새벽에 일어난 거 아니야. 나가."

그는 평소와 달리 신경질적이었다. 르니아가 되레 발끈했다.

"내가 괜찮다는데 왜 네가 더 난리야!"

"우리 인생을 망친 건 그놈이야. 네가 왜 지금 젠의 곁에 붙어 시종노릇이나 하고 있는데."

"……."

"왜, 우리가."

"……대체 무슨 말이 하고 싶은……."

퀴네도사이가 그녀의 말허리를 잘랐다.

"도켄, 그 늙은이가 너를 팔아치우고 얼마나 많은 득을 얻었는지 몰라서, 그놈이 너를 두고 무슨 짓을 했는지 몰라서, 아니, 됐다. 더 말할 것도 없어. 이젠 경고다."

"……너는, 나 때문에 지금 이렇게 아버지를 싫어하는 거야?"

퀴네도사이가 말을 멈췄다.

"나 때문이야?"

"린, 세상엔 내가 모르는 일도, 네가 모르는 일도 많아. 하지만 굳이 묻겠다면 난 네가 알지 못하는 일을 알기 때문에 그를 혐오하는 거야.
착각은 하지 마라."

르니아가 흥분을 가라앉히고 말을 이었다.

"네 말처럼 나도 그를 원망했어. 왜 데바람까지 보내져야 했는지.
나는 정말 바다 생활이 행복했으니까. 그리고 나를 데바람에 보낸 후
로 단 한 번도 보러 오지 않는 아버지가 밉기도 했어. 하지만 그런다고
뭐가 변해? 원망하면 무언가가 바뀌어?"

"왜 안 바뀌지? 르니아. 행동으로 옮기면 바뀌지 않는 건 없어. 그놈
이 널 버렸고, 너는 그것만 잊지 않으면 돼."

'르니아' 하고 그녀의 이름을 똑바로 읊는 건 오랜만이었다.

그가 제법 진지하게 그녀의 이야기를 듣고 있다는 증거라, 르니아는
괜스레 부담스러움을 느끼고 시선을 회피했다.

"……아버지도 아버지 나름의 사정이 있었을 거야. 세상에 아무런
이유 없이 아이를 버리는 사람은 없어."

"아무 이유 없이 아이를 버리는 사람도 있다. 제멋대로 이유를 붙여
버릴 뿐이야. 인정해라. 모든 사람들은 다 같아."

"인정 못 해. 그런 거 인정 못 해!"

르니아가 거세게 부정했다.

그의 말을 용납할 수 있을 리가 없었다. 그걸 인정해버리면 제르는
극악무도한 여인이 된다.

제르가 견뎌온 삶의 여정을 가장 가까운 자리에서 지켜보았다. 그녀
가 남은 아이들을 살리기 위해서 얼마나 험한 세상에 몸을 맡겼는지도
알고 있다. 동생들을 버리고 살았더라면 더 평탄했을지 모를 인생이
다. 하지만 그러지 못한 그녀의 희생을, 그녀가 해야 했던 최후의 선

택을 더러운 이기심이라 치부할 수 없었다.

온통 가시밭길처럼만 보이는 그 삶이 안타까워 '그냥 같이 죽으세요. 더 이상 고통받지 마세요.' 하는 말이 목구멍까지 차올랐던 적도 한두 번이 아니었다.

자신이 체렌시와를 잃은 고통보다 몇 배나 되는 고통과 상실을 경험했던 그녀가 무너지지 않기 위해 비틀거리며 일어서는 모습에 눈물을 떨어뜨린 적도 많았다. 그만큼 힘든 선택이고, 결정이고, 희생이었다.

"그래. 백번 양보해서 아버지가 이득을 위해 나를 왕실에 버린 거라고 해도, 그래도 그 말만큼은 틀려, 오라버니……."

르니아의 목소리가 작게 사그라졌다. 퀴네도사이가 비웃었다.

"성인군자 같은 소리 치워라, 린. 언제부터 네가 그리……."

"네가 가족을 잃는 고통을 알아! 그렇게 아픈데, 내색 한 번 할 수 없는 고통을 네가 알아! 너는 모르잖아. 오라버니는 그런 걸 이해하지 못하잖아……."

"착각하지 마. 넌 젠이 아니야. 넌 르니아 반펠트다. 너무 젠한테 감화되지 마."

그가 일축했다. 르니아는 주먹을 꾹 쥐고 서러운 음성으로 소리를 높였다.

"……하지만 사람은 누구나 자신만의 사정이 있는 거잖아!"

괜스레 억울한 감정에 눈시울이 시큰해졌다.

아무리 주변 사람들에게 그녀를 조금이라도 이해해달라 외쳐도, 사실은 불가능한 바람이란 걸 알고 있다. 누구도 제르를 완벽하게 이해해줄 수 없을 것이다. 그녀를 완전하게 받아들여줄 수 있는 이도 없을 터였다.

"내일 해가 뜨면 출항할 테니 이게 마지막이겠구나, 동생아. 한동안 못 보겠지."

그녀를 내쫓기보다 스스로가 자리를 벗어나기로 마음먹은 건지, 퀴네도사이가 그녀에게 등을 돌리며 몸을 일으켰다. 르니아는 밖으로 나가는 그의 등 뒤에 대고 말했다.

"퀴네도사이, 넌 네 삶을 살아. 굳이 지나간 일로 그러지 마. 나는 이제 정말 그에게 아무런 감정이 없으니까. 왜냐하면 아버지가 나를 버린 덕분에 나는 체렌시와를 만났고, 시나와 님을 만났으니까. 너도 아버지가 배를 맡긴 덕분에 선장놀음 하고 있는 거잖아, 지금. 그러니까 오라버니도 제발 정신 차려."

저벅, 저벅.

그의 걸음이 점차 느려졌다. 퀴네도사이가 비스듬히 고개를 돌려 르니아를 바라보았다.

"……그래, 도켄의 덕분이라 여기는 게 네 잘못은 아니지."

그는 가끔 저렇듯 알아들을 수 없는 말을 했다.

꼭두새벽부터 퀴네도사이는 어제 일을 잊은 사람처럼 평온한 얼굴로 제르를 방문했다. 퀴네도사이가 소파에 길게 다리를 뻗어 앉아 턱을 삐딱하게 기울였다. 한참 후에야 그가 입술을 뗐다.

"재미가 없어졌다. 다시 출항할 거야."

"그래."

"너는 우리를 함선 밖으로 나오지도 못하게 하고, 트란실의 로도도

놓쳤고, 손해가 이만저만이 아니야. 여길 약탈을 하자는 이야기도 심심찮게 나오고 있고."

"그런가."

"네가 가진 병력은 우리 해적단에 비할 수 없는데 조금은 걱정하는 기색이라도 보이지그래."

"조금 전에 네가 네 입으로 떠나겠다고 했잖아."

담백한 그녀의 대꾸에 퀴네도사이가 짧게 한숨을 내쉬었다.

"……젠, 내 동생을 잘도 그렇게 세뇌시켰더구나."

"차라리 솔직하게 르니아와 네 본심을 이야기 나눠보는 게 어때. 그러면 너도 제법 좋은 오라비가 될 수 있겠지."

"꺼내지 마."

그의 답은 단칼이었다. 제르는 아무래도 좋다는 투로 말을 맺었다.

"바란다면. 하지만 리니의 속을 썩이지는 마."

"이젠 내 동생인지, 네 동생인지도 모르겠네……."

퀴네도사이가 자리에서 일어나며 말했다.

"……선출자는 놓쳤으니, 약조는 여전히 유효한 걸로 여기고 계약금 금화 상자를 두고 가겠다. 초록 도끼 해적단에 있는 보화도 모두 네게 주는 선물이니 받아둬."

"기꺼이."

"중형 범선 두 척은 에오판 섬에 정박시키고 갈 거다. 이용하려면 적당히 이용해봐."

제르가 고개를 끄덕였다.

"그래. 낭보를 바라지."

퀴네도사이가 희게 웃었다.

"무탈한 항해를 기원한다."

"마음에도 없는 소리는."

그는 미련 없이 등을 돌렸다.

퀴네도사이가 방을 떠나고 제르는 또다시 새벽의 고요 속으로 침몰하는 배가 되었다.

햇살이 창문으로 새어 들어오기 시작했다. 햇볕이 따사롭다. 그녀는 느리게 눈을 감았다 떴다. 이윽고 완전히 동이 터 올랐다. 햇살의 울음소리가 들리는 것도 같다. 창가로 다가간 그녀는 창문을 살짝 열었다가, 밀려들어오는 찬 바람에 다시 닫았다.

노크 소리가 들렸다.

똑똑.

"테일런입니다."

제르는 대답 대신 문을 열었다. 테일런은 밤새도록 뛰어다닌 게 분명한 몰골로 서 있었다.

"무슨 일이냐, 이리 아침부터? 보고는 좀 쉬고 해도 좋았을 텐데."

"쉬고 계신지 몰랐습니다."

"……아니, 네가 쉬고 와도 좋았을 거란 말이었다. 어쨌든."

제르는 고저 없는 목소리로 답했다. 테일런은 말없이 고개를 조아렸다. 문득 제르는 테일런의 등 뒤로 맺힌 자그마한 그림자를 발견했다. 작고 어린 그림자였다. 잠깐 얼어붙은 듯 굳어졌던 입술이 벌어졌다.

목소리가 떨렸다.

"……너로구나, 에노디."

소년은 언제나처럼 엉망이 된 꼴로 씩씩거리며 서 있었다. 평소와 다를 바 없는 초라하고 남루한 몰골이었다. 소년의 양손에 둥그런 머리통 두 개가 잡혀 있었다.

자세히 보니 에노디가 기절한 몰골인 소년 둘의 뒷덜미를 잡아 들고 있는 모습이 보였다.

"성 앞에서 만나 데려왔습니다."

테일런이 건조하게 보고했다.

테일런의 어깨를 조심스레 밀어낸 제르는 에노디를 유심히 바라보았다. 두 달 사이에 아이는 꽤나 자란 것 같았다. 제르는 맹렬한 눈빛으로 자신을 노려보는 더럽고 가난한 소년의 눈빛을 받았다.

"여기 증거를 가져왔으니 금편을 내놔요."

소년이 대뜸 내뱉었다. 테일런이 무례를 책하려는 듯 몸을 돌려 소년을 향했다. 제르가 먼저 괜찮다 정리했다. 그녀의 까만 눈동자에 여기저기 찢어진 옷 사이로 얼어붙은 살갗이 비쳤다. 외투는 이전 성문 앞에서 아이를 겁주어 보냈을 때 그녀가 걸쳐주었던 망토를 잘라 엮은 옷이었다.

"뭘 그렇게 쳐다보고 있어! 거짓일까 봐!"

악에 찬 소년의 목소리에 제르가 흰 미소를 드러내며 팔을 벌려 아이를 와락 끌어안았다. 씻지 못한 고약한 냄새가 났지만 아무래도 좋았다. 울컥하는 기분을 견딜 수가 없었다.

놀란 소년이 깜짝 놀라 뒷걸음질 치며 쥐고 있던 다른 소년들을 놓은 건지, 콩 하는 소리와 함께 신음 소리가 울렸다.

제르는 소년을 놓지 않고 뇌까렸다.

"······그래. 해냈구나. 장하다. 기특하다. 그래."

그녀의 맥없는 나비의 날갯짓 같은 속삭임에 소년의 눈이 금세 붉게 충혈되었다.

"뭐야, 그게…… 그게 뭐야…….."

소년의 꼬질꼬질한 뺨 위로 눈물이 뚝뚝 떨어졌다.

그러다 곧 두 눈동자에 불길이 일었다.

이날을 위해, 이 순간을 위해 몸이 성하지 않을 때까지 얻어맞고, 얻어맞고, 또 얻어맞았다. 머리가 깨져 진짜 죽을 뻔한 적도 있고, 몇 날 며칠 앓아누워 실신해 있던 적도 수두룩했다.

그것은 오로지 저 여자에게 내보이기 위한 오기였다. 얼굴조차 보이지 않고 동편 한 닢을 던지며 그를 비웃는 여자에게 보란 듯이 '못 할 줄 알았냐!' 하고 외치고 싶었다. 저 여자가 속 아픈 얼굴로 금편을 건네는 걸 보고 싶었다. 뜨거운 눈물이 줄줄 흘러내렸다.

"아냐, 아니라고! 아니라고! 나는, 난……!"

에노디의 쉰 외침에 테일런이 제르를 돌아보았다. 그녀는 아무래도 좋다는 듯 아이의 뺨에, 이마에 입 맞춘 후 아이에게 미소 지었다. 드물고 귀한 미소. 그래서 더 아름다워 보였는지도 모른다.

"그런 건 상관없다. 너는 나와의 약조를 지켰다. 고맙구나."

소년은 뒤통수라도 맞은 얼굴로 그녀를 올려다보았다.

"내게 다시 희망을 주어 고맙다."

아래턱에 힘을 주어 눈물을 참던 소년은 결국 엉엉 울음을 터뜨리며 제르에게 안겨들었다.

제르는 눈물과 콧물이 범벅되어 소리 내어 우는 더러운 몰골의 그 아이를 제 아이인 양 꽉 품에 안은 채로, 토닥토닥 다독였다. 그녀의 눈가가 발갛다.

테일런은 홀린 듯 그녀를 내려다보았다.

낮고 누추한 그 아이를 포근히 감싸는 여자는, 그래, 세상 어느 누구보다도 아름다워 보였다.

얼마간 그리 울던 에노디는 다시 무언가 말을 하려다 말고, 제가 끌고 온 기절한 소년 둘을 그대로 내팽개친 채 몸을 돌려 뛰어나갔다. 따라 나가려는 테일런을 제르가 조용히 만류했다.

"……괜찮다. 다시 돌아올 테니 그때 약조대로 금편 한 닢을 쥐여 보내면 된다. 저 소년들도 크게 다치지는 않았는지 살펴줘라."

제르는 그걸로 만족한 사람처럼 몸을 돌렸다.

"그래…… 그거면 됐다."

작별을 고하는 겨울의 햇빛이 복도 너머로 쏟아져 들어온다.

들릴 리 없는 햇살의 웃음소리가 까르르 웃는 어린아이의 웃음처럼 느껴지는 것은, 외로운 여자의 심약한 마음이 불러낸 환상일 것이다. 하지만 아무러면 어떠랴. 잠시나마 마음의 위안이 된다면 그 정도야 웃으며 넘길 수 있지 않겠느냐.

조금 더, 강하게.

조금 더 버틸 수 있도록.

해적들은 떠나기 전 커다란 궤짝들을 줄줄이 내려놓았는데, 그 안에 든 것은 전부 귀하고 값진 금은보화였다. 대체 어디서 약탈해 온 건지도 짐작이 가지 않을 만큼 다양한 것들이 있었다. 사과의 의미라고 했다. 진짜 사과의 의미인지, 아니면 모종의 이유 탓인지는 모르겠으나, 당장에 알 도리는 없었다.

얼결에 그들로부터 재화를 건네받은 기사들은 다시 해적들이 출항 준비를 한다는 이야기가 들린 후에야 한시름 놓았다.

퀸시오 성 내부는 또 다른 의미로 번잡했다.

퀸시오가 왕령에서 자작령으로, 독립령으로 바뀐 지 얼마 지나지 않아 계속해서 터지는 사건에 아스난은 심각한 회의를 느끼고 있었다. 물자와 인적 자원이 너무 부족한 탓에 생긴 일이었다. 게다가 퀴네도 사이가 스치듯 했던 말처럼, 이곳은 그들이 공격을 당해낼 만한 능력이 없는 땅이었다. 체제 정비가 시급한 과도기라 문제가 더 부각되어 보인다는 건 알지만 치안의 심각성을 자각하기엔 충분한 일이었다.

그는 허둥거리며 뛰어다니는 병사들을 둘러보며 미간을 꾹 눌렀다.

아무래도 조만간 크게 개편을 해야 할 듯싶다.

그렇잖아도 지난번에 한 번 치안의 미비 탓에 성이 뒤집어진 전적이 있던 터였다. 두 번은 그렇다 치지만 세 번은 안 된다. 이제는 퀸시오만의 문제가 아닌 그의 자존심 문제였다.

셀파와 렐딘은 성 안팎의 치안 상황을 돌아보러 떠났고, 페이랑은 마지막까지 해적들을 감시하겠다 자처해 밖에 있는 상태였다. 그리고 테일런은 제르를 도와 성 안의 일을 돕고 있었으므로 나머지 눈에 띄는 일은 모두 아스난이 직접 해야 했다.

그나마 사정이 좀 나은 건, 암묵적으로 노예들에게 정당한 노동의 대가를 주기 시작한 후로 지원 노동자들이 늘어나 노동력이 부족하지 않았다는 것일까.

아스난은 제르의 집무실로 향했다.

이제 해적단이 그들에게 내동댕이치듯 버리고 간 종횡 범선과 약탈품들에 대해 논의해야 할 시간이었다.

"주군은 안에 계신가?"

"예? 아니요. 자작님은 지금 안 계십니다."

막 집무실을 청소하고 나온 듯 물동이를 든 하인이 공손히 아뢨다. 아스난은 반쯤 열린 문틈 안으로 깨끗하게 정리된 텅 빈 자리를 응시했다. 혹 그녀의 몸이 안 좋아지기라도 한 건 아닐까. 아스난은 멈추지 않고 제르의 방으로 향했다. 그러나 제르는 방에도 없었다.

결국 서글프게도 그가 기댈 수 있는 건 르니아뿐이었다.

"르니아 양, 주군이 어디 계신지 혹시 알고 있소."

성 외곽에 오도카니 서 있던 르니아는 까마득히 먼 바다를 응시하다가, 아스난의 물음에 깜짝 놀라며 뒷걸음질했다. 아스난이 가볍게 잡아주어 넘어지는 것만 겨우 면했다.

"아, 고맙습니다. 깜짝 놀랐어요."

"주군을 찾고 있는데 어디 계신지 혹시 아시오."

"아, 시나와 님이요?"

르니아는 시원히 답을 내어주었다.

"시나와 님은 아마, 시내에 있을 거예요."

"……이제 악기 연주는 하지 않느냐?"

제르는 소년에게 다가가 대뜸 물었다.

오랜만에 보는 갈색 머리 소년은 두껍고 허름한 가죽옷을 입고 양손을 호호 불며 앉아 있었다. 시가지 외곽에 위치한 낡은 수선집. 김이 서린 창 안으로는 수북이 쌓인 옷감들이 보였다. 지나가는 사람들을 구경하며 시간을 죽이고 있었던 건지, 주위를 두리번거리던 소년은 제르도 금세 알아보았다.

"어? 어어어? 그때 봤던 그 누나."

제르는 소년의 외투만큼이나 낡은 코트를 걸친 채였다. 욜랑은 반갑게 인사를 건넸다.

"아까 저쪽에 있는 걸 봤는데, 아직 안 가셨네요?"

제르는 고갤 들어 수선집의 금방이라도 떨어져 나갈 듯 허름한 간판을 바라보았다.

"이곳이 네 집이냐."

"예, 스승님이 마련해주신 제 새 집이에요. 저기 안에 계시는 저분들이 제 새어머니, 새아버지 되시고요."

"……너를 거둬주신 분들이로구나."

제르는 가게 안쪽에서 바쁘게 옷감을 들고 뛰어다니는 나이 든 부부를 발견하고 조용히 입술을 다물었다.

"예, 뭐……."

소년이 머쓱하게 웃었다. 안에서 바삐 옷감을 나르던 여인이 그녀를 발견하곤 문을 열었다.

"손님이세요? 추운데 안에 들어와서 보세요. 욜랑, 너도 추울 텐데 들어와 있으렴, 녀석아."

"에, 그치만 심심한걸요."

"그래도 감기 들라. 손님도 들어오시겠어요? 안은 따뜻해요."

삶에 찌든 억척스러운 음성이지만 호의는 따스하기 한이 없어서, 제르는 자그마한 미소로 고개를 끄덕였다. 상냥해 보이는 여자였다. 아이를 생각할 때마다 내내 불안했던 마음도 그대로 볕 아래 눈처럼 녹아내렸다.

"아닙니다. 그저 아이가 홀로 나와 있기에 말 몇 마디 건넨 것뿐입니다."

"이 녀석이 무슨 실례를 하거나 한 건 아니지요?"

"예. 상관 마시고 들어가서 일 보십시오."

중년의 여인은 욜랑의 머릴 까치집으로 만들며 "버르장머리 없이 굴면 안 된다! 그나저나 머리도 좀 잘라야겠네." 하고 중얼대더니 바쁜 듯 돌아가버렸다. 욜랑은 헝클어진 머리칼을 꾹꾹 눌러 내리며 치이하고 바람 빠지는 소릴 냈다.

"……음악이 듣고 싶은데 괜찮다면 내게 연주를 들려주겠느냐?"

욜랑이 갸웃갸웃 고개를 기울이다가 이내 활짝 웃었다.

"제 연주를 마음에 들어 해주신 거죠?"

"여전히 네가인 오렐라는 걸 줄 모르느냐?"

"자장가를 되게 좋아하시나 봐요."

제르가 침묵하자 욜랑이 멋쩍은 얼굴로 뺨을 붉혔다.

"누나가 스승님을 고주망태로 만든 지 얼마 안 되어, 스승님이 일이 생기셔서 떠나는 바람에 여전히 전 자장가는 배우지 못했어요. 새로운 곡도 배우지 못했고…… 그냥 스승님께 배웠던 것들만 틈틈이 연습했는데 그거라도 들어보시겠어요? 자장가는 모르지만 가사를 붙여 연주해드릴 수는 있는데. 무, 물론 노래 실력이 썩 뛰어난 건 아니라도……."

욜랑은 제르의 눈을 피해 길게 주절대더니 벌떡 일어나 수선점 안으로 사라졌다. 소년이 얼마 지나지 않아 천으로 꽁꽁 싸매둔 후카를 들고 나왔다.

"스승님이 제게 주고 가셨어요. 귀한 거라고 상처 내지 말라 엄포를 놓으시는 바람에."

제르는 묵묵히 고개를 끄덕였다.

다시 의자에 자리를 잡은 소년은 추위로 발개진 손을 몇 번 비비더니 목청을 가다듬고 악기를 쥐었다. 제르는 소리 없이 소년의 옆 의자에 몸을 붙이고 앉아 그를 지켜보았다. 소년은 제 몸의 반보다 조금 작은 후카를 비스듬히 쥐고, 고사리 같은 작은 손가락을 나란한 줄 위에 가지런히 얹었다. 낭랑한 목소리가 소리를 따랐다.

사랑하는 우리 아기

잠들거라 우리 아기

소복소복 눈 쌓이는 소리에 맞추어

불러주는 이 노래가 끝나기 전에

사랑하는 우리 아기

붉은 발자국이 쫓아오기 전에

새근새근 잠이 들어

자장자장

보석 같은 눈을 감고……

자장자장……

후카 특유의 두툼한 음색. 엇박자로 이어지는 노래 가락. 헛 움직이는 손. 모든 것이 어색했다. 그러나 제르는 말없이 연주가 끝날 때까지 기다렸다. 경청하는 듯도, 다른 생각에 잠겨 있는 듯도 한 표정이었다. 아직 모자란 실력이었지만 얄궂은 핀잔을 줄 생각도 들지 않았다.

얼마 후 연주를 끝낸 욜랑이 헛기침했다. 제르가 입을 열 기미를 보이지 않자, 욜랑이 벌떡 일어나 제르의 앞에 손바닥을 내밀어 흔들었다.

"누나, 제 연주 다 들은 거예요? 끝났는데."

제르는 놀란 기색 없이 굳은살이 박인 어린 고사리손을 응시했다. 그녀는 억지로 쓴소리를 짜내었다.

"형편없다."

"에이!"

괜히 심통을 부리냐며 입술을 삐죽 내미는 욜랑을 바라보던 제르가 어깨를 으쓱했다.

"한 번 다시 해보거라."

"싫어요. 저도 아직 잘 못 하는 거 안다고요, 뭐."

"그럼 이건 어떻겠느냐. 네가 나중에 네가인 오렐라를 노래와 같이 연주할 수 있게 되어 내게 들려주면 내 너의 소원 하나를 들어주겠다."

"에에?"

"싫으냐."

"소원?"

"그래. 네가 바라는 것."

욜랑이 눈을 끔뻑였다.

"내가 무슨 소원을 빌 줄 알고요?"

"뭐든지."

"엄청 많은 돈을 달래도?"

"달라는 만큼 주겠다."

"엄청 큰 집을 달라고 해도요?"

"성을 한 채 달래도 주겠다."

"에이, 거짓말!"

욜랑이 성을 준다는 제르의 말에 순수한 의심을 내비치며 투덜거렸다. 그러다가 뒤늦게 혹시나 하는 생각이 들었던지 고개를 쭉 빼고 물었다.

"혹시 누나 부자예요?"

"가난한 사람이다."

"그런데 어떻게 줘요?"

"다 가졌어도 가난할 수가 있다."

"그게 뭐예요?"

욜랑은 어린 머리를 매만지며 번뇌에 잠긴 척 턱을 괴었다. 욜랑은 제 손에 들린 낡은 악기를 내려다보다가 다시 제르를 향해 시선을 옮겼다.

"좋아요, 그럼. 약속이에요."

"……그래."

"누나, 이것도 한 번 들어보실래요? 이건 잘할 수 있어요! 스승님이 가르쳐주신 건데……."

멀찌감치 멈춰 선 아스난은 가만히 그녀를 응망했다.

낡은 옷감 수선 가게 앞. 가까스로 다리를 버티고 있는 의자에 앉아 턱을 괸 여인의 얼굴에는 전에 없는 평온함이 배어 있었다. 몸을 앞으로 기울이고 있는 여자의 까만 머리칼이 흘러내려 소맷자락을 가리고, 사이로 비어져 나온 마른 손목은 사슴 새끼의 발목처럼 가늘고 하얗다. 흡사 검은 폭포를 헤치고 오르는 물안개 같은 연약함이라.

가지고 있는 온갖 화려한 옷감 대신 누추한 망토를 선택한 여자의 초라한 속이 눈에 그려지는 듯했다. 하나밖에 보지 못하는, 어딘지 애달픈 여인의 얼굴을 훔쳐보고 있자니 발을 뗄 수가 없었다. 그는 결국 골목길의 한편으로 기대어 섰다. 사람들이 지나다니는 길목에 앉은 그녀는 그저 한 사람의 아낙이었다.

서글프게 올라간 여인의 붉은 입술과 애잔한 시선을 정작 그 소년은 느끼지 못한 듯 활짝 웃었다.

'경의 식솔은 모두 왕도에 있겠지?'

'……아이는 몇인가? 그립지는 않나?'

'그 딸 올해 나이가 몇이오?'

제멋대로의 억측은 삼가라 늘 스스로 경각심을 가져왔지만…… 저런 얼굴을 한 모습을 단 한 번도 본 적이 없어서.

"엘보르트 경, 찾았습니다. 그리고 주군은…….."

"……이쪽으로 오게."

"……에?"

아스난은 그를 향해 달려온 페이랑의 입을 막았다.

페이랑이 영문을 모르겠다는 얼굴로 우물쭈물 아스난의 옆으로 바짝 붙어 섰다. 아스난이 고개를 향한 방향으로 시선을 옮긴 후에야 그는 자신의 주군을 발견할 수 있었다. 페이랑이 헤에? 하고 콧소리를 내며 아스난에게 소곤거렸다.

"엘보르트 경, 지금 주군…….."

"조용히."

페이랑의 속삭임에 아스난이 고갤 저었다. 방해하고 싶지 않았다. 매일 밤 잠 못 드는 여자의, 누구도 믿지 못하는 한 사람의 드문 평화였다.

'포악한 남자의 총비로 산다는 건 그다지 행복한 일이 아니야.'

그녀에게 평온은 귀한 것이기에 잠시나마 내버려두고 싶어졌다. 평소의 그답지 않은 행동이다. 그러나 이 찬 땅에 발 디딘 후로 자신답지 않은 행동을 얼마나 많이 했던가.

'얻은 것보다 잃은 게 더 많은 삶이었다. 사실 지금도 크게 다르다고 생각하지는 않아.'

아직까지 그녀에게 의문스러운 점은 많다. 해적을 끌어들이는 당황스러운 행위도, 차르 후보자를 대했을 때의 그런 행동도, 냉혈함도, 온통 자신이 이해하지 못하는 것뿐. 당시엔 떠올리지 못했지만, 어째서 데바람의 총비였던 그녀가 이곳까지 왔는지도 그는 알지 못했다.

"주군이 저런 얼굴도 할 줄 알았네요?"

페이랑이 팔짱을 끼고 제르를 곁눈질하며 기분 좋은 목소리로 말했다.

거리가 멀어 아이가 연주하는 소리는 들리지 않았지만, 그녀의 미소만으로도 아이의 음악이 아름다우리라는 것은 예상할 수 있었다.

좋은 시간. 그래, 좋은 시간이다.

얼마 지나지 않아 제르가 느릿느릿 자리에서 일어나자 소년도 따라 일어섰다. 그들은 악수를 했다. 그리고 제르는 소년이 악기를 가져다 놓기 위해 가게 안으로 들어가는 뒷모습을 바라보다가 이내 몸을 돌렸다. 여인의 검은 눈동자가 기사들에게 머물렀다.

그녀의 얼굴에서 이미 미소는 온데간데없었다.

그들에게 다가온 그녀가 물었다.

"나를 찾아 온 거냐?"

아스난은 대답 대신 가만히 그녀를 바라보았다.

인간의 삶은 누구나 저마다의 사정으로 얽혀 있기 마련이었다. 분명이 여인의 삶은 자신의 미욱함으로는 상상할 수 없을 만큼 복잡할지도 모른다. 이미 데바라네이자 카르시탄이라는 것부터가 그러한데 어느 누가 부정할 수 있을까.

"……예, 자리를 비우셨다는 이야기에."

그녀가 무엇을 빼앗기고, 무엇을 잃었으며, 무엇에 집착하는가.

풀리지 않을 궁금증이 아스난을 뒤흔들었다. 그러나 그는 모든 것을 덮어두기로 마음먹었다. 그녀는 이미 자신의 주군이었고, 퀸시오의 자작이었으며, 과거 데바라네였을지는 모르지만 현재는 카르시타의 왕족이었다.

그리고 자신은 맹세한 기사였다.

"아, 주군! 저는 잠깐 중간 보고를 위해 두 분을 찾던 중이었습니다. 북서해의 로마탄 그레온이 루네비온 만을 떠났습니다."

페이랑이 속이 시원하다는 듯 쾌활하게 보고했다.

"그렇구나."

따스한 입김이 흩어졌다.

얼마 지나지 않아 퀸시오에는 다시 새하얀 눈이 내리기 시작했다. 그 겨울의 마지막 눈이 낡고 허름한 옷감 가게 앞에 소복소복,

바스러지는 소리를 내며 쌓였다.

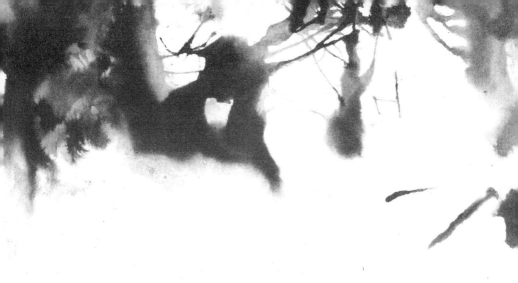

다섯 번째 장

여인의 한

여인의 한에 오뉴월에도 서리가 내린다는 속설이 있다.

사니잔의 방에서 제르와 그가 대치하고 있다는 소식에 급히 달려온 아스난은 강제로 문을 열었다. 그의 몸이 굳었다.

자욱한 어둠이 깔린 방 안에 사람의 그림자가 있었다. 가만히 서 있는 여자의 뒷모습과 움츠리던 남자. 그는 곧 제르의 손에 들린 날카로운 무언가를 발견했다. 뚝, 뚝. 검붉은 액체가 일정한 간격을 두고 느리게 떨어졌다. 등 뒤의 무례한 인기척을 느꼈을 터인데도 그녀는 뒤돌아보지 않았다. 혹 다른 누군가가 이 안을 들여다볼까, 방 안으로 들어선 아스난이 급히 문을 닫았다.

아스난은 기괴할 정도로 쿵쾅거리는 제 심장 소리를 들었다.

뚝, 뚝.

제르의 음성이 허공에 걸렸다.

"이래도."

외부와 완전히 단절된 침묵은 무거웠다. 음성은 싸늘했다. 허공을 열없이 떠도는 그녀의 경멸이 고스란히 살갗으로 느껴졌다. 아스난은 망연히 그녀의 뒷모습을 응시할 뿐이었다.

비록 뒷모습이었으나,

"그 방자한 입을 다시 한 번 놀려보겠나."

한겨울에 내버려진 여자의 얼굴이 자연스레 그려지는 듯하여.

카르시타의 왕도 엘올라는 한창 봄을 준비하는 이들로 분주했다.

날이 눈에 띄게 따뜻해지자 사람들의 얼굴도 훨씬 화사해졌다.

데바람과의 전쟁이 끝난 지 2년, 데바람에서 들어오는 많은 공물과 배상금으로 카르시타의 경제는 나날이 부흥하고 있었다. 굶어 죽을 걱정도, 얼어 죽을 걱정도 없는 평화는 그들의 관심을 다른 곳으로 돌리게 했다. 얼마 전까지 가장 큰 화제는 네반 플라무냐의 폐회식에서 세드로 마르티사를 백성들에게 공개할 것이라는 현왕 유스카리의 선언에 관한 것이었다. 그리고 일이 하나 더 터졌으니, 그건 전에 없던 스캔들이었다.

알렉시스 테피온의 약혼녀로 수년째 자리매김하고 있던 소블란 후작가의 딸 라니가 알렉시스의 정적인 뉘사나 히리의 심복들 중 하나인 엘본 세반테와 배가 맞았다는 이야기.

진위 여부를 두고 공공연하게 떠돌던 이야기는 베이하크 백작 레피스가 소블란 후작과 언쟁을 벌이는 것으로 기정사실화되었다. 알렉시스도 왕도로 돌아올 거라는 이야기에 모두의 관심은 세기의 로맨스가 될지 모를 라니와 엘본, 그리고 알렉시스에게 향해 있었다. 하지만 그들은 사실 이야기의 결말을 모두 알고 있었다.

라니 또한 마찬가지였다.

"어떻게 좀 해봐요."

"미치셨습니까?"

금족령이 내려졌다 알려진 라니가 베이하크의 저택까지 찾아온 건 레피스의 기분을 더 언짢게 했다. 그녀는 마치 제 방인 양 그의 집무실에 앉아 있었는데 몰골이 몹시도 초췌했다. 레피스는 일말의 동정심도 보이지 않았다.

"지금 당신이 대책 없이 벌인 일이 얼마나 큰 일인지 모르시는 겁니까?"

"내가 잘못했어요."

"알렉시스 님이 곧 돌아오실 겁니다."

"베이하크 백……, 어떻게 안 될까요?"

이 정신 나간 여자는 끝까지 뻔뻔했다.

레피스가 알렉시스와 동행하다 급히 되돌아온 건 소블란 후작가의 딸이 벌인 전대미문의 스캔들 때문이었다.

라니는 원래대로라면 머잖아 미래 왕실의 일원이 될 여자였다. 다른 남자와 밀애를 하다 발각된 건 그냥 웃어넘길 일이 아니었다. 소블란 후작은 제 딸이 벌인 일로 두문불출하고 있었고 이미 일은 유스카리의 귀에까지 들어갔다. 소블란이 이번 일을 해결하려면 많은 노력이 필요할 것이다.

"분명히 말씀드린 대로, 우리가 모두 아는 방식으로 일은 매듭지어질 겁니다. 아마 소블란에서는 더 많은 배상금을 준비해야 할 테지요."

라니는 지겹게도 그에게 매달렸다.

하기야, 알렉시스의 최측근이 베이하크였으므로 그의 마음이라도 돌리고 싶었을 터다. 그러나 끝내 레피스가 눈길조차 주지 않고 돌아가버리자 홀로 남은 라니는 침통한 표정으로 고개를 숙였다.

알렉시스가 왕성으로 되돌아온 것을 환영하는 의미에서 벌어진 오찬은 평소보다 화려했다. 엘올라에 돌아온 지 이레째. 오찬에 참석하기 위해 급히 성장을 하고 자리 잡은 알렉시스는 오랜만에 보는 이들에게 사람 좋은 인사를 건넸다.

그는 차례차례 유스카리와 에사렛타의 손등에 입을 맞춘 후 사촌 동생들인 소피아와 마르윈, 뉘사나와 뉘사나의 아내인 리안, 그리고 시녀의 품에 안긴 갓난아기인 왕자에게까지 인사했다.

식사가 이어지는 내내 불미스러운 일에 대해서 이야기를 꺼내는 이는 없었다.

알렉시스의 정혼자가 뉘사나의 측근과 바람이 난 건 그 두 사람이 있는 자리에서 꺼내긴 민감한 문제가 확실했다.

식사는 조용히 시작되었다.

"변고 없이 다녀왔다니 다행이구나, 올리비에."

마르윈이 코웃음 치는 소리가 들렸지만 알렉시스는 못 들은 체 비스듬히 고개를 숙였다 들었다.

"다 덕분입니다. 다들 안색이 좋으신 걸 보니 기쁩니다. 형님도, 형수님도요."

여전히 넉살 좋게 구는 알렉시스를 못마땅하게 바라보던 뉘사나가 고개를 돌렸다.

"알렉시스야 어디 내놔도 잘 지낼 아이 아닙니까."

"칭찬으로 듣겠습니다, 형님."

알렉시스의 대꾸에 뉘사나가 눈을 가늘게 떴다. 그러다 유스카리와 눈이 마주치자 뉘사나는 표정을 풀고 담담히 물었다. 유스카리는 음식에는 손도 대지 않은 채로 입술만 축이고 있었다.

"곧 있을 국경절 준비로 바쁘시다 들었습니다. 만일 도움이 필요하시다면 언제든지 말씀해주십시오."

"그리 하지. 자규의 마음 고맙게 들겠다."

짧은 침묵이 어색하게 그들 사이로 숨어들었다. 딱히 친밀한 관계가 아니었기에 이상할 것도 없었지만 소피아와 마르윈은 노골적으로 불편한 표정을 지었다.

말없이 포도주를 입에 가져다대는 유스카리를 바라보던 뉘사나가 불쑥 물었다.

"아, 그런데 재미있는 이야기를 들었습니다."

"재미있는 이야기라?"

"퀸시오 반도에 우리의 친인척이 머물고 있다지요."

유스카리의 움직임이 멎었다. 에사렛타 또한 이상할 정도로 크게 놀라며 스푼을 떨어뜨렸다.

뉘사나가 물었다.

"왜 그러십니까?"

곧 시녀가 새 스푼을 가져다 대령했다. 에사렛타는 시선을 내린 채로 별일 아닙니다 하고 대꾸한 후 입술을 닫았다.

유스카리가 넌짓 물었다.

"들어가 쉬겠소?"

"아닙니다. 잠시 손에 힘이 빠진 것뿐입니다."

뉘사나는 고개를 갸웃하다 다시 유스카리를 돌아보았다. 대답을 기다리는 눈치였다.

"퀸시오에 있다는 카르시탄, 한 번쯤 인사는 해보고 싶은데 말입니다."

유스카리의 표정이 굳어짐과 동시에 알렉시스 또한 묘한 기분에 사로잡혔다.

퀸시오. 사실 얼마 전까지만 해도 크게 회자될 일이 없었던 땅이 자꾸만 거론되는 것이 기묘했다. 퀸시오를 떠올리니 자연스레 그 여자가 떠올랐다. 까만 머리에 까만 눈을 한, 이상한 여자. 세세히 이목구비를 떠올려보려 하지만 잘 기억이 나질 않았다.

그리 오래된 것도 아닌 것 같은데 몹시도 아득했다. 사실 지금 그는 라니의 일만으로도 정신이 없어야 할 때였다. 이런 쓸데없는 데에 신경 쓸 여력이 없다. 그럼에도 문득 다시 한 번 보고 싶다는 의미 없는 충동이 일었다.

유스카리는 포도주 잔으로 입술을 한 번 적신 후 말을 이었다.

"제이하이에 관한 거라면 자규가 신경 쓸 만한 일이 아닐 거다."

"아무리 그래도 벵제일로라면……. 듣자하니 퀸시오로도 감찰관이 파견될 거라던데. 헨로 경도 함께 간다지요."

유스카리가 잔을 다소 신경질적으로 내려놓았다. 예상치 못했던 예민한 반응에 알렉시스는 말없이 뉘사나와 유스카리를 번갈아 보았다. 유스카리가 불쾌한 얼굴로 뉘사나를 빤히 바라보다가 자리에서 일어났다.

왜 유스카리의 심기가 불편한지 모르기에 섣불리 말을 꺼내는 이는 없었다. 유스카리가 자리를 비운 후, 알렉시스는 시녀에게 안겨 있는 세드로를 돌아보았다.

"……벌써 그만큼이나 자랐습니까?"

창백한 얼굴을 한 에사렛타는 꺼질 듯 희미한 미소로 고개를 끄덕였다.

"뭘 놀라고 그러나, 알. 금방 자라겠지. 잘은 모르지만 아이들은 빨리 자란다지."

뉘사나가 말을 얹었다. 언뜻 그냥 건네는 말처럼 들려도 말에 뼈가 있었다. 리안은 조용히 뉘사나의 손을 잡았다.

"어머, 뉘사나 오라버니가 빈정이 상하신 모양이네."

"마르윈, 단어가 적절치 않게 들리는데?"

그녀의 옆에 앉았던 장녀 소피아가 조용히 키득거렸다.

'저 계집이……'

하지만 뉘사나가 뭐라 쏘아붙이기도 전에 에사렛타가 말했다.

"마르윈, 쓸데없는 말은 삼가라."

"예, 분부대로."

에사렛타는 마르윈에게 가벼운 주의를 준 후, 심상찮은 표정의 뉘사나를 못마땅한 듯 쳐다보았다. 뉘사나는 에사렛타와 눈이 마주치자 슬쩍 한쪽 입꼬리를 올렸다.

쓸데없는 신경전에 불편한 표정을 짓고 있던 알렉시스가 말했다.

"빨리 자라면 속을 덜 썩일 테니 좋겠지요. 그나저나 형님은 요즘 사냥에 재미를 붙이셨다 들었습니다."

"알, 너야말로 국경에서 돌아와 이런저런 일이 많았다지?"

보복이라도 할 셈인지 민감한 이야기를 꺼내기 시작하는 뉘사나를 바라보는 알렉시스의 표정은 침착했다.

"그렇더군요."

"아, 그리고 국경에서는 별일 없었던가? 데바람 국경 쪽의 이들은 너를 몇 번 보지 못했다더구나, 알."

"형님, 제 게으름이 어디 가겠습니까?"

"전 정혼자는 어찌하기로 했나?"

그 말에 알렉시스의 미간이 살짝 좁아졌다 펴졌다.

"잘 해결될 것 같습니다. 염려해주시니 역시 형님밖에 없다는 생각이 듭니다."

"당연한 말을."

"형님께도 폐를 끼쳤군요."

"뭐, 이 정도 폐야 눈감아줄 수 있지 않겠느냐."

에사렛타와 마르윈, 소피아 또한 갑작스럽게 예민해진 분위기에 불편한 얼굴로 식사에 전념했다.

"이런 이야기는 나중에 하지요. 자리가 자리이니."

"아아, 그렇지. 왕자 저하도 계시니. 너와 회포를 푸는 건 따로 자리를 마련해야겠군. 언제가 좋겠나?"

"아무래도 저도 형님이랑 같이 사냥이라도 다녀야 할까 모르겠습니다만. 끼워주시겠습니까?"

"물론이다. 하지만 알, 제대로 할 수는 있겠느냐? 제 사람 하나도 옆에 붙잡아두지 못하지 않느냐."

알렉시스가 침묵 끝에 입술을 비틀어 웃었다.

"형님, 하고 싶은 말이 있으면 하십시오. 그게 아니라면 위아래 구별 못 하고 사리분별이 어려워질 만큼 마음이 급박해지신 겁니까?"

"알, 그게 무슨 말이냐?"

"왜 얄궂은 화풀이를 하고 그러십니까. 형님답지 않게. 모욕하고 싶은 '분'은 따로 있잖습니까."

알렉시스가 붉은 눈동자에 반쯤 조롱기를 담아 말했다.

에사렛타가 듣다못해 자리를 박차고 일어나 세드로를 안고 나갔다. 마르윈과 소피아 또한 무어라 저들끼리 떠들어대며 가자미눈을 했다. 노한 눈동자로 알렉시스를 노려보던 뉘사나의 입술이 열렸다.

"모욕하고 싶은 사람이 있다는 말은 금시초문이군. 어쨌든 그래, 허심탄회하게 얘기하지. 그래서 파혼한 기분은 어떠냐?"

리안이 긴 한숨을 내쉬었다. 알렉시스는 씹던 음식을 삼킨 후 평소와 다름없는 음성으로 담담히 대꾸했다.

"아무래도 누구처럼 백년해로하긴 글러먹은 모양입니다. 어쩌겠습니까. 받아들여야지."

"소블란 후작가에서 많이도 뜯어낼 것 같다는 얘기가 있던데? 여유만만하구나."

"뜯어내다니요. 주겠다는데 어쩌겠습니까? 받아야지요. 형님은 제 불행이 행복하십니까."

"당연한 걸 왜 물어?"

뉘사나가 능청스레 대답했다.

소피아와 마르윈은 음료를 홀짝거리며 재미있다는 듯 두 사람의 신경전을 관람했다. 최근 벌어진 스캔들로 인해 '라니 로웬 엘 마르카 소블란'의 이야기라면 무엇이든 재미있다.

알렉시스가 왕도를 떠난 사이, 뉘사나의 심복과 배가 맞아버린 정숙하지 못한 여인 때문에 사교계가 얼마나 크게 뒤집어졌던가. 알렉시스와 몹시도 친밀한 관계를 유지하던 대부호의 가문은 계집 하나로 인해 모두 틀어졌다. 소블란 후작은 어떻게든 일을 바로잡으려 노력했지만 이미 소문은 일파만파 퍼져버렸고, 알렉시스는 왕도로 돌아온 지 닷새 만에 파혼을 선언했다. 그리고 파혼과 함께 소블란 후작은 도리 없이 중립파로 돌아서려는 낌새를 보이고 있었다.

물론 알렉시스는 사과 차원에서 소블란 후작가로부터 많은 배상금을 비롯한 여러 가지 물적 자원을 받았지만, 많은 배상들은 소블란의 위명에 비할 바 못 되었다.

이렇게 크게 소문이 나지 않았더라면 다른 결과가 벌어졌을 거라 이야기하는 이들도 심심찮게 있을 만큼.

"……뭐, 어쩌겠습니까? 다른 사내와 눈이 맞은 여인을 끌어안고 살 수야 없지요."

"알, 정말, 재미있는 말을 하는데? 네가 그런 낭만적인 사람이었다면 소블란이 그 정도로 절박해지진 않았겠지."

"이제 제 탓이라는 겁니까?"

뉘사나가 코웃음 쳤다.

"낯짝 두꺼운 건 여전하다니까."

"뭐가 말입니까?"

"경쟁자가 둘이 되어버렸으니, 네 녀석도 아닌 척해도 꾀를 부리려 애쓰고 있겠지."

알렉시스는 마르윈과 소피아의 기색을 한 번 살핀 후 평소의 느긋한 얼굴로 돌아와 말했다.

"제가 왜 그래야 합니까?"

"알, 네가 지금 그렇게 허세를 부릴 때가 아닐 텐데."

"저는 형님과는 다른 진짜인데 뭐가 문제겠습니까."

알렉시스의 말에 담긴 의미는 지대했다.

뉘사나의 표정이 순식간에 일그러지고, 소피아와 마르윈 또한 기가 막힌다는 얼굴로 알렉시스를 노려보지 않을 수 없었다. 감히 현왕의 두 딸을 앞에 두고 스스로가 진짜라 주장한다는 건 알렉시스의 무례였다.

그들의 설전을 적절하게 끊은 것은 리안이었다.

"뉘사나."

뉘사나는 리안의 짐짓 화난 듯한 속삭임에 어쩔 수 없다는 듯 입을 다물었다. 곧 유스카리가 돌아왔다. 그는 비어 있는 에사렛타의 자리를 바라보다가 자리에 앉았다.

재개된 오찬은 무거운 침묵 속에 계속되었다.

데바람의 새로운 왕이 즉위한 지도 어느덧 해가 찼다.

데바람은 여전히 불안정한 상태였지만 베제스의 왕권은 데바람의 역사상 존재하던 왕조들을 통틀어 가장 강했다. 피로써 모든 반대 세력들을 척결하는 그를 반하는 자는 아무도 없었다. 가까운 친지들을 죽이는 것으로도 모자라 친모인 사얀마저 유폐당했다는데 어느 누가 그에게 반할까. 귀환한 폐태자 지스카르 헨솔에 대한 관심 또한 지스카르가 베제스의 휘하로 자진해 들어감으로써 사그라졌다.

사실 데바람이 불안정한 시기를 겪는 것은 카르시타로서는 환영할 만한 일이었다. 우로는 트란실을, 좌로는 데바람을 끼고 있는 그들에게 불안 요소는 차르 쟁탈전의 발발만으로도 충분했다.

카르시타는 데바람에 부는 숙청의 바람을 경계하며 자체적인 내부 정화 작업에 들어갔다. 카르시타의 영내에 벌어진 각종 사건사고를 정리한 후, 각계 지방 귀족들의 재정과 인적 자산 등을 재조사하는 일이었다.

카르시타의 북부로 발령을 받은 건 사니잔이었다.

로드란에서 태어난 아이베흐 백작 가문의 일원인 그는 뚱뚱한 몸 위로 겹겹이 옷을 껴입어 천을 뭉쳐 만든 공처럼 보였다. 그가 앉은 자리만으로도 마차가 꽉 차는 기분이었다. 그러나 그의 건넌 자리에 앉은 동행은 불편함을 내색하지 않았다. 사실 그와 동행하는 단정한 이목구비의 말쑥한 남자는 사니잔에겐 무관심하니, 창 밖의 설경에 잠겨 있었다.

눈이 진득해, 눈이 부셨다.

마치 그날처럼.

'베다시아.'

그림자 같은 기억이 살아났다.

'그거 알아? 눈이 내리면 날이 따뜻해져.'

엘올라는 이미 초봄의 새싹들로 풀 냄새가 만면한데, 북쪽은 여전히 눈 덮인 평야가 즐비해 있었다.

'겨울을 따뜻하게 해주는, 하늘에서 떨어지는 요정들의 사랑이라고 생각해. 그래서 나는 눈이 좋아, 베다시아. 그리고 너는 나를 따뜻하게 해주니까, 너도 내게는 저 눈 같은 사람인 걸까?'

오래전의 일인데도, 어제 일처럼 생생한 목소리였다.

눈 같은 사람인 걸까? 글쎄. 지난 기억을 자조하며 베다시아는 고개를 돌렸다. 지금 제 꼴이 썩 우스웠다. 눈으로 뒤덮인 곳으로 향한다는 것을 알았지만 자신이 이렇게 감상에 젖을 줄은 몰랐다.

그는 사니잔이 그에게 의아한 눈빛을 보내는 것을 알아차린 후에야 기억에서 벗어날 수 있었다.

"헨로 경, 무에 그리 생각에 잠겨 있소?"

"북쪽은 여전히 춥구나, 그런 생각 중이었습니다. 퀸시오까지는 얼마나 남았습니까?"

"두어 시간이면 될 것 같군."

"다행입니다. 좀이 쑤셔서."

사니잔이 고개를 끄덕였다. 그는 국왕 대리 임명장을 몇 번이고 쓰다듬으며 거무죽죽한 미소를 지었다.

"퀸시오가 마지막이니…… 그곳만 마무리하면 왕도로 돌아갈 수 있겠지. 아주 그냥 피로가 쌓이는군 그래."

"그러게나 말입니다."

"헨로 경은 굳이 오지 않아도 될 일을 자처했으니 더 피곤하시겠소."

베다시아는 웃음으로 대답을 대신했다. 마차가 방향 머리를 돌리는 게 느껴졌다.

베다시아는 다시 창 밖으로 시선을 고정했다.

풍경이 바뀌어 군데군데 눈 녹은 설경 저편으로 고독한 성이 눈에 비쳤다. 회색 벽돌로 차곡차곡 쌓아 올린 성은 아름다웠다. 그는 다시 한 번 기억 속으로 빨려 들어갔다. 이번엔 사니잔이 건네는 몇 마디의 말로도 막을 수 없었다.

그는 이제 그리 생각한다. 무딘 남자는 알지 못했던 이별을, 그녀는 미리부터 예견하고 있었던 걸지도 모른다고.

눈밭 위에 그의 이름을 새기던 그녀는 그의 모자 위로 내려앉은 눈송이를 털어내며 불쑥 말했더라. 정말 불쑥.

"사랑은 정말 강력한 거야, 베다시아."

"그런 말 하지 않아도 알아."

"정말로. 한 사람의 세계를 빛으로 충만하게 만들 수 있다는 건 대단한 거야."

"그러게나 말이야. 대단하기도 하지, 너는."

그녀는 순수한 사람이었다.

"하지만 만약 우리가 헤어지게 된다고 해도, 물론 난 영원히 널 사랑할 거지만, 어쩔 수 없이 가까이에 있을 수 없게 된다 해도 사랑이라는 게 얼마나 위대한지, 얼마나 강력한 건지, 네가 믿음을 잃지 않으면 좋겠어. 그래서 누구를 사랑하든 상관없이 행복했으면 좋겠어."

"……."

"베다시아?"

"……."

"베다시아."

그녀의 등 뒤로 다가오는 제피언을 보고 알았어야 했다. 그러나 그는 그녀의 채근에 언짢은 표정만 지었을 뿐이다. 그게 마지막이었다.

덜커덩, 마차가 한 번 크게 흔들렸다.

돌부리에라도 걸렸는지, 굵은 나뭇가지라도 밟은 건지 알 수 없는 일이었다. 고독한 성이 점차 가까워졌다. 베다시아는 창턱에 팔꿈치를 걸친 채로 중얼거렸다.

"……눈은 언젠가 녹잖아."

차가운 땅의 온도가, 제 마음의 온도와 꼭 같아서 베다시아는 감상에 젖는 스스로를 향해 조소했다.

"안색이 좋지 않으신데, 주군. 정말…… 괜찮으신 거 맞죠?"

페이랑은 가는 내내 한마디를 던졌을 뿐이다. 뭐라 더 말하고 싶어도 제르가 상대해주지 않으니 더 입을 열 수도 없었다. 제르는 긴 복도를 지나쳐, 계단을 내려와 홀을 가로질러 내성의 출입문에 이르렀다. 걱정스러운 얼굴로 그녀의 어깨에 코트를 걸쳐주는 르니아의 손이 차가웠다.

"주군."

"시나와 님."

테일런이 조심스레 비틀거리는 제르를 부축하려 했다. 그러나 제르는 매몰차게 그의 손을 쳐낸 뒤 르니아의 팔을 붙잡았다. 그녀의 다리가 후들거리고 있었다. 당혹한 테일런과 눈이 마주친 르니아가 어색하게 웃어 보였다.

제르는 성문 입구에 요란하게 장식되어 서 있는 마차들을 찬 눈으로 응시했다. 지난 오후 왕실에서 찾아온 감찰사들의 흔적이었다. 공교롭게도 그녀의 건강이 최악인 상황에 찾아온 그들이 반나절 동안 벌써 세 번이나 그녀에게 배알을 요청했다.

푸링귀의 잔독이 빠지지 않아 조금 더 쉬어야 한다는 의원의 말이 있었지만 결국 제르는 침대에서 일어났다.

"엘보르트 경은 그들과 함께 있나?"

"예."

"어젯밤부터, 지금까지?"

"예."

"새벽 내내 대작 중이란 말이냐?"

"예."

테일런의 대답은 간결했다. 돌연 정수리까지 저릿해지는 통증에 잠깐 멈춰 서서 숨을 깊이 몰아쉰 제르가 걸음을 옮겼다.

왕의 감찰 기구인 오데간에서 파견된 아이베흐 백작 사니산과 베다시아 헨로가 함께 찾아왔다고 했다.

'왕도의 감찰이라…….'

번거롭고 불쾌해 골이 지끈거렸다. 그들이 온다는 소식이 있은 후, 지난 며칠을 앓아누워 있었던 탓에 그들을 달래려는 요량으로 마련한 주연일 테지만 제르는 그조차도 마음에 들지 않았다. 아스난만 손님 접대로 고생을 하게 하는 게 미안했다.

"르니아, 너는 어딜 간다고 했지?"

"약초들이 바닥이라. 며칠 걸리겠지만 최대한 빨리 다녀올게요."

"의원에게 가서 필요한 것이 있다 하면 함께 사 오렴."

"알겠습니다!"

사실 보내고 싶지는 않았지만 요 근래 앓아누워 있던 탓에 약재가 떨어진 거라면 어쩔 수 없었다.

"다녀와."

르니아는 주저 없이 몸을 돌려 반대편으로 사라졌다. 제르는 테일런과 페이랑을 이끌고 걸음을 지속했다. 그녀가 주연장에 이르자 문이 열렸다.

셀파가 그녀를 맞았다.

"몸은 이제 괜찮으십니까?"

제르는 가볍게 고개를 까딱한 뒤, 긴 탁자의 끄트머리에 앉은 두 감찰 인원을 바라보았다. 투실투실한 얼굴의 중년 남자와 그보다는 좀더 젊은 말쑥한 남자였다. 그들의 옆에는 여자들이 앉아 오들오들 떨고 있었다. 어딘지 익숙한 얼굴이었지만 수시로 이는 현기증에 기억을 되짚을 정신도 없었다.

아스난이 자리에서 일어나 예를 갖추었다. 그 역시도 만만찮게 피로가 역력한 얼굴이었다. 제르는 손사래 치듯 손바닥을 흔들어 그를 돌려보냈다.

"왕하이십니까?"

곧 또 다른 남자가 일어서서 정중하게 인사를 건넸다. 젊은 쪽이었다.

제르가 고개를 까딱해 인사에 응수한 후 흐릿한 시야를 잡기 위해 눈을 깜빡였다. 그리고 최대한 똑바로 걸어갔다.

배불뚝이의 중년 귀족은 턱수염을 매만지며 시끄럽게 목소릴 높이고 있었다.

"그래서 그 요망한 것을 내가 그냥 돌려보내지는 않았지. 그 가족까지 붙잡다가……."

제르가 멈춰 서자 남자의 목소리도 끊겼다. 제르는 겁먹은 얼굴로 남자의 양옆에 앉아 있는 여자 둘을 내려다보았다. 이제야 눈에 들었다. 간간이 그녀를 돕던 시녀들이었다.

그녀의 눈이 서서히 돌아가 아스난에게 향했다.

"늦잠이라도 주무신 겁니까?"

투실투실한 남자는 이미 벌겋게 취한 상태였다. 그녀를 향한 존중의 기미도 그다지 보이지 않았다. 제멋대로 상석에 앉아 제르를 내리 깔아보고 있는 모습에 괜스레 셀파가 불쾌한 얼굴로 고갤 돌려버렸다.

"기다리게 하여 미안하오. 여인의 몸인지라, 고된 업무에 가끔 이렇게 몸살이 도는데 그리 걱정해주니 몸 둘 바를 모르겠구려, 아이베흐 공?"

제르의 붉은 입술이 부드럽게 웃으며 말했다.

제르를 이미 겪어본 이들은 그녀의 뜻밖의 상냥한 태도에 움찔거리며 두 사람을 주시했다. 게다가 그의 호칭도 틀렸다. 사니잔의 표정이 묘하게 바뀌었다.

그는 잠깐의 침묵 후 거무죽죽한 잇몸을 드러내며 웃었다.

"음, 저는…… 그게 아니오라……."

싸하게 식은 분위기에 침묵을 유지하던 젊은 청년, 베다시아가 일어섰다.

"아, 일단 제 소개 먼저 하겠습니다. 저는 베다시아 헨로 펜 오들런 키이브라고 합니다. 만나 뵈어 영광입니다, 왕하."

"명성 높은 왕도 수호 가문의 아들이군. 반갑소."

"그리고 저쪽은 감찰부의 대장인 아이베흐 백작이시고요."

사니잔이 슬쩍 제 턱을 만지작거렸다. 베다시아의 정중한 지적에도 놀란 기색 없이 가느다랗게 웃던 제르가 고개를 비스듬히 기울였다.

"이런…… 그랬나? 나는 감히 카르시탄의 면전에서 굳은 다릴 펼 줄 모르는 대범한 자이기에, 혹 지체 높아 내가 올려다보아야 하는 귀인인가 하였는데."

분위기는 걷잡을 수 없이 얼어붙었다.

"엘보르트 경, 객들이 주인을 맞기도 전에 이렇게 진탕 마시게 내버려두면 어쩌나."

어색한 침묵에 휩싸인 실내 분위기 속에서 기사들이 헛기침하며 고개를 돌렸다.

"송구합니다."

아스난은 약간 불그스름해진 낯빛으로 고개를 조아렸다. 제르가 흐트러지는 정신을 다잡았다.

"아, 아니, 나…… 아니, 저는……."

사니잔은 어쩔 줄을 몰라 하며 몸을 들썩였다.

베다시아까지 일어났으니 자신도 일어나야 하나 싶지만 갑작스레 벌떡 일어나기엔 시기를 놓친 탓이다. 그는 우스꽝스러워 보이지 않기 위해 최대한 눈치를 보며 슬그머니 엉덩이를 뗐다.

"불쾌하군."

"죄, 죄송……."

"그리고."

제르가 사니잔의 옆에 앉아 있던 두 여자를 내려다보았다. 그녀가 턱짓하자 여자들이 물러갔다. 사니잔은 슬그머니 자리를 비켰다.

"백주대낮에 취해 있는 이와 공무에 관한 이야기를 나눌 수는 없겠지. 내게 할 말이 있다면 술이 깬 후 직접 찾아오시오. 앞으로 퀸시오의 땅에 머무는 동안 내 최대한 그대들을 보살펴줄 것이니, 불편한 점이 있다면 즉각 이야기해도 좋소."

그녀가 몸을 돌렸다.

살얼음이 뚝뚝 떨어지는 그녀의 매몰찬 태도에 베다시아가 작게 입을 벌리더니 이내 고개를 돌려 웃었다. 사니잔은 어지간히 당황했는지 딸꾹질까지 하고 있었다. 변방의 왕족이라기에 별 볼일 없을 거라 생각했는데, 별 볼일 없긴 하지만 의외로 괜찮아 보였다.

하늘거리는 뒤태의 아름다움을 새삼스레 경탄하며 베다시아가 턱을 괴었다.

"엘보르트 경은 따라와라."

아스난이 양해를 구한 후, 그녀를 따라 나갔다. 문 앞을 지키던 테일

450　　　451

런 또한 그들을 뒤따랐다. 주연장을 벗어나는 내내 제르는 한 마디도 않았다.

아스난이 먼저 말을 꺼냈다.

"차림이 정돈되지 못한 것을 용서하십시오."

"상황 보고해."

"그동안 군사들의 훈련과, 예산 삭감에 대한 문제에 안건이 많아 가장 급한 것만 제가 주군의 대리로서 저들의 질문에 답했습니다."

"그리고."

"앞으로 저들이 머물 이레 동안의 만반의 준비를 갖추기 위해 헥터 경이 대부분의 임무를 도맡았습니다. 그리고 클로이스 경 또한 당분간은 겸임을 하게 될……."

"또?"

아스난이 기묘한 위화감을 느끼고 보속을 늦추었다.

제르가 온몸으로 화를 내고 있는 것처럼 보였던 것이다. 하지만 제르는 그들에게 부정적인 표현을 숨기는 여자가 아니었다. 착각인가. 잠깐 말을 고르는 사이 아니나 다를까, 걸음을 멈춘 제르가 몸을 돌려 아스난을 쏘아보았다.

"누가 이따위 짓을 하라고 했나?"

"예?"

그녀의 적개심 가득한 태도가 당황스러워 아스난이 반걸음 물러났다. 테일런은 몇 걸음 더 뒤에서 조용히 따라 멈추었다.

"내가 경을 잘못 보았나?"

아스난은 제르가 도대체 무엇을 비난하는지 알 수 없었다.

"송구합니다. 언짢으신 이유를 말씀해주시면."

"누가 성내의 시녀들을 강제로 술자리에 끼워 앉혀도 좋다 했느냐는 말이다."

퀸시오 성내에서 일하는 이들이라면 대개가 전 힐레인 영주 당시부터 그를 모시던 몇 안 되는 여자들과 돈을 주고 고용한 퀸시오의 백성들이었다. 하지만 아무리 생각해도 큰 문제가 아니었던지라 아스난은 우선 침묵을 택했다.

"실망스럽기 짝이 없군."

아스난은 제르의 반응에 말을 잃었다. 당황하기도 했다. 불가피한 일이었다. 그녀는 앓아누웠고 저들은 왕도에서 온 감찰사였다. 그들의 기분을 거슬러봐야 퀸시오에 좋을 일이 없었다. 게다가 술자리에 간간이 여자가 끼는 것은 이상한 일도 아니었다.

문득 제르가 한 말을 되씹던 아스난이 입술을 오므리듯 끌어당겼다.

"실망이라 하셨습니까?"

"그래."

실망이란 기대가 있었다는 말이니 장족의 발전이었다.

물론 지금 또다시 그가 이해할 수 없는 것으로 그녀가 화를 내고 있다는 난제가 버티고 있긴 했지만 그녀가 싫어하는 거라면 기억해두었다 추후에 반영하면 될 일이었다.

"다시는 그런 일 없도록 하겠습니다."

아스난의 고저 없는 대꾸에 제르가 손끝을 말아 쥐었다.

어떻게 해도 설명할 수 없는 그런 불쾌감이었다. 그가 자신을 이해하지 못하고 있다는 것도 알 수 있었다. 애초에 첩 제도를 인정하는 데 바람에서 온 자신이 이러는 걸 유난스럽다 여기고 있을는지도 모른다. 더해 객관적으로 생각해보면 아스난이 꼭 자신이·요구하는 도덕

적 잣대의 기준에 부합할 필요는 없었다.

아니, 오히려 그에게 있어서 오늘 같은 일은 당연한 것일지도 모른다. 그녀는 남자들의 문화를 이해하고 싶지 않았다. 그들이 얼마나 탐욕스럽게 약한 여자들을 괴롭히는지 모르지 않으므로.

지난날의 과거가 뭉게구름처럼 되살아나 머리꼭대기를 맴돌았다. 이곳은 죽으나 사나 그녀가 머물게 될 그녀의 보금자리였다. 이곳이 그런 기억으로 더럽혀지는 건 원치 않았다. 그녀는 숨을 쉬고 싶었다.

점점 피로와 겹쳐진 부정적인 사고가 깊어지는 것을 느낀 제르가 애써 생각을 잘라냈다.

"내 몸이 좋지 않아 어쩔 수 없었다는 것을 감안해 이번 일은 눈감겠다. 하지만 다음부터는 내 눈에 그런 꼴이 띄었다간 누구 하나 목이 날아갈 테니 그리 알아라, 엘보르트 경. 나는 그리 관대한 여인이 아니야. 감히 내 성에서 저런 종자들이 제 세상인 양 날뛰는 걸."

그녀의 노기 스민 목소리가 뚝 끊겼다.

"주군."

아스난의 달래는 듯한 나직한 목소리에 기분이 가라앉는다. 아스난은 무언가 말할 듯 입술을 벌렸다가 다물었다. 문득 현기증이 느껴진 제르가 먼저 시선을 피했다. 잔독의 여파인지 초점이 흐려지며 시야가 어지러웠다.

"……중요한 게 아니라면 나중에 마저 이야기하지. 물러가라."

"쉬십시오. 클로이스 경은 주군을 잘 뫼셔라."

"예."

제르는 욱신대는 눈두덩을 지그시 짓누르며 방 안으로 들어갔다.

익숙한 방 안의 향기가 코끝을 적시자 그제야 마음이 놓였다. 비틀거리는 그녀를 걱정스러운 듯 바라보던 테일런이 조심스레 그녀의 팔을 붙잡았다. 놀란 제르가 기겁하며 팔을 쳐내려다가, 그의 어쩔 줄 몰라 하는 눈동자와 시선을 맞추고 입술을 깨물었다.

"주군, 괜찮으십니까?"

"나. 괜찮아."

그녀는 순간 바짝 긴장한 사람처럼 몸을 움츠렸다가 애써 어깨를 폈다.

테일런은 말을 더하지 않고 그 자리에 멈춰 서서 그녀를 지켜보았다. 제르는 몸을 떨며 침대 위로 기어가듯 올라가 누웠다. 머리칼이 어지럽게 침대 위로 널브러졌다.

베다시아 헬로,

키이브 가문의 후계자로 알려진 그는 한때 사리분별이 명확해 장래를 촉망받는 젊은이라 일컬어졌다. 뿐만 아니라 키이브가는 대대로 왕도를 지키는 수호 가문들 중 가장 강력한 가문. 그들은 대대로 영토를 소유하지 않았지만, 대신 왕의 윤허 아래 왕도 인근에 동서남북으로 대저택과 군사들을 포괄할 수 있는 땅을 임대받았다.

최근 왕도는 트란실의 차르 쟁탈전이 발발했다는 소식으로 경계가 고조된 상태였고, 필연적으로 수호 가문인 키이브는 여러 가지 일을 떠안게 되었다. 그들은 야만족의 전사들이 카르시타로 넘어오는 일을 미연에 방지하고, 더해 아라산 일대로 군대를 증강하는 데에 전력을 다했다.

사실 아라산은 명실상부한 쇼하인의 가문이라 그들의 배만 불려주게 될지도 모르나, 왕도의 귀족들은 털끝만큼의 위험이라도 바라지 않았다.

감찰 기구와 상관이 없는 베다시아가 퀸시오로 찾아오게 된 것 또한 어느 트란실 인 무리가 북상했다는 이야기를 들었기 때문이었다. 그에 더해 요크의 퀸시오라면 최근 화제가 되는 지역이기도 했다. 뜬소문이지만 전 영주인 힐레인이 뺨을 맞고 돌아왔다는 이야기부터 시작해 땅에서 솟아난 카르시탄이 그곳에 머문다는 이야기까지. 실제로 카르시탄이 그곳을 독립령으로 삼은 건 맞지만 작위는 고작 자작이라고 했다.

벵제일로의 제이하이라면 한때 엄청난 입김을 불어넣었던 벨가의 혈족이었다.

'어떤 여자일까.'

그 나름의 상상력을 발휘해보았던 베다시아는 처음 제르를 보았을 때 상당한 감명을 받았다는 사실을 부정할 수 없었다.

가시가 박힌 장미 넝쿨 같은 여자. 아름다웠다. 저 여자를 이곳에 가둬둔 유스카리의 명에는 그럴 만한 이유가 있을 테지만, 단 한 발자국도 나갈 수 없게 하다니 잔인한 것도 같았다.

그는 곰곰이 오전 중 보았던 여자를 떠올렸다. 처음에는 신경전이라도 벌이기 위해 그들을 박대하는 건가 싶었는데, 얼굴을 마주하고 보니 아프다고 한 건 거짓이 아니었던 것 같다. 창백한 안색, 피곤한 시선, 그리고 억눌린 감정들까지. 제르를 향한 기묘했던 감상은 계속해서 그의 생각을 끌어냈다.

방에 이른 그가 이런저런 생각에 빠져 쉬고 있는데 왕도에서부터 그를 모셔온 기사가 들어와 조심스레 아뢨다.

"트란실 인들에 관해서는 다들 함구하는데 오히려 더 수상합니다. 그리고 해적들이 출몰했다는 얘기도 있습니다."

"해적?"

"로마탄 그레온이라는…….."

로마탄 그레온이라면 모르려야 모를 수 없는 대해적 집단이었다. 그러나 그들의 활동 영해가 이곳이 아니란 건 확실해서 베다시아는 의심했다.

"이곳에? 확실한가?"

"아직 정확한 사실은 밝혀지지 않았습니다만."

"더 자세히 파고들어봐. 그리고 아이베흐 백에게 오후에 보자 전해라."

어차피 감찰의 일은 자신의 소임이 아니니 여유는 있었다.

기사가 돌아간 후 베다시아는 늘어져라 침대에 몸을 눕혔다. 간밤의 약주가 조금 과했던 듯 머리가 무거웠다. 조절한다고 조절했는데도 장시간 마차 여행의 여독이 겹쳐 몸에 무리가 간 모양이지 싶었다. 이곳에 와서 놀란 건 지금의 이 살갗에는 봄추위가 날이 많이 따뜻해진 거라는 점이다. 확실히 혹한의 땅이라는 말이 옳았다.

창 안으로 네모나게 쏟아지는 햇살이 눈이 부시다.

그녀가 의도한 것은 아니었겠지만 베다시아와 사니잔은 그날 이후로 단 하루도 그녀와 얼굴을 마주할 수 없었다. 배알을 청해도 병색이

짙다는 이야기만 돌아왔을 뿐이다. 에드하인다 대백작가의 후계자인 아스난이 그녀 대신 많은 일을 도맡아 하며 그들의 업무를 지원했다. 그러나 그것만으로는 불충분했다. 사니잔이 성 안을 드나드는 시녀들에게 추파를 던지며 자잘한 사건사고를 일으키는 동안, 베다시아는 어슬렁어슬렁 주위를 돌아다니며 트란실 인들에 대한 정보를 모으려 했다.

　물론 그건 사니잔과 공유하지 않는 그의 개인적인 업무였다.

　며칠 지나지 않아 추파를 던지며 노는 것도 질렸는지, 사니잔은 제르의 거듭된 부재에 왕국 감찰사들을 무시하는 행위라며 날뛰기 시작했고, 그는 본의 아니게 분노한 사니잔을 달래는 역할을 떠맡게 되었다.

　제르의 부재는 아스난에게 많은 업무를 더해주었는데, 며칠 동안 이어진 홀대에 사니잔은 대백작가인 에드하인다의 차기 백작에게 틱틱거리는 수준까지 이르렀다. 그가 품고 있는 국왕 대리 증명서의 힘이 컸을 테지만, 베다시아는 미래를 볼 줄 모르는 그를 향한 안쓰러운 마음을 감출 수 없었다. 나중에 아스난이 에드하인다를 물려받게 된 후, 왕도에서 마주치면 어쩌려고 저러나.

　에드하인다의 백작 후계인 아스난이 공사 구분에 명확한 자라는 것이 다행이라면 다행이었다.

　"내 오늘은 꼭 왕하를 뵈어야겠소. 벌써 나흘째요!"

　"주군께서도 유감을 표하시는 바입니다. 더 필요하신 것이 있다면 제게 말씀해주십시오."

사니잔의 주장에 아스난은 고저 없이 대꾸했다. 하지만 그의 속도 까맣게 타고 있었다. 하필이면 감찰사들이 방문하는 주부터 제르의 몸이 안 좋아지더니 월경이 시작된 것이다. 그녀는 극도로 피곤해 하며 내리 병든 닭처럼 고꾸라졌다. 며칠이 지난 지금은 조금 나아져 거동은 하게 되었지만 여전히 손 하나 까딱하는 것조차도 버거워하는 상태였다.

"건강이 심히 좋지 않으시다니 병문안이라도 가겠다지 않소? 카르시탄을 향한 봉사는 모든 귀족의 의무인데 어찌 그것마저 막으시오?"

"유감스럽게도 그도 안 될 듯합니다."

"문안을 드려야 내 마음이 편하겠소만?"

"주군께서 바라지 않으십니다. 이리되어 저도 대단히 마음이 불편합니다. 며칠만 기다려주십시오."

꼿꼿이 허릴 편 채 같은 말만 반복하는 아스난과 사니잔을 번갈아 바라보던 베다시아가 한숨을 푹 내쉬었다.

"저, 그런데…… 어디가 그렇게 안 좋으신 겁니까? 큰 병인지 아닌지라도 말씀해주시면 좋겠습니다. 걱정스러워지는군요."

사니잔은 놓치지 않고 물고 늘어졌다.

"그래, 왕하가 걱정되어 미치겠으니 속 시원히 얘기나 해보시오, 엘보르트 경. 왕하의 몸에 무슨 병환이라도 있으신 건가?"

"이렇다 저렇다 제가 말씀드릴 수 있는 문제가 아닙니다. 확실한 것은 추호의 거짓도 없이 현재 주군의 몸이 좋지 않아 휴식이 필요한 상태입니다. 주군은 귀한 왕실의 감찰부에 누를 끼치고 싶어 하지 않으시니, 걱정을 하시는 것이야말로 불충입니다. 그런 이유로 제가 대부분의 권한을 위임받았기 때문에 업무에는 지장이 없으실 겁니다.”

베다시아는 어깨를 으쓱하며 알겠소, 하고 짧게 수긍했지만 사니잔은 쉬이 넘어갈 것 같지 않은 얼굴이었다.

“그럼 일단 그 해적에 대한 것이 뜬소문이라는 증거를 내게 가져오시오.”

“……염두에 두겠습니다.”

“아, 그리고 바르티카라는 숲의 삼림권 계약서 또한 내 눈으로 확인해야겠소.”

아스난이 예의 바르게 고개를 끄덕이며 물러가자 사니잔은 의기양양한 얼굴로 돌아 나가는 아스난의 뒤통수에 대고 중얼거렸다.

“정말 깡촌이군. 에드하인다가 왜 여기까지 좌천되었는지 참, 세상일은 알다가도 모를 일이야. 그렇지 않나? 헨로 경.”

베다시아는 어색하게 웃으며 아스난을 곁눈질했다. 잠깐 걸음을 멈추었던 아스난은 다시 조용히 멀어졌다.

사니잔은 퀸시오의 내부 사정에도 트집을 잡기 시작했다. 퀸시오령 군사에게 허가된 것은 이것이고, 이것이고, 이러하며 노동자로 소속된 병사는 이러해야 하고, 무기는 국가에서 지급한 것 이상의 것을 사용해선 안 된다며 으름장을 놓았다. 아스난은 그를 상대할 기운조차 남지 않아 절망적이었다. 때마침 제르가 기운을 차리고 일어나지 않았다면 진심으로 사니잔에게 소리를 높였을 것이다.

그녀는 바르티카 숲의 삼림권 문제가 제기되었을 때, 아스난이 대리

집권한 집무실로 모습을 드러냈다. 아스난이 그답지 않게 노골적으로 반색하며 벌떡 일어났다.

"주군!"

진한 화장을 하고 두꺼운 모피 외투를 감싸 입은 여자의 도도한 등장에 사니잔이 못마땅한 얼굴로 엉덩이를 들었다.

"오랜만에 뵙습니다."

"괜찮으십니까?"

"그래."

제르는 고개만 까닥여 인사를 받은 후 아스난이 비켜준 의자에 앉았다.

베다시아는 괜찮다는 말과는 달리 요 며칠 사이 처음보다 더 야윈 것 같은 제르의 얼굴을 바라보았다. 진한 화장 아래의 얼굴을 상상하듯 빤한 시선이었다.

아스난이 설명했다.

"바르티카 숲의 세금 문제에 대해 논의 중이었습니다."

제르는 바르티카 숲을 떠올렸다. 그곳은 이곳 영주 성을 인계받기 전, 적적할 때마다 산책을 가곤 했던 절벽 위의 숲이었다.

"바르티카? 그곳이 왜 문제가 되지?"

"바르티카 숲의 남동쪽은 본디 구 소웬령의 일부였고, 소웬령의 전대 비스카 백이 왕국에 상납했으며 요크 반도에 위치해 있기는 하나 본디 요크에 귀속되지 않았기 때문입니다. 그 부분에 있어서는 약속과는 별개로 세금을 따로 부가하라는 재무대신의 명이 있다고 합니다."

"얼마나?"

"연 금편 500닢입니다."

제르가 퍽 미간을 찡그렸다. 사람이라도 살면야 모르겠지만 숲은 그냥 숲일 뿐이다. 거기서 식량이 나오는 것도 아니고, 동식물이 많이 서식해 영지의 발전에 도움이 되는 것도 아니었다.

"말도 되지 않는 이야기다. 그 부분에 관해선 국왕 전하의 친명이 있기 전까지 보류하겠다."

"재무대신의 명이십니다, 왕하."

"구두로 된 명은 신뢰할 수 없다."

제르의 칼 같은 대답에 사니잔이 미간을 꿈틀거렸다. 하지만 지면으로 되지 않은 명령을 증명할 방법이 없는 건 마찬가지였다.

분위기가 또다시 험악해지려는데 베다시아가 뜬금없이 입을 열었다.

"어디가 그리 아프셨습니까?"

제르는 바로 맞은편 왼쪽에 앉은 남자의 선하게 휘어진 눈을 응시했다. 여전히 시력이 바로잡히지 않아 눈살을 찌푸린 후에야 그의 이목구비를 뚜렷이 볼 수 있었다. 베다시아는 유쾌한 음성으로 말을 이었다.

"주인이 몸이 안 좋으시니 성 안이 우울한 느낌입니다. 그리 몸이 안 좋으시다면 명의라도 불러 진맥을 받아보시는 게 좋지 않겠습니까?"

"의원은 내 성에도 있소."

"아, 이곳의 시설을 폄하하려는 건 아니었습니다만……."

제르는 가만히 그의 연두색 눈을 바라보았다. 말간 빛이었지만, 무언가가 움트고 있었다. 식충 생물이 먹잇감을 제 안에 감춘 것처럼 은밀했다.

"······걱정은 고맙소. 하지만 그대들에게까지 내 몸 걱정을 듣고 싶진 않군."

그녀가 찻잔을 쥐려 손을 뻗으며 고갤 살짝 수그리자 베다시아가 고개를 비스듬 기울이며 탁자를 툭툭 손끝으로 때렸다.

"눈이 안 좋으십니까? 불편해 보이시는 듯한데."

제르가 고개를 치켜들었다.

아스난과 사니잔 역시 뜬금없는 그의 말에 고갤 돌리며 제르를 바라보았다. 마른 입술에 힘을 준 제르가 천천히 입술을 뗐다.

"그저, 잠깐 이물감이 느껴졌을 뿐이오."

그들과의 짧은 만남을 끝내고 돌아가려는데, 아스난이 그녀를 멈춰세웠다.

"무슨 짓이냐?"

"말해주십시오. 눈이 안 좋아지셨습니까?"

"내 눈은 멀쩡해."

"주군, 잠시 살펴보겠습니다."

아스난은 쉽게 물러나지 않았다. 아스난은 제르에게 다가가 시선을 숙여 그녀의 눈을 유심히 들여다보았다. 지나치게 가까웠다. 샅샅이 살피듯 느리게 움직이는 그의 시선을 쫓던 제르는 이내 신음 같은 소리 내며 물러섰다.

"실례했습니다. 불편하신 게 맞습니까."

아스난의 눈에도 제르의 왼쪽 눈꺼풀이 부자연스러웠다. 하지만 제르는 그의 걱정을 완전히 쓸데없는 것으로 치부해버렸다.

"잔독이 아직 빠지지 않아서 그렇다."

"더 이상 푸링귀는 안 됩니다, 주군. 다른 방도를 찾아보겠습니다."

"르니아에게는 말하지 마. 괜한 걱정을 하게 하고 싶지 않으니."

여지없이 말을 맺은 제르는 그대로 아스난을 스쳐 지났다. 그의 구두 소리가 그녀의 뒤를 한동안 쫓다가 그녀의 방문 앞에서 되돌아갔다. 방으로 돌아온 제르는 아스난이 멀어진 것을 확인한 후에야 몸을 웅크렸다.

"빌어먹을 몸뚱이."

제르는 흔들리는 시야를 다잡으며 머릴 저었다. 그녀가 고개를 수그리자 검은 머리칼이 물처럼 흘러내려 옆얼굴을 가렸다. 제르는 제 검은 홍수 같은 머리칼을 망연히 내려다보았다. 초점이 맞지 않아 몇 번이나 뻑뻑한 눈을 끔뻑여야 했다. 자조가 새어나왔다.

'베다시아라 했나.'

제법 눈썰미가 좋은 녀석이었다.

푸링귀의 해독 시간이 점점 길어지고 있는 것은 제르 역시 느끼고 있었다. 세 뿌리만으로 사람을 영면에 들게 하고, 두 뿌리만으로 오랜 잠을 허락하는 그것은 제 인생의 끝자락까지 자신을 따라올 것이다.

그녀는 자진하여 벌써 6년째 독배를 마셨다. 제 몸을 죽이는 독이란 걸 알면서도, 그리 하지 않으면 스스로가 스스로를 죽일 것을 알기 때문에.

그녀는 비틀거리며 일어서서 내정으로 향했다. 내정에는 그녀가 자그맣게 세워둔 비석이 하나 놓여 있었다. 이것은 살아 국경을 넘지 못한 엔사를 기리는 그녀의 조의였다.

누군가가 그녀의 조의를 가로막았다.

"왕하, 여기 계셨습니까."

귀에 익은 목소리는 아니지만 그녀가 아는 이였다.

베다시아, 헨로. 남자의 사근한 미성이 귓바퀴에 감돌았다. 제르는 침통하게 구겨졌던 표정을 펴며 고개를 돌렸다. 베다시아는 내정 근처를 어슬렁거리던 중이었던 모양인지 더없이 편안한 차림이었다. 그녀는 원치 않은 만남에 불편함을 표하는 대신 그에 대한 일련의 정보들을 떠올렸다. 왕도 수호 가문의 후계자라고 했다.

그 말은 곧, 그녀의 세드로를 지킨다는 것과도 같았다. 그녀가 긴장을 풀었다.

"산보라도 하는 중이었나 보군."

베다시아는 제르의 발치에 오도카니 서 있는 작은 석비를 곁눈질한 후 의뭉 떨었다.

"예. 날이 추운데, 왕하께서는 여기서 무얼 하고 계셨습니까? 몸이 좋지 않으신 듯하던데."

"글쎄. 오랜만에 나도 산책이나 나왔다고 하지."

"그러고 보니 왕도에 있을 적에 재미있는 이야기를 들었습니다. 전 힐레인 영주의 따귀를 치셨다는 소문이 있던데……."

"소문이 왜 소문이겠소."

"뭐, 그렇지요."

그녀는 그대로 대화를 종식시켰다. 베다시아는 뒷머릴 긁적이다가, 그녀와 한 걸음 간격의 거리에 멈춰 서서 석비를 내려다보았다.

"기도하고 계셨습니까?"

제르는 부정도, 긍정도 하지 않고 애매한 대답으로 그의 잇따를 질문을 막았다.

"여러 가지."

"퀸시오에는 참 눈이 많이 내리는 것 같습니다."

"북쪽에 붙은 땅이니 그럴 밖에."

"남쪽은 이제 봄인데, 이곳은 여전히 겨울의 문턱을 벗어나지 못한 것 같습니다. 오는데 설경이 아름답더군요."

"그렇지."

이쯤 냉대를 받으면 물러설 법도 한데, 베다시아는 그런 종류의 사람이 아니었다. 그는 끈기 있게 말을 붙였다.

"원래 추운 곳에 사셨습니까?"

"아니. 추위는 내게도 그다지 익숙지 않아."

"몸이 추우면 건강에 좋지 않다지요. 몸은 좀 괜찮으십니까? 이리 나와 계시면······."

"덕분에."

"이야기를 들어보니······."

제르는 자신이 자리를 피하지 않는다면 베다시아 또한 자리를 뜨지 않을 것을 알아차렸다. 그건 달갑지 않은 이야기였다. 그녀는 조금 더 엔사를 생각하고 싶었다. 마지못해 말했다.

"조의 중이었소."

"예?"

"잠시 조의를 표하기 위해 나와 있던 참이었소."

더 이상 이야기를 지속하고 싶지 않다는 우회적인 표현이었다. 그러나 그건 베다시아의 흥미만 자극한 꼴이 되었다. 베다시아의 연둣빛 눈동자가 물끄러미 석비에 박혔다. 어찌 보아도 귀한 비석이라고 하기엔 어려운 돌이었다.

이름조차 새겨지지 않은.

"제가 미처 몰라보고 실례했습니다."

"괜찮소."

"괜찮으시다면 미진한 제 조의나마 함께 표하고 싶습니다."

베다시아는 석비 앞에 다가서더니 조용히 고개를 숙였다. 짧은 묵념이 끝난 후 그가 중얼거렸다.

"먼저 떠난 이들은 참 야속합니다. 무언가 더 해주고 싶어도 아무것도 해줄 것이 없지 않습니까."

그녀는 베다시아를 말끄러미 응시했다. 그는 모르겠지만 제르는 내심 치미는 것을 가까스로 참고 있었다. 그는 르니아와 자신을 제외하고 엔사의 죽음에 조의를 표해준 유일한 사람이었다. 의도한 것은 아니었지만 그 사실은 그녀를 울렁거리게 만들었다.

"평온하시기를."

제르는 그의 중얼거림 속에서 문득 기묘한 체념을 읽어냈다. 잃어본 자들만이 알 수 있는 그런 직감이었다. 우는 듯 일그러진 입술 끝을 애써 올리는 남자의 눈동자에는 다른 것이 덧씌워져 있었다. 그리움, 갈망, 좌절, 그런 것들.

"……고맙소."

제르는 그의 상실을 묻지 않고 고개를 살짝 숙였다.

"그럼 오늘은 이만 물러가보겠습니다."

베다시아는 마지막까지 정중하게 고개를 조아린 후 돌아갔다.

제르는 진솔하게 절망적인 그의 뒷모습을 쫓다가 고개를 젖혔다. 새파란 하늘이 광해처럼 펼쳐져 있었다. 하얀 구름이 낮게 날아 흐른다.

바람이 분다. 그녀는 바람이 사라지는 방향을 향해 시선을 내렸다가 지그시 눈을 감았다.

결과적으로 베다시아는 제르의 호의를 얻어내는 데에 성공했다. 그가 의도한 것이든 아니든 간에, 제르는 베다시아를 주시하게 되었다.
몸 상태가 호전되어 업무를 하는 것에도 지장이 없겠다 판단한 그녀는 평소의 일상으로 되돌아갔다. 그러다 우연처럼 종종 성 안을 어슬렁거리는 그와 마주치기도 했다. 그럴 때마다 베다시아는 유쾌하게 웃으며 그녀를 에스코트하길 청했고 제르는 그러마 했다. 사소한 잡담이 길어지는 일도 생겼다. 아스난과 테일런은 묘하게 불편한 얼굴로 베다시아와 제르의 교류를 꺼려했지만 제르는 모른 체했다.

이른 새벽 평소보다 빠르게 깬 기사들은 휴식실에 모여 앉았다. 벽난로 가까이에 기대어 발을 까딱거리던 페이랑이 진한 아쉬움을 표했다.
"이번에 감찰단 호위 명목으로 따라온 왕도의 기사들에게서 들었는데 내달 루베른 부인이 엄청나게 큰 파티를 주최하신다더라고요. 아무래도 굉장할 것 같아요. 재미있겠다. 아, 좋겠다, 진짜."
"그렇군."
"그래서 가보고 싶나?"
렐딘의 재미없는 반응을 뒤로한 페이랑이 셀파를 향해 크게 고개를 주억거렸다.

"당연하지! 셀파, 아무리 너라도 흥미가 없진 않을걸? 솔직히 그런 모임 우리 성격엔 안 맞는다고 해도 어울리다 보면 재미는 있잖아. 던함 경과 로렌 경은 어떻게 지내려나."

"잘 지내고 있겠지요. 저 또한 들은 이야기가 있습니다. 지금 데바람이 한바탕 뒤집어졌다더군요."

렐딘은 사교 파티에는 그다지 관심이 없는 투로 화두를 돌렸다. 셀파가 물었다.

"무슨 일로?"

"두 후계자가 피 터지게 싸울지도 모른다는 이야깁니다. 제 백성들 살 깎아먹는 짓을 또 하겠다는 거겠지요."

"데바람은 피가 끊이질 않는군요. 근데 두 후계자? 내가 들은 바로 폐태자는 왕위를 아예 버리고 현 데바람 왕의 개가 되었다던데."

"그렇다는 이야기는 있지만, 글쎄요. 데바람의 새로운 왕은 즉위식부터 피바다였으니까 주위에서 바람잡이질을 하는 걸지도 모르는 일이 아니겠소. 그에 비하면 본국은 평화로우니 지루하다 투덜대는 것도 불충이지."

셀파는 그다지 공감하는 얼굴이 아니었다.

"유단 지역에서도 봉기가 일어나고 있고, 루피스 삼각지대를 중심으로 사소한 내란이 끊이지 않는 건 카르시타 역시 마찬가지 아니오?"

"그렇지만."

"데바람처럼 왕실이 나서서 막지 않으니 귀족들의 항쟁이 왕족들의 내전만큼이나 심각한 건 사실입니다."

무언가 반박하려던 페이랑은 항쟁이라는 말에 불편한 기색으로 렐딘을 살폈다. 하지만 렐딘은 그다지 개의치 않는 낯빛으로 묵묵히 그의 검을 닦았다. 페이랑이 의자에 바로 앉으며 재빠르게 분위기를 전환시켰다.

"그러고 보니 그거 압니까? 셀파 너도 그거 들었어?"

"뭘?"

셀파와 렐딘의 시선이 페이랑에게로 옮겨졌다.

"헨로 경이라면 키이브잖아. 그 사람 예전에 미쳤다고 소문이 자자하지 않았나?"

"나는 모르겠는데…… 멀쩡해 보이던걸?"

"정확한 건 지금 잘 기억이 안 나지만 분명히 저 사람일 텐데 말야. 칼시단가 기억하지?"

"아…… 혹시 그."

셀파가 무언가 짚이는 것이 떠오른 사람처럼 고개를 끄덕였다.

"그래서 한동안 시끌시끌했었잖아."

페이랑이 목소릴 낮춰 속삭이듯 말했다. 베다시아에 관해 크게 관심이 없던 렐딘마저도 무슨 소리냐는 듯 미간을 찡그리며 페이랑의 뒷말을 기다렸다.

"금군 대장의 조카와 그 남자가 연인이었다고."

"하지만 그 여자는 자진하지 않았나."

"저도 그리 들었소만."

이름은 기억나지 않지만, 현 금군장 제피언이 아끼던 조카인 한 아가씨가 몇 년 전 자결을 한 것은 알 만한 이들은 모두 아는 이야기였다.

"그래서…… 그러니까 내가 들기론 그게 어떻게 된 거냐면……."

"세닉 경, 사담은 삼가라."

등 뒤에서 날아든 서늘한 음성에 페이랑이 화들짝 놀라 합죽이처럼 입을 오므렸다.

"엘보르트 경! 오셨습니까?"

"거듭 말하지만 다른 사람의 이야기를 재밌거리 삼아 떠드는 건 보기 좋지 않다."

"아, 하지만 이상하지 않습니까? 왕도에서도 얼굴 보기 힘든 헨로 경이었잖습니까. 지난 몇 년 동안 두문불출하셔서……. 엘보르트 경께서는 잘 아시지요?"

아스난은 페이랑이 말한 사건을 누구보다 잘 알고 있었다.

"세닉 경."

그는 칼시단의 주인인 제피언과 나름대로 친분이 있는 사이였고, 그당시 제피언이 어땠는지도 똑똑히 기억했다. 사실 이곳에서 베다시아를 만난 건 여러 가지 의미로 의외였다. 왕도에서 살며 암암리에 많은 소문과 사건사고를 접하는 이들 중, 멀쩡한 베다시아를 만나게 될 거라 예상한 이는 드물 것이다.

"경은 지금 칼시단의 애석하게 죽은 영애를 흥밋거리 삼아 모독하고 있는 거다."

기사들의 분위기가 숙연해졌다.

"송구합니다. 엘보르트 경. 주의하겠습니다."

렐딘이 눈치껏 이야기를 마무리했다. 페이랑은 울상이었다.

제르가 집무를 재개한 후 아스난은 짬을 내어 병사들의 훈련을 지도했다.

그날 오후는 아스난의 근무 차례였다.

4열 횡대한 병사들은 오후 내내 이어진 혹독한 훈련에 죽을상을 하고 있었다. 아스난이 사범 교관이 되는 날마다 벌어지는 일이었다. 어김없이 주위를 어슬렁거리던 베다시아가 그를 발견한 건 우연이었다. 아스난 역시 그를 알아차렸다. 훈련복투성이인 연무장 한복판에서 윤이 나는 긴 자줏빛 방한 외투를 걸치고, 귀한 모피 허리띠를 맨 베다시아는 눈에 띄었다. 베다시아가 그의 옆에 나란히 서자 아스난은 목례로 예를 다한 후 훈련에 전념했다.

이윽고 해 저물녘이 되자 해산령이 떨어지고 병사들이 뿔뿔이 흩어졌다. 그때까지도 베다시아는 아스난의 옆에 서 있었다.

"고생이 많으시겠습니다, 엘보르트 경. 급히 차출한 병사들이라 들었는데 그리 나쁘지는 않군요. 오늘 보니 솔직히 대단하다는 생각이 듭니다."

"왕도의 수호 가문에 계신 분께 보이긴 한없이 부끄러운 수준입니다."

"그리 대단타 할 만한 가문도 아닙니다. 저는 그에 미치지도 못하고요."

"수호 가문은 왕도에서 존경받는 가문입니다."

"그리 치켜세우실 것 없습니다."

사람 좋게 웃는 입술 사이로 하얀 입김이 번졌다. 아스난은 병사들이 사고 없이 해산한 것을 확인한 후에야 그에게로 몸을 돌렸다.

"잠깐 걸으시겠습니까?"

그의 정중한 요청에 베다시아 또한 거절하지 않고 끄덕였다.

그들은 인적 드문 퀸시오 내의 산책로로 방향을 돌렸다. 얼마 떨어지지 않은 공터에서 퀸시오의 몇 없는 수습 기사들과 엘올라에서 올라

온 기사들이 한데 뒤섞여 훈련을 거듭하는 소리가 났다. 한적한 소음 속을 얼마간 말없이 가로지르던 아스난이 먼저 운을 뗐다.

방해하는 이는 없었다.

"어쩐 일로 이곳까지 오셨습니까?"

"어쩐 일이라니요? 그저 할 일이 없어 근처를 주회하다 우연히……."

"수호 가문은 왕도 수호 이외의 임무는 받지 않는다 들었습니다."

넉살 좋게 웃던 베다시아의 표정이 서서히 굳어졌다. 이내 그가 짧은 한숨을 터뜨리며 말했다.

"……아아. 하기야 엘보르트 경은 왕도에서 잔뼈가 굵은 에드하인다 가문의 영식이시니 왕도 사정에 대해 잘 아실 테지요. 경의 말이 맞습니다. 하지만 트란실의 차르 쟁탈전이 발발했다는 이야기 이후로 왕실은 지금 꽤나 불안을 앓고 있습니다. 얼마 전에는 트란실 인이 카르시타 내부에서 목격되었다는 보고도 있었지요. 저는 그들의 족적을 찾아보기 위해 왔습니다."

"그 일은 헨로 경이 직접 움직이실 만한 일이 아닐 텐데요."

아스난의 날카로운 물음에 베다시아는 사뭇 의외라는 듯 눈을 키웠다.

"……엘보르트 경께서도 이제 보니 꽤 직설적인 분이셨군요. 왕도에서 뵈었을 때는 몰랐습니다. 늦은 인사지만 뵙게 되어 반갑습니다."

"저 또한 이곳에서 수호 가문의 헨로 경을 뵐 거라고 생각지 못했습니다."

"사실 다들 그렇게들 말하지요."

아스난이 잠깐 말을 고르듯 간격을 두고 진심 어린 음성으로 말했다.

"헨로 경이 잘 지내시는 것 같아 마음이 좋습니다."

"……좋지 않은 제 역사를 알고 계신 분 앞에 서 있으려니 갑자기 낯이 붉어지는 기분이 듭니다."

"감히, 그럴 만한 일이었다 생각합니다."

"경께서는 칼시단과 각별한 친분이 있다 들었는데."

"중요치 않습니다."

아스난의 대구에 베다시아는 고개를 돌려 한적한 가장자리를 향해 고개를 돌렸다. 아스난에게선 동정의 기색도, 경멸의 기미도 보이지 않았지만 한때 폐인처럼 살던 그를 아는 이와 이렇듯 이야기를 나누는 건 그다지 내키지 않는 일이었다.

베다시아는 짧게 한숨을 내쉰 후 한결 풀어진 음성으로 물었다.

"경께서는 어쩌다 이곳까지 오게 되셨습니까? 실례인 걸 알지만, 악의는 없습니다."

"괜찮습니다. 왕명을 받았습니다."

"여러모로 퀸시오의 카르시탄께서는 어려운 분이신 듯한데."

"꼭 그렇지만도 않습니다."

"하지만 역시 날도 춥고, 왕도가 그리우시겠습니다."

아스난이 걸음을 멈추고 그를 돌아보았다.

"혹 헨로 경께서 이곳에 이르시기 전 엘올라에 머무는 제 식솔들에 대한 이야기를 들으신 것이 있다면……."

비키십시오! 의원을 불러! 돌연 공터 언저리가 소란스러워져 그들의 대화는 잠깐 중단되었다. 베다시아와 아스난 또한 두서없이 엉켜 있던 기사들 무리를 향해 시선을 돌렸다. 사고가 난 모양이었다.

"잠시만, 실례하겠습니다."

뒷짐을 진 베다시아가 빠르게 멀어지는 아스난의 뒷모습을 응시했다.

에드하인다의 후계자는 소문 이상으로 괜찮은 사람이었다. 이 차가운 땅까지 좌천된 건 엘올라의 불행일지도 모른다. 미처 낫지 않은 상처를 쓸듯 조심스레 허리를 어루만지던 베다시아는 별안간 인기척을 느끼고 몸을 돌렸다. 한 병사가 급히 달려오고 있었다. 손에는 자그마한 무언가를 든 채였다.

베다시아는 길을 비켜주기 위해 가장자리로 물러났다. 병사가 든 게 무엇인지 분별할 수 있을 만큼 가까워졌다.

짧게 휘어진 검이었다.

"……?"

베다시아가 눈살을 찌푸리는 순간, 지척까지 다가온 이름 모를 병사는 그의 앞에 서 있었다. 복부가 화끈거리는 느낌에 베다시아는 느리게 눈동자를 내렸다. 배 속을 쑤시는 칼날에 불이 붙은 것 같았다.

날카로운 칼날이 살을 찢으며 빠져나갔을 때 베다시아는 순식간에 흐려지는 시야에 휘청이며 한쪽 무릎을 꿇었다. 그러고는 거의 무의식에 가까운 움직임으로 도망치려는 병사의 오금을 후려쳤다. 으득하고 뼈 꺾이는 소리와 함께 정체 모를 병사의 입에서 짧은 비명이 터져 나왔다.

"헨로 경!"

뒤늦게 그를 발견한 아스난이 달려왔다.

아스난은 병사의 손에 쥐인 검을 빼앗아 치운 후 팔을 꺾어 옭아맸다. 공터에 모여 있던 기사들 또한 소란스러워졌다. 베다시아가 숨을

474 475

걸게 몰아쉬었다. 배 속으로 차가운 땅의 냉기가 스며드는 것 같았다.

"의원을 부르고 들것을 가져와라!"

아스난의 명령에 몇 기사들이 자리를 떴다.

"헨로 경, 정신을 잡으십시오!"

베다시아가 찢긴 복부를 움켜쥔 채로 크게 숨을 떨며 고개를 끄덕였다. 아스난은 병사를 끈으로 묶어 도망치지 못하게 한 후, 그의 허리끈을 풀어 상처를 세게 동여 묶었다.

베다시아가 숨이 막혀 컥컥거렸다.

"참으십시오. 곧 의원이 올 겁니다."

베다시아는 흐릿한 시야로 바닥에 널브러져 아스난에게 제압당한 병사를 응시하고 있었다. 모든 신경이 그에게 갔다.

"무슨 짓이냐."

아스난 또한 노여운 얼굴로 그 병사를 향해 이를 드러냈다. 병사는 벌러덩 드러누운 채로 부러진 왼쪽 무릎을 경련했다. 아스난은 병사의 투구를 벗겨 던졌다. 군사들의 얼굴을 다 외웠다 자부하지는 못하지만, 생전 처음 보는 이였다. 그리고 병사가 걸친 퀸시오의 망토 아래 비어져 나온 안감은 퀸시오 병사들에게 지급하는 물품이 아니었다.

그 병사는 아스난과 베다시아를 번갈아 돌아본 후, 짧게 말했다.

"카르시탄의 명입니다."

아스난이 얼어붙었다.

베다시아가 피식 하고 웃으며 눈을 감았다.

놀랄 정도로 재빠르게 아스난의 포박을 풀어낸 병사는 자유로운 팔을 움직여 팔뚝 안쪽에 감춰두었던 편지칼을 꺼냈다.

의원이 달려왔다.

제르가 집무를 재개한 지 나흘째가 되던 날 모든 감찰, 조율이 마무리되었다. 사실 그건 퀸시오의 의사보다는 사니잔의 의사가 짙게 반영된 약정이었다.

1. 퀸시오는 소기의 조사보다 경제적으로 풍족하므로 연 3할의 공물을 엘올라에 진상한다.
2. 퀸시오의 절대 군주 카르시탄은 요크를 떠날 수 없음을 숙지할 것. 이를 어길 시엔 국왕은 임의로 작위를 해제할 수 있다.
3. 예산안의 오차와 오류는 다시 재정비하여 공문을 올린다. 기한은 두 달로 한한다.
4. 바르티카 숲의 지분 결정이 확실해질 때까지 그 어떤 개발도 금한다. 그에는 수렵과 채집 또한 포함된다.
5. 명칭에 '적'이 들어간 무리들과의 전략적 이유 없는 소통은 금한다. 이에는 해적도 포함된다.
6. 아라산과 더불어 트란실 인들이 오갈 수 있는 길목에 위치한 퀸시오의 그 어떤 군사적 행동도 금한다. 최소한의 치안 유치와 영토 보존을 위한 군사를 제외한 모든 군권은 엘올라에 있다.

가느다란 팔목으로 턱을 괸 제르의 입가가 잘게 떨렸다. 의기양양한 사니잔의 얼굴을 바라보고 있노라니 배알이 뒤틀렸다.

그녀는 이 '포고'에 가까운 약정을 갈기갈기 찢어 그 얼굴에 던져버릴까 하다가 참았다. 애당초의 약조와 크게 다른 것은 없었지만 공물의 양을 두 배 이상 올리는 것과 바르티카 숲의 채집과 수렵마저 금지한 것은 사니잔의 개인적인 악심이었다.

직접 국왕을 만나러 가겠다 주장하고 싶었으나 위에 명시된 대로 자신은 퀸시오를 떠날 수 없는 몸이다.

분노를 가라앉힌 그녀가 천천히 손가락을 움직여 새기듯 거듭 읽었다. 이윽고 그녀가 입술을 뗐다.

"이것이 국왕 전하의 의지라면 따라야겠지."

사니잔은 금방이라도 일어나 손뼉이라도 칠 것 같은 얼굴로 말했다.

"약정의 변경이 언짢으실지 모르나 이는 모두 합리적인 것입니다. 퀸시오는 작년의 예산 보고보다 훨씬 많은 재화를 가지고 있었고, 경제 또한 그리 낙후하지 않은 것이 확인되었으니 그만한 납세는 하셔야지요."

"납득했소, 백작."

"아, 그리고 트란실 인들이 이 길목을 지났다는 소문도 들리던데, 그것에 관한 것은 우선 확실한 증좌가 없으므로 넘기겠습니다."

선심 쓰겠다는 투였다. 제르는 아스난의 짧은 보고의 전말을 떠올리며 자조했다. 저것들이 변방에 찌그러져 유폐된 왕족이라 업신여기는 것임을 모를 리 없다.

"공문서 위조는 범법임을 숙지하시기 바랍니다. 특히나 예산에 관한 것은."

얼마나 더 주제넘어야 저놈은 만족할 것인가. 속이 부글부글 끓었다. 그녀의 심기가 몹시 불편해진 걸 감지한 테일런은 들릴 듯 말 듯한 한숨을 내쉬었다. 제르가 날카로운 말로 쏘아붙이기 위해 막 입술을 열 때였다. 다급한 발소리가 문밖에서 들려오는가 싶더니, 문이 벌컥 열렸다.

독대는 끝이 났다.

아스난은 평소의 그답지 않게 먼지투성이의 차림으로 그녀를 찾아왔다. 사니잔과의 시간을 방해받은 건 오히려 기뻐할 일이었지만, 그가 끌고 들어온 소식은 제르를 한없이 불쾌하게 만들기 충분했다.

"범인이 자결했습니다."

아스난은 병사가 자결하기 전에 들은 '명령'에 대해 그대로 고했다. 감히 카르시탄의 명을 빙자해서 엘올라의 유서 깊은 가문인 키이브의 후계자에게 상해를 입히고, 자결을 한 이의 정체는 오리무중이었다. 카르시탄의 명이다.

'그리 말했다고?'

일이 곤란하게 돌아가고 있었다. 제르가 찬 눈을 내리깔았다.

"내 명이라?"

"분명히 카르시탄의 명이라 했습니다."

이곳의 카르시탄이라면 자신이었다. 그러나 그녀는 그런 명을 내린 적도, 내릴 생각도 없었다.

"누가 그 사실을 또 알고 있나?"

"그 자리에는 저와 헨로 경, 둘뿐이었습니다."

제르가 마른 입술을 끌어당겨 애써 표정을 갈무리했다. 어찌 된 일인지 확인하기 전까지는 섣불리 어떤 조처도 할 수가 없었다. 사니잔은 속닥거리는 제르와 아스난을 몹시도 못마땅한 눈으로 바라보며 팔짱을 꼈다. 이런 사건이 생겼다는 걸 전혀 짐작도 못 하는 눈치였다.

곧 또 다른 엘올라령 기사가 찾아와 베다시아의 소식을 아뢨다. 소식을 전해 들은 사니잔이 팔짝팔짝 뛰며 난리를 친 건 예견된 일이었다. 게다가 그는 조금 더 구체적으로, 베다시아를 습격한 자가 퀸시오의 망토를 입고 있는 병사였다는 것까지 들어 일을 키우기 시작했다.

확실히 이건 퀸시오의 문제였다. 가장 안전해야 할 성 한복판에서 엘올라의 수호 가문의 후계자가 살해당할 뻔했다는 건 변명의 여지가 없었다.

"내 이 괘씸한 것을 내 손으로 직접 찾아 처단해야 하겠습니다. 감히……!"

제르가 황급히 그를 제지했다.

"외부인의 짓인지, 내부인의 소행인지도 확실치 않은 마당이오. 어찌 된 상황인지 조사에 착수했으니 물러나 계시오."

사니잔이 도끼눈을 떴다. 도저히 물러날 것 같지 않은 기색이라, 제르는 어쩔 수 없이 말했다.

"헨로 경에게 들으면 더 명확해지겠지."

"하마터면 큰일 날 뻔했네."

베다시아가 몽롱한 기분 속에서 중얼거렸다. 잘못하면 정말 큰일이 날 뻔했다. 심장을 노리려다 실수를 한 건지, 폐를 노리려다 손을 헛 움직인 건지는 모르겠지만 아슬아슬하게 중요 장기를 피한 상처는 생명에는 지장이 없었다. 깊이가 깊지 않았던 것도 천행이었다. 약초 달이는 냄새만이 자욱했다. 진통제를 어찌나 발라놓았는지 살에 감각이 없었다. 베다시아는 쓴 입술을 핥았다.

'카르시탄의 명입니다.'

그가 피식 웃음을 터뜨렸다. 그런 말을 하고 죽었다는 것 자체가, 누군가의 사주를 받았다는 말밖에 더 되나? 웃기지도 않은 일이었다.

'가관이로군.'

얼마 지나지 않아 베다시아가 정신을 차렸다는 이야기를 전해 들은 제르가 찾아왔다. 그녀의 뒤에는 파랗게 질린 얼굴의 사니잔이 심술 가득한 얼굴로 서 있었다.

"헨로 경, 어찌 된 일인지 말해보게!"

사니잔이 그를 재촉했다. 베다시아는 몸을 일으키는 대신 죄송스럽다는 표정을 지으며 제르를 올려다보았다. 제르는 그가 사과를 건네기도 전에 "괜찮소." 하고 중얼거리며 침상 옆에 놓인 의자에 앉았다.

"생명에 지장이 없다 하니 그래도 다행이오."

"덕분입니다. 왕하께서도 오늘은 건강해 보이십니다."

"부상당한 자에게 건강을 염려받을 정도는 아니오. 나 또한 이번 일이 굉장히 유감스럽소. 현재 범인 색출 작업에 만전을 기하고 있으니 믿어주시오."

사니잔이 끼어들었다.

"퀸시오의 병사였다는 이야기가 있었소이다. 헨로 경, 기억나는 것이 없소이까?"

잔뜩 독이 오른 음성이었다. 제르가 짧게 한숨을 내쉬며 눈을 감았다 떴다. 베다시아는 그런 두 사람을 번갈아 바라본 후 힘없이 웃으며 정리했다.

"퀸시오와는 관계없는 이였습니다."

"하지만……."

퀸시오의 병사라고 본 이들이 수두룩했다. 자세한 내막을 알지 못해 크게 불거지지는 않았으나, 분명 문제는 문제였다. 사니잔이 불편한 표정을 지었다.

"확실합니다. 아이베흐 백, 저는 이번 일을 크게 만들고 싶지 않습니다. 진심을 담아 간절히 청하건대 부디 모른 체해주시기 바랍니다."

"아니…… 하지만."

"가뜩이나 저에 대해 우려하는 이들이 많습니다. 할 일 없이 돌아다니다 이리 다쳤다는 이야기로 그들의 걱정에 한 줌 무게를 더하고 싶지는 않습니다. 아이베흐 백께서는…… 제 소문을 아시니, 이해해주시겠지요."

베다시아의 여지없는 대구에 사니잔은 혼란한 표정을 지으며 물러났다.

그는 예의상이 아닌, 진심으로 일을 묻어 넘기려는 기색이었다. 그의 입에서 직접 카르시탄의 명이었다는 이야기가 나오면, 그리고 사니잔이 이야기를 듣게 되면 사실 진위 여부와는 상관없이 문제가 될 거라는 것을 알았다. 때문에 단단히 각오를 굳히고 왔던 제르도 적잖이 당황했다.

베다시아가 청했다.

"잠깐, 아이베흐 백. 카르시탄과 따로 이야기 나눌 수 있게 해주시겠습니까?"

"내가 있지 않아도 괜찮겠소?"

베다시아가 흐릿한 미소로 고개를 끄덕였다.

사니잔은 한숨을 푹푹 내쉬더니 곧 몸을 돌려 나갔다. 핏기 없이 창백한 남자의 얼굴을 마주하던 제르가 먼저 운을 뗐다.

"혹…… 기억이 나지 않으시는 거요?"

"아닙니다."

"……엘보르트 경에게 들은 보고로는."

제르는 베다시아의 의도를 알 수 없어 넌짓 말을 이었다. 그녀를 감싸주려는 건지, 단순히 큰일을 피하려는 것인지, 아니면 무언가를 알고 있기 때문인 것인지.

"진짜로 왕하의 명이 아닌 걸 알아서 그렇다고 한 겁니다. 왕하의 충실한 심복으로서 저를 음해하려 했다면 제 면전에서 왕하의 명이었다 말할 리가 없지요."

베다시아는 나른한 음성으로 답하며 웃었다. 금방이라도 까무러칠 듯 허연 얼굴에 제르가 약간의 동정을 드러냈다.

"소란스럽지 않도록, 확실하게 조사해보겠네."

"못 잡으실 겁니다."

"……짐작 가는 이가 있나?"

"아마 아이베흐 백과 함께 온 호위 무리 중 머리 하나가 빌 겁니다. 하지만 그것 또한 일이 크게 불거지지 않았으면 합니다."

"아이베흐 백을 의심하는 건가?"

"아닙니다. 아이베흐 백은 그만치 대담한 자가 못 됩니다. 보시면 아시겠지만."

제르가 짧은 침묵 끝에 되물었다.

"……혹, 그대, 쫓기고 있나?"

목숨의 위협을 당한다는 건, 그녀에게 있어서는 생소하지 않은 것이었다. 오랜 시간 그리 위협을 당하다 보면 위협이 위협으로도 느껴지지 않게 되는 순간이 있다. 누군가의 적의가 공기처럼 익숙해져버린다.

언젠가 목숨을 잃을 날까지 그리 살 것을 받아들이게 되는 것이다.

베다시아의 침묵은 충분한 대답이었다.

"목숨이든 자존심이든…… 무언가를 지킨다는 건 참 어렵지. 아니, 그런가."

베다시아까 공감하는 얼굴로 웃었다.

"예. 다행히 상처가 깊지 않습니다. 적당히 제 선에서 무마할 테니 염려치 마십시오. 대신 실례되지 않는 선에서 저를 좀 도와주셨으면 하는데."

"무엇이든 말하시오."

"트란실 인들이 근방을 지났다 들었습니다. 이리저리 알아보아도 구체적인 사실 확인을 할 수가 없어서. 이제는 쉽사리 돌아다니지도 못하는 몸이 되었으니 좀, 도와주시겠습니까?"

부상을 변명으로 이리 대놓고 물어보는 것이 얄미웠지만 싫지는 않았다. 그러마 한 제르는 베다시아의 몇 가지 물음에 솔직하게 대답했다. 베다시아 또한 만족스러운 얼굴로 "차라리 처음부터 왕하께 여쭐 것을 그랬습니다." 하고 웃어 보였다.

저녁놀마저 빛을 잃을 무렵 그녀는 자리에서 일어섰다.

"한 가지만 더, 개인적인 것을 여쭈어도 되겠습니까?"

베다시아가 떠나려는 그녀를 잡고 물었다.

"무엇을?"

"그 석비…… 어떤 분을 잃으셨습니까?"

모든 대답에 지체 없이 답을 내려주던 지금까지와는 달리, 제르는 한참 후에야 답했다.

"……그대들이 방문하고 환대해주지 못한 것이 못내 마음에 걸리는 군. 몸이 좀 나아 거동하게 되면 자리를 마련하지. 내 오늘 같은 일이 없도록 각별히 주의할 테니 편히 머무시오."

베다시아가 듣고 싶어 한 답은 아니었다.

"아이베흐 백께서 좋아하시겠습니다."

그녀가 노골적으로 말을 돌렸다는 걸 알았지만 베다시아는 모른 체 승낙했다.

제르가 돌아가고 베다시아는 착잡한 기분으로 눈을 감았다. 잠은 오지 않았다. 상처가 쑤셔 정수리까지 지끈거리는 기분이었다. 초저녁 부터 이런데 밤이 되면 얼마나 더 심할까. 그가 뜨거운 한숨을 내쉬었 다. 중간에 아스난도 한 번 찾아와 그의 상처를 보고 갔다.

붕대를 갈 시간이 되자 왕도에서부터 그와 함께 온 키이브가의 의원 이 들어왔다. 그는 그때까지 철야를 하던 퀸시오의 의원과 몇 마디 나 누더니 곧 휘장을 걷고 들어섰다.

"괜찮으십니까?"

"물론이지."

키이브가의 의원, 틸러는 그의 대답을 완전히 묵살했다.

"괜찮을 리가 있습니까. 왜 이렇게 몸을 혹사하십니까. 아무리 상처 가 얕다곤 하나…… 자상은 감염이라도 됐다간 자칫 썩어버린다고요.

몇 번이나 잔소리를 해야 조심하시겠습니까?"

"내가 부주의해서 입은 상처가 아니라고. 억울한걸."

"충분히 피하실 수 있었다 들었습니다. 뒤에서 달려든 것도 아니라면서요."

"……뭐, 그건 그렇지. 하지만 그렇게 따지자면 세상 모든 일이 내 잘못이겠군."

베다시아의 툴툴거림을 죄 흘려들으며 의원은 붕대를 살살 풀었다. 이내 그의 자잘한 근육으로 빚어진 상체가 여과 없이 드러났다. 의원은 잔 흉으로 뒤덮인 베다시아의 몸을 딱한 눈으로 내려다보았다.

베다시아가 툭 뱉었다.

"언제까지 그리 쳐다만 보고 있을 거냐?"

"어찌하실 겁니까. 저는 도대체 왜 도련님이 계속해서 이런 일을 겪고도 아무 말 않으시는지 모르겠습니다. 무슨 몸이 동네북이라도 된답니까? 아 쓸데없이 춥기만 한 땅덩어리까지 올라와 이게 무슨 꼴이에요. 우선, 약 발라드리겠습니다."

"지금은 별 도리가 없지 않냐. 어차피 꼬리를 잡긴 힘든 사람이니까."

아마 사니잔이 데려온 병사들을 다 족쳐, 그들 중 수상쩍은 이들을 걸러낸다 해도 '란다마이어'의 이름을 들을 가능성은 무에 수렴했다. 그자의 시커먼 속은 베다시아가 누구보다 잘 알았다.

틸러는 안쓰러워 울먹이는 듯한 음성으로 몹시 조심스럽게 운을 뗐다.

"……역시…… 칼시단일까요?"

"짐작이야 누구라도 자유롭게 할 수 있지."

"높은 자리는 언제 죽을지 몰라 불안할 테니 부럽지도 않습니다, 이제는."

"……뭐, 네 말에도 일리는 있구나."

베다시아의 느긋한 대답에 틸러는 어쩔 수 없다는 듯 고개를 저었다.

구역질나는 꿈을 꾸었다. 깨고 나서도 잊히지 않으니 더 화가 났다. 사실 좋은 꿈으로 시작되었던 베다시아의 무의식을 악몽으로 물들인 건, 수만 리 떨어진 왕도에 있는 남자였다. 제피언 란다마이어. 베다시아의 세상에서 그는 악이었다. 그는 사랑에 대해 아무것도 모르는 남자였으며, 오직 명예와 야욕만으로 세상을 움직이려 하는 남자였고, 결국 제 조카를 벼랑 끝으로 떠밀어 죽인 남자였다.

증오는 날로 커졌다. 누군가는 시간이 약이라 했지만 베다시아는 그것을 믿지 않았다. 그에게는 도리어 시간이 독이었다.

선잠에서 깬 베다시아는 습관처럼 상처를 손으로 쓸었다. 퀸시오에 머문 지 어느덧 열흘이 넘었다. 부상을 당한 지 여드레 남짓. 그사이 상처도 어느 정도 아물어 거동에는 무리가 없게 되었다. 날이 추워 덧나지 않은 덕이 컸다.

곧 문이 열리는 소리가 났다.

"모시러 왔습니다."

아, 그랬다. 사니잔은 내일 모레 왕도로 돌아가겠다 했다.

귀환 준비로 인해 바쁜 탓인지 복도는 휑했다. 젊은 시녀는 소리 없는 발걸음으로 방에 들어와 그의 식은땀으로 덮인 몸을 곤란한 듯 흘끔거렸다.

"준비를 하실 시간입니다."

"그렇군."

그 여자가 베풀어주는 식사였다. 퀸시오에서 먹고 마시는 모든 것이 그녀의 은혜라 해도 그를 것은 없지만 오늘 저녁은 조금은 특별했다.

카르시탄.

베다시아는 창백한 여자의 얼굴을 떠올렸다.

그날 이후로 그녀를 직접 대질하는 일은 없었지만 그는 어렴풋이 짐작했다. 그 여자 또한 자신과 마찬가지로 아픈 사람이었다. 물론 그렇다고 해서 제 고통과 그녀의 사정을 같은 무게로 두고 보는 것은 아니었지만 어쨌든.

"아이베흐 백은?"

"……그, 그분께도…….."

사니잔의 이름이 나오자마자 시녀는 불편한 표정으로 말을 더듬었다.

"왜?"

"위층 방에서…… 이미 약주를…….."

'이 와중에도.'

사니잔은 악랄하지는 않지만 술과 여자에 병적인 집착을 하는 남자였다. 상처가 아물길 기다리던 지난 며칠간 이미 그는 퀸시오의 온갖 곳에서 추행을 벌이고 다녔다. 퀸시오에 오기 전에 거친 여러 도시에서 보였던 행동의 반복이라 크게 놀라운 건 아니었다.

오늘도 마찬가지인 모양이지 싶어 베다시아는 땀에 전 머리칼을 쓸어 넘겼다.

"일단 씻고 내가 그분에게 찾아가보지. 물을 가져와라."

"예."

베다시아는 긴 한숨을 내쉬었다.

사니잔과 부상당한 베다시아의 송별을 위해 열린 연회로 인해 성 안은 떠들썩했지만, 사실 위장된 즐거움을 벗겨보면 뒤숭숭한 분위기가 팽배했다.

지난 사건은 그만큼 여러모로 의문점이 많은 일이었다.

여드레 전, 베다시아가 공식적으로 부상은 퀸시오와는 아무 상관이 없음은 물론이거니와, 그의 사소한 실수로 인한 상처라 공포했지만 그걸 완전하게 납득하는 이는 드물었다. 그러나 베다시아가 끝내 아니라 하니, 구체적인 사정까지 알 길이 없는 이들은 의구를 숨긴 채 쾌유를 빌 수밖에 없었다.

바로 그제까지만 해도 끝까지 조사를 해야 한다며 소리를 높여 안팎으로 뛰어다니던 사니잔까지 어제부터는 합죽이가 되어 아무 말도 하지 않았다. 거의 나 몰라라 수준이었다. 사니잔은 술 몇 잔에 베다시아의 부상을 모두 흘려보낸 것처럼 평소의 그로 되돌아갔다. 제르도, 베다시아도 그 이유를 짐작했지만 모른 체했다. 아마 제 군사들 중 머릿수가 빈 자리를 찾아냈을 터다.

사니잔과 마찬가지로 제르는 표면상으로는 끝까지 수사를 지속시켜 내막을 밝히리라 의사를 표했다. 사실 관계자 모두가 그것이 구색 맞추기로 끝날 것을 잘 알고 있었으니, 쓸데없는 연극이었다.

결국 그 연기에 가담하기 위해 아스난은 치안 유지를 총괄하는 것에 더해 대외적으로 보여주기 위한 수사 또한 지속해야 했다. 그리고 셀파는 베다시아의 호위를, 렐딘은 사니잔의 호위를 맡게 되었다.

이번 일만큼은 인력 부족을 극복해야 하는 일이었다.

연보랏빛의 실크 치맛단 위로 동물의 털을 잘 기워낸 예복을 갖춰 입은 제르는 상석에 앉았다. 자연스럽게 테일런이 그녀의 뒤에 섰다. 손님이 들 때마다 한 번씩 이렇듯 큰 만찬을 여니, 성내의 일꾼들은 이제 익숙한 듯 사소한 실수도 없이 움직였다. 흐트러짐 없이 완벽한 간격으로 놓인 접시들, 식기들, 잔들. 이내 동그랗게 파인 잔 안으로 붉은 포도주가 따라졌다. 제르는 한 모금 입술을 축인 후 주위를 둘러보았다.

자리는 완벽했다. 다만, 주빈들이 없다는 것이 큰 흠이었다.

아직 들지 않은 베다시아와 사니잔의 빈자리를 물끄러미 응시하던 제르가 짧게 조소했다.

사니잔의 심복인 시중이 급한 걸음으로 달려와 아뢨다.

"저, 송구합니다. 아이베흐 백께서는 지금 미처 준비를 하지 못하시어……."

이미 그가 대낮부터 술을 동내고 있다는 얘기를 전해 들은 터라, 제르는 코웃음 치며 고개를 돌렸다. 시종이 돌아간 후, 텅 빈 손님 자리를 못마땅한 얼굴로 흘기던 테일런이 조용히 그녀의 귓가에 속삭였다.

"제가 가서 뫼셔 올까요."

"아니, 조급할 것 없다."

어차피 그자랑 오래 얼굴 맞대고 싶지도 않았어. 그렇게 말한 제르는 넓은 홀 안을 조용히 살폈다.

그녀의 지시를 기다리는 악단이 있었고, 물그릇을 들고 줄지어 선 시녀들도 있었다. 조용히 뚜껑 덮인 접시의 음식들을 시시각각 살피는 하인들도 눈에 띄었다. 바쁘지만 평온한 풍경이었다.

그때, 슬그머니 문이 열리더니 한 시녀가 들어왔다. 아주 우연히 그 시녀를 발견한 제르는 빤히 시선을 두게 되었다. 울기라도 한 듯 얼굴색이 얼룩덜룩했기 때문이다. 묘하게 눈에 익었다.

'……?'

가만 보니, 처음 사니잔이 아스난과 함께 술자리를 가졌을 때 그의 왼쪽 자리에 앉아 울상을 짓던 시녀였다. 시녀는 몸을 바들바들 떨며 시녀장에게 다가가 무언가를 속살거렸다. 놀란 시녀장이 시녀의 옷차림을 위아래로 훑은 후, 제르를 돌아보았다. 그녀는 재빠르게 시녀를 끌고 나갔다.

가만히 그들이 급히 떠난 족적을 훑던 제르의 입가가 내려앉았다.

왠지 모르게 불편한 공기가 그녀의 가슴을 때리고 있었다. 미적지근하게 일렁이는 용암처럼 속이 돌연 불안으로 요동쳤다. 하등 이런 불안을 느낄 이유가 없었거늘, 그녀의 목소리가 떨렸다.

"……헥터 경은 어디에 있나?"

제르가 자리에서 일어섰다.

닫힌 문을 바라보면서, 렐딘은 자신이 큰 실수를 범했다는 것을 깨달았다. 그러나 시간을 되돌린다 해도 그는 똑같이 그녀에게 사실을 일렀을 것이다.

그의 임무는 사니잔을 호위하고 감시하는 것이었다. 그는 늘 임무 달성에 큰 의미를 뒀기에 오늘도 언제나처럼 임무 수행에 온 신경을 다했다.

이른 아침부터 사니잔은 오늘 하루 역시 그다지 특이할 것 없는 생활을 했다. 잠시 정원을 돌아다니다가 시녀들이 지나가면 습관처럼 치근거리다가 오후의 티타임을 갖고, 해안가에 나가서 이리저리 사람들을 들쑤시다가 마음에 들지 않는 하인에게 가혹 행위를 한다. 솔직히 그의 모습은 렐딘을 구역질나게 했지만 어쩔 도리가 있는 일은 아니었다.

사니잔은 저녁 연회가 시작될 무렵이 되자 몸을 치장하더니 연회가 시작도 되기 전부터 음주를 시작했다. 렐딘은 말리지 않았다. 그의 임무는 그를 올바르게 이끄는 것이 아니었으므로.

얼마 지나지 않아 말끔하게 차림을 정돈한 베다시아가 찾아왔다. 연회에 늦겠다며 정중히 그를 재촉했다. 그러나 사니잔은 이미 만취 상태였다. 베다시아는 곤란해하며 술을 깰 만한 음료를 가져오겠다 사라졌다. 사니잔은 짧은 찰나 잠시 쪽잠을 자는가 싶더니 렐딘을 내보내고, 그의 방을 정리하러 온 시녀를 추행하기 시작했다. 추행은 추행만으로 끝나지 않았다.

방문 앞에서 대기하던 렐딘은 불편한 번뇌에 빠져야 했다.

사실 그다지 드문 풍경은 아니었다. 아무리 일부일처를 주장하는 이들이라 해도 힘 있는 귀족들 중 다른 여자에게 눈 돌리지 않는 이는 없을 것이다.

그는 아주 잠깐 고민했다. 안에서 들리는 비명 같은 신음 소리, 물건이 떨어지는 소리, 고함 소리. 속이 더부룩한 기분이었다. 머릿속이 복잡했다. 역겹기도 했다. 허공에 걸린 시녀의 울음소리가 그를 불편하게 했다.

그 시녀는 이 성에서 몇 번 마주한 적 있는 여자였다. 차라리 모르는 여자였다면 더 편했을 것이다. 결국 보다 못한 그가 연회의 시작을 변명 삼아 사니잔을 멈추기 위해 방문을 두드리려 할 때였다.

제르가 모습을 드러낸 건 예상 밖의 사건이었다.

방 안에서는 비명 소리가 흘러나왔다. 공포에 질린 여자의 절박한 애원이었다.

"여기서 무얼 하나."

"······아이베흐 백께서 지금 안에······."

그는 사실대로 보고했다.

들고도 못 들은 사람처럼 렐딘을 올려다보던 제르가 문고리를 돌렸다. 문이 열리자, 난잡하게 흐트러진 방 안의 풍경이 시야로 밀려들었다.

카르시타는 분명 일부일처를 자청하는 국가였다.

외도는 남자와 여자 성별을 떠나 엄금되며 가문의 승계는 본처에게서 나온 적자에게 그 권한이 있다. 하지만 법이란 사람이 적어놓은 것이다. 분명 따르지 않는 이도 있었다. 비록 대놓고 법을 어기며 첩실을 들일 수는 없지만, 남자건 여자건 제 스스로가 법 위에 있다 생각하는 이들은 터무니없는 짓을 하기 마련이니까. 대부분의 이들은 타인의 눈을 의식해 음지로 숨어들지만, 간혹 미련한 이들은 스스로를 법

위로 올리는 우를 범한다.

사니잔은 후자였다.

그는 제르의 행태에 몹시도 불쾌했다.

막 재미를 보려는 참이었다. 우는 여자를 보면 절로 치솟는 가학심에 이성의 실이 간당간당했다. 사실, 영주가 보고 있다는 것은 그를 자극하는 여러 요소 중 하나에 불과했다. 별일은 없을 것이다. 그는 국왕 대리였고 이곳은 엘올라와는 한참 떨어진 퀸시오였다. 뒤가 구려 보이는 퀸시오의 여주인을 구워삶자면 얼마든지 할 수 있을 거라, 그는 그리 생각했다.

"이, 이거 참."

여자는 어둠 속에서도 몹시도 곧은 자태로 서 있었다. 미색으로 따지자면 실제로 제르는 사니잔에게는 참 아쉬운 여자였다. 왕족이라는 이유만으로 어떻게 손대볼 수도 없으니 말이다. 꺾을 수 없는 꽃 같은 존재다.

입맛을 쩝쩝 다시는 사니잔의 속을 아는지 모르는지 제르는 머리채를 휘어잡혔던 시녀를 향해 손짓했다.

"여…… 영주님."

"아, 아이쿠."

사니잔은 그제야 자신이 아직까지도 시녀의 머리칼을 움켜쥐고 있었다는 것을 깨닫고 느리게 손을 놓았다. 시녀는 울음을 터뜨리며 거의 반쯤 기어가다시피 사니잔에게서 벗어났다. 그러나 문 앞은 제르가 막고 있던 터라, 시녀는 차마 그쪽으로 다가가지도 못한 채 멈췄다. 제르가 명했다.

"나가라."

시녀는 엉망진창이 된 옷차림을 정리할 정신도 없이 방 밖으로 뛰쳐나갔다.

사니잔은 술에 잔뜩 취한 눈으로 도망치는 시녀를 응시하더니 주섬주섬 바지춤을 고쳐 맸다. 그러나 여전히 번들거리는 눈빛은 음욕으로 가득했다. 만일 제르가 비켜선다면 금방이라도 쫓아 달려 나갈 것처럼 징그러운 눈빛이었다.

제르가 고개 돌려 명했다.

"헥터 경, 경은 바깥에서 아무도 출입할 수 없도록 엄금하고, 병사 둘을 방 안으로 보내라."

사니잔은 방문 밖에서 오가는 작은 목소리들을 들었다. 소란스럽게 오가는 이들과 기사들의 발소리. 그러나 사니잔은 두려움은 느끼지 못했다. 그는 지금 국왕 대리가 아닌가. 그가 제 흐트러진 허리띠를 다시 동여맨 후 의자에 앉았다.

제르가 말했다.

"네게 내 성의 의자에 앉도록 허락하지 않겠다."

서늘한 음성이었다. 잠시 움찔했던 사니잔이 코웃음 쳤다.

"왕하, 아무리 왕하의 지체가 하늘 같다곤 하나, 지금 국왕 전하의 대리로 퀸시오에 방문했사온데……."

제르가 두 걸음 다가왔다. 흐릿한 등불이 그녀의 뺨을 어루만졌다.

사니잔은 말을 멈추었다. 지금 제 눈에 보인 사람의 얼굴이, 제가 알던 그 사람이 맞는지 믿을 수가 없었던 탓이었다. 험악하다는 말로는 차마 표현할 수 없을 그런 얼굴이었다.

등불이 일렁일 때마다 춤추는 그림자 사이로 드러난 건 새까만 악의였다.

"……감히 네가."

끼익. 곧 병사 둘이 들어와 섰다. 사니잔은 슬슬 겁이 나기 시작했다. 그녀는 노골적인 혐오와 경멸, 환멸을 감추지 않고 있었다.

사니잔은 무언가 잘못되고 있음을 눈치 챘다.

"감히 네가 내 성에서."

새까만 여자의 눈동자에 천열보다 맹렬한 불길이 일었다.

"그냥 조금 짓궂은 장난이었습니다만…….."

심히 놀랐지만 사니잔은 애써 아무렇지도 않은 표정으로 의뭉 떨었다. 여자와의 기 싸움에서 지고 꼬리를 내릴 생각은 추호도 없었다. 필요하다면 그는 도리어 언성을 높일 생각도 있었다.

그러나 금방이라도 고함을 칠 듯 흉흉한 기세로 서 있던 여자는 완벽한 차분함을 가장한 입술로 운을 뗐다.

"병사."

"에, 예!"

"저 무도한 자를 의자에서 끌어내."

별안간의 임무에 어리둥절하던 병사들은 슬슬 눈치를 살피며 사니잔에게로 다가갔다. 사니잔은 제르가 진심으로 자신을 모욕하려 들자 되레 버럭 소리쳤다.

"나는 국왕 대리이오이다! 어찌 제게 이리 대하시는 겁니까! 지금은 제가 국왕 전하의 전권을 위임받은 것과 같습니다!"

"내."

그녀의 음성은 짧고 강렬한 신음처럼 들렸다.

"사람 보는 눈이 그리도 없는 자를, 내 목숨의 방패라 여기며 살아야 한다는 것에 통탄을 금할 수 없다."

"지금 무슨 소릴 하시는 겁니까!"

"아이베흐 백, 내 지금 자네를 찢어 죽이고 싶은 마음을 가까스로 참고 있다. 감히 내 성에서. 내가 머무는 곳에서."

"……어험! 그냥 장난을 좀 심하게 친 것뿐인 것을요. 뭣하면 그 시녀를 다시 잡아다 신문해보시지요!"

제르가 무표정하게 그를 바라보았다.

그녀는 오랜 시간을 저런 자들 사이에서 웅크리고 살아왔다.

얼굴을 마주 보는 것만으로도 오금이 저리고 두려움이 밀려드는 그런 자들의 틈바귀에서 살아남았다. 데바람을 떠나며 각오한 것이 있었다.

다시는…….

제르는 치미는 구역질을 참아 눌렀다. 이곳에서는 그와 같은 끔찍한 일들을 보고 살지 않아도 될 거라고 생각했다. 이곳의 주인은 자신이었고 그녀는 그들의 행동을 제재할 수 있는 위치였으므로, 그것이 단 한 가지의 위안이었다.

허나 세상은 늘 그녀의 손밖이었다.

카르시타에도 저런 놈들이 넘쳐난다면 어디로 도망쳐야 하나? 상상만으로도 견딜 수가 없었다. 속이 느글거리고, 팔다리가 힘이 들어가 떨렸다.

혹 저치가 자신에게 해코지는 하지 않을까 하는 불안함이 가슴 한구석에 자리 잡아서 시선조차 뗄 수 없었다. 돌연 저자가 쥬세처럼 돌변해 자신을 위협하지 않을까 하는 생각이 온몸 구석구석 퍼졌다. 그러나 차라리 쥬세라면 이보다는 더 고상한 방식으로 그녀의 속을 헤집었을 것이다.

그래, 그놈은 죽었다. 나는 지금 이곳에 있다.

병사들이 다가가자 사니잔이 사납게 소리쳤다.

"내게 손 하나라도 까딱한다면 내 국왕 전하의 대리로서 네놈들의 목을 칠 것이야."

그를 지켜보는 제르의 입술 사이로 조소가 흘러나왔다.

"그래, 그리 나오겠지……."

저놈이 어디에서 무슨 짓을 하건 알 바 아니었다. 그걸 막을 힘도 없었다. 그러나 적어도 제 눈앞에서는 아니었다.

엔사의 석비를 세워둔 이곳을 더럽히지 않을 것이다.

"내 그대를 어찌해야 할까."

그녀의 무미건조한 음성에 사니잔이 신경질적으로 대꾸했다.

"거 참, 왕하. 왜 그리 답답하게 구십니까? 이게 뭐 대수라 그러십니까? 고작 계집질에 이리도 오만 방정을 떠시니 이리 일이 복잡해지는 게 아닙니까. 하여간 계집들이란……."

마지막 말은 혼잣말이었지만 제르는 똑똑히 들어 새겼다. 감히 주제를 잊은 폭언이었다. 설익은 웃음이 흘러나왔다. 아무리 비참하게 살아 견뎠다고 한들 그녀는 데바람에서 지내는 동안 총비였다. 베제스와 그 일당을 제외한 어느 누구도 그녀에게 함부로 말하지 못했다.

"병사, 종이와 펜을 가져와라."

어정쩡하게 서 있던 병사가 금세 달려 나갔다.

곧 종이와 펜이 준비되었다. 그것은 사니잔과 제르 사이에 위치한 탁자 위에 놓였다.

"그대가 내 눈에 띄지 않았다면 좋았을 것이다."

사니잔은 가자미눈으로 제르를 노려보기 시작했다. 왕족에 대한 예우는 눈곱만치도 찾아볼 수 없는 모습이었다.

"정신머리가 어찌 되신 건 아니지요? 왕하, 왕하의 정신 상태가 의심된다는 보고를 올리는 일이 없길……."

"처음인가?"

"뭐가 말입니까?"

"내 성에서. 이런 짓."

제르가 뚝뚝 끊어 대꾸했지만 사니잔은 충분히 알아들을 수 있었다. 그는 더 댈 것도 없다는 듯 말했다.

"아니라 하면 어찌하실 요량이신지."

제르는 아직까지도 흥겨운 노랫소리와 만남이 이어지고 있을 연회장을 떠올렸다.

그리 크진 않으나, 많은 이들이 노래를 부르며 술을 즐기고 있을 그곳은 온통 밝은 빛으로 충만할 것이다. 즐거움과 올바른 향락으로. 그녀는 다시 고개를 돌려 남서쪽에 위치한 꽉 막힌 벽을 응시했다.

그것이 시선을 피하는 것처럼 보여 사니잔은 더욱 의기양양해졌다.

"어찌하실 거냐 물었소이다."

제르는 어느 이름 모를 화랑이 그렸을 아름다운 풍경화 한 폭을 바라보았다.

액자틀의 낡게 벗겨진 칠이 긴 시간 동안 이 자리에 있었다는 것을 일러주었다. 그리고 어두운 무늬가 그려진 벽. 그저 석회 위로 덧입혀진 이름 없는 무늬였지만 무늬를 따라 그녀의 기억이 덧그려졌다.

아주 오래전부터 그녀를 괴롭혀왔던 검고 어두운 것들이 괴기스러운 얼굴로 그녀를 바라보며 웃고 있었다. 발끝에 힘을 준 그녀가 다시 고개를 돌렸다.

그녀는 탁자로 다가가 사니잔의 손을 붙잡았다. 별안간의 접촉에 놀란 사니잔이 눈을 휘둥그레 뜨더니 허연 이를 드러내며 뭉근하게 웃었다.

"왜 이러십니까, 왕하. 지체 높으신 분이⋯⋯."

제르는 시선을 내려 사니잔의 투박하고 두꺼운 손가락을 천천히 어루만졌다.

때 묻은 손아귀가 몹시 컸다.

그때 밖에서 소란스러운 소리가 일기 시작했다.

아스난이 병사들과 함께 도착한 모양이었다. 아스난의 목소리, 렐딘의 음성, 발소리, 문을 열라는 아스난의 명령. 제르는 무시했다. 그녀는 그저 그의 손을 내려다보다가 천천히 탁자 위에 놓인 펜대를 쥐어 들었다. 한 손으론 여전히 사니잔의 손을 지그시 붙잡아 누른 채였다.

"자네가 과시가 대단한 자라 다행일세."

"예?"

"내가 구태여 그대를 추궁하기 위해 입을 놀릴 이유가 없어지지 않았는가."

그 말과 동시에 많은 일이 벌어졌다.

강제로 문이 열리는 소리가 나며 아스난이 들어섰고, 그녀의 손에 쥐여 있던 날카로운 펜은 수직으로 떨어졌다. 펜 끝은 사니잔의 오른손 손등을 거칠 것 없이 찢고 박혔다.

"주군, 허락 없이 들어온 것에 용서를⋯⋯."

아스난의 말소리가 멀어졌다.

뚜두둑. 살가죽 찢겨나가는 소리가 들렸다. 때마침 좋은 마실 것을 들고 돌아오던 베다시아 역시, 방문 앞에 몰린 사람들을 헤치고 아스난을 따라 방 안으로 들어섰다.

"무슨 일이라도……?"

베다시아가 아스난의 뒤에 두 걸음 정도 떨어진 채로 멈춰 섰다. 잠깐 시간이 멈추었다.

흐른다.

사니잔은 제 손을 뚫고 탁자 위로 박힌 길고 고급스러운 펜대를 넋나간 눈으로 내려다보았다. 곧, 조금 늦은 감이 없지 않은 비명이 터져 나왔다.

으아아아아!

"이래도."

제르는 펜을 내리찍은 채로 꼼짝도 않고 사니잔의 겁에 질린 눈을 바라보았다. 기묘한 해방감이 밀려들었다. 사니잔은 겁에 질려 있었다. 그의 눈은 어둠보다 어두워 경계조차 희미한 그녀의 눈동자를 향해 소리 없이 몸부림치고 있었다.

제르가 입술을 열었다.

"그 방자한 입을 다시 한 번 놀려보겠나."

피가 탁자 위로 느릿느릿 흘러 고였다. 제르는 그의 손으로부터 번지는 검붉은 피를 눈으로 쓸었다. 사니잔이 그녀의 손을 쳐내려 자유로운 왼손을 휘젓자 제르가 펜대를 비틀었다.

"으, 으아아아!"

"움직이지 않는 게 좋을 거요. 평생 이 손을 쓰고 싶지 않다면 멋대로 해도 좋겠지만."

사니잔은 목청이 찢어져라 비명을 지르다가 무릎에 힘이 풀린 사람처럼 휘청거리며 탁자를 짚었다.

"아."

그녀의 등 뒤에 선 누군가가 참지 못한 신음을 흘렸다.

문이 열려 쏟아지는 불빛에 뒤를 한 번 돌아볼 법도 했음인데 제르는 뒤돌아보지 않았다. 의자에 앉은 그녀는 곧 펜대를 쥔 손을 놓고, 천천히 종이를 제 앞으로 지이익 끌어 왔다.

그녀는 새로운 펜대를 조심스레 쥐어 들었다.

"……이게 지금 뭡니까?"

넋을 놓고 그 광경을 바라보던 베다시아는 금방이라도 거품을 물고 기절할 듯 경련하는 사니잔을 발견하고 정신을 차렸다. 그가 걸음을 떼는 순간 아스난이 그런 베다시아의 어깨를 붙잡았다.

"……멈추십시오, 헨로 경."

"이보시오, 에드하인다! 지금 이 무슨!"

아스난은 흔들리는 제 마음을 가다듬으며 베다시아를 붙잡은 손아귀에 힘을 주었다. 그녀는 지금 퀸시오의 폭군이었고 아스난은 이미 스스로 폭군의 기사가 되기를 자처해왔다.

사니잔의 비명은 끊이지 않았다.

"도와줘! 도와달란 말이야아!"

사니잔의 비명은 거의 울음을 터트린 수준이었다. 아스난이 힘겹게 말을 이었다.

"독립령 퀸시오 내에선 주군이 행하는 모든 것이 법입니다. 주군을 방해하시려는 목적으로 저 안으로 들어가시려는 거라면 허가할 수 없습니다."

"저분은 국왕 대리요! 경도 알잖습니까!"

뭔가 이유가 있을 것이다. 아스난은 스스로에게 그리 세뇌하며 망연히 제르의 뒷모습을 응시했다.

그들의 논쟁을 뒤로한 채로, 제르는 천천히 소매를 걷었다. 건드리기만 해도 부러질 듯, 마른 팔목이 드러났다.

"도흐아, 도와줘어어!"

비명이 귀에 익어간다.

제르는 잠잠히 앉아 깨끗이 닦여 있는 은빛 펜촉을 내려다보았다. 역겨운 피 냄새가 났다. 그녀는 느린 속도로 펜을 움직였다. 그녀가 두 번째 펜대를 가지고 다가오자 사니잔은 멱이라도 뜯긴 사람처럼 숨을 컥컥거렸다. 뒷걸음질 쳐 도망가려 했지만 그조차도 무리였다. 이미 탁자 위에 고정된 그의 왼손은 그를 지옥에 붙잡아두었다.

결국 그는 탁자 다릴 잡고 헐떡거렸다.

"사니잔 니헌 펜 로드란 아이베흐. 작위는 백작이라."

제르가 혼잣말처럼 중얼거렸다.

그녀는 고인 핏물에 은빛 펜촉을 천천히 담갔다.

제 몸의 절반을 피 칠을 한 펜촉은 곧 다시 종이 위로 옮겨졌다. 뚝. 피가 한 방울 떨어져 종이 위를 적셨다.

그녀는 핏자국 옆으로 글을 내려 적기 시작했다.

[친애하는 유스카리 퉁가라 펜 엘울라……]

누군가 숨을 들이켜는 소리가 났다. 어느 누구도 상상하지 못했다.

[전하, 제르 시나와 엘 제이하이 카르시탄, 위대하고도 영민한 전하께

다시 한 번 서신을 올리게 되어 영광입니다. 이 차가운 극북의 땅에도 봄이 찾아오려나 봅니다. 이 또한 전하의 은혜 덕분임을 아주 잘 알고 있습니다. 온 카르시타가 꽃향기로 자욱하여 만인의 마음을 평안케 하는 바, 전하의 백성으로서 가슴 깊이 감사……]

사각사각.
사각사각.
사각사각.
경악하지 않은 이가 없었다.
그녀는 느리지만 확실한 손짓으로 식어가는 사니잔의 피를 잉크 삼아 펜을 움직였다. 아스난 역시 충격을 받은 것은 마찬가지였다. 베다시아는 뻣뻣하게 굳어서 입을 떡 벌린 채 그녀의 뒷모습을 바라보고 있었다.
사니잔은 거의 반쯤 실신했다.
사각사각.
그녀는 멈추지 않았다. 종이 위로 한 글자, 한 글자의 혈자가 모였다.

[……하온데, 이 독립령 안에서 불미스러운 일이 일어나고 말았습니다. 전하의 위세를 등에 업고 호가호위를 누리려는 작자의 행태가……]

그것은 종이의 반을 채우고도 계속해서 이어졌다.

[……하염없는 충심으로 가득한 가슴이 미어집니다. 차마 전하의 명예

에 누가 될 것을 참지 못해 이리 서신을……]

사각사각.
사각사각.
피 묻은 펜이 누런빛 종이 위를 지나치는 소리만이 계속되었다. 올곧은 자세로 앉아 펜을 움직이는 그녀의 뒷모습이 아득히 멀게만 느껴졌다.
그들이 단 하나 확신할 수 있었던 것은, 지금 일어나는 이 사건이 전대미문이라는 것뿐이었다.

[전하께오서도 전하의 이름을 더럽히고 왕명을 등한시한 아이베흐 백작의 행태를 공정한 벌로서 치죄하시리라 여깁니다. 이런 불미스러운 서신으로 전하께 심려를 끼쳐드린 것을 용서하십시오.
제르 시나와 엘 제이하이 카르시탄, 전하의 앞에 엎드려 절합니다.]

지옥 같던 밤이 끝났다.
많은 이들의 기억 속에서 시작조차 하지 못했던 연회는 흥겹고 순조롭게 마무리가 된 것으로 날조되었다. 아무 일도 없었던 것처럼, 모든 것이 원래대로 되돌아갔다. 그러나 분명 그들 중 누군가는 기묘한 성 안의 분위기를 읽어내고 침묵했으리라.
사니잔은 그날 새벽 제대로 된 치료조차 받지 못한 채로 그대로 내쫓겼다. 제르는 도망치는 그의 뒷모습에 시선조차 주지 않은 채였다.

그리고 결과적으로 아스난은 그날 새벽 은밀히 일어난, 혹은 대놓고 벌어진 크고 작은 사건들을 수습하기 위해 밤을 지새워야 했다.

그리고 제르는 아스난과는 다른 이유로 잠들지 못했다. 지난밤의 사건을 들은 테일런은 밤새도록 그녀의 곁을 지켰다. 그녀는 새까만 밤하늘이 이른 새벽 빛으로 물들 때까지 묵묵히 집무실 의자에 기대어 앉아 있었다.

집무실에 앉아 있던 그녀는 꼭두새벽부터 그녀를 찾아온 베다시아를 바라보았다.

"아직 이곳에 계셨군."

베다시아는 제르의 창백한 얼굴을 내려다보았다.

"아무래도 아이베흐 백의 문제가 있으니, 따라가볼 생각입니다."

"편안히 머물다 가신 것이길 바라네."

진심은 아닐 것이다. 진심이라면 저 여자는 미친 여자다. 베다시아는 저 여자가 품은 독기를 보았다. 일생 잊기 어려울 광경이었다.

"이제 어쩌실 겁니까?"

"무얼?"

"간밤의 일을."

"쓸데없는 관심은 사양하지."

"지금 왕하께서 쓸데없는 관심을 피하고 싶다 말씀하신 겁니까? 이번 일이 왕도 귀족들의 시선을 끌지 않으리라 생각하시는 겁니까. 아무리 아이베흐 백이 어리석어 제 앞가림을 못 했다 한들 아무도 납득하지 못할 것입니다."

제르는 나른히 턱을 괴었다. 베다시아의 분노를 이성적으로는 충분히 이해는 할 수 있었다.

카르시타의 남자가 아무리 외도에 엄격하다 해도, 사니잔은 명백히 국왕 대리로 온 귀족이었다. 그런 귀족을 적절한 판결도 없이 제멋대로 처벌했으니, 베다시아의 말처럼 이목을 끌게 될지도 모른다. 그럴까. 아마 그럴지도 모른다. 하지만 그녀는 진심으로 크게 걱정하지 않았다.

"나는 그대들의 납득 하나에 목을 매는 사람은 아니다."

"왕하는 왕족이십니다. 모든 귀족들의 우러름을 받아야 하는 입장을 이해하신다면 왕하는 행동에 세심한 주의를 기울이셔야 합니다. 왕하의 말씀처럼 카르시탄은 지고합니다. 우리 모두 다 알고 있습니다. 그러나 지고함에는 늘 그만한 책임이 따르는 법입니다."

"그리고 그대들이 납득하지 않아도 상관없지. 국왕이 내 무고함을 알아줄 테니."

"왕하……!"

그녀가 덧붙여 중얼거렸다.

"그러지 않아도 상관은 없겠지만."

결국 아무래도 좋다는 말에 베다시아가 작게 입을 벌렸다 다물었다. 그는 그녀의 의중을 읽어보려는 듯 그녀와 시선을 마주쳤다가 이내 내심 체념했다.

"……다시 말씀드리지만 왕도에서 이 일이 문제가 될 겁니다."

"그럴지도 모르지. 아닐지도 모를 일이고."

느리게 고개를 돌린 그녀의 시선이 높은 창 밖으로 미끄러졌다. 어느덧 완전히 날이 밝아왔다. 아침이슬마저 말라 사라질 시간이 도래하고 있었다. 이슬이 말라 사라지면, 자신은 또 다른 하루를 시작해야 할 터다.

이럴 때 르니아조차도 없다니 마음이 언짢다. 르니아가 보고 싶었다.

아무도 그녀를 납득하지 못하는 세상. 이건 몹시 사소한 시작일 뿐이었다. 언젠가는 온 세상의 모든 이를 명분 없이 증오해야 할 날이 올지도 모를 일이다. 오직 단 하나의 남모르는 이유만으로.

"도저히 왕하를 이해할 수 없습니다."

"그대는 나를 조금은 이해할 줄 알았는데."

"저도 그런 줄 알았습니다."

제르가 새소리처럼 작고 간지러운 웃음을 터뜨렸다.

하기야 누가 알겠나. 자신조차도 알 수 없는 일일진대.

"얼마든지 질책해도 좋지만, 가봐야 할 시간이 아닌가? 헨로 경."

베다시아가 신경질적으로 의자를 밀치고 일어났다.

그가 예조차 갖추지 않고 떠나자 테일런이 불쾌한 표정을 지었다.

하지만 제르는 아무래도 좋았다. 그저 허한 가슴 또 이제 어찌 메우나 하는 생각에 눈앞이 깜깜할 뿐이었다.

엔사가 잠든 녹음의 대지, 그 곁에 누워 잠들고 싶었다.

그런 바람을 꾸었다.

"피곤해 보이십니다, 주군. 조금 쉬시는 게……."

"괜찮아."

분명히, 테일런의 말처럼 지난 며칠은 신체적으로도, 정신적으로도 피로한 시간이었다. 제르는 의자에 몸을 파묻은 채로 나른한 눈으로 테일런을 올려다보았다. 그는 언제나처럼 단정하게, 당연히 그래야 한다는 듯이 그녀의 곁에 서 있었다. 누군가가 함께한다는 것은 익숙하지 않았다. 그러나 테일런은 공기처럼 그녀의 일상에 스며들어 있었다.

그가 바랐건, 바라지 않았건.

그녀가 바랐건, 바라지 않았건.

제르가 힘없이 팔을 들어 손짓했다.

"창을 좀 열어봐라."

테일런이 창가로 걸어가 살짝 틈을 내어 온도를 살피더니 조심스레 일렀다.

"이제 봄이라곤 하나 아직 날이 춥습니다. 퀸시오의 봄은 엘올라의 겨울과도 비슷합니다. 감기가 드실 수 있으니⋯⋯."

"그러면 봄이 아니라, 여전히 겨울이란 말이잖아. 상관없으니 열어."

테일런은 마지못해 작게 창을 열었다. 차가운 바람이 밀려들어왔다. 지난밤의 솟구치던 모든 것들이 바람에 쓸려 내려가는 기분이 들었다.

제르는 혼잣말처럼 중얼거렸다.

"긴, 겨울이구나."

제르가 느리게 고개를 틀어 창 밖을 응시했다. 여전히 겨울처럼 차가운 공기에 금세 코끝이 간지러워졌다. 폐부가 서늘히 얼어붙는 듯했다.

"그래도 곧 봄입니다."

테일런이 말했다. 그가 가리키는 곳을 바라보니 뚝, 뚝, 겨우내 쌓여 딱딱하게 굳었던 눈이 녹아내리는 풍경이 비쳤다. 이 지루하고 혹독한 겨울에도 끝이 있긴 한 모양이었다. 봄이 오려는가.

그녀가 열없는 음성으로 혼잣말했다.

"여기는 조금은 다를 줄 알았다. 다르길 바랐는지도 모르지."

"……감히 말씀드리자면, 세상에는 그렇지 않은 자들이 더 많습니다."

그랬다면 참 좋았을 것이다. 그런 말이 목구멍까지 잠겼다. 제르는 눈을 감고, 여직 떨리는 몸을 진정시키기 위해 가느다란 숨을 내었다.

그녀는 천천히 일어서 창가로 걸어갔다.

"잠시 나가 있게, 클로이스 경."

문이 열리는 소리와 함께 뒤따른 아스난의 음성에도 그녀는 뒤돌아보지 않았다. 제르는 떨리는 눈꺼풀을 덮었다 들었다. 창을 등진 등 언저리로 외부 세계로부터 넘어온 한기가 스며들었다. 태양을 피한 그림자가 발끝에 매달렸다. 작고 가냘프고, 무기력한 여자의 그림자였다. 아스난이 다가왔다.

늘 그의 노고를 당연하다 여기던 그녀였지만, 오늘만큼은 그에게 미안하기도 하다.

그의 일과에 어김없이 자리한 훈계에도 반성하지 못할 자신을 알기에.

그녀가 꽉 잠긴 음성으로 물었다.

"할 말이 있나?"

"예."

"말해봐."

"무슨 생각이셨습니까?"

제르가 새치름하게 눈을 뜨며 되물었다.

"뭐가 말인가?"

제르의 발뺌에 아스난은 도리어 더 화난 표정을 지었다. 결국 제르가 조금 겸연쩍은 투로 말을 맺었다.

"간밤의 일이라면 너와 이야기하고 싶지 않다."

"……신하 된 도리로서 주군에게 옳고 그름을 충고할 수 있게 해주신다면 몇 마디 더 하겠습니다."

"안 돼."

"할 겁니다."

"싫다니까?"

아스난은 냉정했다.

"이번 일은 확실히 많은 이들을 불안케 할 겁니다. 헨로 경에 관한 건에 대해서도 여전히 의심이 남은 상황입니다. 그런 와중에 아이베흐 백에게 그런 처우를 행하신 것은 크게 문제가 될 수도 있는 일이 아닙니까. 대체 무슨 생각으로 그런 짓을 하신 겁니까."

"나를 걱정하는 건가? 그대들을 걱정하는 건가?"

"주군을 걱정합니다."

한 치의 주저도 없이 떨어진 대답에 오히려 제르가 말문이 막혔다. 사실, 고맙지 않다고 하면 거짓일 터다.

"……. 경의 걱정이 그것뿐이라면 염려할 것 없네, 유스카리는 내게 아무 짓도 하지 않을 테니."

그녀가 데바라네라는 것만으로는 설명되지 않는 일이었다. 도리어 망명 귀족에게는 더욱 박한 것이 실정이었다.

아스난이 주먹을 꾹 쥐더니 입술만 움직여 물었다.

"……제가, 주군에 대해 더 알아야 할 것이 있습니까?"

이번에는 제르가 입을 다물었다.

"이 한 목숨 주군에게 바치기 이전에, 주군에 대해 알아야 할 것이 있다면 지금 이야기해주십시오."

"……."

"주군."

제르가 얕은 한숨을 내쉬며 시선을 내렸다.

"너희들의 기사도는 다 거짓이야."

"……."

"겉만 번드르르한 서약이 아닌가."

"그리 말하시는 건 저희에겐 크나큰 모욕입니다."

아스난이 크게 반발했다.

"그러면 기억해라. 내 성에서 마음대로 피를 보지 마라, 내 성에서 아이를 다치게 하지 마라, 내 성에서 여인을 함부로 대하지 마라, 내 성에서 울음소리가 나게 하지 마라."

그녀의 말은, 단순한 명령이 아닌 절박한 진심이었다.

아스난은 얼마 전 별안간 그에게 화를 내던 제르를 떠올렸다. 실망했다고 했던가.

그녀는 그녀가 의식한 것보다 더 많은 것을, 이 땅에 기대하고 있었다.

아스난은 신음처럼 되물었다.

"……그 말고는 주의할 것이 없겠습니까?"

아스난은 제르의 스러질 듯한 눈동자를 응시했다. 불완전해서 그대로 허물어져버릴 것 같은 얼굴이었다. 기운이 빠졌다. 업무 과다로 지친 것이 아니라, 제르를 보고 있으면 도저히 어찌할 수가 없어서 맥이 빠지는 기분이었다.

홀로 방에 앉은 제르는 무릎 위에 놓인 기다란 방형의 사금을 물끄러미 바라보았다. 이 사금은 테일런에게 시켜 가져오라 한 것이다. 사실 구하지 못할지도 모른다고 생각했는데 퀸시오 성에는 뜻밖에도 다양한 것들이 있었다. 아마도 전 수령이었던 힐레인이 미처 다 가지고 가지 못한 것들일 거라 했다.

이 사금은 각진 모서리 사금이 아닌, 둥근 모서리 사금이었다. 딱딱한 떡갈나무 몸통은 은 자수 놓인 비단에 감싸여 있고, 군데군데 난 구멍 위로 여섯 개의 줄이 걸려 있었다.

사금의 무게가 묵직하게 무릎을 눌렀다. 그녀는 손가락으로 먼지 앉은 비단을 쓸었다. 사람의 손이 닿지 않은 탓인지, 고독해 보였다. 그녀는 색 바랜 얇은 실들을 손끝으로 어루만졌다. 손가락이 베일 듯 얇은 감촉에 등줄기가 굳어진다.

그녀는 눈꺼풀 안으로 되씹었다.

아주 먼 옛날에는 이것을 제 손처럼 타던 일이 있었다.

특출하진 않지만 못나지도 않은 재능이었다. 그녀가 악기를 다루는 것을 어머니 아버지는 기특하다며 즐거워하셨고, 음악에는 관심도 없는 체렌시와도 자리를 떠나지 못하고 앉아 들었다. 체렌시와가 의자를 돌려 앉아 건방지게 턱을 괸 채로 '역시 대단하네, 우리 누나.' 중얼거리는 건 최고의 칭찬이었다. 아주 어린 아기였던 시절부터 엘지와 엔사는 그녀의 사금 소리를 즐겨 들었던 것도 같다.

그 사랑스럽던 여동생들은 악기 소리에 맞추어 울음도 웃음도 아닌 이상한 소릴 내며 손가락을 꼼지락거렸더라. 그 모습이 귀여워 잠시

들여다보기 위해 연주를 멈추면 울음을 터뜨리고, 그러면 의자에 앉아 있던 체렌시와가 부드럽게 웃으면서 엔사와 엘지의 요람으로 다가가 두 아이 중 한 명을 안아 달랬다. 그러면 나머지 한 명을 달래는 건 제르의 몫이었다. 그마저 귀찮은 날에는 다시 별 의미 없는 가락을 연주해주는 것으로 아이들의 울음을 달래던 어린 시절.

그녀의 손끝에서 소리가 태어나는 것만으로 까르르거리며 두 아기가 부둥켜안고 웃음소릴 내면, 온 세상이 행복으로 가득 차 있는 것 같은 기분이 들었다.

'누나는 정말 대단해.'

그리고 다시 고개를 돌려 믿음직스럽고 의젓한 얼굴로 미소 짓는다. 대단하다 그녀를 치켜세워주며. 그럼 제르는 또 신이 나 끼니때가 될 때까지 손끝이 까지도록 사금을 탔던, 그랬던 희미한 시절이 있었다.

제르는 텅 빈 방 안을 돌아보았다.

기억은 기억일 뿐이다. 다시는 돌이킬 수 없는 시간. 아무리 좋은 것들로 치장하고, 아무리 좋은 침대 위에 누워 쉬고, 아무리 좋은 음식들을 입에 넣어도 그저 죽은 것과 같다. 그녀는 이 시간이 끝이 나기는 할지 의문스러웠다.

'언제쯤.'

언제쯤 이 삶이 끝이 날까.

반절 넋 놓은 중얼거림이 이어졌다. 이 끔찍한 몸뚱이. 제르는 팽팽하게 당겨진 실 한 올을 꾸욱 눌렀다. 이것을 살짝만 퉁겨 손가락을 움직이면 잔잔하고 묵직한 가락이 울릴 터였다. 그러나 제르는 눌렀던 손가락을 조심스레 들어 올렸다. 소리는 없었다. 소리 또한 죽어버렸다.

뤼민느와 함께.

행복했던 시절을 뒤로하고, 그녀는 뤼민느와 함께 사금을 놓았다.

우울증에 빠진 그녀를 달래고자 체렌시와가 들려달라 부탁했을 때조차도 제 이기에 눈이 멀어, 제 고통에 눈이 멀어 외면했던 자신이다.

그토록 모질게 놓았던 악기였다.

투웅. 용기를 내어 줄을 하나 타보았다. 청명하지도, 가늘지도 않은 묵직한 소리가 방 안을 울리다 흩어졌다. 그녀는 소리가 멎기도 전에 내동댕이치듯 사금을 무릎에서 떨쳐냈다. 그러곤 무릎을 끌어당겨 얼굴을 파묻었다. 오늘따라 이상하게 울컥하는 심정을 가눌 수가 없었다.

문 바깥엔 테일런이 서 있었다. 쏟아지는 눈물을 참아내기 위해 제르가 입술을 짓씹었다. 눈물이 떨쳐졌다. 입을 틀어막고 울음소리를 삼키려 애쓰던 그녀는 결국 몸을 구부려 바닥에 엎드렸다.

'보고 싶다.'

사무치게 보고 싶었다.

'너희가 보고 싶다.'

제르는 엎드린 제 눈높이에 놓인 악기를 부연 눈으로 응시하다가, 끝내 오열을 터뜨렸다.

문 앞에 서 있던 테일런은 방 안에서 흘러나오는 자그마한 절망을 들었다. 그는 몸을 돌려 노크를 하려고 손을 들었다가, 멈칫 내렸다. 그는 고개를 숙여 가만히 귀를 기울이다가 주먹을 쥐었다.

"……주군, 잠시 일이 생겨 자리를 비우겠습니다. 곧 돌아오겠습니다."

대답은 돌아오지 않았다. 테일런은 뒤돌아 몇 발자국 앞으로 걸어갔다.

작은 발소리를 끌고 다섯 발자국쯤 걸어간 그는 멈춰 서서 굳게 닫힌 방문을 바라보았다. 서러운 소리는 점점 커지더니 기어코 문틈을 비집고 나와 복도를 메웠다. 테일런은 그녀의 슬픔을 훔쳐 들었다.

무엇이 그리도 서러운 건지, 테일런은 가만히 눈을 감았다.

봄. 이제 겨울의 추위가 물러가는 시간.

퀸시오의 봄은 여인의 한 서린 눈물과 함께 찾아왔다.

미처 타지 못한 소리 조각처럼, 이내 흩어져버린 꿈처럼.

그리 소리 없이.

– 2권에서 계속.